À PROPOS DE L'AUTEUR

Amanda McCabe a écrit son premier roman historique à seize ans : une fresque épique qui mettait en scène ses amis. Depuis, nombre de ses titres ont été primés aux États-Unis. Sous sa plume alerte, elle donne vie à de fougueuses héroïnes aux prises avec les événements de l'histoire.

AMANDA McCABE

La tentation d'une lady

22

INTÉGRALE
AU TEMPS DES TUDOR

Traduction française de
BLANCHE VERNEY

SAGAS

HARLEQUIN

Collection : SAGAS

Titre original :
THE WINTER QUEEN

Ce roman a déjà été publié en 2016

HARPERCOLLINS FRANCE
83-85, boulevard Vincent-Auriol, 75646 PARIS CEDEX 13
Service Lectrices — Tél. : 01 45 82 47 47

www.harlequin.fr

ISBN 978-2-2804-4656-3 — ISSN 2426-993X

1

Décembre 1564

... C'est notre espoir, ma chère fille, qu'une fois à la Cour, vous puissiez voir la folie de vos actions et vous réjouir d'avoir échappé à cette union indigne. La reine a fait à notre famille un grand honneur en vous acceptant comme l'une de ses demoiselles d'atour. Vous avez une chance de racheter votre conduite et de vous montrer digne, enfin, du nom que vous portez en servant Sa Majesté. Nous sommes certains que vous trouverez enfin le bonheur. Ne manquez jamais à vos devoirs, ma fille, ni envers la souveraine ni envers vos parents.

Lady Rosamund Ramsay froissa la lettre de son père dans sa main gantée et se rencogna sur la banquette de sa litière, qui cahotait sur les chemins. Si seulement elle avait pu se débarrasser de ses souvenirs aussi facilement que de ce billet — effacer de sa mémoire tout ce qui lui était arrivé durant les jours chauds et souriants de l'été ! Etait-ce vraiment il y a quelques mois seulement ? Il lui semblait que des années et des années avaient passé depuis et que ses dix-neuf ans s'étaient irrémédiablement fanés, qu'elle était devenue une vieille femme qui n'était plus sûre de rien, ni d'elle-même ni de ses désirs.

Elle frissonna et hésita à jeter la lettre par la portière. Mais elle finit par la replacer dans son sac de voyage, avant de serrer ses jambes bottées contre le brasero. Il était froid depuis longtemps ; les braises n'y rougeoyaient même plus. Cela lui faisait penser à Richard et aux serments qu'ils avaient échangés, aux baisers brûlants dans l'ombre verte et complice des haies de noisetiers. Richard… Il n'avait même pas essayé de la voir, lorsque ses parents avaient mis fin abruptement à leur idylle.

Et voilà qu'à présent on la chassait de son foyer, le château de Ramsay, où elle avait passé toute son enfance, et qu'on l'expédiait au loin, pour servir la reine. Nùl doute que ses parents escomptaient qu'un séjour au milieu du bruit et de l'agitation de la Cour la distrairait de son chagrin, un peu comme on agite un hochet devant un nourrisson qui pleure. Peut-être espéraient-ils aussi que sous la protection de la puissante reine Elizabeth, et avec toutes ces belles robes qu'on lui avait fait tailler pour l'occasion, Rosamund trouverait un meilleur parti, de ceux qui attireraient sur le nom de Ramsay gloire et fortune. La cour d'Angleterre ne devait pas manquer de jeunes et beaux seigneurs. Un visage harmonieux et une silhouette élégante n'en valaient-ils pas d'autres ?

Comme ils la connaissaient mal ! Il la prenait pour une petite souris craintive, alors qu'elle pouvait être une lionne, quand elle désirait quelque chose. Il lui fallait seulement savoir quoi…

Rosamund entrouvrit les rideaux de sa litière et contempla la campagne environnante. L'empressement de ses parents à l'envoyer au loin était si grand qu'ils l'avaient poussée sur les routes dès que la lettre de la reine était arrivée, et cela bien que l'on fût au début d'un hiver qui s'annonçait glacial. Le paysage qui s'étendait au-delà du chemin étroit et verglacé était stérile et désolé ; à l'horizon, des arbres squelettiques se découpaient contre un ciel gris comme de l'acier. Par bonheur, il ne neigeait pas ; mais de la neige, il y en avait encore plein les fossés. La bise agitait les branches nues des arbres, s'infiltrait entre les rideaux de la litière et jusque sous les fourrures pour vous geler les os. Les gardes de l'escorte, emmitouflés dans leurs manteaux, se recroquevillaient sur leurs selles, et Rosamund songea à sa servante, Jane, qui devait en faire autant dans le chariot des bagages. Tout ce petit monde n'avait pas échangé un mot depuis que l'on avait quitté l'auberge, au matin. Allaient-ils cheminer ainsi en silence jusqu'à Londres ?

Londres… Cela semblait si loin — un rêve impossible à atteindre. Le palais de Whitehall, avec tout son luxe et ses cheminées qui ronflaient jour et nuit, paraissait irréel à Rosamund, plus encore bien sûr que la confortable auberge où elle avait passé la nuit, et qui tranchait tant avec l'inconfort glacial des routes. Pour l'heure, la seule réalité qu'elle entrevoyait, c'était ce chemin défoncé, cette boue gelée et ce froid qui pénétrait la laine et la fourrure comme si c'était du lin.

En regardant sans vraiment le voir le triste paysage qui l'entourait, Rosamund ressentit durement la morsure de la solitude et de la mélancolie. Elle tournait le dos à ses parents, à Richard et à l'amour qu'elle avait espéré partager avec lui. Elle était seule, en route pour une nouvelle vie dont elle ignorait tout, une existence à laquelle elle allait devoir s'adapter, sous peine de ne plus jamais être autorisée à rentrer chez elle.

Elle avala une grande bouffée d'air glacé et redressa les épaules. Elle était une Ramsay et les Ramsay n'avaient jamais failli. Ils avaient toujours triomphé des vicissitudes, sous cinq monarques de la famille des Tudor, et s'en étaient tirés sans dommage, avec un titre et de belles propriétés. Rosamund pourrait-elle faire son chemin au service de la reine sans s'attirer de nouveaux ennuis ?

Peut-être que Richard viendrait finalement à son secours, prouvant ainsi qu'il l'aimait. Tout ce qui leur fallait, c'était un plan pour persuader ses parents que le jeune homme était bel et bien un parti acceptable.

Rosamund se pencha à la portière, pour voir le chariot de bagages qui suivait derrière. Au milieu des malles et des paquets, Jane n'était plus qu'une forme grise, indistincte. Il y avait des heures qu'ils avaient quitté l'auberge et si Rosamund souffrait beaucoup de l'inconfort du chemin et du froid, malgré un amoncellement de coussins et de fourrures, que devait-il en être pour sa servante ! Se sentant soudain bien légère et égoïste, elle fit signe au capitaine des gardes d'escorte qu'elle souhaitait faire une petite halte. Dès que la litière s'immobilisa, Jane se précipita pour aider sa maîtresse.

— Oh, milady, dit-elle en arrangeant autour de Rosamund la cape de fourrure blanche de celle-ci, ce n'est pas un temps de chrétien pour voyager, oh, ça non !

— Tout va bien, Jane, répondit la jeune femme d'une voix apaisante. Nous serons bientôt à Londres et qui pourrait avoir logis plus accueillant, meilleure table et cheminées plus nombreuses que la reine ? Songe un peu à tous ces bons feux, aux viandes rôties, aux vins et aux gâteaux, aux draps de flanelle que l'on bassine tous les soirs, aux doubles rideaux de brocart…

Jane soupira, résignée :

— Si nous vivons assez longtemps pour voir toutes ces merveilles, milady… Cet hiver est terrible, je ne me rappelle pas en avoir connu d'aussi rude.

Laissant sa servante retaper les coussins de la litière, Rosamund fit quelques pas au-dehors et se dirigea vers un bosquet proche. Elle avait prétexté un besoin urgent, mais elle avait en fait besoin de tranquillité et, surtout, de ne plus sentir les cahots de ce maudit chemin ! Las, devoir s'enfoncer dans la neige sale et zigzaguer entre des flaques d'eau gelée gâchait un peu cet instant de calme. Les arbres du bosquet avaient beau avoir perdu toutes leurs feuilles, ils étaient si serrés que bientôt, elle ne put plus voir la litière, ni son escorte. Les branches semblaient se refermer sur elle, menaçantes, comme dans un conte de fées, dessinant un monde fantastique et effrayant où elle était seule, vraiment seule, sans aucun vaillant chevalier pour la secourir.

Rosamund abaissa sa capuche, découvrant sa longue et blonde chevelure. Elle leva les yeux vers les nuages. D'ici peu, la foule et les clameurs de Londres allaient mettre à mal cet apaisant silence. Ce serait sans doute à peine si elle pourrait entendre ses propres pensées, et encore moins le bruit du vent dans les branches.

Ou bien un rire…

Un rire ? Rosamund fronça les sourcils et écouta avec attention. Ce banal bosquet était-il enchanté, hanté par les fées et les esprits ? Mais voilà qu'elle entendait de nouveau, distinctement, des rires et des voix. Des voix humaines et non le chant des farfadets… lesquelles cependant avaient sur l'esprit de Rosamund un effet étrange : ce fut comme ensorcelée qu'elle s'avança dans leur direction.

Elle déboucha dans une clairière et contempla une scène qui semblait appartenir à un autre univers. Il y avait là une mare gelée, un simple rond de glace étincelante. Au bord, on avait allumé un grand feu de joie, qui craquait et projetait haut ses flammes, répandant si bien sa chaleur que Rosamund la sentait jusque sur ses joues. Quatre jeunes gens se tenaient là, deux hommes et deux femmes, qui riaient aux éclats tout en faisant griller des morceaux de viande sur des baguettes. Sur la glace, seul au milieu du cercle argenté, le deuxième jeune homme patinait en dessinant d'élégantes et nonchalantes figures. Rosamund le regardait, sans pouvoir en détacher les yeux, tandis qu'il glissait, tournait, virait de plus en plus vite, simplement vêtu d'un pourpoint de velours noir et de culottes de cuir. Dans la blancheur éblouissante, il était comme un ludion vêtu de sombre, si rapide que l'on peinait presque à le voir. Mais bientôt, sans que la jeune femme eût pu cesser un instant de le regarder, il ralentit et s'immobilisa, pareil à la statue d'un dieu de l'hiver. C'était comme si le temps s'arrêtait et que le vent lui-même faiblissait, tout juste assez fort encore pour soulever joliment les cheveux bouclés de l'inconnu.

— C'était magnifique, Anton ! s'écria l'une des dames en applaudissant de ses mains gantées.

L'homme s'inclina avec beaucoup d'élégance sur ses patins avant de revenir sur le bord en de savants méandres, comme en se jouant.

— Oui, Anton est magnifique…, soupira l'autre homme, celui qui était resté près du feu.

Sa voix était profonde, avec un accent étranger prononcé, peut-être nordique.

— … comme un paon qui déploie ses plumes pour étonner les dames.

Le patineur, qui devait donc s'appeler Anton, rit en abordant la berge. Il s'assit sur un tronc d'arbre pour délacer ses patins, une mèche noire comme de l'encre tombant alors sur son front.

— Je discerne une pointe de jalousie dans tes propos, Johann, répondit-il d'une voix chaude, aux mêmes accents musicaux que son ami.

Après toutes ces acrobaties, il n'était pas même essoufflé.

Johann eut un rire bref.

— Jaloux de tes pitreries sur les patins ? Certainement pas, mon cher !

— Oh, je suis sûr qu'Anton a bien d'autres talents que le patinage, susurra l'une des dames.

Elle remplit une timbale de vin et la tendit délicatement au jeune homme, d'un geste gracieux du bras, dans sa manche de satin.

Elle était grande et ravissante, ses cheveux roux flamboyants sur l'arrière-plan de grisaille et de neige.

— N'est-ce pas, Anton ?

— A Stockholm, lady Essex, il n'est pas galant, pour un gentilhomme, de contredire une dame, répondit en souriant l'intéressé, tout en se levant pour prendre la timbale.

— Et qu'y fait-on d'autre, dans votre Stockholm ? s'enquit l'élégante jeune femme d'un ton plein de caressants sous-entendus.

Anton rit et rejeta la tête en arrière pour boire. Puis, dans le mouvement, il se tourna vers Rosamund et elle put le voir plus clairement encore. Il fallait bien avouer qu'il était bien tourné, mais certes pas à la manière d'un paon : il était vêtu trop simplement pour cela. Il ne portait pour tout bijou qu'une perle à son oreille. Il n'avait pas la beauté blonde, musculeuse et très anglaise de Richard, mais un charme profond et exotique. Grand et élancé, sans doute grâce à la pratique régulière du patinage, il avait une chevelure aussi noire que l'aile d'un corbeau, qui cascadait en boucles autour de sa tête. Il rejetait souvent ses mèches en arrière, d'un geste impatient, et l'on pouvait voir alors ses pommettes hautes et bien dessinées, ses yeux qui pétillaient d'intelligence.

Il les écarquilla en remarquant la présence de Rosamund entre les arbres, qui le regardait béatement, telle une petite paysanne. Il rendit la timbale à lady Essex et s'avança vers elle, aussi souple qu'un chat. Rosamund aurait voulu fuir, s'élancer dans le bois comme si elle avait le diable à ses trousses, mais ses pieds semblaient cloués sur place. Elle ne pouvait ni s'en aller ni cesser de le regarder.

— Tiens, tiens, murmura-t-il en relevant le coin de sa lèvre sensuelle, qu'avons-nous là ?

Rosamund, qui s'était rarement sentie aussi stupide, tourna les talons et s'en fut, poursuivie par le rire joyeux d'Anton jusqu'à la sécurité de sa litière.

2

— Nous ne sommes plus bien loin, à présent, lady Rosamund, dit le capitaine des gardes en venant placer son cheval à la hauteur de la portière. Aldgate est juste devant nous.

Rosamund émergea de la torpeur brumeuse dans laquelle l'avaient plongée le froid, la fatigue et le souvenir persistant du mystérieux Anton, cet homme à la beauté sombre et quasi surnaturelle qui lui avait paru voler sur la glace. L'avait-elle vraiment vu ou bien était-ce un rêve ?

Quoi qu'il en soit, elle s'était comportée sottement, en se sauvant tel un petit animal effrayé. Et pourquoi ? Par peur ? Oui, certes. Celle de succomber à une sorte d'enchantement hivernal. Elle avait fait une lourde erreur en s'amourachant de Richard, il n'était pas question de refaire la même bourde.

— Tu es une petite fille stupide, murmura-t-elle pour elle-même. La reine Elizabeth va sûrement te renvoyer chez toi dès que tu auras ouvert la bouche !

Elle écarta les rideaux de la litière et risqua un coup d'œil au-dehors. C'était bien ce qu'elle pensait : tandis qu'elle rêvassait, leur petit cortège avait laissé la campagne derrière lui pour entrer dans un tout autre univers : celui, encombré, populeux et bruyant de la grande ville qu'était Londres. Quand sa litière passa la porte, elle pénétra dans un torrent d'humanité, un courant ininterrompu d'individus de toutes classes sociales qui se rendaient à leurs affaires qui en charrette, qui en carrosse, qui à dos de cheval ou de mule, à moins qu'ils ne battent les pavés gelés ; leurs cris, leurs appels et le vacarme des sabots ferrés faisaient une cacophonie épouvantable à entendre.

Rosamund n'était pas venue à Londres depuis qu'elle était enfant. Ses parents préféraient la campagne et lorsque son père n'avait pas d'autre choix que de se montrer à la Cour, il s'y rendait ordinairement seul. Bien sûr, cela n'avait pas empêché la jeune fille d'être élevée selon les principes de mise dans l'entourage cosmopolite de la reine Elizabeth et d'avoir été dûment instruite dans des arts aussi divers que la danse, la musique, la mode et la conversation ; mais, tout comme ses parents, elle préférait la douceur de la campagne et les longues journées à lire ou à réfléchir. Toutefois, après la solitude des chemins seulement troublée par le chant des oiseaux, ce tintamarre étourdissant n'était pas sans la fasciner et elle regardait ce spectacle de tous ses yeux.

Le petit cortège progressa péniblement à travers les rues étroites, où la faible lumière de ce jour gris avait quelque peine à percer entre les maisons à colombages, hautes et serrées tels des harengs dans une nasse, si bien que leurs toits se touchaient presque. Au niveau de la rue, les échoppes regorgeaient de marchandises précieuses : gants et rubans, bijoux d'or et d'argent, livres aux belles reliures de cuir qui attiraient le regard de Rosamund plus encore que tout le reste et chatoyaient sur les étals.

Malheureusement, il y avait aussi l'odeur…

Rosamund releva le col de fourrure de sa cape sur son nez et prit, sous cet abri, une profonde inspiration. Le froid glacial avait ses avantages : au moins, le caniveau qui circulait au milieu de la rue était-il à peu près gelé, bien qu'un filet nauséabond coulât encore par endroits, entre les ordures. De toute manière, l'air était chargé de plus d'une odeur repoussante : légumes qui pourrissaient dans un coin, crottins de cheval répandus sur le pavé et pots de chambre que l'on vidait sans cérémonie par les fenêtres, ces effluves se mêlant à celles nettement plus sympathiques des viandes rôties, du caramel, du cidre et du feu de bois dans les cheminées.

L'année précédente, il y avait eu une épidémie de peste ; la population de Londres, pourtant, ne semblait pas en avoir tellement souffert, à en juger par l'encombrement des rues. On se bousculait au coude à coude, on forçait le passage et on dérapait en jurant sur les pavés et la boue gelée. De temps à autre, quelques mendiants en haillons se pressaient autour de la litière de Rosamund, mais le capitaine des gardes les repoussait sans ménagement.

— Arrière, vermine, grondait-il, place à une demoiselle d'atour de la reine !

Ladite demoiselle, qui pour le moment badaudait comme une simple lingère, se rencogna dans l'ombre, se souvenant soudain avec embarras qu'elle n'était pas à Londres pour contempler les boutiques et la foule, mais bien pour prendre son service à la Cour. On ne devait plus être bien loin de Whitehall.

Rosamund tira un miroir de poche de son petit sac de voyage en broderie. Ce qu'elle y vit, lorsqu'elle s'y mira, acheva de la démoraliser : ses belles mèches blondes, qu'elle lavait toujours avec soin et dont elle était si fière, folâtraient en tous sens de sous sa petite coiffe immaculée. Elle les avait activement repeignées après son échappée dans les bois et cela se voyait. Ses joues étaient rouges de froid, ses beaux yeux bleus cernés par trop de nuits sans sommeil. Elle ressemblait à un esprit de la forêt et non à une dame de qualité.

— Les espoirs de mes parents de me voir trouver un beau parti à la Cour seront certainement vains, dit-elle entre ses dents, en se repeignant encore une fois du mieux qu'elle le put.

Elle posa son élégant bonnet à plumes sur la petite coiffe de baptiste et lissa ses gants. Puis, ayant rectifié sa tenue de son mieux, elle se risqua de nouveau à regarder au-dehors. La foule s'était à présent clairsemée : on allait entrer dans le palais de Whitehall.

La plus grande partie des bâtiments n'était pas visible de la rue, dissimulés qu'ils étaient par de hautes et épaisses murailles. Mais Rosamund savait, par les récits de son père, ce que celles-ci cachaient : d'immenses salons de réception et de banquet, des appartements princiers, des jardins aux plates-bandes savamment ordonnées qu'égayait le chant des fontaines et une foule de courtisans aussi hautains que prompts à médire de leur prochain.

Rosamund prit une large inspiration, ferma les yeux et s'efforça de ne penser qu'à Richard, ou à n'importe quoi qui n'eût rien à voir avec le sort qui l'attendait derrière ces murs.

— Milady ? Nous sommes arrivés, lui dit le capitaine des gardes.

Elle ouvrit les yeux et vit l'officier debout, devant sa portière, Jane auprès de lui. Elle hocha la tête et lui tendit sa main pour qu'il l'aidât à descendre.

Son premier contact avec le sol fut un peu hésitant ; ces pavés glissants vous faisaient perdre l'équilibre et le froid était encore plus vif ici, au pied de l'escalier monumental qui menait à la galerie privée. Pas de foule, à cet endroit, pour réchauffer l'atmosphère, pas de dédale pour couper le vent. Juste toute cette pierre et ces briques, cet escalier sinistre.

Un bon point, cependant : plus une seule odeur infecte et ceci, au moins, était une bénédiction.

— Oh, milady, soupira la servante en se précipitant vers elle. Vous voilà toute froissée !

— Cela n'est que de peu de conséquences, Jane, repartit Rosamund. Nous avons fait un long voyage. Nul n'attend de nous que nous soyons parées comme pour un bal…

Du moins, il fallait l'espérer. Car en fait elle n'avait pas la moindre idée de ce que l'on attendait d'elle exactement, à présent qu'elle était ici. Dès l'instant où elle avait vu, entre les arbres, cet Anton virevolter sur la glace, elle avait eu impression d'entrer dans un autre univers, un monde étrange auquel elle ne comprenait rien.

Elle entendit des pas sur les dalles de la galerie. Une allure lente et mesurée, pleine de dignité. Elle leva les yeux. Ce n'était certainement pas une domestique qui descendait l'escalier : sa robe vert sombre au haut col de dentelle et aux manches à crevés de soie jaune était bien trop élégante pour cela. Des cheveux bruns où se voyaient quelques fils d'argent étaient artistement ordonnés sous le bonnet assorti et le visage de celle qui approchait était mince, pâle, creusé et plein de méfiance. Rosamund n'allait pas tarder à constater que cette expression était des plus commune à la Cour.

Mais méfiante, elle devait le paraître aussi à cet instant même. Tout rat des champs qu'elle fût, elle n'était pas béjaune au point d'ignorer que vivre dans l'entourage d'un monarque était un parcours semé d'embûches.

— Lady Rosamund Ramsay ? Je suis Blanche Parry, deuxième dame de la maison de la reine. Bienvenue à Whitehall.

Rosamund remarqua l'étincelant trousseau de clés qui pendait à la ceinture de lady Parry. Elle avait souvent entendu dire qu'elle était la véritable première dame de la maison royale depuis que celle qui détenait ce titre, Kat Ashley, était devenue vieille et malade. Comme elle, Blanche Parry était au service de la reine depuis l'enfance de cette dernière et était au courant de tout ce qui se passait à la Cour.

Il eût été peu judicieux de ne pas chercher à s'attirer ses bonnes grâces. Rosamund plongea donc dans une profonde révérence, en espérant que ses jambes fourbues ne s'effondreraient pas sous elle.

— Je suis très honorée de faire votre connaissance, lady Parry, et très heureuse d'avoir été choisie…

Un mince sourire passa sur les lèvres pâles de la deuxième dame.

— Vous pouvez l'être, mais je crains que vous ne soyez amenée à changer d'avis bientôt. Vous allez être très occupée, lady Rosamund, avec la préparation des fêtes de Noël. La reine a ordonné que tout soit parfait, cette année.

— J'aime beaucoup les fêtes de Noël, lady Parry, répondit Rosamund, et j'ai hâte de pouvoir servir ma souveraine.

— Tant mieux, car Sa Majesté désire vous donner ses instructions tout de suite.

— Tout de suite ? fit Rosamund d'une voix étranglée.

Elle allait donc devoir se présenter devant la reine dans sa tenue de voyage toute chiffonnée par la route ?

Elle lança un coup d'œil inquiet à Jane, qui paraissait aussi estomaquée qu'elle. Il y avait des semaines qu'elle préparait ses tenues et notamment une : avec quelle robe allait-elle se présenter à la reine Elizabeth et comment serait-elle coupée, avec quelles manches, quelle encolure ?

Surprise, lady Parry leva les sourcils.

— Comme je vous le disais, lady Rosamund, cette période de l'année est riche d'événements. La reine entend que vous preniez votre charge immédiatement.

— Je… Bien sûr, lady Parry, je suis entièrement aux ordres de Sa Majesté.

La deuxième dame acquiesça, se tourna pour remonter l'escalier et lui lança par-dessus son épaule :

— Alors si vous voulez bien me suivre… La reine veut voir également vos serviteurs…

Rosamund lança à Jane un regard censé la rassurer, avant de se hâter de suivre lady Parry. Dans cette aile du bâtiment, la galerie était déserte et silencieuse ; les nombreuses tapisseries de haute lice couvrant les murs semblaient feutrer tout bruit, du dedans comme du dehors. Elles croisèrent bien quelques personnes qui se hâtaient, elles aussi, mais elles étaient visiblement trop prises par leurs propres occupations pour faire attention à elles.

Elles ressortirent, passèrent les tours crénelées de la Holbein Gate et entrèrent dans le palais proprement dit. Là, de hautes fenêtres ouvraient sur les cours intérieures aux pavés enneigés. Un haut plafond voûté laissait voir ses caissons décorés de bleu et d'or et leurs pieds s'enfonçaient dans la laine précieuse des tapis.

Rosamund ne savait où poser les yeux, entre le somptueux mobilier et les groupes de courtisans aux pourpoints de satin colorés et aux bijoux étincelants qui parlaient entre eux à voix basse. Leurs murmures et leurs rires étaient une musique raffinée dont l'écho lui parvenait comme étouffé, ouaté par les tapisseries. Ils regardaient Rosamund avec curiosité, sur son passage, et elle brûlait de les dévisager en retour.

Mais il y avait bien autre chose à admirer, les tableaux par exemple : portraits de la reine et de sa famille ou natures mortes dans le style de l'école flamande, sans parler de toutes les curiosités acquises par les différents monarques au cours du passé et présentées dans des vitrines : une clepsydre surmontée de la figurine d'un Ethiopien chevauchant un rhinocéros, des bustes de César et d'Attila le Hun, des vases de cristal et des camées d'Italie, une carte d'Angleterre brodée à la main par l'une des nombreuses belles-mères de la reine, qui voisinait d'ailleurs avec un portrait d'Henry VIII le représentant en compagnie de l'une de ses épouses suivantes.

Rosamund n'eut le temps d'examiner aucune de ces merveilles car déjà lady Parry l'emmenait vers un autre corridor, dont l'alignement de portes closes et l'ombre silencieuse offraient un étonnant contraste avec la claire et luxueuse galerie qui le précédait.

— Certaines dames d'honneur de la reine ont leur chambre ici, lui indiqua Blanche Parry, mais le dortoir des demoiselles d'atour est juste au-dessus…

Rosamund se demandait à quoi ressemblait le logement en question, mais lady Parry l'entraînait toujours, vers un autre corridor encore. La jeune fille s'inquiétait : comment allait-elle pouvoir se retrouver dans cet immense dédale ?

La galerie suivante était, elle aussi, pleine de vie et de bruit : courtisans aux riches vêtements, gardes de la reine en livrée rouge et or, valets portant des plateaux.

— Nous sommes à présent dans les appartements privés de la reine, lui indiqua lady Parry, tout en saluant diverses personnes d'une digne inclinaison de la tête. Si Sa Majesté vous fait demander dans la journée, vous la trouverez probablement ici.

Rosamund laissa errer son regard sur la foule, détaillant les groupes de ceux qui jouaient aux cartes et de ceux qui bavardaient, tout simplement. Leurs propos paraissaient légers et badins, mais leurs regards acérés disaient trop qu'ils étaient à l'affût et que rien de ce qui se passait dans l'antichambre ne leur échappait.

— Comment pourrai-je jamais savoir qui est qui, parmi tous ces gens ? murmura la jeune fille.

Lady Parry se mit à rire.

— Oh, croyez-moi, lady Rosamund, vous le saurez bien assez vite…

Un homme apparut, grand, mince, l'air sombre, sanglé dans un splendide pourpoint de satin bleu nuit. Il marchait sans daigner regarder quiconque du feu noir de ses yeux et, pourtant, chacun s'effaçait prestement pour le laisser passer.

— Voici en tout cas le premier de ceux que vous devez reconnaître, murmura lady Parry. C'est le comte de Leicester, titre qu'il porte depuis peu.

— Vraiment ?

Rosamund essaya de jeter un regard par-dessus son épaule, mais la sombre silhouette avait déjà disparu. Ainsi, c'était donc le très controversé Robert Dudley ? L'homme le plus puissant de la cour d'Angleterre ?

— Il n'a pas l'air content…

Blanche Parry secoua tristement la tête.

— C'est un bon et brave gentilhomme, lady Rosamund, mais beaucoup de choses lui causent du souci, ces derniers temps.

La jeune fille songea qu'un homme ambitieux et influent comme Robert Dudley devait certainement toujours avoir de nombreux soucis en tête.

— Comme, par exemple ? demanda-t-elle.

— Vous le saurez bien assez vite également, lui répondit sèchement la dame d'honneur de la reine. Venez…

Rosamund traversa donc à sa suite l'antichambre bondée, puis passa dans un cabinet rempli de magnifiques instruments de musique et dans une salle à manger meublée de petites tables et de fauteuils pliants, ainsi que de deux vaisseliers exposant des assiettes et des plats superbement décorés. Non loin de là, Rosamund aperçut un cabinet tapissé de livres qu'elle eût aimé pouvoir visiter, mais elle dut suivre encore son mentor à travers la chambre d'apparat silencieuse, espace sacré où nul, lui dit lady Parry, ne devait entrer sans raison, jusqu'à la chambre privée, inviolable à plus forte raison, de la reine.

Traverser toutes ces pièces richement décorées avait été comme un baume sur les nerfs à vif de Rosamund, mais à présent qu'elle approchait du but, son anxiété revenait au galop. Elle pressait nerveusement le revers fourré de sa cape de voyage, en priant le ciel de ne pas s'évanouir devant la souveraine.

La chambre privée n'était pas très grande et plutôt sombre, éclairée qu'elle était par une seule fenêtre aux carreaux à meneaux, que de lourdes tentures de brocart rouge pouvaient obturer. Un bon feu brûlait dans la cheminée de pierre, répandant dans la pièce une lueur orangée.

Le lit dominait toute la décoration, avec son baldaquin de bois tourné et sculpté de motifs entrelacés dans différentes essences, ses rideaux et son couvre-lit de velours et de satin. Les tentures en étaient ouvertes et attachées aux piliers par des embrasses dorées. Sur une coiffeuse, près de la fenêtre, étaient rangés de merveilleux flacons et bouteilles de verre de Murano, à côté d'un cabinet laqué.

Il n'y avait que quelques fauteuils dans la chambre et des dames en robe noire, blanche, verte ou dorée y cousaient ou lisaient en silence, non sans lancer des regards curieux dans la direction de Rosamund.

Et, près de la fenêtre, assise à un petit bureau, travaillait une dame qui n'était autre que la reine Elizabeth elle-même.

A présent dans sa trente et unième année, la sixième de son règne, elle ne pouvait être confondue avec quiconque. Ses cheveux d'un roux doré, qui ondulaient sous un petit bonnet de velours rouge décoré de perles, brillaient dans la faible lumière. Elle ressemblait à ses portraits, avec son teint pâle et son menton fièrement relevé, sa bouche petite et rose dont les coins, tandis qu'elle écrivait, s'abaissaient en une moue un peu amère ; mais aucun peintre, aussi talentueux fût-il, n'aurait pu fixer sur sa toile l'aura d'énergie et d'autorité qui rayonnait de toute sa personne, non plus que la lueur d'intelligence qui animait ses yeux sombres, les mêmes qui souriaient sur le portrait de sa mère, Anne Boleyn, accroché au mur près du lit.

La souveraine releva la tête, sa main qui tenait la plume courant toujours sur le parchemin.

— Vous devez être lady Rosamund ? lui dit-elle d'une voix douce et grave. Nous vous attendions.

La jeune fille plongea dans une profonde révérence. Grâce à Dieu, elle ne perdit pas l'équilibre ; et quand elle ouvrit la bouche, ses mots furent audibles et à peu près assurés.

— Mes parents vous envoient leurs plus respectueux hommages, Majesté. Toute notre famille est très honorée de pouvoir vous servir.

Elizabeth hocha la tête et se leva lentement de son bureau. Elle portait une ample robe pourpre et or, au col de fourrure fermé par une broche ornée de perles. Quand elle lui tendit sa main à baiser, Rosamund put voir que ses longs doigts blancs étaient tachés d'encre. Elle s'agenouilla pour baiser la main offerte et, tout de suite, la reine la fit se relever. A sa grande surprise, Elizabeth la prit par le bras et l'attira plus près. Il émanait d'elle une fraîche odeur de savon à la lavande, de poudre de riz — son poudrier, pendu à sa ceinture, ne la quittait jamais — et de bonbons, dont elle était extrêmement friande. Rosamund n'en était que plus confuse encore de sa propre tenue chiffonnée par le voyage.

— Nous sommes bien heureuse de vous avoir auprès de nous, en notre Cour, lady Rosamund, lui dit la reine en l'étudiant attentivement. Nous avons hélas perdu récemment quelques-unes de nos dames et demoiselles d'atour, et les fêtes de Noël s'annoncent déjà. Vous arrivez à point pour nous aider à les organiser.

S'occuper de festivités était bien le dernier des soucis de Rosamund, mais sous le regard acier de la souveraine, elle aurait certainement accepté n'importe quelle mission.

— Certes, Majesté, lui dit-elle, j'ai toujours aimé les fêtes de la Nativité, en notre château de Ramsay.

— Je suis heureuse de l'entendre. Ma chère Kate Ashley n'est pas en bonne santé et semble se renfermer chaque jour davantage dans les souvenirs du passé. Je voudrais recréer pour elle les fêtes joyeuses de sa jeunesse.

— J'espère pouvoir vous être de quelque utilité en cela, Majesté.

— Vous le serez.

La reine lâcha finalement son bras et retourna à son bureau.

— Dites-moi, lady Rosamund, souhaiteriez-vous par hasard vous marier ? Vous êtes jeune et très jolie. Etes-vous venue à ma Cour pour y dénicher un mari ?

Rosamund eut l'impression que l'une des dames présentes retenait précipitamment son souffle et, soudain, il y eut une réelle tension dans la pièce. Elle pensa à Richard, à ses beaux yeux bleus et à ses vaines promesses.

— Non, Majesté, répondit-elle avec franchise. Je ne suis pas venue ici dans ce but.

— Je suis bien aise de l'entendre, dit lentement la reine Elizabeth en posant sa longue main sur ses papiers. Si le mariage a ses vertus et ses nécessités, je n'aime guère qu'il vienne m'enlever mes compagnes. Je tiens à l'exclusivité de leur loyauté et de leurs services et tout manquement à ces devoirs n'est pas sans conséquences, comme ma trop entêtée cousine Katherine l'a appris à ses dépens…

Rosamund sentit sa gorge se serrer en se souvenant du sort de Katherine Grey, dont l'histoire était parvenue jusqu'au château de Ramsay. Convaincue de s'être mariée en secret à lord Hertford, elle avait été envoyée dans une geôle de la tour de Londres dès que sa grossesse n'avait plus fait de doute. Rosamund ne voulait certes pas connaître un pareil destin.

— Je souhaite seulement servir Votre Majesté.

— Vous allez en avoir l'occasion dès ce soir. Nous donnons une grande fête en l'honneur de la délégation suédoise et vous y apparaîtrez dans ma suite.

Une fête ? Déjà ? Rosamund fit une nouvelle révérence.

— Bien, Majesté.

La reine Elizabeth, qui jusque-là la fixait d'un regard impérieux, se pencha de nouveau sur ses papiers.

— En attendant, vous pouvez aller vous reposer. Lady Percy, une autre de nos demoiselles d'atour, va vous montrer vos quartiers…

Une jeune femme se détacha du groupe qui était assis autour de la cheminée. C'était une jolie petite brune à l'œil vif, vêtue d'une tunique de velours noir sur une robe de soie blanche. Rosamund s'inclina une dernière fois devant la reine en lui disant :

— Merci pour vos bontés, Majesté.

La reine la renvoya d'un geste et elle suivit l'autre demoiselle d'atour dans la chambre d'apparat.

— Je suis Anne Percy, lui dit-elle en prenant son bras comme si elles se connaissaient depuis plusieurs mois et non pas depuis quelques secondes.

Rosamund n'avait pas eu de sœur, ni d'amie proche, le château de Ramsay étant bien trop isolé pour cela. Elle ne savait que penser des manières engageantes et du sourire ouvert de lady Percy, mais il était bien agréable de ne pas se sentir tout à fait seule dans un tel lieu.

— Rosamund Ramsay, répondit-elle, ne sachant trop quoi ajouter.

Anne rit et entraîna sa nouvelle amie. L'un des jeunes hommes qui se tenaient à l'entrée du corridor sourit et lui fit un clin d'œil, mais elle se détourna et passa son chemin.

— Je sais, répondit-elle enfin comme elles quittaient les appartements privés. Nous ne parlons toutes que de vous depuis des jours.

— De moi ? s'étonna Rosamund. Mais c'est la première fois que je viens à la Cour ! Et puis, ma petite personne est de si peu d'intérêt à côté de toutes les choses excitantes qui doivent arriver ici…

Anne émit un petit grognement de dépit, assez surprenant de la part d'une personne de sa qualité.

— Les choses excitantes ? Vous plaisantez ! Nos journées sont bien longues et toutes semblables. Nous parlions de vous car nous n'avons pas vu un nouveau visage parmi nous depuis des mois et des mois. Nous comptons sur vous pour nous raconter tous les ragots…

Cette fois, Rosamund éclata de rire. Elle pensait aux longues et douces journées passées au château de Ramsay, à coudre, lire, jouer du luth… et à inventer mille prétextes pour rencontrer Richard.

— Je crains fort de ne rien avoir à raconter. La vie à la campagne est bien plus ennuyeuse qu'à la Cour ! Ici au moins, vous voyez des gens tous les jours, même si ce sont toujours les mêmes personnes.

— C'est assez vrai. Sur les terres de mon frère, je dois parfois aller parler aux moutons, juste pour entendre le son de ma voix.

Et Anne se mit à rire, d'un rire qui se communiqua irrésistiblement à Rosamund.

— Comme je connais très peu les usages, reprit-elle, il va vous falloir m'apprendre tout ce que je dois savoir ; désolée si je ne puis pas, en échange, vous raconter grand-chose…

— Oh, je puis faire cela assez facilement ; les devoirs d'une demoiselle d'atour ne sont pas très nombreux. Nous accompagnons la reine quand elle se promène dans les jardins, allons avec elle à l'église et sommes présentes dans sa suite quand elle reçoit des envoyés étrangers. Nous cousons et lisons avec elle et, enfin, nous plions l'échine quand elle est furieuse et d'humeur à nous lancer une chaussure à la tête.

— Vous… vous plaisantez ? balbutia Rosamund, le souffle coupé.

— Demandez donc à Mary Howard comment elle a eu sa cicatrice au front… Et elle est tout de même la fille du grand-oncle de la reine ! Mais cela n'arrive que lors des très, très mauvais jours… La plupart du temps, elle nous ignore.

— Mais si nos devoirs sont si peu nombreux, que faisons-nous de notre temps ?

— Nous observons, bien sûr. Et nous apprenons des choses…

Anne attira Rosamund dans l'embrasure d'une fenêtre en arc de cercle qui ouvrait sur un beau parterre de jardins, dont les allées gravillonnées pour l'heure ensevelies sous la neige circulaient autour de massifs délimités par de courtes haies de buis. Les fontaines étaient silencieuses, prises qu'elles étaient par la glace, et toute la végétation était couverte d'un manteau de givre argenté.

Pourtant, le tableau ne manquait ni de couleur ni de vie. Maints courtisans déambulaient par les allées, leurs différents groupes formant une file colorée serpentant entre les massifs. C'était un peu comme si leurs habits chatoyants et leurs fourrures y remplaçaient la profusion des fleurs.

Rosamund reconnut le pourpoint bleu nuit de Leicester et ses cheveux très noirs, qui brillaient dans la lumière grise. Il était au milieu d'un groupe d'hommes tous aussi sombres que lui et, bien qu'à distance, la jeune fille pouvait voir la colère flamboyer sur son beau visage austère.

— Nous n'aurons pas moins de trois délégations étrangères, pour ces fêtes de Noël, reprit Anne, chacune se méfiant des deux autres. Il va être très amusant de les voir se démener pour attirer l'attention de Sa Majesté sur eux.

Elle baissa la voix, en manière de confidence :

— Les uns ou les autres essaieront probablement de vous persuader de plaider leur cause auprès de la reine. Ils ont souvent des arguments… intéressants.

— Vous voulez dire… qu'ils essaient de nous acheter ? murmura Rosamund à son tour.

Anne tendit son poignet, montrant un très joli petit bracelet orné de perles.

— Disons… qu'ils font des cadeaux… Mais il faudra être très prudente quant à la faction que vous choisirez de soutenir, lady Rosamund…

— Quel choix aurai-je ?

Anne se tourna de nouveau vers la fenêtre et montra un groupe d'hommes sévères, tous habillés de noir, à un bout du jardin. On eût dit un vol de corbeaux.

— D'abord, il y a les Autrichiens. Ils sont venus présenter la candidature de leur archiduc Charles, qui souhaite épouser la reine. Ils ressemblent beaucoup aux Espagnols, lesquels ont renoncé à mener une semblable intrigue depuis que le roi Philippe a épousé une princesse française. Personne ne prend les Autrichiens très au sérieux, à part eux-mêmes. Et ils sont *diablement* sérieux.

— Ils sont même sinistres, approuva Rosamund. Qui d'autre ?

— Par ici, les Ecossais…

Anne montra un autre groupe. Il ne portait ni plaids ni kilts, comme Rosamund l'avait un instant imaginé, mais des vêtements du dernier cri, dans des tons gorge-de-pigeon, vert et or. Il est vrai qu'ils servaient une souveraine toujours à la pointe de la mode. La reine Marie tenait-elle à ce qu'ils s'habillent à la française ?

— Voici leur chef, sir James Melville, son second et secrétaire, Maitland, suivi du cousin de celui-ci, maître Macintosh. Vous avez vu comme ils sont tous grands et rouquins ? En tout cas, ils s'amusent davantage que les Autrichiens… Ils dansent et jouent aux cartes tous les soirs et Sa Majesté paraît les aimer beaucoup… Malgré tout, je ne parlerai pas trop ouvertement en leur présence, si j'étais vous…

— Pourquoi cela ? Que sont-ils venus faire à Londres ? Je ne vois pas quel prétendant au mariage ils pourraient proposer…

— En effet. Dans ce cas précis, c'est la reine d'Ecosse qui pourrait se marier.

Rosamund regarda le groupe d'hommes avec curiosité.

— Et elle pourrait épouser un Anglais, après avoir eu pour mari le roi de France ?

— Peut-être. Mais pas celui que notre bonne reine Elizabeth voudrait lui voir épouser…

— Que voulez-vous dire ?

Anne se pencha et baissa tellement la voix que c'était à peine si Rosamund pouvait encore l'entendre.

— Sa Majesté aimerait que la reine Marie prenne Robert Dudley comme prince consort. On dit que c'est dans ce but qu'elle vient de faire de lui un comte…

— Ah bon ? Mais je croyais que la reine Elizabeth elle-même…

— Oui, nous le croyions toutes aussi. C'est très étrange. Melville doit se poser bien des questions. Je suppose que c'est pour cela qu'il prend son temps, au lieu de presser la reine d'Ecosse d'accepter cette offre.

— Et voilà pourquoi le comte paraît si sombre…

— Très probablement…

— Et la troisième délégation ? Qui sont ceux qui la composent ? Est-ce qu'ils s'agitent dans l'ombre, eux aussi ?

Anne Percy eut un rire clair. Tout le sérieux qu'elle avait montré en décrivant les buts des Autrichiens et des Ecossais s'évanouit instantanément.

— Non, les Suédois sont très différents.

— Les Suédois ?

— Ils sont ici pour plaider la cause de leur souverain, le roi Eric, qui aurait bien besoin d'une épouse puissante, car il est sous la menace d'une guerre avec le Danemark et la Russie, voire avec la France. Son propre frère complote contre lui.

— Cela n'est pas de meilleur augure pour un projet de mariage, fit remarquer Rosamund.

— Oh, non, vous avez raison ! D'ailleurs la reine l'a rejeté, déjà, il y a quelques années. Je suis sûr qu'elle n'a aucune intention de l'épouser.

— Alors pourquoi garde-t-elle cette délégation à sa Cour ?

— Eh bien, mais… voyez vous-même !

Anne montra un nouveau groupe qui venait d'entrer dans les jardins en passant une arche de pierre. C'était de beaux jeunes hommes élancés, que l'on devinait très musclés sous leurs pourpoints et leurs capes bordées de fourrure. Ils riaient à gorge déployée. On eût dit une joyeuse troupe de dieux nordiques entrant au Valhalla.

Et au milieu d'eux s'avançait le plus élégant et le plus énigmatique des leurs : le mystérieux Anton, que Rosamund avait vu dessiner de si belles arabesques sur la glace.

Il portait d'ailleurs ses patins négligemment jetés sur son épaule, lames d'argent sur le cuir et le velours noir du pourpoint. Un bonnet plat assorti couvrait ses cheveux d'un noir de jais et son radieux sourire semblait illuminer cette froide journée d'hiver.

La belle dame rousse que Rosamund avait déjà remarquée au bord de l'étang gelé était pendue au bras d'Anton, une expression ravie sur son visage mince, comme si elle buvait chacune de ses paroles.

Rosamund eut l'impression que l'air ne passait plus dans sa gorge et que son visage s'embrasait, malgré le froid qui traversait cette fenêtre.

« Pense à Richard », s'ordonna-t-elle en fermant les yeux, et elle essaya de ramener à sa mémoire le souvenir des baisers de cet été, la façon dont elle se sentait lorsqu'il l'attirait contre lui : las, tout ce qu'elle voyait, c'était la silhouette d'un homme qui virevoltait sur la glace.

— Voilà pourquoi la reine les garde ici, lui chuchota Anne. Ces Suédois sont l'un des plus beaux ornements de la Cour, en ce moment… même s'ils y sèment parfois un certain désordre.

Rosamund ouvrit les yeux. Anton était toujours là. Il murmurait quelque chose à l'oreille de la rousse et celle-ci gloussait derrière sa main gantée ; pas de doute, ils flirtaient.

— Du désordre ? murmura la jeune fille.

Certes, comment aurait-il pu en être autrement dans une cour d'Angleterre bruissante de dames qui s'ennuyaient ?

— Les Suédois et les Autrichiens se haïssent, l'informa Anne, les joues roses de plaisir. La reine a dû leur interdire les duels. Quant aux Ecossais, je suppose qu'ils ne seraient pas les derniers à mettre la main à l'épée ou bien à s'opposer à eux d'une façon ou d'une autre, je ne sais pas laquelle.

Rosamund opina, vaguement confuse. Elle avait encore beaucoup de choses à apprendre sur les us et coutumes de la Cour. Traduire de la poésie grecque serait un exercice plus facile que la simple compréhension des alliances.

— Ce brun-là, reprit Anne, c'est Anton Gustavson. Il paraît qu'il n'est qu'à demi suédois, sa mère était anglaise. Il n'est pas ici uniquement pour plaider la cause du roi Eric, mais aussi la sienne. Son grand-père lui a laissé une terre dans le Suffolk, avec un beau manoir, et il vient la réclamer, car une de ses cousines la lui dispute.

Rosamund regarda Anton rire avec la dame rousse. Ils avançaient entre les massifs comme s'ils y étaient seuls au monde.

— J'ai du mal à imaginer que cet homme-là puisse se disputer avec quiconque, soupira-t-elle. Ne dirait-on pas qu'il a le pouvoir de charmer les oiseaux et de les faire se poser dans sa main ?

Anne Percy lui lança un regard de côté.

— Vous avez déjà rencontré maître Gustavson ?

Rosamund secoua la tête.

— Non, c'est ce que j'observe en le voyant…

— Oh, méfiez-vous toujours de ce que vous voyez… A la Cour, les apparences sont trompeuses. Personne n'y montre jamais sa vraie nature, c'est le seul moyen d'y survivre.

— Ah bon ? Et devrais-je donc aussi me méfier de vous, lady Percy ?

— Mais certainement, répondit joyeusement l'intéressée. Voyez-vous, ma famille est ancienne et très riche, mais elle reste aussi obstinément catholique. Je ne suis que tolérée, dans cet office, et seulement parce que ma tante est une amie de la reine. C'est pourquoi, comme vous l'aurez compris, si je suis toujours la cible de délicieux ragots de la part de nos compagnes, je suis également franche comme l'or.

Rosamund éclata de rire.

— Dites-moi alors, Dame Franchise, qui est cette belle au bras de maître Gustavson ? Se cherche-t-il également une épouse anglaise, assortie au manoir tant convoité ?

— Si c'est le cas, il fait fausse route avec celle-ci, répondit Anne après avoir jeté un nouveau coup d'œil par la fenêtre. C'est Lettice Devereaux, comtesse d'Essex, une cousine de la reine. Son comte de mari passe son temps à guerroyer contre les farouches Irlandais, ce qui laisse tout loisir à la belle comtesse de s'amuser à la Cour.

Prenant le bras de Rosamund, elle l'entraîna loin de la fenêtre et de son si intéressant point de vue.

— Venez, je vais vous montrer vos quartiers. Nous écornerons bien d'autres réputations, avant la fête de ce soir.

Une fête donnée en l'honneur des querelleuses délégations étrangères, se dit la jeune fille. La soirée risquait d'être intéressante…

Peut-être que si elle écrivait à Richard à ce sujet, il lui répondrait ? Si du moins il recevait sa lettre… C'était un gentilhomme campagnard, guère intéressé par les brumeuses affaires de la Cour, mais il aimait le bel esprit, c'était même un des traits qui l'avaient séduite en lui. Cela, c'était dans le cas où elle voudrait toujours entendre parler de lui, ce dont elle n'était plus tout à fait aussi sûre.

Anne la conduisit le long d'un corridor désert. Il y faisait très sombre : aucune fenêtre ne l'éclairait et les torches, dans leurs cercles de fer fixés au mur, n'étaient pas encore allumées. Rosamund songea que les intrigues de la cour faisaient déjà effet sur elle, car elle s'imaginait tous les complots que l'on pouvait ourdir en ce lieu.

— Voici la salle du conseil privé, lui dit sa compagne en désignant une porte à demi ouverte.

Rosamund aperçut une longue table entourée de fauteuils aux hauts dossiers droits.

— Nous autres, demoiselles d'atour, n'y entrons jamais, lui indiqua Anne avec fermeté.

— Et vous ne vous demandez pas ce qui s'y passe, chuchota la nouvelle venue, et ce qui s'y dit ?

La rieuse lady Percy cligna joyeusement de l'œil.

— La reine ne nous demande pas notre avis sur les affaires

d'Etat, mais elle nous interroge souvent sur ce qui se dit à la Cour, ce qui revient un peu au même…

Elle prit derechef le bras de sa nouvelle amie et l'introduisit dans une pièce qui ne pouvait être que le dortoir des demoiselles d'atour : une sorte de couloir étroit avec trois lits de chaque côté. Rien de commun, on s'en doute, avec la chambre à coucher de la reine Elizabeth. Les lits étaient faits de bois sombre et leurs montants n'étaient pas sculptés, mais leurs baldaquins supportaient d'épais rideaux de velours vert et ils paraissaient accueillants, avec leurs coussins et leurs édredons. A chaque place, un gros coffre à vêtements et une table de toilette. Tout l'espace restant contre les murs était occupé par des coiffeuses et des miroirs.

C'était un endroit bien tranquille, à présent qu'il était vide, mais Rosamund pouvait imaginer la volière qu'il devait être lorsque six jeunes femmes s'y trouvaient.

Jane, sa servante, était déjà au pied du lit le plus éloigné de la porte, occupée à défaire les malles de sa maîtresse. Tous les beaux vêtements du trousseau, soigneusement composé par sa mère, étaient dûment défroissés et repliés pour entrer dans le grand coffre.

— Oh, c'est merveilleux ! s'exclama Anne, vous avez le lit juste à côté du mien. Nous allons pouvoir bavarder toute la nuit. C'était devenu si calme depuis qu'Eleanor Mortimer est partie…

— Que lui est-il arrivé ? s'enquit Rosamund en ramassant un manchon beige qui était tombé de la pile.

— Oh, les ennuis habituels, je le crains… Elle est tombée enceinte et elle a dû quitter la cour en disgrâce. Encore heureux pour elle qu'elle n'ait pas finie à la Tour, comme la pauvre Katherine Grey…

Anne se percha sur le bord de son lit et agita ses petits pieds chaussés de ballerines en satin.

— Dites-moi, vous pensiez ce que vous disiez, quand vous avez assuré à la reine que vous n'étiez pas là pour chercher un mari ?

— Certainement, repartit Rosamund, qui se remit à penser à Richard, aux lettres qu'elle n'avait jamais reçues de lui.

Un seul homme suffisait bien pour alimenter vos regrets…

— C'est très bien, vous avez raison. Il faut vous y tenir et ne jamais changer d'avis. Un mariage sans la permission de la reine ne peut attirer que de graves ennuis… Oh, Rosamund, vous devriez mettre ce jupon, ce soir, il est si joli !

3

— Elle te veut, Anton…

Johann Ulfson riait, mais il y avait indiscutablement un brin de jalousie dans sa voix.

Anton regarda lady Essex s'éloigner le long de l'allée, ses cheveux roux comme un rayon de soleil dans cette grise journée d'hiver. Elle le regarda brièvement par-dessus son épaule puis suivit ses amies ; le vent froid emporta leurs rires cristallins.

Lui aussi avait envie de rire. La jeune comtesse avait beaucoup d'allure avec ses yeux qui brillaient, ses sourires enjôleurs et cette façon qu'elle avait de vous faire sentir qu'elle était seule et disponible — son mari était au loin, en Irlande. Elle lui offrait une distraction, un répit bienvenu au milieu des tâches ardues qui l'attendaient à la cour d'Angleterre ; mais il n'avait aucune illusion, ni sur le cœur de Lettice Devereaux ni sur ce qu'il pouvait attendre d'elle.

Il ne pensait déjà plus, d'ailleurs, aux cheveux de cuivre et à la silhouette agréablement tournée de la comtesse. Une autre vision occupait son esprit, un joli fantôme habillé d'argent et d'ivoire, aux grands yeux bleus. Qui était-elle, cette fée de l'hiver qui lui était apparue brusquement ? Et pourquoi s'était-elle évanouie dans la neige et le vent, sans qu'il ait eu la moindre chance de lui parler ?

Comment la retrouver ?

— Tu te laisses aveugler par un joli minois, répondit-il à Johann.

Mais il aurait tout aussi bien pu se parler à lui-même…

— La comtesse vise plus haut. Je ne suis que du menu fretin pour elle…

D'un signe de tête il désigna à son ami la silhouette de lord Leicester qui se tenait un peu plus loin, au milieu d'un groupe de ses amis. Il était curieux que personne, dans cette Cour, ne semblât être capable de se déplacer seul : on y rôdait en bande, comme des loups.

Lady Essex avait peut-être bien des vues sur Anton, mais Leicester, lui, en avait sur elle, et il serait bien amusant de voir ce qui prévaudrait.

Si du moins il était toujours présent pour assister au dénouement… Anton serait peut-être bientôt installé dans son fief anglais, celui auquel devait lui donner droit l'héritage de sa mère. Ou bien il pourrait être de retour à Stockholm, pour faire face aux caprices d'un monarque à l'humeur de plus en plus changeante et aux manigances du frère de celui-ci, perpétuellement en rébellion. D'une façon ou d'une autre, il devrait d'abord remplir sa mission, quelles qu'en puissent être les conséquences.

Lady Essex ne représentait pour lui qu'un passe-temps. Quand il était loin d'elle, il n'y pensait plus. Tandis qu'à cette fée sortie, comme par magie, du paysage hivernal…

Peut-être était-ce une bonne chose, après tout, qu'il ne sût pas qui elle était, ni où la trouver. Car il sentait bien que cet elfe-là ne serait pas aussi facile à oublier.

— Menu fretin ou pas, tu ferais bien de prendre ce qu'on t'offre, reprit Johann. Nos journées seraient bien ternes, ici, sans les quelques distractions que nous savons y trouver.

— La reine n'acceptera jamais le roi Eric, intervint Nils Vernerson, sans quitter des yeux les différents groupes qui circulaient dans le jardin enneigé. Elle se joue de nous, comme l'on fait d'un toton !

— Vaut-il mieux être le jouet d'une reine ou celui d'une comtesse ? répliqua Anton en riant. Et si c'était notre destinée, en ces fêtes de Noël, de ne rien avoir de mieux à faire que d'amuser les dames ?

— Il y a de pires destins, dit Johann. Comme de devoir aller combattre les Russes, par exemple…

— Oui, mieux vaut une joute verbale avec la reine Elizabeth que de batailler contre le tsar Ivan et ses hordes de barbares sur des steppes gelées, renchérit Nils. Je voudrais que nous n'ayons jamais à rentrer à Stockholm.

— Alors oui, ne nous plaignons pas de servir la Suède ici en n'ayant rien d'autre à combattre que l'ennui des belles dames de la cour d'Angleterre. Ainsi pourrons-nous, tout de même, passer un joyeux Noël…

— Si tu résous ton dilemme…, murmura Johann.

— Lequel ? fit Anton. Il y en a tellement qui traînent, ici…

— Celui qui t'est personnel… Vas-tu servir la reine ou bien la comtesse ?

— Ou bien encore, l'une ou l'autre de nos nombreuses admiratrices, dit Nils tandis que Mary Howard et deux de ses amies passaient en leur souriant.

Mary lança un rapide regard vers Anton, puis se détourna en rougissant.

— Elles se pâment toutes devant toi depuis que tu as fait une petite démonstration de tes talents sur la glace, grommela Nils avec envie.

— Et maintenant que la Tamise est en passe d'être entièrement gelée, tu peux être sûr que toutes les dames de la Cour vont se presser dans la galerie qui surplombe le fleuve pour te lancer des fleurs et des baisers par la fenêtre, ricana Johann.

Anton rit, lui aussi, mais avec un peu plus de retenue. Ce n'était pas pour lui un sujet de plaisanterie ; il chérissait ces moments passés sur la glace, où l'on ne pensait à rien d'autre qu'aux figures qu'on exécutait, encore et encore. Qu'y pouvait-il si on lui enviait cette liberté qu'il avait de s'envoler ainsi dans l'air pur et glacé, loin de ses soucis et de toute contingence ?

— Peut-être veulent-elles tout simplement apprendre à patiner ? dit-il nonchalamment.

— Patiner ? répéta Nils d'un air faussement ingénu, je ne savais pas que cela s'appelait comme ça…

Anton rit, secoua la tête et, rejetant ses patins par-dessus son épaule, il s'avança à grands pas vers le palais.

— Occupons-nous plutôt de la fête de ce soir, lança-t-il à ses compagnons. La reine n'aime pas qu'on soit en retard…

— Donc tu as décidé d'être plutôt le jouet d'Elizabeth ? répliqua Nils en se hâtant, et Johann avec lui, de le rejoindre.

— Oh, je n'ai pas, dans ce domaine, la constance de lord Leicester, repartit Anton en riant. Je crains de ne pas pouvoir l'amuser assez longtemps… Et je n'ai pas non plus la dévotion chevillée au corps, comme un Melville ou un Maitland, qui sont capables de servir deux reines à la fois, l'anglaise et l'écossaise, ce qui doit être bien épuisant… Mais je vous rappelle que nous sommes ici en mission diplomatique. Si nous pouvons la remplir en égayant le palais de Sa Majesté, eh bien, faisons notre devoir !

Il sourit à ses compagnons, ravi de leur air hébété. Tant mieux, s'il parvenait à leur cacher ses véritables motivations.

— Même si c'est un bien grand sacrifice, j'en conviens, que de boire le vin de la reine Elizabeth et de faire la conversation aux plus belles de ses dames de compagnie…

Sur ces mots, il les planta là et monta quatre à quatre les marches de l'escalier qui menait à la Grande Galerie. D'ordinaire, le vaste espace était encombré de curieux, d'oisifs cherchant à tromper leur ennui et aussi, tout de même, d'officiers pressés d'accomplir quelque tâche urgente ; pour l'heure il était presque vide. Chacun devait s'être retiré « en son particulier » afin de choisir avec soin sa tenue de fête pour la soirée à venir — et aussi se préparer à jouer son rôle dans l'éternelle comédie de dupes qu'était la vie à la Cour.

Il allait devoir faire de même. Il avait entendu dire que sa cousine était arrivée depuis peu à Whitehall pour mettre au point sa contre-offensive dans leur lutte acharnée en vue de la possession de Briony Manor. Anton ne l'avait pas encore rencontrée, mais le jeu en valait la chandelle. Ni l'un ni l'autre des deux rivaux n'abandonnerait sans combattre — et peu importaient les intentions initiales de leur grand-père commun.

Anton pouvait se montrer un aussi rude combattant que sa cousine. Briony signifiait davantage, pour lui, qu'un simple manoir et un peu de terre autour. Oui, il était prêt à se battre pour l'obtenir, même si le combat devait se mener à grand renfort de charme, de flirt et de persuasion.

Il prit la direction des appartements mis à la disposition de la délégation suédoise et dissimulés quelque part dans le vaste dédale de corridors qu'était Whitehall, et c'est alors qu'un rire clair lui fit dresser l'oreille, un rire étouffé mais frais comme l'eau d'une source au cœur de l'été. Il semblait, ce rire, illuminer la journée et réchauffer les vieux murs du palais.

— Chuuut ! murmurait une voix féminine. C'est par ici, mais il faut nous presser…

— Oh, Anne, je ne crois pas que…

Anton se tapit dans l'ombre et jeta un coup d'œil prudent à l'angle du corridor. Deux jeunes filles revêtues de la tenue blanc et argent des demoiselles d'atours de la reine cheminaient au long du passage sans fenêtre. L'une d'elles était Anne Percy, une jolie petite brune à l'œil vif, qui avait déjà attiré sur elle l'attention très admirative de Johann. Celle qui l'accompagnait n'était autre que sa petite fée de l'hiver, l'elfe aux cheveux d'or rutilants dans le pâle soleil de décembre. Pendant un temps, Anton ne put en croire ses yeux. Il avait fini par penser qu'elle devait être un rêve, une créature des bois, faite de neige et de glace, un fantôme qui n'existait pas. Pourtant, elle était là, qui glissait le long du corridor désert. A un moment, elle lança un regard par-dessus son épaule, et il n'eut que le temps de se tapir de nouveau dans l'ombre complice. Il sut alors, indiscutablement, que c'était bien elle.

Elle avait bien ce teint d'albâtre, cet ovale parfait du visage, ces yeux bleus si brillants. L'espace d'un bref instant, elle se raidit, et Anton eut l'impression qu'elle l'avait repéré, mais Anne la prit par le bras et elles disparurent toutes deux au coin du couloir.

Anton resta longtemps les yeux fixés sur ce point, en silence et sans bouger. L'air lui semblait plus pur, comme si une étoile était brièvement descendue jusqu'à lui, puis avait disparu — s'était évanouie, plutôt, dans la pénombre.

Qui était-elle ?

Ces pensées rêveuses furent interrompues par le bruit des pas de Johann et de Nils, qui le rejoignaient.

— Qu'est-ce que tu regardes ? demanda ce dernier.

Anton secoua la tête pour tenter de se débarrasser de son rêve éveillé.

— Rien, je… j'ai cru avoir entendu quelque chose.

— C'était probablement quelque admiratrice qui s'étendait voluptueusement sur sa couche en t'attendant, dit Johann en riant.

Anton voulut bien sourire. Non, ce n'était pas cela, et à en juger par la façon dont l'apparition s'était enfuie en le voyant au bord de l'étang, cela ne le serait jamais. Et cela valait mieux, peut-être. Il n'y avait guère de place, dans sa vie, pour les fées hivernales et tous leurs sortilèges.

Il s'en serait voulu d'éteindre l'étincelle de ses jolis yeux en la touchant de ses mains glacées de simple mortel à l'avenir par trop incertain.

4

La fête donnée par la reine n'eut pas lieu dans la grande salle des banquets, que l'on apprêtait déjà pour les fêtes de Noël, mais dans une salle plus petite, située non loin de ses appartements. Qu'on n'aille pas pour autant s'imaginer quelque chose de très intime : de somptueuses tapisseries, représentant des scènes de chasse et des déjeuners champêtres, réchauffaient les boiseries sombres des murs, et un énorme feu crépitait dans la grande cheminée, illuminant la pièce depuis les parquets cirés jusqu'au plafond à caissons et faisant briller la vaisselle précieuse, sur les nappes brodées éblouissantes de blancheur.

Deux luthistes jouaient un air joyeux tandis que Rosamund prenait place sur l'un des bancs capitonnés, non loin du dais où trônait le fauteuil de la reine. Des serviteurs empressés apportaient de grands plats d'argent chargés de victuailles et versaient de la bière et du vin épicé dans les coupes.

Trop fatiguée par le voyage, Rosamund ne profitait pas vraiment du spectacle tout nouveau qui s'offrait à elle. Il lui faisait l'effet d'un tourbillon coloré, comme perçu à travers un kaléidoscope. Tout lui paraissait étrangement déformé ; les rires, trop hauts, le fracas des couteaux sur l'argent des assiettes, semblable au grondement du tonnerre. Les odeurs mêmes lui montaient à la tête : les épices du vin, les viandes rôties, le bois qui brûlait, les parfums des femmes.

Elle s'assit parmi d'autres demoiselles d'atour, devinant que tel devait être le souhait de la souveraine. En groupe, elles ressemblaient à des fées, tout droit sorties d'un conte d'hiver, avec leurs robes blanc et argent. Se trouver au milieu de ses pareilles était pour elle un soulagement : au moins, elle n'aurait pas à affronter dès ce soir la langue acérée des courtisans. Elle s'en félicita en buvant une petite gorgée de vin et en écoutant Anne tenir la dragée haute à Mary Howard.

Sur son estrade, la reine Elizabeth dominait les convives, avec à sa droite l'ambassadeur d'Autriche, Adam von Lustenau, et à sa gauche le chef de la délégation suédoise. Ce n'était pas le patineur brun au sourire si enjôleur, mais un homme blond, plus trapu, qui passait le plus clair de son temps à lancer des regards en coin à l'Autrichien. A côté de lui était assis l'Ecossais sir James Melville.

Où pouvait bien être le beau et brun Suédois ? La table épousait la forme d'un U dont l'autre branche aurait été dans son dos et Rosamund dut mobiliser toute sa bonne éducation pour ne pas se retourner afin de le chercher, par pure curiosité.

— Rosamund, vous devriez manger un peu, lui souffla Anne en faisant glisser dans son assiette une part de tourte au porc. Goûtez ceci, c'est délicieux. Vous n'avez rien mangé depuis votre arrivée.

— Il n'est pas du tout à la mode d'être aussi mince, susurra Mary Howard d'un air quelque peu méprisant, en détaillant du regard les fines épaules de Rosamund. On ne se préoccupe peut-être pas beaucoup de la mode, à la campagne, mais ici, vous verrez que c'est une question de la plus haute importance.

— C'est toujours mieux que de ne pas pouvoir entrer dans son corset, répliqua perfidement Anne. A moins que le vôtre soit lacé trop étroitement, ma chère, pour mieux capturer les regards de lord Fulkes ?

— Lequel est pourtant fiancé à lady Ponsonby, acheva Catherine Knyvett, une autre demoiselle d'atour.

Mary Howard leva dédaigneusement le menton.

— Je me moque comme d'une guigne de lord Fulkes et de ses engagements. Je me contentais de donner, en toute amitié, un conseil à lady Rosamund, puisqu'elle débute à la Cour.

— Je crois qu'elle peut avantageusement se passer de vos

avis, lui rétorqua Anne. La plupart des hommes présents dans cette pièce ne la quittent déjà pas des yeux.

— Ce n'est pas vrai, Anne, murmura l'intéressée.

Elle aurait voulu pouvoir s'enfuir et se cacher sous ses draps pour échapper à l'attention générale et à toutes ces querelles.

— Vous êtes trop modeste, Rosamund, regardez donc et vous verrez…

Son amie fit pression sur son bras et la jeune fille se décida à lever les yeux pour considérer la salle. Elle ne comprit pas ce qu'Anne avait voulu dire, car tous les invités semblaient pour l'heure regarder la reine, calquant soigneusement leur humeur sur l'expression de son visage et leurs rires sur les siens. Elle était bel et bien la souveraine, l'axe autour duquel tournait le monde et elle le paraissait, ce soir, dans une magnifique robe de brocart noir brodé d'or, ses cheveux d'un roux pâle artistement tressés en couronne autour de sa tête.

Mais il y avait bien une personne qui ne regardait pas la reine Elizabeth. Quelqu'un qui la regardait, elle, Rosamund, avec une tranquille intensité : Anton Gustavson.

Elle l'avait trouvé très beau, à la lumière du jour, quand il riait en s'élançant dans toutes ces magnifiques et périlleuses figures sur la glace, sans paraître avoir à produire le moindre effort.

Ici, dans ce palais, dans la lueur des torches et du feu qui chantait dans l'âtre, il ne l'était pas moins. Ses cheveux s'écartaient de son front en une mèche brillante et aussi noire que l'aile d'un corbeau. Les flammes semblaient ciseler ses traits harmonieux, ses hautes pommettes et sa dure mâchoire.

Mais il ne riait plus. Il la regardait même d'un air plutôt solennel, les coins de sa bouche abaissés, comme s'il était songeur. Son pourpoint, d'un mauve foncé, rehaussé de satin noir, contribuait à lui conférer un aspect sévère.

Le corset de Rosamund lui parut soudain aussi serré que celui de Mary Howard : le souffle lui manquait d'un coup. Ses joues se mirent à la brûler, comme si elle s'était assise trop près du feu.

Que lui arrivait-il donc ? Et lui, qu'avait-il à la regarder aussi intensément ? Pensait-il à la façon ridicule dont elle s'était enfuie, au bord de l'étang ?

Elle se força à lever le menton et à soutenir son regard et, tout à coup, le visage sévère du Suédois s'illumina d'un sourire, révélant des dents étonnamment blanches. Ce sourire transforma instantanément ses traits et, de nouveau, il fut ce personnage joyeux et solaire qu'elle avait aperçu sur la glace. Cependant, ses yeux, qu'ombraient des cils très longs, pour un homme, restaient impénétrables.

Rosamund se surprit à lui sourire en retour. Il souriait d'une façon si communicative que lui répondre de la même manière était aussi naturel que de respirer. Mais très vite, elle se sentit confuse, se troubla et détourna son regard.

Les serviteurs enlevèrent les restes de tourte à la viande et de légumes cuits au pot pour apporter du bœuf rôti, des gibiers et des poissons en sauce, sans oublier de resservir généreusement du vin. Rosamund grignota un peu de lièvre en gibelotte en se demandant si Anton Gustavson la regardait toujours et ce qu'il pouvait bien penser d'elle, ce que lui cachait son profond regard de nuit.

— Bah, qu'est-ce que cela peut bien me faire, après tout, murmura-t-elle en rompant de ses doigts un petit morceau de pain blanc.

— Vous faire quoi, Rosamund ? lui demanda Anne. L'un de ses gentilshommes aurait-il su retenir votre attention ?

La jeune fille secoua la tête. Elle pouvait difficilement confier à sa nouvelle amie combien elle trouvait Anton Gustavson mystérieux et séduisant. Anne était une compagne très amusante et pouvait certainement lui donner de bons conseils quant à la manière de se conduire à la Cour, mais Rosamund craignait que la vive brunette ne pût s'empêcher de la taquiner.

— Je vais vous confier un secret, Anne, chuchota-t-elle, si vous me promettez de le garder pour vous.

— Oh, oui, répondit la demoiselle d'atour sur le même

ton, en écarquillant les yeux. Je n'ai pas ma pareille pour garder un secret.

— Eh bien, je ne m'intéresse pas aux gentilshommes de la Cour, parce qu'il y en a un, là-bas, chez moi, que… enfin, que j'apprécie.

Peut-être cette révélation suffirait-elle à son amie et lui ferait-elle changer de sujet ?

— Un gentilhomme de chez vous ? s'écria Anne.

— Chuut !

Les domestiques revenaient changer les plats, elle ne pouvait en dire plus.

— Vous me raconterez cela plus tard, ajouta Anne.

Rosamund acquiesça. Elle n'avait pas grande envie de parler de Richard, mais cela vaudrait mieux que de s'expliquer sur Anton. A l'aide de son couteau de table, elle entreprit de découper un pigeon rôti à la sauce à la menthe.

— Est-ce que l'on mange toujours autant, ici ? s'étonna-t-elle.

— Oh, ce n'est rien ! intervint Mary Howard. Attendez un peu le banquet de Noël. Il y aura alors des dizaines et des dizaines de plats différents. Et aussi du pudding !

— Nous n'arriverons jamais à tout manger, renchérit Anne. Même pas Mary…

L'intéressée ignora cette perfide remarque et acheva :

— Ce qui n'est pas consommé est distribué aux pauvres.

Les demoiselles d'atour s'interrogèrent alors, comme c'était prévisible, sur l'identité de ceux qui dérobaient les plats non entamés dans les cuisines, soit pour les manger, soit pour les vendre, et l'on apporta sur les tables des gaufres au sucre ornées au fer des faucons et des roses des Tudor. Le vin se remit à couler à flots, rendant les discussions plus animées et les rires plus francs. Même Rosamund sentit qu'elle commençait à se détendre. Elle en oubliait de se demander si Anton Gustavson la regardait. Elle tourna la tête dans sa direction et le découvrit en train de bavarder placidement avec une dame vêtue d'une robe de soie marron glacé et or. Elle buvait littéralement ses paroles, les lèvres entrouvertes, comme si chaque mot qu'il prononçait était un véritable élixir de vie, pour elle.

Désappointée, d'ailleurs sans trop savoir pourquoi, Rosamund se força à regarder droit devant elle. Elle espérait en tout cas ne jamais avoir à se conduire de la sorte.

Lorsque les desserts eurent été retirés de la table, la reine se leva, les nombreuses bagues de ses mains brillant à la lueur des chandelles. Aussitôt, les conversations se turent.

— Mes chers amis, nous vous savons gré de vous être joints à nous pour honorer nos invités. Ce banquet n'était qu'un aperçu des fêtes que nous donnerons pour célébrer la naissance de Notre Sauveur ; mais la nuit est encore jeune et nous espérons que maître Vernerson voudra bien nous faire la grâce d'une danse.

Nils Vernerson s'inclina galamment en réponse et chacun se leva, en attendant que les serviteurs aient emporté les tables et les bancs, tandis que d'autres musiciens se joignaient aux luthistes. Anton se tenait dans un coin, son admiratrice toujours auprès de lui, mais Rosamund ne daigna pas s'approcher de lui.

— J'espère que vous connaissez les nouvelles danses venues d'Italie, lui dit Mary Howard d'un air pénétré. Savoir évoluer avec grâce sur le parquet est un grand atout, aux yeux de notre reine.

— C'est fort aimable à vous de vous en préoccuper, lady Howard, et je vous remercie de votre sollicitude, lui répondit Rosamund avec un léger soupçon d'ironie. J'ai en effet eu un maître à danser, ainsi qu'un professeur de luth et de poésie, et aussi de latin, d'espagnol, d'italien et de français.

Mary Howard pinça ses lèvres pleines.

— Il est bien dommage que vous n'y ayez pas ajouté le suédois. Car c'est la mode qui trotte, cette saison, à la Cour.

— Comme si elle connaissait autre chose que « *Ja* » et « *Nej* », dit tout bas Anne Percy à l'adresse de son amie. Plutôt « *Ja* » d'ailleurs, au cas, fort improbable, où maître Gustavson lui adresserait la parole. Il ne l'a pas seulement regardée de toute la soirée…

Rosamund ne put s'empêcher de rire, mais elle s'interrompit très vite en voyant la reine s'avancer vers elles au bras du secrétaire d'Etat écossais Maitland.

— Lady Percy, dit-elle d'un ton sans réplique, le secrétaire Maitland souhaiterait vous avoir comme partenaire pour cette gaillarde.

— Certainement, Majesté, répondit Anne en plongeant dans une révérence.

— Et vous, lady Rosamund, dit la reine en se tournant vers sa nouvelle demoiselle d'atour avec un regard impérieux. J'espère que l'on vous a préparée à la danse, avant de vous envoyer à ma Cour ?

Rosamund fit à son tour une profonde révérence.

— Oui, Majesté. J'aime beaucoup danser.

— Dans ce cas, vous serez la partenaire de maître Macintosh… Il a le pied fort léger, comme vous le verrez…

Un homme de haute taille aux larges épaules, avec une touffe de cheveux roux et une barbe soignée, s'inclina devant elle et lui prit le bras.

Rosamund se laissa guider parmi le groupe de danseurs qui se rassemblaient au centre de la salle, confiante pour la première fois depuis qu'elle avait posé le pied à Whitehall. Ses leçons de danse avaient été son seul plaisir durant sa longue querelle avec ses parents et son chagrin d'avoir à quitter Richard. Oui, elle avait aimé ces moments de grâce où elle sautait, tournait et virevoltait, tout entière au rythme et à la musique, bien loin de son triste quotidien. Son professeur lui avait dit qu'elle avait un don naturel pour la danse. A cet exercice, elle s'enhardissait, alors qu'une simple conversation avec quelqu'un qu'elle connaissait mal lui faisait perdre une grande partie de ses moyens. Très souvent, elle restait désespérément muette. Mais il y avait un véritable échange et même comme une conversation, dans la danse.

On attendait. Pas question de lancer la musique avant que la reine fût en place, or elle était encore à se promener de groupe en groupe, formant les couples et encourageant les timides à se lancer. Rosamund se plaça en face de maître Macintosh et tâcha de lui sourire.

— Lady Rosamund Ramsay, lui dit-il d'un ton très affable, comme pour la mettre à l'aise. Ramsay est un nom écossais, le saviez-vous ?

Rosamund acquiesça, un sourire toujours plaqué sur les lèvres. Il y avait quelque chose dans les yeux de cet homme qui lui déplaisait.

— Je le sais, oui. En fait, mon arrière-grand-père possédait un domaine le long de la frontière.

Domaine depuis lequel il aimait plus que tout lancer des expéditions punitives contre ses voisins écossais, ce qui lui avait valu la reconnaissance du roi d'Angleterre, le grand-père de la reine actuelle. Ce dernier avait fait de lui un comte et lui avait offert un domaine plus riche et plus vaste dans le sud. Mais sans doute n'était-ce pas là chose à évoquer en présence d'un Ecossais.

— Vous êtes presque ma compatriote, alors ?

— Hélas, je ne suis jamais allée en Ecosse. Ce déplacement à la Cour est le premier voyage que je fais loin du château de mes parents.

— Ah, vous n'y êtes que depuis peu ? Je me demandais aussi comment j'avais pu ne pas remarquer plus tôt un aussi joli visage…

Rosamund émit un petit rire poli.

— Vous êtes très aimable, maître Macintosh.

— Mais pas du tout, je suis sincère. Nous autres, Ecossais, n'avons guère de talent pour le double langage, c'est un trait constant de notre caractère. Vous êtes la plus jolie femme de cette assemblée, lady Rosamund, et là encore, je parle en toute franchise.

Elle rit poliment une fois de plus et regarda les crevés jaunes et noirs du pourpoint que portait le diplomate, dont le col s'ornait d'une broche de pierres précieuses en forme de chardon en fleur. C'était, bien sûr, le symbole de l'Ecosse et de sa fidélité envers la reine Marie, une souveraine habile au double langage, à ce que Rosamund avait entendu dire.

— Vous devez vous-même être l'un des plus élégants gentilshommes de la Cour, réputée si brillante, que la reine Marie entretient à Edimbourg.

Le secrétaire d'Etat éclata de rire.

— Je vois, lady Rosamund, que vous avez déjà appris l'art de la flatterie… Mais vous avez raison, la reine Marie a autour d'elle une cour brillante et nous sommes tous fiers de servir ses intérêts, même ici, à Londres.

Jusqu'à ses intérêts… matrimoniaux ? Rosamund nota que Robert Dudley se tenait dans un coin sombre au milieu de quelques amis, son visage austère contrastant avec son éclatant pourpoint écarlate. Il ne se mêlait pas à la danse, bien que Rosamund eût toujours entendu dire qu'il était le cavalier favori de la reine Elizabeth. Mais il ne semblait pas être le prince consort idéal, ni pour l'une ni pour l'autre des deux souveraines.

— Est-elle aussi belle qu'on le dit, votre reine Marie ?

Les yeux de maître Macintosh s'étrécirent.

— Oui, certes. Elle est célèbre pour cela.

Rosamund tourna son regard vers la reine, rayonnante de feu intérieur, d'énergie et riant de bon cœur, au bras de Nils Vernerson, avec qui elle faisait enfin son entrée sur la piste de danse.

— Aussi belle que notre reine Elizabeth ?

— Il vous faudra en juger par vous-même, lady Rosamund. Et puis ne dit-on pas que la beauté est avant tout dans l'œil de celui qui la regarde ?

— Aurais-je donc bientôt ce privilège ? La reine Marie projetterait-elle de venir en visite officielle en Angleterre ?

— Je sais qu'elle a très hâte de rencontrer la reine Elizabeth, sa cousine, mais je n'ai pas entendu parler d'un tel projet pour le moment… Peut-être que lord Leicester pourra vous montrer le portrait d'elle qui est accroché dans ses appartements ? Vous pourrez alors nous dire en conscience laquelle des deux vous jugez la plus belle.

Rosamund n'eut pas le temps de répondre, car les musiciens attaquaient les premières notes d'une vive gaillarde ; et la reine ouvrait déjà la danse.

La jeune fille prit la main que lui tendait Macintosh et tourna autour de lui d'un pas rapide, avant d'enchaîner la figure suivante, cette fois autour du couple voisin. Tout à sa conversation avec le secrétaire d'Etat, elle avait oublié de chercher Anton Gustavson du regard ; or, comme elle pivotait sur elle-même avec un petit bond, elle se retrouva soudain face à lui.

Il se tenait au bord du parquet, les bras croisés sur la poitrine, se bornant à regarder évoluer les couples, un petit sourire énigmatique aux lèvres. Ses yeux étaient aussi noirs que l'onyx, dans la lumière tremblotante des chandelles.

Rosamund éprouva soudain l'envie de courir vers lui et de lui demander à quoi il pensait, quand il regardait ainsi l'assistance et surtout quand il la regardait, elle.

Comme s'il devinait ses pensées, il s'inclina nonchalamment dans sa direction.

Mais la danse la ramena tout de suite au milieu du groupe, où chacun tournait de plus en plus vite. L'impression de perdre ses repères grandit encore en elle et tout se fondit en une sorte de magma coloré et lumineux. Lorsque, enfin, cette impression se calma, dans la dernière figure de la gaillarde, Anton avait disparu.

A la fin du morceau, elle s'inclina devant maître Macintosh.

— Etes-vous certaine de n'être jamais venue à la Cour auparavant, lady Rosamund ? lui demanda-t-il en riant et en prenant sa main pour la ramener parmi les autres demoiselles d'atour.

— Oh, oui, soupira-t-elle. Croyez bien que si j'avais déjà fait un aussi long et pénible voyage, je m'en souviendrais…

— Eh bien, vous dansez comme si vous étiez là depuis dix ans ou davantage…

Sa voix baissa jusqu'à n'être plus qu'un murmure.

— … même mieux que votre reine, si vous me permettez de vous le dire… mais il faudra surtout ne jamais le lui répéter…

Il s'inclina une dernière fois et la laissa en compagnie d'Anne Percy.

— Avez-vous aimé danser avec cet Ecossais, Rosamund ? lui demanda celle-ci.

— Oui, tout à fait.

— C'est très bien. Mais il ne faudra pas vous montrer trop amicale avec lui, si vous m'en croyez…

— Pourquoi me dites-vous cela, Anne ?

— On raconte qu'on l'a beaucoup vu en compagnie de lady Lennox, Margaret Stewart.

— La cousine de la reine ?

— Oui…

D'un geste discret de son éventail, Anne montra une dame au visage très pâle, sanglée dans une robe de satin noir. Elle se tenait près de la cheminée et regardait toutes choses avec un air d'amertume sur le visage.

— Elle n'apprécie pas le projet de la reine de marier Leicester à la reine Marie et on dit qu'une partie au moins de la délégation écossaise est de son avis.

— Mais qui serait le bon prétendant, alors, selon eux ?

— Le propre fils de lady Lennox, bien sûr, lord Darnley. Je ne le vois pas ce soir. Il doit être en train de courir les femmes de chambre… ou bien les jeunes valets, car il fait feu de tout bois…

— Je crois que je ne pourrai jamais me rappeler qui est qui, murmura Rosamund, et surtout, qui est contre qui.

Anne se mit à rire.

— Oh, mais si, vous le saurez très vite ! Ils s'arrangeront tous pour que vous ne puissiez l'ignorer.

Elle ne put en dire davantage, car la reine fendait la foule dans leur direction, accompagnée par les Autrichiens et les Suédois. On eût dit une flotte de guerre, croisant sur les flancs du vaisseau amiral.

Les deux demoiselles d'atour plongèrent dans une nouvelle révérence et, lorsque Rosamund releva les yeux, elle se trouva de nouveau devant Anton Gustavson, qui la regardait. Il ne souriait plus, mais elle avait tout de même le curieux sentiment qu'il s'amusait.

D'elle ? Des autres courtisans présents dans cette salle, ce soir-là ? Ou de quelque plaisanterie qu'il ne pouvait partager avec personne ?

Elle aurait voulu pouvoir lire en lui, comme dans un livre un texte latin ou grec qu'elle aurait au moins pu traduire, au prix d'un peu de travail. Les livres finissaient toujours par vous livrer leurs secrets, si vous fournissiez suffisamment d'efforts ; mais elle craignait que les profondeurs de l'esprit d'Anton Gustavson ne demeurent hors de portée de ses investigations.

Peut-être après tout suis-je trop pressée, songea-t-elle en étudiant l'élégante silhouette du Suédois dans son pourpoint de velours. *Il ne m'a même pas encore adressé la parole.*

— Vous êtes une excellente danseuse, lady Rosamund, lui dit la reine, je vois que les leçons que vous avez prises vous ont profité. C'est bien maître Geoffrey qui vous les a données, au château de Ramsay ?

— Mais… Oui, Majesté, balbutia la jeune fille, stupéfaite que la reine pût connaître ce genre de détails.

Elizabeth vous regardait toujours si intensément qu'on avait l'impression qu'elle pouvait aller jusqu'au fond de votre cœur pour y lire vos plus intimes secrets.

— Cela dit, j'ai peur d'avoir encore beaucoup de progrès à faire…

— Vous êtes trop modeste, lui répondit la souveraine. Je gage qu'on n'aura bientôt plus rien à vous apprendre, céans.

La reine Elisabeth se tourna vers Anton.

— Maître Gustavson, ici présent, prétend qu'il est incapable de danser.

Rosamund se souvenait parfaitement de la grâce et de la fluidité dont il avait fait preuve sur ses patins.

— J'ai peine à le croire, Majesté, dit-elle.

— Nous sommes de votre avis, lui répliqua la reine. Quoi qu'il en soit, il ne sera pas dit que quiconque ne sache pas danser à ma Cour, surtout alors que la saison des fêtes s'annonce…

Anton s'inclina.

— Je crains de n'avoir jamais eu l'occasion d'apprendre, Majesté. De plus, je suis désespérément maladroit.

Rosamund sut alors qu'il mentait. Nul être « désespérément maladroit » n'aurait pu évoluer sur la glace avec tant de précision et d'agilité, perché sur de fines lames d'acier.

— Tout le monde peut danser, repartit la reine d'un ton péremptoire. Ceux qui pensent ne pas le pouvoir n'y prennent tout simplement pas le plaisir que moi, ou, semble-t-il, lady Rosamund pouvons y trouver. Mais chacun peut apprendre les pas et se déplacer au rythme de la musique.

Anton s'inclina de nouveau.

— Votre Majesté a tout à fait raison, dit-il, mais je crains bien, hélas, de constituer la proverbiale exception à la règle…

La reine le considéra un instant d'un air ironique, en se tapotant pensivement le menton de l'un de ses longs doigts blancs.

— Voulez-vous faire un pari, maître Gustavson ?

Anton leva un sourcil surpris et soutint le regard moqueur de la souveraine.

— Ce serait un grand honneur que de parier avec la reine, répondit-il doucement. Puis-je demander à Votre Majesté ce qu'elle a en tête ?

— Simplement ceci : je parie que n'importe qui peut apprendre à danser, même un Suédois, à condition d'avoir un bon professeur. Pour en apporter la preuve, vous devrez danser une volte pour nous, le soir de la nuit des Rois. Cela vous donnera le temps nécessaire, je pense, pour prendre un nombre suffisant de leçons.

— Malheureusement, je ne connais aucun professeur de danse digne de ce nom, Majesté, répondit Anton qui semblait rire sous cape, malgré ses paroles courtoises.

« Il s'amuse, ce fou ! se dit Rosamund. Il prend plaisir à défier la reine ! »

Elle lui enviait presque cette hardiesse.

— Je crois que vous vous trompez, maître Gustavson, lui répliqua Elizabeth.

Elle se tourna vers Rosamund.

— Lady Rosamund Ramsay, ici présente, vient de faire une démonstration éclatante de ses talents de danseuse. Elle est calme et patiente, qualités rares, je dois le dire, à ma Cour. Ma chère, je vous confie votre première mission : apprendre à danser à maître Gustavson.

Prise de court, la jeune fille sentit une panique glacée l'envahir. Lui apprendre à danser, alors qu'elle était elle-même une débutante dans cet art ? Comment pourrait-elle se concentrer sur les pavanes et les voltes, quand elle serait dans les bras du Suédois, sa main sur sa taille et son visage tout près du sien ? Elle se sentait déjà balbutiante quand elle était auprès de lui, comment oserait-elle lui parler ? Sûrement, cette première mission pour la reine allait tourner au désastre.

— Majesté, finit-elle par articuler timidement, je suis sûre qu'il y a beaucoup de dames plus expérimentées que moi qui…

— Balivernes ! coupa la reine Elizabeth. Vous serez parfaite, nous en sommes certaine et c'est un ordre. Vous donnerez votre première leçon après le service religieux, le jour de Noël. La grande galerie qui donne sur le fleuve sera tout à fait tranquille, je pense, à cette heure-là. Qu'en dites-vous, maître Gustavson ?

— J'en dis que rien ne m'est plus agréable que de complaire à Votre Majesté, répondit Anton en s'inclinant galamment.

— Alors voici l'enjeu : si je gagne et qu'il est avéré que vous pouvez danser, vous me devrez six shillings ainsi qu'un gage à déterminer par lady Rosamund.

— Et si c'est moi le vainqueur, Majesté ? répliqua-t-il doucement.

La reine partit d'un rire sonore.

— Eh bien, dans ce cas, je suis sûre que nous trouverons

dans nos coffres de quoi vous payer de votre peine… Et maintenant, monsieur l'ambassadeur, j'aimerais assez danser, moi aussi…

La reine s'éloigna au bras de l'Autrichien et Anne, à celui de Johann Ulfson, non sans avoir lancé auparavant à Rosamund un regard chargé de questions muettes.

La jeune fille se tourna vers Anton. Le coin de salle où ils se trouvaient avait retrouvé son calme. C'était comme s'ils étaient tous deux dans un nuage épais et cotonneux qui les aurait coupés de l'animation de la fête.

— Je crois, maître Gustavson, que vous êtes un menteur, lui dit-elle à mi-voix.

— Moi, milady ?

Une main sur le cœur, le Suédois lui lança un regard faussement navré. Mais sa voix était toujours aussi rieuse.

— Vous me crucifiez. Qu'ai-je fait pour mériter un tel opprobre ?

— Je vous ai vu patiner sur cet étang… Vous n'êtes pas maladroit le moins du monde.

— Ah, c'est que la danse et le patinage sont deux choses bien différentes…

— Je n'en suis pas si sûre. Ces deux disciplines requièrent de l'équilibre, de la grâce et de la coordination.

— Etes-vous patineuse vous-même ?

— Non, il ne fait pas aussi froid ici que dans votre pays de neige, à part cet hiver-ci, qui est exceptionnel. Nous avons rarement la chance de trouver un étang ou une rivière entièrement gelés.

— Alors, je pense que vous pouvez difficilement savoir si c'est semblable ou non, n'est-ce pas ?

Un serviteur passa avec un plateau chargé de coupes de vin et Anton en prit deux. Il en tendit une à Rosamund et ses longs doigts frôlèrent la main de la jeune fille au passage. Elle frémit et se le reprocha amèrement. Ce n'était tout de même pas la première fois qu'un homme la touchait ; avec Richard, cet été, derrière la haie, il y avait eu des baisers et quelques caresses. Mais il suffisait à cet homme-ci de l'effleurer pour la faire rougir.

— Je suis sûre que ce n'est pas si différent. Si vous pouvez patiner, vous pouvez danser, affirma-t-elle en buvant une gorgée de vin pour dissimuler son trouble.

— Ah oui ? Et vice versa, alors, je suppose ? Ce qui me donne une idée… Lady Rosamund, moi aussi je vous propose un pari.

La jeune fille le regarda avec suspicion par-dessus le rebord d'argent de sa coupe.

— Quel genre de pari ?

— On dit que la Tamise sera bientôt prise par les glaces. Pour chaque leçon de danse que vous me donnerez, je vous donnerai, moi, une leçon de patinage. Nous verrons bien, alors, si c'est la même chose.

Rosamund eut un léger coup au cœur en se souvenant combien il semblait voler sur ses patins. Que devait-on ressentir quand on était ainsi comme libéré de toute pesanteur ? Elle était presque tentée, mais…

— Je ne pourrai jamais faire tout ce que vous avez fait ce jour-là, je tomberai au premier essai !

Il rit, d'un rire chaud et caressant. Rosamund aurait aimé l'entendre encore et encore, ce rire si joyeux.

— Nul n'attend de vous que vous soyez tout de suite capable de tourbillonner comme une toupie, lady Rosamund. Il vous suffira de vous tenir droit et d'avancer.

Cela paraissait déjà bien assez difficile à la jeune fille.

— Sur deux petites lames attachées à mes chaussures ?

— Ce n'est pas aussi compliqué que cela en a l'air.

— Eh bien, la danse non plus.

— Prouvons-le-nous mutuellement, alors. Juste un petit pari de rien du tout, milady. C'est absolument sans danger…

Rosamund jugeait, elle, qu'Anton portait le mot « danger » inscrit en lettres de feu sur son front. Elle eut une petite grimace embarrassée.

— Je ne peux pas parier avec vous…

— Une mèche de vos cheveux.

— Une… ?

Elle toucha machinalement sa coiffure, savamment ordonnée sous une coiffe et une barrette d'argent. Jane n'avait pas lésiné sur les épingles pour en faire tenir les bandeaux, mais, déjà, elle sentait que quelques mèches s'en échappaient.

— P… pourquoi ?

— Parce que je pense qu'ils sont faits de rayons de lune, répondit Anton doucement. En les voyant, je songe aux nuits d'hiver de mon pays, quand la neige brille comme de l'argent, sous les étoiles.

— Eh bien, parvint à articuler Rosamund, je crois que les apparences sont trompeuses, maître Gustavson. Vous n'êtes ni un diplomate ni un patineur, vous êtes un poète.

Il rit et l'espèce de douce gravité qui l'avait habité un instant se dissipa comme par enchantement.

— Non, et pas davantage un danseur, lady Rosamund. C'est dommage, d'ailleurs, car la poésie et la danse semblent très prisées, à Londres.

— Ne le sont-elles pas également à Stockholm ?

Il se rembrunit et secoua la tête.

— Hélas, milady, Stockholm, ces temps-ci, ne pense qu'à la guerre.

— C'est dommage, en effet, car je gage que la poésie ferait plus sûrement gagner à votre roi la main de notre reine.

— Je crois que vous avez raison, lady Rosamund, mais mon devoir est de tenter jusqu'au bout d'accomplir ma mission.

— Oui, nous faisons tous ce que nous devons, dit Rosamund, qui songeait aux recommandations de ses parents.

Anton lui sourit.

— Mais notre vie n'est pas faite que de devoirs, Dieu merci. Nous avons droit à quelques menus plaisirs…

— C'est vrai, surtout en ce moment. C'est le temps de Noël, après tout.

— Alors, ce pari ? Tient-il ?

Rosamund ne put s'empêcher de rire. C'était peut-être

le vin, la musique, la fatigue du voyage, mais elle se sentit soudain délicieusement audacieuse.

— Très bien, si vous ne pouvez pas danser ou si je ne peux pas patiner, je vous donnerai une mèche de mes cheveux.

— Et si vous ou moi y parvenons, quel enjeu voulez-vous ?

Il se pencha vers elle, si près qu'elle pouvait voir, à cette heure un peu tardive, le soupçon de barbe bleutée qui lui ombrait les joues et sentir le parfum de son eau de Cologne — ainsi qu'une odeur particulière, fraîche mais non pas froide et hivernale pourtant, qui devait être la sienne.

« Un baiser », faillit-elle exhaler, sans cesser d'admirer le sourire qui s'attardait sur les lèvres d'Anton.

Comment étaient-ils, ses baisers ? Rapides, impatients, presque trop impatients, comme ceux de Richard ? Ou bien lents, nonchalants, savourant longuement chaque sensation ? Quel goût avaient-ils ?

Elle se troubla, recula, et son regard tomba sur la main d'Anton, qui tenait sa coupe de vin. Il portait une chevalière à l'auriculaire, un petit rubis incrusté dans un entrelacs d'or.

— C'est une jolie bague, dit-elle d'une voix rauque en montrant le bijou. Voulez-vous la gager ?

Il leva sa main pour la regarder, comme s'il avait complètement oublié qu'elle était à son doigt.

— Ma foi, si vous voulez.

— Très bien. Je vous verrai donc dans la Grande Galerie, le matin de Noël, pour la première leçon de danse.

— Et dès que la Tamise sera suffisamment gelée, nous irons patiner.

— A bientôt alors, maître Gustavson.

Rosamund esquissa une rapide révérence et se dépêcha d'aller rejoindre les autres demoiselles d'atour, qui se rassemblaient près de la porte ; la reine n'allait pas tarder à se retirer et elles devaient l'accompagner. Ce ne fut que lorsqu'elle eut mis toute la largeur de la salle entre Anton et elle qu'elle s'autorisa à reprendre son souffle. Elle se sentait comme si elle venait de se précipiter dans le vide depuis une haute falaise. Et la tête lui tournait.

— De quoi donc maître Gustavson et vous avez discuté si longtemps ? lui chuchota Anne.

— De danse, bien sûr !

— Si je l'avais tout à moi, comme cela, je ne suis pas sûre que c'est de danse que je lui parlerais... Pensez-vous pouvoir remporter le pari qu'a fait la reine pour vous ?

Rosamund haussa les épaules. Tout à fait étourdie, elle ne se croyait plus capable de penser à rien.

Svordom ! Qu'est-ce qui lui avait pris d'engager la bague de sa mère dans un pari stupide ?

Anton serra le pied d'argent de sa coupe dans ses doigts en regardant la jeune femme s'éloigner. C'était comme si la lumière se retirait de la pièce avec elle, fugace rayon d'argent qu'elle était.

Or il savait parfaitement pourquoi il avait accepté ce pari ridicule et pourquoi, aussi, il y avait engagé sa bague. A cause d'elle, Rosamund Ramsay, et du regard de ses grands yeux bleus.

Elle n'était pas depuis assez longtemps à la Cour pour avoir appris à cacher entièrement ses sentiments. Elle avait essayé, certes, mais par moments, une expression révélatrice passait sur son visage ; d'appréhension, de nervosité, d'audace, d'excitation, d'amusement et, surtout, de trouble.

Il y avait trop longtemps qu'il vivait au milieu de gens qui portaient un masque en permanence. La dissimulation faisait tellement partie de leur vie que c'était comme s'ils n'avaient plus même conscience de ce qu'ils étaient et ressentaient vraiment. Lui aussi, il avait ses masques. Un pour chaque occasion. Cela vous protégeait davantage qu'une armure.

Il regardait toujours s'éloigner Rosamund Ramsay. Ce soir, le masque lui pesait davantage que d'habitude. Certes, il ne pouvait s'en séparer totalement, mais il pouvait au moins profiter de la fraîche candeur de cette fille, le temps qu'elle apprenne, elle aussi, à en porter un. Cela ne saurait tarder, dans cet environnement, et il était bien mélancolique de penser que ces yeux si clairs, si purs, et ce joli sourire allaient se ternir et devenir faux.

Oui, il jouirait de sa rafraîchissante compagnie autant qu'il le pourrait, sans oublier les tâches qui l'avaient amené ici et qui ne sauraient passer au second plan. Anton ouvrit la main et regarda le rubis de sa chevalière. Il brillait de tout son éclat vermeil dans la lumière des torches et lui rappelait ses espoirs, ses promesses.

— Parier avec la reine ? lui dit Johann en s'approchant, interrompant ses sombres pensées. Est-ce que c'est bien raisonnable, avec tout ce que l'on dit d'elle ?

Anton eut un rire bref et regarda Elizabeth s'entretenir avec son principal conseiller, lord Burghley. Celui-ci n'était pas très vieux, mais déjà son visage se creusait de rides profondes ; ses cheveux et sa barbe étaient entièrement gris. Servir la reine d'Angleterre n'était pas une sinécure, comme beaucoup l'avaient appris à leurs dépens. Anton songea à ses compagnons de la délégation suédoise ; la reine Elizabeth les laissait mariner en son palais comme des harengs dans du sel, dansait et plaisantait avec eux comme si, pendant ce temps, elle pesait toujours soigneusement la proposition du roi Eric. Il était pour sa part bien certain qu'elle n'avait aucune intention de l'épouser, lui ou, peut-être, quiconque. Il n'était, bien sûr, pas question de partir avant d'avoir reçu une réponse officielle ; alors on dînait, on dansait et l'on toisait Autrichiens et Ecossais d'un air de défi.

En ce qui concernait le problème personnel d'Anton, la reine, tout à fait au courant, ne donnait aucune réponse. La politique et la raison d'Etat étaient choses changeantes, hypocrites, et qui prenaient du temps. Mais il était un homme patient et déterminé. Il saurait attendre.

Rosamund Ramsay l'aiderait à trouver le temps un peu moins long.

— Ne t'inquiète pas, Johann. Ce pari n'est qu'un jeu, pour amuser la reine, le temps de la Noël.

— De quoi s'agit-il ? Va-t-on te nommer roi des fous pour la durée des fêtes ?

Anton eu un rire bref.

— Quelque chose comme ça. Je vais apprendre à danser.

5

La veille de Noël, le 24 décembre

Gui et houx, feuilles et fruits,
Décorez, décorez, notre nid,
Fa la la la la la la la…

Rosamund sourit en entendant l'air populaire que l'on chantait toujours, chez elle, au moment de Noël. Les dames de compagnie de la maison de la reine, ainsi que les demoiselles d'atour, avaient toutes été réquisitionnées pour parer la grande salle de banquet et les corridors adjacents. On avait disposé des tables tout le long de la galerie privée, que l'on décorait de couronnes de gui et de houx, de rameaux toujours verts, de rubans et de paillettes d'or. Sous la direction sourcilleuse de dame Eglionby, première intendante des dames de compagnie, elles avaient pour mission de donner à tout cela un air de fête et de saison.

Assis à une table en compagnie d'Anne Percy, Rosamund nouait des branches de houx entre elles ; non loin, Mary Howard et Mary Radcliffe coupaient des longueurs de ruban pour en faire des guirlandes. Les deux Mary chantaient en travaillant et s'arrêtaient parfois pour jouer avec leurs rubans, s'en servant comme d'une corde à sauter. Rosamund riait de leurs facéties. Pour la première fois depuis son arrivée, sa nostalgie de son foyer et des siens la poignait moins. Elle ne pensait plus qu'à cette période de l'année, qu'elle aimait tant, ces deux semaines qui permettaient d'oublier les rigueurs de l'hiver au profit de la musique, du vin et de toutes les choses chatoyantes que l'on accrochait partout pour afficher la joie de Noël. Certes, elle était bien loin de chez elle, mais on ne pouvait nier que la reine ne ménageait pas ses efforts pour donner à cette période un éclat tout particulier. Rosamund était résolue à en jouir autant qu'elle le pourrait.

Elle chercha des rameaux incurvés de houx et de gui parmi les plus fournis pour les nouer ensemble à l'aide de rubans rouges et en faire un bouquet.

— C'est pour que l'on puisse s'embrasser en dessous que vous faites cela ? la taquina Anne, qui, à partir des mêmes ingrédients, préparait une guirlande pour le manteau de la grande cheminée.

Rosamund sourit.

— Ma servante Jane dit que si l'on se tient dessous, les yeux fermés, on peut voir le visage de son futur mari.

— Et s'il vient vous embrasser avant que vous ne les rouvriez, c'est encore meilleur ! Mais je suis bien certaine que vous n'avez pas besoin d'user de tels stratagèmes. Des nouvelles de votre bien-aimé, chez vous ?

Rosamund se rembrunit et baissa les yeux sur son travail. L'an passé, Richard l'avait embrassée, en effet, sous un pareil bouquet. C'est alors qu'elle avait commencé à ressentir de tendres sentiments pour lui et lui, pour elle. Tout cela semblait bien loin, à présent, comme s'il s'était agi de deux autres personnes.

— Il n'est pas mon bien-aimé.

— Mais vous aimeriez bien qu'il le soit, n'est-ce pas ?

Oui, elle se souvenait bien de ce baiser du nouvel an. Elle soupira.

— Bah, ce n'est pas possible.

— Vos parents désapprouvent-ils donc tellement votre choix ?

Rosamund acquiesça et se saisit des roses des Tudor, blanches et rouges, qu'elle avait confectionnées avec du papier. Elle comptait les ajouter au bouquet pour honorer la reine.

— Ils disent que sa famille n'est pas d'un rang égal au nôtre, même si nos terres jouxtent les siennes.

— Est-ce leur seule objection ?

— Non, ils pensent aussi que sa nature ne s'accordera pas à la mienne.

Rosamund ressentit un pénible pincement au cœur en se souvenant des mots qu'avait prononcés son père. Elle avait plaidé leur cause avec feu, s'était tordu les mains, avait pleuré, certaine que ses parents céderaient, comme d'habitude. Mais lord Ramsay avait été intraitable, même si, visiblement, il en souffrait.

— Notre décision est sans appel, damoiselle, lui avait-il dit, très raide et d'une voix blanche. (Et il avait ajouté, plus doucement :) Lorsque tu trouveras celui que tu aimeras vraiment, alors tu comprendras ce que ta mère et moi avons voulu dire.

— Pourtant, vous aimez ce gentilhomme ? s'enquit Anne.

Pour toute réponse, Rosamund haussa les épaules.

— Nos familles ne devraient pas s'arroger le droit de juger de nos sentiments, reprit tout bas son amie.

— Est-ce que la vôtre est très stricte ? demanda Rosamund, déjà toute prête à la compassion.

— Non, mes parents sont morts alors que je n'étais qu'une enfant.

— Oh, Anne, soupira Rosamund, navrée.

— C'est à peine si je me souviens d'eux, répondit la demoiselle d'atour en nouant deux rameaux de gui. J'ai grandi auprès de ma grand-mère, qui est tellement sourde que c'est à peine si elle s'apercevait que j'étais là. Je n'étais pas malheureuse, mais ce n'était pas très amusant. Alors, ma tante m'a trouvé cette position à la Cour. Ma famille veut bien que je me marie un jour, à condition que ce soit avec l'homme de leur choix. Comme la vôtre, en somme.

— Et qui est-ce, leur choix ?

— Je ne le sais pas encore. Mais je gage qu'il sera vieux, chauve et édenté. Sans doute l'un des amis du mari de ma tante. Riche, peut-être… Il faut au moins l'espérer.

— Oh, Anne, non !

— Peu importe, concentrons-nous plutôt sur votre romance. Il doit bien exister un moyen de faire passer un message à votre bel ami. Oh, mais il n'y a pas assez de gui dans votre bouquet ! C'est le gui qui porte bonheur et non le houx. Le houx, lui, ne sert qu'à vous piquer les doigts…

Rosamund rit et prit des mains de son amie des rameaux particulièrement bien garnis de petites boules blanches translucides pour les ajouter à sa composition. Etait-elle sous le charme du parasite végétal que vénéraient les druides ? Il y avait en tout cas dans l'air comme une magie de Noël. Elle se sentait le cœur plus léger.

Etrangement, ce n'étaient pas les cheveux blonds de Richard qu'elle voyait sous l'entrelacs de verdure, mais deux yeux sombres, un corps mince et ardent vêtu de velours et de cuir qui glissait sur la glace. Machinalement, elle se mit à fredonner…

— *Gui et houx, feuilles et fruits*, chantonna-t-elle, *décorez, décorez…*

Soudain, un bruit se fit entendre au bout de la galerie et un groupe d'hommes entra, apportant l'air froid du dehors. Parmi eux se trouvait celui qui avait fait un clin d'œil à Anne la veille et s'était vu superbement ignorer. Il y avait aussi Anton Gustavson, ses patins toujours négligemment jetés sur son épaule, ses boucles brunes folâtrant hors de son élégant bonnet de velours. Ils riaient et parlaient à voix haute, avec jovialité. Toutes les dames et demoiselles présentes se mirent à glousser et à rosir en les voyant s'approcher.

A son grand embarras, Rosamund se sentit en faire autant. Elle se pencha pour se concentrer sur son travail, mais elle voyait toujours les yeux noirs d'Anton et son sourire, au milieu des petites boules de gui.

— Lady Anne ! appela l'un des hommes.

Rosamund leva la tête. Bien sûr, c'était celui qui clignait de l'œil. Lui aussi était particulièrement séduisant, avec ses longs cheveux châtains bouclés et ses yeux vert émeraude. Il souriait à Anne, d'un air engageant. Tout de suite, Rosamund sentit comme une tension entre eux ; elle vit passer une ardente lueur dans l'œil du gentilhomme. Peut-être n'était-elle pas la seule à cacher un tendre sentiment dans le secret de son cœur.

— Que faites-vous donc ici, ma mie ? demanda-t-il.

— Nous travaillons, lord Langley, répondit Anne en prenant bien soin de ne pas le regarder. Nous ne pouvons pas, nous autres, passer nos journées à faire du patin à glace.

— Et un travail bien harassant, en vérité, repartit le lord, pas le moins du monde désarçonné par cette pique.

Il s'assit au bord de la table et se mit à jouer avec une brindille de houx. A son index brillait une chevalière en or, ornée du Phénix de la famille Knighton.

Rosamund faillit en rester bouche bée. Ainsi, l'admirateur de son amie Anne n'était nul autre que le comte de Langley et il n'était ni vieux, ni chauve, ni édenté !

Elle coula un regard en direction d'Anton, presque malgré elle. Elle ne voulait pas le regarder, ni repenser à leur pari et moins encore à ses propres idées de baiser sous le gui. Elle ne pouvait pourtant s'empêcher d'épier ses moindres gestes.

Il s'était nonchalamment appuyé à l'embrasure d'une fenêtre aux lambris ouvragés et regardait, un sourire amusé aux lèvres, ses compagnons rire et plaisanter avec les deux Mary.

Les doigts de Rosamund tremblèrent sur les branches. Elle eut la vision du gentilhomme suédois debout sous le bouquet et d'elle regardant ses lèvres, en se demandant quel serait leur goût sur les siennes. Elle imaginait qu'elle touchait ses épaules, les muscles puissants et chauds sous le velours, que ses mains glissaient sur son torse dur tandis qu'il prenait sa bouche…

Alors, elle vit distinctement que son sourire s'élargissait, comme s'il pénétrait parfaitement ses pensées. Le souffle court et les joues encore plus brûlantes qu'un instant auparavant, elle baissa de nouveau les yeux sur son travail.

— Nous ne patinions guère, lady Anne, dit Anton. Nous étions en mission pour la reine, qui nous a envoyés chercher la bûche de Noël idéale…

C'était en effet l'usage, ce soir-là, de brûler un rondin particulièrement épais et noueux, ce qui était supposé vous apporter du bonheur pour toute l'année.

— Et vous l'avez trouvée ? demanda Anne, ironique, en reprenant le brin de houx des doigts de lord Langley.

Le comte rit et s'empara d'un ruban à la place.

— Pas encore, mais nous ressortons cet après-midi. Rien n'est trop beau pour le Noël de la reine… ou pour celui de ses dames d'atour.

— Il vous faudra faire vite, alors, car c'est cette nuit même que naît Notre Seigneur…

— N'ayez crainte, lady Anne, lui répondit Langley en la regardant bien en face. Je réussis toujours à obtenir ce que je désire…

— Toujours, milord ? Je crains qu'il n'y ait un début à tout, et même aux déceptions.

Les yeux verts de lord Langley s'étrécirent, mais Anton rit en s'approchant de la table. Il se pencha sur l'épaule de Rosamund et prit un brin de houx dans ses doigts, à son tour.

Rosamund avala sa salive avec difficulté quand il lui effleura le cou de sa manche de velours. Elle en éprouva à la fois une sensation de chaleur et de froid glacial.

— Ah, lord Langley, dit-il avec un soupir, je crains qu'à manier le houx, ces dames n'aient l'esprit aussi piquant que ses feuilles… par mimétisme, sans doute. Peut-être devrions-nous nous retirer avant d'en être égratignés…

Lord Langley se mit à rire.

— Avez-vous donc la peau si tendre, en Suède, que vous craigniez ce genre de piqûres ? Nous autres, nous avons des armures, pour nous en protéger.

— Sont-elles assez épaisses pour vous garantir des épines de telles fleurs ? Là est la question…

Rosamund reprit le brin de houx, en prenant bien garde de ne pas seulement frôler la main d'Anton. Le rubis de sa chevalière, qui brillait dans la lumière, semblait un rappel de leur pari.

— On dit que si les feuilles de houx sont lisses, c'est la femme qui dirigera la maison, et que si elles sont barbelées, ce sera l'homme. Que vous en semble, mon cher ?

— Ne sont-elles pas les deux ? demanda Anton en caressant du pouce une feuille de houx. Voyez, la surface est douce et le rebord barbelé ; que peut-on déduire ?

— Pas qu'il faut partager l'autorité, en tout cas, dit lord Langley en riant. Une maison ne peut avoir qu'un seul maître.

— Et la maison de la reine, qu'une seule maîtresse, répliqua Anne, quoi qu'en disent les feuilles de houx. Et maintenant, messieurs, rendez-vous donc utiles et aidez-nous à accrocher toute cette verdure dans la grande salle.

Anton piqua en souriant dans la coiffure de Rosamund la feuille qu'il avait ramassée, sa main effleurant la joue de la jeune fille au passage.

— Vous voilà prête pour les fêtes, lady Rosamund, lui murmura-t-il.

Elle toucha le rameau dans ses cheveux, mais ne le retira pas.

— Méfiez-vous de mes piquants, maître Gustavson. Ils ne sont pas aussi visibles que ceux de cette feuille, mais ils sont bien présents.

— Me voilà prévenu. Mais je ne crains pas les blessures, lady Rosamund, pas même celles d'amour-propre.

Il posa ses patins sur la table et prit deux brassées de végétaux retenues par un ruban.

— Me montreriez-vous à quel endroit ces choses-là doivent être installées ? Je ne voudrais pas commettre une erreur.

Il lui tendit la main et, après un instant d'hésitation, elle la prit. De l'autre, elle se saisit de son bouquet tressé ; et tous se mirent en branle. Instantanément et sans s'être concerté, le groupe se mit à chanter tout en s'avançant dans la galerie.

Voici venu le joli temps de Noël,
Règne la paix, sur la terre comme au ciel.
Le gui, le houx, décore nos maisons,
Le houx, le gui, toujours à foison…

Ce devait être un ravissant spectacle que ces jeunes hommes et femmes s'avançant en cortège, leurs bras chargés des rameaux de Noël. Rosamund chantait avec entrain ; quand elle leva les yeux vers Anton, elle eut la surprise de constater qu'il chantait, lui aussi.

— Vous connaissez donc nos chansons anglaises, maître Gustavson ? s'étonna-t-elle quand ils eurent rejoint la grande cheminée de la salle de banquet.

Elle ressentit tout à coup une impression de vide et de solitude, quand il lâcha sa main pour approcher un tabouret de l'âtre. On n'y avait pas encore allumé de feu.

— Ma mère était anglaise, dit-il en montant sur le siège.

Rosamund lui tendit les rameaux, qu'il attacha aux sculptures en ronde bosse du manteau de la cheminée.

— Elle avait appris ses chansons à toute la maisonnée…

— Comment fête-t-on Noël, en Suède ?

— Oh, à peu près comme ici… On boit, on chante, on se fait des cadeaux… Mais nous, nous avons aussi la Sainte-Lucie.

— La Sainte-Lucie ?

— Oui c'est notre sainte patronne, la plus importante du pays. En décembre, nous l'honorons par une procession où une jeune fille est chargée de la représenter. Elle a caché des chrétiens dans les catacombes, en leur apportant de la nourriture et des chandelles. Elle a subi le martyre, pour cela. La jeune fille qui joue son rôle est habillée d'une robe blanche avec des rubans rouges et porte une couronne faite de chandelles. Elle distribue des friandises et tout le monde chante des hymnes à sa gloire.

Rosamund esquissa un sourire, très intéressée.

— Cela a l'air merveilleux… Ici, nous n'avons plus de saints ni de saintes.

— Nous aussi, nous sommes protestants. Il n'y en a plus en Suède non plus, sauf sainte Lucie. Et je pense que si vous viviez là-bas, lady Rosamund, vous auriez sûrement été choisie pour l'incarner.

— Moi ? Mes parents vous diraient que je suis très loin d'être une sainte.

Anton sourit.

— Il est vrai que vous paraissez plutôt entêtée, lady Rosamund…

Elle sourit à son tour.

— Je vous remercie beaucoup, ironisa-t-elle. Est-ce la coutume en Suède d'insulter les dames, pendant le temps de Noël ?

— Point du tout. L'entêtement, n'est-ce pas une question de survie, à la Cour ?

— Je ne suis pas là depuis très longtemps, mais c'est mon impression, en effet.

— En fait, vous seriez certainement choisie pour personnifier sainte Lucie en raison de votre beauté. Lucie est toujours une jolie blonde aux yeux bleus et allie la douceur à la générosité. Ce sont là des qualités que même une bonne dose d'entêtement ne peut masquer.

Rosamund sentit cette maudite rougeur l'enflammer encore, brûlant son visage et sa gorge. Ainsi, il la trouvait belle ?

— C'est là une tradition que nous pourrions emprunter à la Suède.

— Vous devriez !

Il descendit du tabouret et observa le travail qu'il venait d'accomplir.

— Cela vous plaît ainsi ? demanda-t-il.

— Quoi donc ? balbutia-t-elle, un peu égarée.

Est-ce que ces compliments lui plaisaient ? Certes. Et comme elle le redoutait, il lui plaisait, lui aussi. Il était bien différent de Richard.

— Mais… les décorations, bien sûr.

— Oh, euh… Oui, oui, c'est très bien… Cela donne… un air de fête…

— *Ganska Nittig*… C'est l'effet recherché, je crois. Et cette chose, là… Allons-nous lui trouver une place, aussi ?

L'air encore un peu absent, Rosamund regarda le bouquet de gui et de houx qu'elle tenait à la main et avait oublié.

— Oh, cela, c'est… Ce n'est rien, une bêtise… Je pense que la reine n'en voudra pas dans sa grande salle.

— Qu'est-ce que c'est ? insista Anton, en s'approchant pour prendre en main la sphère végétale.

Il regarda les boules de gui, les rubans, et un grand sourire amusé lui vint aux lèvres.

— N'est-ce pas là-dessous que l'on s'embrasse ?

— Je vous avais bien dit que c'était une bêtise.

— Ma mère me racontait que quand elle était jeune fille, elle en tressait pour deviner qui serait son futur mari…

— Oh, je ne l'ai pas fait pour ça, mais seulement parce que je trouve cela joli.

Il s'approcha plus près encore, manifestement pour lui murmurer quelque chose à l'oreille. Rosamund sentit son souffle chaud lui caresser la tempe. Elle frissonna à ce contact. Seigneur, cet homme lui faisait un tel effet ! Pourvu qu'elle ne s'évanouisse pas…

Anton, lui, poursuivait ses confidences à voix basse.

— Ma mère disait aussi, articula-t-il d'une voix rauque, que le garçon que l'on embrassait de tout son cœur à minuit sous le gui vous aimait d'un même cœur sincère tout le reste de l'année.

Rosamund ferma les yeux en essayant d'ignorer l'effet de cette voix au creux de son oreille et sur sa peau.

— Mieux vaut ne pas l'accrocher ici, alors. Je ne suis pas sûre qu'un cœur sincère puisse se trouver à la Cour…

Il rit et lui prit le bouquet.

— Il est trop beau pour être laissé de côté. Tenez, mettons-le là, derrière ces tapisseries. Ainsi, ceux qui en ont vraiment besoin pourront le trouver.

Elle n'eut pas le temps de protester. Une tapisserie représentant une brillante scène de vendange était à demi relevée, découvrant un espace entre elle et le mur lambrissé. Anton monta accrocher le bouquet à une saillie de bois sculpté. Puis il fit retomber la tapisserie pour le dérober aux regards.

— Et maintenant, lady Rosamund, murmura-t-il en lui souriant, nous seuls savons qu'il est ici.

Leur secret. Rosamund aurait voulu fuir comme le jour où elle l'avait vu pour la première fois sur l'étang gelé. Mais c'était impossible. Elle se sentait liée à lui, comme le houx et le gui du bouquet par leur ruban rouge. Elle se sentait comme envoûtée par le pouvoir de ses yeux.

Elle passa le bout de sa langue sur ses lèvres trop sèches et les yeux d'Anton s'étrécirent à la vue de ce simple geste.

— Est-ce que la Tamise est gelée, à présent ? demanda-t-elle dans un souffle.

— Presque, répondit-il, la voix toujours un peu rauque. On parle d'une grande Fête de la Glace, dans les jours à venir.

— Une Fête de la Glace ? Il n'y en a pas eu depuis bien longtemps… Pas depuis l'enfance de ma mère, je pense.

Embarrassée, Rosamund s'interrompit et, pour se donner une contenance, s'essuya les mains sur le velours de sa robe.

— Vous allez bientôt pouvoir m'apprendre à patiner, alors ? demanda-t-elle enfin, formulant la question qui lui brûlait les lèvres.

— Bien sûr ! Vous me semblez assimiler très vite. Et moi, saurai-je danser à la nuit des Rois ?

— C'est à voir. Notre première leçon n'aura lieu que demain.

— Je suis très impatient.

Rosamund esquissa hâtivement une révérence et s'éloigna à toutes jambes. Elle aussi avait hâte qu'il lui donnât des leçons. De toutes sortes…

Dieu, qu'elle avait été tranquille, au château de Ramsay, protégée, à l'abri des épreuves ! A présent, il lui semblait se trouver au bord d'un profond précipice ou bien sur un fil, suspendue entre ce qu'elle savait d'elle-même et un autre soi, tout à fait inconnu. Un souffle, et elle tomberait. Mais de quel côté ?

Elle pouvait aussi devancer la chute et plonger, mais elle

ne l'oserait jamais. Ce genre d'audace était faite pour des âmes mieux trempées que la sienne — elle n'était d'ailleurs pas sans le regretter.

Elle sortit en trombe de la grande salle et se précipita dans l'escalier qui menait aux quartiers des demoiselles d'atour. Mais elle s'immobilisa sur la première marche. Au-dessus d'elle, sur le palier, Anne Percy était en grande conversation avec lord Langley. Leurs voix étaient basses et intenses et on eût dit qu'ils se querellaient. Le comte s'approcha d'Anne, essaya de lui prendre la main ; elle se déroba, secoua la tête et s'enfuit, son pas rapide résonnant dans l'escalier qu'elle montait.

Alors, lord Langley soupira rageusement et emprunta les marches dans le sens opposé. Rosamund se plaqua contre le mur, espérant qu'il ne la verrait pas dans la faible lumière. Or le gentilhomme ne semblait voir rien, ni personne. Son beau visage, ordinairement si joyeux, était pâle de colère.

— Maudite tête de bois de femme ! gronda-t-il en passant auprès d'elle.

Rosamund resta immobile un moment, ne sachant que faire. Sa propre vie sentimentale, si l'on pouvait qualifier les choses ainsi, était si confuse qu'elle ne pensait pas pouvoir être d'une aide quelconque pour autrui ; mais Anne était son amie, la plus proche qu'elle eût à la Cour.

Incertaine, tiraillée, Rosamund monta quatre à quatre les marches qui menaient au dortoir des demoiselles d'atour. Il était silencieux, contrairement à la veille, où il bruissait de rires et de conversations. Aujourd'hui, toutes leurs compagnes étant encore occupées à décorer les appartements royaux, Anne était seule, sur son lit, le dos à la porte. Elle ne bougeait pas et l'on n'entendait ni soupirs ni sanglots. Rosamund s'approcha sur la pointe des pieds.

— Anne, murmura-t-elle, est-ce que je peux faire quelque chose ?

Son amie se retourna. Son visage était très rouge, mais elle ne pleurait pas. De brunes mèches folles s'échappaient de sa coiffe de batiste.

— Ah, c'est vous, Rosamund. Asseyez-vous près de moi, je vous en prie.

Rosamund s'exécuta, s'installant au bord du lit, et, par mesure de précaution, mit la main à son aumônière, au cas où un mouchoir s'avérerait nécessaire.

— Parlez-moi de votre bien-aimé, là-bas, chez vous, demanda Anne en se redressant sur les coussins. Est-il très beau ?

Surprise par cette question, Anne s'efforça de se remémorer le sourire de Richard et la façon dont il la regardait. Il n'avait pas de fossettes, lui, contrairement à Anton Gustavson.

— Ou… oui.

— Est-il grand ? Blond, brun ?

— Blond. Assez grand…

— Et il embrasse très bien, j'en suis sûre…

Rosamund eut un petit rire clair.

— Assez bien, je suppose…

En fait, elle n'avait guère de point de comparaison.

— Mais il vous aime et veut vous épouser ?

Rosamund hésita.

— Eh bien… Il me l'a dit, la dernière fois que je l'ai vu.

Avant de disparaître dans la nature, la laissant seule s'expliquer avec ses parents. Les domestiques lui avaient dit qu'on ne l'avait pas vu dans la région de tout l'automne.

— Vous avez bien de la chance alors, soupira Anne.

— Pourquoi, est-ce que lord Langley ne veut pas…

Anne parut se refermer comme une huître.

— Je ne veux pas parler de lui. Pas maintenant. Je préfère que vous me racontiez vos amours, lady Rosamund.

L'intéressée s'étendit sur son lit et regarda les broderies du baldaquin comme si elle pouvait y discerner une réponse.

— Je n'ai plus de nouvelles de lui depuis longtemps, dit-elle dans un souffle. Et je ne suis pas sûre de vouloir en entendre parler.

— Je gage qu'il vous a écrit et que vos parents ont intercepté ses lettres. C'est arrivé à mon amie Penelope Leland, quand elle a voulu épouser lord Pershing.

— Ah oui ?

Rosamund n'avait pas pensé qu'une telle chose puisse se produire.

— Comment pourrais-je le savoir ?

Anne sourit, ravie du nouveau complot qu'elle allait pouvoir mettre sur pied.

— Nous allons trouver le moyen de le contacter. Quand il saura où vous êtes, il volera sûrement jusqu'ici pour venir vous retrouver.

Rosamund n'en était pas si sûre. Son engouement pour Richard commençait à lui paraître comme étranger, le coup de cœur d'une petite fille qui ne connaissait rien, ni du monde ni de ses propres sentiments. Mais si cela pouvait distraire Anne de ses soucis, elle était prête à essayer…

Peut-être alors cesserait-elle elle-même de se noyer dans les eaux noires de deux yeux d'obsidienne.

Toute la grande salle chantait en chœur et Rosamund riait. Tout le monde, à l'évidence, avait noyé ses soucis dans l'alcool et la bonne chère ; les longues tables étaient jonchées des reliefs du repas, les coupes étaient vides et les musiciens chantaient de plus en plus fort. Les décorations de la salle chatoyaient de tous leurs rouges, leurs verts et leurs ors dans la lumière du feu et des chandelles. Les rires couvraient presque la musique, les regards se faisaient plus lourds, plus audacieux au fur et à mesure que la soirée s'avançait.

Pourtant, et Rosamund le voyait bien, il n'y avait pas que des heureux à ce banquet. Les Autrichiens semblaient assez mal à leur aise, bien qu'ils fissent d'évidents efforts pour paraître partager la bonne humeur générale. Ils n'étaient pas les seuls. Quelques-uns parmi les plus austères des membres du clergé anglican regardaient tout cela les lèvres un peu pincées. Sans doute eussent-ils préféré que l'on passât la nuit en prière, songea Rosamund ; cette fête, ces chansons et ces décorations pouvaient, il est vrai, rappeler tout le côté clinquant du catholicisme passé. Mais la reine Elizabeth ne semblait en avoir cure : assise au haut bout de la table, elle claquait des mains en cadence.

Sur le mur derrière elle était accroché un très grand tableau, cadeau de son Premier ministre, Walsingham. Il s'agissait d'une allégorie de la succession des Tudor, montrant au centre Henri VIII sur son trône, dans cette salle même, à Whitehall, le jeune Edouard VI agenouillé auprès de lui. A sa gauche se tenait la reine Mary, avec son mari le roi d'Espagne et le dieu Mars, entourés de teintes ocre et sombres. A la droite du roi, la reine Elizabeth, flanquée de la Paix brisant l'épée de Discorde et portant la corne de l'Abondance attachée à son nom. Cette partie du tableau était, au contraire, peinte dans des tons brillants de blanc, d'argent et d'or.

Ce soir, la reine était en accord avec ce symbole. Elle présidait à une fête dédiée à la joie et à la prospérité. Dans une robe de satin blanc bordée d'hermine et parsemée de perles et de petits saphirs, elle contemplait toute cette liesse avec un sourire de satisfaction. Là encore, tous n'étaient pas aussi visiblement rayonnants, sur l'estrade royale. La cousine de la reine, Margaret Steward, lady Lennox, était à sa gauche, son ample silhouette drapée dans une robe noire, comme à son habitude, avec son fils lord Darnley auprès d'elle. Celui-ci était assez séduisant, Rosamund devait l'admettre, avec ses cheveux d'un blond pâle et son air de poète dans son vêtement également noir : mais il semblait presque s'ennuyer, comme s'il eût aimé être ailleurs. A pourchasser les soubrettes et les valets, comme Anne l'avait insinué ?

A côté d'eux se tenaient lord Sussex et son épouse, ennemis jurés de Leicester et donc favorables à la cause de lady Lennox. A la droite de la reine siégeaient lord Burghley, son épouse Mildred, toujours d'un calme olympien, et un autre cousin de la souveraine, lord Hunsdon, et sa femme. Pour cette fois, les délégations étrangères étaient un peu plus loin, à leurs propres tables.

Rosamund observait Anton par-dessus le rebord de sa

coupe tout en pensant au bouquet de gui et de houx suspendu derrière la tapisserie, dans un endroit connu d'eux seuls. Elle se remémorait la chaleur de sa main sur la sienne et l'éclat de son sourire. En ce moment, il souriait encore en écoutant les musiciens, ses longs doigts tambourinant en rythme sur le bois de la table. Le rubis de sa chevalière captait la lumière des chandelles et brillait de tous ses feux. Il avisa le regard de Rosamund posé sur lui et son sourire s'élargit.

Elle l'imita. Malgré toute la nervosité accumulée, la peur de commettre un impair et d'enfreindre l'étiquette, elle se sentait mieux, comme allégée, chaque fois qu'elle regardait Anton Gustavson.

Bien sûr, il y avait toujours sa famille, le château de Ramsay qu'elle regrettait tant, son devoir et quelque part, Richard, où qu'il pût être, comme Anne le lui avait rappelé. Mais il suffisait à Anton de sourire pour qu'elle oublie tout. Il lui donnait envie de rire à la vie qui s'ouvrait et de connaître tous les troublants mystères des hommes.

Las, cela ne dura qu'un instant. Elle se détourna et vit son amie Anne, qui la considérait d'un air surpris. Elle haussa les épaules. Le souvenir de son amie en compagnie de lord Langley et l'aigreur de leurs relations revinrent à sa mémoire. Elle ne voulait pas vivre cela. Pas maintenant. N'était-on pas dans le temps de Noël ?

Les lourdes doubles portes de la grande salle s'ouvrirent à la volée, tandis que roulaient les tambours. Une nuée d'acrobates apparut, en une féerie multicolore de soie et de rubans et dans le tintement des clochettes. Ils entourèrent les tables en bondissant. Comme l'on applaudissait à tout rompre leurs facéties, un autre personnage se dessina dans l'encadrement de la porte. Un homme aux larges épaules, enveloppé dans une cape aux vives couleurs, le capuchon rabattu. Son visage était dissimulé par un masque vénitien de cuir blanc peint de volutes rouges et vertes.

Les acrobates virevoltaient autour de lui tandis qu'il agitait un tambourin sur un rythme saccadé.

La reine se leva de son fauteuil.

— Qui es-tu et que fais-tu à ma Cour ? demanda-t-elle.

— Je suis le puissant roi des fous, prince des fantasques, grand-duc de la Haute-Lubie, chevalier de l'ordre impérial des Etourneaux et de la sainte confrérie des Hallucinés, répondit l'inconnu à la cape chamarrée d'une voix forte, amplifiée et déformée par le masque. Pour toute la saison des fêtes, je proclame que tous les royaumes me sont assujettis, pour la plus grande gloire de l'universelle démence !

La reine éclata de rire.

— La plus grande gloire du chaos, à ce que je crois, répliqua-t-elle. Très bien, Ta Majesté roi des fous, que ton règne arrive ! Mais il finira au soir de la nuit des Rois, je t'en avertis !

Le roi des fous s'inclina et ses sujets se ruèrent vers les tables pour inviter les dames à danser — les arracher à leurs bancs, plutôt. Très vite, Anne, les Mary, Catherine Knyvett et même dame Eglionby furent entraînées dans une gaillarde endiablée et singulièrement confuse.

Stupéfaite, Rosamund vit le personnage qui s'était autoproclamé roi des fous s'approcher d'elle et lui présenter sa main gantée. Elle scruta son masque, cherchant un indice qui lui révélerait l'identité de celui qui le portait, mais sans succès. Même ses yeux étaient dans l'ombre.

— M'accorderez-vous cette danse, milady ? s'enquit-il en ponctuant ses mots des saccades de son tambourin.

Rosamund hocha la tête et mit sa main sur le poing ganté de son étrange cavalier, se laissant conduire au milieu des autres danseurs. Les pas étaient bien ceux d'une gaillarde, mais complètement erratique, les danseurs se bousculant les uns les autres en riant.

Le roi des fous fit tourner Rosamund dans un cercle de plus en plus rapide, jusqu'à ce qu'elle eût l'impression que toute la salle tourbillonnait autour d'elle. L'homme masqué tenait fermement ses mains, lui faisant presque mal, mais les autres danseurs l'entouraient de toutes parts et elle ne pouvait s'échapper. Son souffle se précipitait dans sa poitrine serrée par le corset et son cœur battait si fort qu'elle pouvait à peine entendre la musique. Toutes ces chandelles et ces flambeaux l'éblouissaient et elle se sentait comme un oiseau se heurtant aux barreaux d'une cage. Enfin, elle put se libérer de l'emprise de son cavalier et s'éloigner un peu de cette presse. Elle ne savait pas au juste où aller ; elle avait simplement besoin de respirer.

Remontant l'ourlet de sa robe, elle se faufila entre les rangées de courtisans qui ne dansaient pas, trop occupés à rire et à lancer des lazzis pour faire attention à elle. Même la reine, à qui d'ordinaire rien n'échappait, observait la danse. Rosamund passa derrière la tapisserie et reprit un peu son souffle entre le lourd panneau brodé et les lambris de bois du mur. Là, à l'abri et à l'insu de tous, elle ferma les yeux. La musique et les rires y étaient étouffés, un peu comme les sons qu'on entend alors qu'on a la tête sous l'eau. Les battements de son cœur, en revanche, résonnaient toujours autant dans sa tête. Elle était encore stupéfaite de la façon dont une ambiance agréable et joyeuse avait basculé dans quelque chose de frénétique et de bizarre, en un instant. Qui était cet homme masqué ? Il n'avait certes pas volé son titre de roi des fous.

Rosamund pressa sa main contre son corsage de satin blanc empesé par les broderies d'argent. Il fallait que son cœur cesse de battre aussi vite, alors peut-être son souffle redeviendrait-il normal.

Soudain, il y eut un courant d'air chaud, une odeur de feu de bois et de savon. Quelqu'un écartait la tenture. Rosamund eut un sursaut et ouvrit les yeux, redoutant que l'homme masqué ait pu la suivre jusque dans ce sanctuaire. Elle se raidit, prête à tourner les talons et à fuir.

Mais ce n'était pas le roi des fous qui se glissait auprès d'elle derrière la tapisserie. C'était Anton. Elle n'eut que le temps d'apercevoir sa haute silhouette, l'éclat sombre de ses yeux et puis la tapisserie retomba, masquant la lumière. Ils étaient seuls dans leur cachette.

Rosamund s'aperçut avec surprise qu'elle n'avait pas peur

et qu'elle n'éprouvait pas non plus le besoin de fuir loin de lui. Au contraire, elle recommençait à respirer normalement.

Elle n'était plus seule.

— Rosamund, lui demanda-t-il doucement, est-ce que tout va bien ?

— Oui, je…

Elle se rapprocha de lui, attirée par l'odeur saine qu'il dégageait, par sa chaleur, par sa force rassurante.

— Je ne pouvais plus respirer.

— Je n'aime pas beaucoup la foule, moi non plus. Mais nous sommes tranquilles, ici.

Ses bras se refermaient autour d'elle, l'attirant plus près, et elle sut, sans l'ombre d'un doute, qu'elle était en sécurité — au point qu'elle posa son front contre le velours du pourpoint d'Anton et qu'elle écouta le rythme régulier de son cœur, qui faisait écho au sien dans l'obscurité. Puis elle mit ses bras autour de la taille de son compagnon et se serra contre lui, goûtant la force animale qui se dégageait de son corps. Elle n'entendait même plus la danse endiablée qui se déroulait de l'autre côté du panneau brodé ; ils étaient seuls, comme dans l'œil d'un cyclone.

Rosamund sentit qu'Anton lui embrassait les cheveux et elle leva les yeux vers lui. Alors il effleura de ses lèvres ses sourcils, sa tempe, sa pommette, et c'était comme s'il déposait sur sa peau une traînée de feu. A nouveau, le souffle de la jeune fille s'accéléra, et elle se mit à trembler. Elle en voulait davantage. Davantage de baisers, davantage de lui.

Enfin, leurs lèvres se touchèrent, une fois, deux fois. Anton poussa un soupir rauque et l'attira plus près encore ; leurs deux corps étaient à présent pressés l'un contre l'autre, chaque relief et chaque creux s'épousant parfaitement, comme si leur rencontre était écrite de toute éternité.

Dressée sur la pointe des pieds, Rosamund ouvrit les lèvres. Alors la langue d'Anton rencontra la sienne, avant de s'y emmêler passionnément, dans un baiser qui s'approfondissait toujours plus, corps contre corps. Oubliant toute réserve, Rosamund se pendit au cou d'Anton et enfouit ses doigts dans la douce touffeur de ses cheveux, se tenant à lui comme si elle craignait qu'il ne lui échappât. Leur baiser devint désespéré, dévorant, plein d'une faim primitive dont Rosamund ignorait même qu'elle l'avait en elle. Tout son corps brûlait, incandescent, tendu vers le point culminant de leur baiser.

D'un geste impérieux, trahissant son désir intense, Anton l'appuya contre le mur, souleva toute l'épaisseur de ses jupons, et elle noua ses jambes gainées de soie autour des hanches solides de son compagnon. Les culottes de velours épais frottaient ses cuisses nues au-dessus des jarretières… Et c'était délicieux. Rosamund gémissait, miaulait presque son désir.

Les lèvres humides d'Anton couraient le long de sa joue puis de sa gorge, tandis qu'elle rejetait la tête en arrière pour mieux leur laisser le passage. Elle palpitait, la gorge offerte, comme il enfouissait son visage dans les dentelles du corsage pour lui embrasser les seins.

Elle haletait, ses hanches contre les siennes, ses doigts crispés dans les cheveux de jais, tandis que du bout des dents, il agaçait la pointe d'un sein. Elle pouvait sentir son érection puissante, dure comme de la pierre à travers les épaisseurs de velours et de cuir.

Elle ouvrit les yeux et, levant la tête, vit le bouquet qui pendait au-dessus d'eux. Sa magie avait fonctionné au-delà de toute attente : quelques rameaux avaient pu insuffler en elle un charme capable de lui faire perdre toute raison.

Elle ferma les yeux de nouveau et embrassa les cheveux d'Anton. Il avait posé son front contre le lambris du mur et elle pouvait entendre sa respiration hachée. Doucement, tout doucement, elle reposa les pieds au sol. Elle percevait mieux, à présent, les accents de la musique — plus forte, plus discordante que jamais — et le tonnerre des pieds frappés en cadence sur le plancher.

Rosamund essaya de s'écarter un peu d'Anton. Elle était si serrée contre lui que toutes ses pensées s'embrouillaient ; il lui était impossible, dans ces conditions, d'espérer conserver le moindre contrôle sur ses sens. Mais les mains fortes et douces la maintinrent par la taille.

— Non ! dit-il d'une voix rauque. Je vous en prie, ne partez pas… Pas encore.

Rosamund appuya sa tête sur l'épaule d'Anton. Tout son corps était raidi par l'effort qu'elle exerçait pour reprendre son empire sur elle-même.

— C'est… c'est la magie du gui, murmura-t-elle.

Il eut un rire bref.

— Vos puritains ont peut-être raison, alors, de vouloir bannir cette coutume.

Ce baiser sauvage semblait avoir libéré quelque chose en Rosamund, quelque chose de libre et d'ardent dont elle ignorait l'existence.

— La magie y perdrait beaucoup, dit-elle en souriant.

— Vous êtes la plus enchanteresse des fées de l'hiver, lady Rosamund Ramsay, dit Anton en l'embrassant délicatement sur la joue. Mais demain aura-t-il effacé tout souvenir de cette folie ?

Rosamund n'en savait rien. Elle l'espérait à moitié. Car cela avait bien été un moment de folie, en effet. Mais pour la première fois, aussi, elle comprenait ce que voulaient dire les poètes : la passion était une force aveugle qui s'emparait de vos sens. Il eût été bien dommage de perdre jusqu'au souvenir de cette ivresse.

— Nous devons aller à la chapelle avec la reine, demain, répondit-elle. On nous y invitera à réfléchir à toutes nos erreurs.

— En ce qui me concerne, dit Anton, d'une voix un peu sombre, je crains qu'il ne faille plus qu'une messe de Noël pour effacer les miennes.

— Sont-elles donc bien nombreuses ?

— Mais, petite fée des glaces, elles sont des milliers !

Il venait d'en commettre une nouvelle, songea Rosamund, et elle aussi. Elle s'écarta, cette fois. Soudain, elle avait froid et se sentait bien fatiguée. Elle tira sur sa robe et tâcha de remettre un peu d'ordre dans sa chevelure. De quoi demain serait-il fait ? Elle n'en avait pas la moindre idée. C'était comme si le roi des fous avait bel et bien pris le contrôle du monde, un monde jadis confortable et ordonné.

— Je dois aller… m'occuper de mes devoirs, murmura-t-elle, avant que l'on s'aperçoive de mon absence.

Il acquiesça et s'effaça, tout en tirant la tapisserie pour lui laisser le passage. Rosamund émergea dans la lumière et le bruit. Le roi des fous et ses acrobates avaient disparu, mais on dansait toujours. Sur son estrade, la reine s'entretenait avec une dame qui s'était assise auprès d'elle.

Rosamund cligna des yeux, aveuglée par la lumière ambiante après la pénombre de l'alcôve. Elle pouvait seulement voir que la dame qui conversait avec la reine était grande et mince, son élégante silhouette habillée de satin pourpre et de soie noire, vêture qui s'harmonisait parfaitement avec ses cheveux d'encre tirés en arrière, sur l'ovale très pur de son visage. On eût dit un corbeau au milieu d'une bande de paons.

Enfin, elle la reconnut, avec surprise. C'était Celia Sutton, la veuve du frère aîné de Richard. Rosamund l'avait très peu vue depuis son veuvage, quoiqu'elles eussent été amies autrefois, d'une certaine manière. Et voilà qu'elle apparaissait à la Cour, toujours en deuil d'un mari mort depuis le printemps, laissant Richard seul héritier de son domaine. Que faisait-elle donc ici ?

— Celia ! appela-t-elle à mi-voix.

La reine Elizabeth fit un geste.

— Ah, vous voilà, maître Gustavson, dit-elle en avisant Anton. Votre cousine, dame Sutton, vient tout juste d'arriver à Londres. Je suis sûre qu'elle a hâte de vous saluer.

Rosamund regarda Anton. Ainsi Celia était sa cousine ! Etait-ce elle qui lui disputait son héritage en Angleterre ?

Les mâchoires serrées, ses yeux sombres vidés de toute expression, le Suédois regarda la reine, puis Celia. Celle-ci soutint son regard, les lèvres pincées.

— Ainsi, nous nous rencontrons enfin, cousin Anton.

Puis le regard de la jeune veuve passa sur Rosamund et elle sourit.

— Rosamund ! Quelle surprise de te voir à la Cour. Je n'aurais jamais cru que tes parents te laisseraient partir.

— Pour le service de notre reine…, répondit timidement la jeune fille. Comment vas-tu, Celia ?

— Assez bien, j'imagine. Je suis venue demander justice…

— Ce n'est pas le moment de parler de ces choses, la coupa Elizabeth avec un sourire, mais aussi une nuance de fermeté dans la voix. Nous sommes dans le temps de Noël.

Elle agita son éventail.

— Nous verrons cette affaire plus tard en privé, maître Gustavson et dame Sutton. En attendant, j'entends que vous conversiez civilement, tous les deux. Il y a bel et bien un air de famille entre vous. Des parents ne devraient jamais se quereller, j'en sais quelque chose…

Anton s'inclina.

— Je suis aux ordres de Votre Majesté, répondit-il avec un sourire affable.

Mais Rosamund pouvait sentir toute la tension qui l'habitait.

— Très bien ! approuva la souveraine. Allons, il est temps de nous retirer pour la nuit, je pense.

Comme elle descendait de l'estrade royale au bras de lord Burghley, Rosamund et les autres demoiselles d'atour se regroupant pour la suivre, les portes de la salle s'ouvrirent de nouveau. Mais ce n'était pas devant le roi des fous, cette fois. Lord Leicester, hirsute et dépeigné, le satin vert de son pourpoint couvert de poussière et les yeux flamboyants de colère, fit son apparition.

— Tiens, milord Leicester, laissa tomber la reine. Comme vous changez rapidement de costume !

Il s'inclina, très raide, son poing s'ouvrant et se fermant comme s'il cherchait à saisir la garde d'une épée.

— Hélas non, Majesté. Je n'ai pas changé de tenue de toute la soirée, à mon corps défendant.

La reine plissa légèrement son front pâle.

— Que voulez-vous dire ? Ne jouiez-vous pas le rôle du roi des fous, tout à l'heure ?

— Je devais le jouer, oui, sur l'ordre de Votre Majesté. Mais alors que j'étais allé aux écuries pour vérifier que tout était prêt pour la chasse de demain, on m'y a enfermé. Je viens seulement de m'en échapper. Quand je découvrirai qui est l'infâme gredin qui…

La main de la reine se crispa sur son éventail et ses joues se colorèrent.

— Mais qui, alors ?

Lord Burghley fit signe aux gardes de venir entourer leur souveraine pour l'escorter hors de la grande salle.

— Venez, Majesté, lui dit-il. Nous devons immédiatement sécuriser vos appartements pour assurer votre protection.

Leicester alla prendre une épée accrochée au mur, parmi les armes d'une panoplie, et la brandit.

— Je trouverai ce pendard, Majesté, je vous en fais le serment !

— Robin, non ! soupira la reine, que l'on entraînait déjà hors de la salle.

Rosamund suivit le mouvement, comme les autres demoiselles d'atour, glacée d'effroi au souvenir de l'étrange roi des fous et de sa poigne d'acier. Même la reine paraissait effrayée et, pour une fois, décontenancée, tandis qu'on l'emmenait et qu'elle jetait une fois encore, par-dessus son épaule, un regard à Leicester.

Qu'allait-il arriver, à présent ? Toute la Cour semblait subitement avoir perdu la raison.

6

25 décembre, jour de Noël

Anton contemplait les jardins depuis la fenêtre de l'un des salons mis à la disposition de la délégation suédoise. Il était tôt, encore. Des écharpes de brouillard s'attardaient autour des massifs et dans les allées enneigées. Le ciel était bas, plombé tant par la brume que par la fumée des cheminées, et personne, à cette heure-ci, ne se montrait dans les jardins — excepté la silhouette qui s'avançait dans l'allée centrale.

Celia Sutton. Elle marchait à pas lents, enveloppée dans une cape noire dont le capuchon laissait tout de même passer quelques mèches de cheveux sombres. La tête baissée, les mains jointes, elle semblait plongée dans une profonde méditation, inspirée peut-être par ce jour de Noël — à moins que, plus prosaïquement, la belle veuve ne préparât quelque machination pour s'assurer la propriété de Briony Manor.

Anton ne l'avait jamais rencontrée avant la veille, cette cousine, fille du frère de sa mère, et pourtant, il avait l'impression de bien la connaître. Ils avaient échangé de nombreuses lettres depuis que le testament de leur grand-père avait été ouvert et l'existence de Briony révélée à Anton ; des lettres pleines d'une colère qui ne se calmerait pas, il le savait, tant qu'ils resteraient des étrangers l'un pour l'autre.

C'est pourquoi il avait accueilli avec joie l'opportunité de partir pour l'Angleterre avec la délégation. Le roi Eric n'avait pas la moindre chance d'épouser la reine Elizabeth, tout le monde le savait sauf, apparemment, le roi Eric lui-même. La proposition avait déjà été déclinée une première fois et si le très charmant frère du roi, le duc Jean, avait échoué dans cette mission, aucune nouvelle ambassade ne pourrait y réussir. Mais c'était l'occasion rêvée, pour Anton, de réclamer son héritage — et aussi de rencontrer sa cousine, sa seule famille désormais…

Or il avait bien vu la veille, au banquet de Noël, qu'elle le considérait comme un étranger et le détestait. Il était assez amer de devoir constater combien les yeux noirs de Celia Sutton lui rappelaient ceux de sa mère. Il n'allait pas être facile de se forger des liens, ici en Angleterre, mais il ne pouvait pas retourner en Suède.

Les sourcils froncés, Anton regardait Celia passer entre les massifs et les fontaines, sa cape noire au vent comme les ailes d'un corbeau. Il songea à l'endroit d'où il venait, le sombre et glacial château dont les remparts se miraient dans l'eau d'un lac isolé. Le domaine d'un père plus froid encore.

Roald Gustavson était un homme colérique qui semblait ne jamais éprouver aucun sentiment humain. Heureusement pour Anton et pour sa mère, il avait été la plupart du temps absent, les laissant seuls au château. Anton avait grandi parmi ses précepteurs, passant son temps libre à patiner sur le lac et à chasser dans l'immense et profonde forêt qui s'étendait à perte de vue. Le soir, sa mère lui racontait des légendes de son Angleterre natale, où les arbres perdent leurs feuilles en hiver et où il faisait doux, le plus souvent. De vieilles histoires de quête et de chevaliers, ainsi que les souvenirs plus personnels des visites qu'elle faisait, lorsqu'elle était enfant, à Briony Manor. A force d'en entendre parler, ce lieu était devenu aussi mythique, pour le petit garçon, que les châteaux des chevaliers de la Table Ronde ; pourtant sa mère lui disait bien que c'était un endroit réel et qu'il le verrait, un jour. Alors le manoir deviendrait son foyer et cette sinistre bâtisse en Suède, un simple souvenir.

Bien plus tard, comme il était devenu un homme et qu'elle allait mourir, sa mère lui avait révélé d'autres secrets, qui l'avaient déterminé à venir en Angleterre et à se rendre à Briony Manor. Pour y prendre un nouveau départ.

Le chemin pour y parvenir n'avait pas été de tout repos. Il passait par la guerre contre les Russes et par de longues et mornes journées à la Cour d'un roi devenu fou. Une Cour où l'on était toujours sur le fil du rasoir et qui n'avait vraiment rien de la couleur et de la gaieté de celle d'Angleterre.

Le sort de la vieille forteresse qui avait appartenu à son père avait été vite réglé. A la mort de celui-ci, Anton y avait installé un cousin, en qualité d'intendant. Il ne tenait pas plus que cela à revoir ce lugubre site.

C'était Briony Manor, à présent, qui devait devenir son repaire et, même s'il détestait devoir désobliger une dame, Celia Sutton ne l'arrêterait pas. Elle, elle possédait toujours les domaines de feu son mari. Lui, il n'avait plus que Briony au monde.

Il observa sa cousine tandis que celle-ci revenait vers le palais et se souvint comment elle lui avait paru la veille, quand il l'avait vue en train de discuter avec la reine : résolue… au moins autant que lui. Au temps pour la touchante réunion de famille !

Et dire que Rosamund Ramsay connaissait cette Celia. Qu'étaient-elles réellement, l'une pour l'autre ? De vieilles amies ? Des complices ?

Probablement pas : Rosamund avait été visiblement surprise de voir apparaître Celia à la Cour. Mais cela ne les empêcherait peut-être pas de devenir des confidentes.

Cela voulait dire en tout cas qu'il devait se montrer très prudent avec Rosamund et ne pas se laisser subjuguer par la lumière de ses yeux bleus et le feu de ses lèvres.

Ah, ce baiser ! Anton ne pouvait oublier cette étreinte, dans leur petite cachette secrète. Cette soudaine poussée de désir l'avait pris par surprise, mais, pour être subite, elle n'avait pas été moins puissante, comme un incendie né entre eux d'une étincelle — celle-là même, peut-être, qui s'était allumée lorsqu'il l'avait aperçue pour la première fois, au bord de l'étang.

Le goût de ses lèvres, la sensation de son corps pressé contre le sien, son parfum de rose, tout cela l'avait enivré et transporté. Il voulait à présent tout ce qu'il pourrait obtenir d'elle : son corps, son sourire… ses secrets.

Las, elle lui demanderait vraisemblablement la même chose en retour, et il ne pourrait pas la lui donner ; elle était l'amie de Celia Sutton et la loyale servante de la reine Elizabeth. Ses secrets à lui étaient enfouis très profondément et pouvaient lui porter grand tort s'ils revenaient jamais à la surface. Il en était convaincu : la tête devait diriger le cœur. Il était venu en Angleterre afin de réclamer justice pour sa mère défunte, reprendre son bien et commencer une nouvelle vie. Il n'était pas question d'abandonner cette mission.

Dans ces conditions, qu'allait-il faire de Rosamund Ramsay ? Impossible de l'éviter, notamment à cause de ce stupide pari avec la reine. De plus, la cour d'Elizabeth Ire était trop petite, trop intime pour qu'on pût y garder longtemps ses distances. Quelque chose préoccupait également Anton : le mystère du roi des fous, cet insolite personnage qui avait pris indûment la place de Leicester, puis avait disparu sans laisser de traces. C'était là un acte bien étrange et sans doute un funeste présage. La reine était très bien gardée, mais Rosamund ? Le mystérieux masque avait dansé avec elle et elle avait paru avoir eu peur de lui. A cette seule pensée, la colère flamboyait dans le cœur d'Anton, et un désir brûlant de la protéger de tout ce qu'elle pouvait redouter grandissait en lui.

Le jeune homme croisa les bras sur sa poitrine en regardant toujours, sans plus le voir, le jardin enneigé. Il allait lui falloir être attentif, aux aguets. Pour protéger Rosamund des entreprises de ce faux roi des fous — et aussi pour apprendre ce qu'elle savait des manigances de Celia.

Simplement, il ne fallait pas qu'une certaine partie de son anatomie n'en vienne à prendre le pas sur sa cervelle…

— Je ne suis pas une couarde, Cecil ! rugissait la reine. Je ne laisserai pas quelque illuminé nous gâcher la fête !

Et Rosamund, éberluée, vit la reine Elizabeth abattre son poing sur sa coiffeuse, balayant ses flacons de verre de Murano et son coffre à bijoux. Colliers de perles et broches en rubis roulèrent sur le sol, et les servantes se précipitèrent pour les ramasser.

William Cecil, lord Burghley, s'appuyait sur sa canne, un air patient mais contraint sur son visage à la barbe bien taillée. La scène était impressionnante : la reine dans son peignoir bordé de fourrure, sa chevelure encore défaite que les femmes de chambre s'évertuaient à remettre en ordre, et toute la chambre à coucher sens dessus dessous, du fait de sa colère : chaussures lancées à la tête des servantes, poudre de riz répandue, visages terrifiés…

Rosamund songea que le sien ne devait pas l'être moins. Anne lui avait dit que la reine piquait au moins une ou deux colères par jour, mais que ses accès de fureur passaient vite, car elle tenait plus que tout à conserver la tête froide pour les affaires du royaume. Le tout était alors de rester hors de sa vue et de son chemin, comme l'on s'abrite d'une probable averse quand les nuages noirs s'amoncellent. Rosamund suivait ce conseil en se tenant à demi dissimulée derrière les rideaux ouverts du baldaquin, serrant peureusement son livre d'heures dans ses doigts.

Elle doutait fort de pouvoir montrer le même flegme que lord Burghley. Mais sans doute avait-il été le témoin de bien des orages antérieurs et connaissait-il le moyen de persuader la reine qu'il ne pensait qu'à son bien. Il tentait pour le moment de la convaincre d'alléger un peu le programme des fêtes de Noël afin que l'on pût veiller à sa sécurité et, même, de rester confinée dans ses appartements privés, le temps que le mystérieux roi des fous soit pris et soumis à la question.

Ce qui certainement ne serait pas long, avec un lord Leicester furieux et tous ces hommes en armes qui fouillaient le palais. Mais la reine ne voulait rien entendre.

— Majesté, plaidait le ministre, nul ne vous soupçonne de couardise, mais il serait sage de ne pas trop se mêler à la foule alors qu'un complot semble se tramer.

— Un complot ! cracha Elizabeth avec mépris. Que me chantez-vous là ! A peine une mauvaise blague d'étudiant dirigée contre ce pauvre Leicester, qui est tout de même capable d'en supporter bien davantage !

— Je n'en disconviens pas, Majesté, répondit Burghley sans s'émouvoir, mais à ce stade nous ne savons pas encore s'il s'agit, comme vous le pensez, d'une plaisanterie aux dépens de Robert Dudley ou bien d'une plus sinistre entreprise. Le seul fait que cette canaille ait pu s'infiltrer dans une fête de la Cour est plus qu'inquiétant, surtout en ce moment, quand les Espagnols, les Français et la reine d'Ecosse s'agitent.

— Je ne veux plus entendre parler de la reine d'Ecosse ! tempêta la reine.

Une femme de chambre, qui tentait courageusement de placer une épingle dans la flamboyante chevelure royale, recula vivement, comme si un serpent l'avait mordue.

— Je ne veux même plus entendre prononcer son nom. Lady Lennox me supplie à chaque instant de laisser son grand flandrin de fils partir pour Edimbourg et maintenant, voici que vous m'échauffez les oreilles à son sujet ! Va-t-on me laisser enfin passer les fêtes sans que revienne toujours le nom de cette… de cette…

— Je crains que nous ne puissions vous épargner ce tracas, Majesté, répondit sans détour le ministre. La reine d'Ecosse est une constante menace, tant parce qu'elle règne de l'autre côté d'une frontière qui nous est commune que parce que la France la soutient. Son ambition ultime n'est un secret pour personne.

— Si elle voulait bien faire ce que je lui dis, épouser lord Leicester, cela arrangerait grandement nos affaires, murmura songeusement la reine en mettant la main sur un flacon de parfum.

L'instant d'après, un parfum de violette se répandait dans la pièce.

— Croyez-vous vraiment qu'elle le fera, Majesté ? demanda doucement Burghley, l'air d'en douter.

— Pas tant que Leicester sera occupé à déjouer des complots imaginaires…

Elizabeth soupira.

— Très bien. Augmentez les effectifs des gardes à la chapelle et dans les corridors. C'est tout ce que je suis prête à vous accorder.

— Pourtant, insista le Premier ministre, il serait très souhaitable que Votre Majesté restât dans ses appar…

— Jamais !

La reine secoua farouchement la tête, se débarrassant ce faisant des rares épingles que l'on avait eu l'adresse de placer dans ses cheveux.

— C'est le jour de Noël, probablement le dernier que verra ma chère dame Ashley, et je veux qu'elle en jouisse pleinement, morbleu ! Il sera bien temps, ensuite, de se morfondre et de croiser des faces de carême !

Burghley s'inclina, digne, mais tout de même un peu pâle.

— Nous sommes tous aux ordres de Votre Majesté.

Sur ces mots, il s'inclina et quitta la pièce, laissant toutes les femmes présentes interloquées et indécises.

Ce moment de flottement ne dura guère. Une fois de plus, le poing de la souveraine s'abattit sur la coiffeuse, éparpillant les bijoux à grand-peine rassemblés.

— Qu'avez-vous toutes à danser ainsi d'un pied sur l'autre comme des grues sur un banc de sable ? Nous allons à la chapelle. Otez-moi ces manches ridicules, je veux les dorées à la place !

On s'affaira autour d'elle et quand elle fut enfin habillée comme elle l'entendait, elle tendit impérieusement la main pour qu'on lui donnât son livre d'heures. Rosamund se hâta.

— Merci, lady Rosamund, lui dit la reine Elizabeth, toujours de méchante humeur. Marchez donc à mon côté jusqu'à la chapelle, je vous prie.

— Ou… oui, Majesté.

La jeune fille était très surprise, sa place normale étant en fin dc procession, avec les autres demoiselles d'atour. Mais on ne refusait rien à la reine, bien sûr. Elle la suivit donc d'un pas solennel hors de la chambre puis dans la Grande Galerie, où de nombreux courtisans se joignirent à elles.

— Vous avez dansé avec ce mystérieux roi des fous hier soir, n'est-ce pas ? lui demanda la reine en souriant d'un air crispé et en distribuant des signes de tête à la ronde.

Burghley l'avait déjà interrogée à ce sujet, tôt ce matin. Hélas, elle n'avait pas grand-chose à dire et tremblait qu'on pût croire qu'elle dissimulait quelque chose.

— Vous n'avez aucune idée de qui cela pouvait bien être ?

— Non, aucune, Majesté. Il était masqué et je ne suis pas depuis assez longtemps à la Cour pour reconnaître les gens à leurs manières.

— Oh, ce n'est probablement pas un courtisan, soupira la souveraine. Si vous avez vent de quelque chose, quoi que ce soit, vous entendez ? Venez me le rapporter immédiatement.

— Certainement, Majesté.

— Pour le reste, il semble que vous connaissiez notre nouvelle hôte : dame Celia Sutton.

— Les terres de sa famille sont très proches du château de Ramsay, Majesté. Je la connais donc un peu, en effet.

— Elle est venue me présenter une requête. Une parmi les quelques dizaines que nous devrons examiner d'ici la mi-janvier. Si elle vous en parle, je vous saurai gré de me dire quels sont ses sentiments réels, tels qu'elle vous les exposera.

— Je suis aux ordres de Votre Majesté.

Rosamund ignorait quelle sorte de requête Celia pouvait bien présenter à la reine, ni si elle allait s'en ouvrir à elle ; mais si elle servait bien la souveraine, peut-être que celle-ci l'aiderait à son tour, ou qu'elle aiderait Richard.

Si tel était son bon plaisir…

Ce dont Rosamund se souvenait le mieux, à propos de la nuit passée, c'était de son baiser avec Anton Gustavson, derrière la tapisserie. Et non seulement ce baiser, mais aussi la façon dont elle avait noué ses jambes nues autour des hanches du jeune homme, sa bouche brûlante sur son sein, la flambée de désir fou qu'elle avait ressentie. Quelque chose qu'elle ne pouvait nier, comme une coulée de lave brûlante en elle. Elle avait désiré Anton, voulu qu'il soit à elle, au-delà de toute raison.

Elle le désirait toujours.

Elle n'avait pas fermé l'œil de la nuit, feignant seulement de dormir parmi les chuchotements, puis les ronflements, de ses compagnes de chambre. En fait, elle ne pensait qu'à lui, au baiser qu'ils avaient partagé, à ses mains glissant sur sa peau nue, à toutes ces choses audacieuses, coquines qu'elle voulait qu'il lui fasse et auxquelles elle n'aurait jamais osé penser auparavant. Pas même avec Richard. C'était d'ailleurs bien cela qui la tourmentait le plus. Elle était venue à Londres pour servir la reine, pour montrer à sa famille qu'elle était digne de confiance, non pour aller plonger la tête la première dans de nouveaux ennuis.

Il allait lui falloir se montrer très prudente, désormais.

Elle sentait ses joues lui brûler tandis qu'elle empruntait un nouveau corridor, suivant toujours la reine Elizabeth. Elle maudissait la pâleur de son teint, qui rendait toute rougeur si évidente, et serra son livre d'heures dans sa main jusqu'à ce que les jointures de ses doigts en devinssent toutes blanches. Elle était une amante bien déloyale. N'avait-elle pas honte de rêvasser ainsi à un Suédois à l'œil sombre comme celui d'un Maure, qu'elle venait à peine de rencontrer de surcroît, alors qu'elle avait voulu défier ses parents au sujet de Richard ?

Peut-être étaient-ce les intrigues amoureuses de la Cour qui embrouillaient ses propres émotions et lui faisaient tourner la tête. Oui, ce devait être cela. Il fallait qu'elle parle à Celia et qu'elle lui demande des nouvelles de chez elle.

Rosamund pénétra enfin dans la chapelle et s'assit sur un banc, en compagnie des autres demoiselles d'atour, derrière le fauteuil de bois à haut dossier de la reine. Même ici, dans la nef austère aux colonnes de marbre frappées des armes royales, on entendait circuler des rumeurs. Mais en ce lieu, elles n'étaient que chuchotées : ce n'était qu'un souffle qui courait le long des travées.

Les doigts toujours noués sur son livre d'heures, Rosamund leva les yeux vers le vitrail qui se dressait au-dessus de l'autel, à l'est de la chapelle. Mais les rouges et les bleus des scènes de crucifixion et de résurrection ne reflétaient que peu de lumière et rien, vraiment, ne l'incitait à une sereine méditation.

En outre, elle sentait ses cheveux se hérisser sur sa nuque comme si quelqu'un l'observait intensément. Elle frotta machinalement son cou et se retourna. Anton était là, dans l'une des galeries, et il lui souriait. Elle eut envie de rire en retour ; au lieu de cela, elle pinça les lèvres et baissa les yeux sur ses mains.

Elle avait trop interrogé ses propres sentiments et sensations pour se demander vraiment ce que lui pensait. Ce qu'il ressentait. A présent, elle se posait la question. Etait-il, lui aussi, troublé par ce qui venait de se passer ? Ou bien cela n'était-il pour lui qu'une péripétie parmi d'autres ? Elle se souvint de toutes ces dames qui le suivaient partout et se mit à redouter de devenir l'une d'elles. Une bonne raison de rester à l'écart de lui, si elle le pouvait encore. Elle le regarda à la dérobée pour voir s'il l'observait toujours. Il avait un sourcil levé, d'un air interrogateur. Mais elle n'avait aucune réponse à lui donner, pas plus qu'à elle-même.

Elle se força à regarder maître Buckenridge, l'un des chapelains de la reine, monter en chaire.

— En ce saint jour de la Nativité, commença-t-il, pensons à tous les dons que le Seigneur s'apprête à nous faire, lors de cette nouvelle année…

Une douzaine d'hommes portaient dans la grande salle la bûche de Noël — plutôt un tronc d'arbre. Anton et lord

Langley n'avaient pas failli à leur mission. Aussi épaisse et presque aussi longue qu'une poutre de chêne, elle était décorée de feuillages et de guirlandes nouées par des rubans. On allait la placer dans la grande cheminée, où elle brûlerait jusqu'à la nuit des Rois.

Rosamund souriait tandis que l'on portait la bûche en triomphe autour de la pièce, dans un tonnerre d'applaudissements auxquels elle ajoutait les siens. Elle se souvenait des joyeux Noëls au château de Ramsay, quand son père et ses hommes allaient eux aussi chercher la plus belle pièce de bois des environs pour la consumer. Sa mère protestait toujours, en riant, qu'elle était trop grosse pour passer la porte, et tout le monde chantait.

La jeune fille ressentit soudain une profonde nostalgie des siens et de son foyer, un poignant regret de ne pas être avec eux en ce temps de fête. Oui, tout à coup, elle se sentit très seule parmi la foule…

Elle s'écarta alors des courtisans qui se pressaient autour de l'énorme bûche et se glissa hors de la pièce, dans la quiétude d'un corridor. Là, personne ne pourrait voir qu'elle avait les yeux pleins de larmes. Elle se dirigea vers la Grande Galerie, qui donnait sur le fleuve.

Elle frotta vigoureusement ses yeux dans l'escalier. Elle était bien sotte de pleurer. Elle avait envié le long mariage de ses parents, leur foyer heureux, et s'était imaginé qu'elle pourrait avoir un jour le même. Oh, pas avec Richard. Elle le voyait bien, à présent.

— C'est à cause des fêtes, se murmurait-elle à elle-même en pénétrant dans la galerie. Tout le monde est un peu mélancolique et sentimental, à Noël.

Elle s'arrêta devant l'une des hautes fenêtres, l'ouvrit et se pencha au-dehors. Il n'y avait personne, elle avait le vaste espace pour elle seule. Tout le monde était dans la grande salle, à admirer la bûche. La galerie, tout en longueur, avait été construite afin d'assurer la plus large vue possible sur le fleuve, que bateaux et barges parcouraient constamment. Du moins, en temps normal ; aujourd'hui, la surface de la Tamise était presque entièrement gelée et brillait sous une pâle lumière d'hiver. Seule une rigole coulait encore librement en son centre.

Bientôt, le fleuve en son entier serait recouvert d'une couche de glace assez solide pour qu'on pût marcher dessus ou, en eût-on la témérité, y patiner.

Rosamund se demandait ce qu'elle ressentirait à glisser et à virevolter dans l'air frais, sa main dans celle d'Anton. Elle connaissait son corps à présent, sa force flexible. Sûrement, il veillerait à ce qu'elle n'ait point de mal. Lui apprendrait-il tous ses secrets ?

— Rosamund ? Est-ce que tout va bien ?

C'était lui, comme si sa rêverie devenait brusquement réalité. La jeune fille jeta un regard par-dessus son épaule et le vit au bout de la galerie. Il était, comme à son habitude, vêtu de noir, un beau pourpoint de velours aux reflets bleutés et aux crevés gris perle qui rehaussait l'éclat de sa chevelure.

— Oui, répondit-elle. C'est seulement que j'avais trop chaud dans la grande salle, j'ai voulu respirer un peu.

— Voilà qui est sage…

Il s'approcha lentement d'elle. Ses mouvements avaient la grâce et la souplesse de ceux d'un chat. Elle repensa à ses rêveries hivernales.

— Il vous faudra du souffle, pour m'apprendre à danser.

Rosamund éclata de rire.

— A vous aussi ! La volte est une danse très physique, très exigeante.

Il sourit et vint s'accouder à la fenêtre, à son côté.

— Me jugez-vous incapable de gagner ce pari ?

Elle se souvint de la force de ses mains quand il l'agrippait par la taille et la soulevait pour la presser contre lui.

— Non, je pense au contraire que vous avez de bonnes chances de réussir.

— De bonnes chances, seulement ? Vous n'avez pas une grande opinion de mes talents, alors…

Au contraire, songea-t-elle. Ses « talents », comme il les appelait, étaient tout à fait indéniables.

— Je pense que vous pourrez danser la volte au bal de la nuit des Rois. Mais moi, saurai-je patiner sur la Tamise ?

Il contempla un instant le fleuve et ses yeux s'étrécirent.

— Nous pourrons essayer dans peu de temps, je pense. Là, c'est trop tôt. Je ne veux pas prendre de risques, alors que vous n'avez encore jamais patiné.

Trop tôt. Rosamund se souvenait de ce que son père lui avait dit à propos de Richard : « Tu ne le connais pas assez bien pour l'aimer vraiment et il n'est pas pour toi. » Elle sentait, profondément, qu'Anton n'avait rien de futile, ni de pusillanime en lui. Il était plutôt comme ce fleuve sous la glace ; plein de courants cachés et tumultueux qui vous promettaient l'aventure et des beautés insoupçonnées. C'était bien là ce qui le rendait dangereux.

— Vous semblez triste, Rosamund, lui dit-il en tournant vers elle son intense regard d'obsidienne. Je peux voir que quelque chose ne va pas.

— Je pensais seulement… à ma famille, aux Noëls de chez nous. C'est toujours une période très gaie, là-bas.

— C'est la première fois que vous passez les fêtes loin des vôtres ?

— Non, pas tout à fait. Lorsque j'étais toute petite, si petite que je ne m'en souviens pas, mes parents allaient à la Cour. Mon père a servi le père et le frère de la reine. Mais ensuite, nous avons toujours été ensemble. Le soir de Noël, tous nos voisins viennent faire la fête au château et c'est toujours…

Elle s'interrompit, la nostalgie l'étreignait de nouveau.

— Enfin, cette année, je n'y suis pas…

L'épaule d'Anton était contre la sienne. Elle leva les yeux vers lui, surprise de lire dans les siens de la compréhension et, même, de la sympathie.

— C'est une chose difficile, que d'être loin de chez soi…

— Oui, et votre foyer à vous est infiniment plus éloigné, je le crains. Vous devez me trouver bien ridicule d'être si triste alors que je suis à la Cour, parmi mes compatriotes et dans une ambiance de fête permanente…

— La Suède ne me manque guère, mais si j'avais une famille comme la vôtre, j'imagine que je serais triste, moi aussi.

— Une famille comme la mienne ?

— Il est évident qu'ils vous aiment et que vous les aimez. Je me suis souvent demandé ce que cela faisait d'avoir un foyer, un vrai, pas seulement une demeure que l'on possède, mais un endroit où partager, avec ceux que vous chérissez, des traditions, des espoirs, des bonheurs.

Il lui sourit.

— Et des fêtes avec les voisins.

Rosamund le considéra, éberluée. Il avait parfaitement résumé le sentiment qu'elle éprouvait et aussi ses rêves, hors de portée sans doute dans le monde incertain où il vivait.

— Dit comme cela, cela a l'air d'un rêve, soupira-t-elle.

— J'ai toujours entendu dire que l'Angleterre était un pays où l'on pouvait rêver. Rêver d'une famille, par exemple.

— Mais… Et la vôtre ?

Il esquissa un sourire triste.

— Ma famille ? Je n'en ai plus. Mais ma mère m'a légué ses souvenirs de sa terre natale. Et sans doute ses rêves les plus chers.

Rosamund le regarda encore, sa curiosité à présent tout à fait éveillée. D'où venait-il ? Quel était son passé ? Ses autres rêves ? Elle voulait tout savoir de lui.

— Que vous racontait votre mère, Anton, lorsque vous étiez enfant ? Des légendes ?

Mais déjà, le moment de profonde intimité qu'ils venaient de partager semblait s'estomper. Il lui offrit un sourire un peu absent, comme s'il se ressaisissait.

— Entre autres. Bien trop de choses pour que je puisse les répéter. N'allons-nous pas avoir du travail, si je dois être capable de danser la volte au bal de la nuit des Rois ?

Rosamund sentit qu'il n'ouvrirait pas davantage son cœur et se dit qu'elle devait rester sur ses gardes.

— Si, venez, nous allons commencer la première leçon.

Il s'inclina avec un sourire enjôleur et lui tendit une main.

— Je suis, lady Rosamund, entièrement à vos ordres. Commandez, vous serez obéie…

Rosamund rit. Il ne lui paraissait pas appartenir au genre qui aimait obéir, même s'il était ici en mission sur l'ordre d'un roi. Elle prit sa main et le conduisit au centre de la galerie. Comme les doigts d'Anton se refermaient sur les siens, elle dut faire un effort pour se souvenir qu'ils étaient bien ici pour gagner, ou bien plutôt pour perdre un pari, non pour se cacher derrière une tapisserie et échanger des baisers passionnés, dans un univers de sensations indicibles qui leur faisait oublier la Cour, la reine, les devoirs que l'on devait à sa famille et l'étiquette. Certes, elle désirait cet homme. Mais ce n'était pas possible, pas ici, pas maintenant.

— Bon, dit-elle en se reprenant. Nous allons débuter par une simple gaillarde. D'abord, vous devez avoir le rythme en tête : un, deux, un, deux, trois. Et voici les pas : pied droit, pied gauche, pied droit, pied gauche, et un petit saut qui doit se terminer une jambe un peu en l'air, comme ceci.

Elle fit la démonstration et il la suivit sans effort, avec un saut final énergique.

— Très bien, commenta-t-elle avec un sourire ironique. Vous êtes sûrs que vous ne savez pas danser ?

— Tout à fait sûr. Vous êtes un excellent professeur…

— Attendez que les difficultés commencent… La volte débute comme la gaillarde, mais, ensuite, elle se complique.

Les parents de Rosamund trouvaient cette danse d'origine italienne tout à fait scandaleuse. Ils ne lui avaient permis de l'apprendre et encore, du bout des lèvres, que devant l'instance de maître Geoffroy, lequel leur avait expliqué que la volte était essentielle à une future demoiselle d'atour, car c'était la danse favorite de la reine Elizabeth. Le problème, c'était que le maître de danse était un homme âgé et exagérément méticuleux, dont les figures étaient toujours pompeuses et trop lentes. Danser la volte avec Anton risquait d'être une expérience bien différente.

— A présent, lâchez ma main et faites-moi face, comme ceci…

Elle essayait de prendre un ton froid, docte et professoral.

— Et maintenant ? fit-il en souriant, tout près d'elle.

Rosamund avala sa salive avec difficulté.

— Vous… vous placez une main sur ma taille…

Elle lui prit la main droite et la plaça à l'endroit où son corsage de satin s'incurvait au-dessus de sa hanche.

— Et votre autre main sur mon dos, au-dessus de mon…

— Votre quoi ?

— Ici.

Elle plaça sa main au creux de ses reins. Particulièrement gauche et fébrile, elle craignait de sursauter au moindre de ses gestes.

Il lui sourit un peu timidement, comme s'il avait perçu sa tension et qu'il voulait la mettre à l'aise.

— Et maintenant, que fait-on ?

On ne reste pas là à se regarder comme deux chiens de faïence, en tout cas, songea la jeune fille.

— Je pose ma main ici, sur votre épaule. Vous me regardez et moi, je tourne la tête sur le côté. Puis nous exécutons un pas chassé, tous les deux du même pied. Et un, et deux…

Mais Anton partit une demi-seconde trop tôt et sa jambe se prit dans la robe de Rosamund, qui perdit légèrement l'équilibre et faillit tomber.

Elle poussa un petit cri de surprise et se raccrocha à ses épaules. Le sens de l'équilibre d'Anton, affûté par des années de patinage, fit qu'il demeura parfaitement stable et la rattrapa sans effort.

— Vous voyez pourquoi je ne danse pas, murmura-t-il d'une voix rauque, les yeux fixés sur les lèvres entrouvertes de la jeune fille, qu'il maintenait dans ses bras, suspendue en l'air. Il s'ensuit toujours des catastrophes.

Rosamund secoua la tête.

— Vous abandonnez trop facilement, maître Gustavson.

— Moi ? Détrompez-vous, je n'abandonne jamais, lorsque la chose est d'importance.

— Nous devrions… recommencer alors, dit-elle, la gorge sèche.

Il acquiesça et la reposa délicatement sur ses pieds.

— Après ce premier pas, reprit-elle plus posément, que nous devons impérativement démarrer ensemble, il nous faut tourner par un autre : prenez appui sur le pied extérieur…

Elle le toucha délicatement du bout de sa ballerine.

— Et levez le pied intérieur, comme ceci.

Il l'imita et lui sourit.

— Peut-être que cela ne se révélera pas trop difficile, après tout.

— Ne soyez pas trop confiant tout de même, maître Gustavson. Le plus difficile est encore devant nous.

— J'y suis préparé, madame le professeur.

— Après, il y a un pas glissé sur le second temps, puis je dois plier les genoux pour m'élever…

— Que dois-je faire ?

— Vous me soulevez au moment du saut, comme…

Et soudain, elle se sentit emportée dans les airs comme si elle était aussi légère qu'une plume, les deux mains d'Anton enserrant fortement sa taille. Elle en eut un rire de surprise.

— Oui, comme cela. Tournez maintenant.

Il s'exécuta en riant et Rosamund vit virevolter les fenêtres de la galerie autour d'elle.

— Pas si vite ! Ou bien nous allons heurter les autres danseurs.

Il la reposa doucement sur ses pieds, la tenant toujours étroitement serrée.

— Comment tourner comme il faut, alors ?

— Eh bien, c'est en fait un trois quarts de tour à chaque mesure. Chaque fois que l'on crie *volte* !, nous recommençons. Puis nous revenons à la position de la gaillarde.

— C'est presque frustrant. Notre façon de la danser est bien plus amusante !

Il avait un tel air de joyeuse gourmandise sur le visage que Rosamund éclata de rire. Elle rit tant que ses yeux s'emplirent de larmes. Jamais elle n'avait autant ri et jamais clle ne s'était sentie aussi bien qu'en compagnie de cet Anton, comme si elle était délivrée de tout souci, que le monde n'était plus que danse et que rire.

— Notre façon est certainement plus amusante, mais je doute que ce soit ainsi que vous gagnerez le pari fait avec la reine.

Il la reposa de nouveau au sol, mais elle eut l'impression que la galerie continuait à tourner autour d'elle. Toujours secouée par le rire, elle s'agrippa à ses épaules. Etait-ce ainsi que toutes les dames qui avaient eu maille à partir avec la reine en raison de leurs amours se sentaient, avant de sombrer dans la disgrâce ? C'était bien enivrant, en effet, et il y avait de quoi s'inquiéter.

— Moi, je me sens comme si nous avions déjà gagné, lui dit-il, tout contre ses cheveux.

Rosamund, décontenancée, leva les yeux vers lui. Pendant un instant, ce fut comme si son masque de courtisan était tombé. Elle lut dans les siens la même soif, la même attente que les siennes et aussi, la même solitude, atténuée par leurs rires. Mais très vite, cela s'effaça et le masque revint. Il recula d'un pas et s'inclina galamment devant elle.

Ils étaient séparés, à présent ; c'était comme si la Tamise prise dans ses glaces s'étendait entre eux, plus froide encore, peut-être, parce que le soleil de leurs rires s'était éteint.

— Veuillez m'excuser, lady Rosamund, dit-il abruptement, mais j'avais oublié que j'avais un autre rendez-vous. Peut-être pourrons-nous continuer demain ?

La jeune fille acquiesça.

— Oui, après la chasse de la reine.

Il s'inclina encore, tourna les talons et s'éloigna d'un pas vif, la laissant seule dans la galerie vide. Elle ne savait que faire : le silence était impressionnant, tout à coup, et elle avait froid. Elle frissonna et se frotta frileusement les bras.

Tout était bouleversé dans son univers, depuis qu'elle était à la Cour. Elle semblait avoir perdu tout contrôle sur elle-même et ne savait comment reprendre sa vie en main. Sans doute était-elle trop influencée par l'atmosphère de flirt généralisé qui imprégnait Whitehall ; la romance, le danger et la politique s'y mêlaient en une décoction qui vous montait facilement à la tête.

Aurait-elle dû capituler et rentrer au château de Ramsay ? Mais elle savait bien qu'elle n'en serait pas pour autant guérie. Même si elle fuyait la Cour à cet instant même, elle était déjà une personne différente. Elle n'était plus la jeune oie blanche, venue de sa campagne pour se frotter au monde. Elle avait vu la Cour et rencontré Anton.

Elle quitta la galerie, descendit l'escalier et refit le long chemin en sens inverse jusqu'à la grande salle. Cette fois, elle avait besoin de la compagnie de ses semblables et de trouver des distractions.

Las, même parmi les courtisans, autour de l'énorme bûche qui brûlait dans la vaste cheminée, elle ne trouva aucun répit à ses dérangeantes pensées ; Anton se tenait près de l'âtre, et il n'y était pas seul. Lettice Devereaux, lady Essex, se tenait près de lui, la main posée sur son bras. Ils penchaient la tête l'un vers l'autre, dans une conversation intime, malgré le bruit. La belle chevelure rousse de la comtesse, prise dans un filet de perles, brillait dans la lumière du feu.

Ainsi, c'était cela, son rendez-vous urgent ? Rosamund sentit une vive émotion, comme de la colère, lui monter à la gorge. L'espace d'un instant, elle rêva qu'elle était la reine et qu'elle pouvait balancer sa chaussure entre ces deux têtes. « Pauvre idiote, se dit-elle. Tu es pratiquement prête à t'offrir à cet homme alors que pour lui, tu n'es qu'un flirt parmi d'autres. »

Elle n'avait décidément guère de chance. D'abord c'était Richard qui s'évanouissait dans la nature sans même lui envoyer une seule lettre, et à présent…

— La peste soit des hommes, murmura-t-elle entre ses dents.

— Je vois que vous vous êtes enfin habituée aux manières de la Cour, lui lança Anne Percy à mi-voix, d'un ton moqueur.

Rosamund se retourna ; son amie se tenait juste derrière elle, tout sourires.

— Il faut toujours que nous soyons tous en pleine passion ou bien en pleine querelle. C'est cela, la vie à la Cour.

Rosamund ne put s'empêcher de rire.

— Je préfère n'être ni dans l'une ni dans l'autre.

— Je crains que vous ne puissiez y échapper, repartit Anne en haussant les épaules. Il n'existe qu'un seul dérivatif et malheureusement, il est temporaire.

— Lequel ?

— Faire les boutiques, bien sûr. Catherine Knyvett m'a dit que le comptoir de maître Brown, dans Lombard Street, venait de recevoir de la soie de France. La reine est à son conseil privé et n'aura pas besoin de nous avant ce soir. Peut-être pourrons-nous acheter un coupon ou deux, avant que toutes les dames de la Cour ne se jettent dessus. Regarder et toucher de belles soieries, c'est le meilleur moyen d'oublier la vilenie des hommes.

Rosamund acquiesça. Elle avait plus que tout besoin de ne plus penser à eux, en effet. A l'un d'eux, en particulier. Tout cela était déjà allé beaucoup trop loin.

— Allons-y, un répit temporaire vaut mieux que pas de répit du tout.

— Oyez, oyez, je suis le père Noël ! déclamait un acteur de circonstance, vêtu d'une longue robe bordée de fourrure et affublé d'une barbe blanche pour le plus grand amusement du public, sur la scène qui avait été montée tout exprès dans la grande salle. Noël ne revient qu'une fois par an, il nous fait faire bombance : rôti de bœuf, plum-pudding et bonne bière d'Angleterre coulant à flots…

On riait, on applaudissait, mais Anton, lui, ne prêtait guère attention à tous ces enfantillages. Il ne pouvait détacher son regard du visage de Rosamund.

Elle se tenait dans l'ombre, près de l'un des murs lambrissés, alors que la plupart des courtisans étaient assis sur des bancs disposés autour du fauteuil à haut dossier de la reine, doublant le cercle des demoiselles d'atour, jolie garde rapprochée vêtue de satin blanc. Ses joues, d'ordinaire pâles, rosissaient joliment quand elle riait. Plus de traces, alors, de cette colère qui flamboyait parfois dans ses yeux.

S'il l'avait quittée abruptement au cours de leur leçon de danse, c'était parce qu'elle lui avait, sans le savoir, rappelé pourquoi il était venu en Angleterre et pourquoi il n'y avait pas de place pour une femme comme elle dans sa vie. Mais il était absolument incapable de l'oublier, et sa beauté le captivait.

Les yeux pétillants de gaieté, elle pressait le dos de sa main sur ses lèvres pour retenir son rire. Il se souvenait trop bien du goût de cette bouche sur la sienne, combien elle était douce, tentatrice et plus enivrante que le plus capiteux des vins. Comment leurs deux corps s'étaient épousés dans l'ombre et combien il le voulait encore. Combien il désirait honorer ses seins, sentir sa peau nue contre la sienne, la pénétrer et ne plus faire qu'un avec elle.

Est-ce que cette faim terrible qui s'emparait de lui chaque fois qu'il la voyait ou qu'il pensait à elle allait le tourmenter longtemps ? Pour un seul sourire de ses jolies lèvres, il était prêt à oublier tout ce qui l'avait amené ici et cela, il ne le fallait pas. Il avait une mission à remplir et ne pouvait s'en laisser distraire par les baisers de Rosamund Ramsay, par la douceur de sa peau blanche, même si y résister était la plus dure de toutes les épreuves qu'il ait jamais traversées.

D'ailleurs, cette passion même qu'il éprouvait pour elle mettait Rosamund en danger ; elle menaçait la charge que la jeune fille avait obtenue à la Cour. Il ne pouvait lui faire cela.

— Je déclare que ces fêtes-ci sont les plus belles qu'on ait vues de mémoire de père Noël, déclara l'acteur en agitant ses longues manches. Et si l'on ne me croit pas, alors que le roi George vienne appuyer mes dires !

Un chevalier vêtu d'une armure étincelante monta sur scène et un silence inquiet tomba sur l'assistance, chacun se souvenait de l'étrange roi des fous apparu durant le banquet de la nuit de Noël. Leicester et ses hommes vinrent entourer la reine. Anton lui-même mit la main à sa dague ; si ce pendard osait montrer de nouveau son nez, cette fois il ne toucherait pas à Rosamund.

Mais le chevalier releva la visière de son heaume, révélant à tous le joli visage d'Anne Percy. Elle salua, inclinant son panache, sous les applaudissements et les rires de soulagement.

Anton remarqua que lord Langley considérait sombrement la scène, tandis qu'Anne brandissait crânement son épée. Pendant un bref instant, on eût pu croire qu'il allait s'élancer vers elle et la jeter sur son épaule pour l'emporter loin de cette foule. Mais il se contenta de tourner les talons et de fendre les rangs des courtisans pour s'éloigner au plus vite.

Anton secoua pensivement la tête. D'évidence, il n'était pas le seul à souffrir du mal d'amour à la cour de la reine Elizabeth. Cupidon ne connaissait pas la trêve de Noël.

— Je suis le roi George, le preux chevalier, proclama Anne, l'épée haute. Je combats pour l'Angleterre et son droit. Si quiconque veut me défier, qu'il parle ! Je suis prêt.

Un autre chevalier, revêtu d'une armure et d'un plumet entièrement noirs, monta sur scène à son tour.

— Je suis ce vaillant champion, annonça-t-il. Tueur-de-taureaux est mon nom. Je tire l'épée et je fais couler le sang.

Anne eut un rire sonore.

— Ne soyez donc pas si pressé, messire Tueur-de-taureaux. N'y a-t-il donc personne d'autre, dans la noble assistance, que vous vouliez combattre ?

— Chercherais-tu à gagner du temps ? En garde !

Leurs épées se mêlèrent à grand fracas. Anton, comme, sembla-t-il, tout le monde autour de lui, oublia que ce n'était qu'une parodie de duel sur une scène d'amateurs. Les deux adversaires combattaient férocement, s'acculant tour à tour aux deux bouts de la scène. Les rires s'éteignirent et la tension s'installa, palpable, dans un silence pesant.

A la fin, le roi George tomba de la scène et son épée alla voler un peu plus loin. Tueur-de-taureaux appuya son épée sur le gorgerin de son adversaire, mais celui-ci se releva pour faire tomber le heaume du chevalier noir. Le visage de lord Langley apparut, en sueur et déformé par la colère.

— Vous ! s'écria Anne. Qu'avez-vous fait de maître Smithson et comment osez-vous…

La reine se leva vivement de son fauteuil, dans un grand mouvement de sa robe couleur d'émeraude.

— Assez ! s'écria-t-elle. Nous sommes fatiguée de cette scène. Que l'on nous ramène le père Noël… Lord Leicester, escortez le roi George en coulisses, je vous prie, et aidez-le à se déséquiper…

Leicester emmena prestement Anne dans une antichambre et lord Langley disparut aussitôt, laissant un père Noël visiblement furieux terminer la pièce sans le roi George, mais avec l'aide d'un médecin de comédie. Il s'en tira à peu près, soutenu par le rire bruyant de la reine, qui déclencha celui des courtisans en écho, ainsi que leurs applaudissements.

Anton regarda Rosamund à la dérobée. Elle semblait troublée ; son front se creusait d'une ride profonde, comme si elle s'interrogeait. Soudain, elle croisa son regard et ne détourna pas le sien. Elle le fixa, au contraire, et c'était comme si le reste de la pièce se fondait dans une sorte de brouillard. Anton sentit son cœur se serrer. Il savait trop ce que ressentait lord Langley. Mais combattre le désir ne faisait que le rendre plus ardent.

Rosamund murmura quelque chose à l'oreille de Mary Radcliffe, avant de se ruer au-dehors. Au bout de quelques secondes, Anton la suivit, pour s'assurer que tout allait bien. Il ne voulait pas se montrer à elle ; s'ils parlaient ensemble, si elle s'approchait de lui, il ne pourrait pas s'empêcher de l'embrasser… et bien davantage.

La jeune fille s'engouffra dans l'escalier qui menait au

dortoir des demoiselles d'atour. En haut des marches, elle se retourna afin de vérifier qu'elle n'avait pas été suivie ; Anton crut bien qu'elle l'avait vu, et allait appeler à l'aide. Mais elle se contenta de secouer la tête et disparut dans le corridor. Bientôt, Anton l'entendit qui refermait la porte. Bien sûr, il ne pouvait pas la suivre jusque-là, mais il ne pouvait pas non plus se résoudre à la laisser. Il s'assit donc sur une marche et écouta les rumeurs qui venaient de la grande salle. Lorsqu'il avait quitté la Suède pour venir en Angleterre, il savait ce qu'il voulait et ce qu'il avait à faire. Or tout allait à vau-l'eau, à présent : il avait une nouvelle et envahissante préoccupation. En fait, il ne touchait plus terre. La chute qui s'ensuivrait fatalement risquait d'être bien sévère…

— Le bonsoir à vous, cousin…

Maudissant sa distraction, Anton leva la tête et se trouva devant Celia qui le regardait, aussi immobile qu'une statue. Il se releva et la regarda à son tour, sans aménité.

Si Rosamund Ramsay était une lumineuse fée blonde, Celia était un sombre oiseau de nuit, avec ses cheveux noirs, sa robe d'ébène et ses bijoux où seuls quelques diamants relevaient l'éclat funèbre de l'onyx. Son cou gracile semblait plus long encore, engoncé dans un col haut doublé de fourrure. Son regard n'était pas nettement plus aimable que le sien.

— On dirait que vous aussi vous cherchez à échapper à toute cette joie factice, lui dit-elle.

— Elle me semble bien réelle, à moi, répondit-il alors qu'une cascade de rires parvenait jusqu'à eux.

— Oh, croyez-moi, elle est bien factice, comme tout, ici, à la Cour.

Elle fit un pas vers lui, sa robe glissant avec un léger chuintement sur les dalles.

— Que je vous mette en garde, mon cousin. Je ne sais ce qu'il en est en Suède, mais ici on doit se méfier des promesses des princes. Car, rois ou reines, ils sont aussi changeants que des girouettes soumises aux caprices des vents. Je me permets d'ajouter qu'épouser une Anglaise ne vous aidera pas à obtenir Briony Manor, même s'il s'agit de la fille d'un comte.

Il y avait un tel mépris dans ses paroles qu'Anton se redressa comme si elle l'avait souffleté. Il la dévisagea, médusé. Elle était sa parente après tout, la nièce de sa mère, malgré leur rivalité. Mais déjà, la dame en noir avait tourné les talons et s'éloignait tel un fâcheux présage. Il était de nouveau seul avec les secrets de son cœur.

7

26 décembre, jour de la Saint-Stéphane

— Place ! Place à la reine ! criaient les gardes placés en tête de la chasse royale qui cheminait sur le Strand, à travers Cheapside, vers le pont de Londres.

La souveraine partait chasser dans les bois de Greenwich, et semblait décidée à prendre son temps. En souriant, elle caracolait sur sa jument blanche ; la foule se massait sur son passage en poussant des vivats et en brandissant des rameaux de houx et de gui.

Personne, dans cet enthousiaste concours de peuple, ne semblait remarquer le grand nombre de gardes qui escortaient la chasse, ni la façon inquiète dont ils surveillaient tout geste suspect. On ne remarquait pas davantage la présence de Leicester chevauchant auprès de la reine, prêt à dégainer son épée à la moindre alerte. Même la bise mordante n'entamait pas la joie des Londoniens de voir passer leur souveraine.

Rosamund regardait elle-même la scène en tâchant d'empêcher la vive petite jument qu'elle montait de se mettre au galop. On traversait les mêmes ruelles populeuses qu'elle avait découvertes lors de son arrivée à Londres et cependant elles n'étaient pas tout à fait les mêmes : une couche de neige fraîche recouvrait les pavés et dissimulait les bruns et les gris des maisons sous une couche immaculée et scintillante. Des guirlandes pendaient aux fenêtres où l'on se pressait pour tenter d'apercevoir la reine Elizabeth.

Celle-ci jouissait pleinement de l'hommage de son peuple et lui rendait généreusement son affection. Sanglée dans une tenue de Diane en velours rouge et brun, un plumet à son chapeau, elle riait et agitait la main pour rendre les saluts.

— Ne soulevez pas vos chapeaux, mes amis, leur criait-elle. Il fait bien trop froid pour cela !

Mais les badauds désobéissaient, bien sûr, et lançaient leur coiffure en l'air. Une atmosphère de joie sans mélange accompagnait le cortège.

Rosamund se souvenait du récit que lui avait fait son père du premier défilé de la jeune reine dans sa bonne ville, peu après son accession au trône. Il se souvenait toujours avec émotion des longues tentures blanches et or qui décoraient toute la cité en son honneur, des fontaines de vin et de la joie extatique du peuple après des années d'oppression sous le joug de la reine Marie et de son époux espagnol. Les espoirs de tous se focalisaient sur la rousse et jeune princesse.

— Est-ce ainsi tous les ans ? demanda Rosamund à son amie Anne, qui chevauchait auprès d'elle.

— Oh, oui ! Les Londoniens attendent avec impatience la chasse de la Saint-Stéphane, ou bien le départ de la reine pour sa résidence d'été, à l'autre bout de l'année, afin de pouvoir l'acclamer sur son passage. Il faut alors des heures pour traverser la ville, surtout avec les chariots de bagages.

Rosamund sourit en songeant à la file continue de voitures qui devait être nécessaire au transport de tout Whitehall, gens et mobilier.

— Oui, je peux l'imaginer, répondit-elle.

— Mais vous n'avez pas à vous en inquiéter, Rosamund, car vous serez mariée et installée dans votre demeure, lors du prochain déménagement de la Cour.

Rosamund sourit. Elle en doutait beaucoup. Le château de Ramsay, Richard… tout cela lui semblait très loin et chaque jour qui passait affadissait encore un peu plus ses souvenirs.

Le visage de Richard, surtout, s'estompait comme une image que l'on aurait laissée trop longtemps au soleil. Son père avait-il dit vrai ? Oui, sans doute. Anton était bien différent de Richard, comme de toute autre personne qu'elle eût connue, et les sentiments qu'elle éprouvait pour lui étaient les plus profonds qu'elle avait jamais eus.

Elle secoua la tête comme pour chasser ces pensées de son esprit. Il ne fallait pas songer à cela, pas maintenant, avec cette maudite jument nerveuse et cette foule qui se pressait de plus en plus. Il fallait garder sa place dans le défilé et surtout ne pas se laisser distancer.

Sur le pont de Londres, vaste construction où s'alignaient les échoppes, ils durent s'arrêter pour écouter un chœur d'enfants interpréter des chants de Noël en l'honneur de la reine. Leurs voix hautes, dans l'air glacé, semblaient celles d'anges descendus du paradis pour enchanter les humains. Leurs petites bouilles rondes, récurées pour l'occasion comme des sous neufs, reflétaient tout à la fois la nervosité, la joie, la peur et la fierté.

Rosamund sourit en les voyant car elle savait exactement ce qu'ils ressentaient. Ils semblaient se faire l'écho de ses propres craintes : celle de n'être plus tout à fait la tranquille petite fille qui était arrivée à Whitehall quelques jours auparavant. Elle sentait confusément qu'elle avait besoin d'un homme qui la comprendrait, qui lui permettrait de sortir de ce labyrinthe mental où elle errait…

Elle tourna la tête pour tenter d'apercevoir les Suédois. Anton trottait au milieu du groupe, vêtu comme à son habitude de laine et de cuir noirs. Sur son cheval, dont la robe était de la même couleur, il ressemblait à un centaure ou à quelque dieu guerrier, le visage sévère et pensif, les épaules et le dos bien droits.

Comme elle aimait à l'observer ! Chaque instant passé auprès de lui révélait de nouvelles facettes, de nouveaux contrastes entre ombre et lumière. Il pouvait rire et plaisanter comme si rien ne l'atteignait au monde, jouer les courtisans et les jolis cœurs, flirter avec toutes les dames de la Cour — et l'instant d'après, on surprenait une expression dure, un regard d'acier, une détermination de fer sous une apparente nonchalance. Cet homme-là dissimulait quelque secret, elle en était certaine.

Quelle vie était la sienne en Suède ? Et que venait-il faire en Angleterre ? Mettre la main sur un bien convoité, comme il le disait, ou bien quelque chose d'autre ?

Rosamund eût bien aimé le deviner et elle regrettait de ne pas avoir passé davantage de temps à la Cour, pour pouvoir mieux en percer les subterfuges et les intrigues.

Anton surprit son regard posé sur lui et lui sourit. Une fois encore, son air solennel s'évanouit comme par enchantement. Rosamund lui sourit à son tour et se tourna de nouveau vers la chorale enfantine, car la chanson venait de se terminer et une petite fille s'avançait vers la reine pour lui tendre un bouquet de rameaux verts. Elle surprit les regards soucieux des gentilshommes qui entouraient la souveraine, lesquels surveillaient toujours nerveusement les alentours. Non, il n'y avait pas que de la joie et un esprit de fête dans l'entourage de la reine, même autour de la Noël.

Le cortège s'ébranla et, passant le pont, quitta Londres. On longea bientôt de belles maisons en bordure du fleuve, puis des fermes et des champs. Les rangs des badauds s'éclaircissaient ; on avançait plus vite. Ils étaient sur la route de Greenwich.

Le cortège lui-même s'étirait en largeur. Puisqu'on ne chevauchait plus dans les rues étroites, on pouvait, tout en suivant la reine et Leicester, se rapprocher d'un ami pour bavarder ou d'une belle dame pour lui conter fleurette, en attendant de piquer des deux à la poursuite de quelque gibier.

Anton poussa sa monture vers celle de Rosamund et Anne écarta discrètement la sienne, faisant mine d'aller discuter avec Catherine Knyvett. Rosamund sourit timidement au jeune homme, ne sachant trop à quoi elle devait s'attendre, après la façon dont il avait mis fin à leur leçon de danse, la veille.

— Le bonjour à vous, maître Gustavson.

— A vous également, lady Rosamund. Comment vous sentez-vous, ce matin ?

— Plutôt bien, ma foi. C'est Mary Howard qui a mis la reine en colère en laissant tomber son collier et non moi…

Elle regretta aussitôt de s'être moquée de l'humeur de sa souveraine. Mais Anton se contenta d'en rire.

— On dirait que de jour en jour, vous devenez plus habile à prendre les manières de la Cour, c'est bien !

— Je crains que cela ne me mette pas bien longtemps à l'abri. Nous devrons toutes, un jour ou l'autre, affronter le courroux de Sa Majesté.

— Plus d'autres rencontres inquiétantes avec des hommes masqués ? demanda-t-il, redevenu sérieux.

— Non, grâce à Dieu.

Rosamund frissonna en se souvenant de la poigne glacée du roi des fous sur son poignet.

— Je n'ai même plus rien observé de suspect. Je ne dois pas être aussi vigilante que je devrais, comme tout le monde à la Cour.

— Nous le devrions tous, en effet. Mais j'observe que la reine ne paraît pas elle-même très inquiète.

Il montra discrètement la tête du cortège : la souveraine semblait taquiner lord Leicester, penchée vers lui sur sa selle, et riait tandis qu'il souriait d'un air embarrassé.

— Lord Burghley l'a suppliée de simplifier le calendrier des festivités de Noël, mais elle a refusé tout net.

— Elle a raison, répondit Anton. Les comploteurs comptent sur la peur et la lâcheté de ceux qu'ils menacent.

— Alors, pour combattre le mal, il faut rire et s'amuser ? C'est une idée plaisante, j'y souscris volontiers.

Anton eut un rire clair.

— Lady Rosamund, le ciel s'illumine lorsque vous souriez !

La jeune fille se mordit la lèvre, absurdement enchantée par cette remarque.

— Je sourirai plus encore quand j'aurai gagné notre pari. Aurons-nous une nouvelle leçon de danse, demain ?

— J'ai une meilleure idée. Nous pourrions peut-être aller patiner ?

— Patiner ? répéta-t-elle, surprise. Déjà ?

— Pourquoi pas ? Nous allons en groupe à l'étang, demain. Joignez-vous donc à nous, après votre service auprès de la reine.

En groupe ? Rosamund se souvenait de la première fois où elle l'avait vu, près de cet étang, justement, lady Essex à son bras. Et puis il y avait eu cette dame dans les jardins et lady Essex, encore, après qu'il avait mis fin si abruptement à leur leçon de danse.

— Votre amie lady Percy sera des nôtres, indiqua-t-il comme s'il lisait dans ses pensées. Cela vous changera un peu des obligations de la Cour. Et je promets d'être un professeur très attentif. Je saurai prévenir toutes vos chutes.

La perspective d'échapper au palais royal, même pour quelques heures, était bien tentante. Rosamund manquait de temps libre, pour penser, pour lire… pour être elle-même, tout simplement. Déjà, cette partie de chasse lui donnait comme un appétit de liberté.

Non pas d'ailleurs qu'elle fût capable de beaucoup penser quand Anton était dans les parages. Quand il était là, toute sa raison semblait l'abandonner. Allons, elle était bien comme ces écervelées que leurs affaires sentimentales avaient conduites droit à la Tour… Or elle ne voulait pas finir comme elles. Mais après tout, quel mal y avait-il à se joindre à un groupe de jeunes gens ?

— Très bien, répondit-elle. L'après-midi, la reine tient son conseil privé. Elle n'a pas besoin de nous.

— *Ganska mittig !*

Ils partagèrent un silence complice pendant quelques instants, tout en chevauchant dans la campagne enneigée. Le bruit de la ville était loin derrière eux ; on n'entendait guère que le martèlement des sabots sur la terre gelée, les rires et les conversations.

— Je suis désolé, lady Rosamund, d'avoir interrompu

notre leçon, hier, dit soudain Anton. Vous devez me trouver fort mal élevé…

Elle lui sourit.

— Peut-être que les usages sont différents, à Stockholm ?

Il sourit à son tour.

— Nous sommes peut-être moins raffinés que vous, mais j'espère que nous sommes tout de même galants.

— Personne ne pourrait vous reprocher de ne pas l'être, maître Gustavson.

Sauf, peut-être, Celia Sutton, songea-t-elle.

Elle avait quelque mal à comprendre la nature exacte de leur querelle familiale. C'était encore une nouvelle facette d'Anton, une autre raison d'être attirée par son mystère.

Les portes du château de Greenwich s'ouvrirent devant eux, mais ils ne s'arrêtèrent pas devant ces tours de briques rouges qui s'élevaient sur le gris du ciel : les collines, si vertes en été, mais en cette saison blanc et noir, les attendaient. Ce serait la dernière chasse avant de longs mois.

Rosamund n'était pas le moins du monde rebutée par ce paysage désolé d'arbres nus, ni par le vent glacial sur son visage. C'était bon de se trouver dans ces grands espaces, après toutes ces journées passées entre quatre murs. Pour la première fois depuis son arrivée à la Cour, elle sentait à quel point la nature lui manquait. Sa jument, qui piaffait et encensait sous elle, semblait exactement dans les mêmes dispositions, impatiente de prendre librement le galop.

Rosamund resserra son emprise sur les rênes de l'animal : on allait faire halte devant la chaumière du chef piqueux. Les valets de la reine allaient prendre soin d'elle, le temps qu'on découvre la trace d'un renard et qu'on mette les chiens sur la voie.

Rosamund regarda Anton, qui lui sourit. Lui aussi avait sur son visage le même air d'allégresse. Ce devait être, également, une créature du plein air, que chevaucher dans les grands bois régénérait.

Le chef piqueux avait fait bonne traque. Bientôt un renard

fut levé. La reine et Leicester piquèrent des deux à sa poursuite, tous les veneurs au galop derrière eux. Les chiens et les chevaux ne boudaient pas leur plaisir de pouvoir s'élancer en toute liberté.

Rosamund riait à tue-tête en cravachant sa monture, le vent soufflant à ses oreilles.

— Faisons la course ! cria-t-elle à Anton.

Il rit et piqua des deux pour la rattraper. Ils galopèrent à la lisière d'un bois, puis dévalèrent une colline.

Les chiens hurlèrent à quelque distance et on les suivit à l'oreille. Rosamund, les cuisses pressées contre les flancs de sa monture, que sa tenue de chasseresse lui permettait de monter comme un homme, virevoltait entre les arbres, Anton juste derrière elle. Sa jument sautait les branches mortes et les fossés, Rosamund riait de plus belle. Elle était libre, loin des antichambres confinées du palais et de toutes les intrigues de la cour.

Elle exultait tellement qu'elle ne vit pas tout de suite une branche basse qui se dressait devant elle. Elle se baissa, mais une fraction de seconde trop tard, et la branche fit sauter son chapeau. Riant à en perdre haleine, elle tira sur les rênes et se laissa aller sur l'encolure de sa jument, vibrante de la joie d'être libre et de l'excitation de la chasse.

Anton fit halte derrière elle. Lui aussi avait perdu son bonnet et une mèche folle lui tombait sur les yeux.

— Rosamund ! Vous êtes blessée ?

Elle secoua la tête, tout en s'efforçant de reprendre son souffle.

— Seulement dans ma dignité, je le crains ! repartit-elle d'une voix entrecoupée.

Il sauta souplement à terre, leva les bras pour la soulever hors de sa selle et la déposa sur le sol. Elle s'appuya à son épaule en riant. Tout près, comme elle l'était, elle pouvait entendre les battements de son cœur. Il sentait bon — un mélange de cuir, de savon, de neige et de sueur fraîche. Impulsivement, elle se serra contre lui. Il lui semblait qu'il était indissociable de cette belle journée, de sa liberté, de son ivresse, de la nature sauvage et de la beauté de l'hiver.

— Je suis bien sûr que la reine, elle, ne perd jamais son chapeau, murmura-t-elle.

— Votre souveraine ne vous arrive pas à la cheville comme cavalière, vous m'avez laissé loin derrière vous.

Elle leva les yeux vers lui. Ses hautes pommettes étaient rouges et ses yeux, aussi noirs et aussi profonds que la nuit. Elle n'avait jamais vu plus bel homme de toute sa vie.

— Qu'allez-vous faire de moi, à présent que vous m'avez capturée ? murmura-t-elle.

Pour toute réponse, il prit sa bouche avec fièvre, tandis qu'ils se pressaient l'un contre l'autre. Rosamund ne sentait plus le froid, embrasée qu'elle était par une faim si primale, si élémentaire, qu'elle ne pouvait plus même se la dissimuler. Elle enfouit ses doigts dans l'épaisse chevelure d'Anton, se serrant davantage contre lui, comme si elle craignait qu'il pût lui échapper. Mais il n'avait pas fait un seul mouvement pour s'écarter d'elle. Dans la tourmente de son désir, elle sentit sa main sur sa poitrine, qui défaisait les boutons du corsage de sa tenue d'écuyère, l'un après l'autre. Elle frissonna. Pas de peur ou de surprise, ni de froid. Mais d'excitation.

Leur baiser se prolongeait, comme si leur corps, leurs bouches se connaissaient depuis toujours.

Elle gémit sous ses lèvres et il se redressa, un peu déconcerté, comme s'il réagissait à une protestation. Rosamund l'attira derechef vers elle et ils reprirent leur baiser. Jamais elle n'aurait voulu qu'il s'arrêtât.

La main d'Anton s'éloigna de son corsage, mais elle emprisonna ses doigts dans les siens et les y ramena, pour qu'ils achèvent ce qu'ils avaient commencé. Ce geste parut libérer quelque chose en lui et il gémit sourdement ; puis ils se laissèrent tous deux glisser au sol.

Rosamund écarta les cuisses et le corps d'Anton pesa lourdement sur elle. Les longues mains brunes couraient sur le sien et leur baiser devenait de plus en plus sauvage et affamé. Elle noua ses jambes autour des hanches de son compagnon. Leur désir longtemps couvé comme braises ardentes s'enflammait enfin.

— *Alskling...*, dit-il, éperdu, comme s'il souffrait.

Il fouilla impatiemment le tissu du pourpoint de Rosamund, dénudant ses seins. Elle sentit un instant le froid sur leur pointe, mais pas bien longtemps, car le corps de son compagnon épousa chaque courbe du sien, de nouveau.

— Anton, soupira-t-elle, frémissant sous la délicieuse sensation de ses caresses.

Lorsque Richard avait essayé cela avec elle, il lui avait fait peur. A présent, avec le beau Suédois, aucun sentiment n'était plus éloigné d'elle.

Soudain, un cri déchira l'air. Rosamund tressaillit, craignant un instant d'avoir elle-même crié. Déjà, Anton roulait sur le côté, et scrutait les environs. Rosamund se redressa et referma nerveusement les pans de son pourpoint, osant à peine respirer. Son pouls battait contre sa tempe et elle ne savait plus exactement si c'était de désir ou de peur.

Il y eut un autre cri et une clameur de voix confuses, que soulignaient les aboiements des chiens.

Anton sauta sur ses pieds et aida la jeune fille à se relever. Elle se pelotonna contre lui, cherchant sa protection. Lui, il était tendu, en alerte, comme une créature de la forêt flairant le danger. Rosamund aussi essayait de comprendre d'où provenait cette cacophonie, laquelle semblait à la fois proche et lointaine.

— Qu'est-ce que c'est ? murmura-t-elle.

Il ne répondit pas et reboutonna en hâte son pourpoint avant de prendre Rosamund par la main et de la ramener auprès des chevaux.

— Restez très près de moi, lui dit-il en l'aidant à se remettre en selle. Je dois vous ramener au palais, à l'abri de murs solides.

Le cœur battant, elle acquiesça. Tout cela paraissait irréel, un peu comme un de ces mauvais rêves où tout va de travers. Les bois si paisibles un instant auparavant semblaient maintenant sombres et menaçants et l'homme qu'elle avait embrassé si ardemment, un étranger sur le qui-vive. Rosamund songea tout à coup qu'elle le connaissait à peine. Après tout, Richard, lui aussi, lui avait plu. Comment se fier à ce qu'elle ressentait pour un homme ? Et pourtant, la confiance était bien là, au milieu du danger.

Il se hissa en selle à son tour et prit les rênes en mains.

— Rappelez-vous, lui dit-il en la regardant de ses yeux noirs qui voyaient tout mais ne laissaient jamais rien filtrer de lui-même, restez près de moi. Je garantis votre sécurité.

La gorge sèche, elle opina et poussa sa jument dans le sentier, derrière son cheval. Le vent soufflait dans ses cheveux dénoués. Elle se souvenait qu'elle avait perdu son chapeau ; sa coiffure avait dû se défaire quand elle roulait sur le sol avec Anton. Mais ce n'était guère le moment de le mentionner.

Ils sortirent du couvert forestier pour trouver le reste de la troupe regroupée en lisière. Peut-être avait-on pris l'animal et était-ce tout simplement la fin de la traque ? Mais Rosamund remarqua la pâleur effrayée des dames et l'expression de colère des hommes. Même les chevaux bronchaient, probablement gagnés par l'inquiétude ambiante.

Anton se pencha pour prendre la bride de la jument et ils s'approchèrent prudemment, en longeant la lisière, pour rejoindre discrètement le groupe.

Tout d'abord, Rosamund ne vit rien. Les cavaliers étaient trop proches les uns des autres. Puis elle découvrit la reine et lord Leicester, toujours à cheval, sous les branches nues d'un grand chêne. Le favori avait tiré sa dague et murmurait quelque chose, l'air furieux. La reine regardait droit devant elle, le visage impénétrable, mais livide.

Rosamund suivit leur regard et eut un sursaut de surprise effrayée. Devant eux, pendu à une branche basse, il y avait un mannequin grotesque, vêtu de ce qui avait été une belle robe de soie blanche, mais qui était tachée de rouge, comme si on avait projeté du sang sur elle. Une couronne de papier doré était plantée sur sa perruque rousse et une pancarte à son cou proclamait :

« Ainsi finissent les usurpatrices. »

Leicester se dressa brusquement sur ses étriers et, tendant son bras, trancha d'un coup de dague la corde qui retenait la sinistre poupée. Elle tomba mollement sur le sol gelé, en un tas informe, blanc taché d'écarlate. La meute vint la renifler en aboyant, mais même les chiens ne voulurent pas y toucher. Cette chose devait par trop sentir la traîtrise et la cruauté.

Une escouade de gardes en renfort apparut sur la crête d'une colline voisine et vint au galop former ses rangs autour de la souveraine. Anne Percy rapprocha sa monture de celle de Rosamund.

— Vous êtes souffrante ? lui demanda-t-elle. Cela n'a pas l'air d'aller du tout.

La jeune fille secoua la tête, ses cheveux dénoués.

— Je suis tombée de cheval, expliqua-t-elle. Je ne dois pas être assez bonne cavalière pour suivre la chasse. Et quand je me suis enfin remise en selle, je suis arrivée et j'ai trouvé ceci…

Elle grimaça de dégoût en montrant le mannequin.

Anne acquiesça.

— Oui, la reine a beaucoup d'ennemis. Il est facile de l'oublier par une belle journée comme celle-ci, mais les princes ont toujours quelque chose à redouter. Les belles manières des courtisans cachent souvent des âmes félonnes.

Il devait bien y avoir également du danger pour celles et ceux qui approchaient les princes. Rosamund se tourna vers Anton ; ses compagnons de la délégation suédoise l'avaient rejoint et ils parlaient entre eux à voix basse. Mais il ne la quittait pas des yeux, comme s'il pouvait deviner ses pensées, ses sentiments. Et ses soupçons.

La jeune fille frissonna. Il faisait vraiment incroyablement froid. Anne avait raison ; par une telle journée, il était facile d'oublier les réalités du moment. L'air glacé et l'excitation de la chevauchée… Anton, ses baisers, ses caresses… Il lui aurait fait oublier n'importe quoi, tout ce qui n'était pas lui et les précieux moments dans un autre univers où le temps était comme suspendu. Mais ce n'était qu'une illusion. Le monde était bien toujours là, autour d'eux, avec ses dangers et ses lourds secrets.

Lord Langley poussa sa monture auprès des deux jeunes filles, son beau visage plein de gravité et d'inquiétude. Cette fois, Anne ne s'éloigna pas du fringant gentilhomme. Au contraire, elle se pencha un peu vers lui, comme pour rechercher son appui, sa protection.

— Qui a pu faire ça ? s'enquit-elle doucement.

— Nul ne le sait, répondit-il. En cette saison, il n'y a que quelques domestiques au château de Greenwich. On les interrogera, bien sûr, mais il est douteux qu'ils aient vu quelque chose. La reine va rester ici jusqu'à ce que son retour à Whitehall puisse se faire dans les meilleures conditions de sécurité.

— C'est un bien étrange Noël, murmura Anne.

— Etrange, en effet, dit le gentilhomme avec un demi-sourire.

Il passa sa main gantée dans ses cheveux et ce geste rappela à Rosamund combien elle-même était décoiffée et dans quelles conditions cela s'était produit.

Comme cet intermède enchanté était loin, à présent !

— Allons, mesdames, dit Langley, laissez-moi vous escorter jusqu'au château. On est en train de faire du feu pour vous y accueillir…

— Vous semblez bien au courant de tous ces changements, lui dit Anne en poussant sa monture pour le suivre.

La reine, entourée de ses gardes, avait déjà passé le portail qui menait au château.

— Hélas, ma chère, repartit le gentilhomme d'un air plutôt sombre, c'est ma charge, à moi, que de tout savoir… Et croyez-moi, elle est parfois bien lourde.

Dans son lit du dortoir des demoiselles d'atour, à Whitehall, ce soir-là, Rosamund songeait que les événements de la chasse n'avaient guère affecté ses consœurs : Catherine Knyvett et les Mary dansaient en chemise de nuit entre les deux rangées de lits, chantant et riant comme de petites folles.

Elle essaya de se concentrer sur son livre en se retournant sur son oreiller. Comment ces écervelées pouvaient-elles bien danser après une telle journée ? Elle, tout tournait dans sa tête, comme sur un manège pris de folie : Anton, les cris et les abois des chiens, le mannequin sanglant… Puis la longue après-midi passée à attendre dans un salon presque vide de Greenwich que l'on pût les ramener à Londres, en traîneau, sur la Tamise gelée…

Durant cette attente, Elizabeth était restée parfaitement calme et silencieuse — sereine. Nul n'aurait pu deviner ses pensées ou ses plans. Rosamund admirait cette attitude, alors qu'une sombre machination se tramait à sa Cour même.

Le dîner non plus, à leur retour à Londres, n'avait pas été très animé : une simple collation dans les appartements de la reine. Laquelle tenait toujours à ce que les festivités de Noël continuent, sans changement ; les banquets, les bals, les pièces de théâtre… et les paris audacieux.

— Rosamund…, appela doucement Anne. Vous dormez ?

La jeune fille se retourna. Son amie l'observait.

— Non, je lisais.

— Vous avez du mérite, dans ce vacarme. Surtout en tenant compte du fait que vous tenez votre livre à l'envers.

Rosamund baissa les yeux sur le volume qu'elle avait entre les mains et constata que c'était exact.

— Oh, très bien, soupira-t-elle. J'avoue, je n'ai pas lu une seule ligne depuis que je l'ai ouvert.

— Tout vaut mieux, plutôt qu'écouter leurs caquètements, soupira Anne en montrant de nouveau les danseuses.

— Comment peuvent-elles rire autant, après ce qui s'est passé aujourd'hui ?

— Bah, c'est leur façon de l'oublier, je suppose. Il y a un peu trop d'intrigues à la Cour. Mon oncle dit que c'est à cause de tous les étrangers qui s'y trouvent…

— Les étrangers ?

— Oui, tous les souverains d'Europe nous envoient leurs délégations, alors que beaucoup d'entre eux pensent, en secret, que Marie d'Ecosse est la véritable reine d'Angleterre. C'est étonnant que nous n'assistions pas à davantage d'incidents…

Rosamund fronça les sourcils, songeant à maître Macintosh, à la brillante délégation autrichienne et à Anton — à tout ce qu'elle savait de lui et à tout ce qu'elle ignorait.

— Peut-être, admit-elle.

— Mais si nous devions penser tous les jours à ce genre de choses, nous serions pétrifiées de peur. Alors, il vaut mieux vaquer à nos occupations et oublier, autant que faire se peut.

Rosamund soupira.

— Vous avez raison. Mais tout de même…

Elle coula un regard vers Catherine et les deux Mary.

— … doit-on s'oublier en dansant aussi mal ?

Anne éclata de rire.

— A propos de danse, parlez-moi un peu de vos leçons avec le beau et ténébreux maître Gustavson. Comment s'en tire-t-il ?

— Bien, répondit prudemment Rosamund. Il possède une grâce naturelle, même s'il a un peu de mal à se rappeler l'enchaînement des pas.

— Je gage qu'il sera donc nécessaire de lui donner d'autres leçons, railla gentiment son amie.

Rosamund ne put s'empêcher de sourire.

— Peut-être.

— Dites-moi, Rosamund, où étiez-vous quand vous avez disparu de la chasse ? N'espérez pas me faire croire à votre histoire de chute de cheval, alors que vous montez mieux que n'importe laquelle d'entre nous.

Rosamund voyait bien qu'elle ne pouvait pas espérer cacher quoi que ce soit à Anne. Elle avait bien du chemin à faire avant de devenir une véritable dame de la Cour, rompue à toutes les intrigues.

Elle s'enfonça un peu sous ses draps et murmura :

— Je parlais avec maître Gustavson…

— Vous parliez ?

— Oui.

Et davantage, mais il fallait bien que le secret commençât quelque part.

— Hmm… Voilà pourquoi vous étiez toute rouge… Et pourquoi vous avez cette petite marque sur le cou…

Rosamund étouffa un juron entre ses dents et remonta le col de sa chemise de nuit.

— Oh, je ne vous blâme pas. Il est beau à se damner et la plupart des dames de la Cour sont folles de lui. Mais… et votre bel ami, ce Richard après qui vous soupiriez… Ne pensez-vous donc plus à lui ?

En fait, Rosamund n'était pas bien sûre d'avoir jamais éprouvé quoi que ce soit de réellement sérieux pour Richard. Peut-être avait-elle plaqué sur lui ses rêveries de jeune fille solitaire.

— Oh, Anne, je ne sais plus. J'ai tenu à lui, c'est vrai. Mais plus maintenant. Est-ce que vous trouvez que je suis une débauchée, pour m'être conduite ainsi ?

— Si vous l'êtes, alors nous le sommes toutes, ici. Il est facile de se voir tourner la tête, à la Cour, surtout quand nos galants ne sont eux-mêmes pas très fidèles. Mais que pensez-vous, réellement, de maître Gustavson ? Est-il seulement… une sorte de passe-temps, pour vous ?

S'il était, alors jamais passe-temps n'avait été plus obsédant. Le moindre de ses regards la mettait sur des charbons ardents, éveillant en elle les rêves les plus fous.

Avant qu'elle eût pu répondre, la porte du dortoir s'ouvrit avec fracas et le vieux lord Pomfrey apparut, un bonnet de nuit sur ses mèches grises en désordre… et, à ce détail près, absolument nu comme un ver, son membre violacé pendant entre ses jambes grêles. Furieux, il s'avança entre les lits, droit vers les trois danseuses.

— Allez-vous empêcher tout le monde de dormir encore longtemps, péronnelles ! Je ne veux plus vous entendre, c'est bien compris ? Couchez-vous immédiatement !

Avec des cris d'effroi, les trois contrevenantes se précipitèrent sous leurs couvertures.

Le vieux gentilhomme indigné ne les tint pas quittes pour autant et continua à les apostropher jusqu'à ce que dame Eglionby, plus outrée encore que lui, vînt en personne le mettre à la porte.

Rosamund retomba sur son oreiller, secouée par un fou rire. Anne avait décidément raison : à la Cour, on ne savait jamais, d'une minute à l'autre, ce qui allait arriver.

8

Fête de Saint-Jean-l'Evangéliste,
le 27 décembre

L'air glacé cinglait les joues de Rosamund, s'engouffrait sous sa cape. Elle se demandait si elle avait eu une bonne idée. Le palais était bien chauffé, avec toutes ses cheminées auprès desquelles on pouvait s'asseoir pour écrire des lettres ou prendre son ouvrage. Sûrement, il aurait été plus intelligent de rentrer.

Mais au palais, il faudrait supporter les bavardages et les ragots des deux Mary et puis… elle n'aurait pu y voir Anton.

Les mains profondément enfouies dans son manchon, elle le regardait bâtir un feu sur la berge de l'étang gelé, aidé de maître Ulfson et de lord Langley. C'était un joli spectacle, en vérité, que de le voir empiler le bois, son pourpoint de cuir brun tendu sur ses larges épaules. Il avait enlevé son bonnet et ses cheveux noirs brillaient d'un éclat sombre comme l'aile d'un corbeau, mais, quand il riait à une plaisanterie de Langley, son sourire était plus éclatant que tous les soleils de l'été. Il réchauffait Rosamund de la tête aux pieds.

C'est bien cela, songea-t-elle, le cœur malgré tout léger, *je suis une parjure, infidèle et déloyale*.

Peut-être — horreur ! — ses parents avaient-ils raison, quand ils lui disaient que, lorsqu'elle trouverait la bonne personne, elle s'en apercevrait elle-même.

Mais ils n'étaient pas auprès d'elle, pour le moment, et Rosamund se laissait simplement aller à jouer les flirteuses. Au moins, pour aujourd'hui, avec Anton.

Elle alla s'asseoir à côté d'Anne et de Catherine Knyvett, sur la vieille couverture que ces messieurs avaient disposée sur un tronc d'arbre abattu. A leurs pieds, il y avait un panier rempli de bonnes choses subtilisées aux cuisines de la reine. Anne était en train d'en faire l'inventaire.

— Oh, de la pâte d'amandes ! s'exclama-t-elle. Des tourtes au bœuf… des petits pains… même du vin ! Bien joué, Catherine !

L'intéressée eut un petit rire nerveux.

— J'étais un peu embarrassée de dérober tout cela, mais comme personne n'a paru s'en aviser, je suppose que tout est bien…

— Ils ont bien trop à faire en vue du banquet de demain soir pour s'apercevoir qu'il leur manque quelques petites choses. Et même s'ils le voyaient, la reine est trop occupée avec son conseil privé pour écouter leurs réclamations. Venez, Rosamund… Le vin va nous réchauffer.

— Merci, dit son amie en prenant le gobelet de terre cuite qu'elle lui tendait.

En buvant de toutes petites gorgées, elle observait Anton. Les hommes venaient de terminer d'entasser du bois et le feu avait pris aux feuilles sèches et aux brindilles qu'ils avaient entassées par-dessous. La flamme commençait à monter gaiement et tous prenaient plaisir à écouter ses craquements.

Anne rit sous cape et murmura à son amie :

— Regardez-les. Ne dirait-on pas qu'ils viennent de découvrir le feu ?

Rosamund rit à son tour.

— Remercions-les… Cela vaut mieux que de nous laisser grelotter !

— Vous avez raison, lady Rosamund, dit en souriant lord Langley, qui avait entendu.

Il se tourna vers Anne.

— Qu'auriez-vous fait, lui demanda-t-il, sans l'aptitude naturelle de la gent masculine à allumer un feu ?

La demoiselle d'atour eut un petit sourire.

— Ne serait-ce pas le seul talent utile que vous-même possédiez, lord Langley ?

— Touché, lady Percy, dit Anton. Mon cher Langley, je crois qu'il nous faudra nous dépenser davantage, si nous voulons impressionner ces dames…

Il s'assit auprès de Rosamund sur le tronc d'arbre, et détacha de ses épaules les lanières de cuir de ses patins. La jeune fille ne bougea pas, savourant le contact de son corps contre le sien. Ils semblaient tous deux unis dans le même cocon de chaleur et reliés par les liens invisibles du désir. Rosamund avait encore, présent à sa mémoire, le moindre détail de leurs baisers dans les bois de Greenwich, de la façon dont ils avaient roulé à terre ensemble. Elle en avait le souffle court et lui la dévisageait, les lèvres entrouvertes, comme s'il se souvenait aussi.

— Je crains qu'il ne soit rien que nous puissions faire pour émouvoir ces cœurs secs, dit lord Langley, piqué au vif.

— Nous ne sommes pas si insensibles, dit Rosamund.

Elle détourna les yeux, mais même lorsqu'elle fixait la flamme à l'assaut du ciel, la magie continuait d'agir. Leurs épaules se touchaient. Et sous le cuir et la laine, leurs deux peaux devaient frémir. La sienne frémissait, en tout cas. Un moment, Rosamund craignit que cette intimité pût provoquer quelques ragots. Mais la reine n'était pas là pour les voir et il était douteux que quelqu'un aille le lui raconter.

— Non, nous ne sommes pas insensibles, reprit Catherine. Les perles et les diamants peuvent nous émouvoir.

— Et la soie de France, dit Anne.

— Et les fourrures, aussi, renchérit Rosamund en riant. Et puis les livres, beaucoup de livres !

— Nous plaisent aussi beaucoup les démonstrations d'adresse et de force, dit Catherine. C'est pitié qu'on ne puisse organiser de tournois pendant l'hiver.

— Je crains qu'au bord de cet étang, nous ne devions nous contenter de ce que nous avons, dit Anton en feignant d'en être désolé. Faute de perles, de soie et de tournoi, mon cher lord Langley, je vous défie sur la glace, en un duel… patiné.

Le gentilhomme anglais éclata de rire et alla chercher ses patins dans ses fontes de selle.

— Très bien, maître Gustavson. Je relève votre défi, à condition, cela va sans dire, que ces dames offrent au vainqueur un trophée qui en vaille la peine.

— Nous vous offrons notre admiration éternelle, dit très vite Rosamund avant qu'Anne eût pu rétorquer quelque chose de blessant, et aussi une part de notre pique-nique.

— Le jeu en vaut la chandelle, dans ce cas, dit Anton en se baissant pour attacher les lanières d'un de ses patins sous ses bottes.

L'acier de la lame brillait au pâle soleil d'hiver.

— Me permettrez-vous de porter vos couleurs dans ce tournoi, lady Rosamund ? demanda-t-il en attachant l'autre.

Relevant la tête, il lui sourit. Elle sourit à son tour, comme toujours lorsqu'il la regardait ainsi. Sa gaieté était contagieuse, et chassait loin de son esprit les doutes et les craintes qui la hantaient. Mais Rosamund savait que ceux-ci reviendraient, lorsqu'elle serait seule. Cependant, cela n'était pas pour tout de suite. Pour l'heure, elle voulait être heureuse et se sentir jeune, des sentiments qu'elle n'avait pas éprouvés depuis longtemps.

— Personne n'a jamais porté mes couleurs, sauf dans des jeux de village.

— N'est-ce pas ainsi que la vie est faite, milady ? lui répliqua-t-il doucement. Nouvelles expériences, nouvelles… sensations.

Rosamund frémit en se souvenant de toutes celles qu'elle avait expérimentées ces derniers temps.

— Je commence à le croire, en effet.

Elle détacha un ruban de soie crème de sa manche et l'attacha à l'un des crevés du pourpoint du jeune Suédois. C'était joli, cette tache claire sur le cuir fauve, et elle en conçut une certaine satisfaction. Il portait ses couleurs, comme s'il combattait pour elle, même si ce n'était qu'entre amis, sur un étang gelé.

— Me donnerez-vous un baiser pour me souhaiter bonne chance ? demanda-t-il d'un air tentateur.

Elle rit, mais secoua la tête.

— Seulement si vous revenez victorieux, sire chevalier.

— Je crains que vous n'ayez raison, lord Langley, soupira-t-il, et que vos dames anglaises n'aient le cœur bien sec. Mais qu'à cela ne tienne, milady, je reviendrai déposer ma victoire à vos pieds et réclamer le prix de ma bravoure.

Il se leva et, d'un bond, se propulsa sur la glace. En attendant que lord Langley eût terminé de lacer ses patins, il exécuta quelques figures nonchalantes, mais étonnantes de grâce, qui laissèrent sur la surface de l'étang de complexes arabesques.

Ce faisant, il gardait ses mains tranquillement dans son dos et sifflotait une pavane, comme si de rien n'était.

Lord Langley vint se placer à côté de lui sur la glace.

Sur le bord, Johann Ulfson se tourna vers Anne.

— Voulez-vous leur donner le départ, lady Anne ? Je propose une course en trois boucles. Qu'en dites-vous, messieurs ?

La demoiselle d'atour tira un mouchoir de sa manche et l'agita en criant :

— Attention, un… deux… trois… partez !

Le mouchoir tomba sur le sol et les deux hommes fusèrent sur la glace. Lord Langley était agile et puissant, mais il n'avait pas la grâce de bête fauve d'Anton. Il le compensait par la vitesse. Le Suédois, lui, semblait dans ses évolutions ne faire qu'un avec la glace ; ses mouvements avaient la même élégance, la même beauté que ceux qu'il exécutait lorsqu'il dansait ou montait à cheval. Le monde s'effaçait autour de sa silhouette et l'on ne voyait plus que lui.

C'est aussi ce qui se passe lorsqu'il m'embrasse, songea Rosamund, et à cette seule pensée ses joues s'enflammèrent. *Et si jamais il me faisait l'amour…*

Elle s'empourpra de plus belle. Au bout de l'étang, ils décrivirent une volte et revinrent. Entièrement concentré sur la course, Anton ne semblait pas le moins du monde essoufflé. Les spectateurs poussèrent des cris et des vivats d'encouragement, Rosamund ne faisant pas exception. Lord Langley les salua de la main au passage. Anton, lui, ne parut pas les avoir entendus.

Fascinée, Rosamund le regardait virer encore au bout de l'étang. Il patinait penché, bas sur la glace, les mains derrière le dos, comme pour offrir moins de prise à l'air et pousser sa vitesse aux limites de ce qui était humainement possible.

Lord Langley, qui avait démarré très vite, commençait à perdre de l'énergie. A la troisième boucle, alors qu'il passait près du mouchoir pour la dernière fois, il était au moins à deux pas derrière Anton. Il quitta la glace pour se laisser tomber sur le tronc d'arbre, hors d'haleine et hilare.

— J'ai perdu ! Je reconnais ce Viking barbare comme mon vainqueur.

Anton sourit. Il se tenait toujours sur la glace, se balançant légèrement sur les lames de ses patins. Puis il se pencha, les mains sur ses genoux. Ses épaules se soulevaient au rythme de sa respiration haletante.

— Vous ne me le cédez qu'au patinage, lord Langley, je présume ?

— Ah ça oui, par exemple ! Je vous défie à une course à cheval, tenez ! Nous autres Anglais sommes des cavaliers hors pair.

— Je ne serais pas si sûre de la victoire, si j'étais vous, lord Langley, dit Catherine. Avez-vous vu maître Gustavson à la chasse, hier ? Je crois que les Suédois ne négligent pas non plus l'équitation dans leur système d'éducation…

— Ils négligent la danse, pourtant, à ce qu'il paraît, lui rétorqua le gentilhomme. Qu'en dites-vous, lady Rosamund ? Comment avance votre tutorat ?

— Mais fort bien, ma foi, repartit la jeune fille. Je crois que mon élève vous étonnera, au bal de la nuit des Rois, s'il continue à bien suivre ses leçons.

— Je n'aurai garde de m'y soustraire, lady Rosamund, car mon professeur est particulièrement sévère, répondit Anton.

— En effet…

Elle se pencha pour remplir un gobelet de vin et trouva une serviette dans le panier.

— Je suis un bien sévère professeur.

Tandis que les autres déballaient le pique-nique, elle s'approcha du bord de l'étang, où Anton enlevait ses patins. Quand il eut fini, elle lui tendit le gobelet et le linge.

— Peu d'or, d'encens et de myrrhe pour le héros victorieux, je le crains…

Anton rit et essuya son front trempé de sueur. Des mèches sombres collaient à ses tempes et une certaine rougeur colorait ses hautes pommettes, résultat de son effort. Pour le reste, il semblait aussi épanoui et reposé que s'il venait de faire une petite sieste au jardin.

— Je préférerais un baiser pour le prix de ma victoire, murmura-t-il.

Rosamund secoua doucement la tête.

— La patience est une autre vertu que les héros se doivent d'acquérir.

— Et vos baisers ne se conquièrent pas si facilement, c'est cela ?

— Hercule, un héros s'il en fût jamais, n'a pas accompli moins de douze travaux, si vous vous en souvenez…

— Allez-vous donc me faire nettoyer quelque écurie, à présent ?

Elle rit.

— C'est une idée !

Il rit à son tour et but une longue gorgée de vin. Elle suivit du regard, fascinée, le mouvement des muscles de sa gorge.

— Voulez-vous marcher un peu avec moi, lady Rosamund ? lui proposa-t-il.

— Vous ne voulez pas vous asseoir et vous reposer ? s'étonna-t-elle en se retournant vers lord Langley, à qui Catherine

Knyvett mettait de petits morceaux de pâte d'amandes dans la bouche, alors qu'il était à demi affalé sur un tronc d'arbre.

— Il rira moins lorsque ses muscles lui feront mal cette nuit. Mieux vaut continuer à bouger jusqu'à ce que le corps se refroidisse. Cela ne sera pas long.

Anton laissa le gobelet vide et ses patins près du feu, puis, prenant le bras de Rosamund, il l'emmena à travers la clairière vers l'étroit sentier qu'elle avait déjà emprunté le jour de son arrivée à Londres, quand, pour la première fois, elle avait vu le jeune homme. Comme le paisible bosquet lui semblait hostile, alors, tant son cœur était plein d'inquiétude ! Avec Anton à son côté, il paraissait à présent féerique, un véritable décor de Noël, entièrement couvert de neige et de givre. Elle ne craignait même plus les apparitions sinistres comme celle du roi des fous, ni les sombres avertissements, quand elle était avec Anton. Jamais elle n'avait rencontré quelqu'un d'aussi rassurant. Sa fermeté, son calme et sa détermination lui inspiraient tellement confiance.

— Je me souviens que c'est là que je vous ai vue pour la première fois, lui dit-il. Vous m'êtes apparue si soudainement que je vous ai prise pour un fantôme ou, plutôt, une fée.

— C'est là que je vous ai vu pour la première fois, moi aussi. Je ne savais pas que l'on pouvait faire de si belles figures sur la glace. Je suis désolé de m'être enfuie aussi vite.

Il rit.

— C'est vrai, lorsque vous avez disparu, j'ai vraiment été convaincu que vous n'étiez qu'une illusion. Vous ressembliez à l'image que je me suis toujours faite d'une fée des neiges. Aucune femme de chair et de sang ne pouvait être aussi belle.

Rosamund retint son souffle en entendant ces mots, prononcés avec une sorte de force vibrante. Anton la trouvait belle ! Bien sûr, d'autres le lui avaient déjà dit : Richard et aussi certains gentilshommes, depuis qu'elle était à la Cour. Mais cela lui semblait toujours vide de sens, comme une convention, quelque chose qu'ils se devaient de dire à toutes les dames. Dans la bouche d'Anton, cela ne semblait pas être le cas : le ton de sa voix, son sourire, tout respirait la sincérité. C'était tout ce dont elle avait toujours rêvé et tout ce qui lui faisait peur.

Elle, elle ne s'était jamais trouvée vraiment belle, malgré le don qu'elle avait reçu de cette chevelure d'un blond pâle exceptionnel. A côté de femmes rayonnantes, comme Anne Percy, lady Essex ou même la sombre et mystérieuse Celia Sutton, elle se sentait une petite souris sans importance. Anton, lui, savait la transformer et elle se sentait, avec lui, comme une fleur qui éclot au grand soleil.

Allait-elle se faner, quand il serait reparti dans sa lointaine Suède ?

— Peut-être n'aurais-je jamais dû vous parler, alors, murmura-t-elle, car j'aime cette idée, d'être une belle fée des neiges.

Il la regarda droit dans les yeux et murmura pensivement quelques mots en suédois, puis, impulsivement, il prit ses deux mains dans les siennes et les pressa sur son cœur. Elle pouvait en sentir les battements, même à travers ses gants, et savait que le sien battait, lui aussi, à l'unisson.

— Mieux vaut une femme, réelle, avec un tendre cœur, qu'une froide fée des neiges. Vous illuminez ma vie d'une façon que je n'aurais pas cru pouvoir trouver ici, en Angleterre.

— Vous aussi, dit-elle, et elle se pencha pour poser sa joue sur sa poitrine, l'entourant de ses bras pour mieux profiter de sa force et de sa protection. Depuis que je suis à la Cour, je suis triste et j'ai peur. Mais tout cela est oublié, quand vous êtes près de moi.

— *Alskling*, soupira-t-il tout bas.

Puis il prit son visage en coupe dans ses mains et l'embrassa, avec délicatesse, comme si elle était la plus exquise et la plus fragile des friandises, comme s'ils avaient tout le temps du monde, comme s'ils savaient pouvoir disposer de longues heures pour apprendre à se connaître et non pas seulement de moments volés, comme à présent.

Oui, elle se sentait bien éclore, dans sa tendresse, dans l'intimité qu'elle partageait avec lui. Elle voulait se souvenir à jamais de chaque instant, chaque sensation, les conserver, les garder en elle pour pouvoir s'en souvenir, à la demande…

Ses paumes sur la poitrine d'Anton, elle le caressait à travers le cuir fin et le tissu de son pourpoint. Toujours autant fascinée, elle regardait rêveusement palpiter son pouls à la base de sa gorge, sentant sa large poitrine se soulever sous ses mains. Elle se mit alors à caresser ses épaules, se hissant sur la pointe des pieds, et leur baiser s'approfondit, se fit impatient et furieux, comme si ce baiser-là devait être le dernier.

Elle voulait tout de lui, tout ! Et tout lui donner en échange. Leurs langues s'emmêlaient, se dévoraient toujours. Seraient-ils jamais capables de se rassasier l'un de l'autre ?

Il s'écarta lentement et éteignit d'un coup tous les feux d'artifice qui avaient explosé entre eux. Redoutait-il que leur conflagration ne les emporte, finalement ? Il posa son front contre le sien et soupira lourdement, comme s'il souffrait.

Rosamund ferma les yeux et s'accrocha à lui comme s'il allait soudain disparaître de sa vie. Ce qui serait sans doute bientôt le cas. Il allait bien falloir qu'un jour il regagne la Suède, et que son errance finisse. Même s'il gagnait les titres de propriété de son fief en Angleterre, Rosamund savait qu'il ne serait pas facile de persuader ses parents qu'il était un parti acceptable pour elle, non plus que de fléchir la reine qui n'aimait pas voir ses dames et demoiselles d'atour la quitter pour se marier.

D'ailleurs, il ne lui avait encore parlé de rien de tel, n'avait dévoilé aucune intention, aucun plan d'avenir. Allons, elle était bien une sotte par trop sentimentale : une indécrottable romantique qui ne voyait que son amour et s'aveuglait sur la réalité des choses.

Mais qu'il était donc doux d'être ainsi, seule avec lui dans le froid de l'hiver ! Jamais ses furtives rencontres avec Richard n'avaient eu ce goût-là. La brûlante passion qu'elle éprouvait auprès d'Anton était si différente…

Il lui fallait éprouver chaque aspect de la magie de l'instant présent — son odeur, la façon dont son corps réagissait sous ses doigts ; oui, il lui fallait emmagasiner des souvenirs de lui, pour toutes les années grises qu'elle allait avoir devant elle…

Elle releva la tête pour le regarder. Son visage était à demi dans l'ombre, son sourire, un peu amer comme ses propres pensées. Doucement, elle repoussa en arrière la mèche noire qui tombait sur son front et prit son beau visage entre ses mains. Elle pouvait sentir la chaleur de sa peau, même sous le cuir fin de ses gants. Du bout des doigts elle caressa ses pommettes, son nez, la ligne de sa mâchoire, sur laquelle un muscle se tendait.

— Plus tard, lorsque je serai une vieille femme qui réchauffe ses os près de la cheminée, je me souviendrai de ce moment. Je me souviendrai qu'un beau jeune homme grand et fort m'a tenue dans ses bras, comme ceci. Je me rappellerai ce que j'ai ressenti et comment il m'a fait me sentir belle et femme.

Il reprit ses mains dans les siennes et les serra sur sa poitrine.

— C'est ce que vous éprouvez ?

D'ordinaire, son anglais était impeccable, mais dans les moments d'émotion, comme à présent, son accent nordique revenait, léger et musical.

— Je me sens parfaitement vivante. Quand je suis avec vous, Anton, je vibre de chaleur et de vie. J'ai l'impression que je pourrais voler comme un oiseau, au-dessus de ces arbres, de Whitehall, de Londres et de tout, jusqu'à un endroit très secret où m'attendent le bonheur et la sécurité.

— Mais, *Alskling*, dit-il avec un sourire triste, en pressant la paume de la main de Rosamund contre sa joue, il n'y a pas d'endroit sur terre où l'on est toujours heureux.

— Si, c'est possible, quand on a trouvé l'endroit qui est vraiment fait pour vous. Je le crois. Je l'ai toujours cru. Mais sans doute n'est-il pas facile à dénicher.

— Et que doit-on faire, quand on y est parvenu ?

— Le garder. Se battre, s'il le faut. Ne jamais renoncer.

En réponse, il l'attira contre lui et l'embrassa. Ce baiser-là était comme un espoir, une promesse.

— Rosamund, murmura-t-il contre ses cheveux, nous nous verrons demain, n'est-ce pas ? Je crois que nous avons beaucoup à nous dire…

Et d'autres baisers à partager ? Elle ne pouvait que l'espérer. Absurdement heureuse, elle acquiesça.

— Demain…

Rosamund s'arrêta en haut des marches de l'escalier qui menait au dortoir des demoiselles d'atour et se pencha par-dessus la balustrade de bois tourné avant de suivre Anne et Catherine, qui avaient déjà disparu. Au-dessous d'elle, elle pouvait voir Anton qui plaisantait dans la galerie avec lord Langley.

Comme elle aimait le voir rire ! Il paraissait toujours si jeune et joyeux, alors. On eût dit que la pièce entière s'illuminait autour de lui, comme si l'on venait d'allumer des milliers de chandelles, et cela vous réchauffait le cœur mieux que n'importe quel feu.

Si seulement il avait pu en être ainsi tout le temps…

Il leva les yeux, la vit et son sourire s'élargit encore. Rosamund rit, agita la main, puis s'écarta de la balustrade.

Peut-être que cela ne durera pas, songea-t-elle, mais Dieu que c'était bon ! Elle comprenait désormais la passion qui avait uni, par exemple, Katherine Grey à son mari ; c'était une force à laquelle il était impossible de résister. Comme si un poème se mettait soudain à prendre vie. Bien sûr, elle ne souhaitait pas mettre de nouveau sa réputation et son honneur en danger, non plus que l'opinion qu'avait d'elle sa famille. Mais tel semblait bien être son destin.

Elle retira ses gants et les tint délicatement en se souvenant de la façon dont, avec eux, elle avait caressé la joue d'Anton, comment elle avait senti sa chaleur à travers le cuir. Puis elle rit toute seule de sa sottise : à ce train-là, elle n'allait pas être longue à lui dérober une plume de son chapeau ou son couteau de table, pour en faire ses trésors.

— Lady Rosamund, appela quelqu'un, l'arrachant brutalement à son rêve.

Elle vit Celia Sutton dans l'embrasure d'une porte. Comme à l'accoutumée, elle portait ses vêtements de deuil : une surcotte de velours noir bordée de fourrure sur une robe également noire, à peine un peu rehaussée de violet. Sa belle cousine lui sourit, mais d'une étrange manière, comme si ce genre de démonstration n'était guère dans ses habitudes.

— Celia ? Comment vas-tu, aujourd'hui ? lui demanda-t-elle en essayant de sourire.

Elle s'efforçait de lui parler de la même façon intime qu'autrefois, mais ici, à la Cour, cela sonnait d'une façon étrange.

— Bah, aussi bien que possible, dans cette ville froide et encombrée. Je compte les jours qui me séparent de mon retour vers la campagne. Comme toi, j'en suis certaine. Le château de Ramsay doit beaucoup te manquer ?

— Bien sûr. Mais la Cour a ses charmes, je dois le dire.

Le sourire de Celia se fit sarcastique.

— La Cour, ou les gentilshommes de la Cour ?

— Beaucoup sont beaux, c'est vrai, et bien habillés.

— Et intelligents ? Pas comme ceux de la campagne ?

Rosamund se souvint opportunément que le mari de Celia, le frère aîné de Richard, aimait la chasse à courre et au vol à l'exclusion d'à peu près tout le reste. Au cours des fêtes, des banquets, des mariages, sa conversation se résumait généralement au nombre de cerfs qu'il avait tués, de faisans que ses faucons avaient attrapés et de chiens de meute qu'il possédait dans son chenil. Il était bel homme, certes, mais profondément ennuyeux.

Tout le voisinage avait été bien surpris lorsqu'il avait épousé Celia, la petite-fille de sir Walter Leonard, chef d'une très ancienne et très distinguée famille des alentours. Il ne semblait pas très assorti et cette impression se renforçait quand on connaissait Celia — sa beauté sombre, son élégance et son éducation.

En tout état de cause le mariage n'avait guère duré, car le

nouvel époux était mort dans un accident de chasse, laissant à Richard ses propriétés. Contre toute attente, il semblait que Celia portait toujours sincèrement le deuil de son mari.

Rosamund songea que sir Walter Leonard était donc également le grand-père d'Anton. Il était bien étrange de les savoir parents ; ils étaient si différents. Mystérieux tous les deux, certes, mais la légèreté, la gaieté d'Anton manquaient terriblement à Celia.

— La Cour ne vaut pas mieux que la campagne, répondit tranquillement Rosamund. C'est différent, voilà tout. Je trouve cette expérience… enrichissante.

— Vas-tu rester ici alors et… la continuer ?

— Aussi longtemps que Sa Majesté aura besoin de moi, ou bien jusqu'à ce que mes parents me réclament.

Rosamund se souvint de l'ordre de la reine : elle devait sonder sa cousine sur ses intentions. Qu'était-elle venue trouver à Whitehall, que souhaitait-elle exactement ?

— Je suis surprise que tu aies voulu faire ce long voyage en hiver, lui dit-elle. Surtout que tu es toujours en deuil.

— Je n'ai pas eu le temps de me faire tailler d'autres robes, dit Celia en haussant les épaules. Mais le voyage ne m'a pas dérangée. Il m'a permis de réfléchir au calme, loin des parents de mon mari.

Rosamund connaissait bien cela, ce besoin de s'isoler pour clarifier ses pensées. Elle aussi avait profité de son voyage pour cela.

— Et tu vas rester ici longtemps ?

— Le temps de présenter ma requête. Sais-tu si la reine l'a lue ?

— Je ne saurais le dire. Elle ne nous parle guère de ce genre de choses. Mais elle a été très occupée ces derniers temps.

— Ah oui…

Celia esquissa un sourire sans joie.

— Tu veux dire qu'elle a été distraite : le roi des fous, le mannequin dans les bois… Que va-t-il arriver, encore, je me le demande…

— Mais rien, j'espère ! se récria Rosamund. A Noël ne devraient jamais survenir que de bonnes choses. Si seulement le poids des responsabilités ne pesait pas constamment sur elle et, par conséquent, sur toute la Cour…

— Comment en serait-il autrement, alors que Whitehall regorge d'Ecossais ? Sans parler des Autrichiens et des Suédois. Ils ont tous leur intérêt particulier à servir…

— Comme toi, en fait…, lui fit remarquer Rosamund.

— Et comme toi-même !

Les yeux sombres de Celia, aussi noirs que ceux d'Anton, s'étrécirent.

— Tu te plais dans la compagnie de mon cousin, à ce que je crois ?

Rosamund se raidit et claqua nerveusement ses gants contre sa paume.

— Pourquoi pas ? Il est très charmant. Je suis sûr que si tu voulais mieux le connaître…

Celia leva une main impatiente.

— Je n'en ai aucune envie. Mon grand-père a commis une faute grave en prétendant lui laisser Briony Manor, mais je rétablirai mon bon droit. Même si je dois me battre pour cela.

— Mais enfin, Celia, il est ton parent ! Si tu voulais bien lui parler, un accord pourrait être trouvé, protesta Rosamund, qui croyait fermement à la paix des familles, celle d'Anton comme la sienne.

Celia secoua la tête.

— Tu ne peux pas comprendre. Tu as toujours joui de la protection des tiens. Moi, j'ai toujours dû lutter seule, dans le monde. Mon propre père m'a vendue à un homme que je n'aimais pas et maintenant que je suis veuve, ma famille se moque bien de moi. Ma belle-famille également, d'ailleurs. Je n'ai pas vu mon beau-frère depuis des mois. Sans doute est-il en train de dépenser l'argent de mon douaire. Aussi n'irai-je pas me mettre à la merci de quelque cousin étranger. Je ne suis pas si sotte !

Rosamund ne savait que dire ; après la douce après-midi

qu'elle venait de passer auprès d'Anton, devoir affronter la dureté et l'amertume de Celia était au-dessus de ses forces. Cela lui rappelait par trop ses propres tourments.

— Je suis désolée pour toi, Celia, lui dit-elle gentiment. Mais peut-être les choses vont-elles s'arranger, à présent ?

— Seulement si la reine me rend mon bien. Me préviendras-tu si elle en parle devant toi ?

— Je doute qu'elle le fasse.

— Pourquoi ? Parce qu'elle ne daigne pas s'entretenir de sujets graves avec ses demoiselles d'atour ou parce que tu trouves mon cousin suédois décidément très charmant ?

Avant que Rosamund eût pu répondre, Celia tourna les talons et disparut dans le corridor, ses vêtements se fondant dans l'ombre. Cependant, elle laissait dans l'air une tristesse presque palpable, qui corrompait tout et rappelait amèrement à la jeune fille les dangers d'une vie à la Cour, avec les sentiments qu'elle éprouvait pour Anton.

Plus tard, alors qu'elle se changeait pour la soirée, elle se souvint brusquement d'un fait auquel elle n'avait pas d'abord accordé assez d'attention. Lorsqu'elle avait rencontré Celia, elle sortait des appartements de la délégation écossaise. Qu'avait-elle à faire là ?

9

Fête des Saints-Innocents, le 28 décembre

La balle de cuir rebondissait sur les murs peints en noir du jeu de paume de la reine avec un claquement sec qu'amplifiait la salle vide. Anton et lord Langley s'affrontaient sportivement. Langley menait aux points, mais le jeune Suédois comptait bien rattraper son handicap en parvenant à lancer la balle dans la « lune », le trou pratiqué à l'extrémité de l'auvent intérieur que l'on appelait le « toit », bien au-dessus de leur tête. Aucun des deux joueurs n'y était encore parvenu.

Anton aimait sentir l'échauffement de ses muscles, la sueur qui perlait sur son front. L'effort et l'excitation du jeu lui permettaient d'oublier un instant Rosamund et la faim fiévreuse qu'il avait d'elle. D'un sec revers de sa raquette, il envoya la balle au-dessus du filet ; lord Langley plongea pour l'intercepter, mais la manqua et tomba sur le sol dallé, en jurant comme un charretier. Finalement, Anton, ayant récupéré la balle, la fit passer dans l'ouverture convoitée, gagnant les quinze points qui lui assuraient la victoire.

Il essuya son visage en sueur de la manche de sa chemise et apostropha son adversaire :

— Reconnaissez-vous votre défaite, lord Langley ?

— Je vous la concède… provisoirement ! répondit l'intéressé en riant. Morbleu, Gustavson, cela ne peut continuer ainsi.

D'abord le patinage, puis le jeu de paume. Il faut bien que je vous sois supérieur quelque part, vertuchou !

— Sans doute, mais sur quel terrain nous affronter, à présent ? Il fait trop froid pour un tournoi et nous avons tous la consigne de rester au palais jusqu'à la fin des fêtes.

— Donc, impossible d'organiser une course de chevaux, heureusement pour vous…

Ils revinrent à pas lents vers la galerie où des pages les attendaient avec des serviettes de lin et d'épais pourpoints de velours, destinés à empêcher tout refroidissement après l'effort.

— A cheval, reprit l'Anglais, voilà où je pourrais vous battre. Vous autres Suédois n'y êtes sûrement pas aussi habiles que sur vos patins…

Anton rit.

— Il vient un temps, même en Suède, où fondent les glaces. Alors, pour nous déplacer, il nous faut bien utiliser des moyens primitifs comme le cheval…

— Pas si primitif, je vous en réponds. L'adresse d'un cavalier impressionne les dames.

— Autant qu'un grand titre de noblesse ?

Lord Langley eut un sourire un peu amer.

— Ce n'est que trop vrai, admit-il. Je pourrais bien être boiteux et bancal, cela n'empêcherait pas ces friponnes de me faire les yeux doux.

Il prit un gobelet rempli de bière que lui tendait un page et but avidement.

— Cela dit, reprit-il, il est des dames que rien n'impressionne…

— Hélas, milord, ce sont souvent celles que nous désirons le plus avidement…

— Oh, oh ! maître Gustavson, est-ce que vous vous lanceriez, par hasard, dans l'étude de la carte du Tendre ?

— Dans sa version anglaise, vous voulez dire ?

Anton prit un gobelet de bière à son tour et en but une gorgée qui ne lui procura aucun plaisir. Il voyait toujours les yeux bleus de Rosamund, sentait sa main sur la sienne, songeait à sa douceur, à son innocence et à sa surprenante passion dans le déduit amoureux. Tout cela entrait dans la composition d'une sorte de philtre d'amour qui semblait l'avoir envoûté. Il ne pouvait plus se passer d'elle. Et plus il la voyait, plus fort était le charme. Là était le danger ; cette obsession l'empêchait de se concentrer sur les plans qu'il avait précédemment mis au point avant de venir en Angleterre, elle le poussait à imaginer des choses auxquelles il n'aurait jamais pensé auparavant : s'il parvenait à reprendre possession de Briony Manor, s'il pouvait s'installer définitivement en Angleterre, patrie de sa mère, s'il prenait une épouse anglaise… si, si…

Des si, il y en avait trop, dans toutes ces rêveries, et il préférait de beaucoup les certitudes. Rosamund n'en était pas une ; elle abritait elle-même, dans son cœur, bien trop de rêves fous, il pouvait le voir rien qu'en sondant ses yeux.

Sa cousine Celia l'accusait de rechercher une épouse anglaise afin de conforter ses droits sur Briony Manor, mais elle se trompait, il n'était pas si machiavélique. De toute manière, Rosamund était l'une des demoiselles d'atour de la reine, laquelle, on le savait, ne voyait jamais d'un très bon œil le mariage lui ravir ses dames de compagnie. Manifester l'intention de l'épouser serait donc plutôt un handicap qu'une aide. Et quand bien même il y parviendrait, pouvait-il être sûr qu'il la rendrait heureuse ? D'ailleurs, l'accepterait-elle pour époux ? Jamais il n'aurait voulu faire le moindre mal, causer la plus infime peine à sa petite fée des neiges. Même alors qu'il brûlait de lui faire l'amour, il n'y songeait pas un instant. Mais il rêvait, ça oui, du corps pâle et parfait de Rosamund dans son lit, ses cheveux glorieusement répandus sur l'oreiller. Rosamund qui lui tendrait les bras, l'attirerait à elle…

Il jura en suédois entre ses dents et avala d'un coup le reste de son gobelet.

— C'est que les chemins qui parcourent notre carte du Tendre, à nous autres Anglais, sont bien sinueux. Toutes nos dames veulent être courtisées de la manière qui sied, mais chacune a une vision personnelle de la façon dont il faudrait s'y prendre. Ce qui fait que ce qui convient à l'une vous fait irrémédiablement rejeter par une autre.

Anton songea aux efforts de lord Langley pour intéresser Anne Percy et il rit.

— N'ai-je pas entendu deux d'entre elles prétendre être séduites par les perles et la soie ?

— Certes, ami du Nord, certes, mais il y a une chose ou deux que vous devez savoir sur nos dames anglaises ; la première, c'est que leur désir change plus vite que ciel d'avril et la seconde, qu'elles n'hésitent pas à mentir pour le simple plaisir de nous contrarier. Les dames suédoises en font-elles autant, ou cela nous est-il particulier, à nous autres, parce que nous sommes gouvernés par une reine ?

— Non, je crains que nos dames ne soient comme les vôtres, mais l'accent n'est peut-être pas autant mis que chez vous sur les cadeaux et sur la poésie. Les mariages sont chez nous bien souvent arrangés, que les poètes y trouvent leur compte ou non.

— C'est également très courant ici…

— Etes-vous dont fiancé, vous-même ? A quelqu'un que votre famille a choisi ?

Langley secoua la tête.

— Non, pas encore, bien que ma mère m'écrive des lettres fort insistantes au moins une fois par quinzaine, me recommandant telle dame ou telle autre. C'était du reste déjà sa marotte et celle de ses amies, alors même que je n'avais pas encore atteint ma majorité. Mais je n'ai pas encore trouvé celle qui conviendrait à la fois aux vœux de ma famille et à mes propres inclinations.

— Parfois, ces deux notions peuvent se rejoindre, en effet, répondit-il, conciliant.

— Et vous, Gustavson ? Comment se fait-il que vous ne soyez pas encore marié ? Ici à Londres, vous n'avez qu'à vous baisser pour ramasser les cœurs. Gageons qu'il doit en être de même à Stockholm.

— Ma foi, j'ai jusqu'ici été trop occupé, précisément par

des affaires de famille, pour penser au mariage. Peut-être que lorsque j'aurai à fonder un foyer et qu'il me faudra penser à une châtelaine…

Cette châtelaine pourrait-elle être Rosamund ? Elle aurait embelli n'importe quelle maison, de la plus modeste à la plus princière. Mais ni la reine ni sa famille n'y consentiraient volontiers et il ne pouvait lui demander d'abandonner tous ses repères.

— Heureusement pour nous, nous n'avons pas l'obligation d'épouser chaque dame qui retient un instant notre attention, remarqua lord Langley en riant.

— C'est vrai, même si certaines insistent.

— Comme vous avez raison ! Mais, foin de ces sages considérations. Je crains que nous ne puissions pas résoudre aujourd'hui les mystères de l'âme féminine. Si nous sortions plutôt et allions voir un peu où en sont les préparatifs de la grande Fête de la Glace ?

Anton acquiesça, content de cette diversion bienvenue. Mais Rosamund ne quitta pas ses pensées pour autant. Elle allait sûrement apprécier, elle aussi, cette fête hivernale.

Rosamund s'arrêta auprès de la salle où répétait la chorale royale, en vue du banquet de ce soir, qui remplaçait la fête des fous, jugée dangereuse en la circonstance, mais elle ne s'attarda pas longtemps. On l'avait envoyée chercher quelques livres pour la reine, à l'autre bout du palais. Non pas, d'ailleurs, qu'elle effectuât ce petit déplacement de mauvaise grâce : au contraire, il lui était plutôt pénible de demeurer tranquillement dans les appartements de la souveraine, à coudre ou à écouter les bavardages des autres demoiselles d'atour alors qu'elle ne parvenait à penser à rien d'autre qu'à Anton.

Elle se demandait ce qu'il pouvait bien faire aujourd'hui, puisque la reine ne recevait aucune délégation et n'avait vu personne de la matinée. Etait-il quelque part au-dehors, à patiner ? Se promenait-il dans les jardins où tant de dames étaient à l'affût, essayant d'attirer ses regards ? Ou s'attachait-il à résoudre son conflit immobilier avec sa cousine Celia ?

Rosamund se rappela avoir surpris celle-ci sortant des appartements de la délégation écossaise. Il semblait bien qu'elle recherchait des alliés. Qui se rangerait aux côtés d'Anton ? Elle le ferait volontiers, s'il l'acceptait. Ah, s'ils avaient pu, ensemble, oublier tous les dangers et tous les soucis, ne serait-ce qu'une heure !

Elle se dépêcha de prendre les livres là où la reine les avait laissés et revint vers la galerie du fleuve. Anne lui avait dit qu'on préparait la grande Fête de la Glace sur ses rives et Rosamund espérait bien, au passage, apercevoir quelques-uns des préparatifs. En même temps, elle souhaitait réfléchir au moyen de recommander Anton à la reine Elizabeth.

Elle s'approcha de l'une des larges fenêtres et regarda les rives de la Tamise. Une intense activité y régnait en effet, qui faisait penser à celle de quelque fourmilière géante. On montait des baraques tout le long du fleuve, où l'on vendrait du cidre chaud et des amandes au caramel, des rubans et des jouets pour les enfants. Sur la surface même, gelée, du fleuve, on délimitait des espaces réservés au patinage et, sur ses berges abruptes, à la luge. Partout, des guirlandes et des rameaux verts.

La perspective de cette fête populaire était excitante, au milieu du train-train compassé de la Cour. Les menaces qui pesaient sur la souveraine semblaient même aiguillonner l'excitation générale : chacun se sentait sur le fil du rasoir, effrayé de ce que serait son lendemain.

Rosamund se sentait un peu dans le même état, mais Anton en était le véritable responsable. Ne pas savoir quels étaient exactement ses sentiments pour elle, non plus d'ailleurs que la véritable nature des siens à son égard, la mettait sur des charbons ardents. Le fait même de rêvasser toute la journée à lui était un sujet d'inquiétude. Sa distraction allait-elle lui attirer quelques réprimandes de la reine, ou bien pire, lorsque Elizabeth apprendrait ce qu'il y avait exactement entre eux ?

Pas question de s'attarder : Sa Majesté attendait ses livres. Un dernier regard par la fenêtre et elle se précipita vers les appartements royaux. Au détour d'un corridor débouchant de la galerie, elle vit un groupe se diriger dans la même direction qu'elle. Il était mené par lady Lennox, la cousine de la souveraine, son austère silhouette éternellement drapée de satin noir. Elle semblait encore plus pincée et rébarbative que d'habitude. Sans doute la reine rechignait-elle à laisser son fils Darnley se rendre en Ecosse, officiellement pour visiter son père, comme elle en avait fait la requête.

Rosamund se dissimula prestement derrière une tenture ; elle n'avait aucune envie que la comtesse lui adresse l'un de ces regards glacés dont elle avait le secret et moins encore de se voir pressée de parler à la reine en sa faveur. Lady Lennox était en compagnie de l'Ecossais Melville et de Celia ; elle chuchotait quelque chose au diplomate d'un air furieux et Celia l'écoutait attentivement.

Rosamund ne put rien saisir de ses paroles et ils s'éloignèrent rapidement. Elle attendit que la galerie soit vide avant de sortir de sa cachette et de se diriger dans la direction opposée à celle que le trio venait de prendre, tout en songeant à la réflexion de l'oncle d'Anne, au sujet des étrangers qui complotaient dangereusement à la Cour. Ils semblaient ne pas être les seuls, puisque même la famille de la reine se livrait à des intrigues.

Elle était si profondément perdue dans ses pensées qu'elle ne vit pas l'homme qui se tenait là et faillit le heurter. Deux mains fermes l'en empêchèrent et, de surprise, elle laissa tomber ses livres sur le sol.

— Rosamund ! Où allez-vous donc si vite ?

Anton. Bien sûr, ce ne pouvait être que lui, songea-t-elle avec un étrange mélange de bonheur et de chagrin. Il apparaissait toujours quand elle n'était pas sur ses gardes, la prenant au dépourvu. Elle reprit son équilibre en s'appuyant sur son bras.

Il devait venir de prendre quelque exercice, car ses cheveux étaient encore humides. Ses yeux sombres brillaient comme de l'onyx. Il portait un simple pourpoint de velours noir à demi délacé sur sa chemise ouverte et, pour sa plus grande confusion, Rosamund ne put s'empêcher de regarder ce qu'elle pouvait apercevoir de son torse, par cette échancrure.

— Rosamund ? insista-t-il, amusé.

Elle sursauta, secoua la tête comme si elle s'éveillait d'un rêve et s'écarta vivement, faisant choir ses livres dans le mouvement.

— Je... j'étais allé chercher ceci pour Sa Majesté, expliqua-t-elle en se baissant pour les ramasser, mais Anton avait été plus prompt. Elle... elle n'aime pas attendre.

— Je suis depuis assez longtemps à la Cour pour m'en être aperçu, répondit-il en souriant et en lui rendant les volumes. Je ne veux pas vous retarder. Dites-moi seulement si nous pouvons avoir une leçon de danse, ce soir.

— Une leçon de danse ? répéta-t-elle machinalement, la tête lui tournant toujours.

— C'est que nous n'avons plus beaucoup de temps avant la nuit des Rois. Ce matin, j'ai joué à la paume avec lord Langley, lequel m'a dit que nous pourrions utiliser un appartement qui se trouve à côté de la chapelle. Il est normalement occupé par l'un de ses cousins, qui se trouve pour le moment à la campagne. Ainsi, personne ne me verra me rendre ridicule...

Seule avec lui dans un appartement inoccupé, après le banquet ? C'était folie — une folie extrêmement tentante ; Rosamund se sentait comme suspendue au bord d'un abîme et prête à y tomber, pour une chute sans fin.

— T... très bien, répondit-elle d'une voix mal assurée, il nous faut pratiquer, en effet, avant la nuit des Rois...

Il sourit et s'inclina.

— A ce soir, alors, milady.

La jeune fille commençait à s'éloigner, quand elle repensa soudain à la scène dont elle venait d'être le témoin.

— Anton ?

Il se retourna.

— Oui, Rosamund ?

— Est-ce que...

Elle fureta autour d'elle pour s'assurer que nul ne pouvait les entendre, puis s'approcha de lui pour murmurer :

— Est-ce que vous saviez que votre cousine avait des relations avec certains membres de la délégation écossaise ?

Il la dévisagea, sans trahir le moindre sentiment.

— Des relations ?

— Je l'ai vue sortir de leurs appartements, hier, et aujourd'hui, je l'ai croisée avec lady Lennox et ce Melville. A-t-elle… des connexions avec l'Ecosse ?

— Pas que je sache, mais je ne sais pas grand-chose d'elle et de ma famille anglaise.

— Pensez-vous qu'il soit possible que…

Il prit la main de la jeune fille dans la sienne.

— Je vous remercie beaucoup de m'avoir informé, mais je dois vous supplier d'être prudente. J'ignore ce que mijote Celia, mais, après ce qui est arrivé ces derniers jours, cela ne présage rien de bon. Je vais mener ma petite enquête…

— Mais alors, c'est vous qui serez en péril !

Anton sourit et embrassa délicatement le bout des doigts nus de Rosamund.

— Ne vous inquiétez pas, je sais me garder du danger. Mais s'il devait vous arriver quelque chose, je crois que je ne pourrais pas le supporter… Aussi promettez-moi de rester à l'écart de Celia et de ses… amis.

Rosamund hocha la tête et referma ses doigts sur les siens. Il les baisa une nouvelle fois avant de la laisser partir.

— A ce soir donc, milady.

— Oui, à ce soir.

— Et un et deux et trois, sautez !

Anton s'y essaya bravement, mais ne retomba pas sur la mesure exacte, si bien qu'il fit perdre l'équilibre à Rosamund, qui s'écroula avec lui dans un mélange de bras, de jambes et de soie froissée. Ce n'était pas la première fois de la soirée.

— Oh, mon Dieu ! s'exclama-t-elle en riant. Peut-être devrions-nous faire une pause ?

— Je suis vraiment désolé, Rosamund, dit-il en l'aidant à se redresser à demi. Je suis sûr que vous devez maudire le jour où vous avez accepté de m'apprendre à danser.

— Je n'ai pas encore dit mon dernier mot. D'ailleurs, vous faites des progrès. Les figures de la volte sont particulièrement difficiles.

— Vous êtes trop aimable, lui dit-il en s'asseyant à côté d'elle et en étendant ses longues jambes. Je ne puis qu'espérer ne pas créer de catastrophe quand nous devrons danser devant la reine, ni vous blesser avant cela.

— Oh, je suis plus en sécurité ici que dans le dortoir des demoiselles d'atour… Les deux Mary ne font que sauter dans tous les sens, se chamailler et bavarder toute la nuit.

Elle s'appuya sur ses bras derrière elle et contempla les précieuses tapisseries pendues aux murs. On se sentait bien, ici, dans les appartements du cousin de lord Langley, au calme et loin de l'agitation des soirées de la Cour où, à cette heure-ci, on disputait des parties de cartes acharnées, tandis que certains ne tenaient plus sur leurs jambes, à force d'avoir bu. Ils n'avaient pas allumé de feu, mais les tentures, les tapis et l'exercice se combinaient pour qu'ils n'aient pas froid. Rosamund eût aimé rester bien cachée ici avec Anton pour le reste de la nuit, et même pour des jours et des jours… Ou du moins, jusqu'à ce que les Ecossais s'en aillent et que le vieux lord Pomfrey cesse ses expéditions punitives sur le dortoir des demoiselles d'atour, lorsqu'elles troublaient son repos.

— Je suis sûr que votre château de Ramsay est beaucoup plus tranquille…

Anton était tourné vers elle, appuyé sur un coude, la tête sur sa main. Ses cheveux, dépeignés par la danse, lui tombaient sur le front, et son fin pourpoint de satin n'était pas boutonné, révélant sa chemise blanche trempée de sueur. La lumière des chandelles jouait sur les méplats de son beau visage. C'était merveilleusement intime que de se sentir ainsi tout près de lui et de lui parler. Rosamund aurait pu tout lui dire de sa vie, à cet instant.

— Oui, répondit-elle, il n'y a guère d'agitation au château de Ramsay ; je n'ai ni frères ni sœurs et j'ai toujours occupé ma propre chambre, toute seule. Je pouvais y lire des soirées entières sans être dérangée par quiconque. Mais c'était un peu solitaire.

— Moi aussi, j'étais enfant unique. Mon père était le plus souvent absent et il ne restait que ma mère et moi. Et puis la neige, la glace !

— Pas étonnant que vous soyez un aussi bon patineur !

Elle aurait voulu qu'il se confie davantage, qu'il lui parle de son passé, de ses espoirs et de ses vœux.

— Oui, il n'y avait pas grand-chose à faire d'autre.

Il lui sourit, d'un air un peu mélancolique, comme si ce souvenir ravivait des regrets.

— Cela n'était pas vraiment… un foyer.

— C'est donc pour cela que vous voulez danser devant la reine ? Vous pensez que cela la poussera à accepter votre requête et à vous accorder votre domaine en Angleterre ?

— Je doute qu'une danse y suffise, même brillamment exécutée, repartit-il en souriant toujours. Mais disons qu'il peut toujours être utile d'attirer son attention, ne le croyez-vous pas ?

Rosamund eut un petit rire.

— La reine semble apprécier les qualités athlétiques, chez un homme…

— Et mon aimable visage, la taquina Anton, ne compte-t-il donc pour rien ?

— Vous êtes très beau, maître Gustavson, je dois l'admettre au risque de renforcer par trop votre confiance en vous-même. Je ne suis pas la seule à l'avoir remarqué et il n'y a pas de doute que Sa Majesté l'a bien vu, elle aussi. Quant à votre requête… Si le bon droit est de votre côté, vous ne sauriez faillir. La reine est juste.

— Mon grand-père m'a laissé son fief par testament. Il me semble que c'est justice, non ?

— Oui, si le legs est en bonne et due forme. Je présume que c'était sa volonté. L'avez-vous connu ?

Il secoua la tête et s'allongea sur le dos.

— Non, mais ma mère m'a si souvent parlé de lui que j'ai l'impression de l'avoir bien connu. Lorsqu'elle était enfant, elle passait tous les étés à Briony Manor. Il l'emmenait faire de longues promenades à cheval dans la campagne, elle et son frère. Elle adorait cet endroit.

— C'est pour cela qu'il le lui a laissé… enfin, à vous ? Parce qu'elle aimait ce lieu ?

— Je suppose, et aussi parce que, comme il avait légué ses autres propriétés à mes cousins, ceux-ci n'avaient pas besoin d'un plus petit fief, comme Briony.

Il se redressa à demi et prit la soie blanche de sa robe entre deux doigts, comme pour en étudier la texture.

— Et puis, ma mère et mon grand-père se sont beaucoup querellés, au sujet de son mariage avec mon père. Elle l'a toujours regretté et espérait se réconcilier avec lui. Peut-être a-t-il voulu que son geste soit une manière de pardon.

— Oh, Anton…

Rosamund se laissa glisser à côté de lui, sans cesser de le regarder. Son cœur se serrait à la pensée que sa famille, comme tant d'autres, s'était déchirée pour des désaccords autour des amours et du mariage. Elle pensait à ce petit garçon qui avait grandi seul au milieu des neiges et des glaces, en rêvant à une terre au doux climat qu'il ne connaissait que par les récits de sa maman.

Lui aussi se cherchait, comme elle, un endroit qui fût à lui.

Il la regardait intensément, de son œil aux sombres profondeurs. Rosamund avait l'impression qu'elle pouvait plonger dans ce regard et y découvrir un monde caché, d'une merveilleuse et insoupçonnable beauté.

Il roula sur le côté et avança sa main vers le visage de la jeune fille. De ses longs doigts, il caressa ses cheveux d'or pâle, en séparant les mèches. Puis tout doucement, comme dans un rêve, il lui mit la main sur la nuque et l'attira plus près. Lorsque leurs lèvres se rencontrèrent, elle ferma les yeux. Il prit sa bouche comme un homme qui meurt de soif boit la gorgée d'eau qu'il n'espérait plus.

Avant même que leurs langues ne se touchent, Rosamund goûta celle d'Anton du bout des lèvres. C'était bon, c'était doux et ça n'était qu'à lui. C'était comme déguster la vie elle-même.

Puis ce fut l'embrasement, un désir primitif qui balayait tout sur son passage ; advienne que pourra, le bonheur ou la désolation, rien n'importait plus que leurs baisers et leurs caresses.

A travers le brouillard rouge de leur passion, elle le sentit qui finissait de la débarrasser de ses épingles, libérant tout le poids de sa chevelure. Ses lèvres quittèrent les siennes et, avec un grognement, il enfouit sa bouche dans ses cheveux, puis honora sa nuque et son cou.

— Rosamund, *hjarta*, murmura-t-il tout contre sa peau nue, tu es si belle…

— C'est vous qui êtes beau…

Elle l'attira à lui pour pouvoir l'embrasser encore, pressant sa bouche contre la sienne, contre sa gorge et contre la peau douce que révélait l'échancrure de sa chemise. Il sentait le sel, le soleil, la glace, le feu de bois et la menthe. Les yeux fermés, la jeune fille s'imprégnait de tout ce qu'elle pouvait lui prendre : les battements de son cœur, sa beauté, sa force vibrante. Elle songeait que tout était beau en lui, au physique comme au moral, et elle le désirait au-delà de toute pensée rationnelle. Au-delà aussi de toute mesure des risques.

Il murmura quelques mots en suédois d'une voix rauque et ses lèvres partirent à l'aventure dans le cou de Rosamund, à la base de sa gorge, là où battait son pouls. Il embrassa doucement les deux globes de ses seins, maintenus haut par le corsage, et elle se mit à haleter de plaisir et d'anticipation sous l'exploration de sa bouche et de ses mains, tandis que, de sa langue, il suivait la ligne du décolleté.

— Je veux te voir, lui dit-il.

Rosamund acquiesça et se cambra pour qu'il pût délacer son

corsage. La soie froissée s'écarta et il ouvrit encore davantage les pans jusqu'à ce que ses seins lui apparaissent.

Il les contempla fixement, avidement, et elle retint son souffle. Ne lui plaisaient-ils pas ? Etaient-ils trop petits ou trop gros ? Elle ne les avait encore dénudés devant personne, pas même Richard — qui le lui avait pourtant demandé. Mais cela ne lui avait pas paru aussi naturel, aussi évident qu'avec Anton, quoique, tout à coup, elle ne fût plus aussi sûre d'elle.

— Tu es belle, si belle, murmura-t-il. Tu es parfaite.

Elle rit et l'attira de nouveau contre elle. Les lèvres d'Anton se refermèrent sur une pointe de sein frémissante et il la suça jusqu'à la faire gémir de plaisir. A son tour, les mains tremblantes, elle écarta le pourpoint de satin. Il l'aida à le débarrasser du vêtement et de sa chemise. Mais cela ne suffisait pas encore. Elle le voulait tout à elle, de la façon la plus complète possible, comme elle l'avait entendu raconter, chuchoter plutôt à mi-voix. Elle le désirait et cela la brûlait comme du feu.

— Je t'en prie, Anton, murmura-t-elle en jetant toute pudeur par-dessus les moulins, fais-moi l'amour.

Il se dressa sur ses coudes pour mieux la regarder. Ses yeux brillaient d'un désir au moins égal au sien, dévorant, à perdre tout contrôle. Mais elle sentait, dans ses yeux sombres, comme une hésitation et cela, elle n'en voulait pas, pas maintenant, alors qu'elle avait enfin compris ce qu'elle désirait : lui, lui, lui tout entier.

— Rosamund, demanda-t-il d'une voix rauque, son accent nordique plus perceptible soudain. As-tu déjà… été avec un homme, auparavant ?

Elle secoua la tête et avala sa salive avec difficulté.

— Il y avait… un garçon, là-bas, chez moi. Nous nous sommes embrassés. Il voulait faire plus mais… Je n'avais pas assez confiance en lui, pas vraiment. Et je n'avais pas envie de lui… comme j'ai envie de toi.

Richard n'avait été qu'une passade. Anton le dépassait sur

tous les plans et le désir qu'elle avait de lui n'était pas celui d'une petite fille, mais d'une femme. Elle le voyait bien, à présent.

Il s'écarta en roulant sur le côté, mais sans lâcher sa main. Ils ne pouvaient que rester liés dans ce moment où ils étaient si sûrs de leur désir.

— Cela peut faire mal la première fois et il peut y avoir des conséquences. Il n'y a aucun moyen de les prévenir, mais elles ne sont pas certaines.

Des conséquences ? Comme pour l'affaire de Katherine Grey et de lord Hertford ? Cela faisait peur, en effet. Mais Rosamund n'était pas la cousine de la reine et Anton, pas un vantard à la langue trop bien pendue.

— Je sais, mais je vous désire, Anton. Et vous ? Vous ne me désirez pas ?

— Si je vous désire ? Je brûle pour vous.

— Alors, tout est bien.

Elle se leva, certaine que ce qui était en train de lui arriver était bel et bon, Anton et elle étaient faits l'un pour l'autre, même si cela ne devait être que pour une nuit. Elle essaya de défaire les agrafes de sa robe, mais ses doigts tremblaient trop pour qu'elle pût y parvenir.

— Laissez-moi faire…

Il se leva son tour et ses longs doigts défirent adroitement les attaches. La jupe, le jupon brodé et le vertugadin de Rosamund tombèrent sur le plancher. Anton termina de délacer le corsage de sa compagne et le lui retira. Elle se tenait devant lui, seulement vêtue de sa fine chemise, de ses bas et de ses chaussures à talons.

Anton tomba à genoux à ses pieds et retira doucement l'un, puis l'autre de ses petits souliers, caressant de son pouce sa cheville au passage. Sa paume glissa voluptueusement sur le mollet et derrière le genou de Rosamund, qui suspendait son souffle. Atteignant l'ourlet de la chemise, il le releva au-dessus des bas jusqu'à la jarretelle et la peau nue de ses cuisses. Son doigt suivit la ligne de démarcation entre la chair et la soie et Rosamund crut qu'elle allait s'évanouir d'excitation et d'anticipation. Le centre de sa féminité était trempé, vibrant d'un désir impérieux.

Enfin, il la toucha justement à cet endroit. Il caressa les petits poils frisés, puis de son doigt…

Rosamund cria de plaisir, ses genoux se dérobant sous elle. Alors, Anton la souleva dans ses bras et la porta vers l'alcôve, où un lit les attendait dans l'ombre.

Il ouvrit rapidement les draps avant de l'y déposer. Puis il retira sa chemise, dévoilant enfin à Rosamund son torse nu et musclé que la lueur des chandelles sculptait d'ombre et de lumière, dorant sa peau plus encore qu'elle ne l'était au naturel. Une fine toison bouclée couvrait sa poitrine puis s'amincissait en une ligne qui disparaissait sous sa ceinture.

Rosamund le dévorait des yeux, ne pouvant détacher son regard de la vision de ce dieu nordique qui s'offrait à elle.

Il se pencha sur le lit, les deux mains posées sur le matelas comme s'il voulait la capturer dans l'enceinte de ses bras, puis il baissa la tête et s'empara de sa bouche en un baiser passionné, qui prit le pas sur toutes les sensations qu'elle pouvait éprouver. Plus de peur, à présent. Seulement une évidence : cette nuit, elle était à lui. Et il était à elle.

Anton n'interrompit leur baiser que le temps de faire passer la chemise de Rosamund au-dessus de sa tête et de la jeter loin du lit avec la sienne. Puis elle écarta les jambes et il se mit en place, son corps contre le sien, son sexe lourd et dressé sous le rude velours de sa culotte. Rosamund faillit avoir une crise de fou rire en songeant que celui-là ne devait pas ressembler au membre flasque du vieux lord Pomfrey, la fois où, ne parvenant pas à s'endormir, il était venu faire du scandale dans le dortoir des demoiselles d'atour. Mais Anton l'embrassa derechef et il n'y eut plus de rire qui tînt. Rosamund noua ses jambes autour des hanches de son compagnon et se pressa contre lui ; à sentir ainsi sa peau nue contre ses seins, elle avait envie de crier son désir.

La bouche d'Anton se pressa juste sous son oreille ; son souffle chaud la faisait trembler.

— *Ledsen, hjarta*, murmura-t-il, je suis désolé, je… je te veux, maintenant.

Rosamund hocha la tête et elle ferma les yeux. Elle sentit vaguement qu'il dégrafait ses culottes et bientôt son sexe, long et épais, se pressa contre sa cuisse. Ce contact la surprit ; on eût dit du velours brûlant, tendu sur du fer.

Doucement, il écarta ses jambes et, quand il glissa un doigt, puis deux en elle, elle étendit les bras, les mains posées à plat sur le matelas.

Bientôt ce fut le membre viril qui suivit, dans le fourreau de chair moite de désir. Rosamund se tendit, mâchoires serrées, contre la brûlure soudain ressentie.

— Je suis désolé, murmura-t-il tout contre sa joue. Je sais que cela fait mal.

Puis il donna un coup de reins et Rosamund ressentit comme une déchirure, profondément en elle, et une douleur fulgurante, très brève. Elle voulut retenir son cri, mais n'y parvint pas.

Tendu comme un animal qui réprimerait sa force, il lui murmura :

— Cela va aller mieux, maintenant, je te le promets.

Il avait raison. Rosamund sentit la douleur s'estomper, puis disparaître tout à fait, ne laissant qu'une onde de plaisir au bas de son ventre. Elle passa les mains sur le dos de son compagnon, palpant les muscles bandés et luisants de sueur. Alors il commença à bouger en elle, en de longs et puissants coups de reins, et le plaisir déferla. Chaque mouvement de son corps, chaque frémissement, chaque soupir semblait l'augmenter et l'amener vers de plus hauts sommets. C'était comme si la lumière du soleil entrait à flots dans la pièce et l'aveuglait, or c'était plus qu'un simple éblouissement : de la joie, pure, incomparable et triomphante.

Soudain il se cambra, frémissant de tous ses membres, et il poussa un cri. Rosamund, de son côté, avait l'impression qu'un brasier multicolore menaçait de tout consumer en elle. Quand elle recouvra à peu près ses esprits, ce fut pour découvrir qu'il avait passé son bras autour de sa taille et qu'il reposait à présent à côté d'elle, les yeux clos, en haletant comme s'il venait d'éprouver le même énorme et dévastateur plaisir qu'elle-même.

— Anton…

— Chut…, fit-il sans rouvrir les yeux.

Il l'attira simplement un peu plus contre lui.

— Dormons un peu, *alskling*…

Rosamund ferma donc les yeux, la tête sur l'épaule de son amant, et s'endormit comme un bébé, heureuse et apaisée, goûtant le simple bonheur d'être dans ses bras.

Anton regardait Rosamund dormir entre ses bras, en écoutant sa respiration tranquille. Déjà, elle s'étirait dans les mouvements réflexes qui annoncent l'imminence du réveil. Les chandelles étaient presque entièrement consumées et, au-dehors, une lueur grise succédait à la nuit. Bientôt, il devrait la laisser partir et les heures magiques qu'ils avaient vécues ne seraient plus qu'un souvenir.

Car il y avait bien eu de la magie, en effet. Les femmes avaient toujours beaucoup compté, pour lui ; il les aimait, appréciait leur conversation, riait avec elles et oui, mon Dieu, aimait leur faire l'amour. Il était toujours fasciné par la façon complexe et subtile donc leur esprit semblait fonctionner. Il aimait la musique de leurs voix quand elles parlaient ou quand elles chantaient, leurs parfums, leurs rires ; leur élégance. Elle semblait l'apprécier, elles aussi, en retour.

Mais jamais il n'en avait rencontré une qui eût sur lui un tel effet. Rosamund l'obsédait et il aurait voulu ne jamais la quitter. Quand elle riait à l'une de ses plaisanteries, il lui semblait s'ouvrir au monde, et quand elle l'embrassait…

Non, jamais il n'eût pu imaginer ressentir quelque chose d'aussi puissant envers une femme ou envers qui que ce soit, d'ailleurs. Las, Rosamund n'aurait pas pu entrer dans sa vie en un moment plus délicat.

Pourtant, malgré tout ce qui pesait sur lui — sa situation

incertaine, la position de Rosamund auprès de la reine et les dangers du moment —, il ne regrettait rien. Etait-il humainement possible de regretter une nuit comme celle qu'ils venaient de passer ensemble ? Non, mille fois non. Mais il lui fallait trouver le moyen de la protéger.

Il l'attira davantage contre lui et pressa délicatement ses lèvres sur sa tempe. Elle frémit, grogna un peu, et ses traits subtils se plissèrent comme s'il la troublait au milieu de quelque rêve.

— Il se fait tard, lui murmura-t-il.

— Il fait trop froid pour se lever, ronchonna-t-elle en posant son pied nu sur la jambe d'Anton.

Il était froid, ce pied, en effet, et elle rit quand il sursauta légèrement.

— Il n'y a rien que j'aimerais davantage que de rester caché ici avec vous toute la nuit, lui dit-il, et c'était vrai.

Plus vrai que tout ce qu'il avait jamais pu dire à une femme dans la même circonstance. Il aurait voulu rester ainsi indéfiniment, la tenir dans ses bras jusqu'à l'heure de leur mort.

— Et puis toute la journée, et toute la nuit encore.

— Quel merveilleux projet ! soupira Rosamund. Seulement je ne crois pas que j'arriverai à me faire excuser pour une aussi longue absence…

Anton fronça le sourcil, déjà inquiet.

— Pensez-vous que l'on vous a cherchée, pendant ces quelques heures ?

Aurait-elle des ennuis, pour cette seule nuit de folie, dans laquelle il l'avait entraînée par son inconséquence ?

— Je suis sûr que non, repartit-elle. Toutes les demoiselles d'atour disparaissent à un moment ou à un autre et, même si l'on m'a cherchée, je suis certaine qu'Anne aura trouvé une bonne excuse pour expliquer mon absence…

— C'est que je ne voudrais pas vous causer le moindre souci, lui répondit-il en baisant son front. Je suis désolé, Rosamund, j'aurais dû songer à tout cela, avant…

La jeune femme se mit à rire.

— Nous n'avons guère eu le temps de réfléchir, dit-elle en s'asseyant sur le lit. Cela dit, je ne regrette rien. Et vous ?

Anton l'entoura de ses bras et la fit rouler sur lui.

— Regretter ? Jamais ! Tu es certainement le plus beau cadcau quc la vie m'a jamais fait.

Rosamund effleura la joue d'Anton, où une barbe dure poussait déjà. Du bout des doigts elle caressa son front, son nez, ses lèvres, comme si elle désirait garder un souvenir précis du moindre de ses traits. Lui captura son index entre ses lèvres, le suçant doucement jusqu'à ce qu'il entendît le souffle de sa compagne s'accélérer. Il se sentait redevenir dur comme de l'acier.

— Je vais vous raccompagner jusqu'au quartier des demoiselles d'atour, lui dit-il à contrecœur.

Rosamund opina, roula sur le côté, s'assit au bord du lit et ramassa sa chemise sur le sol. La ligne de son dos était merveilleusement belle et élégante ; ses longs cheveux d'or pâle tombaient sur ses épaules. Anton n'y résista pas ; il vint derrière elle et embrassa la tendre chair de son cou. Elle frémit et se lova contre lui tandis qu'il l'encerclait de ses bras. Ils restèrent ainsi un moment en silence, hors du temps, dans un monde rien qu'à eux, où il n'y avait plus ni devoir ni danger, rien qu'un homme et une femme blottis dans les bras l'un de l'autre.

10

Saint-Thomas, 29 décembre.

Entre les pastoureaux jolis,
Dort, dort, dort le petit fils.
Mille anges divins, mille séraphins,
Volent à l'entour de ce grand Dieu d'amour...

Rosamund n'entendait pas même les autres demoiselles d'atour chanter ce Noël. Les yeux baissés sur son ouvrage, elle ne pouvait se garder de sourire. On devait la prendre pour une imbécile, à la voir sourire ainsi toute la matinée et éclater de rire à chaque plaisanterie ; mais le feu de joie qui brûlait dans sa poitrine ne voulait pas s'éteindre.

Elle s'était bien peu reposée ; quand elle avait regagné le dortoir, sa robe encore délacée bien cachée sous l'ample cape d'Anton, toutes ses compagnes étaient profondément endormies. Elle s'était glissée silencieusement dans son lit, mais n'avait pu trouver le sommeil. Elle préférait, par la pensée, revivre ces merveilleux moments, se souvenir de chaque petit détail et de chaque délicieuse sensation.

Elle était certainement une fille perdue, à présent, mais cela en valait la peine ! Demain, les choses seraient peut-être fort différentes, mais, pour le moment, elle flottait sur un nuage, ravie et seule avec son secret.

Une aussi parfaite béatitude était malheureusement peu

compatible avec la broderie. Rosamund baissa les yeux sur son ouvrage et trouva les fils de couleur tout emmêlés. Penaude, elle chercha ses ciseaux, en espérant que personne n'avait remarqué sa distraction.

La reine se tenait près de la fenêtre, un livre ouvert dans les mains. Elle ne semblait guère absorbée dans la lecture, car elle jetait de fréquents regards à travers les vitres à meneaux. Ses suivantes, du moins celles qui ne chantaient pas, cousaient, brodaient, ou jouaient silencieusement aux cartes comme Anne et Catherine Knyvett.

C'était une journée un peu pesante, monotone. Le feu craquait paisiblement dans la cheminée, les heures s'égrenaient lentement et l'on s'ennuyait ferme quand on n'était pas, comme Rosamund, perdue dans de voluptueux souvenirs. Tandis qu'elle fouillait dans son panier à ouvrage à la recherche de bobines de fil, elle croisa le regard, figé pour l'éternité sur la toile, de la mère de la souveraine. Elle semblait lui rappeler qu'aujourd'hui comme hier, il était dangereux de se laisser aller aux excès de lubricité, plus dangereux encore de se fier à un homme et de lui donner son cœur, quand votre devoir vous l'interdisait.

Mais que c'était bon !

— Jour de Dieu ! s'exclama soudain la reine Elizabeth en jetant son livre à travers la pièce.

L'épais volume manqua de peu la tête de l'une des dames de compagnie, laquelle poussa un gloussement effrayé et se réfugia derrière une tenture.

— Je m'ennuie ! rugit la souveraine. Je ne resterai pas une minute de plus ici. Aidez-moi à m'habiller, nous allons à la Fête de la Glace et nous promener en traîneau.

— Mais, Votre Majesté..., commença prudemment lady Parry, lord Burghley a dit...

— Au diable Burghley ! Je ne suis d'aucune utilité en restant enfermée ici. Je dois être au milieu de mon peuple.

Et sans plus attendre, elle ouvrit un de ses coffres à vêtements et se mit à lancer des cottes et des jupons à la tête de ses suivantes accourues pour l'aider.

— Je… je vous en prie, Majesté, bégayait lady Parry, laissez-nous vous préparer vos plus chauds atours.

La reine se laissa tomber dans un fauteuil, les bras croisés.

— Bon, mais faites vite ! Lady Rosamund !

— Majesté ?

L'intéressée sursauta, surprise, et bondit sur ses pieds en laissant tomber sa corbeille. Etait-elle prise en faute, ses secrets découverts ?

— Allez tout de suite aux écuries et dites-leur d'apprêter mes traîneaux. Nous partons dans une heure.

— Bien, Majesté.

La jeune femme esquissa une rapide révérence et se précipita hors de la chambre.

Les appartements royaux étaient encombrés d'une foule de courtisans qui se pressaient là à bavarder, espérant un entretien ou simplement un regard de la reine. Rosamund en avait à présent pris l'habitude et elle se faufila sans encombre entre leurs groupes pour atteindre l'escalier. Soudain, au milieu de ce brillant ensemble de tissus raffinés, de soieries et de joyaux, elle aperçut l'élégante et sobre silhouette d'Anton.

Son cœur bondit dans sa poitrine. Tout en elle la poussait à courir vers lui et à se jeter dans ses bras pour l'embrasser. Mais on la regardait, bien sûr. Tout le monde surveillait toujours tout le monde, en quête du plus petit ragot à se mettre sous la dent. Toujours…

Elle se contraignit donc à ne pas sourire et ralentit son pas, espérant qu'il la verrait et qu'il viendrait vers elle pour lui témoigner que ce qui s'était passé cette nuit, pour lui aussi, comptait.

Il la vit en effet et lui sourit, d'un sourire radieux qui transforma instantanément son visage jusque-là solennel en quelque chose de tendre et même de juvénile. Le cœur de Rosamund battit deux fois plus vite encore à cette vue.

Il s'excusa auprès de ses amis suédois et fendit la foule dans sa direction. Tout d'abord, il avança sa main vers la sienne, comme s'il ne pouvait plus attendre pour la toucher. Mais très vite, il se rappela qu'ils n'étaient pas seuls et arrêta son geste, se contentant de continuer à lui sourire.

Il était vraiment très beau, à la lumière du jour, avec ses cheveux noirs bien peignés qui laissaient apparaître le petit éclat d'améthyste qu'il portait à l'oreille. Le haut col brodé d'or de son pourpoint de satin pourpre s'accordait parfaitement à son teint mat. Ainsi, il était l'image vivante du diplomate rompu à toutes les élégances de Cour.

Amusée, Rosamund se souvint de lui tel qu'il était au petit matin, quand ils s'étaient embrassés pour se dire au revoir dans le petit corridor du dortoir des demoiselles d'atour ; ses cheveux dépeignés, ses yeux cernés d'amour et de sommeil… Comme il était beau, aussi, à ce moment-là !

— Comment allez-vous ce matin, lady Rosamund ? lui dit-il d'une voix chaude, au timbre de velours agrémenté d'une pointe d'accent qui la caressait comme il l'eût fait de sa main.

— Très bien, vraiment, lui répondit-elle prudemment, mais les yeux brillants de joie. J'espère que vous aussi ?

Elle le regardait au fond des siens, tâchant de lui transmettre, sans paroles, ce qu'elle ressentait.

— Je ne me suis pas senti aussi bien depuis que je suis en Angleterre. Tout va pour le mieux, absolument !

Elle rit.

— La reine est un peu morose et voudrait se distraire… Elle entend aller à la Fête de la Glace, puis se promener en traîneau.

— Ah oui ? Voilà une bonne idée, par une journée aussi parfaite.

Elle voulut le taquiner un peu.

— Mais bien banale, pour vous, non ? Vous devez être habitué aux promenades en traîneau, en Suède…

— On ne s'habitue jamais tout à fait à ce qu'on aime et du reste, un petit rappel du pays ne serait pas pour me déplaire…

— Je suis sûre que Sa Majesté serait ravie de vous voir. Serez-vous à la Fête de la Glace, maître Gustavson ?

— Peut-être bien, lady Rosamund. Peut-être bien…

Il s'inclina et elle lui fit la révérence, en s'évertuant plus que jamais à retenir son rire joyeux et son exubérant sourire. Puis elle reprit son chemin, sans pouvoir s'empêcher, toutefois, de jeter un coup d'œil par-dessus son épaule.

Il la regardait toujours.

La Fête de la Glace offrait un spectacle étonnant. Rosamund se sentait comme une fille de ferme fraîchement débarquée de sa campagne et émerveillée par tout ce qu'elle découvrait, tandis qu'elle circulait entre les étals avec ses congénères. Il était facile de se laisser griser par tout ce qu'on y voyait et par les odeurs que l'on y respirait.

Les étals étaient surchargés de toutes les décorations possibles : rubans, guirlandes, feuilles de houx et rameaux de gui, et offraient toutes sortes de babioles et de friandises : broderies, jouets, cidre chaud, pains d'épice, gâteaux et bonbons. Des bannières rouges, vertes et blanches claquaient dans la brise glacée, au son des appels des camelots et des rires des chalands. De larges portions du fleuve tout proche avaient été réservées aux patineurs ; on y circulait en traîneau, on y faisait de la luge et même on s'y aventurait à pied ou à cheval. C'était comme si la Tamise était devenue une large route. Il régnait une atmosphère joyeuse et bon enfant, comme une sorte de répit dans ce terrible hiver, et personne ne semblait même faire attention au froid, surtout parce que la reine Elizabeth était, elle aussi, de la fête. Qui aurait pu imaginer qu'il pouvait y avoir le moindre danger, la moindre menace sur la Couronne en cette période de célébrations ? La souveraine se mêlait à ses sujets avec naturel et simplicité, le sourire aux lèvres et des mots aimables à la bouche. Elle acceptait les bouquets tressés pour elle, ou un gobelet de cidre chaud, et se penchait volontiers pour parler à une petite fille.

Rosamund observait les visages de ceux qui se pressaient autour d'elle. Tous rayonnaient de joie à voir leur reine heureuse et presque disponible, au milieu d'eux. Il semblait y avoir un charme étrange autour de sa personne. La magie de Noël ? En tout cas, il semblait décidément inconcevable que quelqu'un eût pu, à cet instant précis, avoir l'idée de lui faire du mal, de brouiller l'aura lumineuse qui paraissait l'entourer et que tous percevaient. Personne ne remarquait le nombre inhabituel de gardes qui veillaient, armés de hallebardes et d'épées. Lord Leicester lui-même ne quittait pas la reine d'un pouce, prêt à couper en deux l'impudent qui se serait risqué à lever la main sur elle.

A un certain moment, Elizabeth se tourna vers lui en souriant, lui piqua un petit rameau de houx sur son pourpoint et lui murmura :

— Allons, Robin, ne faites donc pas cette tête-là. C'est Noël, vous savez ?

Il lui sourit en réponse et quelque chose passa entre eux que Rosamund, pour la première fois, perçut clairement. La reine regardait Leicester comme elle-même regardait Anton ; il y avait la même tendresse dans leurs yeux. Comment, alors, pouvait-elle prendre la décision de l'envoyer en Ecosse épouser la reine Marie ?

Maître Macintosh semblait s'en être aperçu lui aussi ; s'étant rapproché, il observait la reine et Leicester, le front creusé d'une ride soucieuse. Mais il se contenta de laisser tomber :

— Belle journée, n'est-ce pas, lady Rosamund ?

Elle lui fit un sourire poli, pas vraiment dupe de l'intérêt soudain manifesté pour elle.

— Mon Dieu, maître Macintosh, quand on aime le vent glacé…

— Oh, chez nous, dans les Highlands, cette journée serait considérée comme assez printanière…

— Je suis bien heureuse de ne pas y vivre, alors.

— Vous n'aimez pas l'hiver ?

Rosamund songea à Anton patinant sur l'étang gelé et à leurs baisers parmi les arbres couverts de givre.

— L'hiver a ses charmes, mais le printemps en a davantage. La douceur de l'air, les arbres en fleur…

L'écossais eut un rire bref.

— Ah, vous autres Anglais, vous êtes trop délicats.

— Pas tous, maître Macintosh, rétorqua-t-elle. Certains d'entre nous sont très désireux de partir pour votre venteuse contrée ; lord Darnley, par exemple.

Un changement presque imperceptible se produisit dans l'expression de l'Ecossais, mais il n'en continua pas moins à lui sourire.

— J'ai cru comprendre qu'il souhaitait visiter son père, lequel se trouve à Edimbourg…

— C'est ce que j'ai entendu dire, moi aussi. Comme il est touchant que son affection filiale le pousse à entreprendre ce voyage, par un hiver aussi rude que celui-ci !

— En effet, milady.

Rosamund se souvint de Celia sortant des appartements de la délégation écossaise, puis en compagnie de lady Lennox. Etait-ce, elle aussi, le climat écossais qui l'attirait ? songea-t-elle avec ironie.

— N'avez-vous jamais rencontré, maître Macintosh, d'autres âmes bien trempées parmi nous autres, pauvres Anglais ?

— Mais si… vous, lady Rosamund.

— Moi ? se récria-t-elle. Je suis bien la dernière qu'on puisse qualifier de hardie…

— Je n'en crois rien, milady. Je pense que vous avez au contraire des… ressources cachées.

— Ah oui ? Ma famille ou bien n'importe qui me connaissant vous détromperait. Je suis transparente comme l'eau pure.

— De l'eau ? Soit. Mais alors — il donna un coup de talon dans la glace — vive comme celle qui coule ici sous nos pieds.

— Je suis une personne très simple, maître Macintosh.

Je souhaite la même chose qu'à peu près tout le monde : un foyer, une famille et la liberté d'en jouir, sans quoi aucun bonheur n'est possible.

— Et vous pensez trouver tout cela à la Cour si brillante de votre reine ?

— Je pense simplement faire mon devoir ici, jusqu'à ce que l'on me demande de rentrer chez moi. C'est un honneur d'être appelée à servir la reine.

Rosamund prononça ces mots, en sachant très bien qu'elle ne disait plus la vérité, plus maintenant. Elle ne désirait plus rentrer chez elle, mais rester auprès d'Anton le plus longtemps possible, quel qu'en soit le prix.

— La fidèle lady Rosamund, dit l'Ecossais en souriant toujours. Et comment trouvez-vous la vie à la Cour ?

— J'aime ce côté… brillant dont vous parliez, les belles robes, l'élégance… On dit que votre reine Marie aime beaucoup la mode, elle aussi. Dites-moi, maître Macintosh, est-elle vraiment aussi grande qu'on le prétend ?

S'ils continuèrent pendant un moment à parler de choses sans importance, Rosamund ne pouvait se défaire de l'idée que le gentilhomme écossais cherchait à lui soutirer quelques bribes de renseignements sur la reine Elizabeth et ses intentions matrimoniales — pour les rapporter à la reine Marie, bien entendu. Il lui fallait penser à se montrer en permanence très prudente, or c'était une chose plus facile à dire qu'à mettre en œuvre. Cependant, elle ne pouvait se permettre la moindre erreur.

La reine et sa suite firent le tour de la fête, s'arrêtèrent devant de nombreux étals et admirèrent les patineurs, puis il fut temps de songer à rentrer. Les traîneaux les attendaient, avec un monceau de couvertures de fourrure pour les protéger du froid. Les harnachements des chevaux, garnis de clochettes d'argent, tintinnabulaient au moindre mouvement.

Tandis que Rosamund regardait Leicester aider la souveraine à monter dans le plus grand des traîneaux, à la tête du cortège, Anton parut à son côté. Elle ne le vit pas tout de suite, mais elle sut qu'il était là. C'était comme si sa présence et sa chaleur se répandaient en elle ; son odeur lui parvenait, portée par la brise, comme un appel. Elle sourit et ferma les yeux un instant.

— Viendrez-vous avec moi, milady ?

— Bien sûr ! répondit-elle en se tournant vers lui.

Elle l'aurait suivi n'importe où, où il aurait bien voulu l'emmener. Il lui offrit son bras et elle y plaça sa main gantée en résistant à l'envie de s'y accrocher, puis de l'attirer contre elle pour un baiser plein de passion. Il lui fallait faire attention ; on les regardait. Mais Anton dut deviner ses pensées secrètes, car son œil sombre se fit plus chaud et plus pénétrant. Il la guida vers la queue du cortège, pour s'arrêter devant un traîneau biplace attelé à deux magnifiques chevaux blancs. Un autre, identique, était derrière, occupé par Anne et par lord Langley. Ces deux-là avaient dû conclure une trêve, car ils partageaient un rire complice.

Rosamund se retourna vers le cortège. Tous les autres traîneaux étaient de taille plus importante et occupés par des grappes de courtisans, sauf celui de la reine, où n'avaient pris place que peu de personnes.

— Comment avez-vous pu vous procurer ce véhicule, maître Gustavson ? demanda-t-elle.

— L'effet de mon charme bien connu, bien sûr, lady Rosamund, répondit-il avec un sourire malin. Et aussi celui… d'un pourboire conséquent au palefrenier, je dois le dire.

La jeune femme rit et prit la main qu'il lui tendait pour l'aider à monter sur les coussins rembourrés. Il arrangea les couvertures et les fourrures autour d'elle, la protégeant bien du froid. Ce faisant, il jeta un rapide coup d'œil aux alentours pour voir si on ne les observait pas avant de baiser à la dérobée le poignet de Rosamund, au-dessus de son gant. Ses lèvres étaient chaudes, sur la peau nue. Mais bien sûr, ce fut très fugace. Une fraction de seconde plus tard, il grimpait sur le siège à côté d'elle et prenait les guides.

— Avez-vous assez chaud ? s'enquit-il.

Elle acquiesça et enfonça ses mains dans son manchon, avec le désir assez dérisoire de garder ainsi un peu du souvenir de son baiser sur son poignet. Leurs traîneaux se mirent en branle derrière les autres, les clochettes des chevaux tintant gaiement, telle une chanson argentine dans l'air glacé. D'ailleurs, on chantait, sur les autres traîneaux.

Rosamund sourit et se serra contre Anton. Quelques légers flocons de neige se mirent à tomber du ciel gris, se déposant sur ses cils et sur les fourrures qui la couvraient. Elle rit quand l'un d'eux se posa sur ses lèvres.

— Maintenant, dit-elle, on se sent vraiment à Noël.

Anton rit à son tour.

— Vous ne voyez pas souvent la neige, n'est-ce pas ?

— Rarement. Cela doit vous paraître stupide d'être ainsi excitée par quelques flocons, vous qui, en Suède, connaissez la neige une grande partie de l'année.

— Mais non. Et puis j'aime tout ce qui vous fait sourire.

Sous les couvertures, elle glissa son bras sous le sien, sentant ses muscles solides et sa chaleur, tandis qu'il guidait les chevaux. Ce contact la rendait forte, suffisamment pour faire face à n'importe quel danger.

— C'est vrai, cette belle journée me fait sourire, admit-elle. Mais vous, que pensez-vous de nos hivers anglais ?

— Je pense que je voudrais en voir beaucoup d'autres.

Ils gardèrent un silence complice. Le traîneau semblait voler sur le fleuve gelé. Ils passèrent sous le pont de Londres et firent de grands signes de la main à tous ceux qui se trouvaient dessus, puis laissèrent la Tour sur leur gauche. Dans le brouillard de neige poudreuse soulevée par les patins des traîneaux et dans les rires, sa massive et rébarbative silhouette leur parut presque plaisante. Passé les docks, la ville s'éclaircissait pour faire place à la campagne. Les arbres couverts de givre étincelaient comme s'ils portaient des diamants. A quelque distance, Rosamund aperçut les bâtiments de brique rouge d'un vieux manoir. L'espace d'un instant, elle caressa un joli rêve impossible : que ce ravissant petit château soit leur maison; qu'elle y vive heureuse avec Anton, se promenant dans leur jardin le soir, avant de rentrer auprès d'un bon feu. Dans ce rêve, elle voyait aussi ses parents, venus dîner avec eux pour jouer avec leurs petits-enfants, toutes les querelles du passé oubliées : une vraie famille, enfin. Puis le traîneau dépassa le joli petit manoir et le rêve s'estompa comme éclate une bulle de savon — comme s'effaceraient bientôt les moments de bonheur passés auprès d'Anton.

— Votre mère s'est beaucoup disputée avec son père, avant son mariage ?

Cette question parut le surprendre.

— Certes, oui. Il n'approuvait pas son choix d'un diplomate suédois qu'elle avait rencontré à la Cour et trouvait qu'elle allait vivre trop loin de lui, qu'elle serait isolée en Suède et sans protection. Il n'avait pas tort sur ce dernier point.

Rosamund mordit un peu sa lèvre en regardant fixement le paysage.

— Il est bien dommage que les familles se déchirent ainsi, dit-elle. Nous avons tous si peu de temps à passer ensemble…

— Allons, gentille Rosamund, dit doucement Anton en faisant passer les guides dans sa main droite et en l'attirant plus près de son bras gauche passé autour de ses épaules, ce n'est pas une journée à être mélancolique et je déteste vous voir triste.

Rosamund sourit et posa la tête sur son épaule.

— Mais comment pourrais-je être triste quand je suis avec vous ? C'est seulement que…

— Seulement que quoi ?

— Il est difficile d'admettre que vos parents ont eu raison et que vous avez eu tort, expliqua-t-elle. Voyez, votre grand-père ne se trompait pas et moi, je suis reconnaissant à mon père de l'avis qu'il m'a donné.

— Et quel était-il ?

Rosamund s'en souvenait au mot près : « Lorsque tu auras trouvé celui dont tu seras vraiment amoureuse, alors tu comprendras ce que ta mère et moi voulions dire. » Elle en avait été très en colère. Pourtant, quelle clairvoyance ! Ses parents avaient bien vu que son attachement pour Richard n'était qu'un élan de toute jeune fille, une flammèche à côté du brasier qu'était son amour pour Anton.

Combien de temps leur histoire allait-elle durer ? Une quinzaine de jours ? Un mois ? Rosamund craignait bien que ce ne soit guère plus long, dans ce monde aussi incertain. Il fallait en goûter chaque seconde.

— Mon père disait qu'un jour je trouverais ma vraie place et que je ne voudrais plus en changer, alors.

— Et vous l'avez trouvée à la Cour ?

Rosamund rit.

— Oh non, pas à la Cour ! Je ne suis pas assez intelligente pour y survivre. Mais je ne suis peut-être pas loin de l'avoir trouvée, en effet. Et vous ?

— Je crois que je n'en suis pas loin, moi non plus.

Les traîneaux passèrent une courbe de la rivière gelée et là, sur la berge, une scène à la beauté magique leur apparut.

Au-dessus du coteau, on avait dégagé un vaste espace et dressé de grandes tentes vertes et blanches, ouvertes sur la rivière. La bannière royale, aux roses des Tudor, flottait sur leurs mâts. On avait aussi allumé de grands feux de joie, dont les flammes orange montaient vers le ciel et propageaient leur chaleur, même à cette distance. Des serviteurs s'activaient, portant des plats garnis et des bonbonnes de vin.

— Un banquet dans la neige ! s'écria joyeusement Rosamund. Vous aviez raison, Anton.

— Comme toujours ! répondit celui-ci avec un sourire satisfait. Mais raison pourquoi, au fait ?

— Ce n'est pas un jour pour être triste. C'est Noël, après tout. Il faut nous amuser, être dans la joie !

— Mais j'y suis, la preuve !

Et, se penchant, il l'embrassa rapidement avant que quelqu'un ait pu le voir. Ses lèvres étaient chaudes sur celles de la jeune femme, et si douces… Rosamund aurait voulu prolonger ce baiser et serrer son amant dans ses bras, mais, déjà, il avait sauté à bas du traîneau. Il vint prendre quelque chose sous le siège.

— Je vais vous offrir quelque chose, dit-il en montrant un paquet.

— Un cadeau ! s'exclama Rosamund, aux anges. Qu'est-ce que c'est ?

Elle ouvrit l'emballage. Que serait-ce : des bijoux ? des soieries ? des livres ?

Elle en tira une étincelante paire de petits patins, en tout point semblables à ceux d'Anton, si ce n'était la taille.

— Des patins ? dit-elle en les élevant à la lumière.

— Faits tout spécialement pour vous, milady. Il m'a fallu fouiller tout Londres pour trouver un artisan capable de les forger. Comme cela, je vais pouvoir vous apprendre à patiner.

Rosamund les regarda en souriant béatement et les posa sur ses genoux.

— Ils sont très beaux ! Merci, Anton.

— Vous serez une véritable Suédoise en un rien de temps.

Elle rit.

— Et moi qui n'ai pas de cadeau pour vous !

— Mais si, murmura-t-il, vous m'en avez fait un merveilleux, la nuit dernière.

Rosamund sentit ses joues s'embraser. Anton l'embrassa encore et, lui prenant les patins, il les replaça sous le siège. Puis il l'aida à descendre du traîneau et l'accompagna vers la grande tente où des tables avaient été dressées. Une fois encore, ils furent séparés ; Anton dut s'asseoir au milieu de la délégation suédoise et Rosamund, avec les autres demoiselles d'atour, à proximité immédiate de l'estrade où devait prendre place la reine.

— Vos joues sont toutes rouges, Rosamund, lui chuchota son amie Anne.

— Oh, vraiment ? Ce doit être le froid, répliqua-t-elle en

se saisissant d'un gobelet de vin, afin d'étouffer le fou rire qui avait failli la prendre.

— Oui, c'est cela, le froid..., fit Anne, de l'air de celle qui n'en croyait pas un mot.

— Et vous ? Vous semblez tout à fait raccommodée avec lord Langley, dirait-on...

Anne fit la moue.

— Je ne dirais pas exactement raccommodée, mais s'il promet de s'amender...

Une fois de plus, Rosamund se mordit la langue pour ne pas demander à son amie ce qu'elle reprochait vraiment à lord Langley, car elle aurait voulu la voir aussi heureuse qu'elle-même l'était. Il semblait évident cependant qu'Anne n'était pas prête à faire ce genre de confidences, aussi Rosamund se concentra-t-elle sur le pique-nique et sur les belles tapisseries que l'on avait pendues au poteau de la tente pour protéger les convives du vent glacial. Elle essayait, aussi, de ne pas trop dévorer Anton des yeux ; las, c'était bien difficile.

Anton marchait le long de la rive gelée, écoutant distraitement les rires et les éclats de voix qui lui parvenaient depuis la tente, où le pique-nique se poursuivait toujours. Le vin qui coulait à flots n'était pas pour rien dans le réchauffement de l'ambiance générale, si échauffée du reste qu'il avait éprouvé le besoin d'aller respirer un peu d'air frais. Il lui fallait également ce moment de solitude pour réfléchir aux moyens de conjurer le charme qui semblait l'avoir enchanté.

Le vent froid balaya rapidement les effets du vin, du bruit et de la musique, mais pas la seule pensée qui l'obsédait vraiment : la vision des deux grands yeux de Rosamund posés sur lui. Son sourire, si plein de douceur. La tendresse dont elle débordait, autrement plus séduisante que toutes les provocations... De plus en plus, la jeune femme occupait toutes ses pensées et devenait son seul but dans l'existence. C'était très dangereux, pour elle comme pour lui.

Anton passa nerveusement la main dans ses cheveux, en maudissant sourdement toutes les complications survenues dans sa vie depuis qu'il était à Londres. Il était venu ici dans l'intention d'obtenir réparation, puis de vivre tranquillement, librement sur ses terres. Pourquoi avait-il fallu qu'il s'entiche de l'une des demoiselles d'atour de la reine ?

Il se souvint des mots de sa mère et c'était encore comme un murmure à son oreille. Il revoyait son visage, son souffle court, haché par la maladie, sa voix presque inaudible, tandis que de sa main exsangue elle s'accrochait à son bras.

« Tu es ambitieux, Anton. Je t'en supplie, ne permets pas que ton cerveau prenne le pas sur ton cœur. Ne laisse pas ce qui est vraiment important t'échapper. Moi, je ne regrette rien de ce que j'ai fait dans ma vie, car j'ai suivi mon cœur. »

Il n'avait pas vraiment compris, alors, ce que la malheureuse essayait de lui faire comprendre, sur son lit de mort. Qu'aurait-il pu y avoir de plus important que l'honneur et le devoir, dans une vie ? Sa mère avait suivi le chemin que lui indiquait l'amour et qu'y avait-elle gagné ? Seulement du malheur. Mais à présent qu'il avait entendu le rire de Rosamund, qu'il l'avait vue le regarder avec ces yeux-là, il comprenait ce qu'elle avait voulu dire.

Les appels du cœur pouvaient être aussi clairs que ceux de l'esprit, et résonner bien plus fort. Aurait-il le courage de les entendre ?

Anton secoua la tête. Il ne savait pas, ne savait plus. Son assurance, qui l'avait soutenu dans la bataille et aussi dans son voyage vers l'Angleterre, semblait s'être gelée comme la glace et menacer de se rompre à chaque instant.

Il se tourna vers la tente où l'on banquetait. Rosamund s'était levée elle aussi et avait fait quelques pas. Elle se tenait face au fleuve, en se frottant les bras pour se réchauffer. Puis elle le vit et se mit à sourire. Même à cette distance, ce fut comme si le soleil dissipait les brumes de l'hiver. Elle agita son bras, lui faisant signe de revenir. Anton jeta un long regard sur le fleuve, avant d'obéir.

Il avait entendu comme un craquement. Etait-ce la glace ou bien plutôt son cœur qui s'ouvrait à elle, l'espace d'un instant, avant de se geler, définitivement cette fois ?

11

Le « jour du cochon rôti », 30 décembre.

Comme le voulait la tradition anglaise, on apporta le cochon rôti à la broche dans la grande salle sur un plateau d'argent aussi vaste qu'un bouclier. C'était un gros animal, décoré de guirlandes d'herbes aromatiques et de fruits cuits, une pomme entière dans sa bouche. On le présenta solennellement à la reine Elizabeth, puis on le promena au pas de parade autour des tables, sous les applaudissements.

Des mets plus délicats suivirent : viandes rôties de toutes sortes, gibier autant que volailles, tourtes, ragoûts mijotés et même quelques poissons grillés ou pochés, accompagnés de sauces savoureuses. On n'en servait plus guère, depuis que la glace rendait toute pêche difficile dans la Tamise. Sur des dessertes, on avait disposé les douceurs : biscuits, pains d'épice, gâteaux nappés de miel et fruits confits, dont la reine raffolait. Une pièce montée représentait le palais de Whitehall, avec ses briques en massepain, ses corniches en sucre et même, devant sa façade, un fleuve de sucre bleu piqué de petites barques et de chalands en pâte d'amandes.

Comme tout un chacun, Rosamund applaudissait et riait aux facéties des bouffons de la reine, qui gambadaient entre les tables. Ce banquet offrait un nouveau tableau, vif et coloré, des fêtes de Noël où l'on s'amusait, buvait sec et flirtait sans penser au lendemain.

Sans y penser du tout ? Voire. Sous l'apparence de gaieté il y avait comme une tension, une inquiétude et même un certain désespoir. Une crainte qu'on tentait de se dissimuler, même à soi-même. C'était comme si une épée de Damoclès invisible restait suspendue au-dessus de la reine Elizabeth et de ses courtisans, prête à s'abattre.

Rosamund se tourna pour chercher Anton des yeux dans la foule. Il était assis au milieu de la délégation suédoise et considérait l'assemblée d'un air calme et songeur. « Lui aussi doit ressentir cette menace, se dit Rosamund, ce pressentiment étrange que quelque chose va arriver. »

Le regard de la jeune femme erra ensuite autour de la salle, où Lord Leicester avait placé un véritable cordon de gardes. Aucune attaque, au moins, ne pouvait venir de l'extérieur. On pouvait banqueter et s'amuser en paix.

Elle revint enfin vers Anton, pour découvrir qu'il l'observait en souriant, et elle laissa échapper un petit rire, qu'elle étouffa derrière sa serviette. Elle ne pouvait s'en empêcher ; quand il souriait ainsi, c'était toujours comme si un radieux soleil chassait de sombres nuages. Elle oubliait tous les dangers pour ne plus penser qu'à lui. Bien sûr, c'était déraisonnable, car ce sourire n'effaçait aucune des menaces qui planaient sur la Cour, mais, pour un instant, elle pouvait les oublier et rêver un peu.

— Vous semblez heureuse, ce soir, Rosamund, lui dit Anne entre deux petites gorgées de vin.

— Et vous, rêveuse…

Très détendue au moment de la promenade en traîneau, Anne avait reçu une lettre, à son retour au palais, et, depuis, elle était pensive, en effet.

— J'espère que vous n'avez pas reçu de mauvaises nouvelles de chez vous ?

— Bah, non, seulement d'insipides et assommantes recommandations de ma tante. Et vous, que deviennent vos parents… et votre soupirant ?

Rosamund resta un instant décontenancée. Avec tout

ce qui s'était passé récemment dans sa vie, elle avait tout à fait oublié Richard. Il lui apparaissait à présent comme une sorte de fantôme, le vague souvenir d'une figure du passé et, presque, de la vie d'une autre.

— Je n'en sais trop rien, répondit-elle prudemment. Lorsque mon père m'écrit, c'est pour me rappeler mes devoirs. Je suppose que tout le monde souhaite que je me concentre sur eux.

— Et auriez-vous trouvé quelques distractions, ici, qui vous font oublier les anciennes ? insista Anne.

Rosamund rit en pensant aux baisers d'Anton, à son sourire, à ses yeux, à son corps contre le sien quand ils avaient fait l'amour. Certes oui, elle avait trouvé de nouvelles pensées pour effacer les anciennes, comme pour oublier les dangers du moment présent.

Son cœur allait-il se briser bientôt, d'une façon qui serait sans commune mesure avec ce qu'elle avait ressenti lors de la désertion de Richard ? Cela, oui, elle le redoutait, car ses sentiments pour Anton étaient un million de fois plus forts que ceux qu'elle avait cru éprouver pour Richard.

— Oui, je crois que je suis heureuse ici, dit-elle doucement. Et vous, Anne ?

Son amie haussa ses jolies épaules.

— Je suppose que cela vaut mieux que de se dessécher chez soi… Au moins il y a la danse et la musique.

Et d'élégants cavaliers comme lord Langley ?

Mais Rosamund garda cette pensée pour elle et, bientôt, on débarrassa les tables pour laisser place, justement, aux danseurs.

La reine, au bras de Leicester, ouvrit le bal par une gaillarde. Si Anne s'y joignit avec l'un de ses admirateurs, Rosamund préféra se retirer dans un coin pour regarder se dérouler les figures. Décidément, son inquiétude ne la quittait pas, elle était fatiguée de la fête, du bruit et de toute cette ostentatoire gaieté. Tout à coup, elle rêvait d'une chambre douillette au coin du feu où elle se serait alanguie avec un livre, une tasse de cidre chaud à portée de la main et, bien sûr, Anton à côté d'elle pour la faire rire et l'embrasser. Pour maintenir la froidure au-dehors…

Un tel rêve pourrait-il se réaliser jamais ou bien son esprit battait-il la campagne ? Et si Anton retournait dans sa lointaine Suède, s'il disparaissait de sa vie comme Richard avant lui ? Que deviendraient ses rêves, alors ?

Elle sentit soudain une main se poser sur son bras, chaude à travers la soie de sa manche, et elle leva les yeux pour trouver Anton à son côté, ses yeux noirs la scrutant d'un air compréhensif, comme s'il devinait ses tourments. Lui aussi, peut-être, ressentait des doutes et des inquiétudes, ce soir.

— Allez-vous bien, milady ? lui demanda-t-il doucement.

— Très bien, je vous remercie, maître Gustavson. Je suis seulement un peu lasse de toutes ces fêtes.

— Ce régime aurait de quoi épuiser n'importe qui, répondit-il avec un demi-sourire. Mais vous me semblez bien mélancolique…

— Peut-être le suis-je un peu.

— Est-ce parce que…

Anton dut s'interrompre, parce qu'un groupe de noceurs s'approchait, visiblement gris et riant à gorge déployée. Il prit Rosamund par le bras d'un geste protecteur et l'entraîna à l'écart.

— Suivez-moi…

Il l'emmena dans le fond de la salle bondée, près du mur en partie plongé dans l'ombre. Les courtisans, bien trop occupés par leurs propres intrigues et querelles pour faire attention à eux, ne s'aperçurent pas qu'ils disparaissaient derrière une tapisserie.

C'était dans cet abri même qu'ils s'étaient dissimulés lors de leur premier baiser. L'épaisse laine brodée étouffait les bruits du bal et la seule lumière qui éclairait le réduit n'était qu'un rai au ras du sol.

Anton la prit par la taille et Rosamund jeta ses bras autour de son cou. Instantanément, la tension qu'elle avait ressentie toute la soirée commença à se relâcher, telle une corde que l'on desserre, et elle sentit un grand bien-être l'envahir. Peut-être n'était-ce encore qu'un bonheur passager, mais ils étaient ensemble, aussi seuls qu'on pouvait l'être à Whitehall, coupés du monde, et pour l'heure elle n'en demandait pas plus.

— Dis-moi pourquoi tu es si triste, Rosamund, murmura-t-il dans ses cheveux.

— Je ne le suis pas. Comment pourrais-je l'être, alors que tu es venu à mon secours, une nouvelle fois ?

Il ne parut pas convaincu et l'attira de nouveau contre lui.

— Est-ce à cause de ce qui est arrivé entre nous ?

A cause de l'amour qu'ils avaient fait ensemble ? L'événement le plus beau, le plus enthousiasmant de toute sa vie ?

— Non, non, jamais je ne regretterai, jamais ! Et toi ?

Anton rit et embrassa délicatement son front.

— Regretter d'être l'amant de la plus jolie femme d'Angleterre ? Tu n'y penses pas, *alskling* — je suis un homme, après tout.

Rosamund sourit.

— Cette particularité ne m'a pas échappé.

— J'espère que non. Allons, il y a bien quelque chose qui te rend mélancolique, ce soir ?

— Oh, je pensais aux miens, soupira-t-elle. Il y a longtemps que je n'ai pas eu de leurs nouvelles.

— Et ils te manquent ?

— Oui, c'est ça.

Elle ne voulait pas lui parler de ses craintes quant à l'avenir, à ce qui arriverait quand il partirait. Pas encore, pas maintenant. Les moments où ils étaient seuls, comme celui-ci, étaient bien trop précieux.

— Puisque cette fête nous ennuie un peu l'un et l'autre, lui dit Anton en l'attirant plus près, si nous en faisions une, rien qu'à nous ?

Rosamund enfonça ses doigts dans les cheveux drus et noirs de son amant, et caressa sa nuque.

— Une fête pour nous tout seuls, dit-elle en souriant, et comment proposes-tu de faire cela ?

— Eh bien, en commençant par ceci…

Il baisa son front, ses paupières closes… La respiration de Rosamund s'accéléra, comme son excitation montait.

— Ou par ceci…

Sa bouche glissa sur la joue de la jeune femme, puis derrière son oreille…

— Ou encore par ceci…

Là, il posa doucement ses lèvres sur les siennes, et sa langue vint chercher la sienne. Rosamund, frémissante, avait l'impression que des années s'étaient écoulées depuis leur dernier baiser et qu'elle avait attendu le prochain, encore et encore, en craignant qu'il ne vînt jamais. Pourtant et paradoxalement, elle avait également le sentiment d'être cachée ici avec lui depuis l'éternité, et que ce baiser-là avait pris naissance à l'aube du monde.

La bouche de son amant sentait le vin et les fruits. Rosamund se hissa sur la pointe des pieds pour être encore plus près… pour que cela ne s'arrête jamais…

Il poussa un gémissement rauque, empoigna les hanches de sa compagne et la poussa contre le mur. Là, il la souleva, elle noua ses jambes autour de ses reins, jupes relevées, et il caressa la peau nue de ses cuisses au-dessus de ses bas. Chaque fois qu'il la touchait ainsi, elle sentait comme une délicieuse traînée de feu sur sa peau. Ses doigts s'aventurèrent plus près de son bouton de rose humide, mais ne firent que l'effleurer. Ce ne fut que quand elle poussa un gémissement qui ressemblait à une prière, en s'arc-boutant contre lui, qu'il fit ce qu'elle désirait tant.

Son doigt s'enfonça en elle, puis alla chercher le point le plus sensible. Le plaisir la foudroya, comme une brûlure.

Il l'embrassa dans le cou, son souffle chaud sur sa peau, en murmurant son prénom. Elle oublia où ils étaient, leur cachette précaire, tout ce qui n'était pas lui, et lui seul. D'une main tremblante, elle chercha sous son pourpoint et sentit la flèche rigide de son érection sous les lacets de sa culotte. Si elle pouvait le libérer, s'il pouvait entrer en elle…

Une sonnerie de trompette éclata soudain et elle s'immobilisa, saisie comme sous l'effet d'une douche froide. Anton se figea également, le front sur son épaule, et il retira sa main.

Ils se regardèrent, l'air égaré, surpris par la façon même dont ils oubliaient tout ce qui les entourait lorsqu'ils étaient ensemble et comme abasourdis d'avoir été interrompus en pleine montée de leur plaisir.

Doucement, avec précaution, il la reposa sur ses pieds et arrangea ses jupes autour d'elle. Rosamund, elle, essaya de redonner à sa coiffure un peu de dignité ; il n'y avait rien, hélas, qu'elle pût faire pour la rougeur apparue sur ses joues.

— Je suis désolé, *alskling*, murmura-t-il, et il baissa sa main.

Elle frémit encore.

— Pas moi, lui chuchota-t-elle.

Elle se sentait délicieusement audacieuse, effrontée, impudique. A la fois en dehors d'elle-même et investie de plus de confiance en soi qu'elle n'en avait jamais eu.

Lorsqu'ils furent redevenus à peu près présentables et que leurs jambes purent les porter, Anton tira la tapisserie pour laisser passer sa compagne devant lui. Rosamund se sentait un peu faible, mais elle souriait toujours.

Elle cligna des yeux à la lumière des torches, qui lui parut éblouissante après l'obscurité de leur petite cachette, et ne vit tout d'abord qu'un brouillard lumineux. Les trompettes avaient annoncé une entrée et tout le monde s'était immobilisé pour voir de qui il s'agissait. Un nouveau venu dans un milieu aussi fermé que la Cour offrait toujours l'occasion d'un moment d'intense curiosité, mais Rosamund se moquait bien de savoir qui venait d'arriver. Elle ne pensait qu'à Anton et à son désir de retourner au plus vite derrière la tapisserie avec lui, pour s'aimer en secret, toute la nuit si c'était possible. Elle se retourna et le trouva à quelques pas derrière elle, avec dans les yeux cette lueur intense qui la faisait toujours trembler. Ce regard sombre, à l'éclat d'onyx, lui donnait l'envie brûlante de le prendre par la main et de l'emmener là où ils seraient enfin seuls, là où Anton serait tout à elle. Il lui sourit discrètement et elle fit de même, en s'efforçant de faire passer tout ce qu'elle ressentait dans cette simple mimique.

Et c'était bien la seule manifestation qui lui était permise, hélas ! Les autres demoiselles d'atour et les dames de compagnie étaient rassemblées autour de la reine Elizabeth, près de la grande cheminée, et son absence n'allait pas tarder à être remarquée, si ce n'était déjà fait. Il lui fallait dissimuler son trouble, pour elle comme pour Anton, car si leur secret était percé à jour, il n'était pas douteux qu'il devrait retourner en Suède sans avoir obtenu satisfaction quant à sa requête de propriété en Angleterre. Elle, elle se verrait au mieux chassée de la Cour et en disgrâce. Jamais elle ne reverrait Anton, sans même parler d'une quelconque chance de pouvoir vivre auprès de lui.

Elle s'écarta donc et, lissant nerveusement sa robe, alla se placer auprès de son amie Anne. Celle-ci lui lança un regard interrogateur, mais il n'était pas temps de parler. Un petit groupe d'inconnus pénétrait dans la grande salle.

Le page qui marchait en tête portait l'étendard aux armes de la reine Marie, au lion de gueule sur champ d'or, c'était donc de nouveaux envoyés d'Edimbourg. Derrière marchaient un homme à la mine austère, vêtu de noir, et deux jeunes gens très bien habillés qui portaient des paquets, probablement des cadeaux envoyés par la reine d'Ecosse à sa cousine. Et derrière encore…

Rosamund eut un sursaut et pressa la main sur sa bouche. Non, ce n'était pas possible… Elle se frotta les yeux, les rouvrit…

C'était pourtant bien Richard, indubitablement. Il était moins hâlé que l'été précédent et portait à présent un fin collier de barbe, ses vêtements de satin bleu ciel et argent étaient plus élégants, mais sa haute silhouette charpentée était bien la même et il avait toujours ces cheveux d'un blond étincelant, cet œil toujours en éveil.

Après des mois de silence, sans lui donner la moindre nouvelle, voilà qu'il réapparaissait à la Cour, et au milieu d'une délégation écossaise encore ! Rosamund en était ébahie. C'était comme un brutal retour en arrière, vers le passé. Si ce n'était qu'elle savait désormais des choses qu'elle ignorait alors... Elle se tourna et chercha Celia, qu'elle trouva, sans surprise, auprès de lady Lennox. Elle ne paraissait pas le moins du monde étonnée, elle, par l'arrivée impromptue de son beau-frère. Elle observait simplement la scène, les lèvres serrées, tandis que lady Lennox arborait un sourire de triomphe. Son fils Darnley était ivre, comme à son habitude.

Le regard de Rosamund revint se porter sur Richard. Il ne l'avait pas encore remarquée ; qu'arriverait-il quand il la verrait ? Lui sourirait-il, voudrait-il lui parler, se souvenait-il seulement de ce qui s'était passé entre eux, l'été dernier ?

Elle-même ne savait trop comment elle devait réagir. Elle se sentait l'esprit vide, comme pétrifiée par cette intrusion du passé dans le présent, ce rappel de la jeune fille qu'elle avait été et de la femme qu'elle était devenue, entre-temps.

— Rosamund ? lui murmura Anne en touchant sa manche. Que se passe-t-il ? Vous n'êtes pas bien ?

Rosamund secoua la tête, sans quitter des yeux cette nouvelle délégation écossaise qui à présent s'inclinait devant la reine.

— Majesté, commença l'homme en noir, je suis lord Eggerton. Nous sommes heureux de vous apporter ces quelques cadeaux que vous envoie votre cousine la reine Marie, ainsi que des dépêches et son vœu ardent de pouvoir vous rencontrer bientôt, afin de célébrer votre amitié mutuelle et l'unité de la famille des Tudor.

— Nous formons le même vœu et nous vous accueillons avec joie dans notre Cour, milord, répondit Elizabeth. La reine Marie est bien généreuse de se priver de la compagnie de loyaux sujets et d'un sage conseiller comme vous, pour les envoyer en ambassade à cette période de l'année.

— Nous sommes plus qu'heureux de vous servir, Majesté, répondit lord Eggerton en s'inclinant derechef. Permettez-moi de vous présenter lord Glasgow et maître Mac Donald, ainsi que maître Richard Sutton, venu vous apporter des nouvelles de vos nombreux amis d'Edimbourg.

— Vous êtes les bienvenus, messieurs. Je lirai vos dépêches dès demain matin. Mais pour l'heure, considérant que vous devez être affamés, après un si long voyage, je vous prie de prendre place. Mes demoiselles d'atour vont vous servir.

C'est alors que Richard vit Rosamund. Ses yeux s'agrandirent de surprise. Un long sourire passa sur son visage et il se détacha du groupe pour venir prendre sa main.

Déconcertée, la jeune femme fit un pas en arrière. Ce contact lui était étrangement désagréable. Décidément, oui, elle avait changé… Mais il la tenait fermement, sans lui laisser de possibilité de retraite.

— Ainsi tu étais là, Rosamund, ma chère petite voisine, lui dit-il, et plus belle que jamais. Londres te va bien…

Il porta la main de la jeune femme à ses lèvres et y déposa un baiser péniblement humide, puis il lui sourit en la regardant droit dans les yeux.

Non, il ne restait rien des sentiments et des illusions de jadis…

Rosamund se sentait stupide de devoir admettre que ses parents avaient eu raison. Et d'ailleurs, qu'avait fait Richard durant tous ces mois ? Avait-il seulement été en Ecosse ?

— C'est donc ici que tu te cachais, lui demanda-t-il, à la Cour ?

— Je ne me cachais pas, répondit-elle en retirant sa main, qu'elle dissimula dans les plis de sa robe. Où diable pourrait-on être plus en vue qu'à Londres ?

— Et tes parents qui disaient ne pouvoir révéler l'endroit de ta retraite ! Nous avons cru qu'ils t'avaient cloîtrée dans quelque couvent du continent.

Rosamund ne put s'empêcher de rire à la pensée de ses parents, irréductibles protestants, envoyant leur fille chez les religieuses catholiques ! Mais peut-être eussent-ils préféré cela, en effet, à un mariage insensé et malheureux.

— Si quelqu'un s'est caché, c'est plutôt toi, lui répliqua-t-elle. Personne ne t'a vu depuis cet été.

— Et j'en suis désolé, déclara-t-il, solennel. J'ai très souvent pensé à toi.

Elle en doutait beaucoup. Leur aventure d'un été n'avait été qu'un feu de paille, pour l'un comme pour l'autre. Elle le savait à présent.

— Mais tu avais des affaires importantes à traiter à Edimbourg, je suppose ?

— En effet. Je voudrais te dire…

— Lady Rosamund ! l'appela la reine, assez sèchement. Venez ici.

Rosamund s'écarta de Richard. Elle n'aimait pas cette lueur dans ses yeux, ce désespoir.

— Je dois y aller, s'excusa-t-elle.

Il la retint.

— Rosamund, il faut que je te parle, que je t'explique certaines choses…

Elle secoua la tête. Tout cela était fini, terminé.

— Expliquer quoi ? Je t'assure… Je *vous* assure, maître Sutton, que c'est inutile.

— Je t'en supplie, Rosamund. Accepte de m'écouter… Dis-moi quand je pourrai te parler.

Il la tenait toujours. De toute évidence, il ne la lâcherait pas tant qu'elle n'aurait pas accepté. Elle capitula.

— Très bien, je te verrai demain.

— Merci, Rosamund. Ma belle, ma douce Rosamund…

Il lui baisa encore la main avant de la lâcher.

— Tu ne le regretteras pas, lui dit-il, tout sourires.

Elle le regrettait déjà. Elle s'en voulait d'avoir été une jeune sotte rêveuse et romanesque, qui avait eu la légèreté de tomber amoureuse du premier venu. Un homme prêt à jouer un jeu trouble entre l'Ecosse et l'Angleterre. Prêt à jouer avec son cœur, de nouveau.

Rien à voir avec son Anton. Mais qui, d'ailleurs, était vraiment Anton ? Il était si mystérieux…

Tout en rejoignant la reine, elle le chercha du regard. Elle avait besoin de le voir, de savoir qu'il était présent, qu'il était bien réel…

Et en même temps, elle espérait vivement qu'il ne l'avait pas vue… et qu'il n'avait pas vu Richard embrasser sa main.

Elle le découvrit soudain, près de la porte, en compagnie de lord Langley, les bras croisés sur sa poitrine. Il la regardait fixement. Son regard était indéchiffrable.

Anton avait vu cet homme blond au collier de barbe tenir la main de Rosamund serrée dans la sienne et l'embrasser en lui parlant. Son attitude n'était pas de simple courtoisie : il avait gardé cette main, leurs yeux ne s'étaient pas quittés.

Rosamund avait paru surprise et choquée lorsque ce gentilhomme était apparu. En un instant son joli visage avait pris la pâleur d'un spectre. Quant à lui, il la connaissait assez intimement pour garder sa main dans la sienne et murmurer à son oreille.

Qui était-ce ? Qu'était-il exactement pour Rosamund ?

La lame barbelée de la jalousie s'enfonça dans le cœur d'Anton et il serra les poings, qu'il aurait bien aimé envoyer droit dans le visage de ce freluquet. Jamais jusqu'alors il n'avait ressenti une telle fureur et il n'aimait guère cela. Oui, il détestait cet homme qu'il n'avait jamais rencontré, parce que celui-ci osait baiser dévotement la main de Rosamund et qu'il avait l'air de fort bien la connaître.

Il le détestait aussi, ce blondinet, pour le sourire fat qui flottait sur son visage tandis qu'il rejoignait la délégation écossaise. Ce grand flandrin mijotait quelque chose et Anton était résolu à découvrir quoi, ainsi que ce que ce personnage était pour Rosamund, même s'il savait pertinemment qu'il n'avait aucun droit sur elle.

Anne Percy alla les rejoindre, lord Langley et lui, près de la porte.

— Une arrivée-surprise, n'est-ce pas ? leur dit-elle.

Dommage qu'ils ne soient pas plus jolis garçons que cela, mais je suppose que la reine Marie garde les plus beaux hommes de sa Cour auprès d'elle.

— Pourquoi, vous ne les trouvez pas beaux, ceux-là ? s'enquit lord Langley en essayant de paraître détaché, mais sans tout à fait y parvenir.

— Pas autant que nos gentilshommes de la Cour, répondit Anne avec un sourire espiègle. Quoique l'Anglais blond ne soit pas mal... Mais je crains que son cœur ne soit plus à prendre...

Et qu'il soit pris par Rosamund ?

— Le connaissez-vous, lady Percy ? demanda Anton.

La fine mouche lui lança un regard de côté.

— Je ne sais de lui que son nom : Richard Sutton. C'est un admirateur de notre amie lady Rosamund. Ce que, j'en suis sûre, vous comprenez très bien, n'est-ce pas, maître Gustavson ?

— Savez-vous si elle l'a déjà rencontré ? demanda-t-il encore, au supplice et sans relever l'allusion, bien qu'il ne fût pas bien sûr d'avoir vraiment envie de le savoir.

Anne hésita.

— Eh bien, je l'ignore, mais...

— Oui ?

— Rosamund m'a dit une fois qu'elle avait eu un soupirant, là-bas, chez elle. Ses parents n'approuvaient pas cette relation et elle ne m'a pas dit le nom du gentilhomme.

— Mais vous soupçonnez qu'il s'agit de ce Richard Sutton, c'est bien cela ?

— C'est possible. Il semblait bien la connaître et elle est devenue toute pâle quand elle l'a vu entrer.

— Oui, dit lentement Anton, un ardent soupirant, en vérité.

Anne posa sa main sur la manche du jeune Suédois et lui dit avec gravité :

— Maître Gustavson, je suis certaine que quoi qu'il ait pu se passer entre eux, c'est à présent du passé.

Anton eut un sourire bref et contraint.

— Il arrive parfois que le passé renaisse de ses cendres, lady Anne, lui dit-il doucement.

La gentille Anne en eut un pincement au cœur. Elle avait beau jouer les affranchies rompues aux intrigues de la Cour, elle était, au fond, très sentimentale.

Elle l'est trop, tout comme moi, songea Anton. *Je dois tenir cela de ma mère ; toujours le cœur, plutôt que le devoir...*

— J'ai à mon service des hommes qui ne sont pas trop malhabiles à percer les secrets, lui souffla lord Langley. Voulez-vous que je les envoie se mêler à ces Ecossais et tâcher de les faire parler ?

— Les espionner ? Non, je n'en vois pas la nécessité, je vous remercie.

Il découvrirait bien par lui-même tout ce qu'il avait à savoir. Mais il ne voulait pas que Rosamund souffre, que ce fût à cause de cet « ardent » soupirant ou de toute autre chose ; même si lui, Anton, devait souffrir le martyre à sa place.

12

Saint-Sylvestre, 31 décembre.

— Majesté, il est de mon devoir de m'opposer de toutes mes forces à ce projet ! scanda lord Burghley en ponctuant cette déclaration d'un coup de sa canne sur le plancher.

— Mon cher Cecil, répliqua la reine en abattant son poing sur la table de travail pour ne pas être en reste, vais-je devoir vous rappeler qui porte la couronne d'Angleterre ? Nous sommes à ma Cour et je veux y organiser les fêtes de Noël comme je l'entends.

— Pourtant, votre sécurité…

— Qui la menace, tudieu ? Quelques fantoches sans consistance. Le risque n'est rien en comparaison de ceux que j'ai déjà courus par le passé. Mon père organisait un bal masqué chaque 31 décembre et, morbleu, je ferai comme lui !

Rosamund courba la tête sur son ouvrage et se fit toute petite. Elle assistait, une fois de plus, à une querelle entre Elizabeth et son principal conseiller. Combien de fois, malgré son peu d'ancienneté à la Cour, avait-elle entendu ce même échange : la reine déclarant qu'il était de sa volonté de faire telle ou telle chose et lord Burghley objectant au nom de sa sécurité. La question, aujourd'hui, était d'organiser ou non un bal masqué. La semaine prochaine, ce serait autre chose. Par association d'idées, Rosamund pensa à son père. Savait-il que Richard était à Londres ? Avait-il entendu quelque rumeur au château de Ramsay, où ses parents passaient les fêtes, comme à leur habitude ? Si oui, il allait sûrement la rappeler là-bas en hâte. Mais il n'était pas question d'obéir, pas alors qu'Anton était toujours à la Cour. Pas tant qu'il serait auprès d'elle.

Elle se mordit nerveusement les lèvres en se souvenant de son expression, quand il l'avait vue avec Richard. Que pouvait-il penser de la façon dont celui-ci lui avait baisé la main et lui avait parlé, si familièrement ? Et s'il allait croire que ce vieux souvenir comptait plus pour elle que ce qui s'était passé entre eux deux ?

Elle s'était retournée dans son lit toute la nuit sans trouver le sommeil, bien qu'elle eût feint de dormir afin d'éviter les questions embarrassantes de ses compagnes. Il lui fallait parler à Anton et à Richard aussi, tâcher de découvrir pourquoi ce dernier était venu à la Cour. Mais pour l'instant, il n'était pas question qu'elle vaque à ses propres affaires. Elle se devait au service de la reine, comme les autres.

A ce propos, comment faisaient-elles, les demoiselles d'atour, les dames de compagnie, pour régler leurs affaires de cœur ? Elle se piqua cruellement avec son aiguille. Décidément, elle était trop nerveuse.

— Rosamund, tout va bien ? lui chuchota Anne.

— Bien sûr, repartit-elle sur le même ton. Pourquoi voudriez-vous que cela n'aille pas ?

— Parce que vous venez de coudre ce bout de tissu à votre robe, répondit tranquillement son amie.

Rosamund baissa les yeux, poussa un juron étouffé en constatant que c'était la vérité et fourragea dans sa corbeille à ouvrage pour trouver ses ciseaux.

— Laissez-moi faire, lui souffla Anne en prenant les siens. Vous êtes capable de couper tous vos rubans, distraite comme vous l'êtes aujourd'hui. Dites-moi, ajouta-t-elle à mi-voix en coupant les fils, est-ce que cet homme blond qui vient d'arriver est votre ancien soupirant ?

— Oui. Richard. Je ne l'ai pas vu depuis cet été et je croyais… enfin… que tout était terminé.

— Et cela ne l'est pas ?

— Il m'a dit qu'il voulait me parler… s'expliquer.

— On dirait que ce n'est pas si terminé que cela pour lui, à en juger par la façon dont il tenait votre main. Mais… et pour vous ?

— Je crains de ne plus nourrir… les mêmes sentiments pour lui, avoua Rosamund, un peu honteuse d'avoir à s'en expliquer.

C'était un euphémisme. Elle n'éprouvait plus lesdits sentiments depuis longtemps. Les avait-elle seulement éprouvés ?

— A cause d'Anton Gustavson ?

— Peut-être. Ou alors, j'ai changé.

Elle avait changé, en effet. Et c'était bien Anton qui était la cause de ce changement.

Anne défit les derniers fils de la broderie.

— Allez-vous lui parler ?

— Je le lui ai promis. Je suppose que le moins que je puisse faire est tout de même d'écouter ce qu'il a à me dire.

— Je ne pense pas, moi, que vous lui deviez quelque chose, après la façon dont il vous a abandonnée. Mais bien sûr, faites comme vous l'entendez… Quoi qu'il en soit, je vous en prie, Rosamund, soyez très prudente.

Anne rangea les ciseaux dans sa corbeille à ouvrage.

— Je le serai, lui assura son amie. J'ai au moins appris la prudence, à la Cour.

— Pas à mon contact, je le crains, répliqua Anne en riant.

— Anne Percy et Rosamund Ramsay, qu'avez-vous à chuchoter et à glousser toutes les deux, je vous prie ? demanda soudain la reine.

Les deux amies se raidirent.

— Nous parlions des déguisements que nous allions porter au bal masqué, Majesté, répondit Anne.

— Ah, vous voyez, Cecil, dit la souveraine en se tournant vers son conseiller. Tout le monde se prépare à ce bal. Nous ne pouvons pas décevoir ces jeunes gens.

— Comme voudra Votre Majesté, dit froidement lord Burghley.

— J'ai d'ailleurs moi-même quelques détails à mettre au point, reprit la reine. Lady Rosamund, allez donc me chercher lady Parry. Elle est dans la grande salle.

— Oui, Majesté.

Rosamund bondit sur ses pieds, ravie d'abandonner son ouvrage, d'avoir une petite mission à accomplir… et une chance d'apercevoir Anton.

Mais elle ne le vit pas dans l'antichambre des appartements privés, ni dans les corridors, non plus que dans la galerie où, de nouveau, la chorale répétait les chants qui accompagnaient traditionnellement le banquet du nouvel an. Partout, on ne croisait que des visages anxieux. La tradition voulait qu'on offrît des cadeaux à la souveraine, ce soir-là, et chaque courtisan se demandait si le sien serait apprécié et s'il pourrait en retirer quelque faveur. Dans la galerie, Rosamund s'arrêta devant une fenêtre pour observer les jardins. Elle ne vit pas Anton parmi ceux qui, sous un soleil timide, arpentaient les allées. D'ailleurs, elle ne les voyait pas, ces promeneurs qui affrontaient le froid, emmitouflés dans leur fourrure. Elle n'avait toujours devant les yeux que le visage d'Anton, son sourire quand il la tenait dans ses bras, son expression joyeuse lorsqu'il virevoltait sur la glace. Mais elle revoyait aussi la sombre lueur dans ses yeux quand il l'avait observée en train de parler à Richard.

Elle s'écarta finalement de la fenêtre… pour tomber précisément nez à nez avec son ancien soupirant.

Il lui adressa un large sourire et lui prit la main.

— Rosamund ! Enfin je te trouve, je t'ai cherchée toute la matinée !

— Richard, je… j'étais chez la reine, comme d'habitude.

Elle essayait de retirer sa main, mais il la tenait étroitement serrée et elle commençait à craindre qu'on ne les épie.

Le sourire de Richard s'accentua et ses yeux bleus pétillèrent, d'une façon qu'elle avait jadis trouvée très attirante.

— Tes fonctions à la Cour te tiennent très occupée, lui dit-il. Je suppose que tu as la faveur de la reine…

— Ni plus ni moins que ses autres demoiselles d'atour, répliqua-t-elle prestement. Mais enfin, je dois dire qu'elle ne m'a pas encore lancé un objet à la tête…

Elle sourit, émue malgré elle par le souvenir de ce que cet homme et elle avaient partagé, l'été précédent.

Richard, lui, éclata de rire.

— Eh bien, mais c'est signe d'une grande faveur, à ce que j'ai ouï dire !

Il porta brièvement la main de Rosamund à ses lèvres, puis la lâcha enfin.

— Veux-tu que nous parlions un peu ? Juste quelques minutes.

— C'est que…, fit la jeune femme en furetant autour d'elle, je dois aller chercher lady Parry pour l'emmener voir la reine. Elle est dans la grande salle…

— Laisse-moi t'y accompagner, alors. Je t'en prie, Rosamund, il faut absolument que je te parle.

La jeune femme rendit les armes.

— Très bien, je… je serais heureuse de profiter de ta conversation.

Elle songea qu'elle serait surtout heureuse de savoir où il avait bien pu passer les derniers mois, pourquoi il l'avait abandonnée et, surtout, pourquoi il réapparaissait tout à coup, sans crier gare.

Richard lui emboîta le pas et ils fendirent la foule des courtisans. Il n'essaya plus de la toucher ; Rosamund eut l'impression qu'il comprenait à présent qu'un fossé s'était creusé entre eux, du fait du temps passé et de la réflexion, du renoncement et de nouvelles amours aussi. Il y avait une nouvelle vérité, une nouvelle vie qu'ils ne partageaient plus.

Mais le sentait-il vraiment ou bien était-elle la seule à l'éprouver ? En tout cas, même quand il lui souriait, qu'il évoquait des souvenirs communs, il était devenu pour elle un étranger. Qu'ils aient pu avoir ensemble, même passagèrement, une relation amoureuse lui paraissait incongru, inexplicable, comme si c'était une autre personne, une jeune fille un peu écervelée, qui avait éprouvé ces sentiments-là.

— Tu es très jolie, Rosamund, lui dit-il doucement. La vie à la Cour semble te convenir parfaitement.

— Tu veux dire que je suis plus belle avec cette jolie robe que chez nous, avec mes vieux habits tachés de boue ? lui dit-elle en souriant.

Les yeux bleus de Richard pétillaient de nouveau et il se pencha vers elle, comme pour retrouver un peu de leur ancienne intimité.

— Tu étais très belle alors, aussi. Mais tu es si élégante maintenant ! Tu as… changé.

— Bien sûr, Richard. Toi aussi. Il y a longtemps que nous ne nous étions pas vus.

— Pas tellement.

Il fit une pause.

— J'ai beaucoup pensé à toi, Rosamund. Et toi, tu as pensé à moi ?

— Bien sûr. Nous nous sommes tous demandés ce que tu étais devenu, dans le voisinage.

— Mais toi, as-tu pensé à moi ?

La jeune femme ralentit son pas et le regarda bien en face. Il fallait en finir.

— Pendant un temps, oui. Et puis comme je n'avais aucune nouvelle, je me suis tournée vers autre chose et j'ai écouté les conseils de ma famille.

— Je voulais t'écrire, mais ce n'était pas possible. Pas de là où j'étais.

— Et où étais-tu ?

Elle n'était pas bien sûre d'avoir réellement envie de le savoir. Il pouvait garder ses secrets ; elle en avait suffisamment comme cela dans sa propre vie.

— En fuite, pour échapper à ma famille, lui répondit-il — mais Rosamund remarqua que, cette fois, il n'osait pas franchement soutenir son regard.

Des mystères, encore et toujours des mystères. Il y en avait décidément beaucoup, entre les murs de Whitehall.

— Tu comprends, expliquait-il, je changeais constamment de résidence. Mais je pensais à toi chaque jour et je me souvenais des déclarations d'amour que nous nous étions faites…

— Des paroles d'enfants inconscients. Mes parents avaient raison : j'étais trop jeune pour me rendre compte de ce que je disais.

Elle allait s'éloigner, mais il la retint brutalement par le bras, froissant le satin de sa manche.

— Ce n'est pas vrai, Rosamund. Il y avait des choses qu'il fallait que je fasse, pour nous, pour notre avenir. Pour te donner la vie que tu mérites et montrer à tes parents que je suis digne de confiance.

— Je te croyais digne de confiance…

Elle essaya de libérer son bras. Il y avait un éclat dur dans le regard de Richard, une crispation de sa mâchoire qu'elle n'aimait pas. C'était comme s'il tombait le masque aimable qu'il avait porté tout l'été, révélant le visage de la colère et de la rancune. Il la serrait toujours autant, à lui faire mal.

— Lâche-moi ! lui lança-t-elle en tordant son poignet.

Quelques courtisans tournèrent la tête dans leur direction, à l'affût d'un possible scandale.

Un nouveau masque se mit rapidement en place sur le visage de son ancien soupirant, celui de la contrition. Mais le rouge de la colère brillait toujours sur ses joues. Quelques souvenirs, des incidents auxquels elle n'avait pas voulu prêter attention quand ils s'étaient produits, revinrent à la mémoire de la jeune femme : la colère hors de proportion de Richard, quand son valet avait oublié d'abreuver son cheval, ses railleries acerbes contre les parents de Rosamund, ses perpétuelles récriminations contre l'injustice de la société, ses mots blessants à l'encontre de Celia, sous couvert de pensées affectueuses pour son frère. Toute cette écume qui remontait à la surface faisait que Rosamund se sentait décidément bien stupide, surtout à présent, en frottant son bras meurtri.

— Je suis navré, chère, chère Rosamund, murmura-t-il d'un air gêné. C'est que j'ai tellement pensé à toi, que tu m'as tellement manqué, si longtemps…

Elle secoua la tête.

— C'est inutile, Richard. Notre petit flirt était très agréable, mais il me semble que cela s'est passé il y a des années de cela et c'est terminé, martela-t-elle, essayant de se montrer le plus ferme possible.

Même si Anton n'était pas apparu dans sa vie, elle savait bien désormais que rien n'aurait été possible avec Richard.

— Tu as bien changé, en effet, lui dit-il, les lèvres pincées. Vivre ici, à la Cour, parmi tous ces puissants seigneurs, oui, cela t'a changée.

Qu'elle eût changé, certes, elle le savait. Mais tout le clinquant de la Cour n'y était pour rien. Cette métamorphose était survenue quand elle avait rencontré l'homme profondément droit et honnête qu'était Anton. Un homme qui faisait son devoir et qui voulait la protéger, même alors que la passion les rapprochait chaque jour davantage.

— Le temps a passé, c'est tout, lui dit-elle. Je t'en prie, Richard. Ne pouvons-nous nous séparer bons amis ?

— Nous séparer ?

Il avait l'air tout près de vouloir bondir sur elle. Mais un groupe passa en riant non loin d'eux et il dut s'écarter.

— Nous avons toujours à discuter, insista-t-il.

— Non, Richard. Ma vie est ici à présent et la tienne, je ne sais où… Là où tu étais durant tous ces mois où je n'entendais plus parler de toi. Nous devons nous quitter, c'est terminé.

Elle recula, mais il reprit sa main, sans oser autre chose, car le groupe de rieurs était encore à proximité. Rosamund savait qu'elle n'avait rien à craindre, pour le moment ; mais elle n'aimait pas du tout la façon dont il la regardait, ni cette sensation d'être encore une fois prise au piège.

Il l'attira à lui pour lui dire à l'oreille, d'une voix sourde :

— Tes parents et toi, vous vous croyez si importants, tellement au-dessus de ma famille que vous me refusez…

Mais bientôt, lorsque j'aurai fait fortune et que certains grands événements se seront produits, vous le regretterez, eux et toi…

Rosamund parvint à dégager sa main et s'éloigna aussi vite qu'elle l'osa. Elle aurait voulu se précipiter dans un cabinet de toilette pour se laver les mains et les bras jusqu'à ce que cette horrible sensation disparaisse, jusqu'à ce que tout souvenir de Richard s'efface à jamais.

Elle tourna le coin d'un autre corridor et vit Anton qui venait vers elle. Il portait sa cape et son bonnet, ses patins négligemment jetés sur l'épaule, comme toujours lorsqu'il revenait du dehors. Il la vit, lui aussi, et son visage s'éclaira d'un sourire, avant qu'une ombre n'y passât, comme les nuages d'un orage sur un ciel d'été.

Mais Rosamund s'en moquait bien. Elle voulait être auprès de lui, le toucher, sentir sa force tranquille et se sentir protégée. Se dire que le passé était mort et que Richard ne pouvait rien contre cela.

Elle s'avança vers lui. Pas question bien sûr de se jeter dans ses bras, alors elle tendit timidement la main pour toucher la sienne et, de son doigt, caressa discrètement les siens, tout près du rubis de sa chevalière. Sa peau était froide et il y avait encore un peu de givre sur ses manches de laine.

Il lui sourit et ce sourire seul était comme un feu de joie pour elle, comme un soleil !

— Tu étais allé patiner sur le fleuve ? lui demanda-t-elle en regardant à la dérobée si personne ne la voyait tenir sa main.

— Et comment ! C'est une belle journée, tu devrais venir avec moi tout à l'heure, essayer tes patins.

— J'aimerais bien ! Mais j'ai bien peur d'être retenue par la reine cet après-midi… Ce soir, il y a les étrennes, et mille choses à préparer en vue de cette soirée.

— Alors, je ne veux pas te détourner de tes devoirs…

Il regarda quelque chose par-dessus l'épaule de Rosamund et ses yeux s'étrécirent, avec un éclat dur. La jeune femme se retourna et aperçut Richard au bout du corridor, qui les observait. Elle se pencha un peu vers Anton, dans un geste instinctif pour rechercher sa protection.

— Peut-être que tes anciens amis te prennent tout ton temps, articula-t-il lentement.

Rosamund le considéra avec surprise. Ainsi, il savait qu'elle connaissait Richard ? Mais elle n'aurait pas dû s'en étonner… Tout le monde savait toujours tout, à la Cour. On ne pouvait pas y garder de secrets…

Enfin, presque pas…

— Je… non… Enfin, oui, la famille de Richard est voisine de la nôtre et je le connais depuis longtemps. Mais je crois que je me suis toujours trompée sur son caractère. Et il y avait longtemps que je ne l'avais pas vu.

— Il semble ravi de t'avoir retrouvée. Bien sûr, qui ne le serait pas ?

— Anton, murmura-t-elle, est-ce que nous ne pouvons pas nous retrouver un peu plus tard… seuls ?

Il reprit sa main, sous le couvert de sa cape.

— Quand ? demanda-t-il avec encore une trace de ressentiment dans la voix, mais aussi une sorte d'urgence, de besoin irrésistible — exactement ce qu'elle ressentait aussi.

— On tirera un feu d'artifice, après les étrennes. Personne ne fera trop attention à nous, alors.

— L'appartement du cousin de lord Langley, comme l'autre fois ?

— Oui.

Rosamund brûlait de sentir de nouveau les lèvres d'Anton sur les siennes et elle voyait bien, à l'éclat de ses yeux, qu'il en était de même pour lui. Ou bien se faisait-elle des idées, encore ? Elle aurait voulu pouvoir rester auprès de lui, continuer à lui parler…

Mais elle devait se hâter d'accomplir sa mission pour la reine et se contenter d'un frôlement de mains entre deux portes, d'un sourire.

— A tout à l'heure, alors…

Sur ces mots, elle reprit son chemin, heureuse malgré tout que Richard n'ose pas la suivre.

Anton regarda Rosamund tourner le coin du corridor dans un joli mouvement de ses jupes de satin, puis il se tourna vers cet homme : Richard Sutton.

Anne Percy l'avait qualifié de « soupirant » de Rosamund, mais, apparemment, ses parents ne l'avaient pas jugé digne d'elle, puisqu'ils avaient envoyé leur fille à la Cour au lieu de la lui donner en mariage. Jusqu'à quel point ce personnage pouvait-il se montrer dangereux pour elle ?

Il songea que lorsque Rosamund l'avait rejoint et qu'elle avait pris sa main, il y avait de la peur dans ses yeux, comme si elle était heureuse de trouver protection auprès de lui. La seule pensée que quelqu'un l'effrayait à ce point le mettait en rage.

Il s'adossa aux murs lambrissés, les bras croisés sur sa poitrine, et observa Richard Sutton. L'homme conversait avec sa belle-sœur, Celia Sutton, et paraissait furieux. Son visage d'ordinaire solennel, un peu pompeux, était tendu, presque déformé par la colère. Celia secoua vigoureusement la tête à quelque chose qu'il lui disait et il s'empourpra de rage.

Physiquement, Sutton était assez impressionnant, Anton devait l'admettre ; torse puissant, larges épaules, une carrure de lutteur de foire. Mais il montrait aussi des signes d'empâtement, alors que le corps du jeune Suédois était sculpté par l'exercice, surtout l'escrime et le patinage. Peut-être ne serait-il pas trop difficile de battre en duel ce hâbleur qui ne paraissait pas hésiter à harceler les femmes.

Car il en harcelait une, cette fois encore. Il venait de prendre le poignet de Celia et de le serrer brutalement entre ses doigts tandis qu'elle secouait derechef la tête. Anton en avait assez vu. Il fendit la foule des courtisans, marchant droit sur eux.

— Excusez-moi, annonça-t-il d'un ton ferme, et il se glissa entre eux, refermant sa main sur celle de Richard et le forçant à lâcher le fin poignet de Celia, que, presque dans un même geste, il prit par le bras et fit s'écarter d'un pas.

Pour une fois, elle ne protesta pas. Du reste, elle semblait à peine remarquer qui l'avait délivrée de ce mauvais pas, occupée qu'elle était à toiser Richard d'un air furibond.

« Bon, se dit Anton, je ne suis manifestement pas le seul avec qui elle a une querelle… »

— Pardonnez-moi d'interrompre ce charmant tête-à-tête, leur dit-il avec un aimable sourire, mais j'ai justement rendez-vous avec ma chère cousine. J'espère que vous voudrez bien nous excuser, monsieur… ?

— C'est mon beau-frère, Richard Sutton, répondit sèchement Celia. Et nous n'avons plus rien à nous dire.

— Bien au contraire, répliqua l'intéressé, mal à l'aise mais essayant de ne pas perdre la face. Nous avons beaucoup de choses à discuter ! Et d'ailleurs, qui est cet étranger ?

— Il vous l'a dit, lui répondit Celia du tac au tac. C'est mon cousin. Un étranger qui est très admiré, très choyé à la Cour. Demandez donc ce qu'elle en pense à lady Rosamund Ramsay.

Elle voulut tourner les talons, mais Anton, qui tenait toujours son bras, la retint un instant encore.

— Egalement un étranger qui se flatte de courtoisie et de belles manières, dit-il en apparence nonchalamment, mais on ne pouvait se tromper sur la menace qui pointait en dessous. Dans mon pays, voyez-vous, on a tendance à prendre la mouche lorsque l'on voit un quidam traiter une dame avec moins de respect qu'il ne le devrait…

Cette fois, Richard devint tout à fait écarlate. Celia lui sourit et ajouta d'un ton suave :

— Et voilà pourquoi nous vous apprécions tant ici, Anton. Nos rustauds d'Angleterre n'ont pas votre éducation…

— Ils sont peut-être meilleurs dans d'autres domaines, répliqua Richard d'un air de défi. La guerre, la défaite de leurs ennemis…

Celia eut un rire cristallin.

— Ces martiales qualités, en admettant que vous les

possédiez, ne vous aideront guère à conquérir le cœur d'une Rosamund Ramsay…

Anton arqua ironiquement un sourcil, fit à l'Anglais toujours écarlate un salut moqueur et s'éloigna, Celia toujours à son bras.

En s'avançant dans le corridor, il pouvait sentir le regard assassin de Richard Sutton, et cette seule sensation lui donnait presque envie de mettre la main à sa dague. Mais Celia lui tenait fermement le bras.

— Ainsi, cet intéressant personnage est votre beau-frère ? lui demanda-t-il.

Celia émit une sorte de grognement désapprobateur. Elle marchait si vite qu'il devait presser le pas pour rester à sa hauteur. Ils passèrent les doubles portes ouvertes qui permettaient d'accéder à la grande salle, où l'on dressait déjà les tables sur lesquelles seraient exposés les cadeaux du nouvel an.

— Il *était* mon beau-frère, tant que mon mari était en vie. Il ne l'est donc plus. D'ailleurs, cette maudite famille cherche à me priver de mon douaire.

Comme moi, à lui ravir Briony Manor, songea Anton. Mais elle ne paraissait pas songer à cette querelle-là, pour le moment.

— Tous des voleurs que ces Sutton ! Je n'en aurais jamais épousé un si j'avais eu le choix. Lady Rosamund a eu plus de chance que moi.

— Lady Rosamund ?

— Ah, c'est vrai, vous êtes un admirateur. Peut-être votre cour sera-t-elle mieux vue par ses parents que celle de Richard…

Un petit sourire cruel se dessina sur ses jolies lèvres.

— Je voudrais bien voir sa tête, si c'était le cas…

— Ils n'en ont pas voulu comme gendre ? s'enquit Anton.

Il maudissait sa curiosité, piquée par le besoin d'en apprendre toujours davantage au sujet de Rosamund.

— Il n'a jamais présenté de demande formelle. Richard et sa famille sont des ambitieux, mais les Ramsay sont un gros morceau. Je crois qu'il a essayé de se fiancer à Rosamund en secret, mais je savais qu'il n'arriverait à rien.

— Pourquoi cela ?

— Eh bien, mon cousin, fit Celia avec un sourire sarcastique, qui aurait dit que vous seriez intéressé par des ragots de village ?

Anton eut un rire bref.

— Disons que je m'intéresse à beaucoup de choses.

— C'est ce que je constate. Surtout si cela concerne lady Rosamund, n'est-ce pas ?

— Je ne cache pas que je m'intéresse à elle.

— A votre place, j'essaierais de m'assurer de ses sentiments à mon égard, avant de braver la reine, ou même les Ramsay. Elle est leur enfant unique, leur trésor, et jamais ils ne l'auraient donnée à un intrigant comme Richard.

— Non plus qu'à un étranger, sans doute ?

— Ceci reste à démontrer, ne croyez-vous pas ?

Elle s'arrêta soudain et le regarda fixement de ses yeux sombres, si semblables à ceux de la mère d'Anton et aux siens.

Ma seule famille, songeait-il avec un peu d'amertume, *et je suis en conflit avec elle.*

— Ecoutez-moi, mon cousin. Nous pouvons bien être rivaux, mais je ne suis pas complètement sotte ; je vois bien que vous êtes fait d'une tout autre étoffe que ces Sutton, et que lady Rosamund tient à vous. Ne sous-estimez pas trop Richard. Je sais qu'il a l'air d'un paysan borné et impulsif, mais il est avant tout ambitieux et fourbe. Il vous frappera quand vous vous y attendrez le moins, comme un serpent. Il déteste qu'on l'emporte sur lui.

— Je ne redoute pas ce genre d'homme, répliqua calmement Anton.

Ce n'était pas Richard Sutton qui faisait obstacle entre Rosamund et lui. C'était son devoir.

— Je m'en doute. En fait, vous me rappelez beaucoup mon père. Lui non plus n'avait peur de personne et charmait tout le monde, ce qui causa finalement sa perte. Surveillez tout de même Richard et voilà tout. Soyez particulièrement vigilant si vous obtenez la main de lady Rosamund.

— Lady Sutton ! appela quelqu'un.

Anton se retourna. La cousine de la reine, lady Lennox, faisait de grands signes à Celia.

— Je dois vous laisser, lui dit celle-ci.

— Un instant, ma cousine…

Anton lui reprit le bras.

— Peut-être ne suis-je pas le seul qui devrait me méfier. Cette entente entre vous, lady Lennox et… les Ecossais, n'est-ce pas également dangereux ?

Le sourire de Celia se fit énigmatique.

— Nous devons tous faire notre chemin à la Cour, n'est-ce pas ? Alors, nous nous faisons les amis que nous pouvons. N'oubliez pas ce que je vous ai dit…

Anton la regarda s'éloigner dans la lumière du jour qui commençait à tomber. Il n'avait pas menti ; il ne craignait ni Richard Sutton ni personne. Il avait défait assez d'ennemis à la guerre et rencontré assez de douteux personnages à la cour du roi Eric, qui se complaisait dans leur compagnie. Il était toujours sorti indemne de ces rencontres.

Cependant, il n'avait alors qu'à se garder lui-même. A présent, il lui fallait veiller sur Rosamund et aussi sur Celia. Rien ne le mettait plus en rage que l'on pût ainsi menacer une femme.

L'intensité même de sa réaction prouvait que son attachement à Rosamund était allé trop loin. Bien sûr, il s'était promis d'être prudent, de garder la tête froide, de la protéger. Mais il avait commis bien des imprudences, il le voyait à présent. Il fallait en finir, une fois pour toutes.

Les courtisans se massaient non loin des fenêtres ouvertes de la galerie du Fleuve, engoncés dans leurs capes et leurs fourrures pour se protéger du froid. Aucun d'eux, pourtant, ne se plaignait du vent glacial qui s'engouffrait dans la galerie, tant ils se passionnaient pour le plaisir que montrait la reine en ouvrant leurs cadeaux. Ils étaient ravis, également, de découvrir ceux qu'elle leur offrait. Les tables, dans la grande salle, étaient couvertes de bijoux, de soieries et de brocarts, d'éventails à plumes, de mets exotiques, de vins fins, de cent autres belles choses — dont les manches de satin incrustées de perles que les parents de Rosamund lui avaient envoyées.

Tous ne nageaient pas dans le bonheur, toutefois. Certains pensaient que la souveraine avait négligé leurs cadeaux ou bien étaient déçus par ceux qu'elle leur avait offerts. Ceux-là se tenaient un peu à l'écart, à l'extrémité de la pièce. Mais ils n'étaient pas nombreux. Et puis il y avait le vin chaud aux épices, que des pages faisaient libéralement circuler parmi l'assistance et qui réchauffait les cœurs. On attendait le clou de la fête, ces feux d'artifice qui devaient clôturer en beauté l'année 1564.

Rosamund se sentait elle-même au comble de l'excitation, mais pas pour les mêmes raisons. Bientôt, elle allait retrouver Anton dans leur retraite secrète, où ils seraient enfin seuls. Elle chérissait tant ces moments d'intimité que même leur anticipation était un pur délice.

Son plaisir s'en trouva un peu gâché quand elle aperçut Richard qui la regardait, à travers la galerie. Son visage était sombre, lourd de ressentiment, sans doute parce qu'elle n'avait pas répondu au billet qu'il lui avait fait passer par l'un des pages. Puis, quand il constata qu'elle l'avait vu, il lui sourit chaleureusement, et on eût dit que le Richard d'autrefois était de retour. Mais Rosamund ne se fiait plus à ses sourires. Elle détourna les yeux et alla se poster à la fenêtre pour regarder le fleuve.

La Fête de la Glace battait toujours son plein, malgré l'heure tardive, à la lueur des torches. Des traîneaux glissaient sur le fleuve gelé que bleutait le clair de lune et la jeune femme pouvait entendre les accents des joyeuses chansons que la foule reprenait en chœur pour célébrer la nouvelle année.

Qu'allait donc apporter l'an 1565 ? Tout ce qu'elle espérait, ou seulement du chagrin ?

Soudain, le ciel nocturne s'illumina au-dessus de leurs têtes, en un bouquet de fusées rouges et blanches, suivi d'une cascade d'étoiles vertes et bleues. C'était magnifique et

Rosamund admira ce spectacle bouche bée. Ce feu d'artifice était l'exact pendant de celui qui explosait dans son cœur, à coups de rêve et d'espoir.

Tous ceux qui se trouvaient au bord du fleuve regardaient, eux aussi émerveillés par tant de splendeur. Des flammèches et des étincelles retombaient sur le paysage enneigé en l'éclairant d'une lumière féerique, lui conférant une magie très éloignée de la rude réalité de cet hiver-là.

Rosamund profita de la fascination générale pour s'écarter et quitter discrètement la galerie. Elle rejoignit à pas de loup le corridor, puis, après s'être assurée que personne ne l'avait suivie, elle se hâta vers son rendez-vous.

L'appartement était sombre et silencieux, comme la fois précédente. Elle traversa la chambre et alla ouvrir les rideaux pour faire entrer le clair de lune et les éclairs colorés du feu d'artifice, qui donnaient au mobilier confortable un aspect étrange et surnaturel.

Brrr… Il faisait froid dans cette chambre que personne n'occupait, songea-t-elle en se frottant les bras. Elle eût bien aimé avoir une cape. Mais bientôt, les bras d'Anton se refermeraient sur elle et alors, elle oublierait la fraîcheur du lieu, comme le reste.

Elle entendit la porte s'ouvrir derrière elle, des pas lourds sur le tapis. Deux bras la saisirent, en effet, et elle se trouva serrée contre un buste solide, dont elle sentait les muscles au travers d'un pourpoint de satin. Pendant un bref instant, elle revit le regard de Richard posé sur elle et elle se raidit, craignant qu'il n'ait pu la suivre. Mais très vite, elle sentit l'odeur fraîche et propre d'Anton, sa main familière caressant ses hanches, et alors, Rosamund sut qu'elle était en sécurité. Elle se détendit, appuyant sa tête contre l'épaule de son compagnon, et ils contemplèrent tous deux, par la fenêtre, le feu d'artifice.

Anton déposa un doux baiser sur sa joue.

— Bonne année, *alskling*, murmura-t-il.

Rosamund sourit.

— Bonne année à vous, maître Gustavson. Voulez-vous faire un vœu, pour le nouvel an ?

— Est-ce une coutume, en Angleterre, en cette circonstance ?

— Certes ! Oh, mais j'oubliais… Il ne faut dire à personne ce qu'on souhaite, sinon le vœu ne se réalisera pas.

Elle se tourna dans ses bras, se hissa sur la pointe des pieds, et leurs lèvres se joignirent pour le premier baiser de cette nouvelle année. Rosamund y mit tout ce qu'elle espérait, tout l'amour qu'elle avait pour lui et tous ses rêves d'avenir. Il n'y avait plus de place pour la crainte ou l'angoisse.

Anton semblait éprouver les mêmes sentiments. Eperdu, il goûtait sa bouche comme le plus délicat et le plus capiteux des vins. Il libéra alors, sans trop de précaution, la chevelure d'or pâle de Rosamund de ses épingles et ses peignes sertis de perles ; bientôt, les longs cheveux cascadèrent sur les épaules de la jeune femme.

Il murmura des mots sans suite en y enfouissant son visage, baisant avec fièvre son cou, sa gorge, tandis qu'il délaçait le corsage de satin. Les yeux clos, la tête rejetée en arrière, Rosamund se laissait envahir par les sensations que lui procuraient ces lèvres ardentes sur sa peau nue. Elle en voulait toujours davantage. De ses mains tremblantes, elle l'aida à défaire les attaches de sa robe ; le vêtement allait tomber à ses pieds quand, soudain, Anton la saisit fermement par les épaules et l'écarta de lui.

Rosamund le dévisagea, éberluée. La mâchoire d'Anton était serrée et elle ne pouvait voir ses yeux, que l'ombre masquait.

— Que… que se passe-t-il ? murmura-t-elle.

— Je… je suis désolé, *alskling*, jamais je n'aurais dû te donner rendez-vous ici ce soir et je n'aurais pas dû… laisser les choses aller aussi loin.

Un instant médusée, Rosamund secoua la tête. Anton avait toujours les mains dans les siennes, ils étaient proches l'un de l'autre et, pourtant, elle sentait bien qu'il s'éloignait d'elle. Comme si un vent glacial s'insinuait entre eux.

— Elles étaient déjà allées loin avant…, fit-elle remarquer.

Il se pencha pour lui baiser la main, sa mèche tombant sur son front tandis qu'il s'inclinait. Qu'il est beau ! songea-t-elle. Un dieu nordique qui aurait décidé d'être brun et non blond comme les autres, pour mieux troubler les mortelles… Les autres femmes devaient bien être de cet avis, elles qui se pressaient pour flirter avec lui. Et dire qu'elle avait été assez sotte pour rejoindre leurs rangs et croire qu'il tenait à elle. Seulement à elle…

Où avait-elle fait une faute ? S'était-elle complètement trompée sur ce qui s'était passé entre eux ?

Rosamund retira sa main et se recula. Elle ne pouvait penser à rien, quand il la touchait. Ou du moins elle ne pouvait penser qu'à lui, à la faim qu'elle avait de lui, encore et encore. Il n'avait tout de même pas pu jouer la comédie ? Aucun homme n'aurait pu être un aussi bon acteur.

Alors, pourquoi la repoussait-il à présent ?

— Je sais bien que nous sommes déjà allés trop loin avant, dit-il, l'air gêné, en passant une main dans ses cheveux.

Un instant, Rosamund ressentit l'envie bouleversante et complètement hors de propos de le repeigner, de sentir sous ses doigts le satin de ses cheveux.

Elle força ses mains à demeurer immobiles.

— J'ai eu tort, grand tort, de me conduire ainsi, continua-t-il. Je vous ai mise en danger, ce qui est inexcusable. Je suis désolé, Rosamund.

— Non, c'est faux, nous l'avons voulu tous les deux ! lui lança la jeune femme, dans un cri.

Elle s'avança vers lui, mais il fit un pas en arrière. Il était si distant, tout à coup.

— Nous le voulions tellement que nous n'avons pu nous en empêcher, et peu nous importait le danger !

— Quoi qu'il en soit, c'était une erreur, répliqua-t-il. Il faut y mettre fin. Maintenant.

— Y mettre fin ? répéta Rosamund.

C'était comme si une main glacée lui étreignait la nuque. Elle était si abasourdie qu'il lui semblait assister, en spectatrice, à un spectacle inintelligible. Si seulement tout cela n'avait pas eu l'air si réel, si seulement ce n'était pas la fin de ses espoirs !

— J'ai une tâche à accomplir en Angleterre, dont j'ai été distrait trop longtemps, lui dit-il, implacable. Vous-même avez vos propres devoirs à remplir. Je ne voudrais pas qu'à cause de moi, vous ayez des ennuis avec la reine, Rosamund.

— Je me moque bien de vos tâches et de mes devoirs ! Tout ce qui compte pour moi, c'est ce que nous avons, Anton, et ce que nous pourrions avoir.

La sorte de stupeur dans laquelle l'avaient plongée les mots terribles de son amant était passée. Venaient maintenant les larmes, de désespoir, de colère. Elle les essuya rageusement.

Elle avait cru — mais non, elle avait su ! — qu'il ressentait les choses de la même façon qu'elle. Comment croire qu'il pouvait la regarder ainsi, avec cette froideur ? Ce n'était pas possible, il ne pouvait pas se détourner d'elle aussi vite pour des questions de devoir, pas après ce qui s'était passé entre eux. A moins…

— Tu préfères quelqu'un d'autre, l'accusa-t-elle soudain. Lady Essex ? Une des autres demoiselles d'atour ?

Une plus jolie, plus audacieuse, moins prompte à laisser voir ses émotions.

Anton détourna les yeux, mais il ne nia pas.

— Je suis désolé, répéta-t-il. Désolé pour tout le mal que je t'ai fait.

Le mal ? C'en était bien un en effet. Un mal terrible. Elle s'était offerte, s'était donnée à lui, corps et âme. Comment avait-elle pu se fourvoyer à ce point ?

Rosamund tourna vivement les talons et se précipita hors de la chambre, avant que ces maudites larmes ne se mettent à couler à flots. Elle ne voulait pas donner à Anton la satisfaction d'assister au spectacle de son désespoir, du terrible chagrin que lui causait son incompréhensible attitude.

Je pleure, pensa-t-elle en fonçant droit devant, sans rien voir, dans le corridor obscur. *Mais c'est la dernière fois. Les hommes n'en valent pas la peine.*

Anton écouta les pas de Rosamund s'éloigner sur le parquet ciré, puis il n'y eut plus que le silence et son parfum, qui flottait encore dans l'air. Alors il se courba en deux, son estomac tordu de douleur, et il se laissa tomber sur le sol, à l'agonie du mal qu'il venait de faire à sa douce Rosamund.

Il avait bien fallu, pourtant. Ne pas même s'autoriser un dernier baiser, une dernière caresse. Pour lui, ne penser qu'à son devoir. Pour elle, à sa sécurité.

Oui, il avait bien fallu. Mais Dieu, ce que cela faisait mal !

Au bout d'un certain temps, Anton se releva lentement, reboutonna son pourpoint, se recoiffa. On pouvait donc accomplir ces gestes, alors qu'on était déjà mort ? Mais son agonie était loin d'être terminée… Car il reverrait Rosamund. De nouveau sa bonté, sa douceur et sa beauté angélique, irréelle, le bouleverseraient. Il avait l'impression d'être déjà mort et, pourtant, il n'avait pas fini de saigner.

13

Jour de l'an, 1er janvier.

— Vous êtes rentrée bien tard, hier soir, Rosamund, lui dit Anne Percy en l'aidant à se coiffer pour le bal masqué.

— Ah oui ?

La jeune femme s'empourpra. Pourtant, tout le monde semblait dormir quand elle avait rejoint son lit à pas de loup, peu avant l'aube, ne pensant plus qu'à se recroqueviller sous les couvertures et à prier pour que son terrible chagrin la laisse en paix. Elle aurait dû se douter que rien n'échappait à Anne.

— Croyez-vous que quelqu'un d'autre l'a remarqué ?

— Non…

Anne tendit la main vers le bol qui contenait des épingles à cheveux, sur la table de nuit.

— Quand on a noté votre absence, au moment de se coucher, je leur ai dit que la reine vous avait chargée d'une mission. Du reste, elles avaient toutes tellement bu que le plancher aurait pu s'écrouler sous elles sans qu'elles y prêtent attention…

— Merci, Anne. Vous êtes une véritable amie, lui dit Rosamund, très raide, pendant qu'elle finissait de la coiffer.

Oui, Anne était un véritable soutien pour elle, même si elle ne le savait pas toujours.

— Si vous voulez rencontrer secrètement lord Langley, et que je puis vous aider…

Anne eut un ricanement bref.

— Oh, je crois que cela n'arrivera jamais ! Mais enfin, je vous rappellerai peut-être cette promesse un jour, avec lui ou avec un autre. Vous êtes sûre que cela va ? Vous n'avez pas l'air dans votre assiette…

Rosamund était bien certaine qu'il y avait quelque chose entre son amie et lord Langley, mais elle ne dit rien. Elle avait son compte de romance. Tout cela finissait toujours par vous faire du mal. Bienheureuse était la chère Anne, si elle pouvait l'éviter.

— Oh, je suis seulement fatiguée.

— Rien d'étonnant, nous avons toutes été tellement occupées, durant cette quinzaine de fêtes. Dites-moi, à votre retour, avez-vous croisé quelqu'un dans le corridor ?

— Non, je n'ai vu personne, dit Rosamund, heureuse de changer de sujet. Mais il faisait très sombre. Pourquoi ?

Anne haussa les épaules, en fixant les dernières épingles à cheveux.

— Oh, quand je suis remontée avec Catherine et les Mary, après le bal, j'ai eu l'impression que nous étions suivies ou, plus exactement, qu'on nous observait.

Rosamund frissonna.

— Oui, je connais ce sentiment…

— Mais lorsque je suis revenue sur mes pas, pour en avoir le cœur net, il n'y avait personne, seulement des ombres.

— Mais qui viendrait rôder si près des appartements de la reine ? demanda Rosamund, dont les craintes revenaient au galop.

Elle avait souvent éprouvé, ces derniers temps, cette sensation d'être épiée, même au milieu de la foule des courtisans. Et puis il y avait eu cette étrange histoire de roi des fous…

— Comment un ou des intrus pourraient-ils échapper aux gardes ?

— Encore faudrait-il qu'ils les aient vus. Si vous voulez mon avis, les gardes avaient passablement bu, eux aussi… Enfin, ce n'est probablement rien du tout… Dites-moi, quelle perruque voulez-vous ? La rousse ou bien la noire ?

— Oh, peu importe…

La couleur des perruques était bien loin de ses pensées.

— Choisissez donc, vous.

— Alors vous prendrez la rousse et je prendrai la noire. Je serai la sorcière de la nuit !

Pendant qu'Anne lissait les cheveux postiches, Rosamund fouilla dans sa boîte à bijoux pour en sortir ses boucles d'oreilles en éclats d'émeraude.

— Elles sont vraiment très jolies, lui dit Anne.

— Vous le pensez vraiment ? Vous ne les trouvez pas passées de mode ? Elles étaient à ma grand-mère.

Rosamund les accrocha, comme toujours avec plaisir. Ces boucles lui rappelaient de bons souvenirs, même si ceux-ci se mêlaient à présent de nostalgie et de tristesse.

— Non, la rassura Anne. Cela ira très bien avec votre déguisement d'esprit de l'automne.

Les deux amis s'approchèrent du miroir, poussant Mary Howard hors de leur chemin pour s'admirer revêtues de leurs costumes — Anne, habillée de satin noir et argent et Rosamund, dans une robe vert sombre que cintrait une large ceinture dont la boucle était d'or et d'émeraude. Puis elles assujettirent des loups de velours sur leur visage. Rosamund trouvait plaisant de pouvoir ainsi se cacher de tous — y compris d'elle-même.

— Suis-je assez mystérieuse ? fit Anne en virevoltant.

— Sûrement, personne ne nous reconnaîtra, affirma Rosamund.

— Oh, je connais au moins quelqu'un qui ne s'y trompera pas ! répondit Anne en serrant le fermoir d'un collier à deux rangées de perles autour de son cou. Venez, ne soyons pas en retard ; sinon, même masquée, la reine nous verra.

Elles se ruèrent dans l'escalier et rejoignirent la foule qui se dirigeait vers la grande salle. On eût dit une rivière de tissus chatoyants et de bijoux étincelants. Un fleuve de masques, aussi. Il y avait des chats, des cerfs empanachés, des loups vénitiens, des bouffons coiffés de bonnet à clochettes, sans parler des dominos et autres cagoules. Personne ne reconnaissait personne ou, du moins, chacun faisait semblant, avide de flirt incognito et de quiproquos amusants. Rosamund songea que la reine avait peut-être eu raison de maintenir la tradition de ce bal masqué du nouvel an, malgré les avertissements de lord Burghley. Il y avait beaucoup d'excitation dans l'air et chacun semblait avoir oublié tous les soucis de ces derniers jours… sauf elle.

Tous débouchèrent dans la grande salle, spécialement décorée pour la circonstance. De grandes tentures de satin rouge et noir pendaient du plafond ; les tables, les bancs ainsi que l'estrade royale avaient été retirés pour faire place aux danseurs ; de nombreux buffets supportaient des monceaux de friandises, de viandes rôties et découpées, ainsi que de pyramides de fruits confits. Les valets qui servaient du vin étaient masqués eux aussi, ce qui ajoutait du mystère et ouvrait le champ des possibles.

— Regardez cet homme, là, qui ressemble à un paon, dit Anne en prenant deux gobelets sur un plateau et en en tendant un à son amie. Croyez-vous que ce pourrait être lord Leicester ?

Rosamund but une gorgée par-dessous son masque. Le vin lui parut plus fort que celui dont elle avait d'habitude, plus épicé aussi. Parfait pour vous aider à oublier.

— C'est possible. Je crois qu'il aime bien le bleu. Mais il me semble que ce masque-ci a davantage sa silhouette.

Elle montra un homme aux larges épaules, le cheveu sombre, habillé comme un chevalier du siècle précédent. Il murmurait à l'oreille d'une dame voilée.

— Peut-être bien, en effet, reconnut Anne. A qui parle-t-il, à votre avis ? Se pourrait-il que ce soit la reine ?

Mais ce n'était pas elle et les deux amies le découvrirent bientôt, quand les portes de la grande salle se rouvrirent et que des chut ! chut ! tout excités montèrent de la foule.

Un chariot doré apparut, tiré par six hommes vêtus de satin blanc. Sur ce chariot était montée la déesse Diane, ses longs cheveux roux surmontés d'un croissant de lune en or massif. Elle portait une robe verte comme la forêt, une cape de fourrure blanche sur ses épaules et un arc d'or à la main. Un carquois chargé de flèches pendait dans son dos.

La divinité était affublée d'un masque blanc et or, mais ce ne pouvait être, bien sûr, que la reine Elizabeth. Comme le chariot faisait halte, un homme habillé en chasseur, dans les tons de vert et de brun, lui tendit la main pour l'aider à descendre. Dès que ce fut fait, l'orchestre, dissimulé derrière des tentures, attaqua une pavane. Le chasseur ouvrit le bal au bras de la déesse et tous les suivirent.

— Si ce n'est pas Leicester, remarqua Anne pince-sans-rire, alors il doit se consumer de jalousie.

Rosamund secoua la tête.

— Mais si le chasseur est Leicester, alors qui est le chevalier ? Et la dame au voile ?

— Ce ne sont là que quelques-uns des nombreux mystères à venir, lui répliqua Anne tandis qu'un Vénitien venait lui réclamer une danse.

Rosamund, elle, n'avait pas vu le seul homme avec qui, il y avait encore peu, elle aurait voulu danser. Elle s'approcha du buffet et examina un instant les fleurs en pâte d'amandes et les gâteaux croustillants. Comme elle portait un fruit confit à ses lèvres, un homme au domino noir constellé d'étoiles, le visage entièrement dissimulé par un masque également noir, vint l'accoster. Il resta silencieux un long moment, mais elle pouvait sentir la chaleur intense de son regard, ce qui la mettait mal à l'aise. Elle voulut s'écarter ; las, une bande de joyeux fêtards lui barrait le passage.

— Vous ne dansez pas, jolie dame ? lui demanda l'inconnu, sa voix assourdie par le masque.

— Non, répondit Rosamund, soudain prise de frayeur — danser avec un inconnu, peut-être menaçant, ne lui disant rien qui vaille. Pas ce soir, merci.

— Quel dommage ! Mais il y a sûrement d'autres plaisirs possibles, par une belle nuit comme celle-ci. Une promenade au clair de lune dans les jardins, par exemple…

Rosamund vit une brèche s'ouvrir dans la foule et elle s'y

engouffra, juste au moment où l'homme allait saisir sa main. Son rire la poursuivit.

Le parquet de danse était noir de monde, les couples virevoltant et sautillant au son d'une *passamiente* italienne endiablée. Malgré le froid glacial qui régnait au-dehors, il faisait chaud dans la pièce surpeuplée, à l'atmosphère enfumée par l'immense cheminée et les torches, dans les senteurs entêtantes de parfums sophistiqués. Quant à l'ambiance sonore, elle était indescriptible : un bourdonnement fait de musique, de conversations à voix très haute et du martèlement des pieds des danseurs.

Rosamund eut vite l'impression de manquer d'air. Les lacets de son corsage étaient trop serrés et les tentures qui pendaient des poutres participaient à l'impression d'étouffement. On avait le sentiment qu'elles finiraient par choir et par vous recouvrir comme une chape suffocante.

Pour tout arranger, son estomac supportait mal le vin et les confiseries, torturé qu'il était déjà par le chagrin. Elle voulait fuir d'ici au plus vite, se recroqueviller dans un coin, toute seule. Mais comme elle allait rejoindre la porte, un homme l'arrêta.

— Lady Rosamund ?

Il portait un domino noir et elle se figea, le cœur battant. Mais à mieux le regarder, elle s'aperçut que ce n'était pas le fêtard qui lui avait fait quelques avances ; son domino était uni et ne portait pas d'étoiles. En fait, ce masque ne pouvait être que lord Burghley, dont elle voyait dépasser la célèbre canne sous son domino, ornée pour l'occasion de quelques rubans. Il portait, pliée sur son bras, la belle cape de fourrure blanche qui avait orné, auparavant, les épaules de la reine dans son costume de Diane chasseresse.

— Eh bien, milord, lui dit Rosamund d'un ton de reproche amusé, c'est un bal masqué, l'oubliez-vous ? Nous ne sommes pas censés nous reconnaître.

Le conseiller de la reine voulut bien sourire.

— Pardonnez-moi, je n'entends rien à ces choses. Jamais

je ne vous aurais reconnue sous votre très beau déguisement, d'ailleurs, mais Sa Majesté me l'a précisément décrit.

— Sa Majesté ? Elle sait donc quel est mon costume ? fit la jeune femme un peu éberluée.

Lord Burghley sourit derechef.

— Notre reine sait toujours tout, vous le savez bien !

Pas absolument tout, il faut l'espérer..., songea Rosamund.

— En effet. Sa Majesté a-t-elle besoin de moi ?

— Elle voudrait que vous alliez chercher des documents très importants qu'elle doit signer. Ils sont dans sa chambre, sur sa table de travail, près de la fenêtre. Sa Majesté m'a dit que vous sauriez les trouver.

— Certainement, milord. J'y vais tout de suite.

Cela lui donnait une excellente excuse pour quitter le bal.

— Elle vous envoie ceci, ajouta Burghley en lui tendant la cape de fourrure. Sa Majesté craint pour vous la froidure des corridors, au sortir de la chaleur qui règne ici...

Rosamund le laissa la lui placer sur les épaules.

— Comme c'est aimable à Sa Majesté d'y penser ! Je lui rapporte ces documents tout de suite.

— Merci, lady Rosamund. Elle vous attend dans le petit cabinet qui se trouve juste derrière cette porte...

Comme le conseiller s'éloignait, sa mission accomplie, Rosamund chercha des yeux son amie Anne et la trouva en discussion animée avec lord Langley, sanglé dans sa tenue de chasseur. Elle vint la tirer par la manche.

— Anne, lui murmura-t-elle, je dois aller faire une course pour la reine.

— Oui, lui répondit son amie. Voulez-vous que je vienne avec vous ?

Rosamund jeta un regard à lord Langley.

— Non... Vous me paraissez occupée... Je ne serai pas longue, les documents que je vais chercher sont dans la chambre de Sa Majesté.

Elle se hâta, en serrant la cape contre elle. Il faisait froid dans les corridors, en effet, et assez sombre aussi. On y percevait l'écho assourdi de la grande cacophonie du bal. Derrière les hautes fenêtres, le vent d'hiver gémissait lugubrement.

Dans l'antichambre habituellement bondée de courtisans quémandeurs, elle ne trouva que des ombres ; mais dans la chambre à coucher de la reine, on avait déjà allumé des chandelles et ouvert le lit, anticipant le retour de la souveraine. Le feu ronflait dans la cheminée.

Rosamund alla droit à la table de travail, près de la fenêtre, où les papiers qui n'étaient pas rangés attendaient, empilés, la signature et le cachet royaux.

— Ce doit être ça, dit-elle tout haut.

Elle ne put s'empêcher, en les prenant, de lire sur l'un d'eux le nom de lord Darnley. Etait-ce un sauf-conduit lui permettant de partir pour l'Ecosse ? Pourquoi la reine Elizabeth cédait-elle si vite aux exigences de lady Lennox, lesquelles contrecarraient pourtant son projet affiché de faire épouser lord Leicester à la reine Marie ?

Rosamund leva les yeux vers le portrait d'Ann Boleyn, qui paraissait la regarder d'un air narquois.

« Par amour, bien sûr, semblait-elle lui dire. Elizabeth ne peut pas davantage se passer de son beau Robert que toi de ton Anton ! »

Parfois, c'était vrai, l'amour défaisait les plans les mieux ourdis. Oui, parfois…

En serrant les précieux documents contre elle, la jeune femme quitta la chambre silencieuse. Foin des fantômes ! Elle voulait revoir Anton.

Mais comme elle traversait l'antichambre déserte, un bras surgit de l'ombre et s'enroula autour de sa taille, tandis qu'une main gantée lui couvrait la bouche. La terreur envahit Rosamund, lui faisant perdre ses moyens. Elle voulut se débattre et jeta un cri silencieux, car étouffé par le cuir du gant.

— Eh bien, en voilà de la chance, fit une voix rauque à son oreille. La très obligeante dame vient d'elle-même à nous…

Une sorte de brouillard aveuglait Rosamund et même engourdissait ses pensées.

— J'espère que nous n'interrompons pas quelque rendez-vous...

— Et pas d'escorte avec elle, dit une autre voix. Pas de doute, la providence sert notre cause...

Rosamund trouva en elle le ressort d'écarter les lèvres et mordit cruellement son agresseur à travers le gant de cuir. Elle en eut le goût du sang à la bouche.

— Morbleu ! gronda l'homme, mais c'est un renard enragé que cette femme !

— A quoi t'attendais-tu donc ? Bâillonnons-la et attachons-la vite. Il n'y a pas de temps à perdre.

Les deux hommes tentèrent de l'étendre sur le sol, mais Rosamund se débattit comme un beau diable. Si sa cape de fourrure et sa robe la gênaient, elle parvint tout de même à expédier un mauvais coup de pied dans le ventre de l'un de ses agresseurs, alors que celui-ci essayait de lui attacher les pieds.

— Ah, ça suffit, à présent ! gronda-t-il, et elle vit un poing menaçant se dresser au-dessus de sa tête.

Il y eut une douleur fulgurante... puis plus rien.

Anton regardait sans grand intérêt se dérouler la bacchanale que devenait le bal masqué de la reine Elizabeth. La richesse des costumes et les rires avinés n'avaient pour lui aucun charme. Depuis qu'il avait quitté Rosamund, la veille, le monde avait perdu ses couleurs et sa lumière.

Il avait voulu se concentrer uniquement sur sa tâche et sur ses devoirs, se persuader qu'en la tenant à l'écart, il la protégeait. Il avait voulu la chasser de sa vie. Depuis, chaque fois qu'il l'apercevait, quelque part dans le palais, c'était comme si le soleil apparaissait entre les nuages — et il se retrouvait, le moment d'après, dans les ténèbres...

Avait-il fait erreur ? Le doute était un sentiment qu'il connaissait bien et qui l'accablait. En essayant d'agir au mieux, avait-il fait leur malheur à tous deux ?

Il examinait chaque visage féminin, chaque sourire sous le masque, chaque silhouette en robe, mais personne ne lui évoquait Rosamund. Pourtant, le bal battait son plein depuis un bon moment, à présent. Elle aurait dû être là. Mais avec tout ce qui s'était passé…

A l'autre bout de la salle, il aperçut lord Langley en compagnie d'une dame en robe noire et perruque brune. Ce devait être Anne Percy, l'amie de Rosamund. Si quelqu'un pouvait lui dire où elle était, c'était bien elle. Sans plus réfléchir, il traversa le parquet dans leur direction. Il fallait au moins qu'il sache si elle était en sécurité.

— Avez-vous vu lady Rosamund demanda-t-il dès qu'il les eut rejoints.

— Oui, la reine l'a envoyée lui chercher quelque chose, lui répondit Anne.

Puis elle le regarda d'un air plutôt soupçonneux avant d'ajouter :

— Elle devrait d'ailleurs être revenue depuis longtemps.

Anton se rembrunit encore davantage et un mauvais pressentiment l'effleura. Bien sûr, c'était tout à fait déraisonnable et ridicule. Rosamund pouvait se trouver à peu près n'importe où dans le palais, en parfaite sécurité. Pourtant, il ne parvenait pas à se défaire de sa mauvaise impression — une sorte de sixième sens qui l'avait bien souvent tiré d'affaire, sur le champ de bataille.

— Quelque chose vous inquiète, maître Gustavson ? s'enquit Anne. Lord Langley et moi pouvons-nous vous aider à la retrouver ?

— Oui, je vous remercie, lady Percy. Vous savez sans doute mieux que moi où elle a pu aller…

Anne acquiesça brièvement et l'entraîna hors de la grande salle. Pour en atteindre la porte, ils durent repousser quelques joyeux fêtards qui voulaient les entraîner dans leur farandole. Puis ils empruntèrent les corridors obscurs, de plus en plus silencieux à mesure qu'ils s'éloignaient du bal. Bientôt ils n'entendirent plus que le bruit de leurs pas sur les dalles et le mugissement du vent derrière les fenêtres.

De moins en moins rassuré, Anton constata l'absence de

gardes, même aux abords des appartements de la reine. Leur avait-on permis d'aller fêter le nouvel an, eux aussi, ou bien était-il advenu quelque chose de plus grave ?

Les pièces silencieuses leur paraissaient étrangement hostiles, comme si de funestes fantômes les hantaient. Même Anne et lord Langley, rarement silencieux lorsqu'ils étaient ensemble, se taisaient.

— Les papiers que Rosamund devait aller chercher se trouvaient dans la chambre de la reine, murmura Anne en retirant son masque. Là…

Mais la pièce était vide, elle aussi. Un feu y brûlait toujours et les chandelles s'amenuisaient. Il n'y avait aucun papier sur la table, près de la fenêtre.

— Elle a dû retourner au bal, supposa son amie. Mais comment avons-nous fait pour la manquer, alors ?

Anton était bien certain qu'elle n'était pas revenue dans la grande salle. Il se sentait à présent comme avant chaque bataille, parfaitement conscient et prêt à en découdre. Quelque chose était certainement arrivé à Rosamund.

Anne semblait le penser elle aussi. Atterrée, elle appuya ses mains sur la table, tandis que lord Langley essayait de la réconforter.

— La nuit dernière, j'ai bien cru voir quelqu'un rôder près de notre dortoir, murmura-t-elle. J'ai pensé que c'était l'un des soupirants de Mary Howard, elle a si mauvais goût en matière d'hommes… Mais peut-être n'était-ce pas le cas. Rosamund est si gentille et si confiante… Quelqu'un aura pu en profiter. Il y a ce gentilhomme, ce soupirant qu'elle avait à la campagne…

Anton la dévisagea.

— Vous voulez dire… maître Sutton ?

— Oui, c'est cela. Il n'avait pas l'air particulièrement heureux qu'elle l'ait finalement repoussé.

— Savez-vous si elle avait peur de lui ?

— Elle trouvait qu'il n'était plus comme avant. Et moi, je trouvais qu'elle aurait dû s'en méfier.

L'inquiétude d'Anton grandissait. Il inspecta attentivement la pièce, en quête du moindre indice. Il le dénicha, enfin, juste dans l'antichambre : un éclat vert, brillant dans l'obscurité. Il s'accroupit pour le ramasser puis releva son masque pour l'examiner de plus près.

C'était une boucle d'oreille : un éclat d'émeraude serti dans un filet d'or.

— Mais c'est à Rosamund ! s'écria Anne quand il se releva. Elle disait que ces boucles lui venaient de sa grand-mère. Elle les avait mises ce soir, pour aller avec sa robe verte et sa perruque rousse.

Anton referma son poing sur sa trouvaille et en chercha fébrilement d'autres. Non loin du mur, il trouva un petit morceau de cuir arraché, d'un gant, lui semblait-il, et qui était taché de sang. Ce ne devait pas être celui de Rosamund, car c'était plus probablement un gant d'homme ; ce n'était toutefois pas un bon signe.

— Je crois que Rosamund a été enlevée, dit-il, absolument déterminé à la retrouver aussi vite que possible.

Et à tuer celui qui avait osé lui faire du mal.

Il montra le bout de cuir à ses deux compagnons, qui poussèrent une exclamation de surprise horrifiée.

— Les écuries, dit lord Langley. Il leur a bien fallu des chevaux, pour quitter le palais.

— Devons-nous prévenir la reine ? Ou lord Burghley, ou bien Leicester ? demanda Anne.

— Pas encore. Si c'est le soupirant déçu qui a fait le coup, ou quelque crapule qui espère toucher une rançon, ce n'est pas la peine de les alerter inutilement. Je les trouverai bien tout seul.

Lord Langley l'approuva.

— Je vais vous aider. J'ai ici pas mal d'hommes de ma maison. Ils vous apporteront discrètement leur concours jusqu'à ce que nous puissions prévenir Sa Majesté.

— Merci, Langley, lui répondit Anton avec gratitude. Lady Percy, retournez s'il vous plaît à la grande salle et vérifiez toutes les cachettes que vous pouvez connaître dans le palais. Mais venez d'abord avec nous, afin que nous vous trouvions quelqu'un pour vous escorter.

Ils finirent par dénicher un solide valet qui raccompagna Anne, très pâle, jusqu'à la grande salle. Anton et lord Langley se hâtèrent vers les écuries.

Les quelques palefreniers qu'ils y rencontrèrent leur répondirent que la soirée avait été fort calme, tout le monde étant au bal. Cependant, ils avaient bien préparé un traîneau et des chevaux, il y avait quelques heures de cela.

— C'est maître Macintosh, de la délégation écossaise, qui nous l'a demandé, indiqua leur chef. Il m'a dit de n'en parler à personne, parce qu'il avait rendez-vous avec une dame.

— Et quand il est parti, est-ce qu'une dame l'accompagnait effectivement ? s'enquit Anton.

— Oui. Elle était tout emmitouflée dans une cape de fourrure blanche et il avait l'air de l'aider à marcher. Il y avait deux hommes avec eux, aussi. Mais l'un d'eux est parti dans une autre direction.

— Et maître Macintosh ? Vers où est-il parti ?

— Vers Greenwich, je pense, par le fleuve…

Une dame emmitouflée dans une fourrure blanche que l'on emmenait vers Greenwich. La colère d'Anton se mua en une rage froide.

Il tourna les talons et s'en fut vers le palais. Il lui fallait ses patins et, aussi, son épée.

14

2 janvier. Il neige.

Rosamund émergea lentement du néant ; il lui semblait remonter d'une cave obscure et très profonde, vers une lointaine et toute petite ouverture à la lumière.

Ses membres lui faisaient mal au point de ne pouvoir mettre un pied devant l'autre et pourtant elle avançait, car il était vital d'atteindre cette lueur si elle ne voulait pas retomber dans le vide obscur.

Elle battit des paupières et se força à ouvrir les yeux, son crâne lui faisant mal comme s'il était tout près de se fendre. Tout d'abord, elle crut qu'elle était bel et bien dans une cave plongée dans l'obscurité, avec cette douleur sourde qui résonnait en elle, comme un tambour. Puis elle comprit qu'elle était en fait emmitouflée dans une cape, le capuchon rabattu sur la tête, et que c'était cela qui l'isolait du monde. Enfin, la mémoire lui revint.

Elle avait été agressée à la sortie des appartements de la reine, saisie par un homme qui l'avait bâillonnée de sa main gantée, puis l'avait assommée pour la punir de l'avoir mordu et frappé. Où était-elle, à présent, et que lui voulait son ravisseur ?

La surface dure sur laquelle elle reposait vibrait et bougeait sous elle, lui faisant mal. Une sourde panique l'envahit, elle eut envie de crier sa peur.

Elle la réprima. Elle ne donnerait pas à celui qui l'avait

traitée ainsi le plaisir de la voir souffrir. Non. Elle avait tout à gagner à se battre. Il lui fallait retrouver Anton.

Peu à peu, son mal de tête s'estompa ; elle put entendre des voix au-dessus d'elle et le bruit régulier des sabots des chevaux, en dessous. Elle comprit qu'elle était dans un traîneau, car elle n'entendait pas de roues, et qu'on devait l'emmener loin du palais. Par à-coups, silencieusement, elle parvint à repousser légèrement le capuchon qui couvrait son visage, tandis que ses ravisseurs la croyaient toujours inconsciente. Par bonheur, ils ne l'avaient ficelée qu'assez sommairement.

— Imbécile ! grogna l'un, avec un fort accent écossais. Voilà ce que c'est que de se fier à un Anglais ! Il n'y en a pas un pour racheter l'autre.

— Et comment pouvais-je savoir que ce n'était pas la reine ? dit l'autre, que le sifflement du vent rendait un peu plus lointain. Elle est rousse et elle a une robe verte, avec la cape de la reine par-dessus. Et elle sortait des appartements royaux, en plus !

— Parce que tu as souvent vu la reine Elizabeth se promener toute seule ? Allons, c'est une usurpatrice, certes, mais elle n'est tout de même pas sotte !

— On pouvait penser qu'elle allait à un rendez-vous avec son maudit Leicester…

— Celui qu'elle voulait faire épouser à la reine Marie ? C'est une truie sans pudeur, je suis d'accord, mais contrairement à toi elle n'est pas idiote ! Cette fille-ci, de toute manière, est trop petite pour être la reine.

Sous sa capuche, Rosamund faillit sourire. L'Ecossais avait raison, celui qui avait fait cette méprise était un imbécile. Il aurait fallu un peu plus de jugeote et de réflexion pour espérer enlever la reine Elizabeth en son palais.

Qu'allaient-ils faire d'elle, maintenant qu'ils avaient compris leur erreur ?

Elle sentit, dans sa manche, les feuillets de parchemin qu'elle avait été chargée de rapporter à la souveraine. Le sauf-conduit de lord Darnley, tout particulièrement. Etait-ce celui-ci et sa mère qui avaient payé ses ravisseurs, ou bien quelqu'un d'autre ?

Le cœur battant, elle tâcha de percer ce mystère. Elle songea à Melville, à lady Lennox, à Celia Sutton, au projet de la reine de marier Leicester à la reine Marie. Au pantin ridicule pendu dans la forêt, avec son écriteau :

« Ainsi finissent les usurpatrices. »

Elle pensa aussi à Anton, à la façon dont elle reviendrait vers lui, pour mettre les choses au clair, essayer de comprendre pourquoi il la repoussait et tenter de recoller les morceaux entre eux.

— Que va-t-on faire de cette fille, alors ? s'enquit le deuxième homme, dont la voix était étouffée comme s'il portait un masque. Elle m'a tout de même mordu !

— Et tu ne l'avais pas volé ! répliqua sèchement l'Ecossais. Surprenant de voir une Anglaise réagir aussi vivement que l'aurait fait une de nos filles des Highlands… Je me demande bien qui elle est. Il va nous falloir le découvrir avant de décider de quelle manière nous pourrons corriger ta bourde stupide.

Avant que Rosamund eût pu faire le moindre geste, son capuchon fut tiré en arrière et son masque retiré sans ménagement, ainsi que sa perruque rousse. Ses vrais cheveux, libérés, se répandirent autour de sa tête.

— Tiens, tiens, murmura l'Ecossais. Voyez-vous cela : lady Rosamund Ramsay.

Ebahie, la jeune femme reconnut maître Macintosh, drapé dans son domino noir constellé d'étoiles. Elle se souvenait fort bien du malaise qu'elle avait ressenti pendant leur bref entretien à la Fête de la Glace et regretta de n'avoir pas, alors, fait part à quiconque de ses soupçons à son égard.

Elle se redressa avec peine et s'écarta autant qu'elle le put. Elle était bel et bien au fond de la caisse d'un traîneau qui glissait sur le fleuve gelé. Macintosh s'agenouilla auprès d'elle, tandis que l'autre homme, qui tenait les rênes, pressait les chevaux, dans le brouillard argenté que soulevaient leurs sabots et les patins. De son siège de cocher, il se retourna vers elle, et aussitôt la jeune femme reconnut Richard, malgré le foulard qu'il avait noué sur le bas de son visage. Oui, Richard, l'homme qu'elle avait cru aimer !

Tout s'enchaînait assez logiquement. La disparition soudaine de son soupirant pendant des mois, sans donner la moindre nouvelle, sa tout aussi soudaine réapparition à la Cour, le désespoir dans ses yeux quand il l'avait retrouvée et même la tension visible entre Celia, qui menait son propre jeu avec les Ecossais, et lui. Mais pourquoi diable s'était-il impliqué dans cette brumeuse conspiration ?

Quelle qu'en ait été la raison, il était clair en tout cas qu'il n'avait pas songé un instant à l'y entraîner avec lui. Quand il la reconnut, ses yeux s'écarquillèrent.

— Rosamund ! Mais que fais-tu ici ?

La jeune femme sentit la peur et le choc se muer en elle en une violente colère.

— Ce que je fais ? hurla-t-elle. Tu m'as enlevée ! Que dirait ta famille, s'ils savaient ? Espèce de renégat !

Macintosh éclata de rire et, la prenant par le poignet, la ramena rudement vers lui.

— Je commence à être persuadé que vous avez réellement du sang écossais, lady Rosamund ! Tu vois, Richard, elle te pose la bonne question : que vont dire tes parents ?

— Je suis prêt à tirer de mes veines la dernière goutte de sang écossais, répliqua la jeune femme avec mépris, si ce sont là vos coutumes : la trahison, la brutalité, sans oublier… la stupidité !

Macintosh la saisit par les épaules et la secoua si fort que ses dents claquèrent et qu'elle craignit que son crâne n'explosât ; elle ne se débattit pas moins vigoureusement.

— C'est par la faute de l'imbécillité anglaise que vous vous trouvez dans ce pétrin, lui rappela-t-il. C'est votre ardent soupirant ici présent qui vous a enlevée, pas nous !

— Bénie soit sa bêtise, puisqu'elle vous a fait m'enlever

moi et non la reine. Au moins, Sa Majesté est à l'abri de vos visées diaboliques !

— Nous n'avions nullement l'intention de lui faire du mal, lady Rosamund, lui répliqua Macintosh.

La jeune femme avait bien du mal à le croire, à la façon dont il lui tordait le bras.

— Nous voulions seulement arranger une… rencontre entre elle et sa cousine. Notre reine Marie souhaite depuis longtemps la voir et la vôtre ne cesse d'éluder ses demandes d'entrevue. Si seulement elle pouvait voir de ses yeux la noblesse et la dignité de ma maîtresse, son charme et sa beauté, elle abandonnerait toute idée de lui faire épouser ce garçon d'étable de Leicester !

— Et vous vouliez l'emmener en secret jusqu'à Edimbourg ? s'enquit Rosamund, abasourdie.

Ce n'était plus de la bêtise, mais de la démence.

— Bien sûr, c'est un long voyage, dit lentement l'Ecossais. Et les accidents peuvent survenir, le long de la route. Nous vivons des temps incertains…

Il avait donc bien l'intention de tuer la reine. Rosamund tressaillit. Allait-il la supprimer pour s'être trouvée au travers de son chemin ?

Folle de rage, elle se jeta sur lui, ongles en avant. Il s'écarta, mais les griffes de la jeune femme laissèrent des traînées rouges sur ses joues.

Il jura sourdement, mais, comme il essayait de la maîtriser, il perdit l'équilibre et tomba sur Richard, lequel, instinctivement, tira sur les rênes. Surpris, les chevaux se mirent à hennir de terreur et s'emballèrent, prenant la direction de la berge. Là, ils s'enfoncèrent dans une congère et s'immobilisèrent enfin.

Les hennissements des chevaux, les rugissements de Macintosh et les cris de Rosamund déchiraient le silence de cette nuit d'hiver. La jeune femme projeta sèchement son coude dans la poitrine de l'Ecossais, lequel, en réponse, lui administra une magistrale paire de gifles qui lui retourna la tête et lui fit bourdonner les oreilles. Mais finalement, un bras solide lui entoura la ceinture et la souleva hors du traîneau. Richard l'emporta à travers la congère qu'il venait de traverser.

Macintosh, qui jurait toujours, s'agenouilla pour ramasser une poignée de neige, qu'il appliqua sur sa joue écorchée.

— Attache-moi cette furie, lança-t-il à Richard, et ne la perds pas de vue une seule seconde. Elle paiera pour tout ça.

— Richard, qu'est-ce que tu as fait ? murmura Rosamund à bout de souffle tandis qu'il la déposait au pied d'un arbre.

Son épaisse cape de fourrure la protégeait à peu près du froid, mais le vent glacial s'insinuait quand même par-dessous et mordait sa chair sous ses vêtements. C'était une nuit terrible et noire, au fond de ces bois inconnus, et la scène avait tout du pire des cauchemars.

— Ils m'ont payé, répondit-il, haletant lui aussi, les mains sur ses genoux. Beaucoup d'argent… Ils m'ont promis des terres, également. Avec tout ça, tes parents ne me regarderont plus de la même manière. Ils me respecteront, et regretteront ce qu'ils ont pensé de moi !

— Ils n'ont pensé aucun mal de toi, personnellement, lui répliqua la jeune femme. Ils ont seulement trouvé que tu n'étais pas un bon parti et ils avaient raison !

Plus que raison, même. Ils avaient deviné en Richard des choses qu'elle n'avait pas voulu voir mais qui lui apparaissaient clairement, à présent.

Il n'était pas comme Anton, il n'avait rien de l'homme qu'elle pouvait aimer.

— Je l'ai fait pour toi, Rosamund !

Elle secoua la tête, attristée plus encore qu'en colère.

— Ne mens pas ! Tu n'as pas trahi pour moi, mais par cupidité !

— C'est faux ! Si aider la reine légitime à monter sur le trône peut nous…

— Je ne t'y aiderai pas pour tout l'or du monde. Je suis fidèle à la reine Elizabeth et j'aime un autre homme, bon, honorable, tendre, fort, et qui vaut cent fois mieux que toi !

Il se redressa de toute sa taille et Rosamund au contraire se recroquevilla au pied de son arbre, les jambes repliées sous elle.

— Ah, c'est comme ça, dit-il lentement. Les parents t'ont convaincue, on dirait…

Même à la pâle lueur de la lune, Rosamund pouvait voir et presque sentir la fureur de son ancien soupirant.

— Et moi, alors ? reprit-il. Après tout ce que j'ai fait, enduré, risqué pour toi… Crois-moi, tu ne seras pas aussi fière quand j'en aurai terminé avec toi…

Il s'avança pour la saisir. Incontinent, Rosamund sauta sur ses pieds, malgré ses muscles endoloris et ses pieds glacés dans ses fines chaussures, lui lança sa cape pour l'aveugler et enfin se mit à courir dans la neige, éperdument, se dirigeant à la lumière argentée de la lune, entre les arbres. Son souffle était court, son estomac tordu par la peur. Son cœur battait à ses tempes et c'était à peine si elle entendait Richard ahaner derrière elle. Elle ne savait pas même dans quelle direction courir, mais il lui fallait fuir, échapper à son poursuivant.

Discernant vaguement la forme d'un gros rondin au sol, elle sauta par-dessus. Richard, qui ne l'avait pas vu, buta dedans et s'effondra dans la neige en proférant un lourd juron.

Dans sa panique, Rosamund se souvint du temps où elle grimpait aux arbres, toujours plus haut, avec une agilité sans pareille, jusqu'à ce que sa mère la surprenne et y mette le holà. Elle avisa une branche basse, bien épaisse, juste au-dessus d'elle, ramassa ses jupes rapidement dans sa ceinture dorée, sauta pour s'y pendre, se rétablit comme elle le put, puis agrippa la branche au-dessus et ainsi de suite. L'écorce rugueuse et glacée écorchait les paumes de ses mains, mais elle ignorait la douleur et grimpait toujours plus haut. Elle s'efforça de ne pas regarder en dessous d'elle et de rester sourde aux menaces que, du sol, proférait Richard. Finalement, elle s'assit sur une fourche du tronc, referma ses bras autour de l'arbre et, le vent dans les cheveux, à moitié gelée, elle essaya de ne plus penser qu'au moment merveilleux qu'elle avait partagé avec

Anton, quand il l'embrassait, lui faisait l'amour — et elle sut, sans l'ombre d'un doute, qu'ils étaient faits l'un pour l'autre.

Il lui fallait s'accrocher à cette idée comme à sa vie même.

— Viens à mon secours, murmura-t-elle, les yeux clos. Trouve-moi !

Anton glissait rapidement sur le lit gelé de la rivière et les silhouettes des arbres défilaient dans l'ombre, autour de lui. Il avait vite trouvé son rythme, élégant et rapide, les lames de ses patins lancées sur la glace comme des couteaux. Peu lui importaient le froid et l'obscurité, il fallait trouver Rosamund, et vite, c'était tout ce qui comptait. Il l'aimait. C'était tout à fait clair, à présent ; rien d'autre n'avait d'importance, ni Briony Manor, ni les Ramsay, ni la reine. Il n'y avait que leur amour. Il devait le lui dire et implorer son pardon pour avoir pensé, ne serait-ce qu'un instant, à se séparer d'elle.

Anton suivait avec difficulté les traces d'un traîneau. Celui-ci avait été assez lourdement chargé pour imprimer ses patins dans la neige, mais, comme les flocons tombaient toujours, la piste s'en effaçait vite. Savoir Rosamund seule dans cette nuit glaciale aux mains de cruels ravisseurs ravivait sans relâche ses craintes et sa colère. Une fureur terrible, dévastatrice, brûlait en lui et ne le quittait pas. Mais il savait bien que cette rage ne l'aiderait pas, au contraire : il lui fallait du sang-froid et du calme. Au combat, il s'était bien souvent cuirassé le cœur d'une sorte de couche de glace ; ainsi, il pouvait continuer à se battre au mépris de la peur et rester en vie.

Le même réflexe de protection allait lui permettre de retrouver sa Rosamund.

Plié en deux sur ses patins pour offrir moins de prise au vent et augmenter sa vitesse, il se remémorait son sourire, la façon dont elle se pelotonnait contre lui au lit avec tant de confiance et d'amour. Elle était sa douce, sa belle petite fée des neiges, tout ce dont il avait rêvé sans y croire dans sa terne existence. Grâce à elle, il avait osé, pour la première fois, envisager l'avenir, s'était autorisé, enfin, à se dire qu'il pouvait avoir une famille et que, peut-être, il ne serait plus jamais seul.

Et voilà qu'elle avait disparu, enlevée dans le palais même de la reine d'Angleterre, l'un des endroits les mieux protégés d'Europe. Mais il la retrouverait, il le jurait. Il la libérerait et ferait payer cher à ses ravisseurs le mal qu'ils lui avaient fait, en espérant qu'il ne fût pas trop grand. Oui, il écoutait son cœur, à présent, comme sa mère le lui avait recommandé…

Tout à coup, il avisa une sorte de brèche, d'interruption dans le mur de neige. En s'approchant, il découvrit un traîneau attelé, abandonné dans une congère. Nulle vie alentour, excepté deux chevaux qui grattaient, dans un silence de mort, le sol gelé pour y trouver de l'herbe. Puis il entendit un faible bruit, comme un juron étouffé. Il se baissa pour se dissimuler derrière le traîneau et tira sa courte épée. Un homme agenouillé plongeait ses mains dans la neige pour en frotter ensuite sa joue. Il se tourna à demi dans la lueur blafarde de la lune et Anton reconnut le délégué écossais, Macintosh.

Il n'en fut pas autrement surpris. La rivalité entre les deux reines était le sujet de toutes les conversations, à Whitehall.

Anton défit sans bruit ses patins et, aussi silencieux qu'un chat, se glissa derrière l'Ecossais, avant de refermer brutalement son bras autour de son cou et d'appliquer la pointe de sa courte épée sur sa nuque.

Macintosh eut un sursaut de surprise, mais il s'immobilisa quand il sentit la lame froide sur sa peau.

— Où est lady Rosamund ? lui demanda sèchement Anton.

— Elle s'est enfuie, répondit Macintosh d'une voix blanche. Nous ne voulions pas l'enlever. C'était une erreur.

— Vous pensiez que c'était la reine ? fit le jeune Suédois, se rappelant la perruque rousse et la cape de fourrure.

— Je n'ai jamais voulu lui faire de mal, même après qu'elle m'a déchiré la joue. Maintenant, elle va mourir de froid quelque part dans ces bois et pour nous, de toute façon, c'est un échec.

Anton resserra sa prise et l'Ecossais s'étrangla à demi.

— Tu as laissé une femme sans défense s'enfuir dans la neige, au risque qu'elle y meure de froid ?

— Ce crétin de Sutton lui a couru après. S'il la rattrape, il vaudra mieux pour elle qu'elle soit déjà morte.

Ainsi, Sutton était complice, et déterminé à se venger du rejet de Rosamund. Il était probablement capable de tout, en effet. Furieux, Anton appuya sur la garde de son épée.

— Tu vas me tuer ? fit l'Ecossais.

— Je laisse ce plaisir à la reine. Elle aura sûrement beaucoup de questions à te poser, lorsque tu seras enfermé à la Tour.

— Non ! hurla Macintosh.

Il n'en dit pas davantage : Anton abaissa la lourde garde de son épée sur son crâne et il s'écroula, sans connaissance.

Le jeune homme trouve quelques cordes dans le fond du traîneau, qui avaient sans doute servi à attacher Rosamund. Elles lui servirent à lier les pieds et les poings de l'Ecossais. Puis il alla le déposer dans la caisse du traîneau, afin qu'il y attendît les gardes de la reine. Pour lui ôter toute possibilité de fuite, il coupa les brides des chevaux et les chassa ; les deux hongres prirent au galop le chemin de leur écurie. Anton en fut satisfait : en les voyant revenir seuls, les palefreniers ne manqueraient pas de donner l'alerte. D'ailleurs, à l'heure qu'il était, lord Langley et Anne Percy avaient dû prévenir Leicester. Il lui fallait retrouver Rosamund, et vite. L'épée en main, il examina les bois alentour.

Au bout d'un moment, il découvrit des traces : celles de pieds bottés, qui s'étaient profondément imprimés dans la neige, comme si celui qui les avait faites portait une charge. Anton les suivit jusqu'à une petite clairière, avec un tronc d'arbre en son centre sur lequel, peut-être, « on » s'était assis. C'est là qu'il trouva, presque enfouie sous la neige, la cape de fourrure. Elle sentait encore le parfum délicat de Rosamund et celui, plus capiteux, de la reine, aux arômes de violette et d'ambre. Il y avait un peu de sang sur sa bordure ; mais était-ce celui de Macintosh, ou de la jeune femme ? Son cœur se serra à la pensée qu'elle était peut-être blessée, seule, quelque part.

Lentement, il se releva et examina les traces qui partaient de la clairière. Il y avait celles d'un petit pied, finement chaussé, qui semblait courir en zigzag, poursuivi par les lourdes bottes. Abandonnant la cape de fourrure, il les suivit, tous ses sens en alerte, attentif au moindre bruit et au moindre mouvement.

Il nota avec fierté la façon dont Rosamund menait la poursuite, mettant entre son poursuivant et elle des obstacles tels que des branches tombées au sol ou des ronces. Enfin, il entendit quelque chose déchirer le silence de cette nuit de cristal : les cris de rage d'un homme et ceux, de terreur, d'une femme. Son épée fermement dans son poing, il se précipita dans la direction que lui indiquait ce son, et, bientôt, une vision étonnante s'offrit à lui : Rosamund perchée haut dans un arbre, s'accrochant au tronc, ses jupes relevées dans sa ceinture et ses bas blancs brillant à la lumière de la lune. Au pied de l'arbre, Sutton hurlait des imprécations et faisait des moulinets dans le vide avec son épée, car elle était hors de son atteinte. Anton songea qu'elle devait être frigorifiée ; une autre bonne raison de tuer ce scélérat.

— Sutton ! rugit-il en s'avançant vers lui, l'épée haute, prêt au combat. Pourquoi ne t'attaques-tu pas à quelqu'un de ta force, plutôt qu'à une femme sans défense ?

Richard se retourna comme si un serpent l'avait piqué. Sa lame siffla dans l'air glacé.

— Sans défense ? Tu te trompes complètement, étranger ! Cette sorcière sait se défendre et elle a un cœur de pierre. Elle te quittera, comme elle m'a quitté.

— Anton ! hurla Rosamund, dont les doigts glissaient sur l'écorce.

— Tiens bon, Rosamund ! répondit-il en faisant un effort surhumain pour ne pas se précipiter vers l'arbre, sans plus se préoccuper de l'épée de Sutton.

L'apercevoir ainsi à travers les branches mortes, le visage terrifié, la robe déchirée, les cheveux emmêlés, lui était proprement intolérable.

Las, avant de lui porter secours, il fallait se débarrasser de son ravisseur, sans quoi ses efforts seraient vains.

— Tu ne vaudras jamais rien à ses yeux, lui cria celui-ci, ni à ceux de sa famille. Personne n'est assez bon pour les maudits Ramsay !

— Mais moi, j'ai quelque chose que tu n'auras jamais, répondit calmement Anton en s'approchant.

— Et quoi donc ? De l'argent, des terres ?

— Non, j'ai son amour.

Du moins, il l'avait eu. Si jamais il pouvait l'avoir encore, alors il se battrait pour le conserver tout le reste de sa vie.

Avec un cri de rage et un grand moulinet de son épée, Richard se jeta sur Anton, qui para le coup. Les lames se heurtèrent dans un tintement clair. Anton sentit son bras vibrer, mais il ne faiblit pas et, tout de suite, para les coups suivants. Il se contenta d'une stratégie défensive, tout d'abord, et aussi d'essayer d'assurer son équilibre sur le sol glacé. La fureur même de son adversaire n'allait pas tarder à desservir celui-ci : il s'essoufflait déjà alors qu'Anton, lui, conservait toute sa force. Dès qu'il sentit Richard faiblir, il reprit l'avantage par une série de manœuvres rapides. Il le contraignit à reculer jusqu'à un arbre. L'Anglais tenta derechef de pousser son épée dans la poitrine d'Anton, qui n'était protégée d'aucun renfort, mais, d'un coup vif comme l'éclair, le Suédois enfonça la sienne à travers la manche de Richard, le clouant à l'arbre.

— On dirait aussi que je sais mieux me servir d'une lame que toi…

— Fils de chienne d'étranger !

Richard libéra sa manche et, dans une nouvelle détente, piqua Anton à l'épaule ; puis il le surprit plus encore en rompant le combat et en s'enfuyant dans les bois, comme un sanglier blessé.

Anton le poursuivit, le perdant de vue parfois et suivant alors ses traces, qui allaient vers le fleuve. Son bras lui faisait mal et il sentait le sang couler sous son pourpoint ; il transpirait, aussi, d'une sueur qui paraissait se figer en glace dès qu'elle apparaissait, mais il n'en avait cure.

Richard courait vers le traîneau, voulant sans doute s'en servir pour prendre la fuite. Mais les deux chevaux n'étaient plus là et Macintosh, toujours inconscient, gisait au fond de la caisse.

Alors, Richard se remit à courir et Anton, à le poursuivre. Soudain, ce dernier se figea : il venait d'entendre un craquement sourd qu'il connaissait bien — on entendait souvent ce bruit-là, dans les solitudes suédoises, au printemps. Quand il parvint sur la berge, ce fut pour voir, horrifié, la glace se briser sous le poids de Richard. Il y eut un autre craquement et l'homme s'enfonça dans l'eau, tout entier, sa tête seule à la surface, comme un point sur l'argent craquelé de la glace.

— Je ne sais pas nager, cria-t-il, je ne…

Anton s'avança prudemment vers lui, attentif au moindre craquement. Mais il était plus léger, plus mince que Richard et, surtout, il connaissait parfaitement ce genre d'environnement. Parvenu près de l'Anglais, il défit son ceinturon d'arme et le lui tendit.

— Accroche-toi, je vais te tirer de là.

Richard essaya bien de s'accrocher à la lanière de cuir, mais sans grand résultat, tant sa panique était grande. Anton dut se coucher près du trou et l'agripper par le col pour essayer de le tirer vers lui. Mais ses mains étaient à moitié gelées, il était fatigué par le combat et Richard se débattait trop. Pour finir, il lui glissa entre les doigts et coula tout à fait. Anton resta étendu sur la glace, épuisé, épouvanté, les bras en croix. On eût dit que le fleuve lui-même venait de faire justice.

Mais lui n'en avait pas terminé. Il se remit debout et retourna précautionneusement sur la berge. Plus de craquements. C'était comme si, sa mortelle tâche accomplie, la glace n'était plus dangereuse. Parvenu sur la terre ferme, il se mit à courir vers l'arbre où Rosamund avait trouvé refuge. Elle en était descendue et l'attendait sur le sentier.

— Je savais que tu viendrais, sanglota-t-elle en se jetant

dans ses bras. Je savais que tu ne m'avais pas vraiment chassée de ton cœur.

Anton la serra contre lui, embrassa avec ferveur ses cheveux, ses joues, ses lèvres, encore et encore, éperdument. Le passé était oublié. Elle était sauve, vivante entre ses bras.

— *Alskling*, murmurait-il, j'ai eu si peur de ne pas te retrouver. Mon amour, mon amour, mon brave, mon courageux amour.

— Brave ? J'étais terrifiée. J'étais sûre que si Richard m'attrapait, il...

— Ne t'inquiète pas, il ne peut plus te faire de mal.

Rosamund leva vers lui ses grands yeux effrayés.

— Tu... tu l'as tué ?

— J'aurais pu, mais je n'ai pas eu à le faire. C'est la glace qui l'a tué ; il s'est noyé.

— C'est terrible...

Elle appuya son front sur la poitrine d'Anton en tremblant, puis le regarda de nouveau, affolée.

— Mais tu es blessé. Regarde, ton épaule...

Il n'y pensait plus. Le froid avait engourdi la douleur et l'urgence de sauver Rosamund lui avait fait oublier tout le reste.

— Ce n'est qu'une égratignure, je ne sens plus rien. Viens, mon amour, je ne veux pas que tu prennes froid. Rentrons au palais.

— J'ai froid, c'est vrai. Je ne m'en étais pas aperçue tant que j'étais dans cet arbre, mais je suis frigorifiée...

Anton s'inquiétait aussi de sa pâleur. Il la souleva dans ses bras, du côté où il n'était pas blessé, et l'emporta à travers les bois. Un peu plus loin, il retrouva la cape en fourrure de la reine. Il l'y emmitoufla au mieux.

— Bientôt, tu seras au chaud, lui dit-il, avec beaucoup de couvertures et du vin bouillant à la cannelle pour te réconforter. Je t'en prie, mon amour, tiens bon. Tiens jusque-là.

— Je n'ai pas peur, lui répondit-elle, les yeux clos. Je n'ai même plus froid, contre toi...

Bientôt, elle ne parla plus et se fit plus lourde, dans ses bras. Cela ne fut pas pour rassurer Anton. Il savait à quoi ressemblait l'engourdissement dans lequel on tombe lorsqu'on meurt de froid. Pour la première fois de sa vie, il avait peur, vraiment peur. Ce n'était pas possible, pas alors qu'ils étaient enfin réunis !

Pourquoi avait-il fallu qu'il libère ces maudits chevaux ? Il avait été stupide.

Il accéléra le pas, en longeant la berge. Après un coude de la rivière, il aperçut une lueur tremblotante qui perçait l'obscurité de la nuit. Il accéléra encore. C'était une colonne de cavaliers, menée par lord Leicester.

— Tu vois, *alskling*, dit-il en éclatant d'un rire clair, nous sommes sauvés. Sauvés !

15

4 janvier

Rosamund était dans son lit, bien au chaud, et regardait le fleuve par la fenêtre. La chambre privée où la reine l'avait fait installer était luxueuse, avec d'épaisses tapisseries aux murs pour en chasser le froid, et on l'avait ensevelie sous les fourrures ; un bon feu craquait gaiement dans la cheminée… Or c'est à peine si elle voyait ce chaleureux décor, car elle ne pensait qu'à Anton, à la façon dont il l'avait embrassée, au fond des bois, comme si elle était pour lui le trésor le plus précieux au monde, et comment les mots qu'il lui avait dits avaient effacé son chagrin. Il l'aimait, elle en était sûre à présent. Il était parti à sa recherche parce qu'il ne pouvait pas vivre sans elle, comme elle ne pouvait vivre sans lui. Au fond, son enlèvement s'était révélé bénéfique, puisqu'il était revenu vers elle. Maintenant, ils pouvaient affronter, ensemble, le monde entier.

Mais elle ne l'avait pas vu depuis leur retour au palais, n'avait pas même reçu un mot de lui. Elle aurait tant voulu savoir ce qu'il faisait, ce qu'il pensait. Ce qui pouvait bien se passer au-delà des murs de cette chambre.

— Rosamund ? Vous êtes réveillée ?

C'était Anne Percy, sur le pas de la porte. Rosamund se retourna vers elle et lui sourit.

— Bien sûr ! Je ne suis pas invalide, vous savez, pour sommeiller encore à midi…

— Eh bien, si vous ne l'êtes pas, vous devriez prétendre l'être, répliqua Anne en s'avançant vers le lit. Visiblement, être une invalide au service de la reine présente de sérieux avantages ! Une chambre somptueuse pour vous toute seule, loin du caquetage permanent de cette pie de Mary Howard, des vins fins, des mets appétissants et même des fourrures !

Elle montra l'épais couvre-lit en peaux de martre que Rosamund avait repoussé à ses pieds. Son amie rit et se redressa sur ses oreillers.

— Tout cela est bel et bon, soupira-t-elle, mais je me remets très bien et il est bien ennuyeux d'être seule, alors que la nuit des Rois est si proche.

— Vous avez des livres, que vous envoie Sa Majesté, et aussi des cadeaux qu'elle m'a chargée de vous apporter et que voici…

Anne déposa devant elle un panier rempli de pots de confiture et de gelée, ainsi que de nouveaux livres empruntés à la bibliothèque royale.

— Oui, Sa Majesté est très bonne pour moi, mais on m'accorde vraiment très peu de visites. Je me sens seule.

— Les médecins ont prescrit du repos pour au moins encore une journée, que votre sang se soit bien réchauffé…

Anne s'assit au bord du lit.

— Vous ne manquez pas grand-chose, du reste. Ni scandale ni duel en cours. Tout est particulièrement calme aujourd'hui, car la reine chasse. Tout le monde se sent délivré, depuis que vous avez échappé à ces traîtres et fait échouer leur complot.

— Sont-ils tous arrêtés ? Richard et Macintosh n'ont sûrement pas agi seuls.

— Le secrétaire Melville dément toute implication, mais Macintosh est au cachot et lord Burghley mène son enquête. Vous êtes l'héroïne de toute la Cour !

Rosamund frissonna en revivant par la pensée la poursuite

que lui avait livrée Richard dans la neige. Cette terrible frayeur, le froid, le sentiment que jamais elle ne pourrait se réchauffer…

Mais Anton était parti à sa recherche, il l'avait sauvée et elle, elle ne l'avait pas vu depuis qu'il l'avait ramenée au palais. Allait-il se disputer avec elle, encore ? Cela vaudrait toujours mieux que d'être séparés…

— Il ne faut pas m'appeler ainsi, dit Rosamund, confuse, en s'enfonçant de nouveau sous les draps. Je n'ai rien fait d'autre que m'enfuir et aller attendre dans un arbre.

— Vous plaisantez ! Vous avez sauvé la reine en vous faisant enlever à sa place et moi, par exemple, j'aurais été si terrifiée que je ne sais pas si j'aurais eu la présence d'esprit de m'enfuir…

Rosamund éclata de rire.

— Vous, terrifiée ? Cela m'étonnerait ! Je n'ai jamais rencontré personne d'aussi énergique et décidé que vous.

— Il y a un pas de l'énergie à la bravoure.

— Pas tant que cela. Monter sur scène comme vous l'avez fait l'autre jour pour vous battre avec lord Langley devant la reine et toute la Cour demandait un vrai courage. Aucune autre dame de ma connaissance ne l'aurait fait.

Son ami eut un rire bref et sans joie.

— Dites plutôt de l'inconscience, et qui ne m'a rien rapporté…

— Est-ce que vous et lord Langley… ? commença Rosamund.

Anne secoua la tête.

— C'est un sujet sans intérêt, pas comme vous et votre brave, votre magnifique Suédois ! Depuis qu'il vous a sauvée, toutes les dames de la Cour sont encore plus folles de lui !

Comment les blâmer ? Rosamund était bien comme elles.

— C'est donc pour cela que je ne l'ai pas encore vu ? demanda-t-elle d'une toute petite voix.

— Non, mais parce que depuis, il est pratiquement toujours en réunion dans le cabinet privé de la reine ; et vous ne devriez pas vous inquiéter, car quand par hasard il n'y est pas, il passe son temps là, derrière votre porte, à interroger les médecins et les servantes à propos de votre santé.

Une petite étincelle d'espoir se mit à briller dans le cœur de Rosamund. Même s'il ne l'avait pas vue, il avait bien été là.

— Mais pourquoi n'est-il pas entré ?

— Parce que les visites sont interdites, je vous le rappelle. Mais je sais qu'il ne vous a pas oubliée, et qu'il ne regarde aucune autre dame…

Comme Rosamund allait questionner plus avant son amie, sa servante, Jane, entra et fit en souriant une petite révérence.

— Je vous demande pardon, milady… mais vous avez une visite.

— Je croyais qu'elles étaient interdites ? s'étonna sa maîtresse.

Une voix grave résonna alors dans la chambre.

— On pouvait difficilement me laisser dehors…

Un homme de haute taille, aux cheveux gris et aux yeux bleus, un air de prestance et d'autorité dans toute sa personne, venait d'entrer, en tenue de voyage et botté. S'il souriait, son visage était creusé par la fatigue et l'inquiétude.

— Père ! s'écria Rosamund, folle de joie.

C'était comme si le soleil de l'été venait d'inonder la pièce. Elle rejeta les couvertures, mais il se précipita pour l'empêcher de se lever.

— Non, il ne faut pas, Rosie. Tu es encore trop faible…

La jeune femme jeta ses bras autour du cou de son père et enfouit sa tête dans son épaule. Il sentait bon, l'odeur de la maison.

— Père, père, vous êtes venu ! Mais comment…

— Bien sûr que je suis venu. En fait, nous étions en route, ta mère et moi, pour te faire une surprise, quand le messager de la reine nous a interceptés. J'ai immédiatement accouru au galop ; ta mère, elle, suit en litière. Elle se fait énormément de souci pour toi. Il n'était pas question pour nous de te laisser ainsi, sans vérifier par nous-mêmes comment tu allais.

— Vous m'avez tellement manqué, tous les deux ! soupira Rosamund en se serrant contre son père.

Du coin de l'œil, elle vit son amie Anne Percy s'éloigner discrètement.

— Oh, ne partez pas, Anne, je vous en prie. Il faut que je vous présente à mon père. Papa, voici Anne Percy, ma meilleure amie à la Cour. Jamais je n'aurais pu y faire mon chemin sans son aide.

Lord Ramsay s'inclina courtoisement devant Anne, qui lui fit la révérence.

— Seriez-vous la nièce de Mildred Percy ? lui demanda-t-il chaleureusement. Dans ce cas, j'ai beaucoup entendu parler de vous.

— C'est bien ma tante, en effet, milord. Mais j'espère vivement que vous n'en avez pas trop entendu…

Le père de Rosamund partit d'un rire franc et ouvert.

— Je vous suis très reconnaissant, damoiselle, pour l'affection que vous témoignez à ma fille et aussi pour vos soins.

— Nous sommes de grandes amies, Rosamund vous l'a dit, milord. Je viendrai vous voir après le souper, ajouta-t-elle à l'intention de celle-ci.

Puis elle s'en fut, laissant la jeune femme seule avec son père. Rosamund tenait sa main, pas encore tout à fait sûre qu'elle ne rêvait pas ; lui serrait la sienne autant qu'il l'osait.

— Il ne faut pas vous inquiéter, papa. Je vais tout à fait bien, la reine a veillé à tout.

Lord Ramsay secoua tristement la tête.

— Et nous qui croyions que tu serais en sécurité, à la Cour. Sots que nous étions !

— Pas autant que je l'étais moi-même à propos de Richard, papa. C'est vous qui aviez raison.

— Nous ne l'aurions tout de même pas cru aussi machiavélique. Le fils de nos voisins, comploter contre la reine ! Qui aurait pu le croire ?

— Ce n'était pas un complot très bien organisé. Mais dangereux, ça oui. Qu'est-ce qui vous avait alerté sur son compte ?

— Nous avions entendu parler de dettes de jeu, et de deux ou trois autres choses qui n'étaient pas acceptables. Mais même sans parler de cela, nous trouvions que vos personnalités n'étaient pas assorties. Nous savions que tu ne serais pas heureuse avec lui, comme ta mère et moi l'avons été durant toutes ces années. Mais nous n'imaginions pas pour autant que c'était un traître…

— Moi non plus. Cela dit, je dois te dire, papa, que je m'étais aperçue du fait que Richard n'était pas l'homme qu'il me fallait bien avant ces terribles événements. Oui, maman et vous avez eu bien raison de m'envoyer à la Cour.

— Vraiment, ma fille ? En fait, nous l'avons regretté dès que ta voiture a tourné l'allée de la cour. Le château est si triste, sans toi…

Rosamund eut un petit rire.

— Il est vrai que je regrette la paix et la tranquillité de notre demeure. Mais j'ai appris beaucoup de choses très utiles, ici.

— Et peut-être as-tu trouvé quelqu'un pour remplacer Richard Sutton ? demanda doucement milord Ramsay.

Surprise, Rosamund dévisagea son père. Savait-il, alors que, de son côté, elle cherchait désespérément un moyen de lui parler d'Anton ? De le persuader qu'enfin, elle avait trouvé celui qu'il lui fallait ?

— Avez-vous entendu parler de quelque chose, père ?

— J'ai croisé mon vieil ami lord Ledsen, en arrivant à Whitehall. Il m'a raconté que tout le monde ici ne parlait que d'un romanesque jeune Suédois qui serait venu te sauver sur ses patins à glace.

Si Rosamund sentit ses joues s'empourprer, elle n'hésita pas.

— C'est vrai, Anton est venu à mon secours. Sans lui, je serais certainement morte ou bien… Richard m'aurait déshonorée.

Les lèvres de son père se pincèrent de colère. Elle espérait que c'était à la pensée des menaces de Richard et non à cause de ses sentiments pour Anton.

— Il semble… que nous lui devions beaucoup, alors ? dit lentement lord Ramsay.

— En effet. Et je dois dire, papa, que même avant ce qui est arrivé, j'éprouvais déjà les plus tendres sentiments pour lui, et lui pour moi, je pense.

Son cœur l'avait trompée une fois, par le passé. Etait-il possible que cela recommence ?

— Ledsen me dit qu'il a une excellente réputation, ici à la Cour. Mais… Il est suédois, Rosie. Il va t'emmener loin de nous, dans un pays âpre et froid où tu n'auras pas le confort auquel tu es habituée.

— Non, papa, il ne compte pas y retourner.

En quelques mots, elle expliqua les projets d'installation en Angleterre que caressait Anton. Son domaine, ses rêves.

— Et puis… Je l'aime. Vous m'aviez bien dit que lorsque je rencontrerais l'homme qu'il me faut, je le saurais, comme maman et vous ?

— Mais moi, je n'ai pas emmené ta mère loin de tout ce qu'elle connaissait, rectifia son père. Il ne l'a pas encore, ce domaine en Angleterre, je pense ?

Rosamund dut l'admettre. Ce qu'elle ne dit pas à son père, c'est qu'elle n'était pas absolument sûre qu'il voulait bien d'elle, cette fois.

— Mais je suis certaine que lorsque la reine…

Son père la coupa en l'embrassant sur le front et en la repoussant avec douceur sur ses oreillers.

— Plus tard, ma chérie, plus tard. Je crains de t'avoir trop fatiguée, or j'ai promis aux médecins de te laisser te reposer. Il faut dormir, à présent. Je vais penser à tout ce que tu m'as dit.

Rosamund le connaissait assez pour ne pas chercher à argumenter davantage. Il ne prenait pas de décision à la légère et aimait avoir tout son temps pour réfléchir. Il allait lui falloir attendre.

— Bien. Je suis très heureuse de vous voir ici, papa. Vous m'avez tellement manqué…

— Tu nous as manqué, aussi. Nous reparlerons de tout ça un peu plus tard.

Elle acquiesça en silence et le regarda quitter la chambre. Quelques instants plus tard, Anne revint. Elle s'agenouilla près du lit et lui murmura :

— Avez-vous parlé d'Anton à votre père ?

Rosamund hocha la tête, le visage fermé, puis tapota sèchement un oreiller.

— Il a dit qu'il allait y penser.

— Y penser ? C'est bon ou bien c'est mauvais ?

— Je n'en sais trop rien.

Anton faisait les cent pas dans le corridor qui menait à la chambre de la reine, écoutant attentivement chaque son, chaque murmure qui pourrait s'échapper de la porte close. Mais il n'entendait que le silence. Et pourtant il savait que son avenir se jouait là.

Il passa nerveusement la main dans ses cheveux, se retenant de proférer un lourd juron. Il avait bien essayé de voir Rosamund, mais la consigne de la reine était très stricte : pas de visites, sa demoiselle d'atour avait besoin de repos. Il avait pu néanmoins interroger les médecins et savait donc qu'elle allait mieux, mais il était dans la plus complète ignorance quant à ses sentiments pour lui.

Lui avait-elle pardonné ? L'aimait-elle toujours ? Bien sûr, elle le lui avait dit, quand il l'avait trouvée dans les bois, mais peut-être était-ce sous le coup de l'émotion. Avait-elle changé d'avis, à présent qu'elle était en sécurité au palais ?

Et qu'arriverait-il si la reine prenait ombrage de leurs relations ? Aurait-il le droit d'emmener Rosamund en Suède et de la couper de tout ce qu'elle connaissait et aimait, ou bien devrait-il trouver en lui la force de la laisser, cette fois pour toujours ?

Il en était là de ses réflexions inquiètes, lorsque la porte s'ouvrit soudainement et que milord Burghley parut, précédé de son éternelle canne.

— Vous pouvez entrer, maître Gustavson, lui dit-il.

Anton scruta le visage du conseiller, dans l'espoir de deviner le sort qui l'attendait, mais l'expression du loyal serviteur de la reine était rigoureusement impénétrable.

Le jeune homme passa une dernière fois, machinalement, la main dans ses cheveux, et il entra.

On n'entendait pas en ce lieu, comme à l'ordinaire, le murmure étouffé de conversations féminines. La reine Elizabeth était seule à sa table de travail. D'une main alerte, elle rédigeait un document. Anton mit un genou à terre, tête baissée, et attendit que la souveraine veuille bien prendre la parole.

Attentif, il reconnut le son de la griffure finale sur le parchemin, au moment de la signature, ainsi que le frottement de la manche royale sur le bureau, lorsque la reine reposa sa plume.

— Relevez-vous, maître Gustavson, lui dit-elle.

Et comme il s'exécutait, la reine eut un petit rire.

— Eh bien ! Pourquoi faites-vous cette tête ? On dirait que l'on va vous envoyer à la Tour.

Anton esquissa un sourire. La gaieté d'Elizabeth Ire était communicative, malgré la situation délicate où il se trouvait.

— Ma foi, Majesté, on ne peut s'empêcher de s'inquiéter un peu, lorsqu'une souveraine vous convoque de façon si urgente…

— Mais de quoi donc vous inquiéter, cher maître Gustavson ? Vous êtes le héros du jour. Toute notre Cour ne parle que de votre audace et du courage dont vous avez fait preuve en vous lançant, en pleine nuit, à la recherche de ma chère lady Rosamund, ainsi que de la bravoure avec laquelle vous avez déjoué le complot qui se tramait contre moi.

— J'ai fait ce qu'aurait fait tout autre que moi en pareille circonstance, Majesté.

— N'importe qui ? J'en doute fort. Nombreux sont ceux qui parlent de leur loyauté indéfectible et se disent prêts à donner leur vie, mais bien peu sont ceux qui mettent leurs actes en accord avec ces belles paroles.

La reine Elizabeth retourna s'asseoir à son bureau et le regarda pensivement.

— La reine a une dette envers vous, maître Gustavson. Que désirez-vous ? De l'argent, des bijoux ?

Anton se raidit. Elle lui offrait une récompense ? Le croyait-elle tellement vénal ?

Avant qu'il eût pu articuler un mot, la reine lui sourit en se tapotant le menton de son long doigt blanc.

— Non, je sais bien quel est votre véritable désir. J'ai lu votre requête concernant Briony Manor et les courriers que m'a adressés Celia Sutton à ce sujet, également.

— Et puis-je demander… ce qu'en a conclu Votre Majesté ?

— Je ne prends jamais de décisions trop hâtives, maître Gustavson. C'est souvent source d'amères déconvenues, comme mon père et ma sœur l'ont appris à leurs dépens. Accepteriez-vous cette propriété à titre de récompense pour votre acte de bravoure ?

— Certainement, Majesté.

— Certainement…, répéta la reine. Pourtant, il me semble que vous n'êtes pas tout à fait satisfait, me trompé-je ?

— Votre Majesté s'est déjà montrée plus que généreuse envers moi.

— Sans doute. Mais il ne nous a pas échappé que vous aviez un grand désir de secourir lady Rosamund, qui est très belle, en vérité.

Les yeux d'Anton s'étrécirent, mais il ne les baissa pas sous le regard inquisiteur d'Elizabeth.

— Je ne saurais nier sa beauté, Majesté.

— Je n'aime guère, en règle générale, que mes suivantes me quittent pour se marier, maître Gustavson. Il me faut encore y songer quelque peu.

La souveraine reprit sa plume.

— Laissez-nous, à présent, je vous prie.

Anton s'inclina en se mordant la langue pour ne pas argumenter. Chercher querelle à la reine d'Angleterre eût été délicat, périlleux… et surtout improductif.

L'enjeu était le plus important de toute sa vie, et chacune des manœuvres à entreprendre était à considérer avec la plus grande prudence, s'il ne voulait pas voir s'écrouler le château de cartes qu'étaient sa vie et son bonheur.

16

Nuit des Rois, le 5 janvier

— Vous êtes bien sûre que c'est ce que vous voulez, Rosamund ? demanda Anne en attachant son collier de perles au cou de son amie. Moi, je vous trouve encore très pâle.

Rosamund déploya les pans de sa robe de satin blanc bordée de renard argenté et brodée de petites fleurs d'argent. C'était sa plus belle toilette, qu'elle n'avait pas encore montrée, la réservant pour cette soirée.

— Je ne peux pas manquer la fête la plus importante après Noël et puis, franchement, je ne pourrais pas rester au lit une minute de plus.

Son isolement forcé lui avait tout de même donné l'occasion de beaucoup réfléchir. De penser à Anton, d'abord, et de s'interroger sur le fait qu'elle ne l'avait pas revu depuis leur glaçante aventure, d'imaginer leur avenir et le vide terrible dans lequel il lui faudrait vivre, si elle le perdait à jamais. Serait-elle seulement capable de rester en vie, alors ?

Elle sentait confusément que l'on était arrivé, ce soir, à la fin de quelque chose. Mais se pouvait-il que ce fût également un début ? Ou n'était-ce qu'un pas de plus dans le doute et l'incertitude ?

Elle se pinça vigoureusement les joues pour paraître moins pâle. Il lui fallait absolument avoir l'air en bonne santé, faute de quoi la reine et ses satanés médecins la renverraient garder la chambre.

— De quoi ai-je l'air ? s'enquit-elle, inquiète.

— Vous êtes ravissante, comme toujours. Et moi ?

— Très belle, naturellement, dit Rosamund en regardant distraitement la robe couleur sable, aux rayures rouges et violettes, que portait son amie.

— Mary Howard va en mourir de jalousie, quand elle va nous voir !

— Et lord Langley, tomber plus amoureux de vous qu'il ne l'est déjà !

— Bah, répondit Anne, il ne m'aime pas et, même si c'était le cas, je ne m'en soucierais guère : il y a bien d'autres beaux hommes à la Cour…

Plus beau qu'un jeune et riche aristocrate, portant le titre de comte et visiblement fou d'amour pour Anne ? C'était bien douteux, mais il n'était pas temps d'en discuter avec elle. Après tout, les choses n'étaient pas toujours ce qu'elles semblaient être.

— Descendons, alors, lui dit-elle, voir ces merveilles !

Anne se mit à rire et bras dessus, bras dessous, les deux amies prirent l'escalier et le corridor qui menaient à la grande salle. La décoration n'en était plus celle, sombre et mystérieuse, à base de rouge et de noir, du soir fatidique du bal masqué. C'était à présent un décor étincelant. Des guirlandes blanches et argent pendaient aux poutres du plafond et au long des murs s'alignaient, dans des cache-pots, de jeunes sapins ornés de filaments blancs imitant la glace. Du vin avait été mis à rafraîchir dans des urnes, d'argent elles aussi, et sur la mezzanine, les musiciens jouaient des madrigaux.

On s'imaginait dans une forêt blanche de givre et pourtant il faisait chaud, tant à cause du feu qui ronflait dans l'immense cheminée que de la présence des nombreux courtisans, tous parés de leurs plus beaux atours. Lorsque Rosamund parut, ils s'attroupèrent autour d'elle, pour l'acclamer et la féliciter pour son courage.

Anton n'était pas parmi eux, pas plus que lord Ramsay, que sa fille n'avait pas vu depuis qu'ils avaient rapidement déjeuné ensemble, le matin même. Elle sourit et s'efforça de faire bonne figure à tous, mais leur absence à tous deux la rendait nerveuse et l'inquiétait profondément.

Je ne suis pas faite pour vivre à la Cour, songea-t-elle. Il y fallait toujours faire bonne figure, quoi qu'il pût vous arriver dans votre vie personnelle, et l'on n'y était jamais sûre de rien. Pourtant, elle se fit un devoir d'accepter un verre de vin blanc et de converser légèrement avec tous, comme si de rien n'était.

Une sonnerie de trompettes résonna sur la mezzanine et la reine Elizabeth parut, drapée dans une somptueuse robe noir et or, ses cheveux d'un roux flamboyant piqués de petites fleurs dorées. Elle était au bras du chef de la délégation suédoise, maître Vernerson.

Juste derrière eux dans la procession marchait Anton, et Rosamund eut le souffle coupé à sa vue. Il était si beau dans un pourpoint fauve paré de rubans noirs, un éclat de topaze à son oreille ! Il ne semblait avoir conservé aucune séquelle de leur aventure. Bien au contraire, il paraissait en meilleure forme que jamais et rayonnait de vie.

La reine monta sur l'estrade avec les diplomates suédois, sa traîne s'étalant derrière elle. Surgi de nulle part, le père de Rosamund vint se placer à côté de sa fille et lui prit la main.

— Tu es très belle, ce soir, ma chérie, lui chuchota-t-il avec un sourire. Tu ressembles beaucoup à ta maman, jadis, dans une Cour qui n'était pas celle-ci.

— Vous aussi vous êtes très beau, père, répondit-elle en admirant son pourpoint violet aux crevés de satin noir. Je ne vous ai pas vu aussi élégamment vêtu depuis bien longtemps.

Lord Ramsay eut un rire bref et joyeux.

— C'est que de tels raffinements ne sont guère de mise chez nous. Vivement que nous soyons de retour et que j'aille m'asseoir devant notre feu. Je suis trop vieux pour toute cette pompe…

La reine leva la main et le silence se fit dans la salle.

— Bienvenue à notre bal de la nuit des Rois. Nous avons beaucoup de choses à fêter, après les quelques… turbulences de ces dernières semaines. Il fait bien froid derrière ces murs, mais ici, nous avons un bon feu, des mets de choix et la chaleur de l'amitié.

De vibrants vivats retentirent, qui mirent longtemps à s'éteindre avant que la reine Elizabeth pût continuer :

— Certains de nos amis vont rester avec nous…

Et elle se tourna vers lord Leicester, qui, décidément, n'irait pas à Edimbourg.

— Mais il nous faut dire au revoir à d'autres. Maître Vernerson et sa délégation vont nous quitter pour porter au roi Eric de Suède l'expression de notre indéfectible amitié. Herr von Lustenau et les siens repartiront également pour Vienne, porteurs du même message. Notre Cour, je le crains, ne sera plus aussi gaie, sans eux tous.

Aux cent coups, Rosamund chercha le regard d'Anton, qui se trouvait juste derrière la reine. Ainsi, les Suédois devaient partir ? Aurait-elle le temps, dans ces conditions, de persuader son père que cette fois, elle était tout à fait sûre d'elle ? Qu'elle était prête à tout, pour conserver l'amour de cet homme ?

— Pourtant, reprit la reine, l'un de ces amis va rester avec nous, du moins, nous l'espérons. Pour le remercier d'avoir sauvé notre personne en déjouant un infâme complot, ainsi qu'en l'honneur des longues années passées par son grand-père au service de notre Couronne, nous accordons à Anton Gustavson le fief de Briony Manor, avec le titre de baron. Approchez, sir Anton.

Le jeune Suédois mit un genou à terre devant la reine et elle posa sa main baguée sur ses cheveux noirs.

— Majesté, lui dit-il, je suis à jamais votre serviteur et ne sais comment vous remercier.

— Ce n'est que votre dû, sir Anton. Votre famille a longtemps servi la mienne et continue à le faire aujourd'hui, car dame Celia Sutton doit partir incessamment pour Edimbourg, porteuse d'une missive pour notre chère cousine. Nous souhaitons que vous puissiez tous deux, à l'avenir, retisser entre vous des liens familiaux.

— Certainement, Majesté.

Rosamund dut mettre la main devant sa bouche pour réprimer un cri de joie. Anton recevait son château et un titre ! Une propriété en Angleterre. Qu'est-ce que cela allait pouvoir signifier pour elle, pour eux ?

— Mais il vous reste encore une tâche à accomplir, je crois, reprit la reine. Relevez-vous, sir Anton. N'y avait-il pas un pari en cours, à propos de danse ?

Il sourit.

— Je le crois en effet, Majesté.

— Eh bien, il nous faut déterminer qui en est le vainqueur. Approchez, lady Rosamund Ramsay.

La foule s'écarta pour la laisser passer. L'estomac noué et le souffle court, la jeune femme s'avança lentement jusqu'à l'estrade royale et plongea dans une profonde révérence.

— Lady Rosamund, êtes-vous suffisamment remise pour danser devant nous ?

— Je le crois, Majesté. Grâces en soient rendues à vos excellents médecins.

— Et pensez-vous que votre élève est prêt à passer cette épreuve ?

Rosamund rit et lança un regard de côté à Anton.

— Cela, Majesté, je ne puis que l'espérer !

— Musiciens, jouez une volte ! ordonna la reine.

Anton vint prendre la main de Rosamund, baisant le bout de ses doigts au passage.

— Vous avez l'air d'aller beaucoup mieux, milady, lui murmura-t-il.

— Je vais beaucoup mieux, en effet… depuis quelques instants, lui répondit-elle sur le même ton.

— Mais allons-nous impressionner la reine par nos talents de danseurs, ou bien avons-nous été un peu trop distraits pendant les leçons ? lui demanda-t-il avec un sourire coquin.

— Quémanderiez-vous encore quelque récompense ? répliqua Rosamund pour le taquiner.

— Oui, encore une, je crois.

Il la conduisit au centre du parquet, laissé vide par l'assistance qui s'était massée sur les côtés. Rosamund serrait étroitement la main d'Anton en souriant d'un air serein, comme si elle ne tremblait pas en fait de peur, intérieurement. Elle voulait tellement bien faire devant son père et la reine, afin de leur prouver qu'Anton et elle ne faisaient désormais plus qu'un… Mais elle se rappelait trop leurs nombreuses chutes au cours des répétitions et qui toutes, d'ailleurs, s'était terminées par des baisers…

Les premières notes d'un air entraînant résonnèrent, au rythme nettement plus rapide que celui dont ils avaient l'habitude. Rosamund serra encore plus fort la main d'Anton et se lança : droite, gauche, droite, gauche et un saut. Au grand soulagement de la jeune femme, la cadence fut parfaite et sans anicroche ; la passe se déroula comme par magie. Ils sautèrent, virevoltèrent et se retrouvèrent face à face. Anton la prit par la taille en tournant, Rosamund plia les genoux pour sauter…

— La volte ! crièrent joyeusement les courtisans.

Anton la souleva très haut et la fit tourner encore et encore, tandis qu'elle riait aux éclats, emportée par la joie. La danse fut de bout en bout brillamment exécutée. Si la jeune femme détesta la voir s'interrompre, elle se termina en beauté.

Quand Anton la reposa doucement sur ses pieds, la tête lui tournait merveilleusement.

— Etes-vous satisfaite, madame le professeur ? lui dit-il à l'oreille.

— Tu es un excellent élève, lui répondit-elle sur le même ton.

Ils se regardèrent et ce fut comme si le monde s'effaçait autour d'eux, les laissant seuls sur la terre. Les craintes, les dangers n'étaient que de vains spectres, et Rosamund sut qu'elle était née pour vivre un tel moment.

Ce charme se dissipa très vite, car la reine applaudit, aussitôt imitée par tous.

— C'est très bien, sir Anton. Vous voudrez bien admettre donc que tout le monde est capable de danser ?

— En effet, Majesté. Si je le puis, alors tout le monde le peut. A condition d'avoir, comme moi, un bon professeur.

— Eh bien, je crois que vous devez un gage à votre adversaire. N'était-ce pas là l'enjeu ?

— Je suis prêt à donner à lady Rosamund tout ce que je possède au monde.

— Dans ce cas, reprit la reine, nous vous faisons une suggestion, qui nous a été soufflée par notre excellent ami ici présent, lord Ramsay, le père de lady Rosamund : que vous épousiez ladite dame et en fassiez la châtelaine de Briony Manor. La suggestion vous agrée-t-elle ?

Anton sentit la petite main de Rosamund serrer la sienne à la briser et il l'entoura de ses doigts. La jeune femme avait l'impression de vivre un rêve et priait pour ne pas se réveiller. Voilà que tout ce qu'elle avait ardemment désiré lui était tout à coup offert !

Elle se tourna vers son père, qui souriait, puis vers Anton, et elle vit la joie qu'elle éprouvait se refléter dans ses beaux yeux sombres.

— Je suis, Majesté, plus satisfait et plus heureux que je ne saurais l'exprimer.

— Et vous, lady Rosamund, acceptez-vous ce gage ?

— Oui, Majesté, bredouilla-t-elle. Oui, de tout cœur.

— Je déteste me priver de la compagnie de l'une de mes demoiselles d'atour, mais tout est bien qui finit bien, je pense. Il nous faut maintenant célébrer dignement ce mariage. Commençons donc par danser. Maître Vernerson, serez-vous mon cavalier ? Ce n'est pas tous les jours que l'on annonce ainsi un mariage !

Le diplomate s'inclina, la reine lui tendit sa main, et les musiciens se lancèrent dans une joyeuse gaillarde.

Anton et Rosamund se joignirent en riant à la file des danseurs et, tout en sautillant et en virevoltant, s'approchèrent insensiblement de la porte. Là, profitant d'un instant où l'on ne faisait pas attention à eux, ils se glissèrent hors de la salle et se retrouvèrent enfin seuls, dans l'ombre complice.

— Tu es sûr que c'est vrai ? murmura Rosamund en serrant les mains d'Anton dans les siennes comme si elle avait peur qu'il pût lui échapper. Nous allons nous marier et vivre dans un domaine à nous, ici, en Angleterre ?

— On le dirait bien, répondit Anton. Mais es-tu sûre que tu veux toujours m'épouser, après tout ce que nous avons traversé — et surtout après cet épisode stupide où j'ai prétendu rompre avec toi, alors que tout en moi hurlait le contraire ? Vas-tu te satisfaire d'être lady Gustavson, quelque part à la campagne, loin de cette noble et prestigieuse Cour ?

— Je serais satisfaite d'être ta femme n'importe où au monde, Anton. Je n'ai jamais voulu que ton amour.

— Vous l'avez, milady. Jusqu'à mon dernier souffle.

Il retira de son doigt sa bague au rubis et la passa à celui de sa bien-aimée.

— Bien que je ne sois pas certain que tu saches parfaitement patiner, je pense que tu l'as gagnée.

Rosamund posa sa main à plat sur le beau pourpoint de son fiancé et admira l'eau parfaite de la pierre et la façon dont elle prenait la lumière, comme une éclatante promesse de bonheur en cette année qui commençait — et pour toutes les années à venir.

— Et ton cœur, s'enquit-elle, me le donnes-tu, aussi ?

— Tu l'avais gagné dès le début, à l'instant même où je t'ai vue pour la première fois, repartit Anton, le visage grave, plus solennel qu'elle ne l'avait jamais vu.

— Et toi le mien, pour toujours.

Au son de la musique de la nuit des Rois, ils s'embrassèrent et restèrent longtemps ainsi, dans les bras l'un de l'autre, bien certains à présent qu'ils ne rêvaient pas.

Épilogue

Briony Manor, le jour de Noël, 1565

— Tu as vu ça, Bess ?

Rosamund faisait doucement tourner le bouquet de gui et de houx qu'elle venait d'assembler au-dessus du berceau du bébé et, ravie, éclata de rire en voyant sa fille tenter de l'attraper de sa petite main rose et potelée. La châtelaine de Briony Manor se pencha pour embrasser délicatement les doigts minuscules, en s'émerveillant de leur perfection. Un bon feu ronflait dans la cheminée de la grande salle, illuminant les décorations de fête.

— Tu le sais, que c'est Noël, n'est-ce pas, ma chérie ? dit Rosamund en balançant doucement le bouquet au-dessus de l'enfant fascinée.

Elle avait les yeux aussi noirs que ceux d'Anton, mais un nuage de cheveux d'un blond très pâle nimbait sa jolie petite tête.

— Tu vois, il y a un an, je rencontrais ton père, par l'hiver le plus froid qu'on ait jamais vu. Et maintenant, tu es là… C'est vraiment le plus beau moment de l'année, acheva-t-elle, le cœur rempli de joie.

— J'approuve hautement et de tout cœur ! lança Anton en pénétrant dans la grande salle.

Il était encore botté et apportait du dehors une odeur de froid, de grand air et d'hiver. Ses bottes étaient poussiéreuses, mais, tandis qu'il l'embrassait, Rosamund s'en fichait bien.

— Comment vont mes amours, aujourd'hui ? s'enquit-il en avançant sa main pour prendre celle de sa fille.

L'enfant referma ses petits doigts sur l'index d'Anton en riant et en gazouillant de plaisir.

— Bien, répondit Rosamund. Nous décorions la grande salle en attendant le retour de la chasse de notre cher père et mari…

Elle regardait, avec une allégresse infinie, ses deux grands amours ensemble.

— Nous allons donner une grande fête, pour accueillir tes parents…

— Ils se moquent bien de cela. Tout ce qu'ils veulent, c'est voir Bess.

— J'espère que tu leur as écrit que c'était le plus beau bébé du monde ?

— Dans chacune de mes lettres, depuis sa naissance. Maman a répondu qu'elle n'en attendait pas moins de sa petite-fille et père, qu'il fallait songer à la fiancer à un duc, au moins !

Anton rit.

— Peut-être vaudrait-il mieux attendre qu'elle sache marcher, pour cela…

Rosamund borda l'enfant sous une couverture de fourrure et lui mit un petit mouton-jouet entre les mains.

— J'ai vu qu'il y avait une lettre de Celia, ce matin. Pouvons-nous espérer la voir en Angleterre pour les fêtes ? Voilà longtemps qu'elle s'est absentée pour servir la reine.

Anton secoua la tête.

— Ma cousine écrit que sa tâche n'est pas terminée, en Ecosse. Peut-être l'année prochaine.

— Ainsi, notre table sera incomplète cette année. Au moins, nous devons faire un beau premier Noël pour notre Bess.

— Je ne me plains pas de celui que nous avons eu l'an passé, répliqua Anton en la prenant dans ses bras pour un long et passionné baiser.

Même au bout d'un an de mariage, Rosamund se sentait

toujours vibrer de la tête aux pieds, quand il l'embrassait. On avait beau être en plein hiver, elle avait chaud comme en juillet.

Elle referma ses bras autour du torse de son mari et se serra contre lui, tandis que leur bébé gazouillait de plus belle.

— Oh ! mon amour, murmura-t-elle. Il ne pourra jamais y avoir de plus merveilleux Noël que celui-là.

AMANDA McCABE

La rose d'Édimbourg

INTÉGRALE
AU TEMPS DES TUDOR

Traduction française de
ANA URBIC

SAGAS

HARLEQUIN

Titre original :
TARNISHED ROSE OF THE COURT

Ce roman a déjà été publié en 2014

1

Palais de Whitehall, décembre 1564

C'était lui.

Celia Sutton fut soudain prise d'un vertige et s'adossa au mur lambrissé pour ne pas perdre l'équilibre.

L'antichambre de la reine Elisabeth était comble et la foule emplit de nouveau de son champ de vision. Les bavardages et les rires nerveux des courtisans bourdonnaient comme des abeilles dans la tête de Celia.

Se hissant sur la pointe des pieds, elle se frotta les yeux et balaya une nouvelle fois la salle du regard. Il n'était plus là. La silhouette qu'elle avait cru apercevoir dans l'encadrement de la porte avait disparu.

Avait-elle rêvé ? Certainement, son imagination lui jouait des tours, tout simplement.

La fatigue, sans doute.

Celia assistait depuis déjà plusieurs semaines aux festivités de Noël que la reine organisait tous les ans. Le manque de sommeil commençait à lui monter à la tête. Enfin, le manque de sommeil et l'inquiétude.

Et pourtant… Il avait semblé si… réel.

— Non, ce n'était pas lui, marmonna-t-elle.

Ce ne pouvait pas être John Brandon. Celia ne l'avait pas vu depuis plus de trois ans, trois longues et dures années, et elle ne le reverrait certainement jamais. De toute façon, elle ne voulait plus le revoir, elle ne voulait plus penser à la jeune fille romantique qu'elle avait été à l'époque, ni revivre les sensations qu'il avait éveillées en elle. Et surtout elle ne voulait pas se sentir de nouveau si vulnérable à la vue de son beau visage. Non, elle n'avait guère besoin de cela en ce moment. Aucune faiblesse ne lui était permise.

A cette pensée, Celia se redressa et inspira profondément pour reprendre ses esprits. La reine l'appellerait bientôt et elle devrait se montrer à la hauteur. Sa vie entière dépendait de cette rencontre. Elle devait oublier le passé, oublier John Brandon, tourner la page et surtout avancer vers l'avenir.

Cependant, elle ne parvenait pas à écarter de son esprit l'image de cette silhouette imposante et musclée. Son cœur l'avait trahie et s'était affolé lorsqu'elle avait cru voir celui qui avait tant compté pour elle autrefois. Un frisson la parcourut, mais elle se ressaisit aussitôt.

Elle balaya de nouveau l'antichambre du regard. L'expression désespérée des personnes qui l'entouraient en disait long sur la raison de leur présence ici. Pour tous, ces fêtes de fin d'année étaient l'ultime occasion d'attirer l'attention de la reine sur leurs requêtes. Son visage trahissait-il, comme le leur, son désespoir ? C'était à craindre… Et John, que dirait-il s'il la voyait ainsi ? La reconnaîtrait-il, d'ailleurs ?

Soudain, les portes de la salle d'audience de la reine s'ouvrirent et un lourd silence tomba aussitôt sur la pièce. Tous les regards se tournèrent vers l'entrée et Celia retint son souffle. Un sentiment de désespoir s'empara d'elle lorsque Anton Gustavson et lord Langley apparurent sur le seuil. Les portes se refermèrent derrière eux et les bavardages reprirent de plus belle dans l'antichambre.

Celia resta immobile, les yeux rivés sur Anton. Un frisson la parcourut lorsque leurs regards se croisèrent.

Anton Gustavson, son cousin venu de Suède qu'elle connaissait à peine ; celui qui était arrivé en Angleterre dans le but de réclamer son héritage : Briony Manor. Cette maison, qui avait appartenu à leur grand-père, était sa dernière chance de prétendre à une vie décente, une vie pour laquelle elle n'aurait pas à se justifier devant un homme cruel et violent. Et elle y avait cru, à cette vie meilleure, jusqu'à l'arrivée de son maudit cousin. Il n'avait pas fallu longtemps à Anton pour charmer la reine ainsi que toutes les dames de la cour, et Celia comprit vite que sa nouvelle vie et la maison qui devait être la sienne allaient tout simplement lui être arrachées. Son cousin hériterait du domaine et elle serait de nouveau à la merci de la famille de son défunt époux.

En l'apercevant, Anton la salua d'un signe de la tête et elle fit de même. Il était la seule famille qui lui restait et pourtant, à l'exception de quelques lettres qu'ils avaient échangées, elle ne le connaissait guère et ne pouvait donc lui faire confiance. Elle ne pouvait faire confiance à personne, d'ailleurs. S'il y avait une leçon qu'elle avait bien retenue de son aventure avec John Brandon, c'était sans doute celle-ci : les apparences et les émotions sont souvent trompeuses, il fallait se méfier de tout et de tous.

Une ravissante jeune femme blonde s'approcha alors d'Anton et glissa son bras sous le sien. Celia la reconnut aussitôt. Rosamund Ramsay, la dernière conquête de son cousin. Elle lui murmura quelque chose à l'oreille et il lui adressa un regard d'adoration plein de tendresse.

Celia ne put retenir un léger soupir à la vue de cette marque d'affection. Elle avait échangé ce genre de regards complices un millier de fois avec John. Comme son cousin et Rosamund, elle aussi avait eu l'impression que rien n'avait d'importance du moment qu'elle était avec John. Et elle avait cru qu'il ressentait la même chose. Eh bien, elle s'était trompée sur toute la ligne !

Avec un sourire peiné, elle détourna son regard et fit mine de s'intéresser à la grande tapisserie qui ornait l'un des murs. Rapidement, ses yeux se perdirent dans les motifs aux couleurs chaudes de l'ouvrage et ses pensées la ramenèrent à cet été-là, quelques années auparavant.

Ce jour-là, le ciel était d'un bleu limpide et elle se souvenait encore de la chaleur du soleil sur sa peau. Elle l'avait attendu pendant des heures à l'ombre du vieux chêne, avide de ses baisers et de son étreinte. Il lui avait fait miroiter une vie commune, mais il n'était jamais venu au rendez-vous. Le conte de fées qu'elle avait cru vivre avait fini par se transformer en cauchemar.

Celia secoua la tête avec véhémence.

Non, ce n'était pas lui. Il n'est pas là. Pas maintenant.

Soudain, les portes de la salle d'audience s'ouvrirent de nouveau. Cette fois, le majordome de la reine franchit le seuil. Les conversations s'éteignirent aussitôt dans l'antichambre.

Celia refoula les larmes qui lui montaient aux yeux puis se redressa, les yeux rivés sur le majordome. Elle n'avait pas pleuré depuis trois ans et elle ne comptait pas recommencer aujourd'hui. Surtout pas aujourd'hui.

— Dame Celia Sutton, Sa Majesté est prête à vous recevoir, dit l'homme.

Enfin, son tour venait ! Celia se fraya un chemin au milieu de la foule, qui lui jetait des regards noirs. Elle les ignora tous, tant son attention était concentrée sur son entretien avec la reine. C'était sa dernière chance et rien ni personne, pas même John Brandon, ne pouvait la détourner de son but.

Elle passa le pas de la porte et aperçut son reflet dans un petit miroir accroché sur l'un des murs. Elle remit une des épingles dans le chignon sous son bonnet noir puis caressa le col en fourrure de son surcot. Ses boucles d'oreilles en jais noir faisaient ressortir ses yeux gris embués de larmes ainsi que la pâleur de sa peau, même si ses joues étaient légèrement rosies, sans doute par les émotions qu'avait soulevées en elle le souvenir de John.

Inspirant profondément, Celia cligna plusieurs fois des yeux. Elle porta ses mains à son ventre puis suivit le majordome le long du couloir qui menait à la salle d'audience.

Elle pénétra finalement dans la pièce. Le lieu était tout aussi bondé que l'antichambre, mais l'atmosphère y était beaucoup plus détendue. Vêtues de jolies robes de soie de couleurs pâles, les dames de compagnie de la reine étaient assises sur des tabourets, près de la cheminée. Elles brodaient en conversant gaiement. Derrière elles, des gentilshommes jouaient aux cartes en lançant, ici et là, des regards charmeurs aux demoiselles.

Celia détourna la tête et chercha du regard Robert Dudley, le favori de la reine, mais ne le vit nulle part. Après l'attentat auquel Elisabeth Ire avait échappé de justesse, quelques jours plus tôt, Dudley devait sûrement travailler nuit et jour pour renforcer la protection du palais. Ceci expliquait sûrement l'absence de lord Burghley, le secrétaire d'Etat, qui ne laissait, pour ainsi dire, jamais la reine seule.

C'est alors qu'elle la vit. La reine d'Angleterre ! Elle était assise près de la fenêtre, à l'autre bout de la salle. Celia prit quelques instants pour l'examiner.

De faibles rayons de soleil filtraient à travers la fenêtre, illuminant sa peau pâle et donnant un reflet cuivré à ses cheveux roux tirés sous une coiffe de perles. Vêtue d'un surcot doré bordé d'une fourrure blanche sur une somptueuse robe en velours écarlate, la reine Elisabeth portait des rubis aux doigts et aux oreilles. L'inquiétude se lisait sur son visage ; ses yeux étaient cernés, et sa mâchoire, serrée, mais cela n'enlevait rien à sa beauté.

Celia savait que l'attentat dont elle avait été récemment la cible n'était pas la seule et unique chose qui préoccupait la reine ces temps-ci. La noblesse des royaumes d'Autriche et de Suède avait littéralement envahi le palais de Whitehall dans l'espoir de gagner sa main. En outre, la France et l'Espagne représentaient une menace de plus en plus sérieuse pour son trône et sa cousine Marie Stuart, reine d'Ecosse, lui causait bien des soucis, comme toujours.

En comparaison, les problèmes de Celia semblaient bien futiles ! Au moins, personne n'essayait de la tuer ou de l'épouser de force.

— Dame Sutton, dit soudain la reine en se tournant vers elle, je suis navrée de vous avoir fait attendre si longtemps.

Celia effectua une profonde révérence puis s'avança vers le bureau de la reine.

— Ce n'est rien, Votre Majesté, je vous remercie de prendre le temps de me recevoir, murmura-t-elle.

— J'ai bien peur que vous ne soyez plus aussi reconnaissante une fois que vous aurez entendu ce que j'ai à vous dire, dame Sutton, répondit la reine en tapotant des doigts sur son bureau.

Voilà qui n'augurait rien de bon… Sans la quitter des yeux, Celia s'assit sur la chaise que l'un des valets venait de placer derrière elle. Quelque chose lui disait que l'entretien n'allait pas se passer comme elle l'avait imaginé.

— S'agit-il de Briony Manor, Votre Majesté ?

— Précisément.

La reine sortit un parchemin de la pile puis l'étala sur le bureau.

— Voyez-vous, les dernières volontés de votre grand-père semblent très claires. Il souhaitait, en effet, que le domaine revienne à votre tante, puis à votre cousin Anton. Et, malheureusement pour vous, nous ne pouvons pas aller à l'encontre de ses dispositions testamentaires.

A ces mots, un frisson glacial courut dans le dos de Celia. Malgré la déception et la colère qui l'envahissaient, elle se força à faire bonne figure devant la reine. Mais où allait-elle bien pouvoir vivre ? Qu'allait-il advenir d'elle ?

— Je comprends, Votre Majesté, déclara-t-elle finalement, en tenant dignement la tête haute.

— Je suis désolée, dame Sutton.

La reine avait l'air sincèrement navrée : elle avait même eu recours à la première personne au lieu d'employer le « nous » royal.

— Vous savez, poursuivit-elle, lorsque j'étais petite, je n'ai jamais vraiment eu de maison, un endroit où je pouvais me sentir en sécurité. Ma vie était régie par les autres ; par mon père pour commencer, puis par mon frère et même par ma sœur.

Surprise par de telles confidences, Celia haussa légèrement

les sourcils. La reine Elisabeth n'évoquait que très rarement son passé difficile. Pourquoi venait-elle alors de lui confier une telle chose ?

— Votre Majesté ?

— Je sais très bien ce que vous ressentez en ce moment, dame Sutton. Vous et moi, nous nous ressemblons, d'une certaine façon, et c'est pourquoi je me permets de vous demander un grand service.

Demander ? Exiger serait plus juste…

— Bien sûr, Votre Majesté, je ferai tout ce qui est en mon pouvoir pour vous servir.

La reine tapota de nouveau ses doigts sur le bureau.

— Je suis sûre que vous avez eu vent des rumeurs concernant ma cousine, la reine Marie. Ces rumeurs ont même soulevé l'intérêt de mes gentilshommes.

— Eh bien, je… Oui, Votre Majesté, j'ai entendu quelques histoires, par-ci, par-là. Mais… vous référez-vous à un événement en particulier ?

— Oui, il semblerait que ma cousine souhaite se remarier et, apparemment, elle compte faire un mariage aussi… royal que l'a été sa première union avec le roi de France. J'ai entendu dire qu'elle s'intéressait à Charles d'Autriche, le fils de Philippe II d'Espagne.

— Oui, Votre Majesté, j'ai moi aussi entendu cette rumeur.

Celia avait également entendu dire que Charles d'Autriche était un être lunatique et violent. Mais ce trait de caractère ne semblait pas déranger la reine Marie car, après tout, si elle venait à l'épouser, elle deviendrait la reine d'Espagne.

— Eh bien, il est hors de question que cette rumeur se réalise, s'exclama la reine en frappant du poing sur le bureau. Une telle alliance serait une menace inacceptable pour la cour d'Angleterre. Marie elle-même représente une menace pour nous et c'est pourquoi j'ai pensé qu'il serait plus judicieux qu'elle épouse un aristocrate anglais. Ainsi, je saurais que je peux avoir quelqu'un sur qui compter à la cour d'Ecosse.

— Vous avez sans doute raison, Votre Majesté, dit Celia, confuse.

Pourquoi la reine lui racontait-elle tout ça ? Et en quoi pouvait-elle l'aider dans cette tâche ?

La reine se pencha vers elle.

— J'ai un plan, chuchota-t-elle, et j'aurais besoin de vous, dame Sutton, pour le mettre à exécution.

— En quoi puis-je vous être utile, Votre Majesté ? Je ne connais aucun prétendant à la main de votre cousine.

— Ne vous en faites pas pour ça, j'ai le candidat idéal, quelqu'un en qui j'ai une confiance aveugle. Je ne peux malheureusement pas vous dire de qui il s'agit pour le moment mais vous le saurez en temps voulu, je vous le promets, dit la reine en se redressant sur son siège.

Elle sortit ensuite un autre document de la pile posée sur son bureau et l'étudia quelques instants.

— Ma cousine, Margaret Douglas, comtesse de Lennox, qui est donc également la cousine de Marie, demande un passeport pour son fils, lord Darnley, afin qu'il puisse rendre visite à son père, qui réside désormais à Edimbourg.

Celia hocha la tête sans un mot. Elle était au courant de la demande de lady Lennox étant donné que cette dernière s'était récemment livrée à des confidences dont Celia aurait préféré se passer. Elle voulait que la reine Marie rencontre lord Darnley car elle était persuadée que son autre cousine tomberait aussitôt sous le charme ravageur de son fils adoré. Ainsi, s'ils venaient à se marier, lord Darnley deviendrait le roi d'Ecosse. La reine Elisabeth voulait-elle encourager cette union ? Cela dit, il était peu probable que le rêve de lady Lennox devienne réalité. Le visage d'ange de son fils cachait une âme bien sombre. Il suffisait de le regarder pour comprendre qu'il aimait un peu trop la boisson et la compagnie des autres hommes.

— Il me semble que lady Lennox s'est liée d'amitié avec vous ces derniers jours, dit la reine, tirant ainsi Celia de ses réflexions.

— Lady Lennox s'est montrée très aimable envers moi. Elle m'a confié dernièrement que son époux lui manquait terriblement, répondit-elle évasivement.

— Je suis peu enthousiaste à l'idée de laisser lord Darnley franchir les frontières de notre royaume. Il fait partie de ces personnes qui doivent être sous constante surveillance. Cela dit, lord Burghley m'a conseillé de tout de même lui délivrer son passeport et, après réflexion, j'ai décidé de suivre son conseil. Il partira donc pour l'Ecosse dans une semaine.

— Si vite, Votre Majesté ? demanda Celia, étonnée.

Cet hiver était l'un des plus rigoureux que le royaume ait connus jusqu'à présent. La Tamise était devenue une route de glace et toute personne sensée préférait rester chez elle, près d'un bon feu crépitant.

— Le plus vite sera le mieux. Et puis lord Darnley est impatient de prendre la route.

La reine soupira puis la regarda droit dans les yeux.

— Dame Sutton, dit-elle, je souhaiterais que vous fassiez également partie de ce voyage.

Comment ?

Bouche bée, Celia fixa la reine quelques instants. Elle ne savait pas quoi penser et encore moins quoi dire. Elle, partir en Ecosse ?

— Je… je… En quoi pourrais-je vous être utile là-bas, Votre Majesté ?

— Vous serez une des dames de compagnie de la reine Marie, mais surtout vous serez mes yeux et mes oreilles. Bien évidemment, vous ne serez pas seule ; Burghley placera également des espions à la cour d'Ecosse. Mais, voyez-vous, je préfère vous confier cette tâche particulière parce que rien n'échappe à l'œil d'une femme, dame Sutton. Et puis je veux savoir ce qui se passe dans la tête de Marie, si elle compte vraiment se remarier. Et je veux aussi savoir si je peux… l'aider à prendre une décision à ce sujet.

— Pensez-vous réellement que je sois la bonne personne à qui confier une telle mission ? dit prudemment Celia.

— Oui, j'en suis même certaine. Cela fait déjà plusieurs jours que je vous observe, dame Sutton. Vous êtes quelqu'un à qui rien n'échappe, vous prenez le temps d'écouter et d'observer ce qui se passe autour de vous et c'est exactement ce dont j'ai besoin en ce moment. Je dois connaître les moindres faits et gestes de ma cousine ; la sécurité de nos frontières au nord repose sur le choix de son futur époux.

Celia acquiesça de la tête en silence. Elle savait très bien à quel point la reine Marie pouvait être imprévisible, tout le monde le savait, d'ailleurs. La reine avait également raison en disant qu'elle laissait souvent traîner ses yeux et ses oreilles un peu partout, mais elle n'avait pas le choix. Elle était veuve, sans personne sur qui compter, elle devait donc se protéger et assurer ses arrières d'une manière ou d'une autre. Et, en plus, maintenant, elle n'avait plus nulle part où aller.

Je n'ai pas d'autre choix que d'accepter la mission que me confie la reine. Soit j'accepte, soit je retourne chez ma belle-famille.

— Il va de soi que vos efforts seront récompensés, dame Sutton, dit la reine comme si elle avait lu dans ses pensées. Si le mariage de ma cousine s'avère bénéfique, à votre retour, je veillerai personnellement à ce que l'on vous trouve un époux ; le meilleur qui soit. Vous serez ainsi à l'abri du besoin jusqu'à la fin de vos jours.

Cette proposition laissa Celia pensive. Se remarier ? Une propriété à son nom la comblerait davantage. Elle ne voulait pas d'un autre époux. D'après son expérience, les époux étaient de simples bons à rien. Mais elle préférait ne rien dire pour l'instant, mieux valait renégocier le moment venu.

— Vous parlez d'un mariage bénéfique... Que voulez-vous dire exactement par là ?

La reine lui sourit puis sortit une lettre du registre qui était posé devant elle.

— Je compte proposer un candidat au mariage à Marie. Tout ce que vous devez savoir se trouve dans cette lettre, lui dit-elle en lui tendant le document soigneusement plié. Si vous avez des messages à me faire parvenir, vous pourrez les confier à un de mes hommes qui sera également sur place et il fera le nécessaire.

— Un de vos hommes ? demanda Celia en rangeant la lettre dans sa manche.

— Oui. D'ailleurs, je vais vous le présenter de ce pas.

La reine fit un signe au majordome, qui ébaucha une révérence avant de disparaître par une porte dissimulée dans le mur lambrissé. Celia n'eut même pas le temps de comprendre ce qui se passait que le majordome réapparut suivi d'un homme vêtu d'un uniforme en velours noir et satin jaune pâle.

John Brandon !

L'homme qu'elle fuyait le plus au monde était à présent devant elle ! Celia dut fournir un effort surhumain pour ne pas tomber de sa chaise. C'était donc bien lui qu'elle avait aperçu dans l'antichambre ! Elle n'avait pas rêvé.

Leurs regards se croisèrent brièvement et Celia crut déceler une lueur dans ses yeux bleus et un petit sourire au coin des lèvres. Mais cela ne dura qu'un instant. Il détourna bientôt le regard et l'expression de son visage devint indéchiffrable. L'avait-il reconnue ? Si c'était le cas, il ne le montrait guère.

— Ah, sir John, vous voilà ! s'exclama la reine en lui faisant signe d'avancer.

Un sourire ravageur aux lèvres, John fit quelques pas puis esquissa une profonde révérence.

— Votre Majesté, votre beauté et votre éclat font pâlir d'envie le soleil, dit-il en se redressant.

— Mais quel flatteur ! répondit-elle en riant.

Seigneur ! Celia était-elle vraiment obligée d'assister à ce genre de scène ? Le visage fermé, elle observait la scène depuis sa chaise. Dieu savait combien de fois elle s'était sentie fondre de bonheur lorsqu'il lui avait adressé ce même sourire, sauf qu'à l'époque une barbe naissante couvrait ses joues. Maintenant qu'il était rasé, elle pouvait voir la finesse de ses traits, la ligne de sa mâchoire parfaitement dessinée.

Du coin de l'œil, elle remarqua que l'arrivée de John

n'était également pas passée inaperçue auprès des dames de compagnie. Toutes gloussaient en le dévorant du regard. Il y a trois ans, elle aussi avait ressenti la même chose que ces jeunes femmes, elle avait été comme envoûtée par sa beauté. Heureusement que le charme était aujourd'hui rompu !

— Passons aux choses sérieuses, dit la reine, ramenant ainsi Celia à la réalité. Sir John, je vous présente dame Celia Sutton. Elle vous confira des messages qu'il faudra me transmettre au plus vite. Bien sûr, je compte aussi sur vous pour veiller sur elle une fois que vous serez à Edimbourg.

John fronça les sourcils. Celia se doutait bien qu'il n'était pas ravi de se voir confier une telle tâche ! Elle l'était encore moins, elle. Son estomac se serra. Ils allaient voyager ensemble et elle allait devoir s'en remettre à lui. Elle n'eut qu'une envie à cette idée : bondir de sa chaise en criant qu'elle refusait de prendre part à la mission avant de s'enfuir. Mais, au lieu de ça, elle resta assise en se mordant la lèvre pour garder son calme. Elle n'était pas en position de refuser à la reine ; elle n'avait plus rien à perdre.

Elle leva la tête et jeta un regard hésitant à John dont les traits se détendirent aussitôt.

— Pour vous servir, dame Sutton, dit-il en lui faisant une révérence.

La reine eut un sourire satisfait qui n'échappa pas à Celia.

— De toutes les missions que j'ai pu vous confier, je pense que celle-ci est l'une des plus… plaisantes, n'est-ce pas, sir John ? Dame Sutton est une très belle femme, je suis sûre que vous prendrez le temps de faire plus amplement sa connaissance au cours du long voyage qui vous attend.

Celia se figea à ces mots puis sentit le regard de John sur elle.

— Je ne peux m'exprimer à ce sujet, Votre Majesté, car votre grâce fait de l'ombre à toutes les autres, dit-il.

— Sir John, vous êtes un incorrigible charmeur ! Quoi qu'il en soit, je pense que vous vous entendrez à merveille, répondit la reine. Au fait, votre mère était écossaise, n'est-ce pas ?

Celia vit un muscle tressaillir sur la mâchoire de John.

— Oui, Votre Majesté.

— Il me semble même qu'elle vivait à la cour de Marie de Guise, lorsque celle-ci gouvernait le royaume d'Ecosse pour le compte de sa fille, ma cousine Marie.

— En effet.

— Parfait, vous pourrez donc aider dame Sutton à se familiariser avec les manières de la cour écossaise. Peut-être même que vous y croiserez des membres de votre famille.

— Ma famille est ici, en Angleterre, rétorqua-t-il d'un ton froid.

S'ensuivit un silence pesant qui parut une éternité à Celia.

— Ce sera tout, vous pouvez disposer, dit finalement la reine. Vous avez beaucoup de choses à préparer avant votre voyage, et moi, je dois m'occuper de ces pétitions avant le banquet de ce soir.

Celia se leva, tremblante, et s'inclina devant la reine. Elle avait encore du mal à assimiler ce qui venait de se passer ; cet entretien avait été aussi troublant qu'étrange. Elle en avait même oublié tous ses problèmes. Une seule pensée occupait désormais son esprit : le retour de John Brandon. Oui, John Brandon venait de réapparaître dans sa vie et, comme si cela ne suffisait pas, elle allait devoir partir, avec lui, en Ecosse, afin d'espionner la reine Marie. Elle aurait presque eu le cœur à rire de l'ironie de la situation, si elle ne devait pas en subir le prix.

John fit une révérence à la reine et le majordome les accompagna jusqu'à la porte dissimulée dans le mur lambrissé par laquelle John était arrivé.

Ils pénétrèrent dans un couloir dont les murs étaient recouverts de grandes tapisseries. Celia s'arrêta pour laisser ses yeux s'ajuster à l'obscurité de la pièce étroite. Elle se massa le front et inspira profondément. Dans quoi s'était-elle engagée ! Cette mission était vraiment la dernière issue qu'elle aurait imaginée avant l'entretien… Soudain, elle entendit la porte claquer derrière elle… John ! Il était resté tout ce temps derrière elle, à l'observer en silence. Elle fut parcourue d'un frisson en voyant sa silhouette athlétique nonchalamment appuyée contre le mur. Au bout de quelques instants, il s'avança vers elle, le visage dépourvu d'émotion.

— Bonjour, Celia, dit-il à voix basse en s'arrêtant juste devant elle. Voilà longtemps que je ne vous ai vue…

2

Celia le dévisagea en silence un long moment. Le visage de John paraissait sombre dans la lumière pâle des quelques bougies qui éclairaient la pièce. Lui aussi avait changé au cours de ces trois dernières années. Son corps était mince mais plus musclé et ses yeux avaient un éclat bleu glacé.

Autrefois, elle avait tant aimé se perdre dans son regard, qui était alors chaleureux et rassurant. Un regard, un geste, un mot de sa part avaient suffi pour briser ses défenses. Mais plus maintenant. Son cœur meurtri battait dans une carapace que plus personne n'arriverait à percer. Plus jamais. Et c'était bien mieux ainsi. Les sentiments étaient synonymes de souffrance, quelque chose de fallacieux. Quelque chose d'irréel. Surtout lorsqu'il s'agissait de cet homme.

Elle fit un pas en arrière pour s'écarter de lui et s'adossa au mur. Lui, il ne bougeait pas et restait impassible. Malgré la courte distance qui les séparait l'un de l'autre, Celia sentait la tension qui habitait son corps à la fois doux et puissant ; elle sentait sa chaleur l'envelopper et lui rappeler ses tendres caresses sur sa peau.

Ressaisis-toi, Celia !

Elle passa nerveusement les mains dans les plis de sa robe sans baisser les yeux. Il ne fallait pas afficher la moindre faiblesse devant lui.

— Oui, très longtemps, en effet, dit-elle une fois qu'elle eut retrouvé ses moyens.

La dernière fois qu'ils s'étaient vus, il l'avait couverte de baisers sous le vieux chêne, leur lieu de rendez-vous secret. Il l'avait appuyée contre le tronc de l'arbre, son corps viril collé au sien, l'embrassant avec ardeur. Il avait ensuite glissé sa main sous sa robe. Le désir brûlant qu'ils avaient éprouvé l'un pour l'autre ce jour-là, cette sensation de le savoir en elle, tout cela était resté ancré dans sa mémoire. Ses belles promesses aussi. Et pourtant, le jour suivant, son monde s'était écroulé tel un château de cartes. Il n'était pas venu à leur rendez-vous et elle ne l'avait plus jamais revu. Jusqu'à aujourd'hui.

— En fait, je dirais même pas assez longtemps, reprit-elle froidement. Je pensais que je ne te… vous reverrais plus jamais.

Il ne réagit pas à cette provocation et continua de l'observer. Mais pourquoi diable la regardait-il ainsi ? Il n'y avait pas grand-chose à voir ! Mis à part ses boucles d'oreilles, elle ne portait aucun bijou, sa robe noire était modeste, et ses cheveux, coiffés en un simple chignon.

Une image jaillit soudain dans son esprit : John s'approchait d'elle et libérait ses cheveux en enlevant les épingles une à une. Il y passait ensuite une main avant d'y enfouir son visage en lui murmurant des mots doux à l'oreille. Il lui disait qu'il adorait caresser ses longs cheveux et…

Allons, voilà qu'elle s'égarait de nouveau ! Voyant que John la regardait les yeux plissés, comme pour lire dans ses pensées, elle fit rapidement taire son imagination. Elle devait garder son calme et ne rien laisser transparaître. Elle s'était déjà entièrement donnée à lui une fois et ne voulait pas commettre cette même et stupide erreur de nouveau.

Elle releva son menton en le défiant du regard.

Eh bien, essaye de lire dans mes pensées maintenant, de jouer avec mes sentiments. La Celia douce et naïve que tu as connue n'existe plus ! Toi, mon époux et mon idiot de frère l'avez tuée.

— J'ai souvent pensé à toi, Celia, dit-il enfin.

Cette réponse la prit par surprise. Elle s'attendait à tout sauf à ça. Il avait pensé à elle ? Mais bien sûr ! Il a certainement dû rire à ses dépens bien plus d'une fois. La gentille fille de la campagne qui était littéralement tombée sous son charme alors que pour lui elle n'avait été rien de plus qu'un passe-temps.

Elle eut un rire ironique.

— Ah bon ? Je ne vous savais pas nostalgique, sir John. D'autant plus que la vie à la cour doit être éreintante ; tous ces tournois à gagner, ces dames à charmer… Cela doit être une vie de rêve pour un homme de votre… envergure.

Contente de son effet, Celia laissa son regard errer sur lui quelques instants. Ses épaules semblaient bien plus larges que dans ses souvenirs et les traits de sa silhouette étaient parfaitement dessinés. Les bottes en cuir qu'il portait mettaient en valeur ses jambes longues et musclées. Il était devenu encore plus viril, si cela était possible. Ses yeux se posèrent ensuite machinalement sur son entrejambe et elle détourna aussitôt les yeux. Elle se souvenait très bien, trop bien même, de cette partie de son corps… dure comme le fer et douce comme la soie.

Elle émit un toussotement gêné.

— Oui, un homme comme vous doit certainement être très occupé.

Sa remarque dut le toucher à vif car, l'instant d'après, il lui saisit les bras et la plaqua brusquement contre le mur. Une lueur de colère brillait dans ses yeux. Etait-il devenu fou ? Bien que choquée par ses manières, Celia dut bien admettre que la pression de ses mains viriles sur ses bras provoquait en elle d'incroyables réactions. Son cœur se mit à battre à tout rompre et toutes ses défenses étaient en train de fondre sous son toucher. Mais elle n'avait pas le droit de céder maintenant. Ni maintenant ni jamais, d'ailleurs. Cinq minutes en présence de John ne pouvaient pas effacer trois ans de douleur et de colère !

— Lâche-moi ! s'écria-t-elle en oubliant les règles de conduite qu'elle comptait respecter en s'adressant à lui.

Elle tenta de se libérer de son emprise mais sans succès ; la poigne de John sur ses bras demeurait ferme. Son corps était désormais à quelques centimètres du sien et elle pouvait sentir la chaleur de son souffle sur sa joue. Son odeur familière éveillait en elle des sensations qu'elle croyait perdues à jamais. Sa tendresse, sa douceur, le rythme de sa respiration… Tout cela ravivait le désir latent qu'elle avait toujours de lui. A son grand agacement !

— Que t'est-il arrivé, Celia ? demanda-t-il.

— Que veux-tu dire ?

Celia resta immobile et fixa son regard sur sa mâchoire carrée qui trahissait une certaine tension. Sa bouche était pincée en une ligne ferme et sévère. Le col haut de son pourpoint était ouvert et elle eut soudainement envie de tirer sur les lacets, de les serrer encore et encore, jusqu'à ce qu'il la lâche. Jusqu'à ce qu'il ressente la douleur qu'il lui avait causée.

— Tu ressembles à la Celia que j'ai connue et pourtant…

Il laissa glisser une de ses mains le long de son bras.

Déstabilisée, Celia ne bougea pas d'un pouce. Elle se sentait comme une proie à la merci de son prédateur. Son souffle se coinça dans sa gorge lorsqu'il caressa la paume de sa main avant de nouer ses doigts aux siens. Elle pouvait clairement voir une flamme ardente briller dans son regard.

— Tu es encore plus belle qu'avant, lui chuchota-t-il à l'oreille. Mais ton regard a perdu de son éclat.

— Eh bien, figure-toi que, grâce à toi, je ne suis plus cette fille crédule et naïve que l'on peut amadouer avec de belles paroles. J'ai bien retenu la leçon depuis notre dernière rencontre, déclara-t-elle.

John leva sa main à ses yeux. Il l'étudia quelques instants puis passa son pouce sur son annulaire. Celia tenta de la lui retirer mais n'y parvint pas. Et si quelqu'un les surprenait dans cette posture ? Y songeait-il seulement ?

— Es-tu mariée ? demanda-t-il sans détacher le regard de son annulaire.

— Plus maintenant, Dieu soit loué, répondit-elle avec un rire amer. Plus maintenant et plus jamais.

Une nouvelle fois, il ne répondit pas. Toujours sans la regarder, il porta sa main à ses lèvres et déposa un baiser dans sa paume. Voilà une attention qu'elle n'attendait pas ! Sous le coup de la surprise, Celia se sentit défaillir. Son corps tout entier était en train de la trahir. Les lèvres de John étaient légèrement entrouvertes et elle pouvait sentir son souffle chaud sur sa peau. Si proche d'elle… Si elle n'avait pas été adossée au mur, elle aurait certainement déjà perdu l'équilibre. Mais d'où venait ce désir fulgurant qu'elle éprouvait soudainement pour lui ? Pourquoi était-elle aussi faible en sa présence ? N'en avait-elle pas fini avec leur histoire ? Ne s'était-elle pas promis de ne plus jamais retomber dans les bras d'un homme, qu'il s'agisse de John ou d'un autre ?

Celia se sentit vibrer de colère et se raidit en s'efforçant de se reprendre. Elle n'était pas le jouet des hommes, désormais. Il n'était plus question de se laisser faire !

— Si j'ai changé, je constate que toi, tu es resté le même, dit-elle calmement. Tu agis toujours selon ton bon plaisir et, une fois que tu as obtenu satisfaction, tu passes à autre chose. Sans te soucier un instant du mal que tu fais aux autres.

A ces mots, John arrêta aussitôt d'embrasser sa main et leva doucement la tête jusqu'à rencontrer son regard. Ses yeux semblaient emplis de fureur et brillaient d'une lueur inquiétante. Venait-elle de toucher un point sensible ?

— Tu ne sais rien de moi, lui murmura-t-il lentement. Tu ne sais pas tout ce que j'ai pu traverser ces dernières années.

Je sais que tu m'as abandonnée !

Celia sentit la colère monter en elle. Oui, il l'avait abandonnée à son propre sort. Au lieu de l'épouser lui, elle avait dû épouser un homme cruel qu'elle n'avait jamais aimé. Elle s'était retrouvée seule du jour au lendemain, sans personne vers qui se tourner, à qui se confier. Elle dut se mordre la langue pour retenir toutes les récriminations qui lui venaient aux lèvres.

— Ce que je sais, en revanche, c'est qu'il est hors de question que j'exécute cette mission avec toi ! s'exclama-t-elle.

— Mais nous sommes bien d'accord, moi non plus, je ne veux pas travailler avec toi, répondit-il en plissant les yeux.

Il l'examina une nouvelle fois puis la lâcha brusquement avant de lui tourner le dos.

— Cela ne m'enchante guère mais nous n'avons pas le choix, à moins que tu ne veuilles défier les ordres de la reine, poursuivit-il en passant une main dans ses cheveux blonds.

Celia croisa les mains dans le dos pour éviter la tentation de remettre de l'ordre dans la chevelure de John.

— Bien sûr que non, marmonna-t-elle.

Elle l'entendit émettre un long soupir.

— Dans ce cas, Edimbourg, nous voilà ! lui lança-t-il par-dessus son épaule. Sur ce, nous nous verrons sans doute ce soir, au banquet de la reine.

Elle le regarda quitter la pièce, les yeux rivés sur son dos. Lorsque la porte se fut refermée sur lui, elle se laissa tomber sur le sol et écouta le silence qui s'était installé dans le couloir. Sa tête lui faisait mal et elle avait envie de crier de toutes ses forces. Une larme coula le long de sa joue et elle l'essuya aussitôt.

Pourquoi fallait-il que cela lui arrive à elle ? Elle était persuadée que sa vie ne pouvait être plus compliquée qu'elle ne l'était déjà. Eh bien, John Brandon venait de lui prouver le contraire. Cet homme était le danger incarné !

Seigneur ! Celia Sutton.

John balaya son bureau d'un revers de la main, envoyant toute une pile de documents s'écraser par terre. Il soupira et se laissa tomber sur son fauteuil en regardant le désordre qu'il venait de causer.

Bravo, bien joué !

Maintenant, il allait devoir tout ramasser car il devait absolument lire chacun de ces écrits avant de partir en Ecosse. Mais il n'arrivait pas à se concentrer, l'image de Celia s'immisçait sans cesse dans son esprit.

Celia, Celia…

Il passa nerveusement une main dans ses cheveux, comme

pour la balayer de son esprit, mais rien n'y faisait. Il ne pouvait pas oublier ses yeux gris et froids rivés sur lui. A son regard, il avait tout de suite lu dans ses pensées : comme lui, elle avait revécu en un éclair la passion des jours heureux. Leurs étreintes, peau contre peau, les caresses langoureuses, les baisers brûlants… De nouveau, il avait entendu son souffle haletant et ses gémissements de plaisir lorsqu'il était entré en elle. Jamais il n'avait connu un tel bonheur, jamais il n'avait établi un lien aussi fort avec quelqu'un.

Cependant, elle avait changé. Son regard avait changé : il était devenu froid et plein de rancœur. Sa Celia, la femme qu'il n'avait jamais pu oublier, celle à qui il pensait chaque jour, avait disparu. Ou peut-être s'était-elle simplement réfugiée derrière la femme dure et distante qui lui avait fait face. Il était clair que quelque chose l'avait profondément blessée et qu'elle s'était construit une carapace. Et, malgré ce qu'ils avaient vécu ensemble, elle ne voulait plus avoir affaire à lui. Le pire dans tout ça était qu'il ne pouvait pas lui en vouloir, il savait pertinemment qu'il était pour beaucoup dans sa transformation.

Celia…

Il s'était épris d'elle au premier regard, et très vite elle était devenue la personne la plus importante à ses yeux. Elle avait éveillé en lui des sentiments qu'il n'avait jamais ressentis pour personne. Un court instant, il avait même songé à vieillir à ses côtés.

En la revoyant dans ce couloir, il avait tout de suite senti que le lien qui s'était tissé entre eux trois ans auparavant existait encore. Lorsqu'il l'avait touchée, il avait immédiatement senti sa colère et sa passion se déchaîner en elle. Et le simple fait de ressentir ce qu'elle éprouvait avait fait jaillir en lui des sentiments qu'il avait enfouis au plus profond de son être.

Il avait dû lutter contre l'envie impérieuse de l'allonger par terre et relever ses jupons pour caresser sa chair la plus intime. Il aurait tant voulu détruire les barrières qu'elle avait dressées entre eux. Jusqu'à ce qu'elle redevienne la Celia qu'il avait connue, celle qui lui avait redonné le sourire.

John ferma les yeux et des images de Celia se mirent aussitôt à défiler dans son esprit. Il pouvait pratiquement la toucher, il sentait ses doigts dans ses cheveux, ses caresses sur sa peau…

Ces souvenirs doux et amers à la fois étaient tout ce qui lui restait de Celia car, à en croire les regards froids qu'elle lui avait adressés plus tôt, il n'était pas prêt à revivre quoi que ce soit avec elle.

Songeur, John se leva de son fauteuil. Il se dirigea vers la fenêtre de sa chambre et ouvrit les battants. La fraîcheur du mois de décembre traversa aussitôt sa chemise en lin. Il inspira profondément l'air frais en espérant que celui-ci lui remettrait les idées en place.

Jusqu'à présent, il avait accompli toutes les missions que lui avait confiées la reine avec succès. Et il comptait mener à bien sa mission en Ecosse. Il ne fallait donc pas se laisser distraire par la présence de Celia.

De sa fenêtre, il pouvait admirer les méandres gris de la Tamise. Cet hiver était bien plus rude que les précédents et le fleuve avait complètement gelé, si bien qu'une foire avait été organisée dessus durant quelques jours. Néanmoins, le temps avait tout de même fini par s'adoucir et la couche de glace qui recouvrait encore le fleuve commençait à fondre petit à petit. Mais, malgré cela, peu de personnes osaient s'aventurer dehors.

Et dire que lui allait devoir voyager à Edimbourg par ce temps. Avec Celia, en plus ! Ensemble, ils allaient devoir braver le froid puis les dangers de la cour d'Ecosse. D'un autre côté, cette expérience finirait peut-être par les rapprocher. Il aurait l'opportunité de briser la carapace qu'elle s'était construite. Et peut-être même que…

— Non, non, non ! s'écria-t-il en frappant du poing sur le rebord de la fenêtre.

Le but de cette mission était de lutter contre le danger que représentaient la reine Marie et son éventuel remariage pour la couronne anglaise. Il n'allait pas là-bas dans l'espoir de reconquérir Celia. Il devait à tout prix écarter cette idée de son esprit. Le passé était le passé et il était impossible de le renouer avec le présent. Il avait perdu Celia le jour où il l'avait quittée.

On frappa à sa porte et John eut un léger sursaut.

— Entrez ! lança-t-il sèchement.

Il inspira encore une bouffée de l'air froid avant de fermer la fenêtre puis se retourna vers la porte.

— Ah, Marcus, marmonna-t-il en voyant son meilleur ami entrer dans la pièce.

Lord Marcus Stanville l'examina d'un air dubitatif.

— A te voir, je dirais que je tombe mal, dit-il en haussant un sourcil.

Il jeta ensuite un coup d'œil vers les documents éparpillés au sol puis sourit.

— Je ne voudrais surtout pas être ta prochaine victime.

John l'observa quelques instants et finit par laisser échapper un petit sourire.

— Les dames de la cour ne me pardonneraient jamais si j'amochais ta belle gueule d'ange, dit-il en reprenant place dans son fauteuil.

— Sans doute, oui. Mon visage doit avoir ce petit quelque chose que les autres n'ont pas, répondit-il en s'avançant vers le bureau.

Marcus n'avait pas tort. Les femmes semblaient irrésistiblement attirées par sa silhouette athlétique et ses longs cheveux. S'ils n'avaient pas grandi ensemble, John l'aurait certainement détesté. Et, comme si ce n'était pas suffisant, son ami cachait derrière son beau visage un esprit redoutable et maniait l'épée avec une facilité déconcertante. Ils s'étaient d'ailleurs mutuellement sauvé la vie plus d'une fois.

— Quoique…, dit Marcus pensivement, une fois assis sur l'autre fauteuil. Une blessure, disons… bien placée, pourrait me valoir de la sympathie de la part d'une certaine lady.

— Laisse-moi deviner… lady Felicity ?

— Oui. Elle n'est pas facile à comprendre, celle-là.

— Je crois surtout que tu n'es pas habitué à courir après une femme étant donné qu'il suffit que tu lui adresses un de tes sourires ravageurs pour qu'elle tombe à tes pieds, dit John en riant.

— … dit l'homme qui peut avoir n'importe quelle femme dans son lit en un clin d'œil !

Cette réflexion ramena les pensées de John à Celia. Il ne pouvait pas oublier son regard implacable.

— Non, pas toutes, marmonna-t-il dans sa barbe.

— Quoi ? s'exclama Marcus en se redressant sur son fauteuil. Une femme aurait-elle résisté à l'irrésistible John Brandon ? Serait-ce un présage de l'apocalypse ?

Marcus avait le don de le faire sortir de ses gonds ! John attrapa un livre qu'il avait sous la main et le lança en direction de Marcus. Celui-ci l'esquiva de justesse puis le ramassa et le jeta à son tour vers John.

— Eh bien… Qui l'eût cru, dit-il en mettant de l'ordre dans ses cheveux. Je comprends maintenant pourquoi tu es dans un si piteux état.

— Oui, et le fait de devoir partir à Edimbourg n'aide en rien les choses.

Marcus fronça les sourcils.

— Ah, Edimbourg… Nous partons bientôt, n'est-ce pas ? Jouer les nounous pour cet ivrogne de Darnley ; voilà une mission dont je me serais bien passé ! Je parie que le diable en personne n'arriverait pas à le tenir à l'écart des ennuis.

— Je pense que cette mission en cache une autre, beaucoup plus… complexe.

— Tu as parlé avec Burghley ? demanda Marcus en se penchant en avant.

— Non, pas encore, mais je pense qu'il demandera à me voir demain.

— En tout cas, j'espère que cette mission sera différente de celle à Paris.

Un frisson parcourut le dos de John.

Paris. Il se souvenait parfaitement du danger qu'ils avaient couru là-bas. Il ressentait encore trop douloureusement la peine mêlée de culpabilité qu'il avait éprouvée. Il venait tout juste de quitter Celia et…

Il secoua vivement la tête.

— Depuis toujours, la reine Marie est une épine dans le pied d'Elisabeth, dit-il.

— Et c'est à nous de la lui retirer ?

— J'ai bien peur que oui. D'une façon ou d'une autre.

Nous avons tous nos propres démons… Marie Stuart était celui d'Elisabeth. Quant à celui de John, il avait les plus beaux yeux gris au monde et une peau pâle comme la neige.

— La reine a mis une autre personne dans la confidence. Celle-ci sera également du voyage.

— Oh, non ! s'écria Marcus. Comme si Darnley et ses acolytes ne nous suffisaient pas.

— Eh oui, que veux-tu… Il s'agit de dame Celia Sutton.

A peine eut-il prononcé le nom de Celia à voix haute que l'estomac de John se noua. Les sentiments qu'il avait autrefois éprouvés pour elle s'étaient décidément transformés en un malaise dont il n'arrivait plus à se débarrasser.

— Celia Sutton ? demanda Marcus en écarquillant les yeux. Cette femme a un regard à te glacer le sang… et les testicules, soit dit en passant.

John se força à rire. Ce regard glacé dont parlait son ami avait eu un tout autre effet sur lui. Un vague sourire aux lèvres, il repensa au contact de sa peau sur la sienne, au parfum enivrant de ses cheveux… Mais il devait prendre garde, il savait que cette pente était dangereuse !

— La reine Elisabeth l'envoie là-bas en tant que demoiselle de compagnie pour sa cousine ; un simulacre de courtoisie, disons, dit-il en reprenant ses esprits.

— Autant lui envoyer une bague empoisonnée, même si je dois avouer qu'il y a quelque chose en cette femme qui…

Marcus se tut lorsqu'il croisa le regard de John. Ils se

connaissaient depuis si longtemps qu'il avait immédiatement dû percevoir la note d'avertissement dans ses yeux.

— Je préfère ne pas entendre la fin de ta phrase.

— Tes histoires de cœur, aussi étranges soient-elles, ne regardent que toi, dit Marcus en se levant de son fauteuil. Maintenant, si tu veux bien m'excuser, je dois aller me préparer pour le bal de ce soir. J'aimerais bien pouvoir parvenir à mes fins avec lady Felicity avant notre départ pour l'enfer.

Sur ces mots, Marcus quitta la pièce, laissant John quelque peu perplexe. Au bout de quelques instants, il se leva et se dirigea de nouveau vers la fenêtre. La nuit commençait déjà à tomber et un faible brouillard enveloppait les torches qui éclairaient les bords de la Tamise.

Les mots de Marcus lui revinrent à l'esprit : « avant notre départ pour l'enfer ». Sa vie était devenue un enfer il y a trois ans déjà, depuis le jour où il avait trahi Celia, la seule femme qu'il eût vraiment aimée, en l'abandonnant comme un lâche.

Pourrait-elle lui pardonner un jour ?

Encore faudrait-il qu'elle sache toute la vérité…

3

Assise devant la coiffeuse, Celia contemplait pensivement son reflet pendant que la servante lui brossait les cheveux, avant de les arranger en un chignon sophistiqué.

La reine Elisabeth avait mis à sa disposition une magnifique petite chambre au sein du palais. Maintenant qu'elle était loin de la foule et des commérages, Celia se sentait un peu plus détendue, même si son regard trahissait un certain trouble. N'importe qui aurait pu deviner que quelque chose la tracassait, elle en était persuadée…

Elle baissa les yeux pour ne plus avoir à regarder son reflet inquiet et resserra les pans de sa robe de chambre. Bientôt, elle devrait se rendre dans la salle de bal, se mêler à la foule et converser de choses et d'autres comme si de rien n'était. Un sourire forcé aux lèvres, elle devrait observer et écouter tout ce qui se disait autour d'elle dans l'espoir d'apprendre la véritable raison de son voyage à Edimbourg. Et, comme toujours, elle allait devoir être très prudente pour ne pas éveiller de soupçons.

Elle ferma les yeux pour combattre le malaise qui grandissait en elle. Au bout de trois ans, elle en avait plus qu'assez de toujours devoir être sur ses gardes et de ne pouvoir faire confiance à personne. Allait-elle devoir vivre ainsi jusqu'à la fin de ses jours ? Probablement, oui. Son époux n'était, certes, plus de ce monde mais le sentiment de défiance mêlé de peur refusait de la quitter.

D'un geste automatique, elle massa son épaule et fit une

grimace. Elle était guérie depuis longtemps mais la douleur, elle, était toujours là.

Elle prit une profonde inspiration, bien décidée à ne pas laisser la mémoire de son défunt époux la détourner de son but. Si seulement elle pouvait faire de même pour John Brandon ! Pourquoi n'arrivait-elle pas à le chasser de ses pensées ? Elle les revoyait tous les deux, dans le couloir faiblement éclairé. John, le visage grave, la tenait plaquée contre le mur. Ses yeux, d'un bleu dangereusement sombre, étaient ancrés dans les siens et il semblait lire en elle comme dans un livre ouvert. Le contact de sa main sur sa peau avait provoqué en elle des sensations qu'elle croyait perdues à jamais ; des émotions qu'elle avait oubliées depuis son mariage avec Thomas. Un simple regard de John l'avait effrayée bien plus que tous les coups qu'avait pu lui donner son détestable époux. Ce dernier avait beau la frapper encore et encore, jamais il n'était parvenu à briser les barrières insurmontables qui les séparaient. Ses coups violents n'avaient pas réussi à atteindre la vraie Celia, celle qu'elle avait cachée au plus profond de son être. John, lui, y était arrivé sans le moindre effort. Elle lui avait tout donné, tout, et maintenant il ne lui restait que ses yeux pour pleurer.

— Vous allez bien, dame Sutton ?

La question de la servante la ramena à la réalité. Elle ouvrit les yeux et la regarda dans le miroir.

— Oui, j'ai juste une petite migraine, répondit-elle en souriant. Rien de bien grave.

— Voulez-vous que je desserre votre chignon ? Vous savez, je vois beaucoup de ladies laisser quelques mèches tomber sur leurs épaules. Il paraît que c'est à la mode.

Celia contempla son reflet quelques instants. Ses cheveux étaient tirés en arrière, en un chignon très élaboré maintenu par plusieurs épingles et retenu par un filet décoré de petites perles. D'habitude, elle ne mettait jamais de filet, mais ce soir elle n'avait pas le choix, soirée de bal oblige.

— Non, ça ira très bien comme ça, merci.

Elle mit ses boucles d'oreilles puis attacha son collier.

— Je vais m'habiller à présent, dit-elle en se levant.

Elle enleva sa robe de chambre et laissa la servante l'aider à s'habiller pour la soirée. Elle avait opté pour une robe en velours noir dont le bustier et les ourlets étaient brodés de perles mauves. Les rubans en velours de ses manches étaient également mauves alors que les chaussures et ses jarretières en dentelle étaient de la même couleur que la robe.

Celia n'était plus en deuil, elle ne l'avait jamais vraiment été, mais elle ne pouvait plus s'imaginer porter de nouveau des couleurs vives. Le noir lui rappelait toutes les épreuves qu'elle avait dû traverser et tout ce qu'elle ne voulait plus jamais revivre et c'est pourquoi elle préférait donc se réfugier derrière les règles de demi-deuil.

— Levez vos bras, s'il vous plaît, dame Sutton, lui dit la servante.

Celia s'exécuta puis regarda la servante nouer habilement les rubans de ses manches. Son regard se fixa sur les flammes qui dansaient sur les bûches et, sans qu'elle sache pourquoi ni comment, sa mémoire la ramena au jour où sa vie avait basculé : le jour où elle avait rencontré John.

A l'époque, elle n'était qu'une jeune fille impressionnable qui n'avait jamais quitté sa maison et qui ignorait tout des coups durs de la vie. John Brandon, lui, avait été chassé de la cour à cause d'un scandale qu'il avait déclenché. Il avait donc été obligé de se faire discret un certain temps et était venu s'installer chez son oncle, qui habitait non loin des parents de Celia.

La nouvelle de son arrivée s'était répandue comme une traînée de poudre, surtout auprès de la gent féminine. Les spéculations concernant ce fameux scandale allaient bon train et Celia s'était, plusieurs fois, surprise en train de rêver à ce mystérieux jeune homme qu'elle n'avait toujours pas eu l'occasion d'apercevoir au village. Il fallait dire qu'elle adorait les contes de fées, surtout ceux où la jolie demoiselle attendait patiemment l'arrivée de son prince charmant. Du coup, l'idée que cet inconnu — qui, de plus, n'avait pas une réputation de gentleman — pouvait être son prince charmant lui avait souvent traversé l'esprit. Elle trouvait même que les zones d'ombre qui entouraient son histoire donnaient à cet homme un aspect aussi séduisant qu'énigmatique. Mais surtout elle brûlait d'envie de le rencontrer. Quelques jours après l'arrivée de John, son oncle avait organisé un banquet et la famille de Celia y avait été conviée. Lorsqu'elle l'avait aperçu, dans la salle de bal, elle avait immédiatement su que c'était lui. Son cœur s'était emballé dans sa poitrine et elle avait senti son sang battre à ses oreilles. Leurs regards s'étaient croisés et elle avait cru que ses jambes allaient se dérober sous elle quand il s'était avancé vers elle avant de lui faire un baisemain.

Celia secoua la tête pour chasser ces souvenirs.

Mais comment as-tu pu te montrer aussi naïve ?

Passe encore qu'elle se soit fait berner par les baisers et les promesses de John il y avait trois ans. Mais, là, comment avait-elle pu baisser sa garde aussi rapidement au simple contact de sa peau contre la sienne ? La prochaine fois, elle ne perdrait pas le contrôle de la situation, elle la retournerait même à son avantage !

La servante finit d'ajuster sa robe et Celia attrapa la chaîne en argent qui lui servait de ceinture. Elle la boucla autour de sa taille puis y accrocha un éventail en plumes noires et sa pomme de senteur dont elle ne se séparait pratiquement jamais.

Elle examina son reflet dans le miroir tout en jetant des coups d'œil nerveux en direction de la servante, qui s'affairait à ranger la chambre. Dès que celle-ci eut le dos tourné, Celia se baissa et glissa un petit poignard dans le fourreau attaché à sa jarretière. C'était peut-être un étrange accessoire pour une dame, mais elle ne pouvait pas descendre sans avoir une arme à sa portée. Elle se redressa aussitôt et se regarda une dernière fois dans le miroir. L'heure était venue ! Celia emprunta alors d'interminables couloirs et escaliers de plus en plus peuplés à mesure qu'elle approchait de la salle de bal. Apparemment, l'attentat dont la reine avait été la cible n'avait guère effrayé les ladies et les gentlemen de la cour. Tous avaient répondu à l'appel. Une odeur de vin mêlée aux parfums raffinés des nobles dames l'accueillit à son arrivée.

La salle était décorée avec beaucoup de goût et il y régnait une agitation joyeuse. Rires et bavardages couvraient presque la musique jouée par un orchestre dans l'un des coins de la pièce. Mais le rythme de la gaillarde avait tout de même entraîné sur la piste de nombreux danseurs, qui faisaient résonner bijoux, talons et étoffes soyeuses.

Submergée par ce brouhaha, Celia ferma les yeux un court instant et fut aussitôt entraînée vers le hall par le mouvement de foule. Elle parvint à s'extirper de la masse pour aller se réfugier contre le mur, dans un coin de la vaste pièce. Cherchant à calmer les battements de son cœur, elle porta la main à sa poitrine. Un valet passa à côté d'elle et elle prit un verre de vin sur son plateau avant de rejoindre la salle de bal, non sans avoir pris une longue inspiration.

Tout en buvant son vin à petites gorgées, elle observa ce qui se passait autour d'elle. Heureusement, aucun signe de John à l'horizon. Quel soulagement ! Celia n'était pas en mesure d'affronter son regard deux fois dans la même journée. Elle ne s'était toujours pas remise de leur tête-à-tête, ni de son toucher sur sa peau. Le simple fait d'y penser déclencha dans son dos un long frisson, et elle dut vider son verre d'un trait pour ne plus sentir la trace du baiser avide qu'il avait déposé sur sa main. Elle ne buvait que très rarement, de la bière le plus souvent, car elle tenait l'alcool pour responsable des actes violents de son défunt époux. Ce même fléau avait également précipité son père dans la tombe après le décès de son pauvre frère.

Elle prit un nouveau verre de vin pour se donner du courage et balaya la salle du regard. La reine était en train de danser avec Robert Dudley, qui était apparemment pressenti comme le futur époux de la reine Marie. Malgré cela, la reine avait l'air radieuse dans les bras de son partenaire de danse, riant chaque fois que celui-ci la faisait tournoyer sur la piste. La lueur des chandelles faisait briller ses cheveux roux et sa longue robe jaune brodée d'or et de perles épousait parfaitement son corps. La musique et l'ambiance chaleureuse semblaient avoir effacé l'inquiétude et la peine que Celia avait pu lire sur son beau visage lors de leur entretien, plus tôt dans la journée.

Celia suivait les mouvements de la reine des yeux lorsque son attention fut attirée par la comtesse de Lennox, qui était adossée au mur, de l'autre côté de la salle. Toute de noir vêtue, les lèvres pincées en une fine ligne, elle semblait, elle aussi, observer ce qui se passait autour. Leurs regards se croisèrent et la comtesse de Lennox la salua d'un signe de tête avant de se tourner vers son fils, qui était à côté d'elle. Un verre collé à ses lèvres, lord Darnley paraissait s'ennuyer. Il n'allait sans doute pas tarder à disparaître pour aller vaquer à des affaires plus troubles les unes que les autres. Celia dut néanmoins reconnaître qu'il était bel homme. Il était grand et bien bâti, et ses cheveux blonds faisaient ressortir les traits délicats de son visage. Cependant, il avait malheureusement hérité de la bouche de sa mère. Comme chez elle, son sourire semblait faux et mesquin et il se faisait toujours un malin plaisir à colporter toutes sortes de ragots. D'ailleurs, Celia se méfiait de lui comme de la peste et était curieuse de savoir quelles étaient les véritables intentions de la reine et de Dudley le concernant. Et concernant la reine Marie aussi. Mais surtout elle n'arrivait pas à comprendre pourquoi la reine l'avait choisie, elle pour faire partie de cette vaste mascarade. En tout cas, que cela lui plaise ou non, elle n'avait pas le choix ; après tout, nécessité faisait loi.

— Bonsoir, chère cousine, dit une voix derrière elle que Celia reconnut aussitôt.

Anton Gustavson ! L'homme qu'elle tenait pour responsable de son état de dénuement.

Prenant une profonde inspiration, elle se retourna vers lui. Il était peut-être son cousin, un membre de sa famille, mais pour elle il était un étranger ! La mère d'Anton, la sœur de son père, avait épousé un homme de la noblesse suédoise. Elle s'était installée avec lui en Suède et plus personne ne l'avait jamais revue en Angleterre. Anton, quant à lui, avait récemment été envoyé à Londres par le roi de Suède, qui voulait à tout prix gagner la main de la reine. Son apparition avait donc remis en cause la succession de leur grand-père ; le domaine familial que Celia espérait tant récupérer avait finalement été attribué à son cousin.

Elle avait donc bien des raisons de lui en vouloir mais, maintenant qu'il se tenait devant elle, la colère qu'elle éprouvait à son égard semblait se dissiper petit à petit. Elle ne pouvait pas éternellement lui rejeter la faute de ce qui lui arrivait. Après tout, il n'avait fait qu'accepter ce qui lui revenait de droit. Et, en plus de ça, il semblait également avoir trouvé le bonheur auprès de lady Rosamund. Celia traversait une mauvaise passe mais cela n'était pas une raison pour détester ou jalouser son cousin scandinave. Peut-être que la chance finirait par lui sourire à elle aussi un beau jour.

— Bonsoir à vous… cher cousin. Où est donc lady Rosamund ? J'ai entendu dire que vous étiez devenus inséparables ces derniers temps.

— Oh ! Il ne faut pas croire tout ce qu'on dit. Elle est en train de danser avec lord Marcus Stanville, dit-il en désignant la piste de danse bondée.

Celia chercha lady Rosamund du regard et finit par l'apercevoir dansant front contre front avec lord Marcus. Puis ce dernier la souleva et la fit tournoyer à bout de bras.

— Hmm… lord Marcus Stanville, dit-elle, un léger sourire au coin des lèvres. Vous devriez vous méfier, cher cousin, car il a la réputation d'un grand séducteur.

Heureuse de son effet, elle finit son verre et en prit aussitôt un autre.

— Je ne m'inquiète pas, Rosamund est immunisée contre lui.

— Mais pas contre vous, j'imagine, laissa-t-elle échapper.

— Non… pas contre moi, répondit-il en haussant un sourcil. D'ailleurs, nous allons bientôt nous marier.

A ces mots, un nœud glacé se forma au creux de l'estomac de Celia. Elle avala une pleine gorgée de vin en concentrant son attention sur les danseurs. Elle aussi aurait pu épouser la seule personne qu'elle ait vraiment aimée mais le destin en avait décidé autrement.

— Tous mes vœux de bonheur, dit-elle finalement. Je suis certaine que vous pensiez trouver tout, sauf l'amour, lorsque vous êtes arrivé en Angleterre.

— J'espérais surtout retrouver une partie de ma famille, mes racines.

Il marqua un arrêt avant de reprendre :

— Celia, vous êtes la seule famille qu'il me reste et j'espère sincèrement que cette histoire d'héritage ne rendra pas nos relations difficiles. Qu'en dites-vous… Amis ?

Elle l'observa en serrant son verre dans la main. Il n'avait pas tort, il était sa seule famille. Tout ce qui lui restait en ce bas monde. L'espace d'un instant, elle eut même l'impression qu'il avait le même regard que son père tant regretté. Le nœud qui s'était formé dans son estomac se serra encore plus. Ses parents lui manquaient tellement. Elle n'avait plus personne… Mis à part son cousin.

— Amis, répondit-elle en lui tendant la main.

Anton poussa un soupir de soulagement puis prit sa main et se pencha sur elle.

— Ma chère cousine, sachez que vous serez toujours la bienvenue à Briony Manor.

— Merci, Anton, mais je ne préfère pas remuer le passé, dit-elle en secouant la tête. De plus, la reine m'a chargée d'une… commission et je ne sais pas combien de temps je devrai m'absenter de Londres.

— Quel genre de commission ? demanda Anton en la considérant d'un air perplexe.

Celia voulut lui répondre vaguement afin de ne pas éveiller les soupçons mais quelque chose l'en empêcha. Une sensation étrange lui serra la poitrine et un frisson courut dans son dos. Elle tourna la tête pour jeter un coup d'œil par-dessus son épaule et son regard croisa celui de John. Et elle qui s'en croyait débarrassée ! Il se tenait à quelques pas d'elle, ses yeux bleus fixés sur elle. Puis il inclina la tête et sourit en s'avançant lentement.

L'instinct de Celia prit aussitôt le dessus et, sans attendre, elle se tourna vers son cousin.

— Je suis navrée mais je dois partir, souffla-t-elle en lui tendant son verre vide.

— Celia, mais que se…

Ne laissant pas le temps à Anton de finir sa phrase, Celia tourna les talons et tenta de se frayer un chemin dans la foule. Elle n'avait décidément pas la force d'affronter John maintenant ! Ni même de soutenir son regard, qui semblait lire en elle. Il fallait qu'elle sorte d'ici avant qu'il ne la rattrape. Si elle parvenait à l'éviter, il ne pourrait pas la déstabiliser une fois de plus.

Le hall était désormais plein de monde et elle dut jouer des coudes pour forcer le passage vers le corridor. Elle avait l'impression de suffoquer et n'entendait plus que le bourdonnement du sang dans ses oreilles qui couvrait le brouhaha intense de la soirée. Cependant, malgré cela, elle était persuadée de pouvoir distinguer le bruit des pas de John derrière elle.

— Mon Dieu, je deviens folle…

Elle retroussa ses jupons et se mit à courir vers la porte du corridor qui donnait sur un autre couloir, plus étroit. Elle le traversa en courant avant de déboucher dans un autre couloir, encore plus petit que le précédent.

On se serait cru dans un labyrinthe.

Elle s'arrêta quelques secondes pour reprendre son souffle puis se retourna. Il n'était pas là. Lissant les plis de sa robe, elle regarda autour d'elle.

La galerie dans laquelle elle se trouvait était éclairée par quelques torches qui brûlaient encore. Soudain, un léger mouvement derrière une des tapisseries alignées sur l'un des murs attira son attention. Elle entendit un gloussement féminin suivi d'un grognement masculin.

Il y en a qui s'amusent, au moins.

Elle voulut repartir mais une main la saisit par le bras et

la fit pivoter sur elle-même avant même qu'elle n'ait eu le temps de décider par où aller. Ce mouvement brusque lui fit perdre l'équilibre si bien qu'elle dut s'agripper aux manches de l'inconnu. Elle perçut le doux tissu de son costume sous ses doigts puis pressa instinctivement ses mains contre son torse.

John.

Elle reconnaissait son odeur et même le battement de son cœur. Une fois de plus, elle se sentait comme une proie à la merci d'un chasseur. Mais cette fois-ci pas question de céder à la panique ! Elle se figea sur place et attendit le prochain mouvement de John.

— Tu sembles pressée de partir, Celia, dit-il d'une voix posée. Serais-tu attendue quelque part ?

La résolution de Celia faiblit aussitôt. Elle voulut faire un pas en arrière dans l'espoir de lui faire lâcher prise mais John fut plus rapide qu'elle. Il passa son autre bras autour de sa taille en posant la main au creux de son dos. Elle tenta de le repousser de ses deux mains posées sur son torse, mais en vain. Le cœur battant, elle retint sa respiration afin d'éviter d'inhaler le parfum familier et enivrant de sa peau. Elle ferma les yeux pour essayer de retrouver le calme et le sang-froid qui l'avaient maintenue en vie jusqu'à présent. Pourquoi diable l'avait-il suivie ? Ne pouvait-il pas respecter sa volonté de conserver une certaine distance entre eux ?

— Je… je suis fatiguée et je voulais simplement rejoindre ma chambre. Il était inutile de me courir après dans tout le palais.

John étouffa un rire.

— Vois-tu, je pense que, lorsqu'une femme se met à fuir ainsi, c'est qu'elle espère qu'on lui coure après et qu'on la rattrape.

— Oui, bien sûr ! D'ailleurs, je suis certaine qu'une fois rattrapée elle apprécie aussi de se sentir comme une biche prise dans le piège du chasseur, lança-t-elle dédaigneusement.

Elle eut beau jouer les indifférentes, Celia n'en sentit pas moins un frisson la parcourir tout entière. Elle s'était bien trompée en pensant que John ne pouvait plus l'atteindre ! Son corps réagissait malgré ses résolutions. Sa raison avait beau lui crier de résister, son cœur semblait vouloir combler le vide qui l'habitait depuis trois ans.

Coincée, telle une biche aux abois.

Elle devait reprendre ses esprits avant que John ne devine ses pensées ! A moins qu'il ne l'ait déjà fait… Après tout, il avait sans doute dû multiplier les conquêtes depuis tout ce temps. Lire en une femme devait être un de ses passe-temps favoris, tout comme lui promettre monts et merveilles avant de disparaître comme un voleur dans la nature.

— Quoi qu'il en soit, je ne suis pas n'importe quelle femme, s'exclama-t-elle.

Elle essaya de le repousser mais il restait inébranlable. Il l'attira encore plus près et elle ferma instinctivement les yeux. Puis, d'un coup, il la souleva en l'attrapant par la taille et la porta un peu plus loin. Mais où l'emmenait-il ainsi ! Celia se raidit tout en s'agrippant à lui de plus belle. Lorsqu'elle sentit les pierres froides du mur contre son dos, elle comprit qu'il l'avait amenée dans un renfoncement obscur de la paroi.

— En effet, tu n'es pas n'importe quelle femme, Celia. Tu es de loin la femme la plus étonnante que j'ai eu la chance de rencontrer.

Seigneur ! Osait-il de nouveau de la séduire, après ce qui s'était passé entre eux ? Celia crut déceler dans sa voix grave une note d'amusement, et aussi d'amertume.

— Et des femmes, tu as dû en rencontrer une multitude, j'imagine, dit-elle d'un ton cassant.

John rit légèrement puis la libéra de son étreinte avant d'appuyer les mains contre le mur, de chaque côté de sa tête, et de plaquer son corps contre le sien.

— L'intérêt que tu portes à mes… fréquentations me va droit au cœur, ma princesse. Mais n'oublie pas que je n'ai que vingt-huit ans ; il me reste donc encore pas mal de temps pour faire de nouvelles… connaissances féminines.

« Ma princesse… » Ces mots réveillèrent en Celia des souvenirs aussi heureux que pénibles. Combien de fois lui avait-il murmuré ce surnom à l'oreille pendant qu'ils faisaient l'amour, cachés dans la forêt ? Mais à présent ces mots lui inspiraient rage et amertume… De quel droit l'appelait-il ainsi ? Il avait définitivement perdu ce privilège lorsqu'il l'avait quittée sans aucune explication !

Une vague de fureur incontrôlée envahit Celia. Sans savoir si c'était sa colère ou son désir qui s'exprimait, elle glissa impulsivement sa main dans l'entrejambe de John. Ce dernier, visiblement surpris, se figea et laissa échapper un petit soupir. Il lui adressa un regard stupéfait où perçait un infime espoir. La tension qui régnait entre eux sembla monter d'un cran, ce qui n'était pas pour déplaire à Celia. Voilà l'occasion rêvée de tourner la situation à son avantage ! A présent, elle pouvait juger de l'étendue de son désir, et le contrôler à sa guise. Il semblait déjà fort excité, et son désir s'intensifia lorsqu'elle serra un peu plus les doigts autour de son membre.

Elle savait parfaitement à quel point et à quel endroit il aimait être caressé.

— Tu réagis toujours ainsi en présence d'une dame ? demanda-t-elle en entamant un léger mouvement de va-et-vient avec sa main.

Le regard de John parut s'embraser alors que son corps demeurait immobile. Enfin, elle se trouvait en position de force ! D'un simple geste, elle était parvenue à déstabiliser l'imperturbable John Brandon. Il ne s'était certainement pas attendu à une telle réaction de sa part — elle-même ne s'y était pas attendue ! Celia avait réagi sous le coup de l'émotion… Mais maintenant elle ne savait plus trop où ce petit jeu finirait par les mener.

— Toujours, oui, d'autant plus que, d'ordinaire, la dame serait déjà en train de contenter mon désir, répondit-il d'un ton provocant.

Visiblement content de sa sortie, il porta une main au visage de Celia et caressa sa lèvre inférieure de son pouce. Dépassée par la tournure que prenaient les événements, Celia ouvrit la bouche pour protester mais il ne lui en laissa pas le temps. Lorsqu'elle sentit le bout de son doigt sur sa langue, elle rejeta brusquement sa tête en arrière. Elle sentait désormais le goût de John, mélange de sel et de vin, sur ses lèvres et dans sa bouche. Si seulement elle pouvait se libérer de son étreinte et attraper son poignard pour le planter dans le cœur de ce misérable !

— Ça n'arrivera jamais avec moi, dit-elle furieusement.

— Si… cette nuit, dans mes rêves, répondit-il, un sourire narquois aux lèvres. Cela dit, peut-être préférerais-tu que je contente ton désir ?

Celia n'eut pas le temps de répondre qu'il s'était déjà libéré de son emprise. Il glissa ses mains le long de son corps et souleva sa robe avant de se mettre à genoux. Impuissante, elle baissa la tête et vit ses jupons retomber sur John. Elle voulut lui donner un coup de pied mais il la tenait fermement par les hanches, l'empêchant ainsi de bouger. Il lui écarta doucement les jambes et elle sentit ses doigts s'aventurer entre ses cuisses. Exactement comme autrefois ! Il la caressa avec une telle intensité qu'elle crut simplement s'évanouir lorsque ses lèvres se posèrent sur la source de son désir. Elle se contracta sous l'effet des sensations que provoquait la chaleur de son souffle contre son sexe. Puis, sans qu'elle ne s'y attende vraiment, elle sentit la langue de John se glisser en elle.

Oh… Seigneur !

Elle ouvrit grand les yeux et pressa ses paumes contre le mur en savourant la chaleur qui se répandait dans tout son corps. Elle avait oublié à quel point il était doué.

Langoureusement, il s'appliqua à titiller ce point particulièrement sensible. Un spasme la secoua et elle sentit une moiteur brûlante l'envahir. Celia rendait les armes… Elle avait tant envie de lui ! Il la faisait revivre avec ses caresses diaboliques, et elle sentait à quel point il lui avait manqué. Elle n'avait pas ressenti une telle chose depuis bien trop longtemps, résolue qu'elle était à faire une croix sur les hommes. Emportée par le désir, elle se laissa guider par son instinct. Oui, grâce à John, elle ressentait de nouveau du plaisir !

John… Le seul homme qu'elle ait jamais aimé, le seul qui était parvenu à se frayer un chemin jusqu'à son cœur pour y laisser une trace ineffable. Ses mains étaient à présent de nouveau sur ses cuisses.

Soudain, la réalité la frappa de plein fouet. Les caresses de John étaient certes délicieuses mais elles étaient surtout trompeuses. Elle était sur le point de succomber, une fois de plus, au charme de John, de l'homme qui avait brisé son cœur quelques années plus tôt. N'avait-elle rien appris de cette épreuve ?

Celia fut prise d'une colère terrible. Ramenée à ses sens, elle saisit brutalement ses jupons et parvint à s'arracher à John en se plaquant contre le mur. Celui-ci, déstabilisé par sa réaction, tomba sur le côté.

Ils restèrent immobiles et silencieux quelques instants. Celia essayait de ne pas pleurer, de faire le vide dans son esprit, mais elle n'y arrivait pas. L'odeur de John et la chaleur de son corps ne la quittaient plus. Les sentiments qu'elle avait éprouvés pour lui et qu'elle pensait avoir réprimés pour toujours surgissaient de nouveau en elle, plus forts que jamais. Et elle se sentait incapable de les affronter, surtout lorsqu'il se tenait aussi près d'elle.

Elle regarda John se redresser sur ses genoux. Il leva la tête vers elle et lui adressa un regard confus.

— Celia… Que t'est-il arrivé ? demanda-t-il doucement.

En guise de réponse, elle laissa échapper un rire impuissant. Que lui était-il arrivé ? Devait-elle répondre à une telle question ? Par quoi commencer ?

Elle le repoussa légèrement du pied, jusqu'à ce qu'il se soit accroupi sur ses talons. A peine eut-elle posé son pied par terre qu'elle s'enfuit en courant sans lui laisser le temps de réagir.

Mais bon sang !

John ne bougea pas même si chaque fibre de son être lui criait de la rattraper et de ne pas lâcher tant qu'elle ne se serait pas entièrement livrée à lui. Il avait envie de découvrir tous ces maudits secrets qu'elle cachait derrière son regard dur et rancunier. Il voulait lui arracher tous ses vêtements jusqu'à ce qu'elle soit toute nue devant lui, caresser sa peau pâle et entrer en elle, lui faire l'amour jusqu'à l'épuisement.

Il regarda dans la direction par laquelle elle s'était enfuie et secoua la tête. Mieux valait la laisser partir… Il n'était pas en mesure de se contrôler, face à elle. De plus, il avait bien compris à quel point elle était non seulement remontée contre lui, mais fragile aussi. Il ne voulait surtout pas la brusquer et savait très bien qu'il serait incapable de maîtriser sa colère s'il décidait de la confronter tout de suite.

Troublé, il appuya les mains contre le sol et baissa la tête. Pourquoi diable l'avait-il appelée « ma princesse » ? Il savait pertinemment ce que ce surnom représentait pour elle et qu'il aurait donc mieux fait de se taire.

Celia, ma princesse.

Jamais il n'avait pu oublier le jour où ils avaient fait l'amour dans un coin reculé de la forêt. Il la revoyait, son corps nu étendu par terre, ses longs cheveux noirs répandus dans l'herbe. Les rayons de soleil qui s'étaient faufilés entre les branchages des arbres caressaient sa peau laiteuse et ses beaux yeux gris brillaient d'un éclat aussi intense que singulier. Le décor n'avait fait que rehausser sa beauté naturelle, laissant John bouche bée pour la toute première fois de sa vie. Elle l'avait envoûté et il avait su qu'à partir de ce jour son cœur ne battrait plus que pour elle et personne d'autre.

Mais qu'avait-il bien pu se passer au cours de ces trois dernières années ? Elle avait tellement changé qu'il avait du mal à croire que la fille de ses souvenirs, allongée dans l'herbe, et la femme qu'il avait revue aujourd'hui étaient la même personne. Elle ressemblait bien plus à un être des ténèbres qu'à une princesse innocente. Il avait néanmoins cru apercevoir un changement dans son regard, une lueur malicieuse dans ses yeux, lorsqu'elle avait succombé à ses caresses.

Mais, si le corps de Celia avait immédiatement répondu à son appel, il savait qu'il en faudrait bien plus pour regagner sa confiance. Il avait lu la panique dans son regard lorsqu'elle l'avait repoussé avec son pied. Cette réaction l'avait blessé même s'il l'avait pleinement méritée.

Tout compte fait, heureusement qu'elle s'était enfuie car il ne savait pas comment se seraient terminées les choses. Il était clair qu'il n'était pas lui-même en sa présence, qu'il perdait tout contrôle de la situation. En plus, n'avait-il pas décidé, quelques heures plus tôt, qu'il était mieux de mettre une distance entre eux, de la laisser tranquille ?

Bravo, quelle force de caractère !

Il se releva et ajusta rapidement ses vêtements. Lorsqu'il rejoignit le grand corridor, il chercha tout de même Celia du regard, mais ne la vit nulle part. Elle avait certainement rejoint sa chambre. Il pouvait désormais entendre la musique provenant de la salle de bal et ceci l'irrita au plus haut point. Puis, sentant un regard posé sur lui, il se retourna et aperçut Marcus. Celui-ci, adossé contre une colonne en marbre, les bras croisés, le regardait d'un air amusé.

— Alors, tu laisses les dames conduire la danse, à présent ? demanda-t-il avant d'éclater de rire.

John se contenta de lui répondre par un geste obscène puis s'en alla vers ses appartements d'un pas décidé. Le rire moqueur de son ami résonnait encore dans sa tête lorsqu'il eut atteint sa chambre. Il ouvrit brusquement la porte et la claqua violemment derrière lui. Le voyage vers Edimbourg s'annonçait long et difficile… Surtout avec la tentation permanente de Celia à son côté !

4

— Vous n'avez rien oublié, dame Sutton ? demanda la servante en fermant le coffre de voyage.

Celia balaya la petite chambre du regard. Ses habits ainsi que le peu de biens personnels qui lui restait avaient été empaquetés et emportés par les majordomes. Elle avait simplement gardé sa boîte à bijoux dans laquelle étaient rangés les documents que lui avait donnés la reine Elisabeth lors de leur entretien.

Je n'ai plus d'excuses pour m'attarder.

— Non, je crois que j'ai tout, répondit-elle en serrant la boîte sous son bras.

Celia se coiffa de son chapeau de cavalier à large bord puis s'avança vers le miroir pour s'y regarder une dernière fois. Le reflet qu'il renvoyait lui semblait satisfaisant. Sobre et convenable, exactement ce qu'elle recherchait. Elle avait bien fait d'opter pour sa robe en laine noire et son pourpoint de velours. La servante lui avait relevé ses cheveux en un chignon qu'elle avait ensuite recouvert par un filet noir. Elle avait l'air détendue et sereine mais son regard distant trahissait l'inquiétude qui la rongeait. Elle aurait tant aimé aller se cacher sous le lit pour ne pas avoir à affronter ce qui l'attendait ! Ces quelques jours avaient filé en un éclair… Celia avait eu plusieurs entretiens avec la reine et lord Burghley pour mettre au point les derniers préparatifs avant le voyage. Sa mission consistait à se rapprocher le plus possible de la reine Marie, qui semblait-il se confiait souvent à ses dames de compagnie. Dans un premier temps, elle devrait essayer d'en savoir un peu plus concernant ses idées de remariage. Ainsi, une fois qu'elle aurait gagné sa confiance, il serait sans doute plus facile de lui faire comprendre qu'un mariage arrangé par sa cousine anglaise était ce qu'il y avait de mieux pour elle. A présent, Celia comprenait pourquoi la reine l'avait choisie, elle. Il était vrai qu'elle savait écouter et observer tout ce qui se passait autour d'elle, en toute discrétion. Une personne sur ses gardes était plus à même d'anticiper la suite des événements. De plus, la plupart du temps, les gens semblaient se confier à elle sans même qu'elle ait à demander quoi que ce soit.

Cependant, Celia avait été surprise de constater que la reine et Burghley ne partageaient pas le même avis concernant le choix du futur époux de la reine d'Ecosse. La reine Elisabeth était persuadée que Robert Dudley était le candidat parfait alors que le secrétaire d'Etat avait grandement plaidé en faveur de lord Darnley. Celia, quant à elle, pensait qu'aucun de ces deux hommes ne correspondait à la reine Marie et se demandait ce que la principale intéressée pourrait bien penser de tout cela…

Mis à part les discussions interminables avec la reine et le secrétaire d'Etat, Celia avait également dû, contre son gré, assister aux bals et aux banquets — et même aux jeux de paume — organisés au sein du palais. Et pas une seule fois elle n'avait vu John Brandon. Comment se seraient déroulées les choses si John avait été présent ? L'aurait-il attirée dans un coin isolé pour essayer de briser sa carapace, comme il savait si bien le faire ?

Celia fronça les sourcils, ne sachant pas si elle aurait été contrariée ou rassurée par la présence de John, et cela la tourmenta encore plus.

Il avait sûrement autre chose à faire, comme dire au revoir à toutes ses conquêtes, pensa-t-elle, contrariée.

Elle prit une profonde inspiration et enfila ses gants d'équitation en cuir noir.

Lors de son dernier entretien avec la reine et lord Burghley, ce dernier lui avait dit que John serait la personne à qui elle devrait remettre les messages pour la reine. Elle allait donc devoir lui parler tôt ou tard… Et faire face aux sensations qu'il provoquait en elle.

Elle regarda sa main gantée, celle avec laquelle elle avait attrapé la partie sensible de John quelques jours auparavant. Elle pouvait encore le sentir, brûlant de désir. Pendant quelques minutes, elle s'était crue toute-puissante, et avait éprouvé une satisfaction sans bornes en le sentant se durcir sous ses caresses.

A ce souvenir, elle serra le poing. Elle aurait mieux fait de s'enfuir brutalement en le laissant tout à sa frustration ! Oui, elle aurait dû partir lorsqu'elle en avait eu l'opportunité. Ainsi, elle ne serait sûrement pas en train de penser à lui à chaque instant…

J'ai bien peur que nous n'en ayons pas fini l'un avec l'autre.

Elle se retourna brusquement puis saisit sa cravache, qui était posée sur le lit, et, ne parvenant toujours pas à chasser John de ses pensées, elle donna quelques coups dans le vide. Elle s'imaginait le frapper de toutes ses forces mais cela n'eut pas l'effet escompté, bien au contraire. Furieuse, elle jeta la cravache sur le lit et inspira profondément en s'efforçant de se ressaisir. Plus elle parviendrait à éviter tout contact avec lui, mieux elle se porterait.

Puis, inspirant profondément, elle quitta la chambre et descendit les escaliers pour atteindre le hall, qui donnait sur la cour principale. Avant même de sortir, Celia vit que la cour était déjà encombrée de chevaux déjà sellés et harnachés et de chariots chargés.

Lord Darnley se tenait dans un coin, à l'écart de tous les autres, avec sa mère, qui était en train de lui murmurer quelque chose à l'oreille. Il se contentait d'acquiescer de la tête, visiblement peu intéressé par ce qu'elle lui disait. Amusée, Celia suivit son regard qui se portait avec envie sur ses acolytes, jouant aux dés de l'autre côté de la cour, dans l'attente du départ. A en croire leur comportement, ils étaient tous déjà dans un état d'ébriété avancé. Heureusement que sa mission n'avait rien à voir avec Darnley et ses compères !

Celia ne leur donnait même pas une heure avant que l'un d'eux ne tombe de son cheval, tête la première !

Néanmoins, elle espérait que leurs déboires n'allaient pas trop retarder le convoi, et qu'ils arriveraient à Edimbourg dans les temps.

Allaient-ils bientôt se mettre en route ? Les servants s'agitaient dans tous les sens avant de monter dans l'un des nombreux chariots alors que les gentilshommes essayaient de trouver leur cheval. Lady Allison Parker, une des dames de compagnie de la reine Elisabeth qui avait également pour mission d'infiltrer le cercle étroit des relations de la reine Marie, avait vraisemblablement trouvé le sien : l'un des amis de Darnley l'aidait à monter dessus. Une fois qu'elle fut bien installée sur la selle, elle ajusta ses jupons de manière à laisser le pauvre homme, incontestablement sous son charme, admirer ses jambes.

En voilà une qui ne deviendra certainement pas mon amie, pensa Celia en tournant la tête.

C'est alors qu'elle le vit.

John.

Il se tenait non loin d'elle et elle se sentit soudainement totalement démunie. Le froid lui parut plus cinglant, et la lumière, pourtant faible, encore plus aveuglante. Mais que lui arrivait-il ? Elle frissonna, mais ne détourna pas les yeux pour autant.

Il tenait les rênes d'un magnifique étalon noir, et lui caressait délicatement le museau. Puis il murmura quelque chose à l'oreille de la bête et son regard croisa le sien.

Celia se souvint alors du fantasme qui avait germé dans son esprit lorsqu'elle avait furieusement agité sa cravache dans l'air. Elle esquissa un petit sourire malgré elle, tout en examinant les jambes musclées de John, mises en valeur par une culotte d'équitation en cuir et des bottes noires. Lorsqu'elle croisa de nouveau son regard, une lueur étrange, pleine de malice, pétillait dans ses yeux, comme s'il savait exactement ce à quoi elle était en train de penser. Elle comprit alors qu'il n'attendait qu'une chose : une nouvelle occasion de la retrouver seul.

Elle fit brusquement volte-face et remarqua lord Marcus Stanville, qui lcs observait depuis le seuil de la porte. Celia l'avait déjà vu plusieurs fois en compagnie de John… Ils devaient certainement être amis. Elle n'avait rien contre Marcus, qui était plutôt bel homme et souriait tout le temps, toujours de bonne humeur. Mais pourquoi la fixait-il avec insistance ? Il semblait amusé, comme si lui aussi pouvait lire ce qui se tramait dans ses pensées… Pourvu que ce butor de John ne lui ait rien raconté de leur dernière rencontre !

— Quel temps idéal pour partir en voyage, n'est-ce pas, dame Sutton ? demanda-t-il tout en s'avançant vers elle.

— Oui, si vous aimez sentir le froid mordant vous pénétrer jusqu'aux os, répliqua-t-elle d'un ton cinglant. Personnellement, j'aurais nettement préféré rester près d'un bon feu, un verre de vin chaud à la main.

A ces mots, Marcus éclata de rire — un peu trop bruyamment au goût de Celia. Sans avoir à se retourner, elle devinait que le regard de John était posé sur eux. En revanche, elle ne s'attendait pas à ce que Marcus lui prenne la main pour lui faire un baisemain.

— Ce n'est pas un léger froid qui va briser mon âme d'aventurier. Quoique… dit-il en levant les yeux au ciel, quelques-unes de mes plus belles conquêtes se sont bel et bien déroulées auprès d'un bon feu. Mais les ordres sont les ordres !

— Oui, en effet, que ça nous plaise ou non.

— Je dois avouer qu'au début je n'étais pas très enthousiaste au sujet de cette nouvelle mission, mais en apprenant que vous et mon cher ami Brandon seriez également de la partie je me suis dit que tout cela risquait d'être plutôt… divertissant !

Avant que Celia n'ait eu le temps de répondre à ce commentaire, qu'elle trouvait plus que suspect, Marcus glissa son bras sous le sien et la guida jusqu'à un cheval déjà harnaché. Il la souleva puis la hissa sur la selle sans effort apparent.

— Que les jeux commencent, dame Sutton ! dit-il en lui adressant un sourire charmeur.

Celia lui répondit par un sourire poli, avant de tourner la tête en cherchant John du regard. Celui-ci n'avait pas bougé d'un cil, il était toujours à côté de son cheval et les observait, le front plissé et les lèvres serrées.

Les jeux avaient déjà commencé, pensa Celia, et elle se trouvait déjà en très mauvaise posture.

Assise en amazone, Celia soupira une énième fois en essayant d'ignorer la douleur qui montait le long de ses jambes. Cela faisait déjà de longues heures qu'ils étaient sur la route, et elle aurait donné n'importe quoi pour s'arrêter un instant. Heureusement, le paysage hivernal qui les entourait était magnifique, noyé dans la brume.

Transie de froid et d'ennui, elle avait laissé ses yeux courir sur la blancheur immaculée de la neige qui recouvrait les environs, tout en essayant d'ajuster le mouvement de son bassin au rythme du cheval.

Pensive, Celia enroula les rênes autour de ses mains et leva le regard vers les arbres dénudés qui se dressaient de part et d'autre de la route. Elle savait que John était non loin d'elle mais elle refusait de se retourner. Il ne fallait pas lui accorder la moindre importance. Néanmoins, elle était tout de même rassurée de l'entendre échanger, ici et là, quelques mots avec Marcus, surtout depuis qu'un silence absolu s'était abattu sur le convoi.

Elle secoua la tête. Le voyage allait être long et elle ne devrait pas penser à John ! Elle devrait plutôt penser à ce qu'elle allait devoir faire une fois arrivée à Edimbourg. Oui, elle devrait se concentrer sur sa mission ainsi que la récompense que lui avait promise la reine Elisabeth si elle accomplissait bien son travail. Avec un peu de chance, elle serait bientôt mariée à un homme riche qui la mettrait à l'abri du besoin.

Elle baissa la tête et sourit amèrement à cette pensée. A quoi bon se mentir ? Où était la chance dans tout ça ? Celle-ci l'avait abandonnée depuis bien longtemps. Il n'était plus question de chance, non, mais de survie. Si tout se passait comme prévu, à son retour à Londres, elle ferait un mariage avantageux avec un homme qu'elle ne connaissait sans doute même pas. Elle espérait juste que son futur époux ne la traiterait pas de la même façon que l'avait fait Thomas.

Oui, elle allait se battre pour ça, pour cette vie meilleure qu'allait lui offrir la reine. Mais pour cela elle n'avait pas le droit de regarder John, de lui parler et encore moins de le toucher. Il avait ce don maudit de faire ressortir ses émotions les plus intenses et elle ne pouvait plus se le permettre. Elle n'était plus cette jeune fille crédule qui avait des rêves plein la tête. Un frisson la traversa quand elle se souvint de la manière dont il lui avait pris la main lorsqu'ils s'étaient retrouvés tout seuls, dans le couloir caché, du sourire qu'il lui avait adressé, comme si…

— Avez-vous froid, dame Sutton ?

Tirée de sa rêverie, Celia tourna la tête. Il lui fallut quelques instants avant de comprendre que John trottait désormais à côté d'elle. Comme s'il avait senti qu'elle était en proie au doute…

Maudit sois-tu, John Brandon, toi et ton don de pouvoir lire en moi !

— Oui, un peu, répondit-elle, j'ai l'impression d'être sur cette selle depuis des semaines alors que ça ne fait que quelques heures.

Il lui adressa un sourire puis abaissa son regard sur ses jambes, sans même chercher à s'en cacher. Celia sentit ses joues s'enflammer au souvenir de leur dernier tête-à-tête…

Honteuse, elle détourna précipitamment le visage et fut envahie par une vague de colère lorsqu'elle l'entendit glousser, comme s'il savait précisément ce à quoi elle était en train de penser.

— Nous sommes presque arrivés à Harley Hall, dit-il après un court instant de silence. Nous nous y arrêterons pour passer la nuit.

Celia inspira profondément, puis se tourna de nouveau vers lui.

— Oui… Une courte nuit au chaud avant de retourner dans ce froid glacial dès demain matin. Je ne sais pas si je devrais m'en réjouir ou en pleurer.

— C'est ainsi, on ne peut pas toujours avoir ce que l'on veut.

Elle le regarda, surprise par le ton de sa voix, mais son expression était indéchiffrable.

— Enfin… poursuivit-il, un sourire coquin aux lèvres. Tu sais, si tu as très froid, je connais un bon moyen pour te tenir au chaud : tu peux monter avec moi.

A ces mots, Celia ne put s'empêcher de pouffer de rire, même si elle s'imaginait déjà devant lui, partageant sa selle, blottie dans ses bras. Il poserait son menton sur son épaule et elle sentirait son souffle sur sa joue.

Ressaisis-toi, Celia, bon sang !

Elle se redressa et fixa du regard la route enneigée devant elle. Si elle l'ignorait suffisamment longtemps, peut-être qu'il finirait par la laisser tranquille ? Pourquoi n'allait-il pas bavarder avec lady Allison, qui, à en croire les regards qu'elle lui adressait depuis leur départ, ne semblait attendre que ça ? En tout cas, s'il pouvait réellement lire en elle, il avait clairement décidé d'ignorer sa dernière pensée.

Ils avancèrent côte à côte un long moment avant que Celia ne décide finalement de briser le silence qu'elle trouvait aussi pesant que suspect.

— Tu vis à la cour ? dit-elle sans le regarder.

— Oui, la plupart du temps, lorsque je ne dois pas m'occuper de ma propriété, ce qui, heureusement, n'arrive que très rarement. Pourquoi me demandes-tu ça ?

— Parce que cela fait déjà plusieurs semaines que je vis également à la cour et que je ne t'avais pas vu une seule fois, ni avant ni après notre entretien avec la reine.

— Ah, je vois… Tu avais donc pensé qu'il serait plus facile de m'éviter en sachant que je vivais ailleurs ?

Oui.

Elle se garda cependant de lui répondre, préférant garder cette pensée pour elle.

— Celia… Tu devais bien te douter que nos chemins finiraient par se recroiser tôt ou tard ?

— Pour être tout à fait honnête, j'espérais ne plus jamais te revoir. Après tout, je n'étais qu'une fille de province, et toi, un homme du monde. Et la soudaineté de ton départ… sans dire un mot… Comment pouvais-je savoir ce qu'il était advenu de toi ?

— Je ne voulais pas partir, dit-il gravement.

Celia le dévisagea, incrédule. Son expression n'avait plus rien de malicieux et ses yeux étaient d'un bleu glacé.

— Je n'avais pas le choix, Celia. Je n'avais pas le choix.

— Moi non plus, figure-toi, rétorqua-t-elle.

Elle l'avait attendu, après son départ, persuadée qu'il finirait par revenir, son prince charmant. Elle y avait tellement cru ! Mais son espoir et son amour avaient fini par s'éteindre au fil des jours et des semaines. Il l'avait littéralement abandonnée. Son estomac se crispa en repensant à tout cela, à tous les sacrifices qu'elle avait dû faire, à la tournure qu'avait ensuite prise sa vie. Elle porta sa main à son ventre pour essayer de contrôler l'angoisse qui grandissait en elle.

— Après… après ton départ…, reprit-elle d'une voix tremblante.

Après ton départ, après ce qui est arrivé à mon frère, après ce qu'a dû traverser ma famille…

— J'ai dû épouser Thomas Sutton, poursuivit-elle. Sa famille souhaitait une alliance avec la mienne. Mes parents se sont pourtant toujours méfiés d'eux mais après… après ce qui est arrivé à mon frère, je n'avais pas d'autre choix que de me marier. Nous avions terriblement besoin d'une alliance, peu importe laquelle.

— Parle-moi de ton mariage, Celia, lui dit John, et elle sentit une certaine tension dans sa voix.

C'était un véritable enfer.

Jusqu'à la mort de Thomas, elle avait vécu un véritable

calvaire. Lorsqu'elle avait appris qu'il était décédé, sa première réaction avait été de se mettre à genoux et de remercier le ciel. Mais elle ne pouvait pas dire ça à John, elle se savait déjà assez vulnérable et fragile à ses yeux.

— C'était un mariage comme un autre si ce n'est qu'il n'a pas duré longtemps, fort heureusement, répondit-elle en haussant les épaules.

— Et est-ce à cause de lui que tu as voulu broyer mes parties intimes, l'autre jour ?

Celia rit bruyamment.

— Mon cher John Brandon, vous êtes, à vous seul, une source inépuisable de raisons pour lesquelles j'aurais pu en arriver là. Cependant, ce n'était guère mon intention, cette fois-ci.

Il sourit et lui lança un regard plein de sous-entendus, si bien que Celia dut de nouveau détourner le regard.

— Et toi, alors, t'es-tu marié ? lui demanda-t-elle afin de changer de sujet.

Elle avait peur de sa réponse car le simple fait de l'imaginer dans les bras d'une autre femme la mettait hors d'elle.

— Tu sais très bien que non. Je ne suis pas fait pour ça.

— Je me demande d'ailleurs qui est fait pour ça. Le mariage n'est rien d'autre qu'une obligation sociale que l'on doit se forcer à respecter. Aucune femme ne peut échapper à cette contrainte… à moins de se réveiller dans la peau de la reine Elisabeth et pouvoir donc faire ses propres choix, dit-elle en plaisantant.

— Mais, explique-moi une chose… Si tu as été aussi déçue par ton mariage, pourquoi acceptes-tu que la reine Elisabeth t'en arrange un autre ?

Celia n'apprécia guère sa question et encore moins l'intonation de sa voix. Elle n'avait pas d'explication à lui donner sur ses choix de vie ! Cependant, il semblait irrité, en colère, même.

— Je n'ai pas le choix. Briony Manor appartient désormais à Anton et mon douaire ne me suffit pas pour vivre. Et puis je pense que ça ne pourra pas être pire que ce que j'ai vécu avec Thomas.

John approcha son cheval du sien et couvrit sa main de la sienne.

— Celia… dit-il d'un ton hésitant, dis-moi la vérité. Que s'est-il passé avec Thomas ?

C'en était trop pour elle.

— Ça ne te regarde absolument pas ! Laisse-moi tranquille maintenant, veux-tu ! s'exclama-t-elle.

Elle tenta, en vain, de dégager sa main de celle de John. Machinalement, elle dirigea son regard vers l'étui dans lequel elle avait rangé sa cravache.

— Tu comptes me frapper avec, Celia ? demanda-t-il, tout sourire.

Elle essaya de lui retirer sa main encore une fois mais n'y parvint pas.

Maudit sois-tu, John Brandon !

Non seulement il la faisait sortir de ses gonds, mais il y prenait certainement un malin plaisir, à en juger par son sourire narquois !

— Disons juste que ce ne serait pas mes doigts que tu sentirais sur tes parties intimes, cette fois, murmura-t-elle d'un air menaçant.

Une lueur sauvage s'alluma aussitôt dans les yeux de John.

— Hmm… Cela pourrait être très intéressant. Je me prêterais volontiers à ce petit jeu mais pas avant que tu m'aies dit ce qui t'est arrivé de si terrible, ces trois dernières années.

Celia voulut lui adresser une repartie cinglante mais le convoi s'immobilisa avant même qu'elle n'ait eu le temps de choisir soigneusement ses mots. Elle regarda devant elle et fut rassurée de voir qu'ils étaient arrivés à Harley Hall.

John déposa un baiser sur sa main et, malgré le fait qu'elle portait des gants en cuir, elle sentit sa peau s'irradier sous ses lèvres.

— Nous n'en avons pas terminé, Celia, dit-il en plantant son regard dans le sien.

Elle pouffa de rire à ces mots.

— Oh, John, je crois bien que si, et ce depuis longtemps.

Sans attendre de réponse, elle fit claquer les rênes et s'avança vers la tête du convoi. Peu importait l'arrêt de ce soir, elle saurait désormais le tenir à distance !

5

Accoudée au parapet du toit de Harley Hall, Celia soupira, le regard perdu sur la cour centrale du domaine. Il était très tard et tout le monde devait déjà dormir. Même Darnley et ses compères étaient partis se coucher, après avoir vidé toutes les bouteilles de vin de leur hôte. Un silence de plomb régnait dans la demeure mais Celia, bien qu'épuisée, n'arrivait tout de même pas à dormir.

Elle serra sur elle les pans de sa cape et leva les yeux vers le ciel constellé d'étoiles. Celles-ci brillaient tels des diamants sur du velours noir. Quand elle était petite, elle se faufilait souvent dans le jardin à la nuit tombée, s'allongeait dans l'herbe et observait les étoiles en imaginant qu'elle s'envolait vers elles pour les atteindre ; pour devenir l'une d'elles.

Un sourire se dessina sur ses lèvres à ce souvenir. A cette époque, tout lui semblait merveilleux et magique ; elle était si insouciante. Mais aujourd'hui elle savait très bien qu'on ne pouvait pas échapper à la cruauté de ce bas monde et qu'il fallait, tôt au tard, se plier aux règles, injustes, de celui-ci.

Elle appuya les paumes de ses mains sur le parapet et laissa monter en elle la fraîcheur de la pierre. Pourquoi John ne voulait-il pas la laisser tranquille ? Pourquoi avait-il parcouru la moitié du chemin avec elle ? Pourquoi s'était-il obstiné à lui parler ?

Elle se couvrit le visage de ses mains, comme pour bloquer toutes les pensées confuses qui lui venaient à l'esprit. John lui rappelait beaucoup trop de choses qu'elle préférait oublier et, même après trois ans, il la connaissait toujours très bien. D'ailleurs, il avait tout de suite remarqué lorsqu'elle avait voulu attraper sa cravache. Et il avait également tout de suite deviné ce qu'elle avait voulu faire avec.

Elle ferma les yeux et inspira l'air frais de la nuit. Bien évidemment, elle aurait essayé de lui faire au moins autant de mal qu'il, lui en avait fait. Cela dit, quelque chose l'en avait empêché, mais quoi ? Un sentiment étrange s'était emparé d'elle. L'angoisse ? Non, il s'agissait plutôt d'une force… primitive. Et ça lui avait même fait un peu peur. Son sang-froid devait absolument garder le dessus sur ses émotions. Sinon…

Mon Dieu, faites que ce voyage passe vite… Ou faites que John disparaisse, englouti par la neige. Ou alors, faites qu'il…

A cet instant, la porte qui menait au toit s'ouvrit en grinçant derrière elle, la ramenant ainsi à la réalité. Elle se raidit et retint sa respiration. En théorie, cela pouvait être n'importe qui mais elle savait pertinemment qu'il ne pouvait s'agir que d'une seule personne : John ! Oui, c'était lui, elle pouvait sentir sa présence, et même son odeur. Décidément, la vie s'amusait un peu trop à lui jouer des mauvais tours dernièrement.

Celia cligna des yeux pour chasser ses pensées puis tourna légèrement la tête et jeta un regard en direction de la porte par-dessus son épaule. John se tenait bel et bien à quelques pas d'elle. Il la regardait, appuyé au chambranle de la porte, les bras croisés sur sa poitrine. Le froid mordant ne semblait guère le déranger car il ne portait pas de cape et son pourpoint de velours rouge foncé ainsi que la chemise qu'il portait en dessous étaient, tous les deux, légèrement ouverts. Ses cheveux étaient en bataille, des mèches tombant négligemment sur son front.

Troublée, Celia tourna aussitôt son regard vers la cour centrale du domaine.

— Je me doutais bien que tu finirais par me trouver, dit-elle sans se retourner. J'en conclus que ça t'amuse de me tourmenter.

— Je pense que tu n'as pas besoin de moi pour ça, tu te

tourmentes déjà assez bien toute seule. Cela dit, je serais venu plus tôt si j'avais su que tu te cachais là. Si je suis monté, c'est parce que je n'en peux plus des ronflements de mes compagnons de chambre.

Sachant qu'il ne pouvait pas voir son visage, Celia ne put s'empêcher de sourire en percevant la détresse dans sa voix.

— Et moi je suis montée ici parce que lady Allison est un véritable moulin à paroles, et que je ne suis pas d'humeur à écouter ses commérages.

— Dans ce cas, nous pouvons apprécier ensemble ce paisible silence qui s'offre à nous, répondit-il.

Après avoir prononcé ces mots, Celia l'entendit se rapprocher dangereusement. Il posa ses mains sur le parapet et inspira profondément. Rassurée de voir qu'il ne s'était pas mis juste à côté d'elle, elle se détendit un peu.

Ils restèrent silencieux un long moment à observer l'horizon avalé par l'obscurité.

— Tu as détaché tes cheveux, dit-il finalement, sans la regarder.

Celia porta sa main à ses cheveux et enroula nerveusement une mèche autour de son doigt.

— Les épingles me faisaient mal et puis je ne pensais pas que quelqu'un me verrait ainsi.

— Pas étonnant… Tes chignons me semblent toujours tellement serrés.

— Oui mais je n'ai pas le choix, je ne suis plus une petite fille. Je ne peux laisser mes cheveux détachés, répondit-elle avec un petit rire amusé.

— En effet, mais tu n'es pas non plus obligée de leur infliger tout ça, dit-il en se tournant vers elle.

Il leva la main et passa lentement ses doigts dans ses longues mèches. Même s'il ne touchait que ses cheveux, elle pouvait sentir sa chaleur effleurer son cou, la courbe de sa poitrine et enfin sa hanche, et ce à travers sa cape et ses vêtements.

Une fois de plus, elle repensa à cette pauvre proie sans

défense qui était à la merci de son prédateur. D'un simple regard, John l'avait tout bonnement paralysée.

Il se rapprocha un peu d'elle et enroula ses cheveux autour de son poignet tout en lui caressant le bras.

— J'adore tes cheveux, Celia, ils sont ravissants, plus noirs que la nuit même. Combien de fois ai-je rêvé de les toucher, de les embrasser, de les sentir caresser mon torse alors que tu es sur moi…

En entendant cette confession, Celia se sentit rougir jusqu'aux oreilles. Elle se souvint alors de la façon dont il les avait touchés et embrassés, et ce plus d'une fois. Elle s'était alors assise à califourchon sur lui, les pointes de ses cheveux effleurant son torse. Puis elle s'était penchée en avant pour l'embrasser.

Une vague de tendresse déferla en elle à ce souvenir. Paniquée à l'idée de céder de nouveau à la tentation, elle tenta de s'éloigner mais il agrippa son bras, l'empêchant ainsi de bouger.

— Celia… Parle-moi de ton époux, lui dit-il.

Son époux ? Elle fut nettement plus troublée par la douceur de sa voix que par son geste impérieux.

— Il n'y a rien à dire si ce n'est qu'il est mort, rétorqua-t-elle en luttant de toutes ses forces pour conserver son calme.

Oui, elle devait garder son calme, elle ne devait surtout pas succomber à l'envie irrésistible de se blottir dans ses bras… ou encore de passer les siens autour de son cou.

— Depuis combien de temps ?

— Depuis un peu plus d'un an. Il est mort dans un accident de chasse au moment où une épidémie de fièvre a touché notre village. Mes parents n'y ont pas survécu.

John remonta la main le long de son bras et elle sentit ses doigts caresser sa nuque avant de s'enfiler dans ses cheveux de nouveau. Bien malgré elle, Celia se sentit fondre. Il la regardait intensément, de ses beaux yeux bleus.

Ne pouvant plus soutenir son regard, elle baissa la tête et ferma les yeux. Au bout de quelques instants, elle sentit John lui enlacer la taille avec son autre bras. Il la pressa contre lui, le torse contre son dos. Elle voulait tant se laisser aller, s'abandonner complètement. Elle se sentait si bien dans ses bras, comme libre de tous les fardeaux qu'elle avait portés. Les barrières qu'elle avait érigées autour de son cœur s'effondraient dangereusement.

— Et toi, as-tu également été malade ?

— Oui.

Elle n'avait pas oublié ces quelques jours d'agonie et se crispa à ce souvenir douloureux. C'est alors qu'elle s'aperçut que les deux mains de John étaient posées sur sa taille.

— Je… je…, bredouilla-t-elle, je délirais de fièvre. J'avais tout le temps soif et je n'arrêtais pas de faire des cauchemars. Je me souviens aussi qu'on voulait me couper les cheveux mais je ne les ai pas laissés faire.

— Heureusement, ça aurait été un vrai gâchis.

Rêvait-elle ou John venait-il de presser les lèvres contre ses cheveux ?

— J'ai été la seule à survivre à ce fléau.

— Ça, c'est parce que tu es la personne la plus obstinée que je connaisse. Le diable en personne n'arriverait sans doute pas à te traîner en enfer.

— Et Dieu seul sait qu'il a essayé, pourtant, dit-elle amèrement.

— Ce n'est donc qu'une fois rétablie que tu as appris sa mort ? demanda-t-il en lui caressant les cheveux d'une main.

— Oui.

— Et qu'as-tu fait ?

— Je suis allée à l'église pour remercier le ciel de m'avoir délivrée de cet homme pour toujours.

Mais que lui arrivait-il ? Pourquoi lui racontait-elle tout ça ?

John posa les mains sur ses épaules et il la tourna brusquement vers lui. Celia ouvrit les yeux et vit qu'il la regardait avec consternation. Son visage était sombre, et sa mâchoire, serrée, tandis qu'il la tenait fermement. Dans son regard dansait une lueur de haine.

Celia essaya de se dégager et il dut comprendre qu'il l'avait effrayée, car ses traits s'adoucirent aussitôt. Il l'attira doucement vers lui une nouvelle fois et elle se blottit contre son torse. Elle frissonna en sentant une main de John se poser sur sa nuque et l'autre sur le creux de son dos.

— Pourquoi l'as-tu épousé ? lui murmura-t-il à l'oreille. Tes parents…

Le visage appuyé sur son torse, elle secoua vivement la tête, ne lui laissant pas le temps de finir sa phrase. Inconsciemment, elle inspira son odeur et appuya ses paumes contre son torse.

— Je n'avais pas le choix et mes parents non plus, murmura-t-elle dans sa chemise. Après ton départ…

Elle soupira et serra les poings, luttant pour trouver ses mots.

— Tu… tu es certainement au courant de ce qui est arrivé à ma famille après ton départ ? dit-elle finalement. Tout le monde le sait.

Les muscles de John se tendirent sous ses mains.

— Ton frère ?

Il le savait, elle en était sûre. Même John, qu'elle n'avait pas vu depuis trois ans, était au courant du drame qui avait brisé sa famille.

William, ce pauvre fou… Pourquoi diable avait-il fait ça ?

— C'était un traître, dit-elle froidement. Il trempait dans une conspiration tramée par les catholiques qui voulaient à tout prix renverser notre reine en faveur de la reine Marie.

Encore aujourd'hui, Celia n'arrivait pas à comprendre ce qui avait poussé son frère à prendre part à cette odieuse conspiration. Certes, ils se rendaient tous à la messe protestante les dimanches mais, mis à part cela, ils n'avaient rien d'une famille croyante fervente. Et puis même, son frère n'avait jamais montré le moindre intérêt pour la religion. Malgré cela, il avait tout de même décidé que la cause que défendaient ses amis était juste. Et cette décision avait non seulement fini par lui coûter la vie mais avait également gâché celle de sa famille.

— Leur haine et leur incompétence ont fini par les perdre, poursuivit-elle. Ils ont été vite démasqués et tout s'est fait très rapidement ; William a été exécuté deux semaines après son arrestation. Mes parents ont réussi à garder notre maison mais ils ont quand même dû s'acquitter d'une amende. Mais, après leur décès, j'ai tout de même dû vendre la maison.

— Et c'est à cause de ça que tu as épousé Sutton ?

Celia hocha la tête.

— La famille Sutton a toujours été intéressée par certaines terres que nous possédions. Ils les ont donc toutes récupérées et m'ont eue avec.

Et moi, en retour, j'ai dû vivre un enfer pendant deux ans.

Elle se revoyait encore, la veille de son mariage, espérer que John reviendrait la chercher et l'empêcherait d'épouser Thomas. Ce jour-là, elle lui aurait même pardonné d'être parti comme un voleur. Et puis il lui aurait certainement donné une explication quant à sa disparition soudaine. Oui, elle aurait tout oublié et serait partie avec lui sans hésiter une seule seconde. Mais il n'était jamais venu et elle avait alors dû se rendre à l'évidence : elle était irrémédiablement seule, livrée à elle-même.

A présent, elle avait tant besoin d'affection. Dans un élan de tendresse qu'elle ne put réprimer, elle pressa ses lèvres contre son torse et déposa un baiser à l'endroit où battait son cœur.

Allons, elle était de nouveau sur le point de se perdre ! Celia le repoussa brusquement et courut vers la porte sans même le regarder. Elle l'entendit bouger derrière elle et se surprit à espérer qu'il allait l'attraper, l'attirer dans son étreinte et ne plus jamais l'abandonner. Mais cela n'arriva pas, il la laissait partir.

Confuse, elle dévala les marches et courut sans s'arrêter jusqu'à sa chambre.

Lady Allison dormait déjà à poings fermés et Celia se glissa dans son lit sans faire le moindre bruit. Puis elle tira les draps et la couverture par-dessus sa tête, en se maudissant d'avoir perdu le contrôle d'elle-même.

Elle n'avait plus froid, mais ne pouvait s'arrêter de trembler. Ni de penser à John.

6

Le front plissé, John regardait la route boueuse qui s'étendait devant lui. Un peu plus loin, Celia trottait aux côtés de lord Knowlton, qui, visiblement, ne paraissait pas insensible à son charme. Un léger sourire aux lèvres, elle hochait la tête à tout ce qu'il disait.

Malgré la distance qui les séparait, John pouvait voir que Celia avait un regard distrait et que ses mains étaient crispées sur les rênes. Elle ne semblait pas prêter trop d'attention aux tentatives de séduction du lord mais cela ne le rassura pas pour autant.

Il s'était levé du mauvais pied ce matin et ne savait pas s'il allait pouvoir supporter la vue de Knowlton tournant autour de Celia encore longtemps. Pourvu qu'elle n'entre pas dans son jeu, car alors il ne pourrait pas répondre de ses humeurs ! Un geste déplacé de la part du lord suffirait à le faire sortir de ses gonds. Il était capable d'arrêter le convoi le temps de descendre de son cheval et de décocher un coup de poing dans la mâchoire de ce malheureux. Au fond, il l'espérait même un peu.

Lorsqu'il était d'une humeur massacrante comme en ce moment, une bonne bagarre ou un contact charnel avec une belle femme suffisaient à le calmer. Malheureusement pour lui, aucune de ces deux options n'était envisageable. Du moins pas dans l'immédiat.

Il lança un autre regard en direction de Celia, qui était désormais en train de rire de quelque chose que venait de lui dire Knowlton. Cela faisait très longtemps qu'il ne l'avait pas entendue rire ainsi. Et lui qui pensait que plus rien ne pouvait la réjouir ! Le fait que ce lord de pacotille soit parvenu à la faire éclater de rire lui était insupportable.

John agrippa les rênes en serrant les poings pour ne pas céder à la tentation de se précipiter vers elle et l'embrasser jusqu'à ce qu'elle ressente de nouveau quelque chose. Quelque chose pour lui et personne d'autre. D'ailleurs, il ignorait même s'il était en colère contre Celia parce qu'elle riait en compagnie d'un autre homme ou bien contre lui-même parce qu'il lui accordait bien trop d'importance.

Celia avait tant compté pour lui à une époque. Elle avait trouvé une place dans son cœur avant même qu'il ne s'en soit rendu compte. Sa beauté, ses ravissants cheveux noirs comme le jais et son joli sourire l'avaient captivé alors que ses baisers et la passion qui sommeillait en elle avaient fini par avoir raison de lui. A cause d'elle, il avait failli échouer dans sa mission. Et c'était à cause de cette satanée mission que Celia n'était plus que l'ombre d'elle-même aujourd'hui. Son regard, qui était autrefois tellement chaleureux et plein de vie, était à présent froid et dépourvu de toute émotion. Chaque fois qu'il plongeait ses yeux dans les siens, chaque fois qu'elle le repoussait, il ne pouvait s'empêcher d'éprouver un sentiment de culpabilité grandissant. Et jamais auparavant il ne s'était senti responsable des malheurs d'une autre personne.

Mais il n'y avait pas de place pour les sentiments, surtout les remords, dans son métier. D'autant plus que c'était celui-ci qui lui avait redonné l'envie de vivre après tout ce qu'il avait dû endurer. Car lui non plus n'avait pas une vie facile. Néanmoins, il savait parfaitement à quoi s'attendre lorsqu'il avait décidé de servir la justice et les intérêts de la reine. Et jamais il ne pourrait s'en sortir s'il venait à éprouver de la pitié pour tous ceux qu'il rencontrait sur son chemin.

Mais Celia n'était pas tout le monde. Elle était… Celia, tout simplement. Et elle comptait encore tellement à ses yeux.

Elle discutait toujours avec Knowlton et, à un moment

donné, elle roula légèrement des épaules avant de porter sa main à l'une d'elles pour la presser. Depuis le début de leur voyage, il l'avait vue faire ce même geste plusieurs fois déjà. Il ne l'aurait probablement pas remarqué si une petite grimace de douleur ne passait pas sur son visage chaque fois qu'elle le faisait.

Désormais, il ne voulait plus arrêter le convoi pour s'acharner sur Knowlton ou embrasser Celia, mais plutôt pour lui ôter son pourpoint noir afin d'examiner son épaule. Il voulait voir pourquoi elle semblait avoir mal chaque fois qu'elle la touchait, il voulait effacer cette douleur et toutes les autres qui la rongeaient de l'intérieur. Il voulait lui redonner goût à la vie même s'il savait qu'il n'y parviendrait probablement jamais.

— Morbleu, pourquoi… marmonna-t-il dans sa barbe.

— Eh bien, dis donc, tu sembles légèrement… tendu, lança une voix derrière lui.

Il n'avait même pas entendu Marcus approcher son cheval du sien.

— Et toi tu sembles un peu trop joyeux, répondit-il sèchement.

— Je ne m'étais pas trompé, tu es bien d'une humeur de chien, dit Marcus en riant. Pour ma part, j'ai toutes les raisons d'être joyeux ; j'ai prévu de retrouver la servante de lady Allison ce soir.

John ne dit rien.

— Il doit bien y avoir quelque chose qui puisse te remonter le moral, reprit Marcus après un long moment de silence. Un duel, peut-être, comme la dernière fois ? Je me souviens que j'avais bien amoché ton joli minois.

— Je pense que tu veux plutôt dire que c'est moi qui avais amoché ton joli minois.

— Hmm… Il est vrai que l'œil au beurre noir que tu m'as mis m'a fait mal pendant plus d'une semaine. Mais bon, je l'avais bien mérité vu l'état dans lequel j'étais.

— Sans doute, oui. Cela dit, tout va bien. Je vais bien, dit John sans quitter Celia et Knowlton du regard.

Elle ne se massait plus l'épaule et son sourire avait complètement disparu.

— Si tu le dis.

Manifestement, il ne le croyait pas. Ils trottèrent quelques instants sans parler puis Marcus revint à la charge :

— Mais, tu sais, je comprendrais tout à fait que tu sois irrité. Qui ne le serait pas ? Nous sommes au beau milieu de nulle part, en plein hiver, et, à ce qu'il paraît, le temps va encore se gâter. Pas même ma bonne humeur ne peut survivre à tout ça.

John était tellement concentré sur Celia qu'il n'avait même pas remarqué que le vent se faisait de plus en plus violent. La route était gelée, si bien que le convoi avait dû ralentir l'allure. Il jeta un coup d'œil au ciel. Des nuages sombres s'amoncelaient. Il n'était que midi passé, cependant, la lumière du jour se faisait de plus en plus rare. John pouvait clairement sentir l'odeur de neige dans le vent qui lui fouettait le visage.

— Bon sang, nous n'arriverons jamais au village avant la nuit tombée si ça continue comme ça, grommela-t-il d'un ton résigné.

— Mais si, voyons. Nous allons juste devoir accélérer la course, répondit Marcus. Pense au bon feu et au lit chaud qui nous attendent !

L'auberge était bondée de voyageurs qui cherchaient à s'abriter de la pluie battante, mais l'aubergiste fit immédiatement de la place pour lord Darnley et son convoi qui venaient tout juste d'arriver.

Celia s'installa à côté de lady Allison, sur une palette de bois entreposée dans un coin de la salle. Après ce qui lui sembla une éternité, la femme de l'aubergiste vint lui indiquer un endroit où elle pouvait se changer. Dieu soit loué ! Elle aurait fini par attraper froid avec ses vêtements de voyage glacés par les bourrasques. Celia passa rapidement des vêtements propres et secs, et lorsqu'elle revint dans la salle on la guida aussitôt jusqu'à l'une des tables dressées près du feu. Une fois qu'elle fut assise, un serveur ne tarda pas à lui apporter une coupe de vin chaud et épicé. Elle huma le breuvage puis but quelques gorgées. Quel délice de commencer un bon repas après un voyage si éprouvant !

Revigorée par le liquide fumant qui lui réchauffait la gorge, elle scruta discrètement chacune des personnes présentes dans la salle à manger et vit lord Knowlton entrer dans la pièce. Pourvu qu'il la laisse dîner en paix ! Mais, au grand désespoir de Celia, il sembla la repérer instantanément et vint s'asseoir à côté d'elle. Ils échangèrent quelques mots et Celia fut rassurée de voir qu'on leur apportait déjà les plats.

Elle commença à manger dès qu'elle fut servie, avalant les cuillerées du ragoût de bœuf lentement pour couper court à la conversation. Mais cela ne semblait en rien gêner lord Knowlton, qui continuait de lui raconter les derniers commérages de la cour. Tout en faisant mine de l'écouter, elle l'étudia du coin de l'œil.

Certes, c'était un homme charmant et de bonne compagnie. Il s'était d'ailleurs montré très aimable avec elle, et ce, malgré les conditions de voyage fort désagréables. Maintenant qu'elle le voyait mieux, elle devait admettre qu'il était bel homme. Il semblait jeune, trente ans à peine, et son regard, tout comme sa manière d'être, était agréable et rassurant.

Celia avait pour habitude d'éviter la compagnie des hommes mais celle de lord Knowlton ne lui faisait ni chaud ni froid. Si seulement elle pouvait être aussi détachée lorsqu'il s'agissait de John Brandon !

Il n'était pas venu lui parler aujourd'hui mais, malgré cela, elle avait pu sentir sa présence derrière elle durant tout le trajet. De plus, elle s'était surprise plusieurs fois à le chercher discrètement du regard, juste pour s'assurer qu'il était toujours là. Décidément, il ne la laissait jamais en paix ; même quand il ne faisait rien pour lui parler !

Celia tourna légèrement la tête et l'aperçut immédiatement. Il était assis à une table dans un coin en compagnie de Marcus et de deux autres hommes. Marcus était en pleine discussion avec l'une des servantes de l'auberge, qui était assise sur ses genoux. John, quant à lui, ne semblait prêter aucune attention à ses compagnons de table. L'air déconfit, il avait le regard perdu dans son verre de vin. A quoi pouvait-il bien songer ? Il tapotait la table du bout de ses longs doigts et Celia fixa son regard sur ce mouvement régulier. John était très adroit de ses belles mains lorsqu'il s'agissait de manier l'épée, calmer un cheval ou encore… satisfaire une femme.

Soudain, il leva la tête et rencontra son regard. Ses yeux bleus avaient une lueur impitoyable. Il la fixait avec une telle intensité qu'elle sentit ses joues s'enflammer.

John avait toujours su jouer de son élégance et de son charme, mais Celia savait que tout cela n'était qu'une façade. Elle savait que derrière ses beaux habits et son sourire se cachaient en réalité un tempérament fougueux et une force passionnée. Elle l'avait senti chaque fois qu'il lui avait fait l'amour.

Le souvenir de leurs folles étreintes surgit dans sa mémoire et elle se sentit rougir de plus belle. Elle garda son regard plongé dans le sien, tout en luttant contre l'envie de bondir hors de sa chaise et de s'enfuir en courant. Mais cela ne servirait à rien ; John serait capable de se lancer à sa poursuite et de…

— … ne pensez-vous pas, dame Sutton ?

La voix de lord Knowlton la ramena à la réalité.

— Je vous demande pardon ? Je suis navrée, lord Knowlton, mais je ne vous ai pas entendu, dit-elle en se tournant vers lui.

Elle ne voyait plus John mais pouvait sentir son regard sur elle. Il attendait peut-être de voir ce qu'elle allait faire ?

Lord Knowlton lui adressa un sourire chaleureux, ce qui suscita en elle un remords.

— Il est vrai que la salle est bruyante. Je vous demandais combien de temps vous comptiez rester à la cour de la reine Marie une fois que lord Darnley sera arrivé sain et sauf à bon port, dit-il en faisant un léger signe de tête en direction du lord.

Celia suivit son regard. Il ne fallait pas être grand clerc pour deviner que Darnley et ses acolytes donnaient déjà des signes d'ébriété avancée.

— Sain et sauf, vous dites ? dit-elle en laissant échapper un petit rire. Vous savez, nous sommes encore loin d'être arrivés à Edimbourg.

Ils rirent tous les deux.

— Nous sommes tout de même nombreux, quelqu'un parviendra bien à l'escorter jusque là-bas ; à condition que le froid glacial ne nous saisisse pas tous avant. Mais, plus sérieusement, êtes-vous contente à l'idée de séjourner en Ecosse ?

Etrangement, Celia se sentit rassurée par l'admiration qu'elle pouvait lire dans le regard de lord Knowlton. Quand est-ce qu'un homme l'avait regardée ainsi pour la dernière fois ? Elle ne s'en souvenait pas ou ne voulait pas trop s'en souvenir, plutôt. Quoi qu'il en soit, pour la première fois depuis longtemps, elle se sentait à l'aise en compagnie d'un homme.

— Contente ne serait pas le mot que j'utiliserais. Je suis néanmoins persuadée que ce séjour promet d'être intéressant.

— Oui, c'est fort possible, dit-il en prenant le pichet de bière qui était posé sur la table.

Il remplit sa coupe puis se servit lui-même.

— D'ailleurs, poursuivit-il après avoir avalé une gorgée, il semblerait que la reine Marie ait une personnalité remarquable.

— On raconte aussi qu'elle est d'une beauté enchanteresse.

— En effet. Il me tarde de voir sa cour. Je me demande si elle ressemble à celle de Notre Majesté.

Pour le plus grand soulagement de Celia, ils ne s'attardèrent pas sur des sujets trop personnels et continuèrent de discuter de choses et d'autres durant tout le reste de la soirée. Ils échangèrent leurs réflexions concernant la cour d'Ecosse et ce qui les attendait là-bas avant de parler de leurs vies respectives en Angleterre.

Au bout de la troisième chope de bière, Celia fut envahie par une bouffée de chaleur et le brouhaha des conversations autour d'elle lui parut subitement plus intense. La fatigue du voyage commençait à se faire sentir. Elle rêvait à présent d'un lit bien chaud !

— Oh ! non merci, dit-elle lorsque lord Knowlton voulut la

resservir. Je crois qu'il est temps pour moi d'aller me coucher. Ce fut un plaisir de discuter avec vous.

— Le plaisir est partagé, dame Sutton.

Il lui prit la main et la baisa tout en lui adressant un regard intense. Un frisson parcourut le dos de Celia lorsqu'elle sentit ses lèvres contre le dos de sa main. Le regard qu'il venait de lui jeter avait comme balayé le moment agréable qu'elle venait de passer en sa compagnie. Le sentiment d'aisance avait subitement disparu, mais pourquoi ? Certes, elle ignorait ce qu'il pouvait bien penser à son sujet et elle fut encore plus troublée lorsque l'image de son défunt époux se présenta inopinément à son esprit.

Elle lui retira sa main puis se leva de table.

— Bonne nuit, lord Knowlton.

— Bonne nuit, dame Sutton.

Celia tourna aussitôt les talons et se fraya un chemin dans la cohue dans l'espoir de regagner sa chambre au plus vite. Elle ne supportait plus l'atmosphère paillarde et alcoolisée qui s'était installée dans la salle à manger. Les hommes du convoi semblaient à présent ne plus maîtriser leur soif… La soirée allait-elle mal tourner ? Qu'importe ! Tout ce qu'elle voulait, c'était s'allonger dans son lit et rester seule un moment.

Mais à peine eut-elle frôlé la première marche qu'un cri retentit dans toute l'auberge. Elle se retourna juste à temps pour voir qu'un homme trapu et massif avait saisi lord Darnley par le col de son pourpoint et l'avait plaqué contre le mur. Les compagnons du lord se ruèrent sur l'homme en essayant, en vain, de l'éloigner. Mais que se passait-il ? Une bagarre d'ivrognes ?

Celia remonta les marches à toute vitesse pour atteindre le haut de l'escalier. De là, elle pouvait voir ce qui se passait tout en étant aussi à l'abri du danger que possible. Mais bientôt elle porta une main à sa bouche pour étouffer un cri d'horreur. Quel spectacle déplorable se jouait sous les yeux ! Les femmes couraient dans tous les sens, cherchant un endroit où se réfugier, alors que les hommes se jetaient sur elles, mus par un appétit incontrôlable. Son cœur se serra lorsqu'elle le vit dans la mêlée… John, au milieu de ces rustres !

Il était plongé dans une bagarre, se battant avec acharnement et fureur et évitant habilement les coups qu'essayaient de lui porter ses adversaires. D'un geste, il arrêta le poing d'un des hommes qui s'étaient jetés sur lui et lui assena un coup dans la mâchoire. Puis il se retourna et para l'attaque d'un autre en le mettant à terre d'un coup de pied dans le genou. Ses mouvements dégageaient une énergie virile qui troubla profondément Celia. Elle voulut crier son nom, se précipiter en bas pour l'entraîner hors de la foule mais se retint.

Malgré le chaos qui s'était installé dans la salle, John parvint rapidement à atteindre l'homme qui s'en prenait à lord Darnley. Il l'attrapa par le col de sa chemise et le repoussa violemment en arrière. Libéré de la poigne de son assaillant, Darnley tomba par terre et rampa aussitôt sous une table dans l'un des coins de la pièce.

Quelque peu rassurée, Celia n'eut même pas le temps de réaliser qu'un autre homme, un gourdin à la main, se précipitait sur John. Elle poussa un cri mais il était déjà trop tard : l'homme venait d'abattre son arme sur sa cuisse. John ! Elle vit le sang couler le long de sa jambe, empourprant rapidement le tissu du pantalon. Sans réfléchir, Celia descendit les marches en courant et se précipita dans la foule en même temps que l'aubergiste et son homme de main. Elle esquiva tant bien que mal les coups qui pleuvaient de tous les côtés et réussit à rejoindre John, suivie de près par Marcus.

— John ! s'écria-t-elle en l'attrapant par le bras.

— Je vais bien, ce n'est qu'une égratignure.

Il la repoussa doucement avant de presser sa main sur la blessure. Il saignait tellement !

— Peut-être, mais je préfère te sortir d'ici avant que quelqu'un ne s'attaque à ta jolie frimousse, dit Marcus en l'aidant à se relever. Dame Sutton, pouvez-vous nous trouver un endroit plus calme pour le soigner ?

Sans se soucier des protestations de John, Celia partit

chercher la femme de l'aubergiste, qui la conduisit dans une pièce à l'arrière de la salle à manger. Elle fit ensuite signe à Marcus de la rejoindre. La pièce était petite et un feu était allumé dans la cheminée.

— Installez-le ici, marmonna-t-elle en faisant hâtivement de la place sur le banc à côté de la cheminée.

Marcus aida John à s'asseoir alors que ce dernier proférait un chapelet de jurons.

— Mon cher ami, tu mérites amplement ce qui t'arrive, dit Marcus en se redressant, un léger sourire aux lèvres. Qu'est-ce qui t'a pris de te jeter ainsi dans la bagarre ?

— Sérieusement, qu'est-ce qui a bien pu te passer par la tête ? gronda Celia en se mettant à genoux devant lui.

John pouvait bien la regarder de cet air furibond, il n'échapperait pas à ses remontrances ! Celia ne se remettait toujours pas de la peur qui l'avait saisie en voyant John recevoir le coup de gourdin. Un frisson la traversa rien qu'en y repensant.

— Et tout ça pour sauver ce bon à rien de Darnley ! s'exclama-t-elle sans lever la tête.

— Je vous signale qu'il est de mon devoir de le protéger, grommela John. Si ça ne tenait qu'à moi, je n'aurais pas bougé le petit doigt.

Lentement, Celia souleva puis déchira le tissu du pantalon afin de libérer la blessure. John émit un grognement et elle suspendit instantanément son geste.

— Mais pourquoi ? Pourquoi dois-tu le protéger à tout prix ? demanda-t-elle.

John laissa échapper un autre juron. Il serra le rebord du banc avec tellement de force que ses jointures blanchirent.

— Il doit arriver en Ecosse en un morceau, marmonna-t-il entre ses dents.

Celia avança la main vers la blessure et la considéra attentivement. Elle ne semblait pas très profonde mais saignait abondamment. Etant donné qu'elle avait déchiré une large partie du pantalon, elle pouvait également voir sa cuisse musclée. Elle fut saisie d'une irrésistible envie de la caresser, de sentir sa peau chaude sous ses doigts, d'effleurer ses poils drus, de... Allons, ce n'était pas le moment de penser à cela !

— Si tu le dis... En tout cas, je pense qu'il ne manquerait pas à grand monde si quelque chose venait à lui arriver, dit-elle en secouant la tête.

Elle intercepta le regard surpris qu'échangèrent les deux hommes mais décida de l'ignorer.

— Quoi qu'il en soit, ce n'est pas à nous d'en juger, dit Marcus.

— Du moins, pas encore, ajouta John.

Celia ne comprit pas ce dont ils parlaient exactement mais se retint bien de leur poser la question. Moins elle en savait sur la nature exacte de leur mission, mieux elle se portait. Elle avait déjà assez de problèmes comme ça ! Elle était d'ailleurs confrontée à l'un d'eux en ce moment... Pourquoi se mettait-elle dans tous ses états dès qu'elle était en présence de John ?

La porte de la pièce s'ouvrit et l'une des servantes apparut avec sa valise. Celia en sortit sa trousse de soins, heureuse d'avoir pensé à la prendre avec elle.

— Je te laisse aux soins de dame Sutton, dit Marcus alors qu'elle était en train de chercher la pommade à base d'herbe dans sa trousse. Je vais aller m'assurer que la situation est sous contrôle.

Il fit une révérence puis quitta la pièce. Celia demeura immobile quelques instants, le regard fixé sur la porte qui venait de se refermer sur Marcus.

Elle pouvait entendre les querelles dans la salle à manger et la femme de l'aubergiste demander à ce que les dommages soient réparés. Puis elle tourna de nouveau la tête vers John et comprit qu'ils se retrouvaient seuls tous les deux avec, pour seule lumière, le feu qui crépitait dans le foyer de la cheminée. Elle se mordit la lèvre inférieure puis inspira en essayant d'arrêter les tremblements qui agitaient ses mains.

Soigneusement, elle déchira la couture du pantalon de John de sorte à libérer entièrement sa jambe. La plaie remontait du genou jusqu'à l'aine mais ne saignait presque plus. Néanmoins, l'odeur persistante du sang fit machinalement remonter en elle des souvenirs douloureux de son mariage avec Thomas. Elle secoua aussitôt la tête pour les chasser de son esprit.

Cependant, l'odeur du sang ne la troublait pas autant que l'odeur de John. Ce parfum de cuir, de vin et d'un soupçon de savon épicé qu'elle connaissait trop bien lui donnait le tournis. Discrètement, elle posa son regard sur sa peau à la fois ferme et douce. Il dégageait une présence physique à la fois rassurante et intimidante. Ce corps puissant et indubitablement masculin était une source de conflits permanents entre son cœur et sa raison. Lorsqu'il était à côté d'elle, elle ne pouvait s'empêcher de repenser à tout ce qu'ils avaient partagé… Il y a longtemps, comme dans une autre vie.

Cherchant à tout prix à mettre un tant soit peu d'espace entre eux, elle s'accroupit sur ses talons et attrapa un mouchoir propre de sa valise.

— Je dois enlever les échardes de ta plaie avant de la nettoyer, dit-elle.

John serra de nouveau le rebord du banc et Celia remarqua qu'il avait les mains éraflées. Elle imaginait bien que les hommes avec lesquels il s'était battu devaient être dans un état bien pire que le sien, mais ne pouvait se défaire de l'idée qu'il avait tout de même couru un grand danger. L'homme au gourdin aurait très bien pu…

— Tu as de la chance qu'il ne t'ait pas frappé plus haut.

Elle plissa les lèvres, se pencha vers la blessure et la tamponna légèrement. Le muscle de John se contracta mais il ne dit rien.

— Oui… Quelques centimètres plus haut et les ladies de la cour auraient subi une perte considérable, dit-elle au bout d'un instant.

— Et toi, Celia, aurais-tu été… attristée par cette perte ? demanda-t-il en riant.

— Pas le moins du monde, répondit-elle d'un ton sec. Au contraire, j'aurais été rassurée de savoir que la gent féminine n'aurait plus rien à craindre de toi.

— Je ne te crois pas.

Il tendit la main et passa ses doigts dans les mèches de cheveux qui s'étaient échappées de son chignon. Elle serra les dents, refusant de céder à la tentation de s'écarter comme une proie apeurée. Non, cette fois-ci, elle ne laisserait pas ses faiblesses avoir raison d'elle. Et elle ne laisserait pas non plus les souvenirs qu'elle essayait d'oublier l'assaillir sans cesse. Le passé était le passé et John en faisait partie depuis longtemps.

— Je suis même certain que tu te souviens…

Il se pencha vers elle.

— … de tout ce que l'on peut faire de merveilleux avec cette partie du corps, lui glissa-t-il à l'oreille.

Celia appuya fortement le mouchoir sur sa blessure en lui lançant un regard plein de défi. John gémit de douleur, mais se redressa aussitôt.

— Je dois finir de nettoyer la plaie, dit-elle, tout sourire. A moins que tu ne préfères qu'elle s'infecte et que tu finisses par perdre ta jambe… voire plus.

Il émit un petit rire et se laissa aller contre le dossier du banc en mettant ses mains derrière la tête.

— Dans ce cas, fais comme bon te semble. De toute façon, je sais très bien que tu n'as rien oublié de ce qui s'est passé entre nous.

Bien sûr, qu'elle n'avait rien oublié ! Pourquoi la torturait-il ainsi ? Elle ne répondit pas et ils n'échangèrent plus un mot ni un regard. Celia finit de nettoyer la plaie puis entoura la cuisse d'un bandage dont elle ramena les extrémités à l'avant afin de les attacher.

Lorsqu'elle eut fini, elle leva le regard sur John. Il la fixait intensément, un sourire paresseux aux lèvres. Ses yeux étaient pétillants et le feu dans la cheminée donnait une teinte dorée à la peau de son visage. Son pourpoint était ouvert, et les lacets de sa chemise, défaits, révélant ainsi la peau lisse et moite de son torse musclé. Dans cette position, il avait l'air d'un roi confortablement installé sur son trône et qui jaugeait l'esclave qui était prosternée à ses pieds.

Prise d'un besoin compulsif d'effacer le sourire narquois qui flottait sur ses lèvres, Celia lui sourit à son tour. L'effet fut immédiat : une expression bouleversée sur son visage, John sembla se figer.

Lentement, elle se pencha vers lui et caressa délicatement son autre cuisse. Elle pouvait sentir sous ses doigts que tout son corps réagissait à son toucher. Puis elle posa ses lèvres sur sa peau nue et l'effleura d'un baiser, puis d'un autre et un autre encore.

— Celia… l'entendit-elle murmurer d'une voix rauque.

Suivant de ses lèvres la caresse de ses doigts, elle parsema sa cuisse de baisers. Sa main s'arrêta tout près de l'aine et elle y déposa un dernier baiser. Puis elle ferma les yeux et inspira l'odeur de son corps, cette odeur virile et musquée, cette odeur qui lui rappelait bien trop de souvenirs. En cet instant, elle savait parfaitement ce qu'il voulait. Il l'avait peut-être abandonnée trois ans auparavant, mais il avait néanmoins toujours très envie d'elle. Oui, elle n'avait aucun doute là-dessus. Et peut-être qu'elle aussi voulait la même chose… oui, enivrée par un sentiment de satisfaction mêlé de plaisir, elle en voulait désormais plus encore. Elle voulait le déshabiller et mettre son âme à nu. Malgré sa confusion et ses doutes, il était déjà trop tard pour faire machine arrière.

Elle glissa la main dans le sous-vêtement de John et la referma autour de son membre. Il était déjà dressé mais il se raidit encore plus entre ses doigts. Doucement, elle remonta son pouce jusqu'au centre de sa verge.

— John… Comment aurais-je pu oublier ce que l'on peut faire de merveilleux avec cette partie du corps ? demanda-t-elle d'une voix sensuelle.

A peine eut-elle effleuré de ses lèvres son sexe dur qu'il enfonça les doigts dans ses cheveux puis lui releva la tête d'un geste brusque. Inévitablement, leurs regards se croisèrent. Ses yeux étaient plus brillants que d'habitude et ce qu'elle crut y lire la désarma. Elle sentait son cœur défaillir ; les défenses qu'elle avait soigneusement édifiées étaient en train de s'écrouler, tel un château de sable emporté par une vague.

— Celia, tu me rends fou, dit-il en se penchant avant de capturer ses lèvres des siennes.

Sans perdre de temps, il entrouvrit sa bouche afin de l'explorer avec sa langue. Elle aurait voulu le repousser, se débattre, mais son corps ne semblait pas vouloir l'écouter, frissonnant au contact de ses lèvres et de sa langue. En voulant mettre fin à ce baiser, elle n'obtint que l'effet inverse : elle ne fit qu'approfondir leur baiser, leurs langues jouant désormais frénétiquement l'une avec l'autre.

Le goût de ses lèvres, un mélange sucré de vin et d'épices, n'avait pas changé. C'était le goût de John, le goût de tout ce qu'ils avaient partagé à un moment donné de leurs vies. Elle éprouva un besoin de lui aussi violent que vital. Submergée par l'émotion et enivrée par son odeur, elle ne parvenait plus à réfléchir sainement.

Il passa un bras autour de ses épaules et, sans trop comprendre comment, elle se retrouva assise sur la cuisse qui n'était pas blessée. La pression de ses lèvres se faisait plus intense alors que leurs langues se touchaient et se mêlaient encore et encore.

Envahie par une vague de désir, Celia noua ses bras autour du cou de John. Elle caressa le bas de sa nuque en se remémorant les plaisirs qu'il avait autrefois éveillés en elle. Sous ses doigts, sa peau était comme dans ses souvenirs, ferme et douce à la fois.

John émit un gémissement. Soudainement, il retira la main de ses cheveux et caressa le creux de son cou et le pouls de Celia s'accéléra aussitôt. Elle sentit alors qu'il écartait les pans de sa veste et crut qu'elle allait exploser lorsqu'il caressa son décolleté du dos de la main. Il laissa ensuite ses doigts glisser sur la courbe de sa poitrine, le long de son corset. Elle adorait la sensation que lui procuraient ses caresses, à tel point que son corps en demandait encore.

Elle se cambra contre lui, ne pouvant s'empêcher de gémir, et la main de John s'empara de l'un de ses seins. Il glissa un doigt sous son corset et titilla son mamelon déjà durci par le plaisir. Celia laissa échapper un cri entre deux baisers, ce qui ne sembla pas déplaire à John. Il glissa toute sa main en dessous de ses vêtements et roula doucement son mamelon entre son pouce et l'index, en le pinçant légèrement.

Le plaisir qu'elle ressentit à ce contact fut tel qu'elle rejeta brusquement la tête en arrière, au point d'en perdre l'équilibre. Voulant se raccrocher à John, elle donna malencontreusement un coup de pied dans sa jambe blessée et celui-ci poussa un cri.

— Oh ! non ! s'exclama-t-elle en se relevant subitement.

Il tendit la main vers elle mais elle recula aussitôt, horrifiée de voir des taches rouges apparaître sur le bandage. Cela lui suffit amplement pour la ramener à ses sens. Comment avait-elle pu se laisser aller entre les bras de John, encore une fois ? Une fois de plus, il était parvenu à tromper sa raison afin d'atteindre son cœur. Il avait réussi à lui donner l'illusion de la passion, à créer cette bulle magique dans laquelle ils s'étaient si souvent réfugiés. Cependant, tout ça, c'était avant et les choses avaient changé à présent. Certes, elle devait bien se l'avouer, elle aurait aimé pouvoir rester dans ses bras, dans cet univers sensuel et charnel qu'était le leur. Mais elle ne pouvait pas le faire, elle n'en avait plus le droit. Son idylle avec John avait bien failli la détruire une fois. Et il était hors de question que cela se reproduise.

— Je… je vais demander à quelqu'un de te refaire le bandage, bredouilla-t-elle en serrant nerveusement les plis de sa robe.

John sembla vouloir se lever mais elle l'arrêta d'un geste de la main en secouant énergiquement la tête. Puis elle recula de quelques pas avant de se retourner et s'enfuir en courant de la pièce.

Au fond d'elle-même, Celia savait très bien qu'elle avait beau fuir John, celui-ci ne cesserait plus jamais de hanter ses pensées.

Elle serra les pans de sa veste et traversa la salle à manger d'un pas pressé. La grande pièce était désormais presque vide, hormis quelques personnes qui s'étaient endormies à même le sol. Elle monta les marches en essayant de faire le moins de bruit possible et alla trouver la couche qu'elle était censée partager avec lady Allison pour la nuit. Rassurée de voir que celle-ci dormait déjà, Celia se déshabilla puis se glissa sous les couvertures, seulement vêtue de sa chemise.

Elle ferma les yeux en essayant de trouver le sommeil et d'oublier le souvenir des caresses de John. Son baiser et ses doigts habiles avaient comme ramené son corps à la vie. Telle une flamme, il avait embrasé chaque parcelle de son corps, et maintenant elle ne savait plus quoi faire pour apaiser cette tension qui la torturait.

— Eh bien, eh bien, dame Sutton, vous êtes une vraie petite cachottière, murmura une voix féminine derrière elle, la faisant sursauter.

Celia ouvrit grand les yeux et se tourna vers lady Allison. Le couloir dans lequel elles se trouvaient était faiblement éclairé mais elle pouvait clairement voir son sourire malicieux.

— Alors, chuchota-t-elle en se redressant sur un coude, est-il vraiment aussi… doué qu'on le prétend ?

Celia sentit ses joues s'empourprer sous son examen. Honteuse de cette réaction qui était digne d'une petite fille plutôt que de la femme qu'elle était, elle se retourna brusquement sans dire un mot et enfouit son visage dans la couverture.

Elle ferma de nouveau les yeux, essayant d'ignorer le petit rire incessant de lady Allison.

Oh ! ma chère Allison, pensa-t-elle amèrement. Si seulement tu savais…

Oui, cette ignorante peu discrète n'avait certainement pas idée à quel point John Brandon était doué lorsqu'il s'agissait de démontrer son pouvoir sur le sexe opposé.

7

John se redressa et grimaça de douleur lorsque la selle en cuir frotta une nouvelle fois contre sa blessure.

Malgré une nature téméraire, cela faisait très longtemps qu'il ne s'était pas jeté dans une bagarre aussi mal engagée. Et ce matin chaque muscle de son corps gardait un souvenir douloureux des événements de la veille. Et puis cette satanée blessure qui lui faisait un mal de chien !

Il avait mal, certes, mais ne regrettait pas un seul des coups qu'il avait pris. Oui, il était même prêt à recommencer s'il le fallait ! A elle seule, la réaction de Celia justifiait tous ses efforts.

Il sourit légèrement à ce souvenir.

Celia…

Il la revoyait encore, agenouillée entre ses jambes, en train de panser soigneusement sa plaie. Elle s'était bien occupée de lui mais jamais il n'aurait cru qu'elle finirait assise sur lui, l'embrassant passionnément ! C'était certain à présent, elle nourrissait encore des sentiments pour lui… Il ignorait lesquels exactement, mais jamais elle ne l'aurait embrassé ainsi si elle n'éprouvait plus rien à son égard. Il avait perçu sa fougue et sa passion lorsque leurs lèvres s'étaient touchées. Plus rien ni personne n'avait d'importance.

Lui aussi avait ressenti la même chose. Le monde aurait pu s'écrouler autour d'eux que cela ne l'aurait guère gêné, du moment qu'elle était avec lui, blottie dans ses bras. Un court instant, il avait eu l'impression que rien n'avait changé, que cette force qui les poussait l'un vers l'autre était toujours là.

Hélas, les choses étaient bien différentes à la lueur du jour. Et comme si cela ne suffisait pas, aujourd'hui encore, le temps était très mauvais.

Il leva la tête et observa le ciel sombre et hivernal. Cela faisait déjà plusieurs heures qu'ils avaient repris la route et la neige ralentissait considérablement leur course. John suivit du regard les gros flocons qui venaient s'écraser dans un silence cotonneux contre ses vêtements battus par le vent. Même lord Darnley, qui n'était pourtant pas connu pour son calme, restait silencieux, transi par le froid.

John jeta un coup d'œil dans sa direction. Il semblait avancer péniblement, une moue plissant son visage noirci par les coups. Nul doute qu'il devait regretter les excès de la veille ! Mais où était donc Celia ? John l'aperçut assise dans l'un des chariots, entre deux coffres. Elle était drapée dans sa cape et il ne pouvait donc voir que son profil. Elle tenait un livre dans ses mains gantées mais John savait qu'elle ne le lisait pas ; elle n'avait pas tourné une seule page depuis au moins quinze minutes, et semblait pensive. A quoi pouvait-elle bien songer ? A leur étreinte de la veille ?

Pas une seule fois elle ne s'était retournée pour le regarder. Rien dans son comportement ne suggérait qu'elle était consciente de sa présence, de son regard rivé sur elle. C'était comme si elle avait de nouveau édifié le mur invisible qui les séparait. La gorge de John se serra à cette idée, mais n'était-ce pas mieux ainsi, après tout ? A quoi bon rouvrir une vieille blessure sans l'espoir d'un dénouement heureux ?

Il soupira en secouant la tête.

Il était présomptueux de sa part de croire que Celia avait jamais été sienne. Non, ce qui s'était passé entre eux n'était qu'une erreur de parcours, rien de plus. Il était encore jeune à l'époque et avait tout simplement succombé à son désir pour elle. Mais les choses étaient bien différentes maintenant et il n'avait pas le droit de refaire la même erreur.

La question qui le tourmentait depuis longtemps fit de nouveau surface dans son esprit. Que se serait-il passé si son frère n'avait pas été un des conspirateurs qu'il avait eu pour mission d'arrêter ?

Cette pensée lui noua l'estomac et lui arracha une grimace de douleur. Lorsqu'il avait appris que William Leonard et Celia étaient frère et sœur, il était trop tard : Celia s'était déjà donnée à lui. Et lui avait…

— Je dois dire que tu avais bien meilleure mine hier après la bagarre ! Que t'arrive-t-il ? Tu as l'air furieux, dit une voix à côté de lui.

John tourna la tête et considéra Marcus, qui chevauchait désormais à côté de lui, l'air agacé.

— Dans ce cas, ne devrais-tu pas plutôt te tenir à l'écart de moi ?

— Oh ! il m'en faut bien plus pour te craindre, répliqua Marcus d'un ton dégagé. Et puis, si tu as besoin de déverser ta colère sur quelqu'un, Darnley est juste là, derrière toi. Quoique, après réflexion, je ne pense pas que ce soit la meilleure idée.

— Oui, d'autant plus que le simple fait de toucher un cheveu de sa tête pourrait me valoir la pendaison.

— Ah, bien sûr, je ne pensais pas à ça. Je voulais plutôt dire que la violence ne menait à rien.

Puis Marcus se pencha vers lui et lui demanda en murmurant :

— Depuis quand n'as-tu pas eu de relations avec une femme ?

— Marcus… rétorqua John en lui jetant un regard noir.

— Ah, je vois… Si longtemps que ça ? Pas étonnant que tu sois aussi irritable.

A cet instant, c'était surtout Marcus qui avait le don de l'irriter ! Pourtant, John réfléchit un court instant. En effet, il n'avait pas eu de relations avec une femme depuis un petit moment. Depuis qu'il avait revu Celia. Oui, depuis qu'elle était réapparue dans sa vie, aucune autre femme ne trouvait grâce à ses yeux.

— Si ça t'intéresse, lady Allison est très… avenante, à ce qu'il paraît. Sinon, il y a également miss Andrews. On dit qu'elle est amoureuse de Darnley mais bon, je crains qu'elle ne soit pas trop à son goût, si tu vois ce que je veux dire. Ou peut-être qu'il y aura un bordel décent dans la prochaine…

— Marcus ! s'écria John. Je n'ai pas besoin d'un souteneur, merci.

— Oui, oui, je le sais bien. Les femmes tombent à tes pieds sur un simple sourire. Mais il y a bien quelque chose qui pourrait t'aider à surmonter ce qui te perturbe autant.

— Va-t'en, Marcus, répondit John. Sérieusement.

— Non, tu ne te débarrasseras pas de moi aussi facilement. On se connaît depuis très — pour ne pas dire trop — longtemps. Je sais que ce voyage est éprouvant et je sais aussi qu'il n'y a pas que ça qui te tracasse.

John regarda Marcus. L'expression de celui-ci était sérieuse à présent.

— John, que se passe-t-il ?

Son ami avait raison, ils se connaissaient depuis bien trop longtemps. Ensemble, ils avaient traversé beaucoup de situations difficiles et s'étaient toujours épaulés l'un l'autre.

Machinalement, John détourna son regard vers Celia. Elle n'était plus toute seule : cet importun de lord Knowlton était désormais assis à côté d'elle. Il était en train de lui raconter quelque chose et elle l'écoutait en souriant. Oui, elle l'écoutait en souriant et semblait réellement apprécier la compagnie de ce goujat… Les mains de John se crispèrent sur ses rênes.

— Ah, je comprends mieux maintenant, dit Marcus en poussant un soupir.

— Quoi ? demanda John, agacé, en tournant de nouveau son regard vers lui. Qu'est-ce que tu comprends ?

— Voyons, ne fais pas l'innocent. Chaque fois que vous êtes ensemble, on croirait que vous allez vous entretuer ou alors déchirer vos vêtements et…

Marcus ne finit pas sa phrase mais le sourire qu'il arborait en dit long et John dut se rendre à l'évidence : son ami avait raison. Durant ces trois dernières années, il était parvenu à se réfugier dans le déni, mais depuis que Celia était réapparue dans sa vie il n'arrivait plus à garder son calme, à préserver ses secrets. Cela ne servait plus à rien de continuer la mascarade.

— Suis-je donc si transparent ?

— Nous sommes comme des frères, John, ne l'oublie pas. Je le vois quand quelque chose ne va pas. Cela dit, si ça peut te rassurer, aux yeux des autres, tu es toujours sir John Brandon, séducteur notoire et bourreau des cœurs.

Sacré Marcus ! Ils échangèrent un sourire complice.

— Cependant… reprit Marcus après un court silence. Je ne t'ai jamais vu te mettre dans un état pareil à cause d'une femme. Que représente-t-elle pour toi ?

John regarda autour d'eux. Ils étaient à l'arrière du convoi et, pour une fois, personne ne semblait prêter attention à leur conversation. Le froid avait sérieusement affecté l'état d'esprit de tous ainsi que leur intérêt, d'habitude inébranlable, pour les commérages.

— Je l'ai rencontrée il y a quelques années, lorsque j'étais en mission dans la campagne anglaise, et nous avons fini par… nous rapprocher, dit-il au bout d'un moment en regardant droit devant lui.

Marcus émit un petit sifflement.

— Et je présume que votre… histoire n'a pas connu de fin heureuse.

Etant donné que j'ai entraîné son frère et ses amis vers la mort et que je l'ai abandonnée comme un lâche, sans toutefois pouvoir l'oublier…

— Non, répondit-il.

— Et as-tu toujours envie d'elle ?

John préféra ne rien dire, d'autant plus que tous les deux connaissaient la réponse à cette question. Et, bien évidemment, la réaction de Marcus face à son silence ne se fit pas attendre.

— Je crois que nous ne sommes pas encore au bout de nos surprises avec vous deux, à moins que tu ne parviennes à la mettre dans ton lit une dernière fois afin de pouvoir passer à autre chose, dit Marcus en riant.

— Tu crois sincèrement qu'après tout ce qui s'est passé depuis elle voudrait encore de moi dans son lit ? rétorqua John amèrement.

Pour une fois, Marcus ne répondit rien et les deux hommes continuèrent d'avancer dans la neige, un silence tendu pesant sur eux.

— Halte !

Tirée de ses pensées, Celia leva les yeux de son livre. Pourquoi l'un des gardes de lord Darnley avait-il arrêté le convoi ? Elle n'avait pas lu une seule page depuis qu'il avait repris la route mais ce livre lui fournissait un prétexte idéal pour rester seule. Même lord Knowlton, qui était venu la rejoindre dans le chariot, avait fini par la laisser tranquille.

Elle serra le livre entre ses mains pour ne pas céder à l'envie de se retourner. Car elle savait très bien que John était non loin derrière elle, et devinait qu'il ne l'avait pas quittée du regard depuis un moment.

L'image du baiser qu'ils avaient échangé la veille jaillit de nouveau dans son esprit et un frisson la parcourut. Elle n'arrivait toujours pas à se remettre des émotions qu'elle avait ressenties lorsque les lèvres de John s'étaient posées sur les siennes. Quelque chose l'avait troublée plus que tout, mais elle ne parvenait pas à savoir quoi exactement. Pourquoi avait-il toujours autant de pouvoir sur elle ?

Agacée par ses sentiments contradictoires, elle rangea son livre dans sa sacoche et descendit prudemment du chariot. Autant profiter de cet arrêt pour se dégourdir les jambes. D'autres personnes étaient également descendues de leurs montures.

Une fois à terre, Celia regarda au loin la neige à perte de vue. Malgré le froid mordant et la neige qui tombait en abondance, tous semblaient soulagés à l'idée de marquer une pause.

— Le pont qui mène de l'autre côté de la rivière est endommagé, cria l'un des gardes. Nous pouvons faire demi-tour et établir un campement ou bien longer la rivière jusqu'au prochain pont en espérant pouvoir atteindre un village avant la tombée de la nuit.

Celia s'adossa contre l'un des chariots et observa les gardes qui étaient en train de discuter avec lord Darnley et ses acolytes. Ils ne seraient pas à l'abri du froid de sitôt. Et puis, connaissant le caractère bavard et indécis du lord, le convoi resterait certainement encore immobilisé pendant un long moment. En tout cas, ce ne serait pas Celia qui prendrait part aux débats qui s'élevaient déjà autour d'elle. Elle savait bien que la décision finale incombait seulement à lord Darnley, quelles que soient les recommandations de son entourage. Alors autant s'éloigner du chahut et attendre tranquillement le verdict.

Ravie de pouvoir enfin marcher à son aise, Celia descendit jusqu'à la rivière et longea de quelques pas la rive recouverte d'une épaisse couche de neige. Quel magnifique paysage s'offrait à elle ! Entièrement blanc et silencieux. Le regard perdu sur l'eau, elle noua ses bras autour d'elle.

Soudain, elle entendit un crissement de pas dans la neige rythmé par le bruit régulier d'une respiration. Bien évidemment… Elle aurait dû s'en douter ! Après tout, John n'était jamais bien loin d'elle.

— Tu as l'air de beaucoup apprécier la compagnie de lord Knowlton, déclara-t-il en restant derrière elle.

Celia voulut rire mais se retint. Rêvait-elle ou était-il jaloux ? Non, bien sûr que non, quelle idée ridicule ! John Brandon, le séducteur invétéré, ne pouvait pas connaître ce sentiment.

— C'est quelqu'un de charmant, en effet, répondit-elle sans se retourner.

— Ah, qu'est-ce qu'un homme ne ferait pas pour obtenir les… faveurs d'une femme.

— C'est un gentleman, lui ! s'exclama-t-elle tout en essayant d'ignorer le malaise qu'elle avait ressenti lorsqu'il lui avait baisé la main.

Ce n'était sans doute rien. Elle était fatiguée et avait un peu trop bu la veille.

— Mais moi aussi je suis un gentleman.

Celia secoua la tête et se retourna pour lui faire face. Les bras croisés, il la regardait d'un air réprobateur. Etait-il réellement jaloux de Knowlton ? Pourquoi cela semblait-il tant le déranger ? Mais surtout pourquoi était-elle aussi perturbée par sa réaction ? Et pourquoi diable s'était-elle mise à trembler tout à coup ?

— John, tu es tout sauf un gentleman, rétorqua-t-elle en essayant de garder son calme.

— Pour l'amour de Dieu, arrête de me repousser sans cesse ! s'exclama-t-il.

Avant qu'elle n'ait eu le temps de répondre, il s'empara de son bras et l'attira vers lui.

— Celia, dis-moi ce que tu ressens. Dis-moi ce que tu ressens pour moi.

Elle le considéra, interloquée. Pour qui se prenait-il ? Comment osait-il lui demander une chose pareille ? Une rage irrépressible monta en elle suivie par un flot de sentiments dont elle ignorait l'existence jusqu'à présent. Elle étouffa un hurlement de colère mais ne put s'empêcher de lui décocher une gifle de sa main libre.

— Tu m'as abandonnée ! s'écria-t-elle sous l'effet de la fureur. Pourquoi ? Pourquoi as-tu fait ça ? Dis-le-moi !

Elle voulut le frapper de nouveau mais il recula et elle ne parvint qu'à frôler sa joue de ses doigts. Le coup n'était pas aussi fort que le premier, mais une expression de surprise se dessina sur le visage de John et il recula encore d'un pas.

Aveuglée par la rancœur et la tristesse, elle s'avança vers lui en levant la main pour le gifler mais il la saisit au vol et l'abaissa. Elle tenta de reculer mais ne put se libérer de sa poigne ferme. Résignée, elle leva la tête et le regarda droit dans les yeux. Il semblait furieux mais son regard trahissait autre chose, un sentiment qui la toucha profondément. Elle sentit une larme couler le long de sa joue.

— Tu n'as pas le droit de me questionner et encore moins de me demander des comptes ! cria-t-elle. C'est toi qui es parti. Je ne te dois plus rien ! Rien, m'entends-tu !

— Celia, je…

Sa voix était tremblante comme si lui aussi était sur le point d'exploser.

— Non ! s'exclama-t-elle. Je ne veux rien entendre. Je veux… je veux juste que tu me laisses tranquille.

Elle baissa la tête et sentit les doigts de John enserrer son poignet. Il l'attira de nouveau vers lui puis saisit son menton, la forçant à le regarder. Il n'avait donc pas compris l'injonction ? Mais Celia s'aperçut avec surprise que le regard de John avait changé. Il était plus intense et une lueur étrange brillait dans ses pupilles. Jamais il ne l'avait regardée ainsi auparavant. Elle eut soudain l'impression d'être transpercée par ses yeux. Essayait-il encore de lire en elle ? Malgré le temps qui s'était écoulé, il semblait toujours la connaître mieux que personne et cette idée lui était insupportable. Il n'avait plus le droit de faire ça, il avait perdu ce privilège lorsqu'il l'avait quittée, lorsqu'il l'avait laissée toute seule.

C'en était trop pour elle. Elle ne pouvait plus supporter son regard. Elle voulait crier et s'enfuir en courant. Elle voulait se libérer de son emprise. Elle voulait briser ce lien invisible qui semblait les unir aujourd'hui encore.

Forte de ces résolutions, elle tenta de reculer en pivotant sur elle-même et parvint à libérer sa main. Mais son geste brusque lui fit perdre l'équilibre et elle tomba à terre. Elle essaya de se relever mais son pied glissa sur une branche et le sol incliné de la berge l'entraîna en arrière.

— Celia ! cria la voix de John.

Elle croisa son regard horrifié tandis qu'il se précipitait vers elle, mais il était trop tard. Elle roulait déjà vers la rivière en essayant, en vain, de s'agripper à quelque chose. Puis sa tête heurta un rocher, déclenchant une douleur intense à l'arrière du crâne. Pourquoi ne sentait-elle plus son corps ? Elle voyait bien qu'elle était plongée dans l'eau jusqu'à la taille, mais elle ne ressentait pas le froid. Pire, elle ne parvenait même plus à bouger ! Avant qu'elle n'ait pu crier au secours, le courant l'entraîna dans la rivière.

Désorientée par le choc, elle voulut crier mais l'eau s'engouffra dans sa bouche et sa gorge. Heureusement qu'elle savait nager ! Ravivé par les eaux, son corps avait retrouvé ses fonctions motrices. Elle s'agita de toutes ses forces, mais la douleur rendait tout mouvement difficile, et le poids de ses vêtements la tirait vers le fond. Elle ne pouvait pas finir ainsi, noyée au milieu de nulle part ! C'est alors que toute sa vie défila devant ses yeux. Toutes les épreuves terribles qu'elle avait dû affronter : l'exécution de son frère, l'enfer que Thomas lui avait fait vivre… Mais, malgré tous ces coups durs, jamais elle n'avait baissé les bras, jamais elle n'avait eu envie de mourir. Alors, si toute l'amertume et la colère du monde n'avaient pas eu raison d'elle dans ces moments difficiles, ce n'était certainement pas une rivière gelée qui y parviendrait !

Une fulgurante envie de vivre pénétra son corps engourdi. Non, tout n'était pas fini pour elle ! Elle voulait profiter de la beauté du monde, sentir le soleil sur sa peau, danser au son des musiques enivrantes, aussi vives que son désir d'exister ! Elle voulait aussi revoir John, pour le gifler comme il le méritait, mais également pour connaître les vraies raisons qui l'avaient poussé à partir. Et, au plus profond d'elle-même, elle voulait l'embrasser sans aucune retenue et retrouver l'intimité de leurs deux corps.

John…

Mais que lui arrivait-il ? Sa vue sous l'eau se troublait de plus en plus… Et il ne lui restait que très peu d'air dans les poumons…

John, non…

Soudainement, un bras lui enlaça la taille et la remonta vers la surface.

Elle haleta pour reprendre son souffle puis appuya sa tête contre l'épaule de son sauveur, qui la tenait serrée contre lui. Ce ne pouvait être que lui ! Oui, c'était bien John qui la tenait fermement sous son bras, et la ramenait vers la rive. Enfin en sécurité ! Celia était au bord de l'évanouissement. L'eau glacée lui avait paralysé les membres, et sa respiration était faible… Mais elle n'avait plus peur. John était là et jamais il ne laisserait le courant l'emporter.

Lorsqu'ils furent suffisamment éloignés de la berge, John l'allongea sur le sol et elle sentit qu'il était en train de lui relever ses jupons.

Mais qu'est-ce que…

Quelque chose tira sur sa cuisse et l'instant d'après elle vit que John avait pris son poignard et qu'il était en train de lui déchirer ses vêtements avec. Puis il la retourna sur le ventre avant de se mettre à califourchon sur elle. Exténuée, elle ferma les yeux mais les rouvrit aussitôt qu'elle sentit un coup entre les omoplates. Il lui en assena un autre et, au troisième coup, elle eut comme une décharge. Elle ouvrit grand les yeux et recracha l'eau de ses poumons.

Lorsqu'elle eut régulé sa respiration, l'émotion la submergea et elle se mit à pleurer comme une enfant. Dire qu'elle venait tout juste d'échapper à la noyade ! John la prit par la taille et l'attira dans son étreinte. Il était trempé mais elle pouvait tout de même sentir sa chaleur l'envelopper.

Secouée par les sanglots, elle appuya sa tête contre son torse et il posa ses lèvres sur son front. Une larme chaude coula le long de sa joue mais ce n'était pas la sienne. Etait-il en train de pleurer, lui aussi ?

— Celia, marmonna-t-il, Celia, Celia… J'ai cru que tu allais… J'ai cru t'avoir perdue pour toujours.

— Tu m'as sauvée, souffla-t-elle entre deux sanglots. Tu as risqué ta vie pour moi. Tu aurais pu…

— Chhh… Je suis là. Je suis là et je n'irai nulle part sans toi.

Un tir retentit non loin d'eux et Celia entendit un martèlement de pas résonner sur la boue gelée.

— John !

Elle reconnut la voix de Marcus.

— John ! Que diable s'est-il passé ? Es-tu blessé ?

— Elle est tombée dans la rivière.

Sur ces mots, elle sentit son étreinte se resserrer encore sur elle.

— Mon Dieu, dame Sutton ! s'exclama une voix féminine. Vous devez mourir de froid !

Celia ouvrit les yeux. Lady Allison était penchée sur elle. Quelqu'un la redressa et lady Allison lui passa une couverture autour des épaules. Tout d'un coup, elle comprit qu'elle n'était plus dans les bras de John.

Non…

Elle voulut crier mais aucun son ne sortait de sa gorge. Où l'emmenaient-ils ? Et John, où était John ? Pourquoi ne pouvait-elle pas rester avec lui ?

— Non… dit-elle péniblement.

John, ne me laisse pas…

Ce fut la dernière pensée qui lui traversa l'esprit avant qu'elle ne sombre dans une lourde torpeur.

8

— Chhh… Doucement, repose-toi, chuchota John.

Assis au chevet de Celia, John lui tamponna légèrement le front avec une serviette humide. Trempée de sueur, ses longs cheveux noirs étendus sur l'oreiller, elle dormait d'un sommeil agité. Elle brûlait encore de fièvre et son état ne semblait pas s'améliorer. Il trempa la serviette dans l'eau froide et la passa sur ses bras. Elle émit un gémissement et marmonna quelques paroles qu'il ne parvint pas à comprendre. Bon sang, pourvu qu'elle soit tirée d'affaire !

Cela faisait déjà trois jours qu'elle était alitée, trois jours qu'il veillait sur elle en espérant qu'elle allait bientôt ouvrir les yeux et retrouver toute sa lucidité. Ils avaient trouvé refuge dans un pavillon de chasse de la reine niché dans les bois, non loin de la rivière.

John se renversa sur le dossier de sa chaise et observa le visage crispé de Celia. La fièvre semblait s'être un peu atténuée, du moins c'était ce qu'il espérait. Un sentiment de peur l'envahit : il ne pouvait pas la perdre. Pas encore une fois !

Doucement, il prit sa main dans la sienne et la caressa de son pouce. Elle allait se rétablir, elle devait se rétablir. Elle avait survécu à la maladie qui avait emporté ses parents, elle pouvait donc combattre la fièvre qui l'assaillait. Récemment, il lui avait dit qu'elle était la personne la plus obstinée qu'il connaissait, et il le pensait vraiment. Derrière son air fragile se cachaient une volonté et un caractère de fer.

Il lui embrassa la paume. Oui, elle survivrait, bien sûr, qu'elle survivrait.

Lui tenant toujours la main, il leva les yeux au ciel et laissa échapper un soupir. Autrefois, il avait envisagé de passer le restant de ses jours avec elle. Mais le destin en avait décidé autrement et la dure réalité de la vie avait fini par les séparer. Puis leurs chemins s'étaient de nouveau croisés au palais de la reine Elisabeth. Etait-ce un signe de la providence ? Avaient-ils finalement l'espoir d'un avenir en commun ? Et qu'avait-il à lui offrir ? Il lui avait déjà fait assez de tort comme ça… En y réfléchissant bien, la cause de ses malheurs, c'était lui. Tout était sa faute.

— Oh, Celia, je n'aurais jamais dû me quereller avec toi l'autre jour, murmura-t-il en la regardant.

Non, il n'aurait jamais dû la provoquer. Il aurait dû savoir qu'elle allait réagir vivement à ses paroles. S'il s'était retenu, il lui aurait sans doute épargné sa chute.

Sa princesse au caractère bien trempé.

Il reposa sa main et reprit la serviette humide. Il la passa sur ses épaules et ses bras, encore une fois. Puis il posa le dos de la main sur son front ; elle avait l'air plus sereine et la fièvre semblait la quitter petit à petit.

Le feu qu'il avait allumé pétillait dans la cheminée et son regard s'y attarda un instant avant de se poser de nouveau sur Celia. Il avait coupé les manches de la chemise qu'elle portait. Ses bras nus, exposés à la lueur des flammes, reposaient contre son corps. Au-dessus de son coude, le médecin du convoi lui avait enroulé un bandage après avoir pratiqué une saignée. Il se demanda d'ailleurs où en étaient les autres. Ils avaient dû reprendre la route peu après l'accident et il n'avait toujours pas reçu de missives de la part de Marcus. Mais il pourrait s'occuper de tout cela plus tard. Pour l'heure, l'important était de prendre soin de Celia. Le reste lui importait peu.

Il rinça la serviette dans la bassine d'eau fraîche, puis l'essora avant de la passer sur sa peau encore brûlante de fièvre. Il lui essuya doucement la poitrine et son regard fut, une fois de plus, attiré vers l'épaule qu'elle avait pour habitude de masser. Vers cette blessure, qu'il avait soupçonnée depuis quelques jours ! Une vague de fureur le submergea et il dut prendre une profonde inspiration pour se calmer.

Dès le début, il se doutait bien qu'elle se palpait l'épaule pour une raison précise, mais jamais il n'aurait imaginé de telles séquelles. Il était clair que son épaule avait été luxée à plusieurs reprises et qu'elle n'avait jamais été remise en place, comme en témoignait la petite bosse que l'on pouvait apercevoir sur sa peau. Il avait également remarqué que Celia portait plusieurs cicatrices dans le dos et sur les fesses.

Un nœud se forma au creux de son estomac rien qu'en y repensant. N'avait-il pas, au fond de lui, pressenti cette terrible vérité dès le début ? Après tout, tous les signes étaient là : l'amertume, la colère, le soulagement qu'elle avait éprouvé en apprenant la mort de son époux. Comment cet homme avait-il pu lever la main sur Celia !

John serra les poings et les dents, essayant de refouler sa colère. Heureusement que cette ordure n'était plus de ce monde car il se serait fait un plaisir de l'entraîner dans une mort lente et douloureuse. Mais le mal était fait. Il ne pouvait rien faire pour changer le passé, ni pour effacer les blessures de Celia.

— Bats-toi, ma princesse, dit-il en se penchant vers elle. Tu ne dois pas mourir. Tu dois vivre pour pouvoir continuer à me haïr comme tu le fais si bien.

Oui, il préférait de loin la savoir vivante et pleine de haine à son égard, plutôt que de la savoir morte. Il ignorait ce qu'il ferait si elle venait à mourir.

— Bats-toi, Celia ! Bats-toi ! s'écria-t-il avant d'enfouir sa tête dans ses mains.

Mon Dieu, ne la laissez pas…

— Oh ! John, cesse de parler, murmura-t-elle. Ne vois-tu pas que j'essaye de dormir ?

Celia ! John se redressa aussitôt sur sa chaise et la regarda. Elle avait les yeux ouverts et son regard n'était pas voilé par la fièvre. Elle l'observait, une expression interrogative sur son visage.

Tu es réveillée !

Il lui prit la main et fut rassuré de sentir ses doigts se nouer autour des siens. Elle était consciente ! Le pire était derrière eux désormais.

— Je… je suis bien vivante ? dit-elle d'une petite voix en se tournant sur le côté. J'ai l'impression qu'un char m'a roulé dessus. Où sommes-nous ?

— Dans l'un des pavillons de chasse de la reine. Heureusement que l'un des compères de Darnley s'est souvenu qu'il y en avait un non loin de la rivière.

— Quelle rivière ?

John scruta son visage. Elle semblait si confuse et vulnérable.

— Tu ne te souviens pas de ce qui s'est passé ?

— Nous étions sur la route et il faisait très froid, il neigeait même. Et…

Elle écarquilla les yeux.

— Et je suis tombée dans la rivière ! s'exclama-t-elle. Oui, je m'en rappelle maintenant ! Je voulais que tu me dises… quelque chose.

Tous les deux se dévisagèrent dans un silence pesant.

— Oui, dit John. Tu as eu une forte fièvre avec délire pendant trois jours.

— Trois jours ?

John l'observa tandis qu'elle se redressait et étudiait la pièce autour d'elle.

Il ne pouvait plus détacher son regard d'elle. Il remercia le ciel en silence. Elle était en vie ! Il avait envie de crier, de sauter de joie. Maintenant qu'elle s'était réveillée, il se sentait capable d'affronter n'importe quelle difficulté. Plus que jamais, il la voulait à ses côtés.

— Et nous sommes… seuls ? demanda-t-elle en ramenant son regard vers lui.

— Ne t'en fais pas, dit-il en riant, je sais me tenir en présence de femmes souffrantes.

Un léger sourire se dessina sur les lèvres de Celia.

— Mais, je ne comprends pas... Comment se fait-il que tu ne sois pas malade aussi ? C'est bien toi qui m'as sauvée, n'est-ce pas ?

— Oui, mais je n'ai pas été dans l'eau aussi longtemps que toi, et ma tête n'a pas heurté un rocher. Et puis qui prendrait soin de toi si j'étais moi aussi tombé malade ?

Elle leva les draps puis les baissa. Elle porta ensuite sa main à son bandage.

— C'est toi qui t'es occupé de moi pendant tout ce temps ? demanda-t-elle en faisant un signe de tête vers la serviette qu'il tenait toujours dans sa main.

— Oui. Les autres ont dû partir peu après l'accident afin d'arriver dans les temps au palais de Holyrood. En plus, cet imbécile de Darnley ne voulait pas, je cite, « s'exposer à la contamination ».

— Eh bien, il aurait dû, ça lui aurait peut-être remis les idées en place.

Elle se rallongea sur le dos puis dit :

— J'ai soif.

John se leva aussitôt et alla chercher la carafe qui était posée sur la commode, en face du lit. Il versa du vin dans un verre puis revint vers elle.

— Tiens, bois un peu de vin, dit-il en s'asseyant sur le lit. Le médecin a dit que c'était bon pour le sang.

Il passa le bras autour de ses épaules et elle se serra contre lui, la tête appuyée contre son torse. Elle tremblait encore un peu et il fronça les sourcils, se rappelant à quel point elle était maigre.

Celia avait toujours eu une silhouette fine mais, là, elle lui semblait bien plus amaigrie que la dernière fois qu'il l'avait vue, trois ans auparavant. Elle n'était pas encore en état de reprendre la route et il comptait profiter du temps qu'ils passeraient ici pour l'aider à reprendre des forces.

Il porta le verre de vin aux lèvres de Celia, qui le but à longues gorgées. Son cœur se gonfla de tendresse en la regardant se désaltérer. Lorsqu'elle eut tout bu, elle se laissa retomber sur l'oreiller et il la couvrit de la couverture.

— As-tu faim ? Voudrais-tu un bol de bouillon ?

Elle secoua la tête.

— Je suis si fatiguée.

— Rendors-toi, alors. Tu iras encore mieux après une bonne nuit de sommeil.

John s'apprêta à se lever pour quitter la pièce mais Celia le saisit par la manche.

— Reste avec moi, murmura-t-elle.

Il se retourna vers elle et la regarda dans les yeux. Ils étaient d'un gris pâle comme l'acier. Elle lui jetait un regard implorant et il sentit sa gorge se nouer.

Dieu seul savait à quel point il voulait rester avec elle. Il mourait d'envie de la prendre dans ses bras, respirer l'odeur de ses cheveux, sentir son souffle sur sa peau et les battements de son cœur sous ses doigts. Une petite voix dans son for intérieur lui disait qu'il courait un grand danger, mais il la fit taire aussitôt.

Obéissant, il s'allongea à côté d'elle et elle se blottit, dos contre lui. Puis il passa les bras autour de sa taille et la sentit se détendre dans son étreinte. Elle était avec lui et c'était tout ce qui comptait en ce moment. Il n'avait besoin de rien d'autre qu'elle. Pourquoi ne l'avait-il pas compris avant ?

— Merci, marmonna-t-elle.

John ne dit rien et la laissa s'endormir dans ses bras. Lui, en revanche, ne ferma pas l'œil de la nuit, écoutant avec attendrissement le souffle régulier et léger de Celia, attentif à la moindre variation. La douleur de tout ce qu'il avait perdu le jour où il l'avait quittée lui tordit l'estomac. Etait-il trop tard pour espérer un pardon, voire plus, de sa part ?

Celia émergea lentement d'un profond sommeil. Elle n'avait plus de courbatures et la fièvre semblait l'avoir quittée. La lumière du jour transperça ses paupières et elle se frotta les yeux en s'étirant entre les draps parfumés en lin blanc. Puis elle leva la tête de l'oreiller et jeta un regard autour d'elle.

La chambre était bien plus grande que celle qu'elle avait occupée au palais de la reine. Des tapisseries délavées ornaient les murs blancs et les meubles de bois sculpté étaient simples et élégants à la fois. Un silence réconfortant, ponctué par le crépitement du feu dans la cheminée, régnait dans la pièce.

Elle se cala contre l'oreiller, le regard fixé sur les flammes qui dansaient dans le foyer. Elle se sentait bien ici, en sécurité. Quand pour la dernière fois s'était-elle sentie aussi détendue ?

Soudain, un doute traversa son esprit. Etait-elle morte ? Avait-elle rejoint le paradis ? Pensive, elle se glissa de nouveau dans le lit, ramenant les draps sur elle, avant de se redresser subitement, les yeux grands ouverts. Mais bien sûr ! Tout lui revenait à présent ! Elle savait où elle était… et avec qui.

John.

C'était lui qui l'avait sauvée d'une mort certaine lorsqu'elle était tombée dans la rivière. Et c'était lui qui l'avait soignée et avait veillé sur elle. Oui, les autres avaient dû continuer leur chemin, mais John était resté ici pour s'occuper d'elle. Ils étaient seuls. Tous les deux.

Elle se frappa le front et se laissa tomber sur l'oreiller en fermant les yeux. Elle était ici avec John et cette idée la réjouissait autant qu'elle l'atterrait. Etait-elle toujours en colère contre lui ? Elle resta allongée un long moment, essayant de mettre de l'ordre dans ses pensées.

Les souvenirs se bousculaient dans sa tête. Avait-elle demandé à John de rester avec elle la veille ? Oui, elle s'était même endormie blottie contre lui. Machinalement, elle regarda la place vide, à côté d'elle, dans le grand lit. L'empreinte de tête sur l'autre oreiller confirma ses soupçons. Il était parti.

Elle s'assit sur le lit et tira les draps vers elle. D'où lui venait le bandage autour de son bras ? C'est alors qu'elle remarqua également que les manches de la chemise qu'elle portait avaient été déchirées. Etait-ce elle qui avait fait ça ? S'était-elle déshabillée toute seule ? Avait-elle déchiré les manches ? Non, sûrement pas. Mais alors… C'était John qui l'avait déshabillée ! Et cela voulait dire qu'il avait certainement vu son épaule. Elle palpa la petite bosse. Qu'avait-il bien pu penser en la voyant ?

Lentement, Celia se glissa vers le bord du lit, puis s'assit et ses pieds touchèrent le sol. Elle se sentait encore fatiguée et dut attendre quelques instants avant de se lever. Encore un peu de courage ! Elle se hissa finalement sur ses jambes en s'agrippant fermement au bord du lit. Ses yeux se posèrent sur le pourpoint de John, qui était négligemment posé sur la chaise en face du lit.

D'un pas vacillant, elle se dirigea vers la chaise et saisit le vêtement. Elle le porta à son visage puis inspira profondément l'odeur de John, cette combinaison familière de cuir et de savon épicé. Elle s'enveloppa dedans et un frisson la parcourut. Son regard fut alors attiré par la fenêtre. Tandis que le parquet grinçait sous ses pieds nus, elle s'avança vers l'ouverture. Où pouvait bien être nichée cette demeure où elle résidait depuis l'accident ? Elle essuya la buée qui s'était formée avec la manche du pourpoint et regarda au-dehors. Les carreaux étaient recouverts de givre mais elle parvenait tout de même à voir le paysage. La neige abondante recouvrait la nature paisible d'une nouvelle couche blanche immaculée.

John lui avait dit qu'ils étaient dans un des pavillons de chasse de la reine et que les autres étaient partis. Combien de temps allaient-ils rester ici, seuls, elle et lui ?

Soudain, elle entendit tourner la poignée de la porte et elle se retourna brusquement.

John se tenait devant elle, un plateau dans les mains. Il lui jeta un regard désapprobateur, posa le plateau sur la commode et se dirigea vers elle.

Instinctivement, elle voulut reculer et se plaqua, dos contre la fenêtre.

— As-tu perdu la raison ? lui demanda-t-il en la prenant par le bras et en l'entraînant vers le lit. Tu devrais être encore allongée !

Elle tenta de le repousser mais elle était encore trop faible.

— Je vais bien ! Je voulais juste voir ce qu'il y avait dehors.

— Je vais te dire ce qu'il y a dehors : de la neige et encore de la neige, dit-il d'un ton sarcastique.

Sur ces mots, il la souleva dans ses bras et la déposa au milieu du lit. Elle se glissa aussitôt de l'autre côté pour se relever mais John anticipa sa réaction et monta sur le lit pour l'attraper.

— Tu n'es pas encore rétablie, poursuivit-il. Et ce n'est pas avec une telle attitude que tu le seras de sitôt. En plus, tu te lèves pieds nus !

— Dis-moi où sont mes bottes, alors, demanda-t-elle froidement.

Bien évidemment, elle se moquait bien de savoir où étaient ses bottes. Ce qu'elle aurait voulu connaître, c'est la réponse à la question qui lui torturait l'esprit depuis trop longtemps : pourquoi l'avait-il abandonnée trois ans auparavant ? Mais cette interrogation en amenait beaucoup d'autres. Que ressentait-il réellement pour elle ? L'avait-il jamais aimée ? Et elle, quels étaient ses sentiments à son égard ? Non, décidément, ce n'était pas le moment de s'engager là-dedans.

— Ton coffre est là, répondit-il en le lui montrant du doigt. Tu pourras l'ouvrir et récupérer tes bottes et tout ce que tu voudras quand je te le dirai. Mais d'ici là tu dois rester al-lon-gée.

— Espèce de… de tyran, marmonna-t-elle en se renfonçant dans les oreillers.

John lui adressa un sourire espiègle qui fit apparaître une fossette sur sa joue couverte d'une barbe naissante et elle sentit les battements de son cœur s'accélérer. Il avait ce même air viril et sauvage qui l'avait séduite il y a trois ans.

— Tu sais, si je dois vraiment me glisser dans la peau d'un tyran pour que tu restes allongée le temps de reprendre des forces, je n'hésiterai pas à le faire. Alors ne m'oblige pas à t'attacher aux colonnes du lit !

Celia plissa les yeux et scruta l'expression déterminée de

John. Etait-il en train de plaisanter ou… ? Une image surgit inopinément dans son esprit : elle était toute nue, les poings liés aux colonnes du lit alors que John était agenouillé entre ses cuisses, avec son regard de beau ténébreux, et il…

Se sentant rougir, elle lui tourna le dos.

— Tu n'oserais pas, chuchota-t-elle.

— Ne me tente pas, princesse.

Fallait-il en plus qu'il l'appelle par ce surnom ? Ne sachant trop comment clore le sujet, Celia ramena les draps sur elle puis croisa les bras sur sa poitrine d'un geste rageur.

John rit en se redressant et s'assit au pied du lit. Il découvrit les jambes de la malade, posa ses pieds glacés sur ses genoux et commença à les masser doucement. Elle se figea instinctivement puis se détendit sous l'action de ses doigts habiles.

La pression des mains de John combinée aux mouvements circulaires eut un effet apaisant immédiat. Quel plaisir de s'abandonner à ces innocentes caresses ! Leur vertu thérapeutique évitait toute ambiguïté. Une chaleur délicieuse se diffusait à présent dans ses orteils, à tel point que Celia plongea la tête dans son oreiller et ferma les yeux. Puis, lentement, John remonta ses mains vers ses mollets, tout en continuant à frictionner sa peau. Devait-elle s'inquiéter du tour que prenait ce massage ? Elle savait très bien qu'elle devait garder ses distances avec lui, mais elle était si fatiguée qu'elle n'eut pas le courage, ni la force, de le repousser. Et puis elle n'en avait aucune envie. Comment renoncer à une telle attention ? Pour une fois que quelqu'un s'occupait d'elle ! Mais prudence ! Ce massage faisait remonter des souvenirs bien trop agréables pour n'être pas dangereux.

— Nous sommes donc dans un des pavillons de chasse de notre reine ? demanda-t-elle d'un ton neutre, pour reprendre le contrôle de ses émotions.

— Oui, même si je doute fort qu'elle s'en soit jamais servie. Je parierais que le dernier à être passé par là devait être son père. Cette chambre est la seule pièce meublée. Les autres sont dans un état bien plus délabré.

— Mais comment se fait-il alors qu'il y ait de la nourriture ?

— Les autres nous ont laissé des provisions avant de partir. D'ailleurs, je t'ai ramené un bol de bouillon et du pain. Et je ne te laisserai pas en paix tant que tu n'auras pas tout mangé.

— C'est bien ce que je disais… Vous êtes un véritable tyran, sir John, dit-elle en riant légèrement.

Voilà, elle allait bientôt prendre son dîner, il n'y avait donc aucune raison de s'inquiéter. Et puis elle se sentait vraiment, mais vraiment, très bien sous ses doigts habiles.

— Je suis bien obligé de l'être, si je veux faire entendre raison à une peste comme vous, très chère.

Celia remua ses orteils contre la cuisse de John et elle sentit un muscle se contracter sous son pantalon.

— Tu ne perds rien pour attendre, murmura-t-elle. Laisse-moi juste le temps de récupérer toutes mes forces, et tu verras…

Ignorant la menace, John se pencha en avant et déposa un baiser au dos de sa cheville. Un frisson lui parcourut immédiatement la jambe. Elle sentit alors le bout de sa langue effleurer une zone plus sensible, juste au creux de l'articulation, puis… plus rien.

— J'attends ce moment avec impatience, dit-il en se redressant. Mais assez parlé ! Tu dois manger à présent. Rien de mieux qu'un bon bouillon pour te redonner de l'énergie.

Une fois qu'elle eut terminé son bol, Celia se leva et fit sa toilette grâce à la bassine d'eau tiède que John lui avait préparée. Puis elle retourna se coucher et le laissa arranger les couvertures sur elle. Comme il s'occupait bien d'elle ! Il alla ensuite éteindre les bougies une à une, si bien que le feu qui brûlait dans la cheminée resta la seule source de lumière dans la chambre. Et maintenant ? Allait-il déjà la quitter ? Pourvu que non… Heureusement, elle vit bientôt sa silhouette, éclairée par les flammes du foyer, se rapprocher du lit. Puis s'allonger à côté d'elle. Celia sentit un moment d'hésitation dans ses gestes, mais il finit par se rapprocher d'elle et l'attira dans ses bras. Malgré la tension qui semblait habiter son corps musclé, elle se pressa tout de même contre lui, le dos contre son torse. Il posa la main sur son ventre et, instinctivement, elle laissa ses doigts glisser le long de son avant-bras.

La tension raidissait toujours le corps de John mais il ne tenta rien. Au bout de quelques instants, rassurée, Celia ferma les yeux, caressant encore sa peau tiède et ferme de ses doigts.

Celia se sentait si bien dans la chaleur de ses bras ! Quelque chose avait dissipé la colère qu'elle éprouvait pour lui. Etait-ce l'atmosphère paisible qui régnait dans la chambre ? Ou le crépitement apaisant du feu dans la cheminée ? Toujours est-il qu'elle sentait comme une bulle magique autour d'eux. Les souvenirs brûlants des moments qu'ils avaient partagés lui revenaient avec une terrible acuité et, pour la première fois, elle ne les chassa pas de son esprit. Confondue par tant d'émotions, elle rompit le silence.

— Où es-tu allé après avoir quitté la maison de ton oncle ? demanda-t-elle en choisissant soigneusement ses mots.

Le bras de John se raidit contre son corps et elle referma aussitôt ses doigts autour de son poignet. Elle ne voulait pas qu'il s'éloigne d'elle. Pas encore, du moins.

— Je suis parti à Paris, répondit-il d'une voix mal assurée.

— Paris ?

Elle fronça les sourcils. Ce n'était pas la réponse à laquelle elle s'attendait, loin de là. Pourquoi était-il parti aussi loin ? Pour s'éloigner d'elle ? Leur histoire l'avait-elle laissé aussi… indifférent, pour qu'il la quitte sans dire un mot ? Et puis qu'était-il allé faire à Paris ?

— On m'a proposé un poste dans la résidence de l'ambassadeur, dit-il comme s'il avait lu dans ses pensées.

— Et combien de temps es-tu resté là-bas ?

— Environ deux ans.

Deux ans.

Il avait vécu deux ans à la cour la plus licencieuse d'Europe. Pas étonnant qu'il n'ait jamais eu l'envie de venir la retrouver.

Une douleur vive lui perfora le cœur et elle enfouit le visage dans son oreiller. Elle soupira, essayant de chasser ce mal qui la rongeait de l'intérieur. Elle n'était pas encore prête à l'affronter de nouveau.

— Et puis on m'a demandé de revenir à Londres pour une nouvelle mission. Cela tombait à point car j'avais encore quelque chose à régler sur le chemin du retour.

Celia laissa échapper un rire malgré elle et tourna sa tête vers lui.

— Je suis certaine que tu aurais tout fait pour rester en France si tu avais su que cette mission impliquait d'accompagner lord Darnley en Ecosse.

John rit également et elle sentit son souffle lui balayer les mèches de la tempe. Malgré les couvertures qui la recouvraient et la chaleur qui émanait de la cheminée, un frisson la parcourut tout entière. Elle éprouvait encore de l'affection pour cet homme, c'était évident.

Tu joues à un jeu dangereux, Celia.

— Sans cette mission, peut-être que je serais resté là-bas, répondit-il. Ou peut-être que je serais revenu bien plus tôt si j'avais su que tu étais là.

Elle ne dit rien.

Il repoussa les cheveux de son visage et elle sentit ses lèvres se poser derrière son oreille. Elle ferma les yeux et toutes les pensées troublantes concernant John et les demoiselles françaises s'évanouirent aussitôt. Elle refusait de gâcher l'instant présent.

Lentement, il déposa un baiser sur sa joue, puis ses lèvres effleurèrent les siennes. Elle sentit sa langue titiller le coin de ses lèvres mais, lorsqu'elle ouvrit la bouche pour lui rendre son baiser, il se rétracta.

Son bras se resserra autour de sa taille et il l'attira de nouveau contre son torse. Ses jambes vinrent se caler contre les siennes. Leurs corps étaient désormais collés l'un à l'autre et elle sentait une légère pression contre le bas de son dos.

— Dors, Celia, lui chuchota-t-il à l'oreille. Il va te falloir beaucoup de repos si tu es toujours déterminée à me frapper avec ta cravache.

Celia ferma les yeux, ne pouvant s'empêcher de rire à ces mots. La fatigue commençait à la gagner, elle devait l'admettre. Et puis son corps était encore douloureux. Elle avait cependant peur qu'une fois qu'elle serait gagnée par le sommeil John ne s'introduise dans ses rêves afin de torturer son esprit avec son sourire ravageur et son regard, certainement empli d'un appel de la chair…

John tenait Celia contre lui, écoutant avec ravissement sa respiration douce et régulière.

Elle était en vie. Celia était bel et bien en vie. Il n'osait même pas imaginer ce qu'il aurait fait si elle… si la mort l'avait emportée. Jamais il n'aurait eu l'opportunité de se racheter à ses yeux. Ce qu'il comptait bien faire maintenant que le pire était passé.

Oui, il voulait faire amende honorable auprès de Celia. Il aurait d'ailleurs dû s'y résoudre bien plus tôt. Mais… Comment faire ? Par où commencer ?

Celia soupira dans son sommeil et se blottit encore davantage contre lui. Elle semblait apaisée et rassurée. Si seulement il pouvait en être de même lorsqu'elle était réveillée.

Il dégagea quelques mèches de cheveux de son visage et lui caressa tendrement la joue. Il se souvint alors de la première fois qu'il l'avait vue.

Jamais avant ce jour il n'avait cru au coup de foudre. Pour lui, il ne s'agissait là que de balivernes entretenues par les poètes et les amoureux transis. Mais il avait radicalement changé d'avis lorsque ses yeux s'étaient posés sur Celia.

Jusqu'alors, sa jeunesse n'avait été que tourments et déboires. Durant les années qu'il avait passées à Cambridge, ses préoccupations se limitaient à la boisson, aux femmes et aux bagarres. Et puis l'une de ces bagarres avait fini par remonter aux oreilles de son oncle, qui l'avait alors forcé à revoir ses priorités. Pour se racheter une conduite, il avait été obligé de servir les intérêts de la reine.

La première mission qu'on lui avait confiée lui avait pourtant paru des plus simples. Il avait dû se rendre dans un village de la campagne anglaise afin d'en apprendre un peu plus sur un complot qui semblait se préparer contre la reine Elisabeth.

A cette époque, les complots visant à détrôner la reine d'Angleterre en faveur de sa cousine écossaise étaient nombreux mais toujours mal organisés. John avait donc trouvé dans sa mission le moyen de revenir dans les bonnes grâces de sa famille, mais également dans celles de la souveraine.

Oui, tout lui avait semblé facile jusqu'à ce que Celia apparaisse dans sa vie. Il l'avait immédiatement remarquée lors du banquet donné par son oncle. Elle portait une robe blanche et ses cheveux d'un noir de jais tombaient en cascades sur ses épaules. Et, lorsqu'il l'avait vue, le monde s'était arrêté de tourner, comme si tout s'était évanoui autour d'eux. Il ne voyait plus qu'elle.

Ce soir-là, sa vie avait changé du tout au tout. Il avait toujours aimé la compagnie des femmes ; leurs voix, leurs rires et surtout leurs corps. Et il les aimait à tel point qu'une seule ne lui suffisait guère.

Celia était différente des autres femmes. Elle lui avait ouvert les yeux sur lui-même. Elle lui avait permis d'aspirer à une nouvelle vie, une vie à ses côtés. Mais la dure réalité avait fini par le rattraper et il avait dû la quitter, fuir, tel un voleur pris en flagrant délit.

Il émit un léger soupir. Dans la pâle lumière du feu, il pouvait distinguer le visage apaisé de Celia. Comment avait-il fait pour vivre sans elle pendant trois années ? Il savait qu'il serait plus judicieux de mettre une certaine distance entre eux, mais il ne pouvait se résoudre à le faire. Jamais il ne le pourrait…

Elle soupira de nouveau et ses traits se contractèrent, comme si quelque chose était en train de la contrarier.

— Chhh, fit-il dans son oreille, et elle se détendit aussitôt.

Oui, si seulement elle pouvait être aussi réceptive à ses paroles lorsqu'elle était éveillée.

John décida de se concentrer sur le moment présent. Elle était là, avec lui, dans ses bras et c'était tout ce qui comptait. Le temps d'une nuit, il était parvenu à franchir le mur invisible qui les séparait.

9

Lorsqu'elle ouvrit les yeux, Celia vit qu'il faisait jour. A la faible lumière matinale qui filtrait de la fenêtre, tout lui semblait différent. Elle battit lentement des paupières puis ferma les yeux. Si seulement elle pouvait retourner à ses rêves, juste un instant… Et ne jamais quitter ce monde enchanté, ce monde dans lequel John et elle étaient de nouveau réunis, libérés de toute la colère qu'elle nourrissait contre lui.

Les bras au-dessus de sa tête, elle s'étira. La fatigue et les douleurs semblaient avoir disparu pour de bon, chassés par le repas et une bonne nuit de repos.

Une douce langueur envahit son corps et elle tourna la tête du côté de John. Parti. Comme la veille au réveil, elle était toute seule dans le lit. Son corps avait laissé une empreinte sur le matelas, mais lui n'était plus là. Elle regarda ensuite vers la fenêtre. La lumière était amoindrie par le givre mais il ne neigeait plus.

Plus déçue qu'elle ne voulait l'admettre, Celia se redressa sur l'oreiller. Alors, elle se figea.

John ! Il était là, en face d'elle, assis dans le fauteuil à côté de la cheminée. Les sourcils froncés, il examinait avec attention un papier qu'il tenait dans la main. Il s'était lavé, à en croire la serviette froissée et la bassine d'eau qui étaient posées sur la table à côté de lui. L'eau gouttait de ses cheveux trempés et coulait le long de ses épaules et sur son torse… nu. Les flammes étincelantes qui jaillissaient du foyer se reflétaient sur sa peau ferme et humide, lui donnant une teinte dorée.

Celia déglutit tout en suivant des yeux une des gouttes qui glissait lentement le long de son cou avant de se perdre dans la toison de poils qui couvrait son torse. Son regard, en revanche, continua sa lente progression vers son ventre plat et musclé et s'arrêta sur la braguette de son pantalon en cuir.

L'espace d'un instant, elle s'imagina déboutonnant, un à un, les boutons de la fente puis glissant sa main en dessous pour le caresser du bout de ses doigts jusqu'à ce qu'il…

Soudain, John leva la tête et elle détourna aussitôt son regard. Un sourire malicieux se forma au coin de ses lèvres, comme s'il savait exactement ce à quoi elle était en train de penser. Elle se sentit rougir jusqu'à la racine de ses cheveux et retomba sur le matelas en espérant qu'il n'avait pas eu le temps de voir sa réaction stupide, digne d'une jeune effarouchée. Une réaction qu'il avait tant de fois provoquée en elle.

— Ah, tu es réveillée, enfin, dit-il. As-tu bien dormi ?

— Oui, très bien, merci, répondit-elle sans relever la tête. Je me sens encore mieux aujourd'hui.

Elle perçut un bruissement de papiers puis entendit le bruit de ses pas sur le vieux plancher de bois. Il venait vers elle !

Dès qu'elle le sentit se hisser sur le lit, elle attrapa les draps puis les tira sur elle. Mais pourquoi se comportait-elle aussi bêtement ? Que lui arrivait-il ? Il était à quelques centimètres d'elle et elle faillit pousser un cri lorsqu'il la découvrit brusquement en repoussant les draps. Il la regardait avec ses beaux yeux bleu océan qui semblaient emplis de joie et de bonne humeur.

— Je suis ravi que tu te sentes mieux, dit-il avec un petit sourire. Tu sembles avoir retrouvé l'appétit, je me trompe ? J'ai l'impression que tu as faim…

— Je…

Elle n'eut pas le temps de finir sa phrase qu'il s'empara de ses lèvres, dans un baiser si avide qu'elle oublia ce qu'elle avait voulu dire. La langue chaude et humide de John contre la sienne éveilla en elle un désir fulgurant. Seul lui détenait la clé de son jardin secret ; seul lui était parvenu à provoquer en elle toute une gamme d'émotions, allant de la colère la plus noire au bonheur le plus complet, en passant par le désespoir et la frustration. Et il y arrivait toujours. Son baiser alluma une flamme ardente au creux de son ventre.

Envahie par sa chaleur, sa force et son odeur, elle approfondit leur baiser, l'invitant dans une étreinte infiniment plus sensuelle. Le goût de John emplit sa bouche et elle émit un soupir. Oh, oui, tous ses sens étaient à présent comme décuplés.

C'est alors que Celia sentit les bras de John se refermer autour d'elle et il l'attira contre lui. Le désir montait en elle à mesure que leur baiser se faisait plus urgent, plus ardent. Elle pressa la paume de ses mains sur ses épaules puis les laissa glisser vers son torse. Elle frémit au contact de sa peau humide et brûlante. Un gémissement monta de la gorge de John. Il saisit les pans de sa chemise et elle se prit à espérer qu'il allait la lui déchirer.

Encouragée par son propre désir, elle porta ses caresses plus bas, lentement, profitant de chaque parcelle de sa peau ferme. Combien de fois avait-elle rêvé de faire ça depuis qu'il l'avait quittée ? Son odeur virile était si enivrante qu'elle lui fit tourner la tête.

Non, il ne servait à rien de se mentir à elle-même. Elle avait besoin de lui. Besoin de sentir sa peau contre la sienne, ses lèvres sur sa chair. Oui, elle avait besoin de tout ça pour tirer un trait sur le passé, sur lui. Elle avait besoin de ça pour se libérer de lui une bonne fois pour toutes. Il était la source de ses maux, mais il était également l'antidote au besoin qui la consumait. Juste cette fois-ci, elle pouvait se laisser aller dans ses bras, s'abandonner à lui.

Juste cette fois…

Forte de cette résolution, elle remonta ses mains sur son torse et dessina de son doigt le contour de ses tétons, qui durcirent aussitôt. Puis elle les saisit entre pouce et index et les massa doucement. Il gémit de plus belle, ce qui l'encouragea à augmenter la pression de ses doigts. Thomas l'aurait certainement déjà frappée si elle s'était permis de faire une telle chose avec lui. Une crampe glacée lui tordit l'estomac mais son mal-être se dissipa aussitôt.

Une fois de plus, elle fit descendre ses mains le long de son torse. Elle suivait le contour de chaque muscle, sentant les poils drus de John sous ses doigts. Elle atteignit son ventre et s'attarda quelques instants sur son nombril avant de descendre encore plus bas.

Mais le courage lui manqua lorsqu'elle sentit son membre dur dressé sous son pantalon.

— Ne t'arrête pas maintenant, Celia, la pria-t-il en détachant ses lèvres des siennes.

Elle sentit alors sa bouche tracer un sillon de feu le long de son cou et au creux de sa gorge. Là, il lui mordilla la peau et elle se sentit fondre.

C'était si délicieux ! Elle gémit de plaisir et rejeta sa tête en arrière. Le sang s'échauffait dans ses veines et elle se sentait sur le point d'exploser. Instinctivement, elle se colla contre lui et put constater que lui aussi devait ressentir la même chose.

La langue de John caressa le creux sensible de son pouls et elle ne put s'empêcher de crier son nom.

— John !

La tête rejetée en arrière, elle se cambra et sentit que le ruban qui tenait ses cheveux relevés était en train de se desserrer. Comme s'il avait lu dans ses pensées, John tira dessus, libérant ses boucles, qui tombèrent sur l'oreiller.

Ses lèvres vinrent ensuite frôler la naissance de sa poitrine avant de se poser sur le galbe de son sein. Sa peau sensible s'embrasa aussitôt au contact tantôt de sa langue, tantôt de ses dents. Celia éprouva un premier spasme et attrapa la taille de son pantalon.

— Tu aimes toujours cela, à ce que je vois, murmura-t-il avec un sourire.

— Et toi, tu aimes toujours… cela ? demanda-t-elle en glissant la main sur son entrejambe.

Son sexe était tendu. Elle le caressa du bout des doigts et remarqua qu'il n'était pas aussi excité que le soir du banquet de la reine. Elle se hâta de l'encourager en exerçant un peu plus de pression, si bien qu'il finit par gémir. Elle fit ensuite courir son pouce sur toute sa longueur puis le pressa sur l'endroit sensible, juste comme il l'aimait, et il gonfla encore plus.

Brusquement, il se redressa et fit glisser sa chemise par-dessus sa tête. Durant un court instant qui lui parut une éternité, leurs corps ne se touchèrent plus. Elle se mit à genoux en face de lui et c'est là qu'elle prit conscience qu'elle était toute nue. Elle était toute nue… devant John.

A cette pensée, la passion qui la consumait s'évanouit. Il ne l'avait pas vue nue depuis trois ans et elle avait bien changé entre-temps. Elle était bien plus maigre désormais et ses seins n'étaient plus aussi fermes et pleins qu'à l'époque. Et surtout son corps portait à présent les séquelles de son triste passé d'épouse battue. Non, elle ne voulait pas qu'il la voie ainsi !

Celia voulut se retourner, se cacher ou fuir. Mais elle eut à peine le temps d'esquisser un mouvement que déjà les mains de John étaient de nouveau sur elle. Il l'attira vers lui et pencha la tête vers sa poitrine.

— Tu es belle, Celia, marmonna-t-il, tellement belle.

Belle ? Ses mots eurent un effet fulgurant sur elle. D'un coup, elle eut l'impression d'être vraiment désirable. Tout semblait être comme avant, rien n'avait changé.

Il prit son mamelon dans la bouche et elle renversa la tête en arrière en fermant les yeux. La chaleur humide de la bouche de John ne fit qu'augmenter la sensation brûlante au creux de son ventre. Il se mit ensuite à lui titiller la pointe du bout de sa langue et elle se mordit la lèvre inférieure pour réprimer un cri. Dieu, que c'était bon ! Tout son corps revivait, cela faisait longtemps qu'elle ne s'était pas sentie aussi bien dans sa peau… auprès d'un homme.

Pantelante de désir, Celia glissa les mains entre leurs corps et s'affaira sur les boutons du sous-vêtement de John, libérant son sexe raidi. Puis elle l'encercla des doigts et il augmenta la pression de ses lèvres sur son sein avant d'émettre un grognement rauque en rejetant la tête en arrière.

Sa réaction fut quasi immédiate : il l'attira dans son étreinte et suivit de ses mains la courbe de son dos. A contrecœur, elle desserra l'emprise de sa main et sentit son sexe érigé se plaquer contre elle, entre ses cuisses…

Prenant visiblement plaisir à l'exciter, il bougea légèrement les hanches, effleurant ainsi une autre de ses zones ô combien sensibles.

— John…

— Celia… Tu es si excitante… Puis, sans prévenir, il la fit retomber sur le lit et se glissa en elle d'un seul coup de reins. Son corps viril recouvrit le sien et il s'allongea entre ses cuisses, sa bouche prenant possession de la sienne en un baiser aussi fougueux que violent.

Elle noua les jambes autour de ses hanches et se cambra contre lui, gémissant de plaisir. Il se retira un instant, puis entra de nouveau en elle, plus lentement cette fois. Il était si dur, si puissant !

Leurs corps étaient étroitement mêlés, mais soudain elle fut prise d'un excès de panique. Que lui arrivait-il ? Elle ne supportait plus de sentir son poids sur elle ! Sa respiration devint plus difficile et elle crut qu'elle allait suffoquer et s'évanouir.

Les moments pénibles qu'elle avait dû subir dans le lit conjugal s'imposèrent brutalement à son esprit. Pourquoi fallait-il que ce maudit Thomas vienne gâcher son plaisir ! Elle planta ses ongles dans les épaules de John et tenta de l'écarter d'elle, la gorge serrée par une bouffée d'angoisse. Ses forces étaient en train de l'abandonner… De l'air, il lui fallait de l'air !

La voyant ainsi, John sembla remarquer que quelque chose n'allait pas. Elle sentit ses mains lui empoigner la taille et la faire pivoter au-dessus de lui. En un instant, elle se retrouva assise à califourchon sur ses cuisses ! Que venait-il de se passer ? Elle n'avait plus de mal à respirer et les images désagréables de son passé avaient bel et bien disparu. L'air n'était plus coincé dans sa gorge, elle respirait normalement. Décidément, les remèdes de John faisaient des miracles ! Allongé sous elle, celui-ci la regardait intensément avec une lueur de désir au fond de ses beaux yeux. Elle y lut également de la tendresse et son cœur se gonfla au point de lui faire monter les larmes aux yeux. Avait-il deviné son secret ? Il venait de lui confier un pouvoir auquel elle n'avait pas goûté depuis longtemps : elle se trouvait en position de force. Cette attention la toucha infiniment.

Je pourrais facilement m'habituer à ce rôle.

Elle posa les mains à plat sur son torse et les fit descendre lentement sur son ventre puis ses hanches. Il était tendu comme un arc, mais semblait contrôler ses ardeurs, comme s'il attendait quelque chose, un signe, de sa part.

Cette pensée l'excita davantage.

Elle rejeta ses cheveux en arrière et se pencha vers lui, un sourire malicieux aux lèvres. Sa mâchoire se contracta mais il soutint son regard d'un air de léger défi. Elle glissa les mains sur les siennes et il desserra aussitôt l'emprise qu'il avait sur ses hanches. Puis elle le saisit par les poignets et lui plaqua les bras contre le lit, au-dessus de sa tête. Elle se mit alors à tracer sur son torse une traînée de baisers ardents.

— Je n'ai jamais pu t'oublier, murmura-t-elle avant de mordiller la peau ferme de son ventre. J'ai eu beau te haïr et te maudire, jamais je n'ai pu oublier ça…

Elle passa la langue dans les creux entre ses abdominaux.

— … ni ça…

Elle huma son parfum musqué.

— Ton goût est resté imprégné sur mes lèvres pour toujours. Tel un tentateur, tu t'invites dans mes rêves chaque nuit pour me rappeler tout ce que nous avons vécu ensemble, tout ce que nous pourrions faire encore…

Sa langue descendit encore plus bas, tournant autour de son nombril, et s'arrêta tout près de l'aine. D'un souffle léger, elle caressa son sexe sur toute sa longueur puis se redressa.

— C'est toi, la tentatrice, Celia… Tu es la tentation

incarnée, dit-il sans détacher son regard du sien. Je n'ai jamais ressenti quelque chose d'aussi… fort pour quelqu'un. Dès que je t'ai vue…

Celia ferma les yeux en secouant la tête et il se tut. Non, elle n'avait pas envie de savoir ce qu'il ressentait pour elle ou ce qu'elle avait bien pu provoquer en lui. Pas maintenant. Et puis même, il n'était pas question de sentiments. Elle voulait simplement céder à l'appel de la chair, s'oublier dans ses bras.

— Souvent, lorsque je ne parviens pas à trouver le sommeil, il m'arrive de penser à toi, John… Et, parfois, je me caresse… en t'imaginant contre moi…

L'effet de cet aveu ne se fit pas attendre.

— C'en est trop ! s'exclama-t-il en la prenant par la taille.

Celia sentit alors les mains de John la soulever par la taille. Quand elle rouvrit les yeux, elle comprit qu'elle était de nouveau assise sur John, un genou de chaque côté de ses hanches.

— Chevauche-moi, Celia, je suis tout à toi.

Elle posa les mains sur ses épaules en sueur et se pencha vers lui tout en essayant de reprendre ses esprits. Son visage était désormais plus serein mais une lueur de désir brillait encore dans ses yeux. Elle avait encore envie de lui… Besoin de lui…

Elle releva les hanches en appuyant fortement les mains sur ses épaules puis, avec une infinie lenteur, le fit entrer en elle.

Il ferma les yeux et abandonna sa tête sur le lit, tout en lui caressant les hanches et le creux du dos.

— Oh, Celia… marmonna-t-il en enfonçant ses doigts dans sa peau. Tu es parfaite…

Elle imprima alors un mouvement de va-et-vient à ses hanches et il laissa sa phrase en suspens. Il se cambra et adapta le mouvement de ses hanches au sien. Elle accéléra le rythme encore et encore, gémissant à chaque nouveau sursaut de plaisir.

Puis, soudain, une onde de feu se propagea dans son corps et elle se pencha en arrière, posant les mains sur les cuisses de John. Celui-ci émit un grognement sonore et elle ferma les yeux, submergée par l'extase. L'orgasme les terrassa en même temps, puissant et intense, et ils se serrèrent l'un contre l'autre, criant à l'unisson.

Puis elle retomba sur les draps, les jambes tremblantes. Une léthargie sensuelle l'envahissait alors que de délicieux frissons parcouraient son corps en sueur. Etait-ce une impression ou est-ce que tout tournait vraiment autour d'elle ?

Celia tourna la tête vers John. Comme il avait l'air paisible à présent ! Il avait les yeux fermés et quelques mèches moites retombaient sur son front. Elle les repoussa d'un geste tendre et il attrapa sa main encore tremblante puis y déposa un long baiser d'une infinie douceur.

Pendant un long moment, ils restèrent là, silencieux, l'un à côté de l'autre. Sous ses doigts, le cœur de John battait d'un rythme régulier. Un agréable courant d'air leur caressa la peau.

— Vous êtes toujours d'un vulgaire, au lit, John Brandon, dit-elle d'une voix mutine. Où avez-vous appris tout ça ? A Paris ?

Il eut un rire franc.

— Et vous, très chère, n'avez guère oublié tout ce qui me rend fou.

Un instant de silence suivit, puis John tourna vivement la tête vers elle et demanda :

— Celia… T'est-il vraiment arrivé de te caresser en pensant à moi ?

— Ah, ça… Une femme doit savoir garder ses secrets ! dit-elle, un sourire aux lèvres.

10

Une femme doit savoir garder ses secrets.

Les mots de Celia revenaient en boucle dans l'esprit de John.

Celia s'était tout de suite endormie alors que lui n'arrivait toujours pas à trouver le sommeil. Une faible lueur pénétrait dans la chambre au travers des vieux rideaux, traversant l'obscurité qui y régnait. Les braises qui avaient fini par s'éteindre n'étaient désormais plus qu'un tas de cendre au milieu du foyer de la cheminée.

Assis dans le fauteuil en face du lit, John contempla de nouveau Celia, émerveillé par la vision qui s'offrait à lui. Allongée sur le ventre, la tête tournée sur le côté et les mains autour de l'oreiller, elle dormait d'un sommeil paisible. Ses longs cheveux se répandaient sur les draps blancs froissés tandis que son dos était découvert jusqu'à la chute de ses reins. Elle était ravissante, tel un ange tombé du ciel.

La tentation incarnée…

Et Dieu seul savait à quel point il était tenté de la rejoindre dans le lit ! Tenté de retirer les draps qui recouvraient ses jambes et de lui faire l'amour jusqu'à épuisement, dans l'espoir de différer encore un instant la cruelle réalité. Jusqu'à… jusqu'à ce qu'elle admette qu'elle avait besoin de lui autant que lui avait besoin d'elle.

Il serra les poings et détourna le regard de cette vision bien trop troublante. Jamais il ne parviendrait à faire taire ses sentiments pour elle. Et pourtant ce n'était pas faute d'avoir essayé ! Depuis l'instant où il avait posé ses yeux sur elle, il avait été troublé plus que par n'importe quelle autre femme. Elle avait transformé sa vie.

A cette époque, Celia était une jeune fille innocente et pleine de rêves, mais il avait tout de suite décelé en elle une force de caractère dont elle-même n'était pas encore consciente. Et c'était ce trait de caractère, sa façon d'être, qui l'avait autant bouleversé. Sans oublier la manière qu'elle avait de le regarder, les yeux remplis de désirs et de promesses.

Et récemment, lorsqu'il l'avait revue dans le bureau de la reine, il lui avait été très difficile d'admettre qu'elle était devenue une tout autre personne ; que la Celia qu'il avait connue n'existait plus.

Cependant, la femme à qui il venait de faire l'amour n'avait rien en commun avec celle qu'il avait vue dans le bureau de la reine. C'était une Celia qui avait fini par découvrir la force qui sommeillait en elle. Elle était devenue une femme à part entière, une femme portée par la passion qui avait éveillé en lui un désir de la posséder mais aussi de la protéger. Cette femme avait décidément bien des facettes ! Mais que lui arrivait-il, bon sang ? Il avait cru défaillir lorsqu'il était entré en elle et que leurs corps n'avaient fait plus qu'un. Son regard si intense l'avait transpercé comme une flèche. Il était devenu comme fou, animé par un besoin qu'il n'avait encore jamais ressenti auparavant. Un besoin…

Oui…

Ce besoin, c'était elle, tout simplement.

Leur étreinte passionnée lui avait fait comprendre qu'il avait besoin d'elle. Il la désirait avec une force tellement irrationnelle qu'il en eut un frisson.

Sa gorge se serra et il ferma les yeux.

Son désir était une folie ! Car même s'il était persuadé qu'elle lui était destinée, il savait parfaitement qu'elle lui était interdite. Car quel avenir pouvait-il bien avoir avec elle ? Il y avait bien trop de non-dits entre eux. De secrets.

Une femme doit savoir garder ses secrets.

Oui, et il en était de même pour un homme. Comment

pouvait-il lui confier le secret qu'il portait en lui depuis trois ans ? Jamais il ne serait capable de fonder quelque chose avec elle sur des mensonges ou des non-dits.

Il ouvrit les yeux et saisit la lettre qui était posée sur la table. Marcus la lui avait fait apporter par un messager la veille, pendant que Celia dormait. Et les nouvelles n'étaient pas bonnes, bien au contraire. D'ailleurs, Marcus lui demandait de le rejoindre dès que possible. A en croire son ami, quelque chose se tramait entre les compères de Darnley, quelque chose de bien plus préoccupant que leur penchant pour la bouteille.

A cet instant, un bruit provenant du lit lui fit lever la tête. Les bras par-dessus la tête, Celia s'étendait, abaissant les draps qui recouvraient ses fesses et ses jambes. Il promena un regard avide sur elle, sur les parties sensibles de son corps qu'il avait caressées et embrassées quelques heures auparavant.

S'efforçant de reprendre ses esprits, John scruta son visage, qui reposait de profil sur l'oreiller. Un sourire flottait sur ses lèvres. Elle avait l'air si jeune, si innocente, si… heureuse. Il fut pris d'une envie soudaine de se lever et d'aller la rejoindre. De la couvrir de baisers jusqu'à ce que la passion les emporte de nouveau, peu importent les conséquences.

Puis, soudain, le sourire de Celia disparut, remplacé par une expression perplexe, et elle ouvrit grand les yeux. Elle roula sur le dos et vit qu'il l'observait.

— Oh ! fit-elle en se redressant aussitôt.

Le regard chargé de reproches, elle ramena les draps sur elle.

Refoulant sa déception, John lui adressa un sourire narquois.

— Bonjour, ma chère.

Nerveusement, elle passa la langue sur ses lèvres et ce simple geste provoqua en lui un frémissement venu tout droit de son entrejambe. Elle porta sa main à ses cheveux et les repoussa en arrière en levant le menton d'un geste de défi qui lui était déjà familier. Il pouvait pratiquement sentir le mur invisible s'ériger entre eux. Ce mur qu'il était parvenu à démolir, le temps d'une nuit…

— C'est donc… vrai, murmura-t-elle en portant la main sur ses lèvres.

— Si tu préfères, tu peux faire comme s'il s'agissait d'un rêve, dit-il calmement.

Son cœur se serra. En réalité, il ne voulait pas qu'elle pense que ce qui s'était passé entre eux n'était qu'un rêve et rien de plus. Non, elle devait se souvenir de chaque seconde, de chaque caresse, chaque baiser. Eprouvait-elle le même besoin de lui ? Ce besoin d'être ensemble, malgré tout…

— Non, j'assume la pleine responsabilité de mes actes, répondit-elle tout aussi calmement.

— Parfait.

Ils restèrent un moment silencieux, se regardant l'un l'autre. Malgré l'assurance qu'affichait Celia, l'atmosphère était on ne peut plus lourde… John se décida à rompre le silence.

— Ne te sens pas obligée de rester ainsi, cachée sous les draps. Je ne vais pas te sauter dessus, tel un loup affamé, dès l'instant où tu auras posé un pied hors du lit.

— Je le sais, d'autant plus que… le loup doit être repu à l'heure qu'il est. Et puis sache que je ne me cache pas, rétorqua-t-elle d'un ton sec avant d'ajouter en murmurant : Plus maintenant, du moins.

Sur ces mots, les yeux de John se posèrent machinalement sur l'épaule de Celia. Jamais il n'oublierait le regard terrifié qu'elle lui avait adressé lorsqu'il s'était allongé sur elle. Sa peur ne s'était dissipée qu'une fois qu'elle était sur lui.

Il serra le poing, froissant la lettre qu'il tenait encore dans la main. Si seulement il pouvait la prendre dans ses bras et effacer toute la douleur qu'elle avait pu ressentir ! Il n'avait pas pu la protéger de son idiot d'époux mais il pouvait la protéger maintenant.

Oui, il pouvait le faire, mais il ne bougea pas. Il n'avait pas le droit de bouger. Au lieu de ça, il resta assis à regarder Celia glisser hors du lit et attraper sa chemise qui gisait par terre. Elle l'enfila par-dessus la tête et il jeta un dernier regard sur ses seins nus, avant qu'ils ne soient pudiquement recouverts par le tissu.

Celia s'avança vers lui et saisit le pichet d'ale qui était posé sur la table. Elle se servit un verre puis le porta à sa bouche et le but lentement.

John ne bougea pas d'un cil malgré l'envie qu'il en avait. Du coin de l'œil, il observa le mouvement de sa gorge tandis qu'elle buvait avant de porter son attention sur ses doigts resserrés autour du verre. Ces doigts qui lui avaient fait perdre la tête cette nuit.

Ces doigts avec lesquels elle…

— Qu'est-ce que c'est ? demanda-t-elle, l'arrachant à sa rêverie.

— Des messages de Marcus, répondit-il en se raclant la gorge. Il y a des problèmes, à ce qu'il paraît.

Celia eut un rire bref et but une autre gorgée d'ale.

— Pourquoi cela ne m'étonne guère ? Je suppose que notre présence est attendue au plus vite.

— Oui. Cela dit, nous ne partirons pas d'ici tant que tu n'auras pas repris toutes tes forces. Il est hors de question que tu tombes de nouveau malade.

Elle fit une légère grimace et se resservit un verre d'ale.

— J'ai juste attrapé froid. Je suis parfaitement en mesure de voyager, dit-elle après avoir avalé une gorgée. D'ailleurs, nous pouvons reprendre la route dès aujourd'hui.

— Celia…

Ce n'était pas raisonnable !

— Je vais bien ! s'exclama-t-elle soudainement. Je peux voyager. Je… je veux repartir.

L'atmosphère de la chambre s'alourdit brusquement sous le poids des non-dits. Elle voulait partir au plus vite… pour ne pas rester seule avec lui. C'était sans doute pour le mieux, mais comment s'y résoudre ?

— Je vais demander que l'on nous envoie un chariot, dit-il en se levant et en s'éloignant de la table.

— Cela prendrait bien trop de temps et tu le sais. Je monterai à cheval.

— Non, Celia, ce n'est pas une bonne idée.

Elle se retourna vers lui, le regard sombre.

— Serais-tu en train de douter de mes capacités après ce qui s'est passé cette nuit ?

Touché.

Ne la quittant pas du regard, John croisa les bras sur la poitrine, la mâchoire serrée. Une tension palpable régnait entre eux. Au bout de quelques instants, elle lui tourna le dos.

— Prépare les chevaux, veux-tu ? dit-elle d'une petite voix. Je vais m'habiller.

Non, non et non !

Il ne voulait pas la quitter. Ils avaient encore tant de choses à se dire. Tant de choses… à rattraper. Il la regarda. Elle était immobile et il lutta pour ne pas avancer sa main vers elle. Non, il n'allait rien tenter. Pas encore, du moins. Sa patience serait mise à rude épreuve mais il était prêt à attendre le temps qu'il fallait. Toute sa vie, même.

— Très bien.

Il quitta la pièce en fermant doucement la porte sur lui puis s'adossa au mur du couloir. Il ferma les yeux, combattant l'envie de donner un coup de poing dans le mur… ou de retourner dans la chambre, presser ses lèvres sur les siennes, déchirer sa chemise et lui refaire l'amour jusqu'à ce qu'elle crie de plaisir.

Levant les yeux pour rencontrer son regard dans le reflet de la vitre, Celia ajusta une épingle dans ses cheveux. Son visage était pâle, on aurait cru qu'elle avait vu un fantôme. Un fantôme du passé. Ce passé qu'elle essayait à tout prix de fuir.

Elle tira une autre mèche et l'enroula avant de l'épingler sur sa nuque.

Ressaisis-toi, bon sang !

Depuis qu'elle s'était réveillée ce matin, elle n'était pas

elle-même. Il fallait qu'elle recouvre son sang-froid le plus rapidement possible !

Elle jeta un regard par-dessus son épaule vers le lit désormais vide. Ses yeux s'attardèrent un instant sur les draps froissés, dans lesquels elle s'était totalement abandonnée au désir charnel.

Toutes les émotions qu'elle avait jusque-là enfouies au plus profond d'elle-même avaient surgi dans son esprit tourmenté. Et tout ça à cause de John. A cause de ses caresses, ses baisers… Cet homme avait le don de provoquer en elle des réactions aussi intenses qu'incompréhensibles.

Elle ferma les yeux et secoua la tête.

Non, n'y pense plus !

Elle avait voulu crier mais s'abstint. Comment avait-elle pu être aussi… naïve ! Elle avait été si heureuse au réveil, lorsqu'elle avait repensé au rêve délicieux qu'elle avait cru faire. Puis son regard avait croisé celui de John et quelque chose s'était comme brisé en elle.

Il avait affiché une mine impassible, au point qu'elle avait failli bondir hors du lit pour le frapper en pleine mâchoire. Oui, le frapper et le griffer, encore et encore, jusqu'à le faire réagir, jusqu'à ce qu'il dise ce qu'il avait vraiment ressenti lorsqu'ils avaient fait l'amour… Jusqu'à ce qu'il dise qu'il avait toujours envie d'elle.

Les yeux perdus dans le vide, elle hocha lentement la tête. Au fond, il avait eu raison de s'être comporté de la sorte. Ce qui s'était passé entre eux devait arriver tôt ou tard. Tous deux avaient besoin de connaître le véritable aboutissement de leur… désir. Eux ne s'entendaient peut-être plus, mais leurs corps s'accordaient à merveille.

Il avait été si bon de replonger dans le passé, mais maintenant il lui fallait tourner la page une bonne fois pour toutes et se tourner vers l'avenir. Un avenir, certes, incertain mais dans lequel John n'avait pas sa place. Il y avait bien trop de choses qui les séparaient.

Elle termina de se coiffer et se détourna du reflet de la vitre pour finir de s'habiller. On lui avait laissé quelques vêtements et elle avait décidé de mettre sa longue jupe en laine en dessous de laquelle elle avait enfilé un jupon en coton pour ne pas avoir trop froid pendant le voyage. Elle prit son chapeau et ses gants qui étaient posés sur la table puis sortit de la chambre sans se retourner, en claquant la porte derrière elle.

Il était temps de partir, à présent ! Celia dévala les marches, voulant fuir cet endroit qui avait été le théâtre de leur aventure et laisser derrière elle les souvenirs amers qui la hanteraient probablement jusqu'à son dernier souffle. Si seulement elle pouvait fuir John aussi facilement, en claquant une porte ! Mais celui-ci l'attendait dans le hall, en bas des escaliers.

Il portait une tenue de cavalier et ses cheveux étaient repoussés en arrière. Le regard de Celia s'attarda sur ces mèches blondes dans lesquelles elle avait plongé ses doigts lorsqu'elle l'avait senti entrer en elle. Vivement, elle détourna le regard et commença à enfiler ses gants.

— Tu portes encore tes vêtements de deuil, dit-il.

— Je n'ai pas les moyens de m'offrir une nouvelle garde-robe. Et puis, si tu veux savoir, ce sont les seuls vêtements que ma belle-famille m'a autorisée à emporter avec moi, après la mort de Thomas.

Lorsqu'elle eut mis son autre gant, elle annonça :

— Je suis prête, nous pouvons partir.

John fronça les sourcils et ouvrit la bouche comme s'il voulait dire quelque chose, mais finit d'acquiescer de la tête en silence. Il ouvrit la porte et un courant d'air froid envahit le hall.

— Après toi.

Et, sans même le regarder, Celia sortit du pavillon, emportant, malgré elle, des souvenirs aussi troublants que douloureux. Des souvenirs qui ne l'aideraient pas à oublier John une fois parvenue à la cour d'Ecosse !

11

Lorsqu'elle eut atteint la crête de la colline, Celia tira les rênes de son cheval pour reprendre son souffle. Comme il était bon de galoper dans une nature immaculée ! Ses soucis s'étaient comme envolés et elle avait pleinement profité de ce moment de liberté, remerciant Dieu d'avoir épargné sa vie.

Des bruits de sabots résonnèrent derrière elle. Ne pouvant réprimer un sourire, elle jeta un coup d'œil par-dessus son épaule. John amena sa monture à sa hauteur.

— Il me semble que j'ai gagné, dit-elle.

— Oui… Pour cette fois, répondit John, tout sourire.

— Seriez-vous un mauvais perdant, John Brandon ? Sachez en tout cas que je compte gagner la prochaine fois. Celle d'après aussi, d'ailleurs.

— A votre place, je ne me montrerais pas aussi confiant, très chère. Qui vous dit que je ne vous ai pas laissée gagner par galanterie ?

— Je n'y crois pas un seul instant. La vérité est que le grand John Brandon vient de perdre une course de chevaux face à une femme. Et vous avez tout simplement peur que cela puisse sérieusement nuire à votre réputation ; n'essayez pas de me faire croire le contraire !

— Ma réputation n'est pas compromise. Regardez autour de vous ; voyez-vous quelqu'un qui aurait assisté à ma soi-disant déroute ?

Toujours souriante, Celia balaya les alentours du regard. Des terres recouvertes de neige et divisées par des murailles s'étendaient devant eux. Elle jeta alors un regard furtif à John, qui, lui aussi, admirait le paysage qui s'offrait à eux. Pour la première fois depuis longtemps, elle se sentait à l'aise en sa compagnie.

Ils avaient quitté le pavillon de chasse depuis déjà plusieurs jours et jusqu'alors le voyage s'était déroulé dans un silence assez pesant. Les journées se suivaient, les routes désertes défilant devant eux sans qu'ils échangent le moindre mot. Et les soirées n'avaient pas été plus chaleureuses : en arrivant dans les auberges, ils s'étaient contentés de dîner avant d'aller se coucher, chacun recroquevillé dans un coin du lit. Naturellement, il n'y avait pas eu le moindre contact physique entre eux. Elle y avait veillé.

Durant ces quelques jours, Celia avait senti John proche et lointain à la fois et n'avait pas su quelle conduite adopter devant lui. Il s'était toujours montré agréable envers elle, veillant à ce qu'il ne lui manque rien, mais toujours en gardant une certaine distance entre eux. Non pas que cela l'ait dérangée, bien au contraire, elle savait que c'était mieux ainsi.

Elle soupira, ne parvenant pas à détacher ses yeux de la beauté de la nature qui l'entourait.

Le paysage féerique s'était révélé une véritable distraction pour elle… du moins lorsque ses souvenirs ne la transportaient pas à la nuit qu'elle avait passée avec John dans le pavillon. Elle revoyait encore leurs corps nus et chauds glissant l'un contre l'autre en parfait accord, elle sentait sa langue se promener sur elle, entrer en elle, encouragée par ses gémissements de plaisir… Et la façon dont il l'avait regardée lorsqu'elle était sur lui resterait imprimée dans sa mémoire à jamais.

Celia revint à la réalité du moment et se tourna vers John. Caressant l'encolure de son cheval, le regard au loin, lui aussi semblait perdu dans ses pensées. A quoi pouvait-il bien songer ? Que pouvait-il bien ressentir au fond de lui ?

Etant donné la situation, mieux valait qu'elle n'en sache rien. Elle avait bien trop peur de découvrir le vrai John, et de devoir elle aussi s'ouvrir à lui. C'était au-dessus de ses forces !

— C'est donc ça, l'Ecosse, dit-elle. Le paysage est bien différent de celui en Angleterre.

Celia avait trouvé difficile de s'habituer au paysage brumeux et quasi inhabité de l'Angleterre du Nord — elle préférait de loin les alentours de Londres, bien plus animés et accueillants.

Au premier abord, les terres d'Ecosse ressemblaient beaucoup aux régions frontalières anglaises, mais il y avait quelque chose dans cette nature sauvage qui l'avait immédiatement séduite. Le silence ouaté était impressionnant et les nuances de gris et de verts qu'offraient les forêts étaient d'une beauté à couper le souffle.

— Oui, c'est bien ça, l'Ecosse. Qu'en penses-tu ? demanda John.

Prenant une profonde inspiration, elle regarda encore une fois autour d'elle. Même l'air écossais, un mélange de neige, de froid et de feuilles mortes, lui semblait meilleur que celui de l'Angleterre.

— J'aime beaucoup. J'apprécie la tranquillité que dégage cet endroit.

John la regarda d'un air curieux et elle crut apercevoir une lueur de surprise briller dans ses yeux.

— Eh bien, dans ce cas, je te conseille de profiter de la vue tant que tu le peux car l'atmosphère qui règne à Edimbourg est bien différente de celle-ci.

— Oui, je m'en doute. Si la Cour de la reine Marie ressemble un tant soit peu à celle de notre reine, nous n'aurons pas un seul un moment de calme, répondit-elle pensivement.

— J'ai entendu dire que la reine Marie voulait apporter une touche de culture française à la Cour à travers des danses, des jeux de cartes et autres divertissements qu'elle avait connus lorsqu'elle était reine de France. Et je doute que cela plaise à Knox et ses amis puritains.

Les propos de John n'étonnèrent guère Celia. Les opposants de la reine Marie pensaient sans doute qu'ils finiraient par prendre le pouvoir en Ecosse, étant donné que celle-ci, en tant que reine de France par alliance, résidait dans les appartements royaux à Paris. Mais, à la surprise générale, la reine avait fini par revenir en Ecosse et prendre la tête du royaume.

— Y a-t-il eu des soucis depuis son retour de France ? demanda-t-elle.

— Rien de grave, du moins pour le moment. Etrangement, elle a su gagner la confiance et la sympathie du peuple écossais, hormis certains hommes qui sont vivement opposés à l'autorité féminine ainsi qu'au catholicisme ; ils avaient d'autres projets pour le royaume. D'ailleurs, ils appellent le peuple à les soutenir dans leur lutte contre la couronne. Il y a déjà eu quelques altercations violentes et je pense que cette divergence d'opinions finira bientôt par se transformer en quelque chose de plus grave et dangereux.

— C'est ce que Marcus t'a dit dans son message ?

John inspira et se redressa sur sa selle.

— Knox et la reine Elisabeth ne sont pas les seuls à vouloir contrôler les faits et gestes de la reine Marie, loin de là, dit-il en regardant droit devant lui. Il ne faut pas oublier qu'elle entretient encore des relations plus ou moins solides avec la cour de France, qui, elle aussi, doit penser à ses propres intérêts.

— Et il ne faut pas non plus oublier les Espagnols, murmura Celia.

Elle avait oublié à quel point il était agréable de discuter avec John, d'échanger leurs points de vue. Et puis elle voulait connaître son avis sur l'étrange mission qui leur avait été confiée.

— Avoir un allié, catholique qui plus est, qui partage ses frontières avec l'Angleterre serait un grand avantage, poursuivit-elle. Penses-tu qu'un mariage entre Charles d'Autriche et la reine Marie est encore à craindre ?

— Non, pas vraiment. La reine Marie l'aurait déjà épousé si elle en avait vraiment eu le projet. Et puis, elle n'accorderait pas autant d'attention à lord Darnley.

— Et dire que bien des problèmes auraient pu être évités.

A ces mots, le visage de John prit une expression sardonique.

— Celia, lorsqu'une couronne est en jeu, les problèmes ne

sont jamais bien loin, au contraire. Et tous les moyens sont bons lorsqu'il s'agit de protéger ses intérêts.

Tous les moyens sont bons lorsqu'il s'agit de protéger ses intérêts ?

Etait-ce donc cette règle qu'il appliquait à sa vie ? Etait-il en train de lui dire qu'il était légitime de faire du tort aux autres avant qu'eux ne nous en fassent ? Avant même qu'elle n'ait eu le temps de réagir à cela, John tira sur les rênes de son cheval et commença à descendre la colline. Encore troublée par ses propos, Celia le regarda s'éloigner.

— Nous devons trouver un endroit pour passer la nuit, lui lança-t-il par-dessus l'épaule alors qu'il était déjà assez loin.

Celia mit son cheval au trot et le rattrapa rapidement, et ils galopèrent un long moment à travers les champs enneigés avant de rejoindre une route.

A la nuit tombante, ils s'arrêtèrent devant un portail en fer forgé ouvert qui donnait sur une allée bordée par des arbres. Surmonté par des armoiries familiales qu'elle ne reconnut pas, il était certes imposant mais mal entretenu. Elle tordit légèrement le cou, espérant apercevoir vers quoi menait la petite allée, mais elle était avalée par l'obscurité. Voilà qui n'était guère rassurant… Prise de doutes devant le choix du lieu, Celia se tourna vers John, qui regardait les armoiries, une expression indéchiffrable sur son visage.

— Est-ce ici que nous allons passer la nuit ? demanda-t-elle d'une petite voix.

Il ne cilla pas, les yeux toujours rivés sur la plaque en fer, pendant ce qui lui parut un moment interminable. Que lui arrivait-il ? Avait-il oublié qu'il n'était pas seul ?

— Pourquoi pas, répondit-il enfin. Il fait déjà nuit et la route jusqu'au village est assez longue.

Sur ces mots, il passa le portail et Celia le suivit au trot le long de l'allée. Seigneur, avaient-ils pénétré dans un autre monde ? Il y régnait un silence de mort et les branches des arbres nus qui bordaient l'allée des deux côtés formaient une voûte au-dessus d'eux. Le jardin avait l'air si sinistre et nimbé de mystère qu'elle s'attendait à tout moment à voir surgir un fantôme de nulle part. Dire qu'ils allaient devoir passer la nuit en ces lieux !

Mais Celia tenta de se rassurer. A bien y regarder, on pouvait voir que l'endroit n'avait pas toujours été ainsi. Elle parcourut du regard le vaste jardin laissé à l'abandon et essaya d'imaginer les arbres verdoyants, les parterres fleuris et tout l'art topiaire. Un peu plus loin derrière, il y avait un lac à moitié gelé, à la surface duquel se reflétaient faiblement les derniers rayons de lumière. Même l'eau semblait sans vie dans cet endroit désolé.

Celia frissonna.

— As-tu froid ? demanda John. Je ferai un bon feu en arrivant.

— Non, non, je vais bien, répondit-elle en réprimant un autre frisson qui menaçait de la parcourir tout entière.

Lorsqu'ils arrivèrent au dernier tournant de l'allée, une imposante demeure apparut soudain devant eux. Jamais Celia n'aurait soupçonné sa présence ! Il s'agissait d'un manoir aux murailles de briques rouges et de treillis de bois. Des armoiries identiques à celles qu'elle avait remarquées en entrant ornaient la corniche en pierre qui courait au-dessus de la porte. Certaines fenêtres étaient cassées, et d'autres, fermées. L'intérieur était plongé dans le noir et tout portait à croire que le manoir était inhabité.

— Comment as-tu connu cet endroit ? demanda Celia.

Sans répondre, John descendit de son cheval et s'approcha d'elle pour l'aider à descendre à son tour.

— Es-tu déjà venu ici auparavant ? insista-t-elle.

— Non. J'en ai entendu parler lorsque j'étais enfant.

Il la posa à terre mais ne la relâcha pas tout de suite. Les deux mains autour de sa taille, il la tenait fermement tout en étudiant la maison d'un regard sombre.

— Ce manoir appartenait à la famille de ma mère, dit-il finalement.

— De ta mère ?

Mais oui, bien sûr ! La mère de John était écossaise, c'était d'ailleurs pour cette raison que le choix de la reine s'était porté sur lui pour cette mission. Celia se rendit compte alors qu'elle ignorait tout de la famille de John. Jamais il ne lui avait parlé de ses ancêtres auparavant.

— Et… où sont-ils ? demanda-t-elle d'une voix incertaine.

— Ils sont tous morts avant même que je sois né. Ma mère avait alors été envoyée à la cour anglaise afin de se mettre au service d'une des épouses du roi Henri. J'avais six ans lorsque j'ai perdu mes deux parents.

Orphelin à six ans… Quelle triste enfance il avait dû vivre ! D'un air désabusé, John donna un coup de pied dans un caillou.

— Ce tas de briques est à moi, murmura-t-il. Pour ce que ça vaut…

Etonnée, Celia leva le regard vers lui. Jamais elle ne l'avait vu dans un état pareil. Si résigné, indifférent. Elle tressaillit et il resserra aussitôt son étreinte.

— Viens, entrons à l'intérieur, dit-il.

Elle acquiesça avec un sourire de façade. Pour être honnête, Celia n'avait aucune envie d'entrer. L'endroit semblait hanté par les échos d'un passé insaisissable. Mais il se faisait déjà tard, et elle n'avait pas vraiment le choix. John poussa l'imposante porte de bois et elle pénétra dans le vestibule d'un pas résigné.

Comparé à cet endroit, le pavillon de la reine, malgré son état détérioré, était bien plus accueillant. Le vestibule était certes immense, mais le manque de meubles et de lumière lui donnait un air sinistre. Le vieux plancher craquait sous ses pas au fur et à mesure qu'elle avançait. Quel était ce bruit strident ? Celia regarda nerveusement autour d'elle. Le manoir était-il habité ? Non, ce n'était que le vent qui battait au-dehors contre les murs en briques. Elle parvint au pied de l'escalier impérial puis suivit du regard la rambarde abîmée qui longeait les marches. Un bruissement d'ailes provenant sans doute du grenier fit bondir son cœur dans sa poitrine.

Quelle demeure lugubre ! Elle se frotta les bras pour chasser la peur et le froid qui l'envahissaient et suivit John dans une pièce qui devait être autrefois un bureau ou une salle à vivre. Dans un des coins, une cheminée s'élevait le long du mur, alors que des morceaux de mobilier détruit jonchaient le parquet.

John souleva une chaise qui semblait plus ou moins intacte et l'installa à côté de la cheminée.

— Tiens, assieds-toi ici et essaye de te reposer, dit-il en se tournant vers elle. Je vais essayer de faire un bon feu afin qu'il nous tienne au chaud cette nuit. Nous devrions retrouver les autres demain.

Demain, déjà ?

Demain, tout redeviendrait comme avant. La réalité allait les rattraper, ou l'inverse, plutôt. Contrairement à ce qu'elle avait pu croire autrefois, leurs existences n'étaient pas liées à jamais. Celia aurait dû être impatiente de retrouver les autres et d'oublier la parenthèse de ces derniers jours. Après tout, elle avait une mission à accomplir pour la reine. Cette dernière lui avait promis de récompenser ses efforts en lui trouvant un époux qui prendrait soin d'elle. Elle avait enfin l'occasion d'oublier le passé et de regarder l'avenir avec confiance.

Et pourtant…

Au lieu d'être heureuse et soulagée, elle se sentait vide, tout simplement. Malgré toutes les barrières qui les séparaient, jamais elle ne s'était sentie aussi proche de quelqu'un que de John. Oui, il lui avait également causé beaucoup de souffrance mais chaque regard qu'il lui adressait semblait effacer toute la rancœur qu'elle nourrissait à son égard.

Celia l'avait déjà banni de son esprit une fois. Elle pouvait certainement le refaire. N'est-ce pas ?

Elle frissonna de nouveau et serra ses bras autour d'elle, regardant John ramasser les débris des meubles et les jeter dans le foyer. Le feu prit rapidement, dévorant les bouts de bois brisés, des bouts de l'histoire de John.

Le regard perdu dans les flammes, elle sentit la chaleur l'envahir petit à petit. Pour cette soirée, ils étaient encore seuls, tous les deux, et même si cela ne durerait pas longtemps elle devait s'en contenter.

John s'absenta quelques instants et revint avec leurs sacoches. Il s'assit par terre près d'elle, lui tournant légèrement le dos, et sortit les biscuits, le bœuf séché et le vin. Eclairés uniquement par le grand feu qui brûlait dans la cheminée, ils dînèrent dans un silence ponctué par les rafales de vent et le crépitement des flammes.

Au cours du repas, John roula plusieurs fois des épaules avant de passer sa main sur son cou. Apparemment, Celia n'était pas la seule à souffrir du voyage. Attendrie, elle tendit spontanément la main vers lui et effleura son bras. A peine l'eut-elle touché qu'il se raidit en lui jetant un regard interrogateur par-dessus l'épaule.

— Adosse-toi contre mes genoux, murmura-t-elle. Laisse-moi te masser les épaules. Si mes souvenirs sont bons, tu adorais ça lorsque tu rentrais d'une partie de chasse.

John resta immobile un court instant, sans répondre. Allait-il refuser son attention ? Se lever et quitter la pièce en la laissant toute seule ? Non, au lieu de ça, il se rapprocha d'elle et cala son dos contre ses jambes, l'arrière de la tête appuyé sur ses genoux.

Celia libéra ses épaules de son pourpoint et commença à les palper en imprimant à ses pouces un mouvement circulaire. Tout doucement, il se détendit sous son toucher. Même à travers sa chemise, elle pouvait sentir la chaleur et la fermeté de sa peau. Il passa les bras derrière son dos et les noua autour de ses mollets et, étrangement, ce geste de familiarité ne la déconcerta guère.

— Ce manoir devait être magnifique autrefois, dit-elle en regardant encore une fois autour d'elle.

— Oui, du moins c'est ce que me disait souvent ma mère.

La voix de John était grave, comme voilée.

— Elle me racontait souvent des histoires qu'elle avait vécues ici et qui aiguisaient mon imagination d'enfant. Apparemment, de grands banquets avaient été tenus ici dans un décor des plus somptueux. Les invités se pressaient dans cette salle afin d'admirer les ménestrels et autres personnes dont la profession était de faire leur spectacle. Marie de Guise, alors régente d'Ecosse, avait même été invitée une année, à Noël.

Alors que John lui décrivait les scènes qui s'étaient jadis déroulées ici même, Celia imaginait à quoi avaient bien pu ressembler les lieux… à quoi ils pourraient ressembler aujourd'hui.

Avec un plancher ciré et brillant, des tapisseries aux couleurs vives recouvrant les murs, de l'argenterie et du cristal soigneusement disposés sur des dressoirs de bois noble…

Son imagination s'enflammait de plus en plus.

… des musiciens jouant une pavane sur la galerie haute qui était en face d'eux, les invités dansant, vêtus de riches étoffes et de costumes en velours ou de soie…

Assez !

— Quel dommage que le manoir ne soit pas en état afin d'y accueillir sa fille, la reine Marie, dit-elle pensivement.

— Pour être tout à fait honnête, je ne suis même pas sûr que toutes ces histoires soient vraies, répondit-il. Si ça se trouve, cet endroit était peut-être déjà en ruine avant même qu'elle soit née. Peut-être qu'elle voulait simplement que je m'imagine l'Ecosse comme étant un royaume féerique.

Il eut un petit rire puis secoua la tête.

— Oh, Celia, si tu savais comme ce massage me fait du bien ! Tu as des doigts de fée. Si seulement tu pouvais m'accompagner aux tournois que je dispute ! Je n'aurais plus jamais de courbatures.

Celia sourit. Les mots de John lui mirent du baume au cœur. Elle voulait tant le voir disputer des tournois ! Mais elle n'avait pas le droit d'y penser, d'aspirer à l'impossible.

— Et te souviens-tu de ta mère ?

— Très peu. Elle avait des cheveux longs et bruns et je me rappelle aussi qu'elle portait un parfum d'eau de rose. Elle restait souvent au chevet de mon lit jusqu'à ce que je m'endorme et me racontait des histoires avec son accent écossais. Parfois, je me demande même si tout cela n'était pas qu'un simple rêve.

— Qu'est-il arrivé à tes parents ?

John secoua de nouveau la tête.

— Comme les tiens, ils ont été emportés par la fièvre. Je n'étais qu'un enfant à l'époque…

Celia perçut la douleur dans sa voix et son cœur se serra.

— Je suis navrée, chuchota-t-elle en immobilisant les mains sur ses épaules.

Ses muscles se contractèrent aussitôt.

Elle ignorait que John était, comme elle, seul au monde. Sauf que lui avait perdu ses parents à un très jeune âge. Trop jeune…

— Mon oncle était la seule famille qui me restait mais, à l'époque, il était en train de combattre en France, dit-il en se redressant légèrement. J'ai donc été mis sous tutelle régalienne et placé dans un foyer. C'est là que j'ai rencontré Marcus, d'ailleurs. Et, depuis, on peut dire que nous sommes devenus comme des frères.

— Et tu n'avais jamais mis les pieds ici avant ce soir ?

— Non.

Il se tourna vers elle en lui adressant un sourire narquois.

— Bel héritage, n'est-ce pas ? dit-il ironiquement.

Elle ne répondit pas immédiatement, balayant la pièce encore une fois du regard.

— C'est bien plus que je n'ai jamais eu. Et puis je suis certaine que tu pourrais rendre cet endroit habitable et agréable à vivre.

Il fronça les sourcils.

— Mais je suis au service de la reine Elisabeth. Je ne peux donc pas prétendre vouloir vivre en Ecosse.

Il y eut un nouveau silence, pendant lequel Celia lui massa la nuque. Après tout ce qu'elle venait d'entendre, elle ne pouvait s'empêcher de ressentir pour lui un instinct protecteur.

— Tu dois être fatiguée, dit-il soudainement en se dérobant à son toucher.

Confuse, elle le regarda installer leurs lits de fortune en

étendant des couvertures et des draps par terre, à côté de la cheminée.

— Oui… oui, je suis fatiguée, répondit-elle après un long moment de réflexion.

Lorsqu'il eut fini de préparer leur couchage, il s'assit sur la couverture.

— Viens, allonge-toi à côté de moi et essaye de dormir un peu.

Il lui tendit la main mais elle ne bougea pas. Sentant son hésitation, il la gratifia d'un sourire enjôleur.

— Celia, je te promets d'être sage ce soir. Allez, viens te coucher, veux-tu ?

Elle lui retourna son sourire en essayant d'étouffer la déception qui montait en elle. Et si elle n'avait aucune envie qu'il soit sage ?

Celia, reprends-toi !

Elle lui prit la main et s'installa à côté de lui, dos contre son torse. Il posa sa main sur sa taille et l'attira à lui. Leurs corps étaient pressés l'un contre l'autre, dans une intimité délicieuse, et le souffle de John caressait sa nuque.

Gagnée par la fatigue, Celia ferma les yeux. Mais le sommeil ne venait pas. Chaque parcelle de son corps était consciente de la proximité du corps de John. S'endormir dans ses bras, serrée contre lui, était pour elle presque aussi intime que l'acte d'amour charnel.

L'envie de se retourner vers lui, de l'embrasser et de sentir ses mains sur sa peau était forte, mais elle parvint à la maîtriser. Une pensée commença alors à se former dans son esprit : cette envie soudaine n'était-elle pas en train de se muer en besoin ? Car il était facile de résister à une envie, elle l'avait bien appris à ses dépens. Mais… Ce qu'elle ressentait en ce moment était bien plus fort, plus douloureux… Oui, elle avait besoin de John.

Cette révélation lui fit monter les larmes aux yeux mais elle resta immobile, espérant bientôt sombrer dans les bras de Morphée et tout oublier.

Les coudes appuyés sur le rebord de la fenêtre, John regardait le ciel, aussi noir que ses pensées. La nuit était déjà bien avancée et les jardins étaient plongés dans une obscurité profonde.

Derrière lui, Celia dormait d'un sommeil agité, ponctué, par instants, de brefs soupirs. Si seulement lui aussi pouvait dormir, trouver un tant soit peu de répit… à ses côtés. Il voulait tant la rejoindre, se serrer contre elle et laisser ses émotions prendre le pas sur sa raison. Replonger dans le passé, revivre le bonheur qu'il avait connu avec Celia.

Il se retourna pour embrasser du regard la pièce dans laquelle ils se trouvaient. C'était la première fois qu'il foulait le sol de ses ancêtres. Sa mère lui avait fait découvrir cet endroit à travers des contes tellement de fois mais, maintenant qu'il était là, il était en proie à une agitation incontrôlable. Jamais il n'aurait dû emmener Celia ici, cependant il n'avait pas eu d'autre choix. Ils avaient dû trouver un endroit pour passer la nuit et le manoir se trouvait sur leur route.

Il soupira. D'où venait cette soudaine tourmente ?

Crépitant dans la cheminée, le feu faisait danser des ombres sur les murs, ramenant, quelque peu, la pièce à la vie. Malgré la couche de poussière et les débits de meubles qui recouvraient le sol, il ne peinait pas à imaginer à quoi avait pu ressembler l'endroit autrefois. Il lui semblait même percevoir la musique et les rires de ce temps révolu.

Autrefois, ce manoir était bien plus qu'un simple tas de briques. Il abritait une famille ; une famille qu'il n'avait jamais connue. Personne n'était là pour le protéger de tous les aléas de l'existence. Il avait été ballotté de foyer en foyer depuis son plus jeune âge et avait dû apprendre à se débrouiller tout seul, à ne compter que sur lui-même. Jusqu'au jour où il avait rencontré Celia. Il avait cru que la vie lui souriait enfin. Ah, comme il s'était trompé ! Tout n'avait été qu'illusion. Comme ce manoir, l'attrait d'un foyer, qui ne resterait pourtant qu'un simple rêve.

Il croisa les bras sur sa poitrine et observa Celia qui dormait toujours. Le visage baigné par la lueur des flammes, elle ne bougeait plus. Un de ses bras dépassait du lit, le poing serré, comme si elle essayait de retenir quelque chose.

Non, il n'aurait jamais, jamais, dû l'emmener ici. Le fait de la voir dans ce manoir qui était le sien lui brouillait l'esprit, lui faisait ressentir des choses dont il rêvait mais auxquelles il n'avait pas le droit.

Celia se tourna dans son sommeil et il retint son souffle.

— John… murmura-t-elle en posant sa main là où il était censé dormir.

— Je suis là, dit-il en s'avançant vers le lit de fortune.

Il s'allongea à côté d'elle, même si sa raison lui criait le contraire. Une force irrésistible l'attirait vers elle, une force mystérieuse à laquelle il ne pouvait se soustraire. Elle se serra contre lui et poussa comme un soupir de soulagement.

Il déposa un baiser dans ses cheveux et inhala leur parfum. Son odeur, si familière et rassurante, lui noua l'estomac.

— Je suis là, Celia, je suis là, chuchota-t-il.

John ne put dormir cette nuit-là. Il resta allongé, tenant Celia dans ses bras, entre les ruines d'un passé lointain et le rêve d'un amour impossible. Leur arrivée à la cour, le lendemain, représentait son unique chance de l'ôter de ses pensées. Mais n'était-ce pas déjà trop tard ?

12

Edimbourg, enfin !

Celia se cambra pour se délasser de la fatigue qui pesait lourdement sur ses muscles. Ils mirent tous deux leur cheval au trot et franchirent le portail avant de s'engager dans les rues sinueuses de la ville. Elle pouvait à peine croire que quelques semaines seulement s'étaient écoulées depuis leur départ de Londres. Il lui était arrivé tellement de choses entre-temps. Elle avait l'impression d'être devenue une tout autre personne.

Et maintenant elle était à Edimbourg et la parenthèse de son aventure avec John s'était refermée. Définitivement. Mais, après tout, n'était-ce pas ce qu'elle voulait ?

Elle leva la tête et le scruta. Il était juste devant elle, en train de se frayer un chemin à travers la foule qui se pressait autour d'eux. Oui, elle aurait dû être soulagée de ne plus avoir à dépendre de lui, heureuse à l'idée qu'il ne pourrait plus percer la carapace sous laquelle elle se protégeait. Il n'aurait plus l'occasion de l'importuner. Elle détourna les yeux de John et reporta son attention sur l'endroit où ils se trouvaient.

Après avoir passé plusieurs semaines à parcourir de superbes paysages enneigés plongés dans un silence apaisant, le retour à la vie en société lui parut bien étrange. Les rochers escarpés qui dominaient la ville lui donnaient un air sinistre et austère. Si elle parvenait à s'habituer aux cris et rires qui retentissaient à ses oreilles, il n'en allait pas de même concernant les odeurs multiples qui l'assaillaient désormais. Elle ne savait pas ce qui était pire : la fumée qui s'échappait des cheminées, la senteur des tourtes à la viande combinée aux effluves des pots de chambre ou alors le relent de sueur que dégageaient les passants !

Soudain, elle sentit le cheval accélérer légèrement, tiré par John, qui lui lançait un regard amusé. Alors, un bruit d'éclaboussure lui fit tourner la tête : d'une proche fenêtre, quelqu'un venait de déverser ce qui devait sans doute être le contenu d'un pot de chambre. Ecœurée, elle suivit des yeux le chemin que prenait la substance nauséabonde dans le caniveau qui circulait au milieu de la rue pavée.

Ils continuèrent à chevaucher en direction du palais et elle leva tête afin de contempler les maisons serrées les unes contre les autres. Il y avait quelque chose d'oppressant dans la capitale écossaise. Ici, les rues semblaient bien plus étroites que celles de Londres. La lumière du jour avait disparu derrière les toits qui les surplombaient, donnant l'impression qu'il faisait presque nuit.

Celia baissa les yeux et croisa le regard de John. Son comportement avait considérablement changé depuis qu'ils avaient quitté le manoir. Il s'était muré dans le silence et son visage avait pris une expression lointaine et étrange. Il ne lui avait, certes, jamais manqué de respect, mais il était resté distant. Trop distant à son goût.

— Tout va bien ? lui demanda-t-il d'une voix posée.

— Oui. Ce n'est pas la première fois que j'évite le contenu d'un pot de chambre.

— Nous ne sommes plus très loin du palais.

— J'espère que ce n'était pas un avant-goût de ce qui nous attend là-bas.

John sourit brièvement puis se retourna.

— Peut-être, peut-être pas. Au moins, nous n'aurons plus froid.

Ils quittèrent les artères commerçantes du centre-ville et s'engagèrent sur une route montante, jalonnée par des maisons plus grandes. Un peu plus loin, la colline d'Arthur's Seat s'élevait au-dessus de la capitale écossaise. Elle n'était pas très élevée mais Celia avait tout de même l'impression qu'elle allait prendre vie d'un moment à l'autre et engloutir la ville entière.

Ils atteignirent les abords du palais et pénétrèrent dans l'avant-cour après avoir passé le portail principal.

Le palais de Holyrood.

Il était tel qu'elle l'avait imaginé, exactement comme il était décrit dans les livres. Construit en pierre de taille, pas très grand, deux tours de trois étages aux extrémités, alors que les ailes n'en comportaient que deux. Mais, malgré son emplacement, il avait tout de même l'air spacieux et accueillant. Rassemblant ses souvenirs, elle se rappela que le palais avait été sérieusement endommagé à cause de la politique brutale qu'avait entamée le roi Henri. Ce dernier avait tenté de réunir les royaumes d'Angleterre et d'Ecosse en mariant son fils Edouard à la reine Marie, qui venait tout juste d'accéder au trône. Marie de Guise, qui ne voulait en aucun cas une telle alliance, avait alors envoyé sa fille Marie Stuart en France et l'avait fiancée au dauphin François. Aujourd'hui veuve du roi de France, la jeune femme régnait à son tour sur le royaume d'Ecosse, maintenant tant bien que mal son autorité. Celia avait vraiment hâte de rencontrer la jeune souveraine, que l'on disait ravissante et cultivée.

Ce qui ne saurait tarder. A la suite de John, elle traversa le pont-levis avant de s'engager dans l'allée de gravier, contournant une imposante fontaine. Celia pouvait déjà entendre des voix et des rires sur un fond de musique, même si elle ne voyait personne. La cour était déserte, mis à part les gardes qui étaient postés à l'entrée et devant les tours.

A peine eurent-ils arrêté leurs chevaux que les portes s'ouvrirent. C'est alors qu'une femme jaillit devant eux, et descendit les quelques marches devant le palais. Celia reconnut immédiatement la dame aux boucles rousses.

Lady Allison. Cette dernière adressa un sourire charmeur à John. Décidément, elle n'avait pas appris les bonnes manières depuis son départ de Londres ! Bien malgré elle, Celia fut agacée au plus haut point par ce manque de retenue.

— Ah, vous voilà enfin ! s'exclama-t-elle. Marcus avait prédit que vous arriveriez aujourd'hui et m'a donc demandé de surveiller l'entrée.

John lui retourna son plus beau sourire et Celia dut se retenir pour ne pas lui donner un coup de coude. Il flirtait ouvertement avec lady Allison devant elle, et alors ? Après tout, sa réputation de coureur de jupons était bien établie en Angleterre. Il pouvait donc bâtir la même, ici, en Ecosse. Qu'y avait-il de gênant à ça ?

« Ce n'est pas le vrai John et tu le sais très bien », lui souffla une petite voix dans sa tête.

Elle avait eu l'occasion de voir le vrai John lorsqu'ils s'étaient réfugiés dans le pavillon puis dans le manoir. L'espace d'un instant, il avait laissé tomber le masque qu'il arborait — d'ailleurs, elle avait fait de même. Elle s'était rendu compte que quelque chose le tourmentait et ce depuis longtemps, derrière son assurance affichée. Et Celia voulait savoir de quoi il s'agissait… Même si apprendre la vérité pouvait s'avérer lourd de conséquences.

En tout cas, l'homme qui se tenait devant elle à présent était différent de celui qui avait passé plusieurs nuits à son chevet et avec qui elle avait fait le trajet jusqu'ici. Il s'apparentait bien plus aux gentilshommes qui se bousculaient à la cour royale et que rien n'intéressait, hormis les conquêtes d'un soir, la chasse et la bouteille.

Toujours en souriant, il se laissa glisser de sa selle et s'avança vers elle pour l'aider à descendre de son cheval. Il ne la lâcha pas immédiatement et, même si cela l'irrita, elle ne se déroba pas, tâchant de ranimer ses jambes engourdies. Une vive chaleur émanait de ses mains gantées et elle dut lutter contre l'envie de se blottir contre lui, de poser sa tête contre son torse et d'inspirer son parfum viril.

Partons d'ici, John ! Ramène-moi dans le pavillon de chasse.

Ignorant la petite voix dans sa tête, elle recula d'un pas et le sourire de John s'estompa aussitôt. Les sourcils froncés, il l'observa un court instant puis se tourna vers lady Allison. Celle-ci lui tendit la main et il y déposa un baiser qui fut accueilli avec un gloussement de petite fille.

Celia serra sa cravache entre ses mains. Cela ne la touchait pas. Pas le moins du monde !

— Alors, comment vont les choses ici, lady Allison ? demanda John.

— Oh ! je suis certaine que tout ira bien mieux maintenant que vous êtes là, répondit l'intéressée en pouffant de rire. Par contre, la reine Marie n'est pas là en ce moment. Elle est partie à la chasse en compagnie de quelques-uns de ses courtisans et lord Darnley a donc décidé de la rejoindre au château de Wemyss. Ils devraient être de retour d'ici quelques jours.

— J'ose espérer qu'il n'est pas parti tout seul, dit John d'un ton coupant.

— Pensez-vous ! Bien évidemment que non. Il ne serait même pas capable de trouver la sortie de la ville ! La plupart de ses amis sont partis avec lui et Marcus a jugé plus prudent de les accompagner. C'est pourquoi il m'a demandé d'attendre votre arrivée. D'ailleurs, vous devez être fatigués du voyage.

Elle gratifia John d'un autre sourire puis se tourna vers Celia, qui était restée silencieuse durant tout l'échange.

— Dame Sutton, veuillez me suivre afin que je vous montre notre chambre. Vous devez également avoir faim ; je vais demander que l'on vous apporte de quoi manger. John pourra certainement se débrouiller sans nous !

— Merci, c'est très aimable à vous, murmura froidement Celia.

Sur ces mots, lady Allison se dirigea vers la porte et elle la suivit, sans même accorder un regard à John. Voilà, c'était terminé. Leurs chemins se séparaient. Elle n'avait pas de raisons d'être malheureuse… N'était-ce pas ce qu'elle voulait ?

Elle marchait derrière lady Allison le long d'un sombre couloir qui lui semblait interminable. Des pas, ceux de John certainement, résonnèrent derrière elle, mais lorsqu'elle se retourna il n'y avait plus personne.

— Votre absence a été difficile à supporter pour certains, dit lady Allison alors qu'elles s'engagèrent dans l'escalier en colimaçon.

Celia ne put réprimer un petit rire.

— Ah oui ? De qui parlez-vous ?

Lady Allison lui jeta un regard par-dessus l'épaule, un sourire béat aux lèvres.

— Voyons, dame Sutton ! Je veux bien évidemment parler de lord Knowlton. Il a demandé de vos nouvelles tous les jours.

— Oh ! Vraiment ?

Celia fut surprise par cette information. Elle n'avait pas oublié leurs conversations ainsi que ses regards tendres et pleins d'admiration. John avait semblé assez jaloux de lui, d'ailleurs. Son estomac se noua à cette pensée.

— Oui, oui. Je suis certaine qu'il sera ravi de vous revoir ce soir. Et je parie qu'il ne sera pas le seul, loin de là…

En haut de l'une des deux tours du palais, John avala quelques gorgées d'ale et ferma les yeux, sentant le liquide fort glisser le long de sa gorge. Mais rien n'y faisait, il ne pouvait pas noyer son chagrin dans l'alcool.

Celia. Celia. Celia.

Elle occupait constamment ses pensées.

Ne pouvant, une fois de plus, trouver le sommeil, il avait donc décidé de prendre l'air en allant faire un tour sur les remparts. Il posa ses mains sur le parapet et emplit ses poumons de l'air frais. Au-dessus de lui, le ciel était chargé de nuages gris. Des petits flocons de neige tombaient et fondaient sur son visage. Il était déjà très tard, tout le monde devait dormir à poings fermés.

Il soupira en repassant dans son esprit les images de la soirée qui venait de s'achever. Sans jamais lui accorder une parole, Celia avait discuté avec l'un des courtisans de la cour d'Ecosse durant tout le repas. Et elle avait semblé se plaire en sa compagnie et lui avait même souri avec une telle sincérité…

Sa gorge se noua. Celia faisait tout pour garder ses distances avec lui et cela l'affectait bien plus qu'il ne l'aurait pensé. C'était pourtant bien ce qu'il avait voulu, mais il ne pouvait s'empêcher d'éprouver de la colère mêlée au désir chaque fois qu'il la voyait.

— Pauvre idiot, tu ne mérites pas mieux, marmonna-t-il dans sa barbe.

Non, il ne la méritait pas. Il ne méritait pas son attention, ses sourires… son amour. Et il n'avait pas le droit de se mettre en travers de son bonheur.

John prit une autre gorgée d'ale et s'essuya la bouche du revers de la main. La solitude, il s'y était résigné depuis bien longtemps. Il n'avait jamais vraiment connu ses parents et avait donc dû parcourir le chemin de la vie seul. Entrer au service de la couronne anglaise avait été de loin la meilleure chose qu'il avait pu faire. Il avait enfin l'impression de faire quelque chose de bien, quelque chose qui le remplissait d'une certaine sérénité.

Néanmoins, il n'avait jamais réussi à combler le vide de sa solitude, de son cœur. Jusqu'au jour où le destin, ou le hasard, l'avait réuni avec Celia. Pour la première fois de sa vie, il s'était senti entier, complet, en vie.

Celia…

Il l'avait perdue à jamais, il en était sûr.

— Plus jamais, c'est fini, tout ça ! se jura-t-il entre ses dents.

Soudain, il crut entendre une porte s'ouvrir. Les mains sur le parapet, il se pencha au-dehors. La lueur d'une torche s'agitait dans la nuit et le silence fut brisé par des rires. Il reconnut lady Allison et l'un de ses nombreux soupirants, suivis par quelques sujets de la cour d'Ecosse qu'il ne connaissait pas.

Puis une autre personne, enveloppée dans une cape noire, entra alors dans son champ de vision et son cœur s'arrêta presque de battre. Elle tourna sur elle-même, laissant tomber le capuchon qui lui protégeait la tête.

Celia !

Elle leva la tête vers lui et leurs regards se croisèrent.

L'espace d'un instant, il eut l'impression que le monde s'évanouissait autour d'eux. Les lèvres de Celia s'entrouvrirent et il aurait juré qu'il pouvait les sentir sur les siennes, malgré la distance qui les séparait.

Quelqu'un apparut derrière elle et la saisit doucement par le bras. Il s'agissait du jeune courtisan avec qui elle avait passé la soirée. Celia se tourna vers lui et ils s'en allèrent, sans doute rejoindre les autres.

— Bon sang ! s'exclama-t-il avant de vider sa pinte d'ale d'un trait.

Cette nuit encore, il ne dormirait pas.

13

— La reine est de retour !

Celia leva les yeux de son livre en entendant l'annonce du page résonner dans le hall. Elle regarda ensuite lady Allison, qui était, jusqu'à présent, penchée sur sa broderie.

— Ah, enfin ! s'exclama celle-ci en posant son ouvrage. Les choses sérieuses vont pouvoir commencer.

Elles se précipitèrent hors du petit salon et se fondirent dans la foule qui se dirigeait vers l'entrée principale. La sonnerie des trompettes qui annonçaient l'arrivée imminente de la reine se mêlait au brouhaha des bavardages.

Dehors, tout était recouvert d'une épaisse couche de neige qui tombait encore. Celia se plaça sur les marches de l'escalier dans l'avant-cour, aux côtés des autres courtisans de la cour, formant ainsi une haie d'honneur.

Elle allait enfin voir la reine Marie ! Il fallait à tout prix qu'elle fasse bonne impression. Elle était parvenue à trouver ses repères à la cour de la reine Elisabeth, mais la cour de sa cousine était loin d'être la même. A la fois nerveuse et heureuse, elle repoussa une de ses mèches en arrière, en dessous de son ample capuchon, et caressa la fourrure qui bordait sa cape noire. Celia croisa les bras sur son ventre. Quel était ce regard, qu'elle sentait dans son dos ? Un frisson la parcourut tout entière… Elle avait trouvé de qui il s'agissait. Mais il était hors de question d'y prêter attention. Elle avait mieux à faire que de se retourner. Et puis elle ne voulait pas le voir, elle ne voulait pas croiser son regard.

La dernière fois qu'elle avait vu John, c'était le soir de leur arrivée. Il était en haut de l'une des tours du palais et elle s'était d'ailleurs demandé ce qu'il y faisait.

Elle secoua la tête. Parviendrait-elle à le chasser de son esprit un jour ? Mais, dans l'immédiat, une autre question, plus importante, la taraudait : celle de son avenir. Celia devait accomplir au mieux sa mission afin de pouvoir regagner Londres le plus vite possible.

Malgré ses résolutions, la curiosité eut raison d'elle au bout de quelques instants et elle jeta un regard par-dessus son épaule. Il était là, les bras croisés, appuyé nonchalamment au montant de la porte. Et il la regardait attentivement. Son cœur se serra à la vue de son visage. Il portait un ensemble en velours noir et vert. Une longue rangée de boutons en émeraude fermait son pourpoint, décoré avec des broderies au fil d'or. Une perle en forme de larme pendait au lobe d'une de ses oreilles et ses cheveux étaient coiffés en arrière. Il ne ressemblait en rien au John avec lequel elle avait voyagé, celui qui lui avait fait l'amour dans le pavillon de chasse.

Soudain, une main de femme se referma sur son bras et John tourna la tête. C'était lady Allison qui avait surgi à ses côtés. Décidément, elle n'était jamais loin de lui ! Elle lui murmurait quelque chose à l'oreille et il pencha la tête vers elle.

Agacée par cette vision, Celia se retourna et porta toute son attention sur les cavaliers qui faisaient leur entrée dans l'avant-cour. Elle pouvait entendre le rire amusé de John… A croire qu'il le faisait exprès ! Elle serra machinalement les poings sous sa cape.

C'est bel et bien terminé !

Elle ne devait plus se laisser distraire par John et son comportement dissipé.

En tête de la cavalcade qui venait de franchir le pont-levis, un cavalier brandissait l'étendard de la reine Marie. Contrairement à la reine Elisabeth, qui portait des tenues de couleurs vives et des chapeaux ornés de plumes lors des parties de chasse, la reine Marie portait encore le deuil de son époux, le défunt roi de France, mort trois ans plus tôt. De ce fait, elle et ses courtisans étaient vêtus de noir, de gris ou de pourpre. Néanmoins, ces couleurs sombres ne dissimulaient pas la richesse des tissus. John n'avait pas menti lorsqu'il avait dit que la reine Marie voulait apporter une touche de la culture française. Ces vêtements étaient bien trop élégants et sophistiqués pour la cour écossaise.

Au milieu du cortège, la reine Marie montait une magnifique haquenée blanche. Quelle allure splendide ! La souveraine portait une robe en satin noir et velours blanc. Un chapeau noir agrémenté d'une plume de la même couleur coiffait ses cheveux châtains, relevés en chignon. Celia la reconnut immédiatement, par sa beauté mais également par sa taille : c'était sans doute la femme la plus grande qu'elle ait jamais vue ! Elle était en train de discuter avec lord Darnley, qui chevauchait à côté d'elle.

Le cortège s'arrêta au pied des marches et lord Darnley glissa de sa selle puis aida la reine à descendre de son cheval. Il ne relâcha pas immédiatement son emprise, la faisant pivoter sur elle-même avant de lui faire un baisemain légèrement appuyé.

Celia observait la scène avec attention.

Voilà qui est très intéressant.

La reine Marie serait-elle tombée sous le charme de ce jeune noceur ? Celui-ci était-il candidat au mariage ? Et quelle serait la réaction de Charles d'Autriche, lord Leicester ainsi que des autres prétendants si cela s'avérait ? Et la reine Elisabeth, que penserait-elle de tout ça ?

Un sourire béat sur les lèvres, la reine Marie retroussa ses jupons et se dirigea vers l'entrée du palais, suivie de près par ses courtisans. Elle s'arrêta au pied des marches et échangea quelques mots avec son majordome avant de diriger son regard vers… vers Celia !

Oui, la reine Marie la regardait !

Le sourire de la reine s'élargit et elle monta les quelques marches qui les séparaient. Celia sentait son cœur s'affoler dans sa poitrine et déglutit pour ravaler son angoisse.

— Vous voilà enfin ! s'exclama la reine en s'approchant.

— V… votre Majesté, murmura Celia en s'inclinant sur la main que la reine lui avait tendue.

— J'ai entendu parler de votre terrible accident, madame Sutton. J'espère que vous allez bien à présent.

La reine la tenait toujours par la main et Celia commença à se détendre. Elle parlait très bien l'anglais même si l'on pouvait discerner un léger accent français dans son langage. Il n'était pas difficile de comprendre pourquoi tant de prétendants se bousculaient à sa porte pour demander sa main. Un charme indéniable émanait de sa personne et elle semblait d'un naturel bienveillant.

— Je me porte comme un charme, Votre Majesté. Et c'est un honneur pour moi que de vous servir.

— Je suis si contente que vous soyez enfin là ! Et je suis impatiente d'en apprendre un peu plus sur ma chère cousine et sa Cour. J'aimerais tant pouvoir la rencontrer en chair et en os, mais ça devra attendre !

Sur ces mots, elle tourna la tête et parcourut l'avant-cour du regard.

— Et dites-moi, madame Sutton, où est donc l'homme qui vous a sauvé la vie ? J'aimerais pouvoir le remercier.

Avant que Celia n'ait eu le temps de répondre, John apparut à ses côtés.

— Sir John Brandon, pour vous servir, Votre Majesté, dit-il en esquissant une profonde révérence.

La reine eut un petit rire musical.

— Ah, sir Brandon, j'ai beaucoup entendu parler de vous. Mes dames de compagnie brûlaient d'envie de vous rencontrer.

John lui fit un baisemain et, de son autre main, la reine en profita pour faire signe d'approcher à un petit groupe de femmes derrière elle.

— Je vous présente mes quatre Marie ; nous nous connaissons depuis notre plus tendre enfance. Marie Seton, Marie Livingston, Marie Beaton et Marie Fleming, dit-elle en les désignant l'une après l'autre d'un geste.

Elle se tourna ensuite vers Celia.

— Et voici lady Helen McKerrigan, poursuivit-elle en invitant l'intéressée à s'approcher. Elle veillera sur vous, madame Sutton. Je veux que vous vous sentiez à l'aise ici. En revanche…

La reine porta de nouveau son attention vers John.

— … lady McKerrigan ne veillera pas sur vous, sir John, dit-elle avec un petit rire. Voyez-vous, son époux est quelqu'un de très jaloux et je ne veux pas de querelles au sein de ma Cour.

— Merci de m'en avoir informé, Votre Majesté, répondit-il en lui faisant un clin d'œil.

— Oh ! sir John, je connais les hommes dans votre genre. Vous êtes de ceux qui entendent mais n'écoutent pas les avertissements.

Elle rit légèrement et tendit la main vers lord Darnley, qui s'approcha aussitôt.

— Sur ce, je vais me retirer dans mes appartements. J'aurai le plaisir de vous revoir ce soir, au banquet, dit-elle en glissant son bras sous celui de Darnley.

Aussitôt, Celia et John s'écartèrent pour céder le passage à la reine et son cortège. John lui adressa un long regard mais elle tenta de l'ignorer. N'obtenant pas de réaction, il finit par retourner au palais… Quel soulagement !

Mais son répit fut de courte durée : Celia sentit de nouveau son ventre se nouer lorsque lord Knowlton, parvenu à sa hauteur, la gratifia d'une petite révérence et d'un sourire chaleureux. Au souvenir des révélations de lady Allison, elle sentit ses joues s'enflammer.

— Dame Sutton ?

Tirée de son embarras, Celia se retourna pour se retrouver face à lady Helen McKerrigan, la dame censée veiller sur elle.

Vêtue d'une somptueuse robe en velours lilas et d'une cape blanche incrustée de perles, lady McKerrigan se distinguait par de magnifiques cheveux roux et un teint de crème. Une véritable beauté… Exactement le genre de femmes dont Celia avait appris à se méfier. Cependant, son sourire chaleureux semblait sincère.

— Je suis ravie de faire votre connaissance, dit-elle. Nous avons tous eu vent de ce qui vous est arrivé et j'espère vraiment que cela n'est plus qu'un mauvais souvenir désormais !

Celia réprima un soupir excédé devant ces propos. Sa mission était de se fondre dans la foule et observer tout ce qui se passait autour d'elle. Mais comment allait-elle pouvoir y parvenir si elle était le principal sujet des commérages de la cour ?

— Oh ! je dois ce regrettable événement à ma maladresse. Inutile d'en faire toute une histoire, lady Helen, répondit-elle en se forçant à sourire.

— Vraiment ? Et qu'en est-il de votre sauveteur alors, le très séduisant sir Brandon ? A l'heure qu'il est, toutes les dames de la cour doivent déjà être follement amoureuses de lui !

— Vous également ? demanda Celia d'un ton sec avant de se mordre la lèvre.

Calme-toi, Celia, calme-toi.

— Moi ? Bien sûr que non, doux Jésus ! s'exclama-t-elle en riant. N'avez-vous donc pas entendu la reine parler de mon époux ?

Elle glissa le bras sous celui de Celia et l'entraîna vers l'intérieur du palais.

— Allons, venez. La reine Marie a ordonné que l'on vous installe, seule, dans une chambre plus grande. Comme cela, vous aurez toute l'intimité dont vous avez besoin. Pendant ce temps, vous pourrez me raconter votre voyage !

La salle de réception du palais de Holyrood n'était, certes, pas aussi grande que celle de Whitehall, mais elle n'en était pas moins somptueuse. Le plancher ciré était recouvert de riches tapis et le plafond à caissons semblait flambant neuf. Les murs étaient décorés de tapisseries devant lesquelles des buffets exposaient de la vaisselle en or et argent. Des petits chiens portant des colliers incrustés de pierres précieuses couraient partout dans la pièce, mêlant leurs aboiements aux rires des courtisans.

Celia emboîtait le pas à lady Helen, regardant attentivement autour d'elle. Autant s'habituer au plus vite à son nouvel entourage. Elles longèrent une des rangées de tables qui avaient été dressées pour l'occasion. Certains parlaient anglais, et d'autres, français, mais, même sans cela, Celia aurait tout de même su faire la différence entre les courtisans natifs et les étrangers. Les Ecossais portaient des habits plus colorés et, comparé aux manières élégantes des Français, avaient, il fallait bien le reconnaître, un manque de savoir-vivre.

Apparemment, la reine Marie avait voulu recréer l'atmosphère qu'elle avait connue à la cour de France, mais les nobles écossais ne semblaient pas très réceptifs à cette démarche. Après tout, elle s'était longtemps absentée de son royaume et le temps avait donc, en quelque sorte, travaillé contre elle.

Oui, les différences étaient criantes. La reine parviendrait-elle à concilier ces deux mondes que tout semblait opposer pour pouvoir régner sur son royaume en toute tranquillité ?

Il y eut un silence soudain et tous se tournèrent vers la porte. La reine Marie venait de faire son entrée dans la pièce. Celia la regarda saluer ses courtisans avec grâce et naturel. Jamais encore elle n'avait rencontré une femme comme elle ! Quelle beauté fascinante… Habillée avec beaucoup de goût, raffinée et lumineuse au milieu de la foule. Et il y avait quelque chose en elle, dans son rire, dans sa manière d'être, qui la rendait irrésistible. Une sorte de rayonnement naturel… Couronnée dès le berceau, elle n'avait jamais eu à se battre pour faire admettre sa légitimité, à la différence de sa cousine Elisabeth. Reine, elle l'avait toujours été, et ce rôle lui était aussi naturel que de respirer.

Les yeux rivés sur la souveraine, Celia poussa un léger soupir, curieuse de savoir quel effet cela faisait, non pas de régner sur un royaume, mais d'appartenir à un endroit. De ne pas avoir à lutter pour se faire une place. De ne pas avoir à être constamment sur ses gardes.

Celia fit une profonde révérence lorsque la reine arriva à sa hauteur. Elle tenait lord Darnley par le bras et ils discutaient en traversant la foule, qui s'écartait sur leur passage. La reine Marie étincelait en sa présence et Celia avait remarqué que le comportement de Darnley avait également changé. Il n'était pas le même lorsqu'il était en compagnie de la reine Marie. Les traits de son visage semblaient s'être adoucis, mettant ainsi en valeur sa beauté, et son charme. Il avait l'air heureux et épanoui, plus agréable que d'ordinaire.

— Vous êtes-vous déjà posé la question de savoir ce qui se passerait si la reine Marie et la reine Elisabeth venaient à se rencontrer ? demanda une voix masculine derrière elle.

Elle se retourna et se retrouva nez à nez avec lord Knowlton, qui arborait un sourire chaleureux.

— A vrai dire, non, pas vraiment, répondit-elle.

Lui aussi avait l'air différent ce soir. A la faible lueur des torches, son visage paraissait plus sérieux, presque plus mûr.

— En tout cas, je donnerais tout ce que j'ai de plus précieux pour le voir. La reine Marie est convaincue que même sa chère cousine ne résistera pas à son charme et qu'elles deviendront les meilleures amies du monde.

Celia dirigea son regard vers la reine, qui venait de s'asseoir sous le dais royal, lord Darnley à ses côtés.

— Je crains qu'il lui faille bien plus que son charme, dit-elle, pensive.

— Un miracle, peut-être ?

La reine fit signe à tous de s'asseoir et lord Knowlton offrit son bras à Celia. Il la conduisit à l'une des tables et lui tint la chaise pour qu'elle puisse s'installer. Quelle galanterie... Celia ne put s'empêcher d'apprécier l'attention. Les tables étaient superbement dressées : la vaisselle en argent, les corbeilles à pain et les carafes de vin étaient en harmonie avec la superbe nappe. Les pages s'affairaient autour d'eux, portant des plateaux chargés de mets qui sentaient divinement bon.

— Je suis ravi de constater que vous allez beaucoup mieux, dame Sutton, dit lord Knowlton. Un peu de poulet épicé ?

— Merci, lord Knowlton.

Tout en entamant son dîner, Celia couva d'un regard discret les courtisans assis le long des tablées, attentive à chaque bribe de conversation qui lui parvenait. Elle ne devait surtout pas perdre de vue sa mission.

Mais, tandis qu'elle essayait de se concentrer sur son entourage, l'image de John ne cessait de s'imposer à elle. Où diable pouvait-il être ? Elle observa une nouvelle fois la salle à manger, mais ne le vit nulle part. Au fond, tant mieux ! Pour une fois, elle pourrait profiter de la soirée sans avoir à se soucier de John Brandon.

D'autant que lord Knowlton était d'une compagnie très agréable. Cultivé et sensible, il appréciait la poésie et la musique. Et surtout il connaissait tous les commérages de la cour : quelle lady avait fauté avec quel lord, qui étaient les favoris de la reine, l'animosité entre tel Français et tel Ecossais, etc. D'ordinaire, Celia n'aimait pas les commérages, mais pour les besoins de sa mission elle était prête à écouter toutes les indiscrétions de lord Knowlton.

Plusieurs fois, elle se surprit à rire à ses remarques galantes. Certes, il ne lui inspirait pas la même attirance que John, mais ses compliments semblaient sincères et lui allaient droit au cœur. Il n'y avait entre eux ni drames, ni élans romanesques : juste une saine estime mutuelle. Et puis elle avait tout de même été assez troublée par son baisemain, le soir de la bagarre dans l'auberge.

Peut-être que la reine Elisabeth lui trouverait un époux un peu comme lui. Peut-être était-ce ce genre d'homme dont elle avait besoin à ses côtés.

Le repas se déroula agréablement, dans les rires et la bonne humeur. Puis, lorsque les pages eurent débarrassé les tables et que l'on fit de la place pour danser, les musiciens s'installèrent dans la galerie haute et entamèrent une pavane.

— Dame Sutton, me feriez-vous l'honneur de m'accorder cette danse ? demanda lord Knowlton en faisant une révérence.

Celia rit et secoua la tête.

— Cela fait très longtemps que je n'ai pas dansé la pavane. Je dois avoir oublié les pas depuis.

La dernière fois qu'elle avait dansé avec un homme, c'était… avec John, la veille du jour où il l'avait quittée.

Elle déglutit à ce souvenir.

Oui, ils avaient dansé sur une musique italienne. John l'avait tenue fermement par la taille tandis que leurs corps, étroitement serrés l'un contre l'autre, suivaient le rythme des violes. Ce soir-là, il l'avait regardée comme jamais auparavant, ses yeux bleus, pleins de promesses, ancrés dans les siens avaient alimenté ses rêves romantiques les plus fous. Ce soir-là, elle avait compris qu'elle l'aimait, qu'elle…

Celia soupira. Elle devait s'interdire de penser à John et à tout ce qu'ils avaient vécu ensemble ! Il fallait à présent se tourner vers l'avenir, oublier ce malheureux passé.

— Je ne danse plus, dit-elle.

— Dans ce cas, asseyons-nous, voulez-vous ? Je serais peiné d'être privé de votre compagnie si vite, dame Sutton, proposa-t-il d'un ton suave.

Celia s'efforça de sourire, éprouvant pourtant une curieuse sensation de malaise.

— A une condition, dit-elle en lui adressant son plus beau sourire. Racontez-moi les derniers potins de la cour. J'ai entendu dire que la reine Marie avait pris un poète italien sous sa protection et qu'il serait éperdument amoureux d'elle.

Lord Knowlton eut un sourire malicieux.

— Venez, très chère, installons-nous à l'abri des oreilles indiscrètes.

Celia lui donna le bras et se laissa entraîner vers l'une des nombreuses banquettes alignées le long des murs, écoutant les récits de lord Knowlton d'une oreille distraite. Elle ne se sentait plus tout à fait à l'aise en sa compagnie mais faisait tout son possible pour ne pas trahir ce sentiment. De temps en temps, elle riait poliment et hochait la tête, jetant des regards furtifs vers la piste de danse.

La reine Marie était une danseuse accomplie, et prenait

plaisir à le montrer. Autour d'elle, les courtisans s'en donnaient à cœur joie, faisant virevolter leurs partenaires de danse.

Le bruit des pas sur le parquet ainsi que les bruissements des jupons tournoyants ramenèrent Celia à l'époque où elle n'était encore qu'une jeune fille pleine de rêves. Rien ne lui donnait alors plus de plaisir que la danse. Encore aujourd'hui, une partie d'elle aurait voulu rejoindre les danseurs et se laisser porter par la musique. Mais elle savait pertinemment qu'il n'y avait qu'un seul homme au monde qu'elle souhaitait comme cavalier.

John.

Son cœur faillit cesser de battre lorsqu'elle l'aperçut à l'autre bout, derrière les lignes de danseurs. L'espace d'une seconde, Celia eut l'impression de le voir pour la toute première fois de sa vie. Son sang battait à ses oreilles. Etait-ce à cause de la colère ou bien à cause d'un tout autre sentiment ?

Ils se dévisagèrent un instant puis la mâchoire de John se contracta d'un coup. Celia savait parfaitement à quoi il pensait. Elle aussi avait le sentiment de revivre leur rencontre : comme à cet instant, leurs regards s'étaient croisés par-delà une piste de danse, immobiles dans l'agitation ambiante. Submergée un flot d'émotions, elle détourna vivement la tête. Mais bien vite elle ne put s'empêcher de jeter un regard rapide en direction de John. Elle le regretta aussitôt : il n'était plus seul. Une des trois Marie de la reine se tenait à côté de lui et ils discutaient en riant. La jeune femme passa son bras sous celui de John et ils se fondirent dans la masse.

Celia se laissa retomber sur la banquette, le vague à l'âme. C'était comme si le fil fragile et invisible qui la liait à John venait de se rompre.

— Vous sentez-vous bien, dame Sutton ? lui demanda lord Knowlton. Vous semblez bien pâle tout à coup.

— Je vais bien, ne vous en faites pas. Ça doit être la fatigue du voyage.

— Laissez-moi vous apporter un verre de vin.

— Non, merci. Je pense que je vais me retirer. A en juger

par l'enthousiasme de la reine Marie, la fête est loin d'être terminée et je ne tiendrai pas toute la nuit.

— Voulez-vous que je vous escorte jusqu'à votre chambre ? demanda-t-il en posant la main sur son bras.

Le toucher de lord Knowlton était léger et plaisant, mais ne provoquait en elle aucune émotion. Oui, c'était quelqu'un de bien. Il ferait sans doute un bon époux — un bon époux pour elle, pourquoi pas. Elle allait devoir se remarier tôt ou tard, autant que ce soit avec quelqu'un qu'elle apprécie.

— Merci, c'est très aimable à vous, mais je ne pense pas que cela soit nécessaire. Et puis je ne veux pas vous priver de l'opportunité de danser. Bonne nuit, lord Knowlton, à demain.

— A demain, dame Sutton. Dormez bien, dit-il avant de lui déposer un baiser sur le revers de la main.

Celia se glissa dans la foule riante qui profitait de la fête, luttant contre la joyeuse effervescence qui menaçait de la suffoquer. Elle avait besoin d'air. Rapidement.

Elle avait presque atteint la porte lorsque quelqu'un la saisit par le poignet. Prise de court, elle se retourna, prête à assener une gifle à quiconque osait prendre une telle liberté avec elle. Mais sa main se figea aussitôt lorsqu'elle découvrit l'identité du malotru.

— Tu t'en vas déjà ? lui demanda John, ses yeux bleus rivés sur son visage.

14

Pour la première fois de la soirée, Celia demeura sans voix. Elle voulait se libérer de l'emprise de John, détourner son regard afin qu'il ne puisse pas lire en elle comme il savait si bien le faire. Le repousser, tourner les talons et s'enfuir loin, très loin.

Mais, au lieu de ça, elle resta parfaitement immobile et soutint son regard.

— Oui, je suis fatiguée et je préfère donc me retirer, répondit-elle en tâchant de garder son sang-froid.

— J'ai bien peur que cela ne soit pas possible, Celia. Viens, dansons un peu, veux-tu ? Il y a certaines choses dont nous devons discuter.

Cela ressemblait plus à un ordre qu'à une question… Celia se dressa sur la pointe des pieds et jeta un coup d'œil par-dessus l'épaule de John. La piste de danse était noire de monde, et la musique, désormais plus forte et entraînante. Elle fut soudainement prise d'un vertige mais ne laissa rien paraître. A aucun prix elle ne laisserait voir ses faiblesses à John.

— Je ne crois pas que danser fasse partie des conditions de ma mission.

— Eh bien, détrompe-toi, ma chère, lui répondit-il avec un sourire charmeur. Allez, viens. Je ne te demande qu'une danse. Et je te promets que je ne te laisserai pas tomber.

« Il est un peu tard pour me faire de pareilles promesses, ne crois-tu pas ? » voulut-elle crier.

Il lui tendit la main et elle s'accorda quelques instants de réflexion. Après tout, elle était censée surveiller les faits et gestes de la reine Marie. Ce n'était donc pas très judicieux de quitter le bal si tôt, même si elle se sentait vraiment fatiguée. Elle n'avait pas le droit de faillir à ses obligations, de s'enfuir se réfugier dans sa chambre. Loin de John. N'y avait-il donc aucun endroit où elle pouvait lui échapper ? Ni aucun moyen de le faire fuir ?

A contrecœur, elle plaça sa main dans la sienne et il la serra doucement. Au contact de sa peau, une chaleur agréable se propagea dans tout son corps. Le maniement de l'épée avait rendu la paume de sa main quelque peu rugueuse mais cela ne lui déplaisait pas, elle le voyait plutôt comme un signe de virilité. Sans se départir de son sourire, il la guida vers la piste.

Ils prirent place au milieu des couples, qui entamaient une nouvelle danse au son des premières notes de l'orchestre. Un sourire joyeux flottant sur ses lèvres, la reine Marie tournoyait toujours au bras de lord Darnley et ne semblait guère fatiguée.

Celia peinait à croire que la reine Marie n'avait que vingt-deux ans… Le même âge qu'elle ! Les aléas de la vie monarchique avaient laissé des traces sur son beau visage mais la joie incontestable du moment semblait avoir effacé tous ses soucis. Elle était tout simplement radieuse. Comme Celia se sentait vieille et laide par comparaison !

Mais ces sombres pensées disparurent à leur tour lorsque John passa son bras autour de sa taille et l'attira à lui. Sa main vint se poser au creux de son dos et un frisson la parcourut tout entière. Son toucher la brûlait même à travers le tissu de sa robe !

Celia passa sa langue sur ses lèvres sèches et John sembla très attentif à ce petit geste.

— Cela fait longtemps que je n'ai pas dansé, bredouilla-t-elle. Je ne me souviens plus des pas.

— Je suis persuadé du contraire et je compte bien te le prouver. Laisse-toi guider par la musique.

Il n'avait pas tort… En un clin d'œil, tout lui revint : les pas, les rires, les gestes, la pression de son corps contre le sien…

La cadence s'accélérait petit à petit et elle sentait le rythme gagner tout son corps. Aucun doute, elle aimait toujours autant danser ! Se laisser porter par la musique, sentir l'énergie qui émanait de son partenaire… de John. C'était un cavalier hors pair. Il respirait à la fois la virilité et l'élégance lorsqu'il dansait.

Dans ses bras, Celia avait l'impression de redevenir la jeune femme qu'elle avait été trois ans auparavant. Et elle avait eu cette même sensation la nuit où ils avaient fait l'amour. Leurs corps se parlaient et se répondaient. Ils se connaissaient parfaitement, se cherchaient et se trouvaient, s'appartenaient l'un à l'autre.

La main de John se détacha de son dos et elle esquissa les pas de danse de la volte.

Un, deux, côté, tourner, sauter.

Ses jambes semblaient danser d'elles-mêmes. Elle se mit sur la pointe des pieds au moment précis où il leva le bras et la fit tourner. Quel bonheur était-ce de danser de nouveau ! Et il y avait tant d'autres choses qu'elle ne faisait plus, qu'elle avait dû s'interdire ; tant de choses que John lui avait fait revivre.

Il la fit tourner sur elle-même et, étourdie par la vivacité du mouvement, elle éclata d'un rire franc et inattendu. Etait-ce John ou la magie de la danse qui la mettait dans une telle joie ? Elle l'ignorait, mais une chose était sûre : cela faisait longtemps qu'elle ne s'était pas sentie aussi heureuse.

Malheureusement, ce sentiment était aussi intense que passager. La musique s'arrêta beaucoup trop tôt… John lui fit la révérence.

— Tu vois, murmura-t-il en se redressant, tu sais toujours merveilleusement danser.

Oui, lorsque je t'ai pour cavalier.

Ce n'était qu'avec lui qu'elle pouvait danser ainsi, avec grâce et légèreté, comme s'il lui était poussé des ailes.

Brusquement, l'expression de John se durcit et il l'attira dans un coin sombre. Intriguée, Celia suivit son regard et aperçut Marcus sur le seuil de la grande porte. Celui-ci hocha mystérieusement la tête.

— Suis-moi, dit John.

— Mais où ? demanda-t-elle, refusant de bouger.

— Des questions, toujours des questions, marmonna-t-il. N'as-tu donc vraiment aucune confiance en moi ?

Justement, elle craignait d'avoir bien trop confiance en lui. Et elle ne pouvait pas se permettre un tel abandon. Pas avec lui. Elle se savait actuellement sur une pente glissante et devait revenir sur le droit chemin le plus vite possible, avant qu'il ne soit trop tard, avant qu'il…

— Non, aucune, en effet, souffla-t-elle, et son cœur se serra lorsqu'elle prononça ces mots.

John la jaugea de haut en bas, comme s'il cherchait quelque chose, et son regard eut l'effet d'une caresse sur elle, faisant vibrer chaque parcelle de son corps.

— As-tu ton poignard sur toi ?

Elle hocha la tête en silence.

— Eh bien, si tu décides de m'accorder ta confiance et que je la trahis, tu pourras dégainer ton poignard et l'utiliser contre moi.

Puis il lui sourit en haussant un sourcil.

— Ça me paraît être un accord satisfaisant pour les deux parties, non ? demanda-t-il.

Celia ne voyait pas les choses du même œil mais se garda bien de lui dire. Tergiverser plus longtemps avec lui ne servirait à rien.

Néanmoins, elle le suivit jusqu'à Marcus, qui, appuyé contre le montant de la porte, semblait les attendre depuis tout à l'heure. Une expression étonnée passa sur son visage, et Celia se rendit compte que John la tenait toujours par la main. Qu'allait-il penser ?

— Des nouvelles ? demanda John.

— Disons que oui, répondit-il. Suivez-moi.

Sur ses mots, il tourna les talons et se dirigea vers un l'escalier. Celia libéra sa main de l'emprise de John avant de s'y engager à son tour. Elle pouvait très bien marcher sans son appui ! Sentant toujours le pas de John derrière elle, elle suivit Marcus dans un dédale de couloirs jusqu'à une petite chambre isolée.

Dès qu'ils furent à l'intérieur, Marcus ferma la porte derrière eux. Il faisait sombre, la petite chambre étant uniquement éclairée par la lueur de la lune. La fenêtre était grande ouverte, laissant entrer l'air frais chargé de flocons de neige, et deux chaises étaient installées devant une cheminée vide.

— Nous ne sommes pas seuls ici, dit Marcus.

— Tu enfonces une porte ouverte, mon cher ami, répondit John, un brin d'irritation dans sa voix. Toute l'Europe s'est pressée ici afin de surveiller les agissements de la reine Marie.

— Oui et je pense que certains, fatigués d'attendre en spectateurs, ont décidé de passer à l'action…

Lorsque Marcus leur expliqua ce qu'il avait entendu, Celia comprit que les enjeux étaient bien plus élevés qu'elle ne l'avait pensé. La reine Elisabeth avait bien raison de s'inquiéter car, à en croire Marcus, la plupart des ennemis de la couronne anglaise se trouvaient actuellement en Ecosse, à la cour de sa cousine : la famille de Guise, qui voulait maintenir à tout prix les relations privilégiées qu'entretenait la reine Marie avec la France ; les Espagnols, qui, eux, voulaient prendre le contrôle des frontières entre l'Angleterre et l'Ecosse, et, bien évidemment, la reine Marie elle-même, qui était toujours aussi imprévisible. La cour d'Ecosse devait donc grouiller d'agents engagés pour défendre les intérêts de chacun… A peine Marcus eut-il fini son récit que Celia se passa une main sur le front, sentant une migraine épouvantable s'emparer d'elle. Dans quel genre d'histoire s'était-elle laissé entraîner ? Hélas, il ne lui était plus possible de faire machine arrière.

John et Marcus échangèrent encore quelques mots, mais Celia n'entendait rien. D'innombrables questions se bousculaient dans sa tête et elle ne savait plus quoi penser. Elle sentit une main se poser sur son dos et, tirée de ses réflexions, elle regarda par-dessus son épaule. Etait-elle seule avec John ? Marcus avait dû s'en aller car elle ne le voyait plus dans la pièce.

— Laisse-moi t'escorter jusqu'à ta chambre, lui dit John en lui jetant un regard soucieux.

— Ce n'est guère nécessaire, je connais le chemin, dit-elle prudemment.

Il lui fallait conserver tout son calme. Elle ne devait montrer son inquiétude à personne, John y compris.

— Oui, mais il se fait tard.

Sa voix était grave, et son expression, tendue. Il exerça une légère pression sur la main qui était posée au creux de son dos, comme s'il voulait la faire bouger.

Fallait-il toujours qu'il ait le dernier mot ?

— Certes, mais je doute que l'ennemi passe à l'attaque cette nuit, au sein du palais de la reine Marie. Et puis n'oublie pas que je suis une simple demoiselle de compagnie. Qui pourrait bien me vouloir du mal, à moi ?

Un sourire incurva les lèvres de John, faisant apparaître cette fossette qu'elle aimait tant sur sa joue.

— Celia, tu es loin d'être une simple demoiselle de compagnie.

Il soupira et marqua un court temps d'arrêt avant de reprendre :

— A cette heure tardive, les couloirs du palais sont arpentés par des hommes, certains dans un état d'ébriété avancé, et je doute que ton poignard te soit d'une grande utilité.

— Ah… Serais-tu en train d'insinuer que je ne sais pas manier un poignard ? murmura-t-elle en lui lançant un regard de défi.

L'atmosphère qui régnait dans la petite chambre ainsi que le sourire narquois de John et ses propos un peu trop machistes à son goût réveillèrent l'espièglerie qui sommeillait en elle.

Lentement, elle se tourna puis s'approcha de lui, de sorte que leurs corps soient pressés l'un contre l'autre. Un sourire malicieux aux lèvres, elle posa ses mains sur son torse et les laissa glisser vers son ventre plat. Ses muscles frémissaient un à un sous ses doigts et cela lui donna encore plus d'assurance. Elle leva la tête et croisa son regard. Une lueur qu'elle connaissait déjà bien dansait dans ses yeux bleus.

— Peut-être voudrais-tu que je te montre comment je m'y prends ?

Sa voix sonna étrangement à ses oreilles… Ce fut à peine si elle la reconnut. Elle était étrangement basse et sensuelle. Cet homme avait réellement le don de faire remonter en elle le meilleur comme le pire. La joie comme la colère. La passion comme la folie.

John resserra son étreinte autour de sa taille, l'attirant encore plus contre lui.

— Celia…

Elle agrippa son pourpoint et le releva, puis glissa ses mains sous sa chemise, remontant jusqu'à son torse. Sa peau était si ferme et douce à la fois… Celia pouvait sentir chaque relief de ses muscles parfaitement dessinés. Une force rassurante émanait de lui. Plus rien ne pouvait l'atteindre au creux de ses bras. Mais… Qui donc la protégerait de lui ? Ou de ses propres réactions ? Elle ne parvenait pas à oublier ce qu'il lui avait fait mais, d'un autre côté, elle était lasse de devoir constamment rester sur ses gardes.

Non, il ne fallait pas céder… Ou bien elle retomberait dans un état de dépendance à éviter par-dessus tout. Celia retira ses mains du corps de John et le poussa contre le mur. Cependant, ayant sans doute anticipé son geste, John passa son autre bras autour d'elle et la ramena doucement à lui.

Le traître ! Celia se figea dans son étreinte, incapable de faire un mouvement. Elle voulut s'enfuir mais quelque chose l'en empêcha, et elle se vit nouer les bras autour de son cou et glisser les doigts dans ses cheveux. A son tour, John resserra son étreinte et elle se mit sur la pointe des pieds, leurs visages tout proches l'un de l'autre.

Celia pouvait sentir son érection, dure comme l'acier, à travers les épaisseurs de ses habits. Elle ne put retenir un petit gémissement, et ferma les yeux.

La partie était perdue…

— Mon Dieu, Celia, tu me fais perdre la tête, lui chuchota-t-il à l'oreille.

— *Je* te fais perdre la tête ?

Etait-ce vrai ? Etait-elle en train de lui faire ressentir tout ce que lui lui avait fait ressentir ? Tout ce qu'il lui faisait toujours ressentir ?

Il baissa la tête et pressa sa bouche contre sa tempe, son souffle brûlant lui caressant la peau et les cheveux.

— Je ne sais pas si je devrais t'embrasser… Ou t'attacher à mon lit et te donner une bonne fessée.

Elle éclata de rire à ces mots, qui réveillèrent aussitôt dans son esprit des pensées fort inconvenantes. Ce n'était pas la première fois qu'il provoquait un tel fantasme chez elle. Elle, attachée à son lit, toute nue, impatiente d'assouvir ses moindres désirs. Etant donné son passé douloureux, elle se savait incapable d'aller jusqu'au bout, néanmoins, l'idée en elle-même suffisait à l'exalter.

— Dans ce cas, pourquoi ne pas faire les deux ? demanda-t-elle d'une voix toujours sensuelle.

Elle enroula une des mèches de cheveux de John autour de son doigt et tira dessus, relevant ainsi sa tête.

— Mais… A choisir, je préférerais nettement vous attacher à mon lit, sir John Brandon.

— Nous verrons bien, ma princesse, nous verrons bien.

Sans lui laisser le temps de répondre, il prit sa bouche et l'embrassa sauvagement, comme s'il voulait prendre possession d'elle dans l'instant.

Celia répondit avec fièvre à son baiser, non pour se soumettre à son désir, mais pour étancher le sien. Naturellement, il était hors de question d'y mêler le moindre sentiment. Elle n'était plus la jeune fille romantique aux yeux brillants d'espoir, mais une femme assumée, consciente des délices de la chair.

Il s'agissait là d'un pur appel des sens. Elle savait désormais que le monde était un endroit hostile et cruel et qu'il ne fallait rien espérer de la vie. Et John Brandon était le remède idéal pour tous ses maux. Il lui ouvrait les portes d'un univers secret, dont personne d'autre ne connaissait l'existence, et lui offrait une intimité totale.

Elle prolongea leur baiser, caressant frénétiquement sa langue de la sienne et goûtant la saveur de sa bouche, ce mélange de vin et d'épices dont elle ne pouvait plus se passer. Il était son unique péché : plus elle y goûtait, plus elle en voulait.

Et Celia semblait avoir le même effet sur lui. Elle pouvait sentir son corps tendu de désir alors que leurs langues ne cessaient leur danse endiablée. Elle planta ses ongles dans sa nuque tout en se serrant encore plus contre lui, comme si sa vie en dépendait, comme si le monde allait s'effondrer autour d'elle.

Avec un grondement qui la fit frissonner, John lui releva ses jupons puis la souleva sans effort par les cuisses. Seigneur, allait-il la prendre ainsi, contre le mur et tout habillée ? Pressée de le savoir, Celia noua ses jambes autour de ses hanches puissantes. Elle s'accrocha alors à ses épaules et plaqua son bassin contre lui. Sa robe remontée jusqu'au ventre, elle pouvait sentir son sexe dur frotter contre son entrejambe. Instinctivement, elle se cambra, tandis qu'un nouveau grognement monta dans la gorge de John.

Sans détacher ses lèvres des siennes, Celia rit en constatant qu'il avait vraisemblablement envie d'elle, et qu'elle pouvait décider de le satisfaire ou non. Oui, pour une fois, c'était elle qui détenait le pouvoir, ce pouvoir enivrant et jouissif que d'ordinaire il exerçait sur elle. Encouragée par cette découverte, elle resserra ses jambes autour de ses reins, sachant qu'il allait certainement sentir la pression de son poignard contre le bas de son dos.

— Tu as peut-être raison, après tout… lui murmura-t-elle à l'oreille.

Elle enfouit sa tête dans son cou, s'enivrant de son odeur.

— … les couloirs doivent être envahis par des hommes espérant qu'une demoiselle de compagnie ose s'y aventurer à une heure pareille. Que pourrais-je bien faire pour les éviter ?

— T'agenouiller et me prendre dans ta bouche ? suggéra-t-il.

Celia rit de nouveau en secouant la tête.

— Ou alors… Je pourrais sortir mon poignard et l'utiliser sur toi.

Elle pressa son bassin contre lui.

— Ce n'est pas une fée qui s'est penchée sur ton berceau, mais une sorcière, plutôt, dit-il d'une voix rauque. Tu utilises ton pouvoir à des fins… indécentes.

Elle promena ses lèvres sur la courbe de son cou jusqu'à la ligne de sa mâchoire puis redescendit en mordillant la peau moite. Elle s'arrêta au creux de son cou où son pouls battait à tout rompre et savoura de nouveau son goût entêtant.

Rapidement, elle déboutonna puis écarta les pans de son pourpoint. Les lacets de sa chemise étaient défaits, révélant son torse musclé, recouvert par une fine toison de poils bruns. Elle posa ses mains sur ses pectoraux et les parsema de baisers tout en humant son parfum viril.

— Alors apprends-moi à l'utiliser à des fins plus… décentes, John.

Visiblement poussé à bout, il lui releva la tête et ses lèvres s'écrasèrent sur les siennes en un baiser brûlant, exigeant et intense à la fois. Il envahit sa bouche de sa langue et elle crut fondre sous cet assaut voluptueux. Elle rejeta la tête en arrière, prête à se laisser dominer par les émotions qui l'assaillaient, prête à se donner à lui.

Soudain, des bruits de pas, accompagnés par un petit rire, retentirent dans le couloir. Le silence revint aussitôt mais cette brusque interruption décontenança Celia. Qu'allait-elle faire, bon sang ? Pourquoi recommençait-elle ?

Son désir ruiné par la réalité, elle interrompit leur baiser, cherchant à reprendre son souffle. Elle savait qu'elle ne pouvait pas éternellement éviter son regard, et finit par ouvrir les yeux. Il la regardait intensément, ses prunelles brillant d'une indéniable lueur de désir. Mais elle remarqua également quelque chose d'autre dans son regard. Etait-ce de la frustration ? De la colère ?

Oui, c'était sans doute de la frustration, car il n'avait aucune raison valable d'éprouver de la colère. C'était elle qui avait le droit d'être en colère ; en colère contre lui ! Elle était censée se méfier de lui, l'éviter, garder ses distances, et voilà qu'elle faisait tout le contraire ! Encore une fois !

Elle posa hâtivement les pieds à terre et le repoussa, voulant s'enfuir, loin de lui, au plus vite. Mais, une fois encore, John fut plus rapide qu'elle car il la retint en l'attrapant par le bras. Il vint se coller à elle, son torse et son ventre se pressant contre son dos, et elle se raidit.

— Celia… Viens avec moi dans ma chambre, lui chuchota-t-il à l'oreille.

Sa main glissa le long de son bras, jusqu'à son épaule dénudée, et un frisson sensuel l'envahit aussitôt.

Elle était tentée d'accepter sa proposition. Très tentée, même. Elle les imaginait, dans son lit, leurs corps lovés l'un contre l'autre, peau contre peau, épuisés et rassasiés…

Non, non, non !

Pas le moins du monde rassasiés ! Du désir ou de la passion éventuellement, mais rien de plus ! Il ne fallait pas mélanger plaisir et sentiments. Sentiments qui, d'ailleurs, n'avaient pas lieu d'être.

Elle secoua la tête et avança d'un pas, rompant ainsi le contact physique entre eux.

— Non, murmura-t-elle, et sa gorge se serra.

— Celia…

Elle secoua de nouveau la tête, plus vivement cette fois-ci, et se précipita vers la porte. Elle traversa les couloirs en courant, sans s'arrêter, sans se retourner une seule fois. Elle devait s'éloigner de lui, de son odeur qui semblait la suivre partout. Elle devait à tout prix reprendre ses esprits et remettre de l'ordre dans ses idées.

Il lui avait dit qu'elle s'était servie de son pouvoir sur lui. N'était-il donc toujours pas conscient que c'était lui qui, depuis tout ce temps, exerçait un pouvoir sur elle ? Sur toute la gent féminine d'ailleurs ? Son sourire, son aura virile et sensuelle attiraient les femmes comme un pot de miel attirait les abeilles. Et elle ne dérogeait pas à cette règle. Sa raison devait, de toute urgence, prendre le pas sur son cœur. Non, sur son corps.

Celia atteignit enfin le couloir qui menait à sa chambre. Une seule torche l'éclairait, lui donnant une allure sombre et sinistre. Il y eut un courant d'air froid et les battements de son cœur s'accélérèrent. Elle pressa le pas, voulant regagner sa chambre au plus vite.

Elle était à quelques pas de sa chambre lorsqu'elle entendit un bruit retentir non loin. Elle s'arrêta net, tous ses sens en alerte. Et si John avait raison ? Elle avait été persuadée que les ennemis de la couronne anglaise ne s'en prendraient jamais à elle, car de quelle utilité leur serait-elle ? Mais à présent elle ne savait plus trop quoi penser. La soirée avait été si étrange, après tout. Et l'Ecosse l'était tout autant.

Sans faire le moindre bruit, elle se cala contre le mur en soulevant ses jupons, prête à dégainer son poignard si cela s'avérait nécessaire. Retenant son souffle, elle regarda des deux côtés du couloir.

Elle faillit pousser un cri de dépit lorsqu'elle identifia la source du bruit. Marcus et Allison, s'enlaçant dans l'embrasure d'une porte ! Leurs chevelures brillaient à la lueur de la torche qui était accrochée non loin d'eux. Elle était en train de lui déboutonner son pourpoint alors que lui s'affairait à défaire les lacets de son corsage.

Celia se mordit la lèvre inférieure pour s'empêcher de rire. Quelqu'un avait-il versé une potion magique dans le vin au cours du repas, rendant ainsi les gens… fous de désir ? D'abord John et elle et maintenant…

Marcus ouvrit la porte et poussa Allison dans la chambre. La porte claqua derrière eux et Celia se retrouva de nouveau seule.

Sans perdre de temps, elle se précipita vers sa chambre et ferma sa porte à double tour, comme pour se protéger des mystères et des enchantements qui semblaient régner ce soir en ces lieux. Mais cela suffirait-il à faire taire l'insondable désir qui avait de nouveau jailli en elle ?

15

Celia écoutait d'une oreille distraite Marie Fleming, l'une des dames de compagnie de la reine qui formaient « les quatre Marie ». Celle-ci chantait une ballade en français en jouant de son luth sur un fond de bavardages, froufrous de jupons et frottements d'aiguilles dans les tissus.

En cette fin d'après-midi enneigé, toutes les dames de compagnie s'étaient réunies autour de la reine dans sa chambre et vaquaient à différentes occupations, profitant de cet instant d'oisiveté.

Il flottait dans l'air une odeur de talc et de fragrances françaises qui se mêlait à celle de l'huile de rose émanant des brûle-parfums disposés à plusieurs endroits dans la pièce.

L'ambiance était chaude et conviviale mais ni les senteurs raffinées, ni les travaux d'aiguille, ni même les petites pâtisseries — qui semblaient pourtant délicieuses — ne purent retenir l'attention de Celia. Ses pensées étaient très éloignées des commérages de la cour ou encore du chant de Marie Fleming. Ses pensées allaient vers lui.

Où était-il ? Que faisait-il en ce moment ? Etait-il en colère contre elle ? Elle repensa au regard qu'il lui avait adressé lorsqu'elle avait rompu leur baiser. Elle ne parvenait toujours pas à le déchiffrer. Qu'avait-il ressenti exactement ?

Elle enfonça nerveusement l'aiguille dans les morceaux de tissu qu'elle était en train de coudre.

Non, en fait, elle ne se souciait guère de savoir où était John actuellement et ce qu'il faisait. Ni avec qui il était. Ni ce qu'il pouvait bien penser du baiser qu'ils avaient échangé la veille.

Non, ça ne l'intéressait pas.

Pas le moins du monde.

Sauf que… Elle mourait d'envie de savoir tout cela, et bien plus !

— Aïe ! s'écria-t-elle lorsqu'elle se piqua avec son aiguille. Voilà ce qu'on gagnait à rêvasser à propos de John ! Une goutte de sang se forma sur le bout de son doigt et Celia le porta à sa bouche. Elle eut soudain le curieux sentiment d'être observée. Etait-ce le fruit de son imagination ? Levant les yeux, elle remarqua que lady Allison, assise en face d'elle, la regardait, un léger sourire au coin des lèvres. Elles se dévisagèrent ainsi quelques secondes puis lady Allison finit par baisser la tête et rependre sa broderie.

Troublée par cet échange de regards, Celia se pencha à son tour sur son travail.

Oh, non !

Obnubilée par John, elle avait affreusement mal cousu les manches de la robe sur laquelle elle travaillait ! Elle poussa un soupir résigné à l'idée de devoir tout recommencer et balaya du regard la chambre.

La reine Marie faisait elle aussi de la broderie, assise près de la fenêtre, et semblait infiniment plus douée qu'elle avec une aiguille ! Même les chiens, qui étaient assis à ses pieds, semblaient fascinés par le mouvement continu de sa main. Un sourire aux lèvres, elle brodait lentement, tirant soigneusement sur le fil en or tout en fredonnant la chanson de Marie Fleming.

Celia avait été agréablement surprise de se voir invitée à cet après-midi convivial dans les appartements privés de la reine. Jamais elle n'aurait cru pouvoir gagner sa confiance aussi vite. Il fallait dire qu'à la différence de sa cousine anglaise la reine Marie n'était pas méfiante et soupçonneuse. Elle était bien plus abordable et chaleureuse et avait tout fait pour mettre Celia à l'aise, dès son arrivée au palais. Elle avait également pris le temps de discuter avec elle ; elle lui avait posé un tas de questions sur sa cousine, la vie en Angleterre, lord Darnley… Oui, elles avaient abordé tous les sujets, sauf… Sauf ses projets de remariage !

Celia soupira et posa son travail sur ses genoux. Comme elle aurait aimé pouvoir marcher un peu, pour se changer les idées.

La chambre de la reine n'était pas aussi grande qu'elle l'avait pensé. Situés dans l'une des deux tours, ses appartements étaient une succession de petites pièces aux plafonds bas. On y accédait par un escalier étroit en colimaçon et, malgré les efforts de décoration, l'atmosphère y était quelque peu oppressante.

Celia tourna la tête vers la porte. De là où elle se trouvait, elle pouvait apercevoir la pièce qui se trouvait en face de la chambre : une salle à manger de forme octogonale. Mais ce qui avait le plus marqué Celia était sans doute le lit à baldaquin de la reine qui se trouvait derrière elle. Les rideaux en velours étaient d'un rouge rubis. Le couchage en lui-même n'était pas très grand mais, une fois les rideaux tirés, elle imaginait fort bien l'univers intime, baigné de rouge, qui devait s'en dégager.

En tout état de cause, le train de vie écossais de la reine n'était certainement pas en accord avec celui auquel elle avait été habituée en France.

— On raconte que lord Maitland, le conseiller de la reine, serait fou d'amour pour elle, lui chuchota lady Allison, coupant ainsi court à ses méditations.

Confuse, Celia se tourna vers elle.

— Cela ne me surprend guère. La reine Marie est une très belle femme, tous les hommes de son entourage semblent profondément épris d'elle.

Allison mit sa main devant la bouche et eut un petit rire.

— Peut-être pas tous les hommes. En tout cas, Maitland

est également amoureux de Marie Fleming et ce malgré le fait qu'elle ait vingt ans de moins que lui. Et le plus intéressant dans tout ça c'est qu'apparemment la reine compte leur organiser un mariage digne de ce nom.

— Ah… Tant mieux !

— Mais, voyons, ne comprenez-vous donc pas ? dit lady Allison en haussant légèrement la voix. Souvenez-vous, les quatre Marie qui accompagnent la reine ont juré de ne pas se marier avant elle. Donc, si l'une d'entre elles doit bientôt convoler en justes noces…

Elle ne finit pas sa phrase mais lui lança un regard significatif.

Celia fronça les sourcils et scruta la reine, qui était en train de caresser un de ses chiens.

— Mais… De quelle Marie parlez-vous ? demanda-t-elle, perdue.

— A votre avis ! souffla lady Allison en pouffant de rire.

Celia voulut lui demander plus de précisions mais la reine tapa dans ses mains et toutes les têtes se tournèrent vers elle.

— Quel temps maussade, ne trouvez-vous pas ? demanda-t-elle de sa voix mélodieuse. Je pense que nous devrions faire quelque chose pour égayer cette journée.

Un petit sourire malicieux apparut sur ses lèvres et Marie Fleming, qui avait arrêté de jouer de son luth, frappa dans ses mains à son tour en poussant un petit cri.

— Oh ! Votre Majesté ! Seriez-vous en train de penser à…

— Oui, ma très chère amie, c'est exactement ce à quoi je pense. L'occasion est toute trouvée, n'est-ce pas ?

L'occasion ? Toutes les dames de compagnie rirent de bon cœur, alors que Celia nageait en pleine confusion. Etait-elle la seule à ne pas savoir ce qui se passait ? C'est alors que la reine se tourna vers elle.

— Dame Sutton, lady Allison, voudriez-vous vous joindre à nous ?

Elle jeta un regard complice à l'une des Marie puis reprit :

— Je suis sûre que vous ne le regretterez pas.

Quelques instants plus tard, Celia suivait avec peine la reine et ses dames de compagnie dans les rues sombres et étroites de la capitale écossaise. Seigneur, dans quelle expédition farfelue s'était-elle laissé entraîner ! Les gloussements compulsifs de ce convoi de femmes ne lui disaient rien qui vaille… Mais, si elle n'était pas enchantée de la tournure des événements, du moins pouvait-elle s'enorgueillir de ne pas être laissée à l'écart. Et puis d'ailleurs elle en avait assez d'être toujours prudente et méfiante vis-à-vis de tout le monde. Après tout, la situation était plutôt comique, à bien y regarder. Peut-être était-ce là un signe du destin pour l'inciter à s'amuser un peu, à vivre sa vie au lieu de trop raisonner.

Perdue dans ses pensées, elle contourna de justesse une mare qui s'était formée sur le sol pavé de la rue et entraperçut son reflet à la surface de l'eau vaseuse. Etait-ce bien elle, dans cet accoutrement ridicule ? Une culotte d'équitation glissée dans les bottes, un pourpoint d'homme en laine et velours, une courte cape verte brodée d'or… belle tenue pour une suivante de la reine d'Ecosse ! Ses cheveux retenus en chignon étaient couverts par un chapeau à plume qui cachait bien son visage. Grâce à sa silhouette menue, elle pouvait facilement se faire passer pour un homme, du moment qu'on ne la regardait pas de trop près. Vêtue ainsi, elle ressemblait à son défunt frère : mince et élancé.

William…

Elle secoua vivement la tête. Elle ne voulait pas penser à son frère ni à ce qui lui était arrivé, à quel point il avait été stupide de…

Non, assez.

Le sang s'échauffait dans ses veines au fur et à mesure qu'elle s'avançait dans la rue. Elle ne s'était pas sentie aussi vivante depuis… Depuis la nuit qu'elle avait passée avec John. Depuis le baiser fougueux qu'ils avaient échangé dans la petite chambre nichée au fond du palais. Elle avait noué ses jambes autour de sa taille et avait senti son…

Non, repenser à ces instants avec John n'était pas une bonne idée non plus.

Elle accéléra le pas afin de rattraper la reine, également travestie en homme. Vêtue d'un pourpoint rouge et noir et d'une culotte d'équitation assez moulante, elle était bien plus convaincante dans son rôle que Celia. Bras dessus bras dessous, elle marchait avec Marie Fleming, qui, elle, avait gardé des habits de femme. Les deux amies conversaient et riaient gaiement, manifestement très complices. Celia aurait donné cher pour entendre leurs confidences… Elle repensa à ce que lui avait dit lady Allison plus tôt dans la journée. Allait-il y avoir un mariage prochainement ? La méfiance était de mise, après tout.

Elle tourna ensuite la tête vers lady Helen McKerrigan, qui marchait à ses côtés, également déguisée en homme, et semblait très à l'aise dans ses vêtements. On aurait même dit que ce n'était pas la première fois qu'elle se prêtait à cette mascarade. Etait-elle déjà sortie vêtue ainsi avec la reine ? Ou peut-être était-ce un jeu entre elle et son séduisant époux ? Elle plissa les yeux. Que penserait John en la voyant ainsi ? Ses yeux bleus deviendraient-ils sombres, comme c'était le cas chaque fois qu'il était excité ?

Arrête, Celia, arrête !

Il fallait absolument qu'elle cesse de penser à lui. D'autant plus que ses pensées devenaient de plus en plus… dangereuses. Oui, dangereuses.

— La reine Marie sort-elle souvent vêtue de la sorte ? demanda-t-elle à Helen.

— Non, du moins, pas aussi souvent qu'elle le voudrait, lui répondit-elle en souriant. Elle le fait de temps en temps, lorsque la vie de palais commence à peser sur elle. Vous savez, elle se retrouve souvent tiraillée entre ses courtisans écossais et ses amis de France.

Celia hocha la tête en silence. Il était difficile de ne pas remarquer la tension qui régnait au sein du palais. Et d'ailleurs elle admirait la reine Marie pour sa capacité à rester sereine dans les situations les plus périlleuses qui impliquaient ces deux parties.

— Et personne ne la reconnaît ?

— Si on la reconnaît, personne ne lui fait savoir, en tout cas, dit Helen. Malgré ce qu'elle veut faire croire, elle est en proie à de nombreux doutes en ce moment et je pense qu'elle a besoin d'entendre ce qui se raconte sur elle en ville.

— Et… A-t-elle déjà entendu des choses… intéressantes à son sujet ?

La conversation devenait très prenante mais l'attention de Celia fut momentanément attirée par un groupe d'hommes d'Eglise, vêtus de noir, qui venait d'apparaître sur les marches de la chapelle à côté de laquelle elles étaient en train de passer. Les hommes regardaient la reine Marie avec désapprobation en parlant entre eux à voix basse ; sans doute avaient-ils dû la reconnaître.

— Disons qu'elle entend bien plus de choses qu'elle ne le devrait, répondit Helen lorsqu'elles eurent dépassé la chapelle. Vous savez, elle était absente du royaume pendant très longtemps. Son côté français et catholique, qui plus est, pose donc problème à certains.

A cet instant, la reine Marie et les autres dames de compagnie tournèrent au coin d'une rue, l'obligeant à courir pour les rattraper. Où diable l'entraînaient-elles ainsi ? Il fallait espérer qu'elles arrivent bientôt, car elles allaient finir par se faire remarquer. Mais… était-ce là la destination ? La ruelle sombre dans laquelle Celia déboucha était parfaitement sordide ! Une odeur de nourriture avariée et de déchets parvint à ses narines, et elle dut sortir son mouchoir pour se couvrir le nez.

— Parlons de choses plus intéressantes ! s'exclama lady Helen en glissant son bras sous le sien. Dites-moi… Que se passe-t-il entre vous et le très séduisant sir John ?

La gorge de Celia se noua aussitôt. Elle déglutit difficilement, assaillie de doutes. Toute la cour avait donc deviné ce qui se passait entre eux ? Mais comment était-ce possible, quand elle-même l'ignorait ?

— Que voulez-vous dire ? demanda-t-elle le plus naturellement possible.

Lady Helen eut un petit rire.

— J'ai remarqué la manière dont il vous regarde. C'est un très bel homme. Aucune femme ne peut lui résister !

— N'êtes-vous pas déjà mariée, lady Helen ?

Celia devait et voulait absolument changer de sujet. Parler de son époux lui parut donc être une bonne diversion.

L'intéressée rit à gorge déployée, attirant l'attention de quelques passants.

— Si, si ! Et mon époux me comble de joie, dame Sutton. Mais, comme on dit, regarder n'est pas tromper ! Et puis je suis une incorrigible romantique. Mon époux me le fait souvent remarquer, d'ailleurs ; il dit que j'aborde la vie en me berçant d'illusions.

— Quelle femme ne s'est-elle jamais bercée d'illusions, marmonna Celia.

Elle repensa à John et un frisson la parcourut.

— Oui, quelle sensation magnifique, ne trouvez-vous pas ? dit lady Helen, avec une expression enjouée.

— Je préfère garder les pieds sur terre, répondit-elle diplomatiquement.

— Oh ! mais comment diable pouvez-vous garder les pieds sur terre avec sir John qui vous tourne autour, tel un prédateur affamé ?

Celia ne put s'empêcher de rire à cette comparaison. Le simple fait de savoir que John semblait la dévorer du regard lui procurait une joie profonde.

— Ah bon ? Je ne l'ai pas remarqué, dit-elle innocemment, essayant de réprimer un sourire.

— Mais si, puisque je vous le dis !

Lady Helen serra le bras de Celia sous le sien et pencha la tête, la considérant de plus près.

— Ne feignez pas l'innocence, dame Sutton. Je sais exactement ce que vous ressentez. Le désir d'un homme, surtout d'une telle intensité, peut être effrayant. J'ai moi aussi vécu cela, allant même jusqu'à essayer de m'enfuir loin de celui qui est aujourd'hui mon époux. Et puis j'ai fini par comprendre que résister au désir et à la passion était la plus grande erreur qui soit. Et désormais je ne pourrais plus vivre sans mon James ! On ne peut pas aller à l'encontre de ses sentiments, ils finissent toujours par nous rattraper... et par nous submerger.

Celia secoua vivement la tête.

— Non, vous ne comprenez pas... Je me suis déjà laissé emporter une fois, je me suis abandonnée à ces sentiments trompeurs et cela ne m'a menée nulle part.

Lady Helen la regarda pensivement un long moment avant de répondre :

— Vous n'avez donc pas encore trouvé le bon chemin, tout simplement.

— Et je ne le trouverai probablement jamais, répondit Celia fermement.

Pourtant, les mots de lady Helen l'avaient touchée bien plus qu'elle ne voulait l'admettre.

Cette dernière était d'ailleurs sur le point d'ajouter un argument, lorsque la reine Marie disparut par une porte, interrompant ainsi leur conversation.

On ne peut pas aller à l'encontre de ses sentiments, ils finissent toujours par nous rattraper... et par nous submerger.

Autrefois, Celia aurait été d'accord avec lady Helen. Mais ces sentiments par lesquels elle s'était bêtement laissé submerger avaient également fini par l'anéantir. Et maintenant...

Maintenant, elle ne savait plus trop où elle en était ni ce qu'elle ressentait. Elle avait envie de John, il était inutile de nier, mais... Pouvait-elle lui faire confiance ? Encore une fois ?

La reine Marie les avait conduites à une taverne sombre et visiblement mal fréquentée. Le plancher branlant craquait sous les pas et était jonché de détritus. Un feu crépitait dans la grande cheminée qui se dressait sur le côté et l'air était lourd de l'odeur d'ale et de soupe à l'oignon. L'endroit était bondé et beaucoup d'hommes donnaient déjà des signes d'ébriété avancée. Pas un lieu décent pour une reine !

Sentant tous les regards se tourner vers elles, Celia posa la main sur le manche de son épée, prête à dégainer au moindre mouvement suspect.

En revanche, la reine Marie ne semblait pas impressionnée par cet accueil glacial. Elle s'assit à une table dans un coin de la salle et leur fit signe de la rejoindre.

— Madame Sutton, asseyez-vous ici, dit-elle en tapotant la chaise vide à côté d'elle.

Celia s'avança et prit place sur la chaise qui lui était proposée. La reine commanda de l'ale puis se tourna vers elle.

— Oh ! ma chère amie, chuchota-t-elle en se penchant vers elle, je vous en prie, parlez-moi de lord Darnley.

Interloquée par cette requête, Celia la considéra en silence quelques instants.

— Je… Je… Moi, Votre Majesté ? Mais je ne lui ai jamais parlé, bafouilla-t-elle, peinant à trouver ses mots.

La reine lui adressa un sourire qui se voulait rassurant.

— Mais vous vivez à la cour de ma cousine, n'est-ce pas ? Vous avez fait le voyage jusqu'ici avec lui et je sais que vous prenez le temps d'observer tout ce qui se passe autour de vous.

Prise de court, Celia but quelques gorgées d'ale. Que pouvait-elle répondre ? Elle ne se voyait pas dire la triste vérité à cette femme, qui lui souriait toujours et dont les yeux semblaient briller d'espoir. Non, c'était hors de question. Et puis elle ignorait toujours les réelles motivations de la reine Elisabeth.

— Eh bien, on dit de lui qu'il est très, très séduisant, Votre Majesté, répondit-elle sagement.

La reine rit d'un rire chantant.

— Oui, je l'ai moi-même remarqué, madame Sutton. Mais qu'en est-il de ses sentiments ? Sont-ils déjà engagés vis-à-vis d'autrui ?

Avant que Celia n'ait eu le temps de formuler sa réponse, des dames de compagnie commencèrent à chanter une chanson à tue-tête et la reine se tourna en tapant dans ses mains avec entrain. Décidément, la reine était pleine de surprises !

Voilà qui donnait à Celia un peu de répit… Elle prit une profonde inspiration et but encore quelques gorgées d'ale. Elle venait d'éviter une conversation assez pénible mais savait aussi que la reine reviendrait bientôt à la charge.

Pensive, elle se joignit pourtant au chant des jeunes femmes en frappant dans ses mains. Oui, elle allait devoir trouver une réponse qui satisfasse la curiosité de la reine sans pour autant mettre sa mission en péril. Mais elle ne trouvait pas rassurant que la reine ait remarqué son don d'observation. Si jamais elle en venait à suspecter la raison de sa venue…

Soudain, une porte grinça de l'autre côté de la pièce. Comme si elles n'avaient pas assez de témoins ! Sans interrompre son chant, Celia se retourna. Lorsqu'elle reconnut la silhouette qui émergeait de l'ombre, son cœur faillit cesser de battre.

John.

John était là, à quelques pas d'elle, et l'observait d'un regard intense. Lentement, elle posa sa pinte sur la table, incapable de détourner son regard. Marcus et d'autres hommes, qu'elle ne reconnut pas, apparurent derrière John et celui-ci, sans pour autant la quitter du regard, échangea alors quelques mots avec son ami.

Celia avait du mal à respirer, comme si elle était hypnotisée par son regard pénétrant. Que faisait-il ici ? Pourquoi être venu dans cette taverne précisément ? Se passait-il quelque chose qu'elle ignorait ? Tout cela ne présageait rien de bon…

Soutenant toujours son regard, John, suivi de Marcus, s'avança lentement vers leur table. Comme elle aurait voulu pouvoir se cacher en dessous !

— Sir John, lord Marcus ! s'exclama la reine. Venez donc vous joindre à nous ! Nous étions justement en train d'apprendre des chansons françaises à nos chères amies anglaises.

— Quel plaisir de vous voir, Votre Majesté, dit Marcus, vous venez d'égayer cette journée bien morose.

Celia rêvait-elle ou il ne semblait guère surpris de les voir ici, comme s'il n'y avait rien de plus naturel que de croiser la reine, déguisée en homme, dans une taverne lugubre d'un quartier malfamé d'Edimbourg ?

— Oh ! lord Marcus, je suis certaine que vos journées sont tout sauf moroses, déclara Marie Fleming. Connaissez-vous une chanson divertissante ?

— Oui, je dois en connaître une ou deux, répondit-il en faisant le tour de la table.

Il prit place à côté d'elle puis passa son bras autour de ses épaules et dit :

— Cela dit, aucune d'elles ne pourra égaler la vôtre.

Un petit rire se propagea à table.

Naturellement, il ne pouvait pas s'empêcher de flatter ces dames !

Celia observait la scène en silence et n'avait pas remarqué tout de suite que lady Helen, jusqu'à présent assise à côté d'elle, s'était déplacée. John vint donc s'installer sur la chaise libre, à côté d'elle !

Lentement, il prit la pinte d'ale qu'elle serrait encore dans sa main. Il la tourna puis la porta à sa bouche, posant ses lèvres au même endroit où elle avait posé les siennes, quelques instants plus tôt. Il avala quelques gorgées, activant les muscles de son cou sur lesquels s'ouvraient son pourpoint et sa chemise. Se sentant rougir, Celia détourna enfin les yeux.

— Et toi, connais-tu des chansons françaises ? Tu as dû en apprendre quelques-unes durant ton séjour à Paris, dit-elle d'un ton plus cérémonieux que d'habitude.

— Oui, mais je ne compte pas te les apprendre.

— Ah bon ? Et pourquoi donc ? Je chante si mal que ça ?

— Non, Celia, tu chantes très bien, mais les chansons que je connais sont assez grossières et je ne pourrais pas supporter d'écouter des obscénités sortir de ta jolie petite bouche.

Il prit une bonne lampée d'ale et ajouta à voix basse :

— J'ai déjà l'esprit assez fébrile comme ça.

Elle le regarda d'un air surpris. Venait-il de reconnaître qu'il la désirait ? Elle ne l'aurait jamais fait. Même si des frissons voluptueux l'assaillaient chaque fois qu'il était à côté d'elle, jamais, *jamais*, elle ne le lui avouerait. Ce serait comme lui exposer ses faiblesses. Du coin de l'œil, elle vit que lady Helen était en train de les observer, un sourire ravi aux lèvres.

La situation dans laquelle elle se trouvait était des plus inhabituelles et Celia eut soudain envie de rire. Elle ne savait pas si c'était dû aux vêtements qu'elle portait ou à l'ale, mais une force étrange s'emparait d'elle. Elle se sentait revivre, comme la nuit où John et elle avaient fait l'amour.

D'une main ferme, elle lui reprit sa pinte et but plusieurs petites gorgées tout en lui adressant un regard satisfait. Elle se pencha ensuite vers lui.

— Des obscénités, dis-tu… Quel effet auraient-elles sur toi, prononcées par ma bouche ?

Elle approcha ses lèvres tout près de son oreille et lui glissa un mot qu'elle n'avait encore jamais prononcé.

— Celia ! s'exclama John, indigné mais ravi.

Apparemment, elle avait réussi à le choquer ! Amusée et enhardie par son déguisement, elle se redressa légèrement, posa la pinte, puis laissa glisser sa main sous la table. Du bout des doigts, elle lui caressa la cuisse, remontant lentement vers son entrejambe. Elle sentait ses muscles se tendre sous le pantalon en laine.

A peine eut-elle effleuré sa braguette qu'il lui saisit le poignet et bloqua son geste. Mais il ne la relâcha pas. Au lieu de cela, il le garda dans sa main, immobile, à quelques centimètres de son membre. Celia le regarda droit dans les yeux. Ils étaient sombres. Sombres de désir…

— A quoi joues-tu, Celia ? dit-il d'une voix rauque.

— La reine m'a demandé de l'accompagner, répondit-elle en serrant les doigts. Et, bien évidemment, je ne pouvais pas refuser.

— Ne fais pas la maligne, je ne parle pas de tes vêtements.

Il prit le temps de la jauger d'un regard tellement intense qu'elle en eut un frisson. Il n'avait même plus besoin de la toucher pour qu'elle sente son corps fondre.

— Quoique, reprit-il, te voir vêtue ainsi ne fait que rendre les choses encore plus excitantes. Je n'ai qu'une envie, c'est de te…

— Sir John ? s'écria la reine Marie.

Non !

Celia faillit pousser un soupir agacé mais se retint à temps. La reine Marie était intervenue au pire moment ! Qu'avait-il voulu lui dire ? John lui adressa un regard chargé de sous-entendus, indiquant que leur conversation était loin d'être terminée. Il se tourna ensuite vers la reine, pressant son dos contre son épaule.

— Oui, Votre Majesté ?

— Lord Marcus vient de me dire que vous aussi vous connaissez des chansons françaises. Pourquoi ne pas nous en apprendre une !

— Vos désirs sont des ordres, Votre Majesté ! s'exclama-t-il. Qu'est-ce qui vous ferait plaisir ? Une chanson drôle ? Paillarde ? Romantique ?

— Oh ! Une chanson romantique ! répondit-elle. Il n'y a rien de plus joli qu'une chanson qui parle d'amour. Après tout… Que serait la vie sans amour ?

Celia commençait en effet à se le demander en observant John, qui ne lâchait toujours pas sa main. Après leur échange impudique, elle était certaine qu'il ne se contenterait pas de paroles…

16

La nuit avait déjà commencé à envelopper la ville de son manteau sombre lorsque la reine décida qu'il était temps de regagner le palais.

Le groupe arpentait les rues de la capitale et John emboîtait le pas à Celia. La reine était devant, riant avec ses amies, qui, toutes, peinaient à marcher droit, sans doute un peu trop réchauffées par l'alcool.

John ne put réprimer un sourire en les voyant si heureuses. Celia, en revanche, avait l'air absent. Elle marchait lentement, comme enfermée dans un carcan de tristesse et de mystères. Il n'aimait pas la voir ainsi, car non seulement il ne pouvait rien faire pour la tirer de cet état malheureux, mais il ignorait également ce qu'elle gardait au fond d'elle, ce qui lui traversait l'esprit.

Il aurait tant voulu briser sa carapace, il la voulait, il la désirait tant. Il était prêt à tout pour elle. A tout. Il serra le manche de son épée pour s'empêcher de tendre le bras pour caresser ses fesses parfaitement moulées dans sa culotte d'équitation. Les vêtements d'homme lui allaient à la perfection et son bas-ventre le démangea lorsqu'il s'imagina les lui ôtant, un par un.

Celia nue… Il inspira profondément et son doux parfum envahit aussitôt ses narines. Il lutta contre l'envie de l'entraîner dans une ruelle, à l'abri des regards, et la posséder sur-le-champ.

Car, s'ils ne parvenaient pas toujours à se comprendre, leurs corps, eux, semblaient s'accorder à la perfection. Partager les plaisirs de la chair avec Celia avait toujours été quelque chose de merveilleux et d'intense à la fois. Mais ces plaisirs avaient fini par se muer en quelque chose d'encore plus fort, mais également plus trompeur. Quelque chose qui avait eu raison de leur histoire.

Soudain, Celia tourna la tête vers lui et croisa son regard. Elle souleva les sourcils d'un air interrogateur puis rougit, comme si elle avait lu dans ses pensées. Son sexe se tendit à en devenir douloureux. Elle était si désirable ! Il voulait la plaquer contre le mur, sentir ses jambes se nouer autour de ses hanches, prendre possession de sa bouche, de son corps…

Un léger sourire apparut sur les lèvres de Celia et elle ralentit le pas, comme si elle attendait qu'il se rapproche d'elle. Puis elle tendit légèrement le bras en arrière et effleura sa main de la sienne. Ce contact procura à John une sensation inouïe qui le bouleversa. Elle était la seule à pouvoir lui faire ressentir une chose pareille.

Quelqu'un laissa échapper un éclat de rire et Celia se retourna brusquement. John déglutit péniblement, essayant de faire taire la douleur qui s'emparait de son cœur. Elle accéléra le pas et il la suivit, ne voulant pas être loin d'elle.

— Oh ! Mais attendez ! s'exclama la reine. Sir John doit certainement se souvenir des jardins du palais royal en France. Sir John ! Où êtes-vous ?

Elle se retourna et le chercha du regard.

— Je suis là, Votre Majesté, dit-il en s'avançant vers elle.

— Ah ! Venez, dites à mes amies à quel point les jardins du palais royal sont magnifiques, à Paris ! Vous savez, je souhaiterais pouvoir aménager un jardin semblable ici, à Holyrood. La France me manque tellement. Si seulement je pouvais…

Quand soudain, l'explosion ! Il y eut un bruit assourdissant, et des flammes rouges et orange dessinèrent des traits de lumière dans le ciel, bien au-dessus des toits des maisons. Les gens, affolés, criaient et couraient dans tous les sens.

Instinctivement, John se jeta sur Celia, la protégeant ainsi avec son corps de tous les débris en feu qui pleuvaient autour d'eux. Il chercha Marcus du regard et fut rassuré de voir que son ami avait eu le réflexe de protéger la reine en la plaquant contre le mur. Celia, elle, s'était lovée dans ses bras, la tête enfouie dans son cou.

— Que… Que se passe-t-il ? demanda-t-elle, visiblement sous le choc de la terreur.

— Je ne sais pas.

Il la serra contre lui. Tout ce qui lui importait en ce moment précis était de la protéger. Il avait failli la perdre une fois et il ne voulait pas revivre cette expérience.

— Nous devons regagner le palais au plus vite, marmonna-t-il.

Sans perdre de vue les autres, il la porta jusqu'au palais, parcourant à vive allure les rues où régnait un chaos effrayant. Les voyant tous arriver, les gardes leur ouvrirent les portes et la reine, le visage décomposé, fut aussitôt escortée à l'intérieur. Des flammes vives semblaient engloutir un bâtiment à l'horizon et, une fois qu'ils avaient atteint l'avant-cour du palais, les courtisans se retournaient et restaient médusés devant ce spectacle.

John essaya de déposer délicatement Celia au sol mais celle-ci restait accrochée à son cou. Elle se mit enfin sur ses pieds mais vacilla aussitôt. Il l'attrapa par la taille et elle s'agrippa à son bras.

— Mais, que… que s'est-il passé ? bégaya-t-elle. Tout est arrivé si… si vite…

— Chhhh… Tu es en sécurité maintenant.

Il l'attira dans son étreinte et lui embrassa les cheveux, le front puis la joue. Oui, elle était saine et sauve. Du moment qu'elle était avec lui, il était prêt à la protéger de tout le mal de ce bas monde. Mais… Pendant combien de temps encore ?

— Je ne me sens pas en… en sécurité, balbutia-t-elle. Cela fait déjà plusieurs années que je ne me sens pas en sécurité. Depuis… Depuis…

Elle laissa échapper un soupir et ne parvint pas à finir sa phrase, mais John savait exactement depuis quand elle ne se sentait plus en sécurité. Depuis la mort de son frère. Une mort dans laquelle il avait sa part de responsabilité. Il ravala péniblement sa salive et la serra fort contre lui.

— John !

Il leva la tête. Marcus était devant lui, une expression grave sur le visage. John comprit à son regard sombre que les ennuis ne faisaient que commencer. Il lui fit signe de le rejoindre et John acquiesça.

— Celia, je dois y aller et essayer de savoir ce qui s'est passé, lui murmura-t-il à l'oreille. Rentre au palais et assure-toi que la reine va bien. Je te rejoindrai plus tard.

Elle hocha la tête en silence. Il lui déposa un dernier baiser sur le front et la libéra de son étreinte. Elle était pâle mais ne pleurait pas. Courageuse avant tout, comme toujours. John attendit qu'elle ait gravi les marches du palais avant de rejoindre Marcus. Il fallait à présent retrouver l'auteur de ce qui était sans nul doute… un attentat criminel !

17

Comme un lion en cage, Celia allait et venait dans sa petite chambre. Il était déjà très tard et un silence absolu régnait dans le palais.

Après l'incident de l'après-midi, la reine Marie avait tout de même insisté pour que le banquet initialement prévu soit maintenu. Au cours de la soirée, elle avait agi comme si de rien n'était, parlait et dansait avec ses courtisans, mais pour Celia comme pour beaucoup d'autres le cœur n'y était pas. Les efforts louables de la reine n'avaient pas suffi à insuffler de l'entrain, et la fête avait tourné court.

A ce stade, le plus raisonnable aurait été d'aller se coucher, étant donné que la reine avait organisé le lendemain une partie de chasse matinale. Mais Celia ne pouvait s'y résoudre… A quoi bon, puisqu'elle ne pourrait pas fermer l'œil ? Les pensées qui se bousculaient dans son esprit ne lui laissaient aucun répit.

Où diable était passé John ? Elle avait espéré le revoir de retour pour le dîner, et l'avait même cherché durant une bonne partie de la soirée, mais personne ne l'avait vu. Ni lui ni Marcus, d'ailleurs. Qu'étaient-ils allés faire en ville ? Ils s'étaient certainement mis en danger !

En proie à la panique, Celia ferma les yeux et serra les pans de sa robe de chambre sur elle. Elle ne savait pas ce qu'il serait advenu d'elle si John n'avait pas été là lorsque l'explosion s'était produite. Quelle frayeur elle avait eue ! Elle pouvait encore sentir ses bras autour d'elle. Il n'avait pas hésité un seul instant à l'attirer vers lui et la protéger avec son corps.

Malgré la confusion qui régnait, elle s'était sentie en sécurité dans cette étreinte protectrice. Elle…

Elle lui avait fait confiance.

Tâchant de conserver son calme, elle leva la main qu'elle avait pressée contre le torse de John. De son pouce, elle caressa le bout de ses autres doigts, persuadée qu'elle percevait encore les battements irréguliers de son cœur.

Où es-tu, John ? Où es-tu ?

Il l'avait protégée mais qui le protégeait, lui, en ce moment ? Allait-il revenir ? Cet événement lui avait bien fait comprendre une chose : elle éprouvait bien plus que du désir pour John. A vrai dire, ses sentiments pour lui n'avaient jamais complètement disparu. Et elle doutait fortement qu'elle serait capable de survivre à un deuxième abandon de sa part.

Debout, au milieu de la pièce, elle noua ses bras autour de sa taille, essayant d'ignorer la dure réalité qui s'immisçait sans son esprit. Elle voulait s'enfuir, s'en aller loin, très loin. Mais elle mourait également d'envie de le revoir, de s'assurer qu'il allait bien, lui sauter au cou. L'embrasser. Se convaincre qu'il était à elle, rien qu'à elle.

Sauf que…

Elle soupira. Il n'était pas à elle, jamais il ne l'avait été et jamais il ne le serait. Leur histoire n'était…

Soudain, on frappa à la porte et Celia recula d'un bond. Alarmée par ce bruit, elle s'empara aussitôt de son poignard qui était posé sur la table et s'approcha lentement de la porte.

— Qui… Qui est-ce ?

— C'est moi, Celia, ouvre-moi, je t'en supplie.

Ses doigts se resserrèrent autour du manche de son poignard.

John !

C'était John ! Il était en vie ! Il était en vie et à quelques centimètres d'elle, derrière cette porte. Sa raison lui commandait de ne pas ouvrir la porte alors que son cœur lui disait de l'ouvrir et de se jeter dans ses bras.

Elle déposa son poignard sur la commode et prit une

profonde inspiration. Le cœur battant, elle tourna la poignée et ouvrit la porte.

Il était bel et bien là, un bras appuyé au montant de la porte. Il sentait la fumée et une tache sombre s'étendait sur sa joue. Il la regardait intensément, de ses yeux bleus, légèrement voilés.

— Mon Dieu ! Que s'est-il passé ?

En guise de réponse, il l'attira dans ses bras puis, la tenant contre lui, entra dans la chambre. Il ferma la porte derrière lui en lui donnant un coup de pied et la flamme de la bougie, posée sur la commode, qui éclairait la pièce, vacilla brusquement avant de s'éteindre.

— John, que…

Elle n'eut pas le temps de finir sa phrase qu'il plaqua ses lèvres sur les siennes, et pressa fiévreusement son corps contre le sien.

Une vague de désir déferla en elle. Elle ouvrit la bouche pour mieux goûter la saveur de ses lèvres. Dire que ce soir elle avait failli le perdre !

John écarta hâtivement les pans de sa robe de chambre et celle-ci tomba à ses pieds. Elle sentit ensuite ses doigts défaire les lacets de sa chemise de nuit, qui alla bientôt rejoindre la robe de chambre au sol.

Elle était désormais entièrement nue devant lui mais, étrangement, elle ne ressentait aucune gêne. Non, elle voulait plutôt sentir les mains de John se poser sur elle, et la caresser de la tête aux pieds.

Il enfouit une main dans ses cheveux alors que l'autre glissait le long de son dos. Son baiser se faisait plus profond, plus intense, et il la serra contre lui avec ardeur, exerçant avec ses doigts une délicieuse pression au creux de son dos.

Elle se hissa sur la pointe des pieds et noua ses bras autour de son cou, la tête renversée en arrière, captivée par le baiser. John grogna et c'est alors qu'elle sentit son érection, à travers son pantalon. Instinctivement, Celia se cambra contre lui et soupira de plaisir.

Les mains de John se posèrent sur ses hanches et il la

souleva sans le moindre effort. Elle noua aussitôt ses jambes autour de sa taille et s'agrippa aux muscles de son dos. Sans perdre une seconde de plus, il glissa une main entre ses cuisses. Celia poussa un cri lorsqu'elle sentit son doigt s'introduire dans ses replis intimes.

Il profita de cet instant pour couler de nouveau son autre main dans ses cheveux et lui saisir la nuque. Il sema des baisers le long de son cou puis planta ses dents dans la peau juste au-dessus de sa poitrine.

— John !

— As-tu envie de moi, Celia ? marmonna-t-il entre deux morsures.

Il passa sa langue sur l'endroit où il venait de la mordre et un frisson voluptueux lui courut sur tout le corps.

— Dis-moi que tu as envie de moi autant que moi j'ai envie de toi, Celia… Je veux l'entendre…

Envie ? Ce qu'elle ressentait en ce moment n'avait rien à voir avec de l'envie. Elle avait besoin de lui. Il était en train de détruire ses défenses une à une et elle voulait qu'il y parvienne le plus rapidement possible.

— Oui… J'ai… J'ai envie de toi.

La bouche de John descendit plus bas et il prit un téton entre ses lèvres, le titillant de sa langue.

— John… Oui… j'ai envie de toi.

Il la porta jusqu'au lit et l'allongea au milieu de la couverture en velours. Puis, soudain, il se redressa et elle se retint de protester, frustrée de ne plus sentir la chaleur de son corps contre le sien.

Impatiente, elle le regarda se déshabiller en hâte. Pas assez à son goût, pourtant ! Enfin, elle put se cambrer vers lui dès qu'il se pencha au-dessus d'elle. Leurs lèvres se joignirent en un baiser encore plus passionné. Emportée par un tourbillon sensuel, Celia laissa remonter à la surface tous les sentiments qui se bousculaient en elle depuis trop longtemps. Angoissée par leur force, elle s'agrippa plus fermement à John.

Soudain, il s'arracha à leur baiser et elle gémit. Qu'est-ce qu'il lui prenait ? Les mains serrées autour de sa taille, il se redressa et elle fit instinctivement de même. La pression de ses doigts était forte, mais la douleur ne lui était pas désagréable, au contraire. Mêlée à la passion qui la dévorait de l'intérieur, elle avait besoin de la ressentir. Il avait ramené son corps à la vie, décuplant ses sensations les plus élémentaires, les plus violentes aussi. Et bientôt il serait en elle ; il serait sien, elle serait sienne, même si ce n'était que le temps d'une nuit.

L'un en face de l'autre, ils étaient agenouillés sur le matelas et John se retourna quelques instants pour tirer les rideaux rouges du baldaquin, les coupant ainsi du monde extérieur. Seuls. Ils étaient seuls dans ce cocon sensuel, et plus rien n'avait d'importance. Il s'approcha de nouveau d'elle et enroula ses bras autour de sa taille. A son tour, elle posa ses mains sur ses épaules et les laissa glisser sur son torse musclé.

— Magnifique… chuchota-t-elle.

La lueur de la lune traversait péniblement le rideau rouge, les enveloppant dans une atmosphère sensuelle. La peau de John était lisse, hormis deux cicatrices, laissées par des lames sans doute, qui marquaient sa chair ferme.

Lentement, ses mains descendirent plus bas, explorant chaque parcelle de sa peau. Lui demeurait immobile et la regardait faire, concentré sur son plaisir.

Elle remonta encore jusqu'à son torse, jouant avec la fine toison qui recouvrait sa poitrine. De son doigt, elle dessina le contour de son téton et celui-ci durcit.

Elle se pencha et recouvrit de sa bouche le téton tendu. La respiration de John s'accéléra et elle sentit les battements de son cœur sous ses lèvres.

Ses mains glissèrent de son torse vers son ventre et s'attardèrent sur les muscles de ses abdominaux. Fermes et sensibles à la fois. Puis elle descendit encore, traçant du doigt la fine toison qui descendait vers son bas-ventre.

Elle traça ensuite ce même chemin du bout de la langue. Comme il réagissait ! Son corps frémissait à chaque pression de ses lèvres. A cet instant, elle ne put s'empêcher de saisir son membre viril dans sa main. Il était doux sous ses doigts, et en même temps dur et dressé, preuve de son désir pour elle. Elle le caressa tout en continuant à semer des baisers sur son bas-ventre. Du bout des doigts, elle appuya doucement sur l'endroit qu'elle savait particulièrement sensible, à la base de son membre. Sa réaction ne se fit pas attendre.

— Celia ! s'écria-t-il en enfouissant ses doigts dans ses cheveux.

Elle sourit contre sa peau et descendit encore un peu plus afin de pouvoir embrasser le bout de son membre. Elle l'enferma entre ses lèvres, l'introduisant petit à petit dans la bouche. Chaque fois qu'elle avait dû faire ça à Thomas, elle s'était sentie sale et honteuse. Mais avec John et de son propre gré, elle ressentait tout le contraire. Elle était comme habitée par un pouvoir sensuel. Elle se sentait libre et désirable. Elle donnait du plaisir au seul homme qu'elle ait jamais…

— Celia…

Sa voix, rauque et grave, fit naître en elle un trouble aussi délicieux que singulier. Il passa les mains dans ses cheveux et elle perçut un infime mouvement de ses hanches.

Enroulant sa langue autour de son sexe, elle plaqua les mains sur ses fesses fermes avant de les glisser de nouveau vers le haut. Il poussa un grognement et se cambra à son encontre. Elle continua de le taquiner et le provoquer avec sa langue, dans un mouvement de va-et-vient qui accéléra sa respiration.

Puis, tout d'un coup, John la saisit par les épaules et la repoussa d'un geste ferme. Prenant appui sur ses bras, Celia leva la tête et chercha son regard. Baigné dans la pénombre rougeâtre, son visage semblait dur, et ses yeux, brillants d'excitation.

— Tu me fais perdre mes moyens, Celia, marmonna-t-il en la soulevant et la pressant contre lui.

Sa bouche s'abaissa sur la sienne, réclamant un baiser. Il n'y avait rien de tendre dans son geste, et cela l'excita encore plus. Elle répondit avidement à son désir, écartant ses lèvres et caressant frénétiquement sa langue.

Elle enroula ses bras autour de son cou et ils tombèrent tous les deux sur le matelas. John roula sur elle, et son corps se cambra instinctivement sous le sien. Etendue sous son poids, elle écarta les jambes tandis qu'il couvrait son visage de baisers ardents. Puis sa bouche glissa le long de son cou et il planta ses dents dans la chair au creux de sa gorge.

— Oh ! John !

Elle se plaqua contre lui, galvanisée par le flot d'émotions qui l'envahissait. Il prit alors la pointe d'un de ses seins entre les doigts et le titilla avant de s'en emparer avec ses lèvres.

Celia referma les mains sur sa nuque, pressant sa tête contre sa poitrine. Son corps s'embrasait, brûlant d'un désir incontrôlable qui grandissait en elle. Il était le seul à pouvoir provoquer une telle réaction. Il savait exactement ce qu'elle aimait, comme s'il pouvait lire dans ses pensées. Il la connaissait mieux que personne… Cette idée la perturba quelque peu et elle la chassa aussitôt de son esprit. Elle aurait tout le temps d'y réfléchir plus tard. Rien ne devait la détourner de l'instant présent !

John dut percevoir que quelque chose n'allait pas, car il arrêta ses caresses et la saisit par la taille. Il roula sur le dos, et elle se retrouva sur lui. Dos à lui…

— Chevauche-moi, ordonna-t-il en glissant les mains sur son dos, jusqu'à ses fesses.

Celia rit, exaltée par l'impact de sa voix sur elle. Puis elle leva les reins et descendit lentement le long de son sexe. Elle sentit qu'il se cambrait sous elle, pour la pénétrer plus profondément.

Penchant la tête en arrière, elle prit appui sur les hanches de John. Elle ferma les yeux au moment où elle le sentit tout entier en elle. Une onde de plaisir se propagea dans son ventre.

Elle sentit ses cheveux caressés doucement par les mains de John et renversa la tête, les yeux fermés et la gorge déployée. Quel délice d'abolir ainsi toute résistance, de s'offrir si pleinement au plaisir ! Portée par la passion qui la dévorait, Celia ne tarda pas à accélérer le mouvement de ses hanches.

Brusquement, un frisson monta dans ses reins et se transforma en un rayon fulgurant qui lui arracha un cri de plaisir.

— Ah... Ah ! Celia !

Au moment où il cria à son tour, elle le sentit se raidir dans une extase ultime. Sentant qu'un étourdissement la guettait, elle se laissa tomber sur le matelas à côté de John.

Ils restèrent ainsi un long moment, plongés dans un silence ponctué par leurs respirations saccadées. Puis John l'attira dans ses bras tout en ramenant les draps sur eux.

Enveloppée par l'obscurité, elle se laissa bercer par le battement du cœur de John et par ses tendres caresses. Repue de plaisir, elle avait les paupières lourdes comme du plomb. L'impasse dans laquelle ils se trouvaient commençait à faire surface dans son esprit, mais elle repoussa une fois de plus ces sombres pensées. Elle était bien trop fatiguée, et puis elle aurait tout le temps de s'en préoccuper le lendemain... Plus tard...

Elle se blottit dans ses bras comme dans ceux de Morphée, et sombra bientôt dans un profond repos.

Celia émergea lentement des agréables profondeurs du sommeil. Elle ne voulait pas se dérober à son rêve dans lequel John et elle étaient allongés dans une prairie, sous un soleil d'été, s'embrassant à en perdre la raison. Elle se sentait tellement bien avec lui, elle savait que plus rien ne pouvait lui arriver du moment qu'elle était dans ses bras.

Redoutant la dureté et la cruauté du monde extérieur, elle répugnait à ouvrir les yeux. Si seulement elle pouvait les garder fermés assez longtemps pour replonger dans son beau rêve ! Mais au bout d'un moment elle risqua un regard.

Les rideaux du lit étaient toujours tirés, baignant le petit espace d'un rouge vif. Allongé sur le côté, son corps était recouvert par les draps.

Un effleurement de lèvres sur son épaule lui fit bondir le cœur et elle réprima un frisson.

John.

Elle sentit sa main glisser sur sa taille et il la ramena fermement à lui. Il déposait des petits baisers, légers comme des plumes, sur son dos et ses épaules. Une émotion confuse lui serra alors la gorge. Un besoin aussi vital qu'urgent naquit brusquement au creux de son ventre. Apparemment, leurs ébats de la veille n'avaient pas suffi à calmer son désir. Bien au contraire… Pourtant, cette nuit, John lui avait donné bien plus qu'elle n'aurait pu imaginer. Elle s'était laissé porter par la passion, oubliant momentanément tous ses soucis. Et voilà qu'à présent une petite voix dans sa tête essayait de lui faire comprendre le danger de la situation… Mais les baisers de John la firent taire rapidement.

— Je sais que tu es réveillée, Celia, murmura-t-il dans son oreille. Je le sens.

Il repoussa les cheveux de son cou et y sema un long baiser appuyé. Elle se blottit contre lui et son érection vint se presser sur le bas de son dos.

— Toi aussi, à ce que je vois. A ce que je sens, plutôt !

John éclata de rire.

— Oui, depuis un bon moment mais mon intention n'était pas de te réveiller. Je voulais te tenir dans mes bras pendant que tu dormais.

— Pourquoi ?

Son estomac se noua pendant qu'elle attendait sa réponse.

— Parce que tu n'es pas hostile envers moi lorsque tu dors. Tu étais même en train de sourire. De quoi rêvais-tu ?

— D'un monde sans neige.

— Sans neige… Et sans querelles de reines ?

— Si seulement ! Mais ne rêvons pas trop, répondit-elle en riant.

Celia posa la main sur son bras et glissa son doigt sur sa peau chaude et ferme, sentant ses poils se dresser et son muscle se contracter sous sa caresse.

— Avez-vous fini par découvrir ce qui s'était passé hier ? La cause de l'explosion ? demanda-t-elle.

Elle le sentit se raidir un court instant. John resserra son étreinte autour de sa taille et finit par se détendre contre son corps.

— Rien de grave. Un puritain, disciple de John Knox, a mis le feu à un bâtiment abandonné se trouvant aux abords de la ville, pensant que celui-ci allait être transformé en une chapelle catholique. Ce qu'il ignorait, en revanche, c'est que ce bâtiment servait de vivier à une taverne située non loin qui y avait entreposé, entre autres, des barils de whiskey. D'où l'explosion.

— Oh… Et l'endroit allait vraiment être transformé en chapelle ?

— Non. Mis à part les lieux de culte secrets, l'unique chapelle catholique d'Ecosse se trouve ici, dans le palais. A son retour, la reine avait déclaré que, même si elle-même est de confession catholique, la religion protestante resterait la religion de l'Ecosse.

— Et l'homme qui a mis le feu au bâtiment, a-t-il été arrêté ?

— Oui, mais cela ne change rien. Un autre prendra tôt ou tard sa place. Nombreux sont ceux qui soutiennent les propos de Knox.

Absorbée par ses pensées, Celia ne dit rien. Elle caressait le bras de John en pensant à tous les malheurs qui découlaient de ce monde, à la cruauté que certaines personnes portaient en elles. En fin de compte, il n'y avait pas que du bon à vivre à la cour et à côtoyer, de près ou de loin, les membres de la famille royale et ceux de la noblesse. Elle l'avait très vite compris depuis qu'elle était arrivée en Ecosse. Si seulement William avait pu le comprendre, lui aussi, avant de…

— On raconte que la reine Marie convolera bientôt en justes noces, dit-elle, chassant de son esprit le souvenir de son frère.

— Oui, c'est fort probable. C'est une femme qui ne peut pas rester longtemps sans la compagnie d'un homme.

— Et crois-tu qu'elle pourrait épouser lord Darnley ?

— Oui.

— Mais… Pourquoi ? Pourquoi lui ? Il est si… vulgaire et… Et elle, c'est une reine.

— Une reine avec très peu d'options. Les princes et les rois à marier ne sont pas nombreux. Et, parmi ceux qui le sont, disons que le choix n'est guère… attrayant. Et jamais elle n'épousera un de ses courtisans.

— La reine Elisabeth lui a pourtant proposé d'épouser lord Leicester.

John eut un petit rire.

— La reine Marie paraît peut-être insouciante, mais elle a aussi sa fierté. Jamais elle n'accepterait d'épouser un soupirant de sa cousine.

— Et il ne reste donc que Darnley.

Celia éprouva soudain un élan de pitié pour les deux reines. Certes, elles étaient toutes les deux nées dans le luxe et ne connaissaient pas la pauvreté et le besoin. Mais elles étaient également prisonnières d'une cage dorée : la cour. Leurs existences étaient réglées comme du papier à musique. Pouvaient-elles seulement éprouver de véritables sentiments envers un homme ? Des sentiments forts, intenses et merveilleux ? Comme ceux qu'elle nourrissait à l'égard de John et qu'elle essayait de réprimer depuis si longtemps…

— Mais, tu sais, dit John, la reine Marie n'a pas la même image de lord Darnley que nous.

— Ah non ?

— Non.

Il passa la main dans ses cheveux et les caressa un moment.

— Si mon métier m'a bien appris une chose, reprit-il, c'est à cerner les personnes ; à étudier leurs faits et gestes pour mieux anticiper leurs réactions.

— Lorsque tu dis « personnes », tu penses surtout à la gent féminine, n'est-ce pas ?

Elle regretta ses paroles à peine les eut-elle prononcées. Pourquoi avait-elle dit une telle chose ? D'autant plus qu'elle connaissait parfaitement la réponse.

— Oui, aussi. Même si certaines sont bien plus difficiles à comprendre que d'autres.

Il resserra encore son bras autour d'elle.

— Et il y en a une en particulier que je ne comprends pas toujours, lui murmura-t-il à l'oreille.

— Et… La reine Marie, que penses-tu qu'elle va faire ? demanda-t-elle en essayant de contenir sa surprise face à ses paroles.

— Même si elle a grandi à la cour de France, qui est, en toute honnêteté, un véritable nid de vipères, la reine Marie n'est pas une personne qui use de faux-fuyants. En plus d'être très émotive et impulsive, elle a le cœur sur la main. Mais elle se sent également très seule. Cela fait déjà plusieurs années qu'elle est veuve.

— Lord Darnley est donc au bon endroit au bon moment. Et, en plus de ça, c'est un bel homme.

Peut-être, mais un bel homme qui cache en lui une âme sombre et délabrée !

— Oui, il est séduisant et il peut également se montrer très charmant quand il le veut bien. Et puis, étant donné qu'il est le cousin des deux reines, l'intégrité de la famille royale est préservée. Mais la reine Marie ne se doute pas de ce qui l'attend.

Il reposa ses cheveux sur son épaule et les caressa.

— Elle risque d'avoir une désagréable surprise une fois qu'elle l'aura épousé. Je l'imagine mal comme le consort idéal.

Les mots de John confortèrent Celia dans son idée. Non, elle n'enviait décidément pas les reines et leur train de vie. Et puis, pour l'instant, elle ne voulait pas avoir à penser à tout cela. Elle voulait être toute à John, et sentir contre elle la chaleur rassurante de son corps.

Elle se tourna vers lui puis se redressa sur le lit, laissant les draps tomber à la hauteur de sa taille.

— Et moi, John ? Que peux-tu dire de moi ?

Soutenant son regard, il se redressa à son tour puis la saisit par la taille avant de la rapprocher de lui, lentement mais fermement.

— Toi, Celia… Tu me rends fou.

Il se pencha en avant et déposa un baiser sur son ventre, juste au-dessus de son nombril.

— Je suis parvenu à mettre ton corps à nu mais ton âme… Je n'y arrive toujours pas. Tu m'échappes de justesse chaque fois, murmura-t-il contre sa peau.

Celia rejeta sa tête en arrière et ferma les yeux, enivrée par le contact de ses lèvres humides sur sa peau brûlante. Elle ignorait peut-être tout des intrigues des cours royales mais, là, dans les bras de John, elle était persuadée d'une chose : le mariage de la reine Marie et de Darnley courait au désastre. Un homme et une femme ne pouvaient pas cohabiter paisiblement sans partager des instants aussi intenses, sans créer une complicité aussi sensuelle et sans être liés par une passion ardente. Non, selon elle, c'était impossible.

John s'allongea à côté d'elle et enfouit la tête dans son cou en prenant une longue inspiration. Ils restèrent ainsi, immobiles et enlacés, un long moment. Le visage perdu dans ses cheveux, John ne cessait d'inhaler leur odeur, la faisant frissonner de désir à chaque inspiration.

Saisie par une exaltation sensuelle, Celia passa ses bras autour de lui. Sa peau humide dégageait une chaleur intense et, à chaque caresse, ses muscles se contractaient sous ses doigts.

— Celia… Celia, ne cessait-il de murmurer à son oreille.

Elle était bouleversée par le timbre de sa voix, par la façon dont il prononçait son prénom, encore et encore, et ses yeux s'embuèrent de larmes. Et elle aurait certainement pleuré s'il ne s'était pas redressé, l'attirant en même temps à lui. Puis, la soulevant à bout de bras, il l'installa sur lui. Elle sentit son sexe raide pressé contre le sien.

Impatiente, elle se mit sur les genoux et souleva légèrement les hanches, prête à l'accueillir. Elle glissa la main entre eux afin de le guider, lentement. Il gémit et se glissa en elle d'un seul coup.

Ses coups de reins l'entraînaient dans son rythme, dans leur rythme. Leurs cœurs battant à l'unisson et leurs respirations haletantes brisaient le silence qui les enveloppait, qui protégeait leur cocon voluptueux si fragile.

John émit un grognement sourd et la saisit par la taille. Il imprima à ses hanches un mouvement de plus en plus rapide et le corps de Celia répondit aussitôt à cet assaut tant attendu, tant désiré.

— Oh ! John !

Emportée par un ouragan de désir, elle ne pouvait ni respirer ni réfléchir. Elle sentait John la remuer au plus profond d'elle-même, stimulant le point le plus sensible de son corps, et c'était tout ce qui comptait.

— Celia !

John rejeta la tête en arrière et lui donna un coup de reins violent et résolu.

Serrés dans les bras l'un de l'autre, ils crièrent jouissance en même temps, enivrés par la passion et emportés par le désir.

Toujours enlacés, ils se laissèrent tomber sur le lit, immobiles, incapables de faire le moindre geste ni de prononcer le moindre mot.

Celia appuya sa tête sur l'épaule de John. Elle sentit ses bras se refermer sur elle, ses doigts glisser dans ses cheveux humides.

Pressée contre son corps chaud et musclé, elle se laissa emporter par un sommeil profond, empli de rêves.

18

Celia pressa une main sur sa bouche pour contenir le rire nerveux qui montait en elle. Lord Darnley avait tenu à assister à l'office religieux de John Knox afin de prouver son attachement à la religion protestante, et Celia et quelques autres l'avaient accompagné pour garder un œil sur lui. Après la nuit passionnée qu'elle venait de passer, comment aurait-elle pu garder son sérieux devant les sermons sinistres et menaçants de Knox ? Surtout lorsqu'ils étaient aussi longs ! Quand l'office se termina enfin, Celia attendit que les autres quittent la chapelle pour se laisser le temps de recouvrer son calme, puis sortit à son tour. Celia repensa un instant aux paroles qu'elle venait d'entendre à l'office, tout en marchant prudemment derrière les autres. En plus d'être longs, les sermons de Knox contre la reine Marie et son gouvernement avaient été durs et violents. Mais ses idées étaient si arrêtées, et sa diction, tellement comique, que Celia n'avait pu retenir un fou rire tout à fait malvenu. Knox n'avait-il aucun sens du ridicule ? Elle était certaine qu'elle n'avait pas été la seule à rire sous cape. A choisir, elle préférait de loin écouter les sermons du prêtre de la reine Elisabeth. En tout cas, elle plaignait la pauvre reine Marie de subir ce prédicateur si zélé. Au fond, la jeune reine n'aurait-elle pas mieux fait de rester en France, loin de l'hostilité de certains de ses sujets ?

Soudain, une main se posa sur son bras et elle sursauta. Perdue dans ses pensées, elle n'avait pas fait attention au fait que quelqu'un marchait à ses côtés. Elle leva brusquement la tête et croisa le regard de lord Knowlton.

— Je ne sais pas vous, lui dit-il en souriant, mais les sermons du prêtre de notre reine me semblent bien moins… agressifs.

Celia rit.

— Oui, en effet. En plus de cela, ils sont également beaucoup plus courts. Je dois avouer que Knox est un orateur assez intimidant.

— A votre avis, qui sortira vainqueur de cette lutte pour le pouvoir : la reine ou Knox ?

— Ce sont deux personnalités que tout oppose mais qui ont en commun d'être obstinées. Je ne m'avancerai donc pas sur l'issue de leur différend. Et puis j'espère surtout que nous aurons quitté l'Ecosse avant que les hostilités reprennent.

Lord Knowlton ne répondit rien. Mais il la scruta d'un regard si intense qu'elle finit par détourner les yeux, embarrassée par le fait qu'il montre autant d'intérêt à son égard. Elle n'avait pas passé beaucoup de temps en sa compagnie, mais le trouvait néanmoins charmant. C'était un interlocuteur attentif et agréable. Avec lui, les choses semblaient très simples. Tout le contraire de John.

John…

Non, ce n'était guère le moment de penser à lui.

Elle tourna la tête et recroisa le regard de lord Knowlton. Mais, cette fois-ci, une sensation étrange l'envahit. Son expression avait changé. Il la regardait comme s'il cherchait à découvrir quelque chose, à lire en elle. Que pouvait-il bien s'imaginer ? Même si Celia n'appréciait pas d'être scrutée avec autant d'attention, elle ne pouvait pas vraiment lui en vouloir. Après tout, la surveillance n'était-elle pas la règle, à la cour d'Ecosse ? Tous ici disaient une chose et en faisaient une autre. Elle non plus ne dérogeait pas totalement à ce principe. Cependant, elle commençait à se lasser de ces faux-semblants. Pourquoi devait-elle toujours se tenir sur ses gardes, se méfier de tout et de tout le monde ? Soudain pressée de se retrouver au calme, Celia accéléra le pas pour rattraper les autres, bientôt imitée par lord Knowlton.

— Etes-vous pressée de retourner en Angleterre ? demanda-t-il. Vous n'aimez donc pas l'Ecosse ?

— Si, si, beaucoup, mais ma vie est en Angleterre, répondit-elle en pesant ses mots. Et non ici.

— Et que ferez-vous une fois rentrée ? Resterez-vous au service de la reine Elisabeth ? Ou bien irez-vous retrouver votre famille ?

Celia s'accorda quelques instants de réflexion. C'étaient là des questions auxquelles elle ne savait pas comment répondre. Que lui réservait l'avenir ? Elle était tellement préoccupée par sa mission et par son histoire avec John qu'elle avait oublié le plus important : se concentrer sur son propre futur.

— Je n'ai plus de famille, dit-elle. Je pense donc rester à la cour dans un premier temps.

— Et ne préféreriez-vous pas avoir votre propre demeure, un chez-vous ?

Celia lui adressa un regard surpris.

— Bien sûr que si. Mais je crains que cela ne soit pas aussi simple.

Il hocha la tête d'un air songeur.

— Vous savez, je suis veuf depuis plusieurs années déjà et le fardeau de la solitude devient de plus en plus difficile à porter.

Il marqua une pause puis déclara en souriant :

— Mais, bientôt, et si tout va bien, j'aurai les moyens de reconstruire ma vie sur d'autres bases. Et de rendre une femme heureuse.

Troublée par l'étonnante confession qu'il venait de lui faire, Celia afficha un sourire poli. Que pouvait-elle bien lui répondre ? Jamais il ne lui avait parlé de la sorte.

— Je... C'est formidable, articula-t-elle finalement. Je suis ravie pour vous, lord Knowlton.

Songeait-il à faire d'elle son épouse ? Et ces « moyens » qu'il avait mentionnés, à quoi se référait-il exactement ? Travaillait-il lui aussi pour la reine Elisabeth ?

— Peut-être me permettrez-vous de vous en parler plus en détail à notre retour à Londres ? demanda-t-il.

Elle hocha légèrement la tête puis porta son attention sur la rue devant elle. Pour l'instant, elle préférait ne pas l'encourager dans cette voie. Mais à l'avenir, si John se détournait de nouveau d'elle, si la reine n'avait plus de mission pour elle et oubliait sa promesse, peut-être alors que Celia prêterait une oreille plus attentive aux projets de lord Knowlton…

Lorsqu'elle eut enfin atteint le couloir où se trouvait sa chambre, Celia effaça son sourire plaqué qui commençait à lui faire mal aux joues.

La matinée avait été longue et éprouvante, et les bavardages incessants des autres dames de compagnie lui avaient donné mal à la tête. Elle avait besoin de calme, de s'éloigner de la frénésie de la cour, pour faire le point sur tout ce qu'elle avait appris concernant les deux reines. Pour réfléchir sur les paroles de lord Knowlton. Et, bien sûr, pour analyser l'état de sa relation avec John.

Elle tourna la clé dans la serrure, heureuse à l'idée d'être enfin seule, mais lorsqu'elle ouvrit sa porte ses résolutions s'évanouirent aussitôt. John, dans sa chambre ! Il était tranquillement occupé à lire un document qu'il tenait dans la main, confortablement installé sur son lit. Se croyait-il chez lui ? Agacée par tant de désinvolture, Celia claqua la porte derrière elle et il leva aussitôt les yeux du papier qu'il examinait, en lui adressant un sourire enjôleur.

Prise au dépourvu, Celia voulut effacer de son visage toute trace de ce sourire qui la faisait fondre. C'était trop facile ! Elle voulait qu'il parte de sa chambre, qu'il arrête de la tourmenter, de lui faire miroiter toutes ces belles choses qu'elle n'aurait jamais. Et puis était-ce réellement lui la source de tous ses tourments ? N'était-ce pas plutôt son cœur et ses sentiments contradictoires qui ne faisaient qu'attiser sa déception et sa méfiance ?

— Je commençais à me demander où tu étais passée, dit-il. Alors, t'es-tu bien amusée ?

— Certainement moins que toi, à ce que je vois. Je trouve injuste le fait que tu aies pu rester ici alors que nous, nous étions obligés non seulement d'accompagner Darnley afin de le surveiller, mais également d'écouter des sermons enflammés de Knox.

Sur ces mots, elle se tourna vers la coiffeuse et y déposa ses gants ainsi que son livre de prières. Puis elle ôta les épingles qui retenaient son voile et le posa devant elle. Lorsqu'elle releva la tête, elle croisa le regard de John dans le miroir.

Pas question d'y prêter la moindre attention ! Celia s'appliqua plutôt à discipliner les mèches ébouriffées qui s'échappaient de son chignon. Mais, du coin de l'œil, elle ne pouvait s'empêcher de l'apercevoir. Les deux mains derrière la tête, il la regardait avec une telle insistance qu'elle en fut troublée. Son pourpoint était déboutonné et sa chemise entrouverte laissait voir son torse musclé. Le torse qu'elle avait exploré de ses lèvres et ses doigts, dans ce même lit, la veille. Le torse ainsi que toutes les autres parties de son corps. Nu. Et, en y repensant, elle n'avait plus qu'une seule envie : recommencer.

Lentement, elle passa le bout de sa langue sur ses lèvres et le regard de John se fit encore plus vif. Sans le quitter des yeux dans le reflet du miroir, Celia défit la fibule qui retenait sa cape et celle-ci tomba par terre. Visiblement surpris par le spectacle qui s'offrait à sa vue, John se redressa sur le matelas. Celia dénoua ensuite les lacets qui fermaient le col de sa chemise et en écarta les pans, révélant ainsi le corsage de sa robe de velours noir.

— As-tu au moins appris quelque chose d'intéressant ? demanda-t-il, les yeux fixés sur elle.

— Oh, oui, plusieurs choses, même.

Elle retira les épingles qui retenaient son chignon et ses cheveux tombèrent en cascade sur son dos. Elle les passa par-dessus son épaule avant de poursuivre :

— J'ai appris que lord Darnley était très doué lorsqu'il

s'agissait de feindre la piété. Et aussi que Knox écumait de rage lorsqu'il parlait de tout ce qui touche à l'autorité féminine. La reine Marie aurait vraiment mieux fait de rester en France.

Celia prit sa brosse et, penchant légèrement la tête sur le côté, commença à se coiffer. Il y eut un court silence, ponctué uniquement par le bruissement de la brosse, et elle ferma les yeux. Puis elle perçut un froissement de tissu suivi d'un bruit de pas sur le plancher. Elle sentit la chaleur du corps de John l'envelopper avant même qu'il ne vienne se placer juste derrière elle.

Il lui prit la brosse de la main et passa sa chevelure derrière son épaule, et elle se raidit lorsqu'il se mit à la lui brosser avec des gestes tendres et réguliers.

— Y a-t-il autre chose qui a retenu ton attention ? lui murmura-t-il à l'oreille.

— Je crois bien que lord Knowlton va me faire une demande en mariage.

A peine eut-elle prononcé ces paroles qu'elle les regretta amèrement.

L'espace d'un instant, John interrompit le mouvement de son bras et elle sentit une tension s'emparer de lui.

— Cela ne me surprend guère. Je suis certain que beaucoup d'hommes rêvent de t'épouser, marmonna-t-il en reprenant le brossage.

Peut-être, mais, toi, tu n'en fais pas partie.

— Il m'a également fait comprendre que, bientôt, il serait en mesure d'offrir une vie paisible à sa future femme, répondit-elle, tâchant de dissimuler la tristesse qui perçait dans sa voix.

— Et que penses-tu qu'il voulait dire ?

Elle soupira.

— Qu'il sera bientôt à l'abri du besoin, sans doute. Je sais de source sûre que sa fortune est assez modeste. Peut-être que la reine Elisabeth lui a également promis une récompense au cas où la mission serait un succès. Ou alors…

Une pensée déplaisante s'insinua tout à coup dans son esprit et elle se tut.

— Ou alors quoi ?

— Mais non, ça n'a pas de sens, dit-elle, poursuivant sa réflexion à voix haute. Lord Knowlton est sans doute l'homme le plus poli et respectueux que je connaisse. En plus, il a l'air très dévoué à notre reine. Cela dit, lord Burghley nous a bien prévenus que nous serions entourés par des espions français et espagnols, et que ces derniers ne reculeront devant rien pour défendre les intérêts de leurs souverains respectifs.

Celia se tut, songeant un instant à cette éventualité. Non, c'était ridicule. Lord Knowlton, un espion ? Mais, d'un autre côté, les apparences étaient souvent trompeuses. Elle en savait quelque chose. Il fallait se méfier de tout et de tous. Et John, dans tout ça ? Que devait-elle penser à son sujet ? Il se tenait si près d'elle qu'il lui embrouillait l'esprit. Elle ne parvenait même plus à réfléchir sainement.

— Nous allons garder un œil sur lui, alors. On n'est jamais trop prudent, dit John.

Elle hocha légèrement la tête en guise de réponse.

— Et que vas-tu répondre à sa demande en mariage ? demanda-t-il au bout de quelques instants.

— Il faudrait déjà qu'il se déclare. Quoi qu'il en soit, je vais devoir me remarier tôt ou tard et il semble être un bon parti. Bien meilleur que Thomas, en tout cas.

— Peut-être devrais-tu considérer les autres demandes.

Elle rit d'un rire moqueur.

— Mes prétendants, si j'en ai toutefois, ne font pas la queue à ma porte. Je ne vois pas qui d'autre pourrait bien me demander ma main.

John ne dit rien. Il posa la brosse sur la coiffeuse et lui souleva les cheveux en les portant vers son visage. Celia l'observa sentir leur parfum avant de renverser sa tête en arrière, contre son torse.

Il enfouit son visage dans le creux de son épaule et embrassa son cou à pleine bouche. Celia leva un bras et glissa les doigts dans la chevelure de John, repoussant les mèches qui lui chatouillaient le cou. Il lui mordilla alors la peau et elle étouffa un petit cri.

— Celia…

Il déposa un autre baiser sur son cou puis posa son front contre son épaule.

— Celia… Tu m'as tellement manqué ces trois dernières années… Je n'ai pas cessé de penser à toi. Ma princesse…

Celia tressaillit. Ces mots avaient pour elle l'effet une véritable révélation, et son cœur se mit à battre plus fort. Avait-il vraiment pensé à elle ? Un espoir fou, mêlé à un sentiment de peur, commençait à monter en elle. Tout cela ne changeait en rien le passé, mais l'avenir, qu'en était-il de l'avenir ? Se pourrait-il que leur avenir soit… commun ?

Lentement, Celia se tourna vers lui en reculant d'un pas. Elle posa ses mains sur son torse et le regarda intensément. John se tenait immobile et la fixait d'un air étrange, la transperçant de ses yeux bleu foncé. Jamais auparavant elle ne l'avait vu ainsi. Il semblait sincèrement peiné et un frisson la parcourut à cette découverte.

Elle voulut détourner le regard mais se retint. Jusqu'à présent, elle l'avait maudit, haï, même, de l'avoir abandonnée alors qu'elle lui avait donné son cœur et sa vertu. Mais maintenant elle ne savait plus quoi penser. Que devait-elle ressentir vis-à-vis de lui ?

L'homme qui se trouvait en face d'elle n'était pas celui qu'elle avait connu trois ans plus tôt. Ce n'était plus le jeune homme impulsif et espiègle qui lui avait fait tourner la tête, non. Il semblait plus mûr, sur ses gardes, et il avait dû vivre et voir tellement de choses ; des choses qu'il se gardait bien de partager avec elle et que, pourtant, elle ne pouvait pas ignorer. Celia voulait qu'il s'ouvre à elle, qu'il lui parle de lui. Elle voulait savoir ce qui se cachait derrière son apparence nonchalante.

Du bout des doigts, elle caressa sa tempe, ses pommettes, sa mâchoire rugueuse et son nez. Il ferma les yeux lorsqu'elle effleura ses lèvres. Il les entrouvrit, lui prit l'index entre ses dents puis le suça.

— John…

Elle se haussa sur la pointe des pieds et lui embrassa la joue.

— John…

— Je suis là, Celia, répondit-il d'une voix rauque avant de la soulever dans ses bras et la porter jusqu'au lit.

Il l'allongea sur la couverture et elle ferma les yeux. Lorsqu'elle comprit qu'il ne comptait pas la rejoindre immédiatement, elle ouvrit les yeux et se redressa sur ses coudes.

Il la regardait, une expression particulière sur son visage. Il lui enleva une chaussure, puis l'autre et glissa ses mains le long de ses mollets en relevant ses jupons. Il se pencha en avant et embrassa l'endroit sensible derrière son genou.

La réaction fut immédiate. Même à travers ses bas de soie, Celia pouvait sentir la chaleur de ses lèvres sur sa peau. Envahie par une émotion intense, elle se laissa tomber sur le matelas et ferma les yeux. Elle voulait profiter de chaque baiser et de chaque caresse de John, comme si c'étaient les dernières.

Bientôt, le ruban de sa jarretière céda sous les doigts de John, et il lui enleva le bas. Il fit ensuite passer ses mains sur son autre jambe, dénoua la deuxième jarretière et enleva son bas tout en traçant de ses lèvres un sillon de feu le long de sa cuisse et de son mollet. Il lécha le dessus de son pied puis s'installa entre ses jambes en se redressant. Elle souleva les hanches lorsque ses mains s'agitèrent sur la fermeture de sa jupe et son cœur se mit à battre plus vite.

La bouche de John parcourait avidement chaque parcelle de son corps qu'il déshabillait avec une lenteur délibérée et une telle tendresse qu'elle faillit en pleurer.

Lorsqu'elle fut complètement nue, il se mit debout au pied du lit et elle leva la tête pour croiser son regard. Sans détacher son regard du sien, il déboutonna son pourpoint et le jeta par terre. Il dénoua ensuite les lacets de sa chemise, qui ne tarda pas, elle aussi, à rejoindre le sol.

Tenaillée par l'impatience, elle se redressa et vint s'agenouiller devant lui, sur le bout du lit. Elle déboutonna la braguette de son pantalon et le baissa sur ses cuisses musclées, libérant son sexe, déjà dressé contre son ventre.

— Celia, marmonna-t-il en l'allongeant sur le lit.

Elle se laissa faire, sans détacher ses yeux de son visage. Toute la honte et la douleur qu'elle avait subies au cours des unions charnelles avec Thomas s'étaient comme envolées. Elle voulait sentir le poids de John sur elle, ses lèvres sur les siennes, qu'il la possède et la comble, qu'il la fasse sienne.

Il dut comprendre ce qu'elle attendait de lui, car une lueur sombre passa dans ses yeux. Elle hocha légèrement la tête et il laissa glisser son corps chaud et musclé le long du sien. Peau contre peau, la chaleur de John se fondait dans la sienne et elle noua ses jambes autour de sa taille.

Elle gémit lorsqu'il caressa ses lèvres du bout de sa langue avant de la glisser dans sa bouche, lui donnant un baiser aussi profond que passionné. Tandis que leurs langues se mêlaient, elle enroula les bras autour de lui et pressa ses doigts sur son dos. La peau de John était ferme et chaude et elle sentait ses muscles se crisper sous chacune de ses caresses.

Etait-ce le fruit de son imagination, ou se pouvait-il que leur complicité fût renforcée à chaque nouvelle étreinte ? Ils avaient été unis par le plaisir charnel de nombreuses fois auparavant. Mais, cette fois-ci, c'était différent. Certes, ils étaient portés par la passion, le désir et la sensualité, mais il y avait également de la tendresse dans chacun de leurs gestes, une compréhension qui allait bien au-delà des mots.

Sans jamais cesser de la regarder, John entra doucement en elle et ils ne furent plus qu'un. Ils étaient comme soudés par un lien qui dépassait son propre entendement.

Ils restèrent ainsi, immobiles et silencieux, quelques instants, laissant leurs corps et leurs yeux parler à leur place.

— John… S'il te plaît… murmura Celia, tremblant d'un besoin qu'elle ignorait.

Il était sur elle, en elle et pourtant elle en voulait plus, elle avait besoin de plus. Besoin de lui.

Il se retira puis revint en elle plusieurs fois, avec une infinie lenteur, puis commença à accélérer le mouvement de ses hanches et elle s'abandonna au va-et-vient de plus en plus voluptueux et véhément à la fois.

Elle fit glisser ses mains le long du dos de John, jusqu'à ses fesses, puis y enfonça ses ongles, le poussant à la posséder. Car oui, malgré tout ce que pouvait bien lui réserver l'avenir, elle était et resterait à jamais sienne, même si elle savait que lui ne serait sans doute jamais à elle. Mais, pour le moment, leurs corps moites et brûlants glissaient l'un contre l'autre, s'accordant à la perfection, et c'était tout ce qui lui importait.

Les assauts de John s'intensifiaient, jusqu'à ce que la boule de feu au creux de son ventre explose et qu'un orgasme fulgurant la secoue tout entière.

Elle ouvrit les yeux au moment où John cria sa jouissance. Son visage était déformé par le plaisir et elle en éprouva un frisson. Puis il roula sur le côté, posant le plat de la main sur son ventre.

Celia savoura alors les dernières vagues d'extase. Elle se sentait en paix avec elle-même, car elle avait de nouveau pris conscience de sa féminité, qu'elle croyait perdue depuis longtemps.

Lorsqu'elle eut retrouvé ses esprits, elle se serra contre John, appuyant le front contre son torse. Il lui embrassa les cheveux, et à peine eut-il passé ses bras autour de sa taille qu'elle s'endormit paisiblement.

19

Appuyé sur son coude, John regardait Celia dormir. Ne pouvant plus se contenir, il effleura son dos nu puis remonta doucement vers son épaule marquée par une cicatrice. Maudite séquelle de son mariage !

Malgré cette marque, sa peau était si douce et tiède sous ses doigts. Celia lui semblait si vulnérable en cet instant… Il laissa glisser sa main sur son bras puis noua doucement ses doigts aux siens, caressant sa paume du bout du pouce. Quand auraient-ils de nouveau la chance de partager de tels instants ?

Leur mission touchait inévitablement à sa fin et John ignorait encore ce que leur réservait l'avenir. Leurs routes allaient-elles se séparer, encore une fois ? Cette pensée lui transperça le cœur d'une douleur si vive qu'il ferma les yeux pour l'éloigner de son esprit.

Leurs moments d'intimité avaient tout changé en lui. Non, en réalité, il avait changé le jour où il avait revu Celia, au palais de Whitehall.

Pendant trois ans, trois longues années, il s'était accroché à la mémoire d'une jeune fille douce et sensible qui avait su se frayer un chemin jusqu'à son cœur et qui avait donné un sens à sa vie. Un simple sourire de sa part avait suffi à effacer toutes les horreurs qu'il avait pu voir, toute la douleur et la rancœur qu'il cachait au fond de lui. Ses sentiments envers elle étaient alors si forts, et demeuraient malgré la distance, malgré sa mission à la cour de France. Cerné par le danger, il ne devait sa survie qu'aux souvenirs inestimables qu'il avait gardés d'elle.

La vie les avait séparés, mais, aujourd'hui encore, Celia avait le don de provoquer en lui des sensations qu'il était incapable d'expliquer. Elle était la seule femme qui comptait réellement à ses yeux.

Mais un sentiment de honte monta bientôt en lui. Comment pouvait-il être allongé là, à côté d'elle, en train d'espérer l'impossible, après tout le tort qu'il lui avait causé ? C'était plus fort que lui, tout simplement. Comme si une force irrésistible l'attirait vers elle, une force à laquelle il ne servait à rien de résister.

Il soupira, repensant à son regard lorsqu'elle s'était allongée sur ce même lit, quelques heures plus tôt. Celia s'était offerte à lui sans retenue, et ce signe de confiance l'avait touché au plus profond de son âme. Et maintenant il n'avait qu'une seule envie : la garder auprès de lui, lui donner son nom, même si, au fond de lui, il savait très bien que cela n'arriverait jamais. Car comment pourrait-elle se donner à jamais à un autre homme, à lui, après tout ce qu'elle avait dû endurer ?

D'ailleurs, comment pouvait-il songer à un avenir avec Celia sans lui révéler son implication dans la mort de son frère ? Même s'il n'avait fait là que son devoir en servant les intérêts de la reine, il serait obligé de lui avouer la terrible vérité. Bien évidemment, cette révélation anéantirait à jamais tout avenir commun, après quoi sa vie n'aurait sans doute plus aucun intérêt. Mais il fallait qu'il lui dise la vérité. Il lui devait bien ça !

Oui, il allait le lui dire, mais pas maintenant. Pas aujourd'hui. Il voulait profiter de chaque moment intime qui s'offrait à eux.

Joignant l'acte à la pensée, il se redressa et dégagea les cheveux de l'épaule de Celia. Il déposa un baiser sur sa cicatrice, affligé de ne pas pouvoir la faire disparaître, elle et toutes les douleurs dont son corps avait dû pâtir. Il sema des baisers le long de son dos et elle gémit lorsque ses lèvres s'attardèrent sur la courbe de ses fesses. Tout en en embrassant une, il caressait légèrement l'autre du bout de ses doigts.

— J… John, chuchota-t-elle d'une voix endormie.

— Je suis là.

Il mordilla doucement sa peau et elle inspira vivement. Il sourit contre son cou et la retourna sur le dos. Puis il posa le menton sur son ventre et leva le regard vers elle. Les joues rouges, elle le regardait avec ses beaux yeux gris, pétillants de désir.

— T'ai-je réveillée, ma princesse ? Tu m'en vois sincèrement navré.

— Pourquoi ai-je du mal à te croire ?

Il la sentit bouger et son genou vint effleurer son membre. Ce contact, peau contre peau, ne fit qu'augmenter le désir charnel qu'il éprouvait.

Il déposa alors quelques baisers sur son ventre plat, autour de son nombril, puis releva la tête et dit :

— Tu es tellement belle lorsque tu dors.

Fermant les yeux, Celia leva les bras au-dessus de sa tête avant de s'étirer langoureusement, et John se figea devant le spectacle qui s'offrait à sa vue. Une telle sensualité émanait d'elle qu'il en fut presque abasourdi.

— Je rêvais de toi.

— Oh ! De moi ? demanda-t-il, feignant la surprise.

Il déposa de rapides baisers sur sa hanche et la sentit soudain respirer plus rapidement. Puis sa bouche descendit encore, pressant des baisers le long de sa cuisse.

— Et que faisais-je exactement dans ton rêve ?

— Mmm, plus ou moins la même chose que maintenant… Sauf que tu ne t'attardais pas si longuement sur cette partie de mon corps.

— Ah, et, laisse-moi deviner…

Avec le bout de sa langue, il traça un chemin vers son entrejambe.

— Etait-ce plutôt cette partie qui suscitait mon intérêt…

Il glissa la langue dans le creux de son aine et il sentit les doigts de Celia se couler brusquement dans ses cheveux.

— … ou alors plutôt celle-ci ?

Légèrement, il souffla sur ses replis intimes et elle se cambra aussitôt.

— Oui ! Celle-ci, oui… répondit-elle en attrapant une poignée de ses cheveux.

— Tu me rends fou, Celia, tu le sais, ça…

J'ai tellement besoin de toi…

— Je sais… Oh, John, j'ai…

Soudain, on frappa plusieurs coups à la porte.

D'un geste vif, John se redressa sur ses genoux en se saisissant du poignard qu'il avait caché sous son oreiller. Qui pouvait bien venir à cette heure ? Il regarda Celia, figée par la surprise, les yeux écarquillés.

— John ?

Les coups retentirent de nouveau et John reconnut la voix du visiteur inopiné.

— John, ouvre-moi, je sais que tu es là, cria un Marcus impatient. J'ai besoin de te parler, c'est urgent.

John laissa échapper un chapelet de jurons et remit le poignard à sa place. Marcus ! Son ami avait le don de toujours tomber au pire moment possible. Enveloppé dans l'odeur féminine de Celia, il était encore sous le coup du désir et devait donc se ressaisir rapidement. Après tout, son ami ne serait pas venu le trouver ici s'il ne s'agissait pas de quelque chose d'important. Nul doute que lui aussi aurait préféré passer la matinée en galante compagnie.

Celia le dévisageait sans comprendre. Il lui fit un signe de tête rassurant et elle se redressa aussitôt, ramenant les draps sur elle. Il sauta furtivement hors du lit et ramassa ses vêtements. Autant en finir au plus vite ! Avant d'enfiler son pantalon, il jeta sa chemise à Celia. Il tira ensuite les rideaux du baldaquin et alla ouvrir la porte.

— Que veux-tu ? s'écria-t-il en voyant son ami.

Le visage de Marcus était grave. Il jeta un regard par-dessus l'épaule de John et son expression changea instantanément.

— J'espère pour vous que c'est quelque chose de très important, lord Marcus, dit amèrement Celia, derrière les rideaux du baldaquin.

Marcus regarda John et son sourire s'élargit.

— Hélas, ça l'est. Cela dit, je ne sais pas si je devrais partager la nouvelle avec John étant donné qu'il semble ne plus vouloir partager les siennes avec moi.

S'il n'avait pas entendu Celia rire, John aurait sûrement assené un coup de poing dans le nez de son ami. Il était sur le point de lui adresser une repartie cinglante lorsqu'il entendit les rideaux du baldaquin s'ouvrir. Il se retourna et vit Celia agenouillée sur le bord du lit. Elle portait sa chemise et il dut constater que celle-ci, bien que trop large pour elle, lui allait à ravir. Ses longs cheveux de jais cascadaient sur ses épaules et ses joues étaient encore roses de volupté.

Le cœur de John s'emballa à cette vision et la vérité le frappa aussitôt : il voulait être le seul et unique homme à pouvoir provoquer une telle réaction chez elle, le seul à lui prêter sa chemise, à la voir les cheveux défaits. Le seul à la toucher, la caresser, l'embrasser. Non, il ne voulait la partager avec personne. Jamais il ne supporterait de la voir épouser un autre homme, de savoir qu'elle partage son lit avec lui. Mais il n'avait pas son mot à dire. Elle n'était pas à lui.

Luttant pour apaiser ses émotions, il ramassa la cape qu'elle avait laissée tomber à terre et la lui tendit.

— Dans ce cas, lord Marcus, dit-elle en s'enveloppant dans la cape, je vous invite à partager votre nouvelle avec moi. Mais faites vite car nous sommes très occupés en ce moment.

John fronça les sourcils. Comment diable pouvait-elle être aussi calme ?

— Sachez que moi aussi j'étais très… occupé avant de venir vous voir, mais le devoir passe avant tout.

— Vas-tu enfin nous dire ce que tu as appris ? insista John.

D'habitude, il avait des nerfs en acier, mais là c'en était trop.

— Bon, il est évident que la reine Marie est tombée sous le charme de lord Darnley. Pourtant, on ne sait toujours rien quant à son éventuel remariage.

Marcus marqua une pause et inspira profondément avant de reprendre.

— Eh bien, je crois savoir à quoi est due cette indécision. Lady Allison a découvert que l'un des arrière-grands-oncles de la reine, membre de la famille de Guise, a envoyé un de ses serviteurs ici pour persuader la reine de donner sa main à un certain comte de Mornay. Il va sans dire que ce comte français n'apprécie guère les Anglais et que, si la reine venait à l'épouser, le semblant d'harmonie qui s'est instauré entre elle et sa cousine volerait aussitôt en éclats…

— Et une nouvelle bataille éclaterait entre les deux royaumes, poursuivit John. Et celle-ci serait sans doute bien plus sanglante que la dernière.

— Savons-nous qui est ce serviteur ? demanda Celia. Comment lady Allison a-t-elle pu avoir vent de tout cela ?

— Elle s'est liée d'amitié avec un certain M. d'Alblay, répondit Marcus. Et, à en croire ses dires, ce gentleman manque d'imagination lorsqu'il s'agit de cacher des documents importants. Elle n'a eu aucun mal à mettre la main sur des écrits révélateurs. Il s'avère que le mystérieux serviteur est aussi un traître de la couronne d'Angleterre. Il s'agit de lord Knowlton.

— Pardon ? s'exclama Celia.

John se tourna vers elle et put lire sur son visage une expression atterrée. Il avait presque oublié que cet homme courtisait ardemment Celia — le diable l'emporte ! John inspira profondément. Une force à la fois sombre et primitive était sur le point d'exploser en lui.

— Tu as l'air bien surprise, lui dit-il en tâchant de garder son sang-froid.

— Il m'a dit qu'il serait bientôt riche et qu'il songerait à se remarier, murmura-t-elle d'une voix à peine audible.

Une nouvelle vague de colère monta en lui, et il déglutit pour la contenir.

— Il songeait à se remarier… avec toi, bien sûr, précisa John d'une voix chargée d'émotion.

— Il vous courtise donc, dame Sutton ? demanda Marcus, sincèrement surpris.

Il adressa un regard songeur à Celia. Un regard qui ne présageait rien de bon. John n'aimait pas du tout la tournure que prenait la discussion !

— Dame Sutton, poursuivit Marcus après un court instant de silence, peut-être qu'il serait prêt à se confier à vous ?

— Non ! s'écria John. Il est hors de question qu'elle se retrouve impliquée dans cette histoire.

Lord Knowlton, se confier à elle… John n'allait tout de même pas la laisser s'exposer au danger, et encore moins aux confidences énamourées d'un obscur espion ! Il s'était d'ailleurs promis de la protéger coûte que coûte.

Rapidement, Celia se glissa hors du lit et le rejoignit, le regard décidé, toujours délicieusement habillée par la chemise de John.

— John, tu sais que je suis déjà impliquée. La reine Elisabeth m'a envoyée ici afin que je puisse servir au mieux ses intérêts.

Elle posa sa main sur son bras et un frisson le parcourut.

— John, écoute-moi. J'ignore toujours la véritable raison pour laquelle nous sommes tous ici et je sais très bien que je n'ai pas été d'une grande utilité jusqu'à présent. Il va sans dire que lady Allison est bien plus douée que moi pour découvrir les secrets. Mais s'il y a bien une chose que je suis la seule à pouvoir faire, c'est parler avec lord Knowlton. Si je lui fais croire que, moi aussi, j'éprouve des sentiments pour lui, peut-être qu'il m'en dira un peu plus sur les projets de la cour de France…

— C'est une excellente idée, dame Sutton ! dit Marcus. Et cela nous aidera beaucoup dans notre mission.

John se tourna vers son ami et serra les poings, luttant de toutes ses forces contre l'envie de le rouer de coups.

— Non, c'est tout sauf une excellente idée ! marmonna-t-il en adressant un regard noir à Marcus.

Il tourna ensuite le regard vers Celia :

— Celia, je pense qu'il serait plus raisonnable que tu évites Knowlton dorénavant.

— Mais que veux-tu qu'il m'arrive ? Je vais simplement essayer de découvrir d'où lui vient sa nouvelle fortune. De plus, je ferai en sorte de ne jamais me retrouver seule avec lui.

— Et puis, si ça peut te rassurer, intervint Marcus, nous ne la quitterons pas des yeux.

John ne capitulait toujours pas, les yeux braqués sur Celia. Elle avait l'air si calme, si décidée. Il lui avait déjà causé tant de tort par le passé et il ne voulait plus avoir à le faire.

Et puis il s'était juré de la protéger, tant qu'il le pouvait. Cette tâche lui était plus impérieuse qu'aucune autre.

La main de Celia pressa plus fermement son bras.

— J'ai fait une promesse à la reine, murmura-t-elle. Et elle m'aidera uniquement si je remplis mes engagements. Je dois aller jusqu'au bout de ma mission.

La gorge de John se noua à ces mots. La reine avait en effet promis d'aider Celia en lui trouvant un époux riche qui saurait s'occuper d'elle et la mettrait à l'abri du besoin. En d'autres termes, la reine allait offrir à Celia tout l'espoir qu'il lui avait ôté trois ans plus tôt.

Du coin de l'œil, il observa Marcus qui les contemplait d'un air grave, le regard insistant. John était pris entre deux feux ! S'il s'opposait à son projet, Celia le ferait quand même, avec l'aide de Marcus certainement. Et alors ni l'un ni l'autre ne partageraient avec lui les détails de leur complot. Il ne pourrait pas rester dans l'ignorance, pas en sachant Celia en danger permanent.

Au fond, il ne doutait pas un seul instant qu'elle était

capable de mener cette mission à bien. Après tout, il s'agissait simplement de soutirer quelques renseignements. Et puis Marcus et lui ne seraient pas loin, à aucun moment elle ne quitterait leur champ de vision.

— Très bien, mais tu ne t'approches pas de lui à moins que nous soyons dans les parages.

— Bien sûr, répondit-elle en hochant la tête.

— Parfait ! s'exclama Marcus. Maintenant que nous sommes tous d'accord, je vous laisse retourner à vos… occupations.

Il fit une petite révérence et quitta la pièce.

John resta immobile, son regard plongé dans celui de Celia. Cette fois-ci, il ne put rien lire dans ses yeux couleur d'acier. Pendant un moment qui lui parut interminable, personne ne bougea ni ne prononça un mot. Puis un sourire espiègle fleurit sur les lèvres de Celia.

Son regard fixé au sien, elle fit quelques pas en arrière et laissa tomber au sol la cape qui l'enveloppait. Elle passa ensuite la chemise par-dessus sa tête et la jeta par terre d'un geste à la fois ferme et sensuel. Il la regarda faire, dévorant des yeux chaque parcelle de sa peau douce. Une peau qui lui était à présent offerte.

Excité par ce corps magnifique, il en oublia rapidement toutes ses craintes, et l'aveu qui sommeillait en lui depuis longtemps retomba dans les ténèbres. Pour le moment, rien, absolument rien n'avait d'importance, hormis Celia. Celia, et la passion qui les poussait sans cesse l'un vers l'autre.

Il avança vers elle et passa les bras autour de sa taille, enfouissant son visage dans le creux de son cou. Il huma son parfum et goûta sa peau.

Celia était sienne en cet instant et aucune reine, aucun complot, aucun espion ne pourrait y changer quoi que ce soit. Certes, leurs chemins allaient inévitablement se séparer, mais cela n'effacerait pas ce sentiment troublant et douloureux qui l'habitait désormais.

— Nous avons toute la journée devant nous, lui chuchota-t-elle à l'oreille. Qu'allons-nous bien pouvoir faire ?

Pour toute réponse, John émit un grognement et la souleva pour la porter jusqu'au lit. Elle rit alors d'un rire mélodieux, exquis, qui resterait certainement à jamais gravé dans sa mémoire.

20

Rasant les murs, Celia allait et venait dans la ruelle sombre et étroite. Allons, il n'y avait aucune raison d'être aussi nerveuse. Cette manœuvre faisait, après tout, partie intégrante de sa mission. Elle était venue ici dans le but d'observer et de découvrir le plus de choses possible. Alors pourquoi, malgré les gants qu'elle portait, ses mains étaient-elles toujours froides et moites ?

Elle baissa le capuchon sur ses yeux et essaya de ne pas porter son regard vers le recoin où John, Marcus et Nathan, un de leurs partenaires, étaient censés se cacher. Malgré leur présence protectrice, Celia se sentait étrangement vulnérable. Comme à la merci d'un prédateur. Brusquement, elle s'arrêta dans sa marche et tendit l'oreille. La petite rue était plongée dans un silence absolu. On pouvait pratiquement entendre les flocons de neige tomber sur les pavés ! Ce constat ne fit qu'accentuer son sentiment de solitude.

Après quelques pas, elle leva la tête vers l'enseigne de bois pendue au-dessus de la boutique d'apothicaire devant laquelle elle avait donné rendez-vous à lord Knowlton. Et si ce dernier ne venait pas ? Sa mission serait alors terminée avant même d'avoir commencé. Soudain, quelqu'un l'interpella :

— Dame Sutton !

Enveloppé dans sa cape d'hiver, lord Knowlton s'avançait vers elle, ses pas crissant dans la neige fraîche. Impossible de reculer, à présent ! Il fallait mettre fin à cette situation au plus vite. Celia sentit son cœur battre à tout rompre. Une tension montait en elle au fur et à mesure que la silhouette de Knowlton se détachait de la pénombre et s'approchait. Entièrement vêtu de noir, il avait tout d'un oiseau de mauvais augure.

Curieusement, elle fut quelque peu rassurée de le voir sourire. Cependant, quand il s'arrêta à sa hauteur, elle remarqua qu'il la dévisageait d'un air interrogateur.

— J'ai été très surpris en lisant votre message, lui dit-il en lui prenant la main.

Il la porta à ses lèvres et y déposa un baiser. Seigneur ! Ce geste anodin suffit à provoquer en Celia un malaise indescriptible. Quelque chose en lui la troublait et elle ne parvenait pas à définir ce que c'était. Que lui arrivait-il ? Elle ne devait en aucun cas laisser transparaître ses émotions ni le moindre signe de défiance.

— J'ose espérer que vous avez été agréablement surpris, répondit-elle en lui souriant.

Il lui retourna le sourire mais ses yeux brillaient toujours d'une lueur étrange qui ne la mettait guère à l'aise. Il lui prit la main et la glissa sous son bras avant de faire quelques pas. Puis il s'arrêta et se tourna vers elle.

— Naturellement, cela va sans dire, dame Sutton. D'ailleurs, cela fait un moment que je voulais vous parler seul à seul, loin de l'agitation du palais.

— Oh ! vraiment ? dit-elle, feignant la surprise.

— Oui. Je voulais m'assurer que vous avez bien compris quelles étaient mes intentions, lors de notre dernière discussion. Mais j'espère que vous n'en êtes pas effrayée. Vous savez, j'ai beaucoup d'admiration pour vous.

— Vos paroles me vont droit au cœur, lord Knowlton. Je dois avouer que, depuis que je suis veuve, je ne suis plus habituée à ce que l'on me fasse la cour.

— Cela vous manque-t-il d'être mariée ?

Grand Dieu, non !

Néanmoins, son union avec Thomas lui avait appris à mettre ses sentiments de côté coûte que coûte. Et c'était une leçon fort utile, en la circonstance présente.

— Oui, beaucoup, répondit-elle en se serrant légèrement contre lui. Le quotidien est dur à supporter lorsqu'on est veuve.

— Lorsqu'on est veuf aussi.

Une nouvelle lueur inquiétante passa dans son regard et Celia frissonna. Elle n'aimait pas la façon dont il la scruta avant de reprendre.

— Je n'ai connu aucune autre femme depuis le décès de mon épouse.

— Aucune ? Je peine à croire qu'un gentleman tel que vous, qui jouit des faveurs de notre chère reine, n'ait côtoyé aucune femme depuis si longtemps.

Il secoua la tête puis leva l'autre main vers son visage et traça de son index la ligne de sa mâchoire. Celia se raidit sous son toucher mais s'efforça de cacher son angoisse.

— Disons que mes attentes en ce qui concerne les femmes sont très élevées, dame Sutton… Celia.

Il lui adressa un sourire qui lui glaça le sang.

— Je recherche une femme belle et raffinée, mais qui soit également une aventurière dans l'âme. Une femme que je pourrais conquérir.

— Conquérir, dites-vous ?

Celia n'en revenait pas. Utiliser les mots « conquérir » et « femme » dans une seule et même phrase n'était pas digne d'un gentleman ! Elle ne reconnaissait plus l'homme doux et sensible qui l'avait fait rire et dont elle avait tant apprécié la compagnie.

— Celia, vous semblez toujours si distante. Calme. Posée.

Lentement, sa main glissa le long de son cou. Il écarta les pans de sa cape et elle réprima un mouvement de recul lorsqu'elle sentit le contact du cuir de son gant contre sa peau.

— Celia, murmura-t-il, je brûle de savoir ce qui se cache sous cette carapace que vous vous êtes forgée, de découvrir tous vos secrets.

Celia secoua la tête et fit machinalement un pas en arrière. Il était à présent si proche d'elle ! Mais rapidement il passa le bras autour de sa taille et l'attira vers lui.

— Mais… Voyons, je… je n'ai pas de secrets, balbutia-t-elle.

— Bien sûr que si. Nous en avons tous.

— Y compris vous, lord Knowlton ?

— Oui, y compris moi. C'est d'ailleurs grâce à ces secrets que je suis en mesure de vous offrir la vie que vous méritez, très chère Celia, si vous y consentez. Je peux vous emmener loin de la grisaille anglaise, dans un endroit sûr où nous pourrons partager tous nos secrets.

Celia inspira profondément et tâcha de se détendre entre ses bras. Il commençait déjà à s'ouvrir à elle. Etait-ce donc si facile de faire parler un homme ?

— Je ne veux pas vivre en Ecosse, répondit-elle prudemment.

Il eut un rire profond.

— Vous pensiez que je voulais vivre ici, dans ce trou perdu ? Non, non. Une fois que j'aurai fait ce pour quoi je suis venu, nous pourrons partir vivre dans un pays bien plus accueillant, un pays où je ferai de vous une femme comblée. Une épouse comblée.

— Mais pourquoi êtes-vous venu à la cour d'Ecosse, exactement ?

Sa question était-elle trop directe ? Sûrement, à en croire la réaction de lord Knowlton. Celui-ci plissa les yeux et augmenta la pression de sa main.

— Voyons, Celia, je ne peux pas vous livrer mes secrets ainsi, sans rien avoir en retour.

— Je vous l'ai déjà dit, je n'ai pas de secrets. Et puis vous comprendrez que je dois m'assurer que l'homme que j'envisage d'épouser soit fiable et puisse réellement prendre soin de moi.

— S'il s'avère que nous sommes faits l'un pour l'autre, vous n'aurez aucune crainte de ce côté, croyez-moi.

Il baissa la tête et lui embrassa le front.

— Montrez-moi que nous sommes deux âmes sœurs, Celia, murmura-t-il contre son front. Prouvez-moi que vous êtes la femme qu'il me faut.

— Euh… Comment ?

Les lèvres de lord Knowlton se posèrent ensuite sur sa joue

et Celia sentit son estomac se nouer. Son baiser était humide et exigeant, son souffle, brûlant sur sa peau. Seigneur, jusqu'où devrait-elle aller pour obtenir des confessions !

— Embrassez-moi.

Sans attendre sa réponse, il prit sa bouche avec avidité. Sa langue força le passage de ses lèvres, tandis qu'il la serrait plus fermement contre lui.

Celia voulut crier mais se retint. Les images des représailles infligées par Thomas en cas de protestations lui revinrent à l'esprit, plus douloureuses que jamais. Elle ne put cependant répondre à son baiser, pétrifiée par l'effroi.

— Vous êtes une petite aguicheuse, en fin de compte, grommela-t-il en rompant, enfin, son étreinte.

Il enfouit la tête dans son cou et murmura :

— Mais cela ne me dérange en rien, je ferai en sorte de combler toutes vos attentes.

Il respira bruyamment le parfum de ses cheveux et elle ferma les yeux, essayant de s'éloigner, du moins par la pensée, le plus possible. Faire comme si rien de ce qui lui arrivait n'était réel. C'était grâce à cela qu'elle avait survécu au mariage avec Thomas.

— Je ne peux pas épouser un homme qui est incapable de prendre soin de moi, répéta-t-elle. Si vous avez les faveurs de la reine Elisabeth…

— La reine Elisabeth ? Laissez-moi rire ! s'exclama-t-il en se redressant. La reine Elisabeth n'est personne, et son royaume n'a aucun avenir ! Le pouvoir est désormais entre les mains des Français et des Espagnols. Les jours de cette bâtarde d'Elisabeth sont comptés…

Ces déclarations brutales et malveillantes laissèrent Celia bouche bée. Comment osait-il parler ainsi de sa souveraine ! Elle avait du moins réussi à lui faire avouer où allait sa loyauté. Mais jamais elle n'aurait pu imaginer que cet homme, en apparence si doux et gentil, n'était en réalité que…

— Un traître… Vous êtes un traître.

— Non, je suis pragmatique, voilà tout. Et sachez que, des personnes qui pensent comme moi, il y en a beaucoup.

D'un mouvement rapide, il la saisit par la taille et la plaqua contre le mur, appuyant son corps contre le sien.

— Si vous avez un tant soit peu de bon sens, vous viendrez avec moi, Celia.

— En Espagne ?

— Non, voyons, il y a un cruel manque de savoir-vivre en Espagne. Nous irons plutôt en France. Oui, dès que la reine Marie se décidera enfin à suivre les conseils avisés de son oncle, vous et moi partirons vivre en France. La reine s'est peut-être amourachée de lord Darnley, mais elle changera très vite d'avis… lorsqu'elle aura mesuré tous les avantages que lui apporterait son union avec un membre de la noblesse française.

Celia tressaillit. Plus le moindre doute : lord Knowlton était bel et bien un traître ! Il venait de lui avouer qu'il œuvrait contre les intérêts de la couronne anglaise. Ces aveux suffiraient sans doute à la reine et à lord Burghley pour réfléchir à son châtiment… A présent, il était urgent de sortir de cette situation délicate !

— Vous êtes donc de mèche avec les Français. Ils vous payent pour servir leurs intérêts au détriment de ceux de notre royaume, n'est-ce pas ?

Elle s'aperçut immédiatement qu'elle était allée trop loin. Mais il était trop tard… Lord Knowlton emprisonna brusquement ses poignets et les serra.

— Pourquoi tenez-vous tant à le savoir, Celia ? demanda-t-il en plissant les yeux. Est-ce là tout ce que vous retenez de notre entretien ? Je viens tout de même de vous offrir la vie dont vous rêvez.

Celia secoua la tête.

— Ecoutez, mon défunt mari m'a menti tellement de fois. Je ne supporterais pas de…

— Et vous, lui mentiez-vous aussi ?

Il baissa de nouveau la tête et lui embrassa le cou avec ardeur puis lui demanda :

— Seriez-vous en train de me mentir, à cet instant ?

— Non, bien sûr que…

Soudain, il lui couvrit la bouche avec sa main et l'empoigna rudement par la taille avant de descendre plus bas. Il commença à lui remonter ses jupons. Elle voulut se débattre de toutes ses forces, le frapper ! Mais impossible. Il était bien plus fort qu'elle.

Terrorisée, Celia essaya, en vain, de crier, mais parvenait à peine à respirer, tant l'étreinte était forte. Déjà, elle sentait l'air froid sur sa peau dénudée…

— Allons, Celia, montrez-moi que vous serez une épouse bien obéissante, murmura-t-il à son oreille tout en posant la main sur sa cuisse.

Brusquement, il relâcha son étreinte. Celia inspira profondément, emplissant ses poumons d'air, avant de se laisser glisser sur le sol, tremblant comme une feuille. Aveuglée par les larmes, elle comprit alors que lord Knowlton ne s'était pas écarté d'elle de son plein gré, on l'y avait forcé. John l'y avait forcé.

A quelques pas d'elle, il tenait Knowlton plaqué, face contre terre. Un genou appuyé contre ses reins, John lui maintenait fermement les mains derrière le dos.

Une réelle fureur se lisait sur son visage. Il était à présent si effrayant ! Ses traits durcis par la colère le rendaient méconnaissable. Son élégance s'était subitement évanouie et avait laissé place à une rage primitive. Il avait le regard d'un tueur.

Mais bientôt Knowlton parvint à libérer ses mains et les deux hommes s'engagèrent dans une lutte sauvage. Jamais elle n'aurait imaginé qu'il serait capable de rivaliser avec John !

Les coups pleuvaient et leurs vêtements étaient maculés de sang. Celia étouffa un cri lorsque lord Knowlton poussa violemment John par terre. Devait-elle tenter d'intervenir ? Celui-ci parvint à se redresser et lui assena un coup de poing dans le ventre qui le fit tomber au sol à son tour. Dieu soit loué !

John se releva péniblement et se dirigea lentement vers elle. Quand soudain elle vit Knowlton se redresser rapidement derrière lui, brandissant un petit poignard. Avant qu'elle n'ait pu réagir, le traître se rua sur John et lui transperça le flanc ! Celia retint son souffle, terrifiée. Elle vit apparaître une tache de sang sur son pourpoint déchiré.

— Non ! hurla Celia.

John leva la tête et la regarda un bref instant. Puis, brusquement, il se retourna vers Knowlton en dégainant son poignard et le lui enfonça en plein cœur. L'homme s'écroula de tout son long.

Pendant un court moment, Celia ne put détacher son regard du corps immobile qui gisait sur le pavé. Puis elle sortit de sa léthargie et se précipita pour soutenir John avant qu'il ne s'effondre lui aussi. Knowlton l'avait grièvement blessé ! Il s'agrippa à elle et elle noua les bras autour de sa taille. Si seulement elle pouvait lui insuffler un peu de sa propre énergie… Il n'avait pas le droit de mourir, de l'abandonner encore une fois !

— Ramenez-le vite au palais, dit Marcus, qui venait d'apparaître à côté d'elle.

Tétanisée, elle resta immobile, regardant tour à tour John et Marcus.

— Celia, murmura ce dernier en posant la main sur son bras, Nathan va vous aider. Je vais m'occuper de…

Il fit un signe de tête vers Knowlton et Celia eut un frisson.

— Et si… Quelqu'un nous a-t-il vus ? demanda-t-elle d'une petite voix.

— Je ne crois pas mais, même si c'était le cas, je doute fortement qu'ils en parlent à qui que ce soit. Allez, partez maintenant, occupez-vous bien de lui.

Celia hocha la tête. Alors qu'elle tenait John d'un côté, Nathan prit son autre bras et le passa autour de ses épaules. Elle resserra son étreinte autour de sa taille et, ensemble, ils le redressèrent avant de se diriger vers le bout de la ruelle. Même si son souffle était faible et irrégulier, elle était soulagée d'entendre John respirer, de voir son pouls battre à la base de son cou.

Ce n'est qu'une blessure légère, rien de plus, elle devait s'en convaincre pour continuer… Il allait bientôt guérir.

— Celia… Je… je suis désolé, bafouilla-t-il en relevant la tête.

— Chhh, John, ne dis rien, garde tes forces afin que nous puisions te ramener au palais le plus rapidement possible.

Sans s'arrêter, elle tourna la tête et jeta un regard derrière elle. La ruelle était de nouveau déserte et silencieuse, comme s'il ne s'était jamais rien passé. Marcus et le corps de Knowlton avaient disparu, et la neige avait déjà recouvert les traces de la bagarre. Elle perçut néanmoins l'odeur de la sueur mêlée à celle du sang et sa gorge se serra.

Pourquoi n'arrivait-il pas à la rattraper ?

John était enveloppé d'un brouillard épais et sombre. Il ne voyait rien, mis à part la silhouette de Celia qui lui semblait à portée de main.

Elle avançait lentement, presque sur la pointe des pieds, ses longs cheveux noirs dansant dans son dos au rythme de ses pas. Puis elle se retourna et l'appela, un grand sourire aux lèvres.

— John… John…

Il tendit la main vers elle mais à peine l'eut-il effleurée du bout des doigts qu'elle se retourna en riant avant de disparaître dans le brouillard.

— Celia ! Où es-tu ? Celia ! cria-t-il.

Ses mots résonnèrent dans le vide tandis que des rires moqueurs fusaient au-dessus de sa tête. Où diable était-elle passée ? Il devait absolument la retrouver, et la serrer dans ses bras pour s'assurer qu'il s'agissait bien d'elle. Qu'elle était à lui, rien qu'à lui, et ce, pour toujours.

— Je suis là, John, je suis là, chuchota-t-elle.

Plein d'espoir, il se précipita vers le son de sa voix. Il savait bien que c'était peine perdue et que l'espérance de la retrouver l'aveuglait, mais l'envie de la revoir était beaucoup trop forte.

— John… John…

Il s'arrêta net un instant et ferma les yeux. Ses paupières étaient tellement lourdes.

— John…

La voix de Celia était désormais tremblante, il aurait dit qu'elle pleurait même. Non, cela n'était pas possible. Elle ne pleurait jamais… Ce n'était qu'un rêve ! John s'efforça alors d'ouvrir les yeux et la première chose qu'il vit fut un baldaquin vert émeraude. Il battit plusieurs fois des paupières en regardant le tissu, incrédule.

Le brouillard avait disparu et il comprit qu'il était allongé. Il entendait un feu crépiter dans une cheminée et sentait une main froide posée sur son bras. Il inspira légèrement et perçut un parfum fruité. Un parfum de femme. Celia.

Suivant la main du regard, il tourna doucement la tête. Oui, c'était bien elle. Assise au chevet du lit, elle l'observait d'un air inquiet. On aurait dit… Oui, elle avait pleuré ! Il resta abasourdi devant ses yeux gris encore embués de larmes.

— Oh ! Dieu soit loué, tu es réveillé ! s'exclama-t-elle. Tu n'as pas cessé de te tourner et te retourner dans le lit et j'avais peur que tu finisses par rouvrir ta blessure.

— Je… je suis réveillé ? Vraiment ?

Sa gorge était sèche et son corps lui faisait atrocement mal. Sa blessure irradiait des ondes de douleur sur son flanc, mais tout cela lui était égal. Oui, il pouvait tout supporter, du moment que Celia était à ses côtés.

— Je l'espère, oui, répondit-elle en esquissant un petit sourire.

Elle posa la main sur son front.

— La fièvre semble être enfin retombée et tes yeux ne sont plus vitreux. A mon avis, tu seras rapidement sur pied.

Elle glissa la main sur sa joue et l'effleura du bout des doigts. John la saisit doucement puis tourna la tête et déposa un baiser au creux de sa paume. Il huma ensuite l'odeur sucrée de sa peau.

— C'est grâce à toi, c'est toi qui m'as fait revenir des limbes, murmura-t-il.

— Allons… D'abord, je manque de me noyer, ensuite, tu te fais poignarder ! Cela va finir par devenir une habitude de frôler la mort ! Et de prendre soin l'un de l'autre…

Elle passa l'autre main dans ses cheveux et lui sourit.

— Tu devras être plus prudent à l'avenir, dit-elle en plissant le front.

— Et pourquoi donc ? Je n'hésiterai pas à recommencer si je sais que tu seras là, chaque fois, pour me soigner.

Il sourit. Elle était là, sa Celia.

— Et puis, ces instants privilégiés font partie des rares moments à l'abri des cris et des disputes, ajouta-t-il. Je tiens donc à en profiter.

Celia se pencha vers lui et lui embrassa le front avant de se relever. Elle fit un pas vers la commode qui était à côté du lit, lui ôtant ainsi sa main, et un léger frisson le traversa.

— Oh ! Les cris arriveront bien assez tôt, crois-moi.

Elle prit un verre qui était posé sur le meuble puis s'assit de nouveau sur le matelas.

— Tiens, bois ça, dit-elle en lui tendant le verre rempli.

John leva la main et serra légèrement les doigts autour de son poignet en portant le verre vers son visage.

— Tu n'as pas mis du poison dedans, rassure-moi ?

Celia se mit à rire à ce soupçon saugrenu. Quel bonheur de la sentir si heureuse…

— Je t'aurais donc guéri dans l'unique but de t'achever ! s'exclama-t-elle. Allons, n'aie crainte. C'est du vin infusé aux herbes médicinales. Sache d'ailleurs que le vin, un des meilleurs crus français apparemment, provient de la cave personnelle de la reine Marie.

— Ah bon ?

Il se redressa, vida le verre d'un trait et laissa retomber sa tête sur l'oreiller. Le liquide lui brûla la gorge mais lui éclaircit sensiblement l'esprit.

— Oui. Elle était bouleversée en apprenant ce qui s'est passé. Elle a immédiatement renvoyé le contact de lord Knowlton en France et a même écrit une lettre à notre reine pour s'excuser de cette terrible affaire.

Celia lui prit le verre des mains puis se leva et le posa sur la commode avant de se rasseoir sur la chaise à côté du lit. Son chignon s'était pratiquement dénoué et la robe noire qu'elle portait était toute froissée. Combien de temps avait-elle donc passé à son chevet ?

— Suis-je resté longtemps inconscient ? demanda-t-il prudemment.

— Deux jours. Enfin, trois, étant donné qu'il fait déjà nuit. La reine Marie a réagi très vite après ce qui s'est passé. Et elle a également beaucoup pleuré.

— Et a-t-elle dit quelque chose concernant ses projets de remariage ?

Celia souleva les épaules et fit une petite moue.

— Non. Cependant, au vu des derniers événements, je doute fortement qu'elle épouse un Français. Elle a déclaré que la reine Elisabeth n'avait peut-être pas tort de lui conseiller d'épouser un Anglais. D'ailleurs, elle a encore dansé avec lord Darnley hier soir. Ils ne se sont pas quittés de la soirée.

— Tu les as vus ?

— Non, je suis restée au chevet d'un homme qui délirait de fièvre, figure-toi.

Elle lui adressa un regard grave et eut un petit sourire taquin.

— C'est lady Allison qui m'a tout raconté, reprit-elle. Je dois avouer que je l'ai sous-estimée. Elle n'est pas aussi naïve qu'on pourrait le croire.

— Oui, elle sert efficacement la couronne anglaise. Elle sait jouer n'importe quel rôle et improviser, voire mentir, lorsque cela s'avère nécessaire.

— Et toi, John, es-tu également un bon serviteur de la couronne ?

Il ne répondit pas tout de suite et la dévisagea pensivement. Ses larmes avaient séché et son visage était sans expression. Elle avait de nouveau érigé une carapace autour d'elle. Il avait envie de lui prendre la main et de ne pas la lâcher tant qu'elle ne serait pas redevenue la Celia qu'il avait connue autrefois, celle qu'elle avait été ces derniers jours.

— Je l'étais, jusqu'à ce que je perde la tête en te voyant aux mains de ce traître, répondit-il sur le ton de la plaisanterie.

Elle hocha la tête.

— Qu'est-ce qui t'a décidé à entrer au service de la reine ?

John fronça les sourcils. Pourquoi lui demander une telle chose ? Avait-elle appris quelque chose pendant qu'il était inconscient ? Que pouvait-il bien lui répondre ? Il allait bien devoir lui dire la vérité tôt ou tard. Cela lui briserait sans doute le cœur mais il n'avait pas le choix.

Il étouffa un bâillement et ferma les yeux un court instant. Qu'y avait-il dans ces satanées herbes ? Il se sentait si fatigué… Non, il ne pouvait pas tout lui avouer maintenant… Son esprit était trop embrumé et il avait peur de ne pas être en mesure de bien lui expliquer les choses, de lui dire qu'il n'avait pas eu d'autre choix que de…

Il soupira et rouvrit les yeux.

— J'avais un caractère assez colérique, ombrageux. J'étais comme porté par la violence, et je ne vivais que pour les bagarres et les luttes. Il est vrai que j'aurais très bien pu canaliser cette énergie en m'enrôlant dans les forces de l'armée mais, à l'époque, il n'y avait aucune guerre, aucune bataille à mener. Je fréquentais donc des bordels et des tavernes malfamées de la ville… Et je cherchais les ennuis, il faut bien l'avouer.

— Et comment t'es-tu retrouvé en pleine campagne, alors ?

— Un soir, j'ai été impliqué dans une bagarre au cours de laquelle un de mes amis a tué un homme. On nous a jetés à la prison de Bridewell et c'est là que mon oncle est intervenu. Il m'a fait venir chez lui afin que je réfléchisse bien à mes erreurs et au sens que je souhaiterais donner à ma vie.

Il soupira.

C'était la vérité, du moins, une partie. Il ne pouvait pas lui dire que lord Burghley lui avait donné l'occasion de racheter sa conduite en l'envoyant déjouer un complot contre la reine. Et que cette première mission en avait amené une autre, bien plus douloureuse…

— Le problème, reprit-il, c'est que, de nouveau, j'ai commis des erreurs.

— Tu veux parler de moi, de nous ? Mais moi je ne regrette pas ce qui s'est passé, John, je te désirais tant. Dès l'instant où nos regards se sont croisés, j'ai su que…

Elle prit une petite inspiration, laissant sa phrase inachevée.

— Non, Celia, moi non plus, je ne regrette pas ce qui s'est passé entre nous, bien au contraire. Tu étais… Tu es la seule personne au monde à m'avoir touché dans l'âme. Et, même si je savais qu'il aurait été plus prudent de garder mes distances avec toi, je n'ai jamais pu m'y résoudre.

Et aujourd'hui encore…

— Je suis contente que tu ne l'aies pas fait, murmura-t-elle. C'est grâce à ce qui s'est passé, à tous ces merveilleux souvenirs que tu m'as laissés, que j'ai réussi à survivre pendant mon mariage avec Thomas.

Un spasme de douleur traversa le cœur de John. Non, il ne pouvait plus retarder l'inévitable… Il fallait tout lui dire, elle devait connaître la vérité.

— Celia, je…

Soudain, la porte de sa chambre s'ouvrit en grand, interrompant l'aveu. Lady Allison apparut sur le seuil et les regarda d'un air curieux avant d'entrer et de poser un plateau sur la commode.

— Heureuse de vous voir réveillé, sir John ! Je vous apporte de quoi manger.

Puis elle s'approcha de Celia et posa la main sur son épaule.

— Celia, dit-elle, vous devez être très fatiguée. Je prends la relève auprès de notre blessé. Allez vous reposer maintenant, vous le méritez amplement.

— Merci, lady Allison, je dois bien avouer que je suis éreintée.

Impuissant, John la regarda se lever. Elle se tourna vers lui et ils se regardèrent un bref instant. Ses yeux étaient si sombres qu'il ne put rien y lire.

— Je reviendrai dans quelques heures, dit-elle.

Sur ces mots, elle tourna les talons et quitta la chambre. John resta un moment les yeux rivés sur la porte. Il pouvait encore sentir le parfum de Celia. Le bruissement des jupons de lady Allison le ramena à la réalité.

— Eh bien, dit-elle après s'être installée sur la chaise à côté du lit, qui aurait pu penser qu'une simple mission nous causerait autant de difficultés ? Vous avez très mauvaise mine, sir John.

— Merci, votre compliment me va droit au cœur. Vous savez vraiment réconforter les gens.

Il ferma les yeux et l'entendit rire.

— Oui, d'ailleurs, votre ami Marcus semble bien de cet avis. Mais, en attendant, vous deux n'allez pas tarder à regagner l'Angleterre, alors que moi je devrai rester ici afin de garder un œil sur la reine Marie.

Comment ?

John ouvrit grand les yeux et la fixa, incrédule.

— Nous repartons au pays ?

— Oui, les ordres sont arrivés ce matin par un messager. La reine Elisabeth requiert votre présence à Londres, et ce, le plus rapidement possible. Cela dit, vous êtes encore bien trop faible pour voyager.

— Et Celia, qu'a-t-elle reçu pour ordre ?

Lady Allison haussa les épaules.

— Je l'ignore. Vous devrez le lui demander.

Elle sortit un petit livre de la sacoche lacée autour de sa taille et se renfonça contre le dossier de la chaise.

— Reposez-vous à présent, dit-elle en ouvrant son livre. Mon petit doigt me dit que notre mission est loin d'être terminée.

21

— Etes-vous contente de retourner à Londres, retrouver votre maison ? demanda lady Allison à Celia alors qu'elles marchaient, côte à côte, le long d'une des petites allées du jardin privé de Holyrood.

— Ma maison ? murmura Celia en ramenant les pans de sa cape contre elle.

Il faisait très froid ce matin-là, mais la reine Marie avait tout de même tenu à faire une promenade autour du palais avec toutes ses dames de compagnie.

Celia, qui, avec lady Allison, était restée derrière, regarda pensivement la reine et ses amies qui couraient, suivies par les chiens, entre les arbres.

Sa maison ? Elle n'avait plus de maison. Elle avait même oublié le sentiment que l'on éprouvait lorsque l'on rentrait chez soi. Aurait-elle la chance, le courage surtout, de fonder un foyer, un jour ? D'avoir un endroit à elle, un endroit où elle se sentirait bien, hors de tout danger ?

Avant d'être invitée à venir vivre à la cour de la reine Elisabeth, elle avait été prisonnière d'un mariage désastreux, avec un homme violent, un homme qui n'avait même pas pris la peine de la mettre à l'abri du besoin.

Il n'y avait que dans les bras de John, leurs corps enlacés au milieu d'un lit, qu'elle se sentait réellement en sécurité. Pour elle, ces moments-là étaient aussi merveilleux que troublants. Trop troublants.

Un petit toussotement la tira de ses pensées. Elle tourna

la tête et croisa le regard de lady Allison qui la scrutait d'un air interrogateur. Elle était sans doute restée silencieuse trop longtemps et lady Allison devait se demander à quoi elle pouvait songer.

— Je suis heureuse de retourner en Angleterre, oui, répondit-elle finalement en souriant.

— Et l'Ecosse, qu'en avez-vous pensé ?

— J'ai eu du mal à m'habituer aux coutumes locales. C'est un pays si différent du nôtre.

Elle leva les yeux vers la colline escarpée d'Arthur's Seat qui s'élevait au-dessus du palais et l'image du manoir de la famille de John lui apparut soudainement à l'esprit.

— Néanmoins, poursuivit-elle, il regorge de trésors cachés. Je ne regrette pas d'être venue.

— Vous ne regrettez pas d'être venue, mais vous ne regrettez pas non plus d'en partir, c'est bien ça ?

— Oui, sans doute.

Son séjour en Ecosse était une parenthèse dans sa vie. Elle avait retrouvé John et s'était sentie revivre auprès de lui, avec lui. Elle ne pouvait pas regretter ce qui s'était passé entre eux, elle avait beau essayer, elle en était incapable. Il avait pansé son âme meurtrie, lui avait insufflé une nouvelle énergie, et ça, elle ne pouvait que lui en être reconnaissante.

Oui, Celia se sentait beaucoup mieux, mais elle savait aussi que son aplomb pouvait s'écrouler d'un instant à l'autre, comme un château de cartes. Ou comme ces illusions qu'elle s'était entêtée à créer dans sa jeunesse, et que le destin avait fini par briser.

— Je ne sais pas ce qui m'attend au retour à Londres et je ne suis pas très pressée de le découvrir, dit-elle. Mais je le saurai bien assez vite, je n'ai pas le choix après tout.

— Pourquoi ne mettriez-vous pas vos talents au service de notre reine ? demanda lady Allison. C'est un travail pénible mais il apporte également son lot de récompenses.

Celia lui adressa un regard surpris. Elle, une espionne ? Saurait-elle tromper les gens aussi bien que lady Allison ?

Elle n'en revenait toujours pas de ne pas avoir été capable de discerner la véritable personne qui se cachait derrière cette façade frivole et naïve.

— Cela fait longtemps que vous servez les intérêts de la couronne anglaise, lady Allison ?

Celle-ci haussa les épaules puis repoussa le capuchon de sa cape, révélant ainsi son abondante chevelure rousse.

— Mon père était un comte impécunieux qui n'a pas hésité à me donner — ou vendre plutôt — en mariage à un homme alors que je n'avais que quatorze ans. Il va sans dire que l'homme en question était bien plus âgé que moi.

Lady Allison lui sourit mais son sourire était empreint d'une telle tristesse que la gorge de Celia se noua. Après tout, sa propre histoire n'était-elle pas similaire à la sienne ? Malheureusement, les mariages de convenance étaient le triste destin de nombreuses jeunes filles.

— Etes-vous restée mariée longtemps ?

— Quelques années. C'était un homme qu'il était très difficile de satisfaire, d'autant plus que rien ne semblait l'enthousiasmer. Néanmoins, j'ai appris beaucoup de choses à ses côtés. Lorsqu'il est décédé, je me suis retrouvée seule et sans argent.

— Et c'est à ce moment-là que vous êtes entrée au service de la reine Elisabeth ?

— Oui. Lord Burghley a su déceler mes qualités et m'a proposé de faire mes preuves durant une mission. Mon travail a dû lui convenir car, depuis, je me suis vu confier plusieurs missions déjà. Je n'ai pas à me plaindre : j'ai toujours eu le goût du risque, et je sers les intérêts de mon pays.

Elles arrivèrent au bout de l'allée et l'attention de Celia fut attirée par le rire reconnaissable de la reine Marie. Un peu plus loin, cette dernière jouait toujours avec les autres dames de compagnie, escortée de ses chiens.

— Et n'aspirez-vous jamais à autre chose, à une autre vie ? demanda Celia en tournant son regard vers lady Allison.

— Non, répondit celle-ci en secouant la tête. Je ne souhaite pas me remarier et je suis vraiment bien comme je suis. Je n'ai besoin de rien d'autre.

Quelle chance elle avait. Lady Allison s'adonnait à un travail qui semblait la combler et dans lequel elle excellait. Comme John, elle était libre de ses faits et gestes, tout en servant une grande cause.

— Je me suis trompée sur lord Knowlton, dit Celia après un court instant de silence. Jamais je n'aurais pensé qu'il puisse être un traître. Comment voulez-vous que je serve les intérêts de la couronne anglaise alors que je ne suis même pas capable de cerner les personnes ?

— Tout s'apprend, dame Sutton. Une fois que vous aurez appris les bases du métier, vous pourrez rapidement cerner n'importe qui. Enfin, presque.

Elle eut un petit rire.

— Savez-vous que je n'ai jamais réussi à vous comprendre, dame Sutton ?

A cette révélation, Celia ne put s'empêcher de rire à son tour.

— Si cela peut vous rassurer, j'ai moi-même du mal à me comprendre parfois.

Elles se regardèrent puis rirent de concert.

— Mais où avez-vous appris tout ça ? demanda Celia lorsqu'elle eut repris son sérieux.

Le visage de lady Allison s'illumina.

— Marcus m'a beaucoup aidée. John et lui font ce métier depuis bien plus longtemps que moi.

— Et vous arrive-t-il de travailler tous ensemble ?

Bien qu'elle fût désormais persuadée que lady Allison s'intéressait à Marcus et non pas à John, Celia sentit tout de même un petit pincement de jalousie au cœur.

— Je travaille plus souvent avec Marcus qu'avec John. D'ailleurs, nous n'avons travaillé qu'une seule fois, ensemble, tous les trois. Oui, c'était à Paris. Nous avions pour mission de démasquer un traître au sein de notre ambassade. C'était une mission très dangereuse, dit-elle, les yeux perdus dans le vague.

— Mais vous êtes tout de même sortis indemnes de cette mission, murmura Celia en se rappelant à quel point leur métier pouvait être périlleux.

— Oui, nous étions une bonne équipe. Avant de nous rejoindre Marcus et moi à Paris, John venait de faire échouer le complot de Drayton et ses acolytes contre la reine. Je me souviens aussi que John avait l'air très contrarié par cette mission. Il était irritable et cherchait à se défouler par tous les moyens.

A ces mots, le sang de Celia se glaça dans ses veines.

Drayton ? Arthur Drayton était l'instigateur du complot dans lequel s'était engagé son frère. John n'avait pas pu… Non, lady Allison devait certainement se tromper. A moins que…

Cela ne pouvait pas être vrai ! Elle refusait d'y croire !

Non, non, non !

Et pourtant, plus elle y réfléchissait, plus cette explication lui semblait plausible. Et dire que pendant tout ce temps la vérité était là, devant ses yeux. John avait pris part à l'arrestation des traîtres… donc à l'exécution de son frère !

Bouleversée, elle resserra les pans de sa cape sur elle et prit une profonde inspiration.

— En quoi consistait exactement la mission de John ? demanda-t-elle en essayant de garder son calme.

Lady Allison la regarda en fronçant les sourcils et Celia perçut son hésitation.

— Lord Burghley avait entendu dire qu'un complot contre la reine semblait se tramer dans un petit village de la campagne anglaise. Etant donné qu'il savait que l'oncle de John vivait non loin des conspirateurs présumés, il l'a envoyé sur place afin de tirer l'histoire au clair. John n'a pas eu trop de mal à démasquer les traîtres, après quoi il nous a rejoints en France.

Le regard dans le vague, Celia l'écoutait, hochant légèrement la tête.

— Vous allez bien, dame Sutton ? Vous êtes pâle comme un linge…

La gorge nouée, Celia secoua la tête. Elle n'en revenait

toujours pas. Elle ne pouvait plus bouger ni parler, elle avait froid et chaud en même temps, et des pensées incontrôlables surgissaient sans cesse dans son esprit.

Bien sûr, que son oncle n'avait pas fait venir John à la campagne afin que ce dernier « réfléchisse à ses erreurs et au sens qu'il souhaiterait donner à sa vie », comme il le lui avait fait croire.

Il avait été envoyé en mission, il était venu afin de déjouer le stupide complot que son frère et ses amis avaient ourdi. William n'avait eu aucune chance d'échapper à John. A aucun moment son frère n'avait vu venir le danger. Elle non plus, d'ailleurs. Elle s'était donnée à John sans aucune retenue, guidée uniquement par sa passion. Seulement voilà, à l'époque, elle était encore une jeune fille naïve, stupide et rêveuse. Elle ignorait tout de la déception et du chagrin. Depuis, elle avait vécu des moments difficiles. La vie lui avait infligé tant d'épreuves qu'elle avait fini par comprendre que la prudence était de mise en toutes circonstances. Mais tous ces enseignements ne l'avaient pas empêchée de retomber dans les bras de John. Comment avait-elle pu être aussi sotte !

— Si vous voulez bien m'excuser, je dois retourner au palais, dit-elle avec un sourire forcé.

— Dans ce cas, laissez-moi vous accompagner.

— Non, non, ce n'est pas nécessaire. Restez plutôt avec la reine. Je veux juste me reposer un peu.

Et tuer John Brandon…

Pour la première fois depuis bien longtemps, elle laissa couler ses larmes. Elle pleura longtemps, sans même essayer d'étouffer les sanglots qui la secouaient, soutenue par celui qui avait fait son malheur.

— C'est donc vrai, bredouilla-t-elle au bout d'un long moment. Tu étais en mission. Tu devais trouver les conspirateurs qui en avaient après la reine.

Sa tête vint se poser au creux de son épaule et elle l'entendit inspirer profondément.

— Oui, c'est vrai, j'étais en mission. Et tout semblait si

simple, jusqu'au moment où je t'ai rencontrée. Tu es entrée dans ma vie tel un ouragan.

Celia ferma les yeux, essayant de refouler les nouvelles larmes qui lui venaient. Elle tourna la tête et appuya la joue contre son torse. L'odeur enivrante de John lui noua la gorge.

— Etais-je moi aussi suspectée de complot ? T'es-tu servi de moi pour avoir des informations ?

Il eut un rire amer.

— Celia, souviens-toi qu'à l'époque nous étions bien trop occupés pour parler. Jamais tu ne m'as dit quoi que ce soit et moi je ne t'ai jamais interrogée. C'est leur propre bêtise qui a fini par leur coûter la vie.

— Mais alors pourquoi…

Ses mots restèrent coincés dans sa gorge.

— Pourquoi t'ai-je… séduite malgré tout ? Parce que j'avais envie de toi, tout simplement. Je sais que c'était stupide et irresponsable de ma part mais c'était plus fort que moi. Jamais aucune femme ne m'a fait autant envie que toi.

Sa voix était rauque et elle eut même l'impression qu'il tremblait.

— Celia… Ma princesse…

Une douleur vive la traversa. Elle ferma les yeux et réprima un sanglot.

— Ne m'appelle pas comme ça.

— Je suis désolé, Celia, vraiment.

Ils restèrent immobiles, le silence qui s'était installé entre eux uniquement ponctué par le bruit de leurs respirations.

— As-tu fini de me frapper ? demanda-t-il au bout d'un moment.

— Pour l'instant, oui.

Elle n'avait même plus la force de bouger et encore moins de le frapper. La tristesse et la déception la submergeaient, à présent. Comment avait-elle pu lui faire confiance de nouveau ? Elle s'en voulait terriblement d'avoir baissé sa garde.

John la souleva dans ses bras et l'allongea sur le lit. Elle ferma les yeux et tourna la tête, refusant de croiser son regard, et elle fut rassurée lorsqu'elle entendit enfin ses pas s'éloigner du lit. Elle perçut le crissement d'une chaise sur le parquet. Il s'était sûrement installé sur la même chaise sur laquelle elle avait passé tant d'heures, à son chevet, à panser sa blessure.

— Je comptais te dire la vérité, Celia.

— Quand ça ?

— Bientôt. Bien évidemment, si je n'avais écouté que moi, j'aurais sans doute repoussé ce moment autant que je le pouvais. Mais je savais pertinemment que tu méritais de connaître la vérité.

Celia refusait toujours d'ouvrir les yeux. Elle ne voulait pas le regarder, par peur de s'effondrer de nouveau.

— Pourquoi ne me l'as-tu pas dit avant que… Avant que… Avant que je sois retombée dans tes bras. Avant que je t'aie laissé me faire l'amour.

Il ne répondit pas tout de suite.

— Parce que j'ai été faible et égoïste. J'avais besoin de toi. J'avais envie de toi.

— Pourtant, des femmes qui rêveraient de partager ton lit, il y en a des quantités. Pourquoi ton choix s'est-il porté sur moi ? Pourquoi as-tu voulu jouer avec mes sentiments encore une fois ?

— Pour l'amour de Dieu, Celia ! Tu sais très bien que ce qu'il y a entre nous dépasse le simple désir. Je sais que ce que j'ai fait est mal, mais c'était plus fort que moi.

Celia voulut pleurer mais elle n'avait plus de larmes à verser. Elle n'avait plus rien, plus rien du tout.

Lentement, elle se redressa et glissa sur le bord du lit. John ne bougea pas mais elle vit, du coin de l'œil, qu'il l'observait attentivement. Il essayait sans doute de lire en elle, d'anticiper ses prochains gestes. Mais il n'y arriverait pas cette fois-ci car elle-même ne savait pas ce qu'elle comptait faire à présent.

Elle voulut lui demander pourquoi il revenait sans cesse vers elle, pourquoi il avait jeté son dévolu sur elle et, surtout, pourquoi il la faisait tant souffrir, mais se retint. Elle refusait de lui donner la satisfaction de voir combien elle était blessée, de lui montrer ce qu'elle ressentait pour lui, alors que lui s'était conduit si cruellement avec elle.

— Eh bien, John, je crois que tu as eu ce que tu voulais. Nous avons partagé des moments très agréables. Mais tout ça s'est terminé maintenant. Je n'ai plus rien à t'offrir.

— Celia, je t'en supplie, écoute…

— J'ai besoin d'être seule, dit-elle en lui coupant la parole. Et je te prierais de ne pas me suivre cette fois.

Celia se leva lentement du lit. Elle était tellement bouleversée qu'elle tituba jusqu'à la porte. John se leva et se précipita vers elle mais, dès qu'il la toucha, elle repoussa sa main d'un geste vif.

— Celia, nous n'en avons pas terminé, toi et moi. Laisse-moi…

— Pas maintenant, chuchota-t-elle sans même le regarder, pas maintenant, John. Si tu as un tant soit peu de respect pour moi, tu me laisseras franchir le seuil de cette porte. Je risque de m'effondrer si tu me touches encore une fois.

Elle devait être forte, et sa volonté menaçait de voler en éclats d'un instant à l'autre. Discrètement, elle le scruta. Il ne bougeait pas mais elle pouvait sentir la tension qui vibrait en lui. Nouant ses bras autour d'elle, elle franchit les quelques pas qui la séparaient de la porte et quitta la pièce.

Celia ferma la porte derrière elle et se mit à courir, s'arrêtant juste pour ramasser sa cape. Lorsqu'elle eut atteint sa chambre, elle s'écroula sur le sol et prit sa tête dans ses mains. Quelle douleur atroce ! Que ne pouvait-elle enterrer son amour avec ses illusions.

Mais quelque chose lui disait que ce vœu, comme tant d'autres d'ailleurs, ne serait probablement jamais exaucé. Son amour demeurait contre toute raison…

Hors de lui, John frappa du poing sur la table, faisant trembler les affaires qui s'y trouvaient. Une douleur fulgurante s'empara de son bras mais il ne s'en soucia guère. Son esprit ne pouvait se défaire du visage pâle de Celia lorsque celle-ci l'avait à peine regardé, avant de quitter la chambre. Ses yeux étaient éteints, son expression, impassible. Elle avait semblé comme… morte.

Et tout ça était sa faute ! Comment avait-il pu se comporter de la sorte envers elle, envers la femme qu'il…

— Je l'aime, chuchota-t-il.

Cette prise de conscience enflamma le sang dans ses veines. Pourquoi lui avait-il fallu autant de temps pour le comprendre, pour se l'avouer ?

Bien sûr, qu'il l'aimait, il l'aimait depuis longtemps, depuis le jour où il l'avait rencontrée. Oui, il l'aimait, et maintenant il l'avait perdue à cause de ses actions aussi impulsives que stupides. Il ne valait pas mieux que son défunt époux.

— Nom de Dieu !

Furieux contre lui-même, il balaya la table du revers de la main, envoyant par terre tout ce qui se trouvait dessus.

Il devait aller la retrouver et tout lui expliquer, essayer d'arranger les choses. Il donnerait n'importe quoi pour qu'elle lui pardonne, pour qu'elle ait de nouveau confiance en lui. Elle devait l'écouter, elle le devait !

Au comble du désespoir, il se précipita vers la porte et l'ouvrit violemment avant de tomber nez à nez avec Marcus. Celui-ci, appuyé contre le chambranle, lui barrait clairement le passage, une expression sévère sur son visage. D'un geste brusque, il le repoussa dans la chambre et claqua la porte derrière lui.

— Ecoute, Marcus, je n'ai vraiment pas le temps maintenant. Laisse-moi passer, veux-tu ?

— Pour que tu puisses aller retrouver Celia Sutton ? demanda son ami en croisant les bras sur sa poitrine avant de s'adosser contre la porte.

En entendant son nom, John se raidit et serra les poings.

— Oui.

— John, vas-tu enfin me dire ce qui se passe entre vous deux ? Je pensais qu'il s'agissait là d'une simple aventure sans lendemain, qu'elle n'était rien de plus qu'une autre femme que tu voulais ajouter à ton tableau de chasse. Mais, désormais, tout le palais ne parle plus que de vous et de vos disputes.

— Une simple aventure sans lendemain ?

Le regard dans le vide, John eut un sourire doux-amer et secoua la tête.

— John, dis-moi ce qui se passe. Pourquoi veux-tu aller la retrouver ? En tout cas, il est hors de question que tu ailles où que ce soit dans un état pareil. Tu ressembles à un fou furieux.

Un fou furieux ? Oui, Marcus n'avait pas tout à fait tort. Il n'était pas en mesure de contrôler ses accès de fureur en ce moment. Dans son état d'esprit actuel, qu'aurait-il fait une fois qu'il aurait retrouvé Celia ? Elle refuserait de lui parler et il n'allait tout de même pas la clouer contre le mur avec son corps pour la forcer à l'écouter et à lui pardonner. Non, bien sûr que non. Et puis jamais elle ne lui pardonnerait. Il était bien trop tard pour ça. Oui, toutes ses tentatives seraient vaines et ne feraient que l'éloigner encore plus.

John se laissa tomber sur la chaise derrière lui et passa nerveusement la main dans ses cheveux.

— Je... Je... bégaya-t-il, je connais Celia depuis longtemps.

L'expression de Marcus s'adoucit mais il resta adossé contre la porte.

— Et vous avez vécu une idylle qui s'est mal terminée ?

— On peut dire ça comme ça, oui, répondit John en soupirant. Te souviens-tu de l'affaire Drayton ?

— Oui, cette affaire t'a valu l'estime de la reine et de lord Burghley.

— Eh bien, il se trouve que le frère de Celia était l'un des complices de Drayton, mais lorsque je l'ai appris il était déjà trop tard. J'avais déjà couché avec elle. Quant à son frère, il a été exécuté, et toute sa famille, ruinée.

— Bon sang, tu parles d'une histoire ! Et elle n'a jamais su que tu étais impliqué dans la capture de son frère ?

— Non, pas jusqu'à aujourd'hui. Je voulais le lui dire, tout lui raconter, mais elle a appris la vérité de la bouche de quelqu'un d'autre. Et maintenant elle me hait.

Marcus eut un air surpris.

— Ah, voilà qui explique tout.

— Quoi donc ?

— Juste avant que je vienne te voir, Allison m'a dit que la reine Marie a demandé que l'on prépare un convoi pour dame Sutton. Apparemment, elle repart à Londres, dès demain matin.

— Elle retourne à Londres ? s'exclama John, abasourdi par la nouvelle. Je dois aller la voir sur-le-champ alors !

Il se leva brusquement mais Marcus ne bougea pas.

— John, ce n'est pas une bonne idée et tu le sais très bien. Laisse-lui le temps de…

Excédé par la faconde de son ami, John ne lui laissa pas le temps de finir sa phrase. Il le bouscula violemment et se rua dans les couloirs et les escaliers du palais, et ne s'arrêta de courir que lorsqu'il eut atteint la chambre de Celia.

Il agrippa la poignée et la tourna, mais la porte était fermée à clé. Il tendit l'oreille et perçut des murmures de l'autre côté de la porte.

— Celia ! Celia ! cria-t-il en donnant des coups violents à la porte.

Son vacarme attira l'attention des courtisans qui passaient par là mais il ne s'en souciait guère. Au diable les curieux ! Elle allait bientôt partir et il devait absolument lui parler avant.

— Celia !

Il donna un dernier coup puis appuya le front et les paumes contre la porte.

— Celia, je t'en supplie, je veux juste te parler. Celia…

Bientôt, il entendit quelqu'un tirer sur la barre de la porte et se redressa aussitôt. La porte s'entrouvrit et le visage pâle de Celia apparut. Les cheveux coiffés en chignon et vêtue d'une robe noire, elle le regardait d'un air grave.

— John, s'il te plaît, chuchota-t-elle, nous n'avons plus rien à nous dire.

Son expression impassible lui noua l'estomac. Au contraire, ils avaient encore tant de choses à se dire ! *Il* avait encore tant de choses à lui dire ! Mais, lorsqu'il la vit ainsi, ses mots restèrent coincés dans la gorge. Elle était juste devant lui et pourtant il avait l'impression qu'un océan les séparait.

— Je suis désolé, articula-t-il enfin.

— Tu n'as pas à être désolé. Tu ne faisais que ton devoir. Quant à ce qui s'est passé entre nous…

Elle baissa les yeux et il put pratiquement sentir la tension monter en elle.

— … il ne s'agissait là que d'une simple erreur de jugement, lâcha-t-elle. Mais c'est terminé maintenant, ça ne se reproduira plus jamais.

— Est-ce à cause de tout ça que tu pars demain ? A cause de… moi ?

— La reine Marie a accepté que je retourne en Angleterre. Etant donné tout ce qui s'est passé ici, la reine Elisabeth voudra certainement avoir un compte rendu détaillé sur les événements récents. Et puis, je crois que j'ai été un fardeau pour toi pendant assez longtemps.

— Quoi ? Toi, un fardeau pour moi ?

Estomaqué par ce qu'elle venait de dire, il passa la main dans l'entrebâillement de la porte et saisit la sienne. Elle était glacée. Celia ne la retira pas, mais demeura immobile. Il inspira profondément, luttant contre l'envie de défoncer la porte et de la forcer à écouter ce qu'il voulait lui dire, de lui faire comprendre ce qu'elle représentait pour lui.

— Celia, dis-moi ce que je dois faire pour me racheter à tes yeux. Laisse-moi te prouver que tu te trompes sur mon compte !

Elle secoua la tête.

— John, tu n'as rien à me prouver. S'il te plaît, je suis fatiguée. Lâche ma main, veux-tu ?

— Non, pas tant que tu n'auras pas écouté tout ce que j'ai à te dire.

— Je n'ai pas à t'écouter car il n'y a plus rien à dire ! Tout ça appartient au passé maintenant.

Sur ces mots, elle retira brusquement sa main et claqua la porte.

Effondré, John cogna plusieurs fois la tête contre la porte en serrant les poings. Cela ne servirait à rien d'insister, surtout pas en ce moment. Il allait devoir prendre son mal en patience mais une chose était sûre : il ne laisserait pas tomber aussi facilement.

Oui, Celia serait sienne de nouveau. Il l'aimait et n'imaginait plus sa vie sans elle. Et il était persuadé qu'elle non plus ne pourrait pas vivre sans lui. Il ne restait donc plus qu'à le lui faire comprendre. Et il y arriverait. Que Dieu lui en soit témoin, il y parviendrait !

22

Debout au bord de la rivière, Celia regardait l'eau grisâtre couler, bercée par les clapotis des vagues contre la berge.

Les yeux fixés sur l'une des plaques de glace qui flottaient à la surface, elle revivait avec précision les terribles sensations qu'elle avait connues lorsque l'eau l'avait engloutie. Et dire que cette même rivière avait failli l'emporter à jamais. Si John ne l'avait pas…

Elle ferma les yeux et réprima un frisson. Les souvenirs de John, de tout ce qu'elle avait vécu avec lui, se bousculaient dans sa tête, la troublant au plus profond d'elle-même.

Cela faisait déjà plusieurs jours qu'elle avait quitté l'Ecosse et, pourtant, elle ne parvenait toujours pas à tirer un trait définitif sur leur histoire. Elle avait essayé d'oublier John et s'était même plusieurs fois convaincue qu'elle ne ressentait plus rien pour lui… avant de se rendre à l'évidence : jamais elle ne parviendrait à le chasser de son esprit. Son image l'obsédait à tel point qu'il lui était même impossible de dormir la nuit.

Elle voyait encore l'émotion sur son beau visage lorsqu'ils avaient fait l'amour… Son sourire le soir où il l'avait plus ou moins forcée à danser avec lui… Le geste protecteur qu'il avait eu envers elle lors de l'explosion.

Oui, tous ces souvenirs et bien d'autres encore la harcelaient sans cesse, si bien qu'elle avait fini par se dire que ce qu'ils avaient vécu en Ecosse était bien plus fort que leur amourette puérile d'il y avait trois ans. Cette fois-ci, ils avaient tous deux mis leurs âmes à nu à un moment ou un autre. Elle, du moins l'avait fait. Lui…

Elle soupira, essayant, une énième fois, d'écarter ces pensées aussi intenses que douloureuses puis se tourna et descendit le long de la berge. Elle passa à côté de l'escorte, composée de quelques hommes, qui l'accompagnait. Ces derniers étaient en train de discuter en mangeant. Elle, pour sa part, n'avait pas du tout faim et préférait profiter de cet arrêt pour se dégourdir les jambes.

Celia fit encore quelques pas, songeant au fait qu'elle n'avait pratiquement rien mangé depuis leur départ. Mais très vite une nouvelle image de John jaillit dans son esprit. Ses derniers mots résonnaient dans sa tête avec insistance. Que voulait-il lui dire ? Qu'y avait-il d'autre à dire, d'ailleurs ? Il y avait tant d'autres questions qui la taraudaient… Au fond, voulait-elle vraiment en connaître les réponses ?

Quelque peu apaisée par le bruit de l'eau qui coulait à flots, elle marchait lentement, ses pas s'enfonçant dans la neige, et, au bout d'un certain moment, ses pensées se tournèrent vers son défunt frère.

William…

Il était plus âgé qu'elle mais avait néanmoins un caractère bien trempé et se laissait facilement embarquer dans des affaires douteuses. Mais tout cela n'avait pas empêché leurs parents de nourrir de grandes idées pour leur fils adoré, même s'ils avaient fini par se rendre compte que son tempérament de feu ne s'accordait guère à ce qu'ils avaient imaginé pour lui.

Lorsque, un beau matin, les gardes de la reine étaient venus frapper à leur porte pour arrêter William, tous avaient été effondrés… mais pas réellement surpris. Il était déjà impliqué dans des histoires sombres à l'époque et, plus ou moins, tout le village était au courant de cela. Mais cette erreur-ci lui avait été fatale et avait plongé sa famille dans les abîmes du désespoir.

Et, comme si les choses n'étaient pas déjà assez compliquées, l'homme qui avait démasqué et traîné son frère devant la justice de la reine n'était autre que celui pour lequel elle avait commencé à éprouver des sentiments forts et intenses. L'homme qui, aujourd'hui encore et ce malgré ces dernières révélations, faisait chavirer son cœur, celui qu'elle aimait.

Celia secoua la tête. Il fallait à tout prix se défaire de ces pensées troublantes ! Mais ses efforts étaient vains. La colère qu'elle avait éprouvée en apprenant la vérité avait fini par disparaître pour laisser place à la tristesse et l'abattement. La vie n'était pas simple, bien au contraire. Rien n'était jamais tout blanc ou tout noir. Son frère avait fait de mauvais choix qui avaient fini par lui coûter la vie. Et John ? John n'avait fait que son travail.

Oui, il n'avait fait que son travail mais il avait tout de même fini par l'abandonner, du jour au lendemain. Pourquoi ? Pourquoi avait-il fait ça ? Elle avait besoin de connaître la réponse à cette question pour enfin clore ce chapitre douloureux de sa vie et se tourner vers l'avenir.

Forte de cette conviction, elle avait à présent le courage de faire face à John. D'ailleurs, elle aussi avait des choses à lui dire et, surtout, une question à lui poser. Oui, elle devait le faire si elle voulait laisser le passé derrière elle, une bonne fois pour toutes.

Elle lança un dernier regard sur la rivière puis retourna au campement d'un pas décidé.

23

Celia s'adossa au mur lambrissé de l'antichambre de la reine et inspira profondément, n'arrivant toujours pas à croire qu'elle se trouvait de nouveau là où tout avait commencé.

Elle balaya du regard la salle comble. Les courtisans bavardaient et riaient nerveusement, affichant tous les mêmes expressions désespérées. Rien n'avait changé et pourtant tout lui semblait différent. Et dire qu'il y avait quelques semaines elle était comme eux ! Mais trop de choses s'étaient passées depuis, des choses qui l'avaient changée pour toujours. Et tous ces changements l'aideraient sûrement à supporter sa solitude et son chagrin.

Elle se frotta les bras comme pour se réchauffer même s'il ne faisait pas froid car un bon feu brûlait dans les deux cheminées de la salle.

Ignorant les regards et les murmures des curieux autour d'elle, elle leva les yeux vers l'une des tapisseries qui ornaient les murs de la pièce et fit mine de s'y intéresser alors qu'une seule et même image occupait son esprit : celle de John.

Elle ne pouvait cesser de penser à lui, à l'expression douloureuse qu'elle avait décelée sur son visage avant qu'elle ne lui claque la porte au nez, et ses supplications de l'écouter résonnaient encore dans sa tête.

Au cours de ces derniers jours, elle avait également souvent pensé au manoir dans lequel ils s'étaient réfugiés un soir et qui avait appartenu à sa famille. Malgré le fait que l'endroit semblait avoir perdu son âme, elle s'était très vite sentie à l'aise entre ces murs. C'était là que John s'était confié à elle sur son passé et c'était là qu'elle s'était laissée aller à rêver à ce qu'aurait pu être sa vie auprès de lui, dans ce manoir.

Néanmoins, le voyage lui avait donné du temps pour réfléchir et, même si elle était toujours en proie à une confusion totale, elle se sentait désormais plus sereine, prête à aller de l'avant. Mais pour cela elle avait besoin de parler à John, de mettre certaines choses au clair.

Un bruissement de jupe la ramena soudain à l'instant présent. Elle détacha son regard de la tapisserie et parcourut pensivement la foule des yeux. Le voyage en Ecosse, John, la reine Marie, lord Darnley, Marcus, Allison, et tout le reste… Avait-elle vraiment vécu tout cela, rencontré tous ces gens ? Son esprit peinait encore à dissocier le rêve de la réalité.

— Dame Sutton ?

Subitement, elle se tourna vers les portes de la salle d'audience de la reine. Un page se tenait sur le seuil et la regardait.

— Oui ?

— Sa Majesté est prête à vous recevoir, dit l'homme.

Elle se fraya un chemin à travers la foule puis suivit le page le long du couloir qui menait à la salle d'audience. Lorsqu'ils eurent atteint la salle, le page la laissa passer puis se retira en esquissant une profonde révérence.

Celia fut surprise de trouver la reine toute seule. Aucune de ses dames de compagnie, ni même lord Burghley, n'était là. Elle se souvint alors que la reine ne tarderait pas à quitter sa résidence officielle pour s'installer dans l'une de ses autres résidences royales, comme c'était le cas tous les ans à cette époque. Voilà pourquoi le sol et les tables étaient recouverts de malles et de coffres, tous presque pleins.

Une plume dans la main, la reine était assise derrière son bureau, à côté de la fenêtre. Penchée sur une pile de documents, elle semblait lire. Elle portait une magnifique robe noire et blanche et ses cheveux roux étaient coiffés en chignon maintenu par des épingles à tête de perle.

Puis la reine leva la tête et lui sourit.

— Ah, dame Sutton, vous voilà enfin de retour parmi nous !

— Votre Majesté, dit Celia en faisant une révérence.

— Etes-vous heureuse d'être rentrée en Angleterre ?

Heureuse ? Celia avait bien peur de ne plus comprendre le sens exact de ce mot.

— Oui, très.

La reine lui fit signe de s'avancer vers elle.

— Venez, ma chère, asseyez-vous ici et racontez-moi tout. Vous avez démasqué un traître, si j'ai bien compris.

— Oh ! je n'ai pas fait grand-chose, Votre Majesté, répondit Celia en prenant place sur la chaise en face de la reine.

Non, elle ne pouvait s'en attribuer le mérite. C'était John qui s'était battu avec lord Knowlton, John qui avait été blessé, John qui… qui avait bouleversé sa vie à jamais.

— Eh bien, ce n'est pas ce que j'ai entendu dire, dame Sutton.

La reine se laissa aller contre le dossier de son fauteuil et scruta Celia un long moment, la mettant quelque peu mal à l'aise. Elle repensa alors à la reine Marie. Tout, absolument tout opposait ces deux femmes.

— Vous nous avez aidés à mettre la main sur un traître qui œuvrait contre nos intérêts et nous vous en sommes sincèrement reconnaissants.

Celia ravala sa salive, ne sachant pas quoi répondre.

— Pourtant, finit-elle par lâcher, je n'ai pas été capable de mener ma mission à bien.

— Vous faites référence aux projets de mariage de ma chère cousine ?

Sur ces mots, elle soupira et posa la plume sur le bureau.

— Oui, j'ai entendu dire qu'elle est rapidement tombée sous le charme de lord Darnley. D'ailleurs, figurez-vous que, peu de temps après votre départ, ce dernier a contracté la rougeole. Et Marie est aux petits soins pour lui, bien évidemment. Quoi qu'il en soit, vous avez pleinement accompli votre mission. Vous m'avez été d'une aide précieuse.

Celia écarquilla les yeux, confuse.

— Je… Je vous demande pardon, Votre Majesté ?

— Voyons, dame Sutton, seriez-vous en train de me prendre pour une sotte ?

— Oh non, Votre Majesté, bien sûr que non ! Comment le pourrais-je ?

La reine eut un rire bref mais amusé, ce qui rassura Celia, qui, malgré tout, peinait toujours à suivre son raisonnement.

— Bien. Vous savez, dès mon plus jeune âge, j'ai dû apprendre à cerner les personnes de mon entourage, découvrir leurs craintes et leurs désirs, anticiper leurs réactions. Mon existence est déterminée par mon instinct de survie. Et je pense qu'il en va de même pour vous, dame Sutton, n'est-ce pas ?

En guise de réponse, Celia hocha la tête. La reine avait entièrement raison. Cependant, il y avait une chose qui trompait son instinct, prenait le dessus sur lui : son amour pour John.

— Parfois, nous devons mettre nos sentiments et nos désirs de côté afin d'accomplir notre devoir, qu'il nous plaise ou non. Ma cousine est née reine, elle ne comprend donc pas ces choses-là. Elle ne sait pas ce que l'on ressent lorsqu'on perd tout ce qu'on a. Je savais pertinemment que jamais elle n'accepterait d'épouser lord Leicester. Croyez bien que je ne le lui aurais jamais proposé dans le cas contraire.

— Oh.

Celia commençait enfin à comprendre où voulait en venir la reine et à quel point elle l'avait sous-estimée. Bien sûr, tous, absolument tous, y compris elle-même, n'étaient que des pions sur l'échiquier politique.

— Vous comprenez mieux maintenant, dame Sutton ? Je ne pouvais laisser ma cousine sceller une nouvelle alliance avec la France ou l'Espagne. Et il était hors de question qu'elle épouse mon bien-aimé Robert. Elle ne l'aurait pas apprécié à sa juste valeur. Et puis, d'ailleurs, Robert a un caractère bien trop fort comparé au sien. Alors que Darnley…

— Est un fourbe cruel et aviné, murmura Celia malgré elle.

— Oui, mais un fourbe cruel et aviné qui sait se montrer charmant et serviable. En plus de cela, il est issu d'un père écossais et d'une mère anglaise. Il sera capable de maintenir sa façade angélique le temps que ma cousine comprenne qu'elle souhaite se remarier avec lui. Et, une fois qu'il sera coiffé d'une couronne…

— Le désastre ne se fera pas attendre.

Celia hocha pensivement la tête.

— Voilà qui est finement pensé, Votre Majesté, dit-elle.

— Merci, dame Sutton. Vous qui avez passé tant de temps en compagnie de ma chère cousine, pensez-vous que ma petite manigance portera ses fruits ?

Celia repensa à tous les gestes et regards amoureux que la reine Marie avait eus pour lord Darnley.

— Oui, c'est fort probable. La reine Marie est une grande romantique, après tout.

— Dans ce cas-là, vous avez accompli votre mission avec succès, dame Sutton.

La reine se leva de son fauteuil. Puis elle se dirigea vers la fenêtre et l'ouvrit en grand. Un air frais pénétra aussitôt dans la pièce et Celia réprima un frisson. La reine resta longuement postée devant la fenêtre en silence, le regard vraisemblablement perdu dans le vide. L'espace d'un instant, Celia remarqua une expression de douleur se peindre sur son visage avant de disparaître aussitôt.

— Néanmoins, je ne peux m'empêcher d'envier une chose à ma cousine.

— Celle d'avoir Darnley pour époux ? demanda Celia avec une petite moue de dégoût.

— Grand Dieu, non !

Les deux femmes rirent à l'unisson puis la reine lui fit signe de la rejoindre avant de porter de nouveau son attention à l'extérieur.

— Mon choix ne se serait jamais porté sur lui ! Mais, voyez-vous, elle, au moins, a eu la possibilité de choisir. Moi, je n'ai pas cette chance. Je n'ai personne avec qui partager ma vie, mon pouvoir.

Placée juste derrière elle, Celia tendit son cou et suivit le regard de la reine. Un homme, vêtu d'un pourpoint vert et

portant un chapeau à plume, marchait seul dans le jardin. Elle reconnut lord Robert Leicester et, du coin de l'œil, elle observa immédiatement la reine et remarqua que ses jointures étaient blanches, tant elle serrait le rebord de la fenêtre.

— Vous avez été mariée, dame Sutton. Cela vous manque-t-il ? demanda celle-ci.

— Non, Votre Majesté, répondit Celia aussitôt.

Etre mariée à Thomas Sutton ne lui manquait pas le moins du monde.

— Et accepteriez-vous tout de même que je vous trouve un mari, pour vous récompenser du service que vous m'avez rendu ?

Celia soupira et réfléchit à la question un moment.

— Je n'ai pas de foyer ,Votre Majesté. J'ai besoin d'un endroit où vivre, avoua-t-elle finalement.

— Je vois. Et vous n'avez pas forcément besoin d'un époux pour cela, déclara la reine en se tournant vers elle et lui jetant un regard interrogateur.

Celia ne dit rien et un silence pesant s'installa dans la pièce.

— Et dites-moi… Vous êtes-vous bien entendue avec John Brandon ? lui demanda la reine en se retournant vers la fenêtre.

Le corps tout entier de Celia se figea en entendant son nom. Elle porta son regard par-delà le jardin, ne sachant pas quoi répondre.

— Sir John ?

— Il est charmant et très bel homme, n'est-ce pas ? Il a fait tourner la tête à beaucoup de mes dames de compagnie. Et pourtant il ne semble nullement intéressé par aucune d'elles. Cependant, lorsqu'il vous a vue, vous…

La reine marqua une pause et se tourna une nouvelle fois vers elle avant d'ajouter :

— N'oubliez pas que j'arrive à cerner et anticiper le désir des gens très rapidement, dame Sutton. Quoi qu'il en soit, vous pouvez disposer maintenant. Je vous ferai appeler bientôt afin de vous faire part de ma décision concernant votre récompense.

— M… merci, Votre Majesté, bégaya Celia.

Elle fit une petite révérence, sentant le rouge lui monter au visage, et quitta rapidement la pièce.

Elle parcourut les couloirs, repassant mentalement l'étrange conversation qu'elle venait d'avoir avec la reine. Cette dernière était-elle au courant de ce qui s'était passé entre John et elle ? Mais non, c'était impossible… Elle-même ne savait pas exactement ce qui s'était passé.

Lentement, elle monta les marches qui menaient vers le couloir où se trouvait sa chambre, saluant d'un signe de tête les courtisans au passage. Absorbée par ses pensées, elle marcha jusqu'à sa porte. Mais, lorsqu'elle ouvrit celle-ci, elle s'arrêta, sidérée.

John ! Il était là, dans sa chambre, assis sur son lit. Elle ferma la porte derrière elle tandis qu'il la fixait de ses yeux bleu océan, sans ciller.

— Bonjour, Celia, dit-il, j'ose espérer que ton entretien avec la reine s'est bien passé.

24

Il était vraiment là. John était là, à quelques pas d'elle.

— Tu… Tu es revenu, dit-elle encore sous le coup de l'émotion.

Elle le scruta de la tête aux pieds, observant chaque détail de son visage, de son corps. Pendant des jours, des nuits, elle n'avait cessé de penser à lui, et à présent il était là.

Si seulement elle pouvait se jeter dans ses bras et enfouir son visage dans son cou pour s'imprégner de son parfum, qui lui avait tant manqué ! Mais elle se retint. Il était là, certes, mais c'était comme si des barrières invisibles se dressaient entre eux. Elle avait tant de choses à lui dire… Par où commencer ?

— Oui, je suis parti peu de temps après toi.

Etait-ce des cernes qui marquaient ainsi ses yeux ? Seigneur, il semblait épuisé. Ses cheveux humides étaient repoussés en arrière et son pourpoint de velours rouge était à moitié déboutonné.

— Tu es revenu en hâte, murmura-t-elle.

— Oui, je devais absolument te voir, te parler.

A son tour, il la dévisagea intensément et une foule de questions se pressa en elle. Lui avait-elle manqué ? Avait-il, lui aussi, souvent pensé à elle ?

La surprise de le voir ici, mêlée à tous les sentiments contradictoires qui s'agitaient en elle, éveilla une douleur jusqu'ici contenue.

— Je voulais partir encore plus tôt, juste derrière toi, pour te rattraper. Si j'avais pu, j'aurais sans doute arrêté le convoi avant de te faire descendre de ton cheval et je ne t'aurais pas lâchée tant que tu n'aurais pas pris la peine de m'écouter, de comprendre.

Son regard était si intense et pénétrant que Celia préféra détourner les yeux.

— Et pourquoi ne l'as-tu pas fait ? demanda-t-elle en se dirigeant vers la fenêtre.

Des larmes embuèrent ses yeux si bien qu'elle ne pouvait même plus discerner la Tamise qui s'écoulait le long des quais.

— Je comptais le faire, mais Marcus a fini par m'en dissuader. Il m'a dit qu'il fallait que je te laisse du temps pour que tu acceptes ce qui s'est passé et que je m'en donne, à moi aussi, pour mettre mes idées au clair.

— Donc tu n'as rien fait.

— Et comment aurais-tu réagi si je t'avais rattrapée ?

— Je ne sais pas. Je t'aurais sans doute crié dessus en te frappant encore et encore. Comme quoi, Marcus n'avait vraiment pas tort.

Elle perçut un bruissement de tissu et se raidit. Puis un bruit de pas. Quelqu'un approchait, mais elle ne voulait pas se retourner. John vint se poster derrière elle. Elle entendait son souffle, ressentait la chaleur et la tension de son corps. Celia frissonna et ferma les yeux.

— Ressens-tu encore le besoin de me crier dessus et de me frapper ? demanda-t-il d'une voix brisée. Est-ce que tu me hais ?

Elle crut sentir ses doigts lui effleurer les cheveux mais, lorsqu'elle renversa légèrement la tête en arrière, cette sensation la quitta aussitôt.

Non, bien sûr qu'elle ne le haïssait pas. Elle l'avait sans doute haï et maudit au moment où elle avait appris la vérité, mais elle avait retrouvé le contrôle de ses émotions depuis. Elle avait compris que son métier n'était pas simple et impliquait certainement des sacrifices d'ordre personnel, surtout lorsqu'il s'agissait de protéger les intérêts de la couronne. Mais ce raisonnement n'avait fait qu'accroître son désarroi.

Désormais, elle était tiraillée entre ce que lui dictaient, tour à tour, son cœur et sa raison.

— Dis-moi la vérité, John : t'es-tu servi de moi ? T'es-tu rapproché de moi dans le but de me soutirer des informations concernant le complot, mon frère et ses amis ?

Elle déglutit, craignant sa réponse.

— Jamais, Celia.

Sa voix était ferme, sans hésitation. D'un geste vif, il la retourna pour lui faire face. Il plongea son regard dans le sien avec une telle intensité qu'elle faillit se perdre dans ses yeux si bleus, emplis de tristesse.

— Jamais, m'entends-tu, insista-t-il. Je savais que tu n'avais rien à voir avec ce qu'ils tramaient. C'est juste que…

Il se tut et détourna la tête.

— Quoi ? Dis-le-moi ! J'ai besoin de le savoir.

— Une fois que j'ai appris que… J'ai essayé de garder mes distances mais il m'était tout simplement impossible de rester loin de toi. C'était comme si une force irrésistible me poussait vers toi.

— Une force irrésistible, répéta-t-elle songeusement. Oui, je vois très bien ce que tu veux dire. J'ai moi aussi ressenti la même chose. Tu occupais toutes mes pensées, j'avais… J'avais besoin de toi.

Et, malgré tout ce que j'ai appris depuis, j'ai toujours besoin de toi.

— Celia, je n'ai jamais voulu te blesser, crois-moi.

Leurs regards se croisèrent de nouveau.

— Mon frère savait très bien ce qu'il faisait et il a fini par payer pour ses actions. Rien ni personne n'aurait pu l'en empêcher, et toi, tu avais une mission à accomplir. Tu ne pouvais pas désobéir aux ordres de la reine. Et il m'a fallu du temps pour le comprendre.

— Je… Avant de partir pour Paris, je suis retourné au village dans l'espoir de te retrouver.

Resserrant son emprise sur ses épaules, il ferma les yeux et ses traits se contractèrent comme sous l'effet de la douleur.

— Je savais que je n'aurais pas dû, mais je devais le faire, c'était plus fort que moi. Je voulais te convaincre de partir avec moi.

Celia blêmit à ces mots et secoua légèrement la tête. Non, ce n'était pas possible, et pourtant elle était persuadée qu'il ne mentait pas. Aussitôt, une joie mêlée de douleur l'envahit.

— Mais c'est impossible ! Je ne t'ai pas revu jusqu'au jour où nous nous sommes retrouvés ici même, dans la salle d'audience de la reine.

— Tu étais sur le point de te marier, Celia, répondit-il d'une voix tremblante.

Le choc fut si grand qu'elle faillit s'évanouir. Des larmes lui montèrent aux yeux et elle dut se retenir de crier de douleur. John l'avait aimée, il était venu la retrouver après sa mission ! Trois ans de leurs vies gâchés à cause de ce maudit mariage… Décidément, le destin jouait à un jeu bien cruel avec eux.

— Je t'ai vue de loin ce jour-là. Tu te rendais à l'église, vêtue d'une robe bleue, les cheveux ornés de fleurs. J'ignorais tout au sujet de Thomas Sutton à l'époque car, crois-moi, si j'avais su que c'était une brute, jamais je ne t'aurais laissée te marier avec lui. J'étais persuadé que tu avais trouvé le bonheur et que tu te portais bien mieux sans moi..

— Que je me portais bien mieux sans toi ? s'écria-t-elle, en pleurs. Comment as-tu pu croire une chose pareille ? Pas un seul jour ne s'est écoulé sans que je pense à toi ! Tu me manquais tellement ! Sans parler du fait que j'ai vécu dans l'incertitude de ce qui t'était arrivé durant ces trois ans. Trois ans !

— Toi aussi, tu m'as manqué, Celia. Tu m'as tellement manqué. Je n'ai jamais pu t'oublier. Mais je pensais que tu allais bien, que tu avais fondé une famille. Que tu t'étais enfin remise de ce qui est arrivé à ton frère. Mon Dieu, si seulement j'avais su… Si seulement j'avais su !

Il posa une main à l'arrière de sa tête et l'attira contre lui avant de l'étreindre fortement.

— Celia… Pourras-tu jamais me pardonner ?

Elle enfouit le visage dans son torse et inspira profondément.

Les larmes lui brûlaient les paupières mais elle n'avait même plus la force de les laisser couler. Pas encore, du moins. Pas avant qu'elle ne soit sûre et certaine d'une chose.

— Est-ce que tu m'aimes, John ?

— Oui, Celia, je t'aime. Je t'aime de toute mon âme. Mon cœur t'appartient depuis bien longtemps, ma princesse.

En entendant ces paroles, elle se laissa pleurer sans retenue. Depuis le temps qu'elle attendait cela ! Son cœur s'emplit de joie. Elle s'autorisa enfin à céder à toutes ses émotions car, désormais, c'était certain : ils étaient faits l'un pour l'autre.

Elle leva la tête et sourit dès qu'elle croisa son regard. Visiblement ému, il lui prit le visage entre ses mains et essuya ses larmes en la regardant avec tendresse.

— Moi aussi, je t'aime. Je suis à toi et tu es à moi, John, pour toujours. Je te pardonne tout à condition que tu ne me quittes plus jamais. Plus *ja-mais*, m'entends-tu ?

— Ça ne risque pas d'arriver, ma princesse. J'ai bien peur que tu sois coincée avec moi jusqu'à la fin de tes jours.

Sur ces mots, ils échangèrent un baiser tendre et passionné, promesse d'un avenir radieux. Toutes ses peurs ainsi que la douleur qui l'avaient si longtemps torturée furent définitivement scellés dans le passé. Un passé qui était bel et bien révolu.

Enfin, le destin s'était prononcé en leur faveur. Ils étaient ensemble et le resteraient pour toujours.

Épilogue

Ecosse, un an plus tard

— Lady Brandon ! Que faites-vous là-haut, au nom du ciel !

Tenant fermement l'un des coins de la tapisserie, Celia se retourna, surprise par l'exclamation de la servante. Ah, cette chère Marie, toujours en train de s'inquiéter. Pourtant, il n'y avait aucune raison de s'alarmer, car la table de bois sur laquelle elle était montée était large et plus que solide. Et elle avait même pris le soin d'enlever ses chaussures.

— Voyons, j'essaye de trouver l'endroit parfait afin d'y accrocher cette tapisserie qui vient d'arriver de Londres. D'ailleurs, je crois que je l'ai trouvé.

— Vous auriez dû m'appeler ou sonner l'un des pages. Sir John serait sans doute furieux de vous voir debout sur cette table, dans votre état.

— Je fais très attention, je vous le promets, répondit Celia, tout sourire.

Elle posa une main sur son ventre légèrement arrondi. D'ici quelques mois, les cris et les rires d'un bébé résonneraient dans le manoir, qui, enfin, commençait à ressembler au foyer chaleureux et douillet dont elle rêvait.

Elle saisit la main que lui tendait Marie et descendit prudemment sur le sol dallé de pierres. Lissant sa robe du plat de la main, elle regarda autour d'elle d'un air satisfait.

L'endroit avait bien changé depuis la fois où elle y avait passé la nuit avec John, sur le chemin d'Edimbourg…

Peu de temps après leur mariage, la reine Elisabeth avait décidé d'envoyer John, une nouvelle fois, à la cour d'Ecosse et Celia en avait profité pour lui faire part de son souhait de s'installer au manoir. L'envie d'y habiter ne l'avait pas quittée depuis la première fois qu'elle y avait mis les pieds. Toutes les pièces avaient été nettoyées et repeintes avant d'être décorées d'un mobilier élégant et simple. Tapisseries et cadres ornaient désormais les murs des couloirs, et les sols de pierre froids étaient recouverts de tapis moelleux.

Mais la pièce qu'elle préférait était, sans l'ombre d'un doute, la chambre à coucher. Là, dans leur grand lit à baldaquin rouge, John et elle partageaient d'intenses moments d'intimité dédiés aux plaisirs charnels. Nuit après nuit, lorsque les rideaux de velours étaient tirés, son tendre époux lui professait son amour par des baisers fougueux et des caresses si voluptueuses qu'elle en réprima un frisson.

— Laissez-moi faire, milady, dit Marie en lui prenant la tapisserie des mains. Allez plutôt vous asseoir près du feu. Vous devez vous ménager un peu, surtout maintenant.

— Je vais bien, Marie, ne vous en faites pas, répondit Celia en rougissant à ses pensées indécentes.

Elle regarda la servante monter sur la table et, alors que celle-ci accrochait la tapisserie, une agitation soudaine provenant du hall d'entrée attira son attention.

— Sir John est de retour ! s'exclama-t-elle.

Sans perdre un instant, Celia retroussa ses jupons et se précipita vers le hall, bien que Marie lui ait interdit de courir dans son état. John était enfin rentré ! Cela faisait déjà plusieurs jours qu'il était parti, si bien qu'elle commençait à se demander s'il lui reviendrait.

Elle s'arrêta lorsqu'elle eut atteint le haut de l'escalier. Oui, c'était bien lui, son cher époux. Les cheveux en désordre et les vêtements froissés ne lui ôtaient rien de son allure élégante. Les traits tirés, il avait l'air fatigué par la longue chevauchée mais un sourire radieux se dessina sur ses lèvres dès qu'il la vit. Elle descendit les marches en hâte et se jeta dans ses bras.

— Ma princesse, dit-il en la soulevant avant d'enfouir le visage dans ses cheveux. Tu m'as tellement manqué.

— Toi aussi, tu m'as manqué. Bienvenue à la maison, mon cher et tendre époux.

Sur ces mots, lady et sir Brandon s'embrassèrent longuement, savourant le plaisir de se retrouver enfin et scellant leurs destins, liés à jamais.

Retrouvez en janvier
dans votre collection

SAGAS

Un chef bien trop sexy d'Amy Ruttan

D'ordinaire, les rencontres d'un soir ne sont vraiment pas le genre de Samuel ; mais il faut avouer que la nuit dernière en valait la peine. Si seulement sa conquête d'une nuit n'avait pas été Mindy Walker, dont il vient de découvrir qu'elle est sa nouvelle chef de service !

Trilogie intégrale : LE DESTIN DES FRÈRES HUNTER de Robyn Grady - N°144

Une incontrôlable passion

Jamais Taryn n'aurait dû accepter que Cole Hunter, son patron, l'accompagne pour un repérage à l'autre bout du monde. Car maintenant qu'elle se retrouve en tête à tête avec lui sur une île aussi paradisiaque que déserte, elle a bien du mal à se concentrer sur son travail. Au point qu'elle ne songe bientôt plus qu'à une chose : qu'il pose ses lèvres sur les siennes...

Le goût de la tentation

Choquée, Shelby ne peut détacher ses yeux du spectacle indécent qu'offrent Dex Hunter, son futur employeur, et la femme avec laquelle il est en train d'échanger un baiser torride. Pourtant, devant son insistance, elle finit par accepter le poste de gouvernante qu'il lui propose. Tout en se jurant bien de ne jamais se laisser séduire par son sourire irrésistible...

Passion pour une inconnue

Wynn Hunter n'en revient toujours pas. La sublime inconnue avec qui il a passé la plus belle nuit de son existence n'est autre que Grace Munroe, la petite peste qui ne cessait de l'agacer lorsqu'ils étaient enfants. Pourtant, maintenant qu'il a découvert la femme que Grace est devenue, il ne songe plus qu'à conquérir celle qu'il détestait autrefois...

Trilogie intégrale : UN AMOUR À PROTÉGER de HelenKay Dimon - N°145

À l'épreuve du risque

Alors qu'elle se trouve dans son jardin, Julia est agressée par un homme qui plaque une main sur sa bouche et jure qu'il ne lui fera aucun mal. Il s'appelle Cameron Roth, il est agent secret, et ses jours sont comptés. Rassurée par le regard calme de Cameron, Julia le comprend aussitôt : elle ne peut refuser son aide à cet homme si séduisant...

Protecteur malgré lui

À peine arrivé à New Foundations, une communauté d'apparence paisible, Holt fait la connaissance de Lindsay. Et bientôt, il s'interroge sur son acharnement à démanteler le groupe au sein duquel elle a grandi et auquel elle voue désormais une haine tenace. Une haine qui la pousse à mettre sa vie en danger et qui contraint Holt à la protéger...

Mission clandestine

Blottie dans les bras de Shane, Makena laisse peu à peu sa terreur s'apaiser. Dire qu'il a fallu qu'elle se fasse agresser chez elle pour que le meilleur ami de son frère vienne à son secours et semble enfin la remarquer ! Pourtant, si elle souhaite plus que tout être aimée de Shane, en aucun cas elle n'est prête à lui parler de l'enquête qu'elle mène en secret...

La tentation d'une lady

*

La rose d'Édimbourg

Composé et édité par HarperCollins France.

Achevé d'imprimer en octobre 2020.

CPI
BLACK PRINT

Barcelone

Dépôt légal : novembre 2020.

FSC
www.fsc.org
MIXTE
Papier issu de sources responsables
FSC® C108412

Pour limiter l'empreinte environnementale de ses livres, HarperCollins France s'engage à n'utiliser que du papier fabriqué à partir de bois provenant de forêts gérées durablement et de manière responsable.

Imprimé en Espagne.